房价与调控

2001~2010年深圳房地产市场发展研究

HOUSE PRICE AND MACRO-CONTROL

王锋◎著

中国建筑工业出版社

图书在版编目(CIP)数据

房价与调控　2001～2010年深圳房地产市场发展研究/王锋著.
北京：中国建筑工业出版社，2011.6
ISBN 978-7-112-13168-6

Ⅰ.①房… Ⅱ.①王… Ⅲ.①房地产价格-研究-深圳市-2001～
2010 Ⅳ.①F299.233.5

中国版本图书馆CIP数据核字(2011)第064176号

　　本书采用纪年体模式，以年分章，清晰地展现和分析了2001～2010年各年度深圳房地产市场发展状况和运行特征；结合中央及深圳市对房地产市场的调控，研究分析了房地产调控政策。为了更深入地探索住房与房地产发展存在的问题和解决的办法，本书还针对社会各界广为关注的"房地产泡沫"、"政府救市"、住房保障等热点问题，将部分专项研究成果列入，以便读者对相关政策的制定进行全面了解。本书著作的主要目的，是将过去十年深圳房地产市场的发展真实、客观地呈现给读者；同时，通过作者对住房与房地产系列问题的研究，力图更加深刻和准确地回答读者其为关心的房价、调控、住房等房地产领域重大问题，以便为今后住房与房地产业稳定健康的发展，提供有益的参考和借鉴。

　　本书可供房地产政府主管部门、房地产行业管理人员、房地产市场与政策研究人员、高校师生阅读参考。

＊　　　　＊　　　　＊

责任编辑：咸大庆　封　毅
责任设计：李志立
责任校对：陈晶晶　赵　颖

房 价 与 调 控

2001～2010年深圳房地产市场发展研究

王锋　著

＊

中国建筑工业出版社出版、发行(北京西郊百万庄)
各地新华书店、建筑书店经销
北京天成排版公司制版
北京建筑工业印刷厂印刷

＊

开本：787×1092毫米　1/16　印张：20　字数：496千字
2011年6月第一版　·　2011年6月第一次印刷
定价：48.00元
ISBN 978-7-112-13168-6
(20593)

安得广厦千万间，
大庇天下寒士俱欢颜，
风雨不动安如山！

——《茅屋为秋风所破歌》杜甫

作 者 简 介

　　王锋，博士，高级经济师，现为深圳市房地产研究中心主任。受聘或兼任：国家住房和城乡建设部房地产市场调控决策咨询专家，中国房地产研究会住房保障和公共住房政策委员会副主任委员，深圳市决策咨询委员会委员，深圳市房地产业协会副会长，深圳市房地产经纪业协会副会长，广东省房地产评估与经纪学会理事，深圳市仲裁委员会仲裁员。曾经从事十多年高校教学工作，近十几年来主要从事住房与房地产经济理论、住房与房地产政策法规、土地管理政策法规等方面的研究。主持了"深圳房地产预警体系研究"、"土地市场法律制度研究"、"深圳市住房发展战略与住房保障机制研究"等五十余项科研课题；主持了"中华人民共和国住房保障法(实践版)"、"深圳市住房建设规划(2006～2010)"等二十余项政策法规草案稿的研究；主持起草了《关于稳定房价促进我市房地产市场持续健康发展的意见》(深府〔2006〕75号)，《关于印发深圳市贯彻落实国务院文件精神坚决遏制房价过快上涨的意见的通知》(深府办〔2010〕36号)等房地产市场调控文件；出版了《房地产预警理论与实践》学术专著；发表了"推进制度创新完善住房政策"等四十余篇学术论文；主持了《深圳房地产年鉴》、《深圳房地产发展报告》等统计、研究资料的编辑出版工作，定期发表了系列深圳房地产市场研究分析报告。

　　住房问题既是重要的经济问题，也是重要的民生问题。中国改革开放 30 年来，我们改革了计划经济时代那种纯福利的住房制度，发展了中国房地产市场，有力地推动了国民经济的快速增长，也明显地改善了城镇居民的居住条件。但是，我们也遭遇了发达国家曾经遇到的一系列问题，如市场过热发展，房价过快上涨，住房市场失灵，部分城镇居民产生住房困难等问题。作为深圳住房发展和房地产宏观调控的参与者，我深知在我们解决深圳居民住房问题和发展房地产市场过程中，社会各界对房价、市场、住房问题的看法有着巨大的差别，这也使得房地产政策（包括公共住房政策、房地产市场调控政策等）的制定和实施更为困难和复杂。这种情况下，对住房问题和房地产市场的内部规律，以及其必然受到影响和约束的外部环境进行长期、深入、持之不懈的研究，就显得非常必要和可贵。只有更多的机构和个人关注并研究房地产市场的健康发展，关注居民住房问题的科学合理解决，科学发展才能落到实处，和谐社会才能真正得以实现。

　　作为深圳乃至国家房地产领域的专家，王锋同志多年从事房地产市场和房地产政策的研究，取得了一系列的成就。这本书的内容，包含了作者对十年来深圳房地产市场发展历程的分析，也包含了深圳住房与房地产政策的演变。特别是随着作者对房地产问题认识的深入，对今后政策的设计思路逐步明确和清晰，形成了双轨制的住房供应体系和相关制度构成，这一点与深圳房地产调控工作的实践演进也是吻合的。当然，作者提出的有些政策建议在理论和实践中不免有些争议，有些观点可能还需要进一步研究和探讨，但我认为作者在掌握充足数据的基础上，对于房价问题、住房问题的深度研究，使得今后房地产政策的重点在于分层次、分梯度地解决居民住房问题而不是仅仅关注房价的解决思路，应当值得从事住房与房地产管理工作的同志借鉴和参考。

　　在本书正式出版之际，应王锋同志之邀为之作序，希望这部著作能够引起社会各界更多的关注，并希望作者和他的研究团队为今后深圳房地产市场更加健康的发展，老百姓住房问题更好的解决，作出更加有益的探索和尝试。

深圳市委常委、常务副市长　吕锐锋

2011 年 3 月

前　言

　　这本书包含了作者对深圳房地产市场(主要是住房市场)近十年综合发展情况的分析和研究成果。研究房地产市场,可以从不同角度去分析研究,比如学界从经济理论进行分析,企业从企业经营进行分析,媒体从新闻热点、民生焦点进行分析。尽管从不同的视角分析研究房地产市场其角度、目的不同,但是从专业角度看,房地产市场研究总是脱离不了房地产所依托的经济、社会因素分析,同时也脱离不了紧密影响和作用于市场的房地产政策的分析。本人作为从事房地产政策应用研究的专业人员,撰写本书的核心目的,是将近十年深圳房地产市场的真实发展情况呈现给读者,同时针对市场、房价(本书主要指住房价格)波动情况的分析,以及深层次住房问题的研究,将所从事的房地产系列调控政策的研究和建议如实呈现,以便读者全面了解十年来深圳房地产市场和房地产调控的脉络,并期望对政府的房地产管理工作、学界的房地产教学研究、企业的房地产开发经营活动有所参考和借鉴。

　　写作这本专业著作时,我一直陷入一种矛盾之中。十年的深圳房地产市场与政策研究应当从何说起?如何说起?作为专业研究人员总是希望像本人上一本专著《房地产预警理论与实践》那种模式写作,这样有单一的研究目标,明确的研究方法,系统的研究路径,经过实践检验且得到有关部门认可的科研成果。但是,这本书却难以做到如此。原因是,其一,这不是一个科研课题,这是十年来深圳房地产市场综合发展历史的回顾,不可能走一个科研报告的写作路径,而常见的方式是采取纪年体式的模式分年分析研究,这一点原建设部总经济师谢家瑾所著《房地产这十年》给予了我一定的启迪;其二,这是一篇如实反映深圳房地产市场和政策演变的著作,尽管有时个人认为可以采取"事后诸葛亮",讲讲当初"如果如何如何"等等评价,可是仔细分析还是认为当初提出的那些政策和建议都是有道理的,是经过反复研究和论证的。如2008年金融危机时我提出的被媒体称之为"救市"的措施,今天还有很多朋友提出批评意见。但是我始终认为在中国改革开放、建立社会主义市场经济体制的漫长道路中,特殊时期对经济社会稳定发展所提出的有效的政策措施,尽管目前可能存在较大的争议,但是还是有必要坚持。相信今后随着对市场经济规律的不断深化认识和理论总结,这些政策措施是会得到客观评价的。当然,这本著作也不能仅仅是十年房地产发展报告的简单罗列,特别是有些在现在看来明显对市场发展趋势误判的观点,本人还是予以了删除。此外,为了更深入地分析深圳房地产市场阶段性发展存在的问题和解决的办法,本人在相应的章节,尤其是深圳房地产市场出现大幅波动的2005年以后的各年研究分析中,将各年进行的房价、需求、供给、住房调查、住房保障制度、住房建设规划等专项研究分别列入,以便读者全面了解深圳房地产市场和政策的演变,感受我们对房地产问题和政策认识的不断深化和成熟。

　　回顾近十年来房地产市场与政策研究的历程,笔者深深地感谢多年来一直支持本人探索房地产市场经济规律及房地产政策的诸多领导、同事和朋友。在本书各章节和相关研究报告写作中,得到了住房和城乡建设部、广东省建设厅历届领导刘志峰、谢家瑾、沈建忠、侯淅珉、冯俊、劳应勋、房庆方，以及张小宏、姜万荣、张学勤、杜挺等同志的大力支持；深圳市委常委、常务副市长吕锐锋同志，领导了深圳市房地产宏观调控工作，一直关心、支持本人研究工作的开展，给予本书很多宝贵建议，并亲自为本书作序；深圳市规划国土系统的历届领导陈玉堂、张士明、王芃、李加林、郭仁忠、黄珽等同志，以及黄福来、耿继进、李邨、李东等参与房地产调控工作的处室、分局、事业单位负责人，一直关心本书的写作和相关研究工作的开展，对本书的写作给予了很多建设性建议；我曾经或现在的同事左令、詹有力、古云亮、罗平、苏良生、孟庆昇、梁凯、卓洁辉、李宇嘉、李妍、朱奎花、殷宇嘉、王新波、吴靖宇等同志参与了相关课题的研究，并对本书提供了不少宝贵建议；在长达十年的研究中，加拿大西安大略大学徐滇庆教授、英国剑桥大学 John Glascock 教授、清华大学刘洪玉教授、中国房地产估价师与房地产经纪人学会柴强研究员、中山大学方建国教授，以及上海市社科院张鸿铭研究员、湖北省住房与房地产学会曾凡杰会长、广东省房地产协会蔡穗生会长等专家曾先后给予了本人热情的帮助和支持；深圳房地产业界人士如中海地产曲咏海、招商地产朱文凯、振业地产李富川、卓越地产李晓平、富通地产黄文、联泰地产郭东风、鸿荣源地产王振江、福田地产龙开宝、高发地产张建文、世联地产梁新安、中原地产张伟、地产研究人士半求，以及长期追踪报道深圳房地产市场形势的新闻记者冯杰、董超文、朱文策、丁荡新等诸多房地产业界同仁，多年来始终支持本人的研究工作，开阔了本人的研究思路，并使多项政策建议更具针对性。在此，对支持本人房地产市场与政策研究工作的领导、同事、业界同仁和各位朋友一并致以衷心的感谢和崇高的敬意。再次感谢我的夫人杨晓君女士，始终不渝的爱情和幸福和谐的家庭，是使我专注于事业、致力于研究的重要基础。

　　房价与房地产调控政策的研究，是一项综合性很强、难度很大的研究工作。虽然我尽最大努力以提高本书的质量，但因学识疏浅、经验有限，本书肯定会有不足之处和值得改进的地方。真诚地希望广大读者不吝赐教，给予本人更多的启迪和帮助，以便在今后的工作中不断提高研究水平，提出更为科学的政策建议，以共同促进中国住房问题的科学解决和房地产市场的健康稳定发展。

王　锋

2011 年 5 月于深圳

目 录

绪　论

在本书即将付梓印刷之际，思绪万千，将 2001～2010 年深圳的房地产市场发展和政策演进简单进行总结，显然是一件非常困难的事情。毕竟，不同时期房地产市场发展的外部背景不同，内部因素也在变化，任何简单的归纳和总结都不免轻率和浅薄。可是作为一本专业著作的绪论，这项工作还是有必要的，否则无法让读者认识这本书到底想要表述什么样的思想和目的。

所以，还是从本书的主题说起吧。这本书大标题叫做"房价与调控"，自然核心内容离不开房价。而房价是什么？房价是房地产市场最主要的标记，或专业术语——"市场的信号"。房价是房地产市场最敏感的信号，但不是惟一的。在本人《房地产预警理论与实践》一书中，作为房地产市场波动的信号有很多，并且很多还是领先于房价的，如房地产开发投资、新开工面积、销售量等等，但是房价却是得到社会各界公认的最能代表房地产市场波动的信号。因为，它不但明显代表了房地产经济的波动而备受政府、企业关注，同时作为衡量居民购房能力的一项重要指标，也备受千千万万老百姓的关注。特别是当前，其社会领域的影响更甚于经济领域的影响。

从 2001 年以来的十年房地产市场波动看，深圳房价在前四年基本保持平稳。尽管此间深圳房地产市场出现了 2001、2002 两年的投资快速增长，以及 2003、2004 两年为降低投资增速而采取的土地供应紧缩政策，但是在市场供应与需求总体平衡，在房地产市场投机炒作尚不严重，特别是在中国经济尚未出现明显过热和流动性过剩的大背景下，尽管全国城市化进程已经加速，深圳常住人口已经从"九五"初期的约 500 万人增长到 2004 年的 800 万人，2004 年的房价仍继续保持近十年来每平方米 5000～6000 元的水平，甚至比"九五"初期 6200 元的水平还要稍低一些（2004 年当年均价为 5980 元）。然而，如同任何事物一旦量变达到一定程度的情况下必然产生质变一样，深圳房价在 2005 年以后突发性地产生了质的变化。2005 年深圳住房均价为 7040 元，比上年增长 17%，2006 年住房均价为 9240 元，比上年增长 31%，2007 年住房均价为 13370 元，比上年增长 45%，2008 年由于全球金融危机对中国经济的影响，深圳房价有所回落，但降幅也不过 −4.3%，2009 年深圳房价达到 14858 元，再度上涨 16%，而 2010 年深圳房价达到有史以来最高价 20297 元，涨幅高达 36.6%。深圳房价在近十年后半程的加力上涨不是一个个案，同期北京、上海、广州，乃至中国的二、三线城市房价均不同步地快速上涨，只不过包括深圳在内的一线城市领先上涨，二、三线城市随即加速，据国家统计局统计，2011 年 1 月，桂林、岳阳等三线城市房价已开始领涨全国。

对于房价上涨的原因以及市场后五年的大幅波动，笔者已在本书中的相关章节进行了分析，现进一步归纳总结如下：

一是中国经济的多年持续快速增长，带来房地产市场外部环境的巨大变化，这是导致深圳等国内城市房地产市场快速发展，房价持续上涨的主要原因。根据中国统计年鉴数据，自 1999 年中国 GDP 走出 1992 年以来增幅持续递减趋势后，开始出现增幅持续递增，从1999年的8％持续增长到2007年的13％，2008、2009两年尽管受国际金融危机影响增幅分别回落到9％、8.7％，但2010年在持续的经济刺激政策和内外增长动力的作用下，涨幅再次上升到两位数达到10.3％。中国经济长达十年的高速增长，加速了中国城市化进程，不断增加城市的住房需求，而经济高速增长带来的居民收入水平的不断提高和财富积累，提高了居民购买住房的能力，进一步释放住房需求。在这种需求持续增长的背景下，房价持续上涨成为一种必然的趋势。

二是住房投机加速住房价格上涨，而经济增长中的贫富差距拉大、财富向少数人群集中是造成住房投机加速、房价快速上涨、中低收入居民家庭产生住房困难的重要原因。2005年以后，特别是近两年，随着中国经济的持续增长，货币政策持续宽松，资金流动性充裕，国内通胀压力不断增强，使得各类资产投机特别是房地产投机的动力不断增加。以深圳为例，截至2009年11月份，全市各项贷款余额达到了15065.86亿元，比年初上涨34.1％，增幅分别比2008年和2007年高出23和13个百分点，创近年来新高；而全年43.2％的个人住房贷款余额增幅，以及961.37亿元的年度新增个人贷款，也创近年来的新高。如此宽裕的资金环境，助推了当年新建住房销售量增长69.6％，二手房销售量增长249.6％，住房消费需求与投资投机需求均大幅增长，进而推动住房价格在金融危机后再度大幅上涨。

从住房供求关系看，在住房供应不充分的情况下，人为降低住房价格，高收入家庭因为具有事实上的购买力优先权，总是有机会先于低收入家庭买到住房；而当价格在高于成本点波动时，其还没有下降到较低收入家庭的期望值时，已经被较高收入群体的需求扩大而终结价格的下降。这也是2008年、2009年房地产市场调整时，很多中低收入家庭错失购房时机，房价很快反弹的重要因素。根据统计资料，近年来，中国的恩格尔系数稳定在37％左右，但城镇中低收入家庭恩格尔系数较高接近45％；2011年2月下旬《瞭望》周刊的一篇文章论述："十余年时间，中国的基尼系数由0.3转变为目前的0.5，贫富差距悬殊受到广泛关注"。由此分析，城镇居民贫困群体持续扩大，而富裕群体更加富裕，这种趋势使得收入低者收入增长会更慢，其住房消费能力也更差，而收入高者收入增长更快，其住房投机愿望也更加强烈。何以至此呢？源于财富的积累和安全保值因素。据国家统计局统计，2002年我国城市居民家庭房产在总资产中的比重已经接近一半。由于中国人多、地少的国情，传统的置业安家观念等因素影响，住房资源已不仅仅局限于基本的居住功能，其本身还有保值增值以及快速积累财富的作用，住房价值并不因为持续消费或利用而衰减，还能够获得非常良好的投资回报。在这种情况下，具有资金优势的高收入者蜂拥入市，"以少占多"地获取住房资源，使得住房需求不断叠加放大，导致住房价格不断上涨，并使得有限的住房资源更加稀缺，进一步推动价格上涨。当然，这种内部的恶性循环，也导致了住房领域的贫困化趋势加大，住房困难家庭不仅是城市的低收入家庭，也逐渐扩大到城市中低收入家庭甚至中等收入家庭。根据北京、上海、深圳等地的统计年鉴分析，2007年北京市房价收入比高达21.5倍，上海市房价收入比高达14.2倍，深圳市2010年房价收入比高达18.2倍。如此巨大的房价收入差距，必然导致城镇住房困难群体的增加，也为今后更加疯狂的住房投机埋下伏笔。

三是住房供应对住房需求的结构性偏离是导致住房价格高涨、中低收入家庭存在住房难的重要原因。住房供应对需求的偏离有两方面：一是总量上的偏离，二是结构上的偏离。在中国快速城市化过程中，总量上的偏离或不平衡尽管是长期导致房价上升原因，但近年来结构上的偏离对房价的影响更大，其中的主要影响因素有公共住房短缺、住房户型过大、房屋租赁市场发育不良等。首先，公共住房短缺是导致供应对需求结构性偏离的一个重要原因。从世界各国住房供应方式看，任何国家的住房供应制度都是在纯福利分配和纯市场调节两者之间的广阔区间做选择，没有哪个国家会完全摒弃住房的福利性分配，否则会使政府缺失保障公民基本住房权利的责任，进而造成严重的社会不公平。新中国建立后的较长时期，我国实行住房公有制，住房作为纯福利品，导致国家背负较大财政压力，同时也并没有带来住房占有的均等化和住房需求的满足，反而导致城镇住房的极度短缺与分配不公。相反，近十多年来，在国家停止住房实物分配、加快发展住房市场化的政策背景下，尽管此间仍然保留了经济适用房、廉租房的公共住房形式，但公共住房的实际发展和供应情况并未得到各地重视，住房资源的供应几乎全部由市场承担。缺失了公共住房的住房供应模式，使得在经济持续增长、投机日益旺盛背景下的住房市场几乎成为城镇居民解决住房的惟一出路，自住性需求、投资性需求同时大幅上涨，商品房市场供不应求，价格一路走高，而城镇低收入居民家庭根本不可能有支付市场住房价格的能力，从而被市场挤出。随着房价的持续高涨，这种挤出的对象不仅包括低收入家庭，城市化浪潮中新进城的农民工、新就业大学生，甚至新调入大城市的机关干部、企业管理人员也都成为被挤出的对象。公共住房供应对需求的偏离，最终导致中国城市尤其是大城市住房市场最终的失灵，房价飙涨，住房困难家庭不断增多，住房问题成为当前中国社会比较突出的社会问题。

其次，住房户型趋于豪华是导致供应与需求偏离的重要因素。根据住房经济理论，从住房面积与住房舒适度的关系看，两者关系为幂函数关系，面积增长超过一定范围舒适度增速逐步衰减，而住房价格与面积，则一般为线性关系。两种曲线交叉点以内的住房面积中，会产生购买住房的净效用最大值。由此可见，住房户型面积并非越大越好，面积达到一定程度还要追求大房，购买住房净效用会减少，进入不经济区间，这也是老百姓购房多强调"性价比"的原因。特别是在中国人多地少的背景下，过多开发大户型住房，还会形成少数人占有过多的住房资源使得单位土地上的住房套数减少，客观上造成对广大城镇普通居民家庭住房供应的减少，并使得住房供应与需求偏离，导致供求关系紧张。此外，从房价收入比的构成看，住房面积过大也会造成一套住房的房价收入比大大增加，从而降低普通居民家庭的购房能力。这样即使住房价格出现调整，即使价格有较大幅度下降，中低收入家庭也未必能买得起住房。由此可见，住房户型的小型化、合理化，对解决住房供应结构对需求的偏离作用重大，在一定意义上，改善住房户型供应结构，比促进房价下降更为重要。

其三，住房租赁市场发育不足，也是导致住房供应结构不合理、供给偏离需求的重要因素。实现城镇居民住有所居，使其享有基本的住房权利，除了通过所有权的拥有，还可以通过租赁方式满足其住房需求。尤其是对于城市低收入家庭，存在暂时性住房困难的新就业人员和新进入大城市的人员，租赁方式是一种非常好的住房解决方式而在国外广为流行。根据有关研究资料，20世纪90年代欧美各大城市住房自有率基本为50％～60％，租私有住房比率基本为30％～40％，租公共住房比率基本为10％～20％。总体来看，以租赁方式解决住房问题的比率多为40％～50％左右，可见租赁住房是世界各国比较普遍的解决住房问题的方式。然而，由于中国传统的安家置业观念，以及受大城市住房资源总体有限的影响，城市居民倾其所有家产且借债、借贷投入到对住房所有权的竞争。据2011年2月底温家宝总理接受新华网访谈介绍的有关数据，中国家庭自有住房率高达80%，北京拥有住房最低的平均年龄仅有27岁，这在世界上连发达国家都是比较少的。由此可见，目前中国各大城市在住房的消费方式上存在很大的问题，买卖市场远远活跃于租赁市场，同时这也反映出租赁市场发展的滞后和不足，未能适应居民收入的梯度层次而调整供应结构，满足租赁需求。2011年初，温总理提出中国"十二五"期间将新建保障性住房3600万套，保障性住房以公租房和廉租房为主，相信这将有利于在较短的时间内，改变住房市场供应结构，并引导住房消费模式的转变，从而起到抑制住房买卖市场需求过旺的局面，促进房地产买卖价格回归稳定。

以上总结分析了本书的主题之一———房价，特别是导致房价持续上涨的主要原因和问题。当然，有什么问题就应当有相应的解决办法和措施，这就是本书的另一大主题"调控"的内容。调控，顾名思义是"调整、控制"之意。从十年发展历程看，房价的调控或严格讲房地产宏观调控，主要还是针对住房市场产生的问题，特别是解决房价上涨过快、住房投机需求过于旺盛等问题，而对普通居民家庭的自住需求、刚性需求，国家还是采取政策给予促进和鼓励的。十年来，中国的房地产调控与房价走势一样也是经历了两个大的阶段：2005年以前，尽管已开始控制房地产投资过快增长，但是总体上看，对房地产市场还是给予鼓励发展或促进发展的，这可以从2003年国务院18号文件把"房地产业作为国民经济的支柱产业"，"坚持住房市场化基本方向"，"更大程度地发挥市场在资源配置中的基础性作用"等内容的表述得到证明。然而，2005年以后，随着房价持续快速上涨，市场机制开始出现失灵，城镇中低收入居民家庭住房困难逐步显现出来。这种情况下，房地产宏观调控政策开始出现调整，不再过于强调市场机制的主要作用，而是通过公共住房政策的运用，住房保障制度的完善，保障性安居工程建设的加快，形成双轨制的住房供应模式；并通过增加普通商品住房供应，调整住房供应结构，实行差别化的金融税收政策，直至限制住房购买、限制住房贷款、制定地方房价控制目标等行政手段的干预，来抑制住房市场投机需求，遏制房价的过快增长。这些政策精神，在2005年以后国务院陆续出台的"国办发〔2005〕26号文"、"国办发〔2006〕37号文"、"国发〔2007〕24号文"、"国发〔2010〕10号文"，以及近期出台的"国办发〔2011〕1号文"等文件都有明确表述，且调控政策不断趋于严格甚至严厉。

深圳市房地产调控的手段和措施总体与国家房地产调控政策一致。这是因为，房地产调控采取的主要经济手段，如金融政策、税收政策，地方一般没有自行创新的权力，通常是国家制定、地方执行。对于近十年的后期国家要求地方视实际情况而采取的行政干预措施，由于深圳本地市场始终在全国处于领涨、领跌地位，往往政策出台后也必须执行，否则房价控制不力，必然要受到中央问责。尽管如此，深圳市在对房地产市场宏观调控过程中还是创造了不少好的经验，有些甚至进入国家文件在全国推行。例如，从2005年开始，深圳市就十分重视住房保障制度的建立和完善。我们认为，只有建立了住房保障制度，加快建设保障性住房，才能形成双轨制的住房供应体制，真正适应城市居民的收入层次和消费梯度，从根本上解决城市房价长期看涨所带来的各种住房问题。基于此，在笔者参与起草的深圳市政府2006年75号文件中，在全国较早地提出了进一步健全和完善住房保障体系，并在全国首次创造性地提出"公共租赁住房"保障模式，作为国家已有的经济适用房、廉租房的重要补充，以解决不符合廉租条件的低收入户籍家庭以及暂住人口的住房问题。2009 年以后，由于全国房价的再次大幅上涨，城市化浪潮中新进入城市就业的大学生、农民工以及其他中低收入家庭的住房困难明显加大，我们当初创造的这种新型保障方式也开始为国家所重视，在国务院发布的"国发〔2010〕10 号文"、"国办发〔2011〕1 号文"等文件都明确提出了这种保障方式以及相应的保障对象。

再如，科学地编制住房建设规划也是深圳调控房地产市场、解决居民住房困难的一个重要手段。深圳是全国最早发布"十一五"期间住房建设规划的城市之一。在规划建设目标制定中，也是较早提出加大保障性住房建设规模，力争尽快使保障性住房总量逐步与商品住房接近的城市。在我们 2010 年研究起草的深圳市"十二五"住房建设规划中，提出 5 年内新建保障性住房单元总量占 5 年全部住房总量的 40%，力争 30 年内使深圳保障性住房单元总存量与商品住房单元总存量实现 1∶1 的比例。这一点，与中央近期提出的"近 5 年内建设保障性住房 3600 万套，使得保障性住房在全部住房的覆盖率达到 20%"的思路不谋而合。

在监控房地产市场、为政府科学调控房地产市场方面，深圳也是走在全国前列。深圳作为全国最早开展房地产预警预报信息系统建设的 13 个试点城市，于 2002 年就已经立项开展研究，于 2003 年底完成了研究任务并开始系统试运行。笔者作为该研究项目的主持人，全程参与了深圳房地产预警系统的研发、建设和运行管理工作。这项工作得到了国家房地产主管部门的充分肯定，认为：对国内房地产理论和管理实践有较大贡献，对政府房地产市场的调控工作的指导更加系统、全面和直接，值得其他城市学习和参考借鉴，从而不断提高全国城市房地产市场预警预报工作的水平（见笔者的著作《房地产预警理论与实践》序）。在本书第四章以后的各章节中，已将"深圳房地产市场预警系统"充分运用到房地产市场的监测分析中，并将其作为今后房地产调控政策制定的重要依据。应当说明的是，深圳的房地产市场预警工作已不仅仅是政府房地产主管部门的事情，规划、土地、金融、税收等部门也皆有参与，并形成了"深圳房地产市场预警与金融风险防范联合监测机制"，切实实现了国务院提出的多部门联动加强市场运行状况动态监测、加强市场调控、稳定房价的指导精神。

当然，深圳十年的房地产调控也不免有些不足之处或者遗憾之处，而有些问题是客观的，有些问题是主观的。从客观角度看，深圳土地资源的稀缺是制约深圳城市经济社会发展，也包括住房与房地产业持续稳定发展的重要因素。深圳 1953 平方千米的土地上，可建设用地仅 900 平方千米左右，而 30 年的城市快速发展使得目前剩余可建设用地仅 100 多平方千米，土地资源对未来经济社会持续发展的保障确实难以为继。而在这样一块辖区面积仅有北京 1/8、上海 1/3、广州 1/4 的土地上，解决人口密度远远高于北京、上海、广州等城市居民家庭的住房问题，其困难也相当之大、相当之难。从房地产调控来看，2005 年以后中央曾提出土地参与宏观调控，多次要求地方加大普通住房建设用地供应，以增加普通住房供给，平衡供求关系，稳定住房价格。深圳也积极贯彻落实中央调控措施，在总的土地资源有限的条件下，实行了比较严格的住房供应结构调整政策，严格审批，保证户型面积 90 平方米以下的普通住宅占住宅总供给的 70% 以上。然而尽管如此，由于总体的资源有限，每年尽最大能力能够拿出来的新增住房用地非常有限，仅 1 平方千米左右，与北京、上海每年 10～20 平方千米的供给能力相比，确实是少得非常可怜。如此紧缺的土地资源，即使采取最严厉的行政手段如限制购买甚至限制价格，也未必能够挡住住房价格的实际上涨，因为供应极度紧缺下，地下交易与炒作一样能够抬高住房实际价格。

从主观因素看，对市场经济规律认识的有限性和对住房问题缺乏深度的探索，则是导致宏观调控效果有限、调控政策不够科学的重要因素。当然，这个问题也不是深圳所独有，整个中国在这十年都处于对有中国特色社会主义市场经济的深度探索和深化认识过程中。十年来，深圳房地产市场与国内其他城市一样经历了总体的过热和短暂的过冷。在 2008 年以前的较长时期内，深圳房地产市场总体趋向于过热发展，房价越涨越快。此间，按照国家调控精神的要求，深圳先是抑制房地产投资规模的过快增长，治理和防范经济过热；2005 年以后，控制房地产开发投资规模并未在遏制经济过热方面见到明显效果，深圳再转而按国家调控政策的要求，调整住房结构、遏制住房市场投资和投机。此间，应当说宏观调控已开始有一定效果，2007 年 10 月以后，深圳房价已开始出现企稳势头。然而，2008～2009 年，在国际金融危机影响下，作为经济外向型程度较高的城市，深圳经济短期内出现明显的下滑。此间，在国家"保增长、调结构、促发展"的经济政策以及鼓励住房消费、刺激内需增长的房地产促进政策作用下，之前抑制住房购买的若干政策得以放松，住房消费快速增长，而投资投机需求也悄然膨胀，这样也使得中央和地方都陷于"刺激消费—控制投机"的交替矛盾之中。同样，在近期（2010～2011 年）新一轮的房地产市场宏观调控中，为了遏制房价的再度快速上涨，中央已要求各地采取强有力的行政干预措施，不仅要限制购买住房，今后可能通过控制房价增长目标限制价格的增长（见"国发〔2010〕10 号文"、"国办发〔2011〕1 号文"的有关内容）。当然，这样的措施和手段，不排除为保障性住房争取时间和空间、从根源上解决住房问题的战略考虑；但是，这也会产生今后市场加剧过热的重大隐患。一年或若干年后，一旦限制性条件解除，被强力压抑的住房需求包括消费需求和投机需求将同时爆发，供求关系将再度紧张，房价可能再度出现暴涨，而届时宏观调控的难度将更大。

从上述分析可见，对房地产宏观调控的把握确实是一件非常困难的工作。总体来看，十年来任何一项调控政策的实施，短期内都难以取得"立竿见影"的实施效果。例如，通过增加土地供应平衡供求关系，除了城市土地资源紧缺的影响外，还受制于住房项目的自然建设周期，土地供应具有对需求的时滞性，短期内难以使市场供求关系发生明显转变；通过紧缩信贷来抑制投机性需求，执行中除了难以界定投机与合理消费的关系外，客观上由于流动性的充裕和低利率货币政策的实施，实际上相当一部分调控政策的效果已被抵消。由此可见，在进行房地产市场宏观调控过程中，期望调控政策一步到位、立竿见影，实际上是不现实的，出现市场或房价的大幅波动也是正常的，要想在中国市场经济的初级阶段完全把握房地产市场的运行规律，客观上讲难度还很大。当然，总结这十年的历程，还是有些经验教训值得吸取，以避免今后再遭波折。如在每一项调控政策实施时，事先应当有相关影响因素的全面分析，妥善处理好当前和长远的关系，尽可能避免只顾眼前、累计后期的政策负面效应。特别是在调控政策设计中，应当尽可能地采取经济手段，尽量减少行政手段的过度干预，以避免房地产市场出现大起大落现象，影响经济社会的稳定健康发展。

第一章 2001年：投资增长，价格稳定

摘要： 2001年，深圳房地产业增加值占GDP的比例为5.7％，房地产业在经济总量中仍占一定比重，但是经过20世纪90年代的高速发展，房地产业在深圳国民经济中的比重缓慢下降并趋于平稳。从房地产投资情况看，深圳房地产开发投资额达到322.85亿元，较上年增长了19.1％，占当年全社会固定资产投资比重达到47.9％。从房地产市场销售情况看，全市实际销售商品房面积643.47万平方米，比上年增长5.25％，实现销售收入313.31亿元，比上年增长16.43％，新建商品房销售继续呈上升趋势，市场景气程度较高。从房价运行看，新建商品住房买卖价格比上年略涨4.6％，价格总体平稳。综合评价：2001年，深圳房地产市场投资活跃、租售增长，市场供求总量及结构整体保持均衡，房地产经济呈现快速发展的趋势，房地产业与国民经济发展基本保持协调发展。

在房地产市场总体保持平稳发展的同时，深圳房地产市场也面临一些问题需要解决：一是在土地资源逐渐呈现紧张的条件下，如何解决人、地矛盾；二是闲置土地问题现象突出，如何在集约节约利用土地的原则下，结合深圳的实际情况，妥善处置闲置土地；三是针对深圳经济增长速度的减缓，如何进一步发挥房地产市场的作用，进一步促进深圳经济社会发展；四是针对房地产开发建设中存在的问题，如何规范房地产开发行为，加强违法行为的查处，促进房地产行业规范运行。以上问题均需要通过有关政策法规的执行与落实予以解决。

一、房地产业在深圳经济社会发展中的作用

从房地产业增加值的变化来看（见表1-1），2001年，房地产业增加值占GDP的比例为5.7％，继续保持较高的比例。1990年以来，房地产业增加值占GDP的比例平均为6.5％，占第三产业增加值的比例平均为13.7％；房地产业的增长对GDP增长的拉动在0.8～2.4个百分点之间，对第三产业增长的拉动在1.3～5.2个百分点之间。以上数据表明，房地产业增加值在深圳经济总量中占较高的比例，对经济增长有较大的拉动，房地产业仍然是深圳经济发展中的重要产业，对深圳社会经济发展起着重要的作用。同时也应当注意，经过20世纪90年代的高速发展，近年来房地产经济在深圳国民经济总量中的比重缓慢下降，预计未来相当长的时间内，房地产业对国民经济的推动将逐渐向全面基础性服务转变，并从属于社会经济发展的需要，为全市产业结构调整、居民居住条件的改善，提供必要的生产及生活服务。

房地产业增加值在整体经济发展中的比重 表1-1

年份	GDP（万元）	第三产业增加值（万元）	房地产业增加值（万元）	房地产业占GDP比重（％）	房地产业占第三产业比重（％）
1990	1716665	877126	91396	5.3	10.4
1991	2366630	1159711	157372	6.6	13.6

年份	GDP(万元)	第三产业增加值 （万元）	房地产业增加值 （万元）	房地产业占GDP 比重（％）	房地产业占第三 产业比重（％）
1992	3174194	1544848	201395	6.4	13.0
1993	4492889	1927518	306546	6.8	15.9
1994	6151933	2648941	434161	7.0	16.4
1995	7956950	3658361	587430	7.4	16.1
1996	9500446	4562136	702404	7.4	15.4
1997	11300133	5575837	760902	6.7	13.6
1998	12892800	6279814	808293	6.3	12.9
1999	14365100	6943100	867318	6.0	12.5
2000	16652400	7733900	961042	5.8	12.4
2001	19541700	8796000	1113877	5.7	12.7

从房地产投资的变化来看（见表1-2），2001年深圳房地产开发投资额达到322.85亿元，较上年增长了19.1％，占当年全社会固定资产投资比重达到47.9％，较上年提高了4个百分点。1990年以来，深圳房地产开发投资增长迅速，10年内保持着年均30％的高增长趋势，到2001年，房地产开发累计投资总额达到1495亿元，占全社会固定资产累计投资比重达到35％。房地产投资的不断增长，推动了国民经济的发展，有力地拉动了经济快速增长。但是，房地产开发投资的过快增长，在一定程度上也会导致市场过热。2001年房地产开发投资占全社会固定资产投资的比重已接近50％的高比例，暴露出房地产开发增长过快、开发投资与全部固定资产投资的比重失调等问题，须引起社会各界警惕和重视。

历年房地产开发投资变化　　　　　　　　　　表1-2

年份	房地产开发投资 （亿元）	房地产开发投资历年 变化（％）	房地产开发投资占全社会 固定资产投资比重（％）
1990	11.12	—	19.2
1991	25.56	129.9	32.2
1992	71.49	179.7	50.7
1993	102.77	43.8	52.7
1994	130.46	26.9	56.5
1995	103.04	—21.0	37.4
1996	124.83	21.1	38.1
1997	136.65	9.5	34.8
1998	167.49	22.7	34.1
1999	215.25	28.5	37.9
2000	271.02	25.9	43.9
2001	322.85	19.1	47.9

从房地产资产对国民经济的贡献来看，建市以来，深圳市已建成的各类房屋总面积超过 3 亿平方米，房地产资产总额达到 4000 亿元。目前，深圳正在使用中的房地产总资产，每年约产生 300 亿元左右的资产增值，占国民经济的比重达到 15％左右，房地产经济每年对国民经济的贡献（含房地产资产的贡献）超过 20％，成为仅次于工业（占GDP39.2％）的第二大产业。我国关于房地产资产在国民经济中的地位目前尚未有明确的统计。根据有关研究，西方国家我国香港和台湾地区对房地产资产在国民经济中的地位描述，是通过"楼宇业权"的统计进行的。所谓楼宇业权所产生的服务（简称"楼宇业权"），是指业主以个人身份为租客提供的租赁服务，以及住户、政府及私人非牟利团体等以业主身份为自己提供的服务。对于楼宇业权，美国、德国、中国香港等很多国家和地区采用了"租金等值法"来计算，即采用一种"设算租金"或"估计租金"（以同样地段类似物业的市场平均价为标准）作为此类经济活动的总产值，在考虑扣减一定比例的维修费用支出（香港取 5％）后，即可得出其增加值。本人参照香港楼宇业权的统计方法，对深圳房地产资产对国民经济的贡献进行了测算分析：得出 2001 年深圳"楼宇业权"创造的增加值约为 296～356 亿元，占 GDP 的比重达到 13.2％～15.4％（详见本章第五节专项报告）。

从房地产业对国民经济体系相关产业的作用来看，房地产业的拉动或"波及"效应特强。对于建筑、建材、设备、机械、燃料动力等直接拉动其发展的物质生产部门和行业，房地产业投入每增加 1 亿元，其他 23 个相关产业约增加 1.7 亿元的投资。此外，房地产业与金融业关系甚为密切且带动作用巨大，2001 年底深圳全市各类房地产贷款合计 824 亿元，占全市金融贷款余额的 28.8％，而当年全市新增金融贷款总额中（569.23 亿元），有 41％是各类房地产贷款创造的；另外，2001 年楼花抵押贷款和现楼抵押贷款合计 302 亿元，占当年全市新增贷款总额的 55％，考虑到目前信用贷款机制尚未完善、信用贷款所占份额较少，全市新增贷款中大部分是通过房地产抵押担保来实现的。

从深圳土地资产的运营来看，首先，由于房地产业的发展对土地的需求不断增长，1987 年以来，政府适时地推出了较大数量的房地产用地，满足了市场对土地的需求，保证了市场供求平衡；其次，政府通过对土地市场的有效调控，使土地出让的市场化程度进一步得到提高，土地资产的经济效益显著增长；其三，国土基金高效运营，为城市快速发展和建设积累了充足资金，2001 年国土基金达到 109.61 亿元，接近当年财政收入（265.65亿元）的一半。由此可见，土地管理部门通过对国有土地资产的严格管理和有效运作，充分发挥了土地资源的经济价值，提高了国土基金收入，为深圳未来的经济发展和城市建设提供充裕的资金保障。

从住宅建设对社会经济发展的促进来看，至 2001 年末，全市累计完成住宅建设投资近 1500 亿元，占全社会固定资产投资总额的 35％；全市住宅总量达到 19743.22 万平方米（含农村私人住宅），解决了深圳 468.76 万常住人口及 232.08 万流动人口的住房问题。据以上数据，2001 年按全市 700.84 万总人口计算，深圳人均居住建筑面积达到 28.2 平方米，尽管这项指标值与经济发达国家的平均居住水平（35 平方米）还有一定差距，但高于全国城市平均居住水平，并高于北京（21 平方米/人）、上海（24 平方米/人）等特大城市。

二、2001 年深圳房地产市场发展特征及综合评价

(一)商品房建设规模不断扩大,房地产业整体上处于发展上升期

2001 年,全市商品房施工面积 2462.75 万平方米,比上年增长 12.83％;商品房新开工面积 884.86 万平方米,比上年增长 19.97％;商品房竣工面积 770.58 万平方米,比上年增长 18.14％。商品房施工面积、竣工面积自 20 世纪·90 年代以来基本呈上升态势,1999 年以来,商品房开工率持续三年保持了 35％的高比例。数据表明,近年来,深圳房地产开发持续呈现增长态势,商品房建设规模不断扩大,房地产业整体上处于发展上升期,未来深圳房地产业的发展前景依然看好。

(二)新建商品房销售继续呈上升趋势,但增长趋于平稳;未来房地产市场供给,应针对市场总量与结构的变化,适度予以调整

2001 年全市实际销(预)售商品房面积 643.47 万平方米,比上年增长 5.25％;实现销售收入 313.31 亿元,比上年增长 16.43％。各类商品房中住宅需求旺盛的势头依然保持,住宅销售量达到 593.72 万平方米,比上年增长 6.6％,占商品房总量的比例达到 92.3％。商业用房销售量比上年小幅增长为 27.4 万平方米;写字楼销售总量再创 6 年新低,仅 11.01 万平方米。商业用房需求已呈增长苗头,而写字楼需求持续看淡。根据"深圳房地产市场综合评价体系"的评价参数分析(见笔者参与编著的《深圳房地产市场发展战略(1999～2010)》,中国建筑工业出版社),1999 年以来,深圳商品房预售率持续三年保持平均 60％的高比例,远远高于 35％的基准线,市场景气程度很高,但增长的势头趋于平稳。鉴于此,未来几年的房地产市场供给,应针对上述总量与结构的变化,适度予以调整。

(三)各类商品房空置状况大为好转,商品房空置已处于合理状态

1998 年以来,深圳商品房空置压力持续减缓,至 2001 年底已竣工的商品房空置面积 228.53 万平方米,比上年同比下降 9.13％,其中住宅空置 143.41 万平方米,占总空置面积的 62.75％,较上年下降 9.4％。此外,商品房空置一年(含一年)以上占 39.72％,空置一年以下占 60.28％。1998 年以来,随着政府对房地产市场宏观调控力度的加强,以及房地产市场发展日趋规范和理性,各类商品房空置状况已大为好转。根据"深圳房地产市场综合评价体系"的评价参数分析,2001 年商品房空置量与销售量的比率为 0.22,且连续三年在合理区间内(0.2～0.34)。分析表明:深圳市近年消化积压商品房的政策已显见成效,商品房空置已处于合理状态,房地产市场供求基本保持均衡。

(四)房地产三级市场交易大幅上升,存量市场开始走向繁荣,房地产二、三级市场的结构进一步趋于合理

2001 年,三级市场商品房销售面积达到 249.88 万平方米,比上年增长了 27.1％;其中,住宅销售面积达到 204.90 万平方米,比上年增长了 30.3％,持续保持高增长状态。近年来,由于政府推出了"减免存量房屋交易税费与地价"、"红、绿房地产证合一"以及规范房地产中介市场等一系列政策,有效地消除深圳存量住房的交易壁垒,促进了存量住房的流通,从而使得三级市场交易量大幅上升,房地产三级市场已开始走向繁荣,房地产二、三级市场的结构正进一步趋于合理,这无疑将促进深圳房地产市场良性循环及稳步发展。

（五）房屋租赁增长迅速，房地产投资意图明显增强，商业用途房屋及工业厂房的出租成为房屋租赁的热点

自1992年以来，历年房屋出租面积基本呈逐年上升趋势，1992年为395.09万平方米，1998年达到1380.7万平方米，至2001年深圳全市房屋租赁面积达到4908万平方米。据估计，深圳目前房屋租赁面积占全市房屋总面积比例达到35%以上，如此之高的租赁率表明，深圳目前的经济快速发展所产生的巨大房屋需求，使得利用房地产进行投资的意图大为增强，故而必然会促进房地产业的进一步快速发展。从房屋租赁区域结构来看，2001年福田区、宝安区、龙岗区出租房屋占全市房屋租赁总量的80.4%，占绝大多数比例，表明：区域房地产租赁市场的重心已从东部向西部转移。从房屋租赁的用途结构来看，厂房出租占全市出租房屋的比例仍为最高，达到45.2%，商业用房比例有较大提高，达到20.2%；表明：工业厂房及商业用途房屋的出租，是当前深圳房屋租赁市场的热点。

（六）新建商品住房价格略有上升，房地产价格总体平稳

2001年，深圳新建商品住房均价为每平方米5517元，同比去年上涨4.6%。根据"深房地指数系统"的研究，从买卖价格看，2001年年底，房屋买卖价格比年初总体下降了1.11%，其中住宅二级市场下降了1.86%，住宅三级市场下降了1.93%，办公物业上升了4.61%，商业物业上升了0.34%；从房租看，住宅市场、办公市场的房租变化不大，商业市场的房租呈下降趋势，工业市场的房租呈上升趋势；从地价看，住宅市场的地价略有上升，办公市场的地价略有下降，商业市场、工业市场的地价变化不大。2001年深圳房地产价格的变化，基本上与其实物量所反映的供求关系一致，表明：当年深圳房地产市场供求平衡，市场运行平稳。

（七）房地产调控政策及措施实施分析

2001年，在房地产业快速发展过程中，深圳房地产市场仍存在一些问题，影响着市场的正常运行。鉴于此，深圳市政府出台了《深圳市土地交易市场管理决定》（市政府100号令）、《关于加强土地市场化管理进一步搞活和规范房地产市场的规定》（深府［2001］94号文）等若干调控房地产市场的政策，通过建立土地有形市场、明确土地交易规则、规范房地产开发与经营活动、加强商品房销售管理等举措，不断规范和搞活房地产市场，保证了深圳房地产经济的健康稳定发展。如：

1. 建立土地交易市场，规范土地交易行为，使经营性房地产用地交易公开化、市场化、透明化。

2. 全面执行新的《商品房销售管理办法》，规范房地产交易行为，取消不合理费用。

3. 提高商品房预售"门槛"，规范房地产开发行为。

4. 修改完善房地产销售示范合同文本，推行房地产预售网上交易，保障买卖双方权益。

5. 实行房地产证种类的合并，进一步理顺房地产产权过户制度，积极促进房地产交易过户便捷化、高效率。

6. 降低房地产交易税费，促进房地产二、三级市场发展。

（八）2001年深圳房地产市场综合评价

根据"深圳房地产市场综合评价体系"的评价参数分析，2001年八项房地产市场单项评价比例指标有7个指标表现正常、1个指标表现异常，具体特征如下：

1. 房地产开发投资与 GDP 比率为 0.172，超出上限约 1.4%，表明：尽管房地产投资增长促进了宏观经济的发展，但仍出现了投资过热势头；今后几年应逐渐控制投资的快速增长，以避免出现房地产经济与宏观经济发展失调。

2. 房地产用地与土地出让总面积比率为 0.319，在正常浮动区间内且接近理想结果值，表明：2001 年土地出让结构合理，房地产开发与城市建设保持同步，房地产业发展与国民经济发展基本协调步调。

3. 商品房预售比率和商品房开工率分别为 0.596、0.359，均在正常浮动区间内，表明：当年新建商品房需求旺盛，房地产供给增长，房地产市场呈现较高的景气程度。

4. 商品房空置量与销售量比率为 0.222，在正常浮动区间内，表明：目前深圳房地产市场空置合理，空置商品房总量在合理供给储备范围内，市场供求总量整体处于均衡。

此外，商品房存量与增量比率和房屋租售面积比率等参数，也都在正常浮动区间内且接近理想结果值，表明：各类商品房供给与需求结构基本均衡，房屋租售比例合理，存量房屋市场日趋活跃，房地产市场结构总体保持平衡。

综上所述，2001 年深圳房地产市场投资活跃、租售增长，房地产经济呈现快速发展的态势，房地产业与国民经济发展基本保持协调，房地产市场继续呈现景气状态，市场供求总量及结构整体保持均衡，房地产市场整体运行正常。

三、2002 年房地产市场发展背景及趋势判断

(一) 2002 年深圳房地产市场发展背景

1. 从 2001 年深圳经济发展情况来看，国内生产总值增长 13.2%，工业总产值增长 17.7%，固定资产投资增长 8.7%，社会消费品零售总额增长 13.2%，预算内财政收入增长 18.1%，等等。数据表明：2001 年深圳经济的发展依然快速而强劲，全社会固定资产投资势头良好，经济运行质量和效益不断提高，社会消费需求依然旺盛，国民经济继续保持持续、快速、健康的发展势头，为 2002 年房地产及其他行业的发展奠定了良好的基础。

2. 从 2001 年深圳社会发展情况来看，全市常住人口比上年增长 8.3%，城镇居民人均可支配收入增长 8.9%，恩格尔系数由上年的 28.2% 进一步下降到 27.1%，另外，居民平均房价收入比保持 6∶1 的合理比例。深圳人口的快速增长及居民生活水平的进一步提高，将继续保持旺盛的房地产需求，并进一步刺激居民改善现有居住水平、提高居住质量的意愿。此外，深圳建成区面积比上年增长 4.1%，地铁、道路等城市基础设施建设不断加快，城市环境质量不断改善，为房地产业的进一步发展提供了良好条件。

3. 从入世带来的机遇看，加入 WTO 后我国将按世贸组织规定的权利和义务降低关税，开放国内市场，这将有利于扩大出口和对外投资，并直接对深圳房地产业产生重大影响。

4. 房地产调控政策的实施、银行降息政策的实行、深港自由经济区前景的看好、港人内地置业的进一步升温等，将使深圳房地产业面临前所未有的良好发展局面。

总之，2002 年深圳房地产市场无论是大环境还是小气候均具备良好的发展条件和背景，楼市更上一层楼的趋势将成为主旋律，深圳房地产市场持续、稳步、理性、快速发展的势头仍将继续保持。可以肯定，2002 年深圳房地产经济的发展将会继续推动宏观经济的快速增长，为全市国民经济的发展作出更大贡献。

　　（二）2002 年深圳房地产市场发展趋势

　　1. 房地产需求持续旺盛，新建住宅需求继续保持较高比例，经营性房地产用地将继续增加，土地出让的市场化程度进一步提高。根据深圳社会经济发展的总体趋势，2002年，深圳人口机械增长将会进一步保持较高比例，居民人均可支配收入将进一步增长，港人居深投资置业将进一步升温。据此预计，2002 年深圳房地产需求将会继续保持旺盛的势头，而考虑人均居住水平与发达国家的差异和居民进一步改善现有居住质量的意愿，新建住宅需求将继续保持较高比例。适应房地产市场的需求趋势，政府土地出让总量仍将保持较高的水平，而经营性房地产用地的出让，将会在 2001 年的基础上进一步增长；此外，土地公开招标、拍卖的力度将会进一步加强，大部分房地产用地仍将通过市场手段得到配置；而市政府将出台的土地、房地产政策，将从土地源头调控房地产市场并规范其发展。

　　2. 房地产开发规模继续扩大，存量房屋销售继续增加，房地产市场需求结构逐步调整，商品房空置进一步降低。随着土地出让幅度的进一步上升，2002 年，深圳房地产开发将继续呈现增长态势，商品房开工率将继续提高，房地产市场仍将呈现较高的景气程度。但由于本地内需的趋于饱和，增长幅度会受到一定的限制，而存量住宅在政府诸多优惠政策的鼓励下，将在 2001 年良好发展势头的基础上，进一步扩大流通从而满足已基本形成的梯度住房消费需求。此外，因需求旺盛的影响，深圳各类新建商品房的空置量将继续下降，非住宅物业市场供求相对失衡的现象会进一步得到好转。

　　3. 房屋租赁需求继续增长，房屋租赁市场日渐规范，写字楼、商业房屋及工业厂房的出租将是房屋租赁的热点。目前，深圳房屋租赁需求异常旺盛，而政府近几年通过加强社会综合治理、加强租赁管理力度、减免房屋租赁税费等措施的落实，租赁市场目前已明显规范。预计 2002 年，在经济持续高速发展的前提下，在"入世"及深港自由经济区趋势的影响下，各类物业的租赁需求将会继续增长，房屋租赁市场发展前景持续看好，而写字楼、商业用途房屋及工业厂房的出租，将是房屋租赁市场的热点。

　　4. 房地产价格将继续保持平稳，房地产租售价格波动幅度在合理区间内，区域房地产价格差异更加明显，具体有以下特征：

　　（1）"居住分区化"的逐步出现，将使区域房地产价格差异明显。随着深圳经济发展中心的西移、城市市政配套设施的日益完善，福田区将逐渐成为中高档住宅的集中地，住宅价格整体将会上升。宝安、龙岗两区尽管部分品牌项目价格增长，但整体价格不会有大的变化。特区内南山、盐田区，因其良好的居住环境会吸引一部分需求者，但由于地域因素的影响，其价格很难有较大幅度的增长，且仍将低于福田、罗湖两区。

　　（2）"豪宅"项目尽管增多，但不会对楼市价格整体造成影响。2002 年，深圳高档楼盘供应量将会增多，尽管多个豪宅项目对周边地域价格有一定的影响，但由于其供应区域相对集中，会使在消费结构中本来份额就小的豪宅市场面临激烈的竞争，但不会对全市整体价格水平形成较大冲击。

　　（3）非住宅价格将小幅上扬，写字楼、商业用房价格均有一定上升。2002 年，受入世等良好发展因素的影响，我国港台地区和国外跨国企业在深圳的经济活动将不断提高，非住宅物业的购买力将会显著增加，其价格也将进一步小幅上涨。

　　（4）住宅租赁价格将持续走低，非住宅租赁价格将逐渐上升，房屋租赁总体价格水平将呈缓慢回升趋势。考虑到目前私房房源充裕，2002 年预计住宅租赁价格水平将比上年小幅下降；办公用房、仓库租赁价格也将在上年基础上继续小幅下降；而商业用房、厂房，适应二、三产业的快速发展，将继续保持小幅上升的趋势。

5. 2002 年深圳房地产市场还将呈现：住宅个人购买比率进一步增加，港人购房数量和质量进一步提高；住宅质量、功能和环境不断完善；房地产业与高科技产业的结合进一步加强等诸多特征或趋势。

四、房地产发展面临的问题与相关政策建议

(一) 土地开发利用

1. 土地资源现状及解决人、地矛盾的措施

近年来，深圳市人口持续增长、城市化进程不断加快，使得有限的土地资源越发显得匮乏。2000 年第五次人口普查，深圳人口总量已经超过 700 万人，比 1980 年建市之初增长 21 倍。鉴于深圳经济持续高速增长及城市化进程不断加快，未来深圳仍将是人口的高吸引地，人口的快速增长仍将不可避免。但是，与人口增长不相适应的是深圳土地资源的匮乏与有限土地资源高速消耗。深圳市域面积不足 2000 平方千米，远远低于目前人口规模相当甚至人口更少的城市，人、地矛盾相当突出。目前全市已建设用地 467.29 平方千米，占全部可建设用地的 66.76%，尚余建设用地 233.23 平方千米，占全部可建设用地的 33.24%。1994 年至 2000 年，深圳年平均新增建设用地 25 平方千米，增速惊人。如果继续听任土地资源无节制的滥用，即使剩余可建设用地全部用于建设，深圳未来发展所需要的建设用地将不足以维持 10 年！而在现有极度匮乏的土地资源条件下，深圳再延续以往的发展模式，更难以实现长远的可持续发展。鉴于此，本人认为：

进行产业升级和加强城市规划建设管理，是改善人、地矛盾并保证未来城市可持续发展的有效手段。深圳目前在行政辖区面积无法扩张的情况下，需要通过提升产业结构和加强城市规划管理等手段，来缓解及改善未来城市发展建设用地不足的局面。

进行产业升级，一方面有助于人口的优胜劣汰，降低人口增长速度，并提高人口素质，同时也将降低对土地的需求和环境的压力；而加强城市规划建设管理则旨在配合产业升级，挖掘土地潜力，对土地资源进行更高效的配置和使用。

2. 闲置土地问题及其解决办法

目前，深圳全市范围内闲置土地约 12.6 平方千米，主要分布在宝安、龙岗两区。政府近几年对清理、收回闲置土地做了大量的工作，但收回闲置土地的难度很大。主要原因在于：绝大多数闲置土地是在特定历史条件下形成的（即 1992 年前后的房地产热），有其特殊的历史背景，一概无偿收回较难实施；另外，无偿收回闲置土地，往往要面对来自社会各方面的阻力，收地工作难度很大。为了从根本上解决土地闲置，建议采取以下措施：

首先，政府应综合考虑深圳社会经济的可持续发展，科学、合理地编制土地供应计划，并结合市场实际容量，优先消化闲置土地，不能盲目扩大土地供应总量。其次，应本着尊重历史、事实求是的态度，根据国家的有关政策，结合深圳市的实际情况，制定切合实际的闲置土地处置办法。

3. 违法用地、违章建筑问题及其解决办法

目前深圳市违法用地总面积超过 84 平方千米，主要分布在二线关外一些交通便利的村镇。各类违法、违章私房规模非常庞大，全市已超过 30 万栋，总建筑面积超过 1.22 亿

平方米。目前，深圳城市建成区内主要地区和地段的违法现象已基本得到控制，但农村违法私房抢建却依然屡禁不止。针对此问题，近年来政府主管部门不断加强执法力度，市人大于1999年专门出台了有关查处决定，但实际上收效甚微，主要原因是：现行土地管理体制和机制，限制了集体土地的流转、经营，难以平衡国家、集体经济组织及村民个人的利益关系。鉴于此，本人建议要从根本上解决违法用地问题，即：

加快解决农村集体土地市场化流转问题，认真对待集体土地进入市场流转的必然趋势，尽快研究制定相应的政策，积极引导、疏堵结合，从根本解决集体土地违法违章问题。

4. 存量土地随机入市及土地供应总量控制的措施

目前，政府对存量土地的控制面及控制力均有不足。从控制面来看，目前实际可利用的233平方千米可建设用地中，对农村集体土地的控制能力较差，有些地区的农村违法用地量甚至以高出政府出让量3.5倍的速度增长。从控制力来看，1998年以来，政府对进入房地产市场的土地的控制程度不到20%，而80%房地产用地（多为企业手中的行政划拨地或协议地），通过补地价的方式随机进入市场。房地产开发中土地随机入市问题，使政府的土地供应计划对市场的引导作用下降，政府对市场总量及结构的可控程度下降，其结果只能加剧房地产市场供求失衡及无序发展。鉴于此，本人认为：

应进一步完善年度土地供应计划，将存量土地入市纳入年度土地计划管理，根据不同用途土地的市场需求，确定经营性房地产用地的开发总量（包括新出让量和企业手中的存量），并按年度计划进行存量土地入市审批。

采取此措施，政府对土地的可控程度将进一步加强，房地产市场供给总量将从源头上得以控制，从而保证房地产市场供求均衡，使房地产市场的发展更加理性和有序。

5. 其他政策建议

（1）继续加强城市规划管理，进一步完善各分区规划、各片区法定图则，尽快将法定图则覆盖到全市范围；

（2）实行总量控制的土地供应制度，根据经济发展计划与未来市场需求，科学合理地编制土地开发供应计划；

（3）充分利用市场手段配置土地资源，继续加强土地招标、拍卖的力度。

（二）住宅建设

1. 继续加强住房市场化

根据深圳市房价收入比和恩格尔系数的变化分析，近年来，深圳的房价与人民现时生活水平相适应，居民实际购房能力不断提升，居民住宅消费支出空间不断扩展，居民购房的潜在需求能够转化为有效需求。据此建议：

政府应进一步培育房地产市场，减少非商品住房建设，进一步加强住房商品化和社会化。

2. 继续实施"购房入户"政策

根据未来10年需求分析，新建住宅仍将保持庞大的需求量（每年约400万平方米左右），而非户籍人口逐渐成为特区内、外商品房的主要需求者（尤其是特区外非户籍人口购房已超过销售总量的70%）。据此建议：

继续在特区外推行"购房入户"政策，暂不要取消；在特区内放宽入户限制，有条件的试行"购房入户",以进一步促进深圳社会经济发展,促进房地产市场发展。

3. 加快制订深圳市住宅产业化发展纲要

近5年,深圳住宅建设投资每年保持着20%～30%的高增长趋势,占全社会固定资产投资的比重连续10年保持30%左右(国外同类指标一般都在20%～30%之间)。此外,20世纪90年代中期以来,深圳住宅投资增长对GDP增长的拉动在2个百分点左右;住宅建设投资占GDP的比例平均为12.6%(超过国际上一般3%～8%比值区间)。由此可见,深圳住宅建设有力地促进了国民经济的增长,对深圳社会经济的发展意义重大。为了更好地促进未来住宅建设,使之成为拉动深圳经济增长的动力,据此建议:

加快制订深圳市住宅产业化发展纲要,系统研究和制订住宅建设规模、规划布局、住宅设计、住宅质量体系、住宅金融服务、村镇住宅建设等方面的具体政策和措施,大力推进住宅产业化进程。

(三)房地产开发

近年来,在房地产业快速发展过程中,深圳房地产市场仍存在一些不规范的市场行为,影响了房地产经济的健康运行。为了进一步规范房地产开发与经营活动,保证房地产市场的健康稳定发展,结合近期国家和本市的有关政策法规,提出以下建议:

1. 提高商品房预售"门槛",规范房地产开发行为。根据深圳市政府2001年94号文,深圳市将提高商品房预售条件,并依此限制发展商投机行为,逐渐形成房地产业规模经营,并加强产业集中度。

2. 完善法律、法规,依法管理。政府有关部门已组织力量,对现行规划、土地及房地产法规、规章进行全面清理和修改,并形成较完善的立法成果,进一步健全和完善房地产法律制度,保证房地产经济的健康运行。

3. 清理开发项目,查处违法行为。建议针对房地产开发过程中出现的问题,按照有关整顿和规范房地产市场秩序的精神,进行全面的清理工作,并集中力量对房地产开发建设中涉及项目规划设计、土地出让、开发经营、商品房销售等多个环节存在的问题,进行整改和处理,把问题消灭在萌芽状态。

4. 加强房地产市场调控,加强房地产行业管理,建立房地产预警系统和房地产企业及从业人员诚信系统。

5. 进一步调整商品房供给结构,力求使房地产市场供求结构达到均衡。应继续对商品房供给结构予以调控,对供应偏大的写字楼、商服用房等的审批应严格控制,使增量市场供应结构适应市场需求。

6. 对普通商品住宅销售进行税费优惠政策,个人销售普通商品住宅,免征营业税;个人购买普通商品住宅,免征契税;个人购买普通商品住宅所支付的购房款及购房贷款利息,可在本人计征的个人所得税税基中扣除;个人销售存量住宅若用于购买商品房,取得收入可免征个人所得税。

2002年,北京对居民销售居住一年以上的普通商品住宅免营业税(房价的5%)及相关税费;而上海2000年从所得税"退税"政策中受益匪浅,上海房地产市场也因此飞速发展,居民个人购房能力大幅提高。从收入水平来看,深圳的平均收入水平为全国最高,如果采取"免营业税"、"退所得税"政策,将从很大程度上降低居民购房成本,促进住房消费,使房地产经济进一步拉动宏观经济增长。鉴于北京、上海因此项政策效果良好而促动房地产业发展，建议采纳此政策。

五、专项报告：关于房地产资产对国民经济贡献的研究说明

文章背景及摘要：本文是笔者主持开展、建设部委托的"中国房地产统计指标体系"课题中的一项成果报告。文中，通过借鉴香港"楼宇业权"统计指标，探讨了将楼宇业权增加值计入深圳房地产业增加值中的方法；对准确评估深圳房地产业（包括房地产资产）在国民经济发展中的地位有着重要的意义。

房地产即房产和地产的通称，是土地及其地上房屋等建筑物或构筑物。房产是指在法律上有明确所有权权属关系的房屋财产。地产是指明确法律权属关系的财产土地。房地产业是指从事房地产开发经营管理和服务的产业。同时，国内的房地产业隶属于国民经济行业分类中的第三产业中的第二层次，即为生产和生活服务的部门之一，其中包括房地产开发与经营业、房地产管理业、房地产代理和经纪业三大部分。

我国关于房地产资产在国民经济中的地位目前尚未有明确的统计。根据有关研究，西方国家及我国港台地区对房地产资产在国民经济中的地位描述，是通过"楼宇业权"的统计进行的。如香港房地产业的统计包括了地产和楼宇业权所产生的服务两个方面。所谓地产，就是国内一般意义上的房地产业，包括房地产开发（香港称"地产发展"）、楼宇出租、经纪和管理服务四个方面。所谓楼宇业权所产生的服务（简称"楼宇业权"），是指业主以个人身份为租客提供的租赁服务，以及住户、政府及私人非牟利团体等以业主身份为自己提供的服务。在产业部门划分方面，香港同样参照联合国1968年修订的《经济活动的国际标准部门分类》（ISIC）把经济活动分为10大类：①农业、狩猎业、林业和渔业；②矿业和采石业；③制造业；④电力、煤气和供水；⑤建筑业；⑥批发、零售、贸易、饮食和旅游业；⑦运输、仓储和通讯业；⑧金融、保险、房地产和商业服务；⑨政府服务、社会服务和个人服务；⑩其他未作界定的经济行为。而香港将第⑧项中"房地产"按其本地习惯表述为"地产"，并把第⑩项改为楼宇业权所产生的服务，即房地产资产对国民经济的贡献。

楼宇业权是香港整个房地产统计中不容忽视的一个重要组成部分。在香港国民经济核算中，楼宇业权被视为一项重要的经济活动，它既代表一类商品的消耗，也表示一项产品产出。对于楼宇出租公司而言，其租金收入已纳入地产业统计中并计入GDP。但业主以个人身份的租金收入，却没有计入。此外，在香港乃至市场经济比较发达的欧美国家，往往将住户、政府以及非牟利机构等以业主身份为自己提供的这类服务（即业主自住），也作为此类经济活动计入GDP。这样做的理由是：未发生商品交易行为的房屋自用也是一种消耗或产出，其意义等同于无自有固定资产而去租赁相同的物业。对于上述两种经济活动的总额，美国、德国、中国香港等很多国家和地区采用了"租金等值法"来计算，即采用一种"设算租金"或"估计租金"（以同样地段类似物业的市场平均价为标准）作为此类经济活动的总产值，在考虑扣减一定比例的维修费用支出（香港取5%）后，即可得出其增加值。

从1980～1990年的统计来看，香港20世纪80年代地产业及楼宇业权占GDP的比例平均达到19.9%，其中地产业为9.1%，楼宇业权为10.8%，两者对GDP的贡献基本接近（后者高出前者1.7个百分点）。该项统计资料还显示，在香港的两大支柱产业中，制造业占 GDP 的比重逐渐下降，1990 年降低到 16.7％，房地产业（包括楼宇业权）的比重则连续两年超过制造业，成为香港的第一大产业。在此，楼宇业权作用巨大。

然而，在我国的统计体系中，楼宇业权或称房地产资产对国民经济的贡献未能得到体现。这主要由于：其一是行业增加值的归类问题；其二是"楼宇业权"增加值的漏算问题。前一问题的产生，主要在于各地区或城市统计报表上报中，将房地产业的增加值误计入其他行业。例如，一些城市因经济比较发达，对房地产服务的需求量及需要种类不断上升，使得一些本不是房地产咨询服务为主业的企业也大量从事房地产服务。然而，统计部门在报表归类中，往往是根据该企业的主业性质进行统计，这就将本属于房地产业的增加值计入其他行业，相应减少了房地产业的贡献值。其次是"楼宇业权"的漏算问题。在我国的国民经济统计制度中，由于增加值是按照行业报表的数据进行计算的，对于楼宇业权这种业主自己住用或租赁的经济活动，没有任何报表制度可以得到反映。这样，我国房地产业（含房地产资产）在国民经济中的真正地位便难以确立。

由于上述问题的存在，我国房地产业对国民经济的贡献到底有多少，房地产业在国民经济中的地位如何真实地评价，一直是困扰关心房地产业经济发展人士的一个重大问题。鉴于此，我们参照香港楼宇业权的统计方法，按照以下思路，对深圳楼宇业权产生的增加值及其对国民经济的贡献进行了测算分析。

1. 根据对深圳存量房地产资产的调查，对于需要计入"楼宇业权"的房屋总面积，采用了一个估计区间，即目前深圳业主自用或业主自行出租的住房总面积达到 1～1.2 亿平方米。

2. 考虑深圳房屋租赁的平均租金，2001 年为 26 元/（月·平方米）；参考香港 5％的维修费，可以得出 2001 年深圳"楼宇业权"创造的增加值为 296 亿～356 亿元。

3. 2001 年深圳 GDP 总额为 1954.17 亿元，考虑到"楼宇业权"的增加值，实际 GDP 应为 2250.17 亿～2310.17 亿元。"楼宇业权"占 GDP 的比重达到 13.2％～15.4％。

4. 2001 年深圳房地产开发与经营（不含"楼宇业权"）的增加值为 111.39 亿元（估计值），若加上"楼宇业权"增加值，则房地产业占 GDP 的比重达到 18.2％～20.2％（含房地产资产所产生的服务对国民经济的贡献）。

根据统计资料，2001 年工业增加值占 GDP 的比重为 39.2％，由此可见，深圳房地产业成为仅次于工业的深圳第二大产业；而房地产业增加值占 GDP 的比重中，房地产开发及其他经营行为仅占 GDP 的 5％，房地产资产所产生的服务则占 13％～15％。

由此可见，"楼宇业权"增加值的计入，对确立深圳房地产业（包括房地产资产）在国民经济发展中的地位有着重要的意义，同时对国民经济的准确核算，以及进一步确定国家或区域经济的未来发展目标，亦有着非常重要的意义。

第二章 2002 年：投资加速，需求理性

摘要： 2002 年，深圳房地产开发投资总额高达 411.12 亿元，增长幅度为 27.3%，房地产开发投资与 GDP 的增长率差距较大；商品房施工面积达到 2672.47 万平方米，较上年增长了 8.52%，商品房新开工面积为 944.54 万平方米，达到历史最高值，房地产开发继续处于发展上升期。从商品房销售情况看，新建商品房销售面积总体呈上升趋势，其中住宅销售面积达到 724.4 万平方米，自 1990 年以后呈直线上升趋势；存量房屋销售面积达到 340.49 万平方米，比上年增长了 36.3%，持续保持高增长状态，政府已采取的"减免存量房屋交易税费与地价"、"红、绿房地产证合一"等政策，有效地消除了深圳存量住房的交易壁垒，促进了存量住房的流通。从房价运行看，2002 年全市新建商品住宅价格为每平方米 5533 元，新建商品住宅价格走势平稳，并呈现出缓慢走低的态势。从市场需求特征看，房地产市场呈现以个人购房为主体、外来人口购房不断增加的特征，住宅消费群体继续保持年轻化，首次置业人群占较大比例。此外，房价与居民的实际收入水平相协调，居民实际购房能力较强。数据表明，2002 年，深圳的房价水平并未脱离当前的经济发展和居民收入水平，房价运行正常，市场运行平稳，市场需求理性，未来房地产市场仍具有很大的增长潜力。

一、房地产业与经济社会的发展

(一) 宏观发展背景

自 1996 年以来，深圳房地产市场在国家的宏观经济政策的引导下，获得了较大的发展。1996 年 7 月，中央做出的把住宅建设培育成新的经济增长点和消费热点的决策，对房地产市场特别是住宅市场的发展起到了很大的促进作用。

在金融方面，中长期贷款(固定资产贷款)利率在 1995～2002 年间共进行了十次减息，个人住房贷款月利率在 1997～2002 年间，也进行了七次减息。近年来利率的持续下调，为房地产开发和购房者都提供了宽松的资金环境。

从住房政策看，1998 年后国家进行了一系列重大改革和出台了相关的产业促进政策。一是住房分配体制的重大改革，停止住房实物分配，逐步实行住房分配货币化；二是住房供应体制的重大调整，理顺了住房供应机制；三是住房交易市场进一步开放；四是住房金融得到培育和发展；五是住宅产业现代化向前推进，提高住宅整体质量的工作开始全面启动等。一系列的改革政策促进了住房的市场化趋势和实现住房由"求量"到"重质"的根本转变。

从深圳自身的经济社会发展看，首先，经济继续持续快速增长，促进了房地产需求的增长。2002 年，深圳 GDP 总量居全国第 4 位(2239.41 亿元)，人均 GDP 居全国第 1 位(分别为 46030 元/人)，规模以上工业总产值居全国第 2 位(3571.26 亿元)，外贸进出口总额居全国第 1 位。在经济持续增长、产业升级和结构调整等因素的影响下，深圳成为全国吸引投资、吸引人才的重点城市之一，使得房地产新增需求不断增加。

　　其次，社会发展步入新的阶段，人民生活水平的改善，促进了房地产业的发展。2002年，随着经济持续高速增长，深圳人口规模、人民生活水平均有较大的提高。人口继续保持高速增长，当年新增人口35.49万人（基本为外来人员），常住人口增长到504.25万人；人民生活水平不断改善，当年人均可支配收入达到24941元/人，比上年增长9.6%，在岗职工年平均工资达到28087元/人，比上年增长了8.3%，年末城镇登记失业率为2.45%，比上年减少了0.02个百分点，城镇恩格尔系数为27.4%，比上年减少了1.5个百分点。以上社会发展水平的提高，使得居民改善居住质量和居住环境的需求日益增长；而以外来人口机械增长为主体的人口增长模式，既增加了房地产有效需求，也凸显了房地产的投资价值。

　　此外，深圳地铁等基础设施的加快建设、毗邻香港的优越地理位置以及深港基础设施的衔接，刺激了房地产外销需求的不断增长。

　　在以上客观因素的影响下，当前深圳房地产市场持续呈现高速发展局面。

（二）房地产业与国民经济发展

　　深圳建市24年以来，房地产业的发展非常迅速，到目前已成为深圳国民经济中一个较重要的产业。从前章房地产业增加值的变化来看（见表1-1），在20世纪90年代中期，房地产业增加值占GDP的比例一度达到7.4%，对深圳国民经济的发展起着重要的作用。随着深圳经济逐渐步入平稳发展期，房地产业在深圳国民经济总量中的比重也逐渐下降，目前房地产业增加值与GDP的比例已由90年代中期的7.4%下降到5.7%，但房地产业作为重要的服务产业，仍然为全市经济发展、人民生活条件的改善，提供必要的基础性服务。

　　从房地产开发投资看，2002年，深圳房地产开发投资总额高达411.12亿元，增长幅度高达在27.3%，占全社会固定资产投资比重高达54.9%。1998年以后，深圳房地产开发逐渐出现了投资增长快、开发投资与全部固定资产投资的比重失调等问题。理论上讲，在深圳快速发展中，房地产业仍具有先导性产业的特征，其投资增速高属于正常现象，但是增速过高极易造成房地产市场过热隐患。从90年代后期开发投资增长情况看（见图2-1），

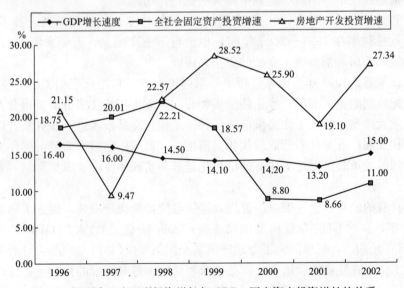

图2-1　深圳房地产开发投资增长与GDP、固定资产投资增长的关系

1998～2002年间房地产开发投资的增长速度比GDP的增长高出6～14个百分点。1992年全国出现房地产过热现象时，房地产开发投资增长率与GDP增长率的比值达到4.53:1的极度异常值。目前，深圳房地产开发投资与GDP的增长率的比例为1.8:1，房地产开发投资较90年代初相对安全，但与GDP增长的差距仍比较大。因此，政府及社会各界需要对房地产开发增长过快问题引起足够的重视，以避免房地产过热隐患的产生。

从横向比较来看，2002年三季度深圳房地产开发投资同比增长24%，占固定资产投资比重56%，投资增长率与GDP增长率比例为1.83；而同期北京市房地产开发投资同比增长29.5%，占全社会固定资产投资比重57.1%，其投资增长率与GDP增长率比例为3:1；上海市房地产开发投资同比增长38%，占全社会固定资产投资比重38.1%。从以上比较看，在房地产开发投资增长方面，三个城市中，深圳是最小的，比北京低5个百分点，比上海低14个百分点，而且实际投资额比以上两个城市都小；在房地产投资占固定资产投资比重方面，比北京低1个百分点，但比上海高18个百分点；此外，深圳房地产开发投资与GDP增长率的差距比北京低1.27倍。由此可见，尽管深圳房地产开发投资增长较快，但相对于国民经济增长仍比较安全；存在的主要问题是，房地产开发投资占固定资产投资比重明显偏大（北京也如此）。产生这种情况的原因，主要是由于近年来深圳固定资产投资中，基本建设投资增长缓慢，从整体上制约了固定资产投资的增长，并使得投资对GDP的拉动作用减弱；而在固定资产投资结构中，又相对使房地产开发投资比例显现过大，呈现结构性失调。鉴于此，政府应加大未来基本建设投资及其他投资的力度，改变目前投资主要依靠房地产拉动的不利局面。

（三）房地产开发与金融

从房地产开发项目资金构成来看，在本年596.10亿元资金来源中，国内贷款占25.7%；自筹资金占27.8%（其中自有资金占本年资金来源的15.2%）；定金及预收款占34.9%。以上资金结构中，国内银行贷款仅占25.7%左右，而企业自筹资金及房地产销售定金及预收款则占绝大多数。表明：当前银行开发信贷资金多来自于企业自筹和居民消费，房地产开发资金仍比较安全。

根据金融机构统计，至2002年底，深圳全市金融机构贷款余额达到3512.48亿元，而各类房地产贷款合计1062.81亿元，占全市金融贷款余额的30%。在房地产贷款中，住房按揭贷款余额为697.88亿元，房地产开发贷款余额为364.93亿元，分别占房地产信贷资金的66%和34%。此外，在全市当年652.95亿元新增贷款余额中，有43%是各类房地产贷款创造的。数据表明：房地产业对金融业的带动比较大，同时也对金融业影响比较大；新增贷款中房地产贷款所占比例较大、增长较高，势必增加金融贷款的不安全因素，需要引起社会各界的重视。

（四）住宅建设与居民居住水平改善

从住宅建设对经济社会发展的促进来看，至2002年末，全市住宅建设总量超过2亿平方米（含农村私人住宅），解决了深圳700万人口（含200多万流动人口）的住房问题。根据有关专业机构的调查，2002年深圳人均居住建筑面积达到28平方米，这项指标与经济发达国家的平均居住水平已比较接近（一般在人均30平方米以上）；2002年深圳住房类型中两居室、三居室和四居室住宅占住宅总量的比例为90%，住房成套率达到95%，已远远高出我国60%的城市小康住房标准。由此可见，深圳住宅建设的巨大成就，促进了深圳居住水平的不断改善，为深圳人民创造了良好的生活条件。

二、房地产用地情况

（一）土地出让总量与结构

1996~2002年的七年间，深圳共出让土地9127.84公顷，年均出让面积1303.98公顷。其中：

（1）全社会居住、办公和商业用地2784.34公顷（住宅为2133.91公顷），占总量的30.51%（其中住宅占总量的23.38%），年均出让面积397.76公顷（住宅年均出让304.84公顷）；

（2）工业仓储及宿舍配套2569.05公顷，占总量的28.15%，年均出让367公顷；

（3）交通、能源、水利及公益用地2654.43公顷，占总量的29.08%，年均出让379.20公顷。

从以上土地出让结构看，工业仓储、交通能源与公益、住宅与商业办公（即房地产用地）三大类用地比例基本接近，表明用地结构基本均衡。

（二）房地产用地出让分析

从历年住宅、办公、商业等房地产用地占土地出让总量的比例看，1996年，住宅、商业、办公等房地产用地总量为513.14公顷，占土地出让总量的比例为41.05%，为历年最高值；嗣后，住宅、办公和商业用地所占比例基本呈下降趋势，到2002年住宅、商业、办公用地降至305.88公顷，占总量的比例为22.95%，比例明显下降。经对历年比例数值的线形回归分析可见（见图2-2），各类房地产用地占土地出让总量比例总体呈下降的趋势。

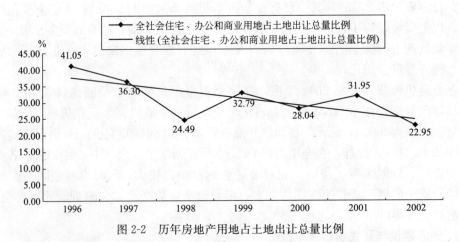

图2-2　历年房地产用地占土地出让总量比例

上述趋势，与近年来将高新科技、物流等产业作为经济发展支柱的产业调整政策是相适应的。近年来，随着深圳产业结构不断调整，以高新技术产业为龙头的第二产业高速发展，与此相适应，1999年以来工业仓储用地的年出让量远远高于1997~1998年，呈现较明显的上升势头。此外，为改善深圳基础设施，提高深圳城市的配套水平，改善人民生活和居住环境以及加大对深圳欠发达地区的扶持力度，近年来市政府明显增加了对交通能源和市政配套的土地供应。因此，1996年以来深圳土地出让结构发生较大变化，房地产用地出让明显减少，工业、交通、基础设施用地不断增加，这与深圳近年来城市整体发展战略相吻合。

(三) 商品房用地出让分析

由图 2-3 可见，在房地产用地出让总体下降的同时，商品房用地反而呈上升态势。1996 年，商品房用地出让总量为 143.73 公顷，到 2001 年达到 361.38 公顷的最高值。2002 年，随着对房地产市场有过热趋势的判断，商品房用地出让比上年有所回落，为295.88 公顷。

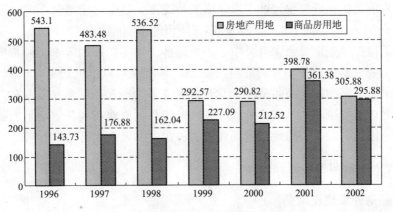

图 2-3 历年商品房用地总量(公顷)

在历年的商品房用地出让中(图 2-4)，一个明显的趋势是商品房用地占全部房地产用地的比例不断上升(见其线形回归分析线)。1996 年，商品房用地占住宅、办公、商业等房地产用地的比例为 28.01%，到 2002 年，则达到 96.7%。表明：通过市场方式出让的房地产用地已占主流地位，房地产用地的市场化程度已明显提高。

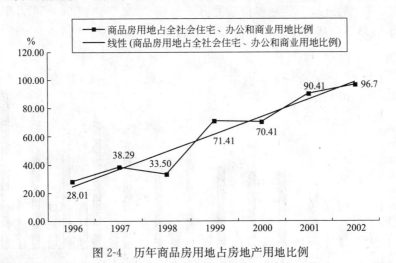

图 2-4 历年商品房用地占房地产用地比例

产生这种现象的原因，主要在于 20 世纪 90 年代末政府一系列规范房地产市场发展、促进房地产用地市场化政策的出台和落实。自 1998 年起，深圳市经营性房地产用地全部实现了招标拍卖出让；2001 年 3 月 1 日起，市政府 100 号令规定十类土地使用权转让必须在土地房产交易中心挂牌交易；2001 年 7 月 6 日，市政府 94 号文规定，除农村征地返还土地外，停止审批合作建房并将合作建房视为房地产转让。以上政策的出台，从制度上制止了炒买炒卖房地产用地，并使得深圳房地产市场成为全国最为规范的房地产市场之一，也为国家有关规范房地产开发、促进土地市场化政策的出台提供了政策实验基础。

(四) 房地产用地供求关系分析

根据我们的研究，单位存量土地随机入市，容易造成"房地产热"。在 1999 年以前出让的单位存量土地中(其中包括改功能用地、旧城改造用地等)，有 1170 公顷未及时开发建设从而形成沉淀；在近年房地产需求旺盛的情况下，这部分土地从 1999 年起开始入市，1999～2002 年进入市场面积约 680 公顷(建筑面积约 1800 万平方米)。

目前，单位存量土地尚余 490 公顷，假如这些土地不加控制未来三年集中入市，加上目前正在施工尚未销售的和空置的商品房面积，每年也可以形成约 700～800 万平方米的新增商品房供给。目前新建商品房年消化量大约在 600～700 万平方米左右，因此，即使不新出让土地，市场也基本饱和。由此可见，单位存量土地在利益驱动下的随机入市，将影响政府土地出让，对未来房地产市场健康、稳定的发展造成不利的影响。

三、房地产开发与交易情况分析

(一) 商品房开发建设规模

由图 2-5 可见，90 年代以来，商品房施工面积基本呈台阶状上升，1998 年后历年施工面积均超过 2000 万平方米且逐年上升，2002 年，商品房施工面积达到 2672.47 万平方米，较上年增长了 8.52%。商品房竣工面积也基本呈台阶状上升，1998 年后逐年大幅增长，2002 年达到 915.30 万平方米，较上年增长了 18.78%。此外，商品房新开工面积呈现波动上升趋势，1993 年升至 504.49 万平方米的波峰，1995 年降至 141.30 万平方米的波谷，而 1995 年之后连续 7 年基本持续上升，并在 2002 年达到 944.54 万平方米的历史最高值，但上升趋势已从上年的 59% 大幅减缓到 6.74%。

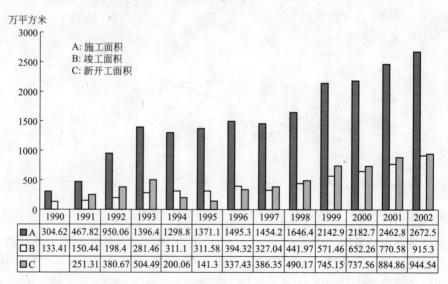

万平方米	1990	1991	1992	1993	1994	1995	1996	1997	1998	1999	2000	2001	2002
A	304.62	467.82	950.06	1396.4	1298.8	1371.1	1495.3	1454.2	1646.4	2142.9	2182.7	2462.8	2672.5
B	133.41	150.44	198.4	281.46	311.1	311.58	394.32	327.04	441.97	571.46	652.26	770.58	915.3
C		251.31	380.67	504.49	200.06	141.3	337.43	386.35	490.17	745.15	737.56	884.86	944.54

A: 施工面积
B: 竣工面积
C: 新开工面积

图 2-5 历年商品房开发规模

数据表明，1998年以后，深圳房地产开发呈现持续增长态势，商品房开发建设规模不断扩大，房地产开发整体上处于发展上升期。从同年新开工面积与竣工面积的比较来看，1996年以前，两项指标背离较大（差距在50%～100%），表明房地产市场发育尚不稳定；而后7年内则比较接近，表明房地产市场运行较为正常和稳定。

（二）新建商品房销售

由图2-6可见，20世纪90年代以来，新建商品房销售面积总体呈上升趋势。其中，住宅销售面积达到724.4万平方米，自1990年以后呈直线上升趋势；写字楼销售面积，在90年代中期达到高峰期后，1998年后基本保持较小的销售量，但有逐渐上升趋势。此外，其他商品房（主要是厂房仓库）则在90年代中期后销售量逐渐递减，2002年更是降至2.99万平方米的历史最低值；表明随着深圳产业结构的不断调整、高新技术产业的发展，传统的、以加工业为主的标准商品厂房基本退出了房地产市场，深圳工业、仓储业已基本实现了厂房自用为主，规模化、集约化生产方式。

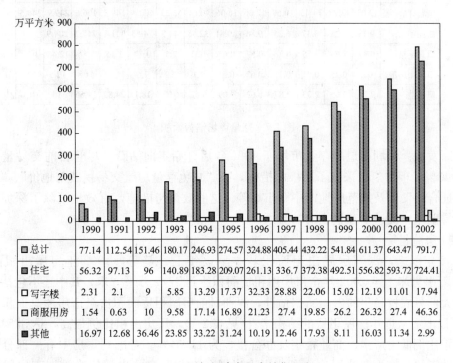

	1990	1991	1992	1993	1994	1995	1996	1997	1998	1999	2000	2001	2002
■总计	77.14	112.54	151.46	180.17	246.93	274.57	324.88	405.44	432.22	541.84	611.37	643.47	791.7
▨住宅	56.32	97.13	96	140.89	183.28	209.07	261.13	336.7	372.38	492.51	556.82	593.72	724.41
□写字楼	2.31	2.1	9	5.85	13.29	17.37	32.33	28.88	22.06	15.02	12.19	11.01	17.94
□商服用房	1.54	0.63	10	9.58	17.14	16.89	21.23	27.4	19.85	26.2	26.32	27.4	46.36
■其他	16.97	12.68	36.46	23.85	33.22	31.24	10.19	12.46	17.93	8.11	16.03	11.34	2.99

图2-6　历年新建商品房销售面积

（三）存量房屋销售

由图2-7可见，1995年以前，存量房屋市场各类商品房销售面积变化不大，存量房屋市场尚发育不足；嗣后，销售面积逐年增大，并在1996年之后急剧上升；2002年，存量房屋市场商品房销售面积达到340.49万平方米，比上年增长了36.3%，持续保持高增长状态。

一般来讲，存量市场的发展对拉动增量市场需求，具有积极的促进作用。存量市场交易的活跃，将促进低收入者购买旧房，而高收入者则"卖小、购大"在增量市场追求更高的住房质量。这样，将有利于按照居民的收入水平拉开住房价格层次，从而促进房地产市

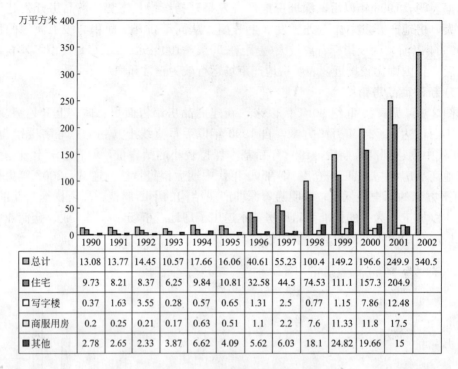

	1990	1991	1992	1993	1994	1995	1996	1997	1998	1999	2000	2001	2002
■总计	13.08	13.77	14.45	10.57	17.66	16.06	40.61	55.23	100.4	149.2	196.6	249.9	340.5
■住宅	9.73	8.21	8.37	6.25	9.84	10.81	32.58	44.5	74.53	111.1	157.3	204.9	
□写字楼	0.37	1.63	3.55	0.28	0.57	0.65	1.31	2.5	0.77	1.15	7.86	12.48	
□商服用房	0.2	0.25	0.21	0.17	0.63	0.51	1.1	2.2	7.6	11.33	11.8	17.5	
■其他	2.78	2.65	2.33	3.87	6.62	4.09	5.62	6.03	18.1	24.82	19.66	15	

图 2-7　存量市场销售面积

场的不断发展。深圳房地产存量市场于 1996 年后开始走向活跃，尽管目前交易量才达到
新房的 43%，但政府已采取了积极的措施，如"减免存量房屋交易税费与地价"、"红、绿
房地产证合一"以及规范房地产中介市场等。这些政策与措施，有效地消除了深圳存量住
房的交易壁垒，促进了存量住房的流通。

（四）房屋租赁

1992 年以来，深圳房屋出租面积基本呈逐年上升趋势，1992 年房屋出租面积为
395.09 万平方米，至 2002 年全市房屋租赁面积达到 5741 万平方米，其中还不包括未纳入
管理的大部分农村私房的出租。据估计，深圳目前房屋租赁面积占全市房屋总面积比例达
到 35% 以上。从近年房屋租赁的结构来看（见表 2-1），厂房出租比例最高，达到 54.19%，
住宅出租比例低于厂房、商业楼宇及办公楼，为 11.04%。考虑到厂房中有一部分已因经
济发展的需要转变为商业用途，商业用途房屋及工业厂房的出租成为深圳市房屋租赁的
热点。

2002 年各类（纳入管理）**房屋出租面积和比例**　　　　　　　　　　　　　　　表 2-1

项目	出租总面积	按用途分					
		住宅	商业	办公	厂房	仓库	临时
合计（万平方米）	5741	633.93	1051.18	800.1	3110.83	119.03	25.98
比例（%）	100	11.04	18.31	13.94	54.19	2.07	0.45

（五）房地产价格

根据统计数据（见表 2-2），2002 年深圳全市新建商品住宅均价为每平方米 5533 元，

与上年基本持平；特区内新建商品住宅价格高于特区外（宝安、龙岗）近两倍，价格差距较大。全市商铺价格平均为每平方米 11733 元，特区内同样较高，并与特区外有较大差距。1996 年～2002 年间，新建商品住宅价格走势相当平稳，还呈现出了缓慢走低的态势。2002 年底，特区内新建住宅、存量住宅综合价格指数，分别比上年同期上涨 0.4% 和下跌 0.24%，房价涨跌幅度甚小，房地产市场运行平稳。

2002 年深圳特区内、外房地产价格　　　　　　　　　　　　　表 2-2

	特区内	龙岗	宝安	全市
住宅（元/平方米）	6703	3378	3683	5533
商铺（元/平方米）	16827	10230	9462	11733

从价格构成来看（见图 2-8），在 2002 年的新建商品住宅销售中，每平方米售价在 6000 元以下的新建住宅，均价 4057 元，占总成交量比例的 62%；每平方米售价在 6000～8000 元的新建住宅，均价 6886 元，占总成交量比例的 24%；而售价在 8000 元以上的高档住宅，均价 9858 元，占总成交量的比例仅为 14%。由此可见，低价位和中等价位住宅占绝大多数，住宅价格构成基本合理。

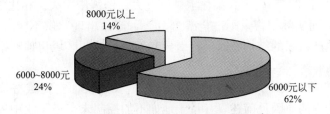

图 2-8　新建商品住宅价格结构

另外，目前深圳房价收入比处于历史最低水平。深圳经济持续快速增长，人均收入稳步增加，1995 年至 2002 年间，家庭年均收入从 4.71 万元提高到 8.23 万元，恩格尔系数从 39.9% 下降到 27.4%，房价收入比更降至 5.56 倍的历史最低水平，在国际公认的 4～6 倍的合理范围内。

四、房地产市场供求特征分析

（一）市场供给分析

房地产市场供给持续保持高增长，住宅供应增长过快，空置量有所上升，区域供求结构存在不合理现象。

从供给情况看，近年来房地产市场供给持续保持高增长，主要表现在新开工面积、批准预售面积大幅增长。从新开工情况看，商品房新开工面积 1999 年出现大幅增长（增长率 52%），当年新开工面积达到 745 万平方米；之后，基本保持每年增长 100 万平方米的增长速度，到目前新开工面积达到 944.54 万平方米的历史最高值。从竣工情况看，1999 年以后商品房竣工面积也以每年 100 万平方米的速度高速增长，2002 年商品房竣工量达到 915.30 万平方米。从商品房预售审批情况看，商品房批准预售面积在经过 1999～2001 年的低幅增长后，在 2002 年又出现了大幅增长，当年批准预售面积达到 1058.29 万平方米，比上年增长了 37%，而住宅批准预售则增长了 48%。

以上情况表明，商品房新增供给量的不断上升，使得持续近六年的空置量下降趋势出现回转（2002 年商品房空置面积达到 246.84 万平方米，比上年增长了 8.01%），使得房地产市场供给过大趋势日益明显；而当年新批准预售面积几乎高于实际销售面积的 30%，更进一步表明市场存在供给过剩的趋势。

以上的分析表明，尽管 1999 年以来，深圳房地产市场呈现了供需两旺的态势，但近年来市场供给速度明显快于需求增长速度，供求失衡的压力明显增加。从房地产市场有关数据来看，当前房地产市场存在以下问题：

1. 部分区域房地产市场高档住宅供给过大、市场结构不合理。数据表明，目前局部区域存在高档大户型住宅集中开发、上市，造成区域豪宅供给过大、价格过高的问题。从全市住宅的销售情况来看，全市住宅平均成交价格为每平方米 5533 元，价格不是很高，然而各区住宅价格差异很大。如福田区房价高于特区外近一倍以上，高于特区内其他区域近 20%，全市 50% 以上的豪宅位于福田区的新市中心区、香蜜湖、景田等片区。部分片区豪宅供给过多，也引至了深圳区域房地产市场供求不均衡。如福田区批准预售占全市 27.1%，但销售面积中福田区只占销售总量的 19.6%；大户型住宅供给比例占 26.2%，也明显高于销售比例 13.7%，大户型住宅供给过大，销售压力大。相比之下，南山区批准预售占全市 26%，而实际销售量则占全市 28.5%，产品出现"供不应求"。因此，政府需要对不同区域房地产市场的结构及时进行引导和调整，控制区域房地产市场的供给，保证区域市场供求平衡。

2. 存量房地产用地集中入市，造成住宅供应增长过快，空置量增长，未来消化压力增大。存量土地产生的原因见前述，存量土地如不加控制未来三年集中入市，加上目前正在施工尚未销售的和空置的商品房面积，每年也可以形成 800 万平方米的新增商品房供给。目前商品房年消化量大约在 600～700 万平方米左右，这样即使不新出让土地，市场也基本饱和。因此，必须对存量土地入市加以严格控制。

3. 房地产开发投资的高额利润，吸引了大量其他行业的企业转向房地产开发，房地产市场存在"盲目跟风"、"违规开发"等问题。由于房地产开发利润较高，众多企业纷纷涌入房地产市场。但部分新进入房地产的企业由于不具备房地产开发经验，对市场缺乏科学、客观的分析，难免在投资中盲目跟风，其开发的产品不仅品质不高难以适应市场需求，也带来了市场供给总量增加、产品结构不合理等问题。

鉴于以上原因，对目前深圳房地产市场供给增长过快趋势，政府已采取了有关调控措施和手段，如控制新增房地产用地尤其是住宅用地的供应、将存量土地供应纳入每年土地供应计划、及时发布市场供求信息、加快房地产市场预警预报系统建设等等，以便积极引导住宅市场理性、平稳地运行，提高政府对市场的监控能力，引导房地产市场均衡、健康地发展。

（二）市场需求分析

1. 房地产需求继续增长，房地产市场呈现以个人购房为主体、外来人口购房不断增加的特征，市场需求整体比较理性。

深圳自实行土地有偿使用制度和逐步推行住房商品化后，个人购房占全部商品房销售量的比例持续上升。从个人购房比例来看（见表 2-3），1998 年个人购房占总量的比例为

69％，2002年达到86％。目前，个人购房已成为房地产市场的决定性力量，房地产市场绝大多数商品房是用于自住或自用，房地产炒作现象不明显，购房者比较成熟和理性。另外，随着居民生活水平的提高，二次置业现象明显，据有关抽样调查，2002年新建及存量商品房交易总量中，购房者中首次置业的比例为65％，二次置业者比例为25％，购房用于投资仅占10％。以上数据进一步表明：目前房地产炒作仍比较少，房地产市场仍以满足无房户需求和改善型需求为主要特征。

深圳市房地产市场个人购房比例情况   表2-3

年份	商品房销售量(万平方米)	个人购房数量(万平方米)	个人购房占总量比例(％)
1998	432.22	296.66	69
1999	541.84	400.72	74
2000	611.37	482.65	79
2001	643.47	548.04	85
2002	791.70	682.42	86

此外，深圳外来人员占多数比例的特殊人口结构(本地户籍人口与外来人口比例为1：3)，为房地产买卖、租赁提供了广阔的空间。近两年，特区外购房人口中有70％是外来人口，而特区内外来人口购房比例也从1999年以前的50％以下逐年上升，2001年达到54％。这种特殊的人口结构，也使得房地产置业投资日趋活跃。

2. 从我们开展的住房市场抽样调查情况看，住宅消费群体继续保持年轻化，高学历占有较大的比例，首次置业人群占较大比例，未来房地产需求具有很大的增长潜力。

一是置业者年龄继续趋于年轻化。从置业者年龄来看，置业者主要集中在20～40岁，占置业群体总量的83％左右；从趋势上看，20～30岁年龄段置业人群上升较快，比去年上升约4个百分点，而30～40岁年龄段下降较快，比去年下降约4个百分点，其他置业群体变化较小。

二是置业者来深年限多集中在2～6年。从置业者来深年限看，来深年限在2～6年的比例占绝大多数为55.4％，由于这一群体来深后资金上有一定的积累，具备一定的购买力，对住房的需求也较强烈。

三是置业者学历较高。从置业者的学历来看，高学历占有相当大的比例，大专或以上学历占到了90.3％。

四是置业群体家庭结构趋于小型化。从置业群体在深圳的家庭结构来看，单身占到34.2％，两口之家占到30.9％，二代同住占到29.5％，三代同堂的极少。

五是首次置业人数继续保持多数。从置业者的购房次数来看，首次置业的占到71.7％，二次置业的占到25.3％，三次或以上的占到3％。

3. 房地产外销市场不断活跃，港人内地置业不断增加，且呈现需求多元化趋势。深圳以毗邻香港的优越地理位置、良好的深港基础设施衔接，以及积极的产业促进政策，历来成为香港居民北上置业的首选。从抽样调查情况看，未来港人在深置业将呈现了以下几个趋势：

一是在深置业港人更年轻。介乎31～40岁的买主占到一半以上。而因较年轻的中产阶层转移到内地置业，消费的支付能力更强，购房单位面积增大。

二是区域选择范围更广。以前港人在深置业主要选择在罗湖区，目前港人在深置业主要集中涉及罗湖口岸、文锦渡口岸、皇岗口岸、中心区、宝安新城、布吉镇等诸多区域。

三是购房群体多样化。过去在深置业的都是一些低收入的工薪阶层、货柜车司机或退休养老人士，目前则出现了不少高收入群体在深购买高档住宅甚至是豪宅的情况。

四是置业安家趋向明显。1999年以前，不少港人在深置业主要考虑的是投资因素和"落脚"，而现在更多的考虑是置业安家，"香港上班，深圳居住"的占有较大比重。此外，购买的户型面积也逐步增大，90年代港人在深购房一般选择50～70平方米的小户型，而目前一般都选择75～90平方米的大两房或三房户型，超过100平方米甚至是150平方米以上的大户型也不在少数。

五是重环境、重管理是港人在深购房的首选。

(三) 居民购房能力分析

1. 房价收入比保持合理，居民购房能力继续提高。

近年来，深圳经济持续快速增长，全市人均可支配收入增长迅速，2002年已增加到24941元，位居全国各大城市首位；与此同时，深圳的房地产价格持续多年保持稳定状态，波动幅度基本在3%以内。

从深圳房价和人均收入情况看，1994～2002年间，深圳人均收入稳步增长，而房价则下调了18%，到2001年，房价收入比从1994年的14.61倍降至5.56倍的历史最低水平。2002年房价收入比尽管有所上升（为5.74倍），但仍在国际公认的4～6倍的合理范围内。数据表明，深圳当前的房价水平并未脱离当前的经济发展和居民收入水平，房价运行正常，从这一点来看，当前市场是平稳的。同时也说明，当前市场的供给过大与1993年以前的房地产过热相比有本质的区别，当时出现了房价飞速上涨的情况（此时房价收入比在14倍以上），是真正意义上的"泡沫"，而深圳当前的特征是供给过热，需求还是理性的。

结合有关统计数据，我们对2002年深圳七种居民家庭收入结构在不同价位的房价收入比进行了计算，计算结果表明：除最低收入和低收入者（约占常住居民二成），大多数深圳常住居民买得起6000元/平方米以下的住宅；而约四成的中等以上收入者，买得起6000～8000元/平方米价位的住宅。由此可见，目前的深圳居民实际购房能力较强，住房有效需求增长。

深圳市历年居民房价收入比情况　　　　　　　　　　表 2-4

| 年份 | 家庭年均收入情况 | | 商品房价格 | | 商品房套均价格（万元） | 房价收入比（倍） |
	收入（万元）	同比（%）	价格（元/平方米）	同比（%）		
1994	3.94	—	7107	—	57.57	14.61
1995	4.71	19.54	6738	-5.19	54.58	11.59
1996	5.85	24.20	6262	-7.06	50.72	8.67
1997	6.60	12.82	6250	-0.19	50.63	7.67
1998	6.92	4.85	6113	-2.19	49.52	7.16
1999	7.09	2.46	5894	-3.58	47.74	6.73

续表

年份	家庭年均收入情况		商品房价格		商品房套均价格(万元)	房价收入比(倍)
	收入(万元)	同比(%)	价格(元/平方米)	同比(%)		
2000	7.57	6.77	5812	−1.39	47.08	6.22
2001	7.51	11.36	5789	−0.40	46.89	5.56
2002	8.23	9.60	5835	0.80	47.30	5.74

注：面积按产权登记平均户型81平方米计算；商品房价格根据"深房地"历年价格指数测算。

2. 新建商品住宅套均面积不断增长，居民居住水平不断提高。

2001年，深圳新建商品住宅的套均面积为93.2平方米，而2002年，则增长了1平方米达到94.2平方米；从户型面积的变化来看(见表2-5)，2002年，深圳两房、三房、四房商品住宅的平均面积分别比上年增长了0.4%、1.7%、6.4%，尤其是三房、四房住宅面积增长较快。以上数据表明，随着深圳人均收入水平的不断提高，更适宜人们居住的中、大户型住宅需求不断增长，居民的居住水平不断提高。

深圳市新建商品住宅户型面积抽样调查 　　　　　表2-5

户型	平均户型面积(平方米)		变化率(%)
	2002年	2001年	
两房住宅	70.7	70.4	+0.4
三房住宅	102.6	100.9	+1.7
四房住宅	149.3	140.3	+6.4

(四)房地产市场供求结构分析

从供给结构来看(见图2-9)，近年来市场供给住宅中，三房及三房以下的普通户型住宅所占比例为85%，而四房及四房以上的大户型占15%。从成交住宅的户型结构来看(见图2-10)，

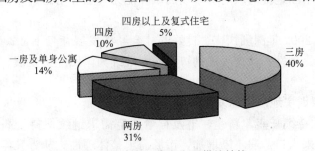

图 2-9　新建商品住宅户型供给结构

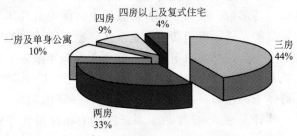

图 2-10　新建商品住宅户型成交结构

三房及三房以下的普通户型住宅占成交住宅总量的比例为87%，而四房及四房以上的大户型住宅占成交总量的13%。数据表明：深圳住宅市场供给结构与需求结构基本吻合，且普通住宅是市场的主流，住宅市场供求结构基本均衡。

另一方面，二级市场（新房）和三级市场（二手楼）的比例日趋合理。自1996年以来，房地产三级市场发展迅猛，销售面积从1996年的40.61万平方米，增长到2002年的340.49万平方米，6年增长了8.4倍。二、三级市场联动，满足了房地产市场梯度消费需求，促进深圳房地产市场良性循环。

五、2003年房地产市场发展背景及趋势判断

（一）宏观背景

从2002年深圳经济发展情况来看，国内生产总值增长15%，比上年增长1.8个百分点；工业总产值增长19.6%比上年增长1.9个百分点；固定资产投资增长11%，比上年增长2.3个百分点。国民经济继续保持持续、快速、健康的发展势头，为2002年房地产及其他行业的发展奠定了良好的基础。

从社会发展情况来看，全市常住人口比上年增长7.6%，当年新增人口35.5万人；城镇居民人均可支配收入达到24941元/人，比上年增长9.6%；城镇恩格尔系数由上年的28.9%进一步下降到27.4%，下降了1.5个百分点；另外，居民平均房价收入比继续保持在6∶1以内的合理比例。深圳人口的快速增长及居民生活水平的进一步提高，将继续保持旺盛的房地产需求，并进一步刺激居民改善现有居住水平、提高居住质量的意愿。

在房地产市场调控方面，随着房地产用地出让得到政府有力控制及人民银行规范住房金融政策的实行，近两年房地产市场供给过大的现象已得到有效控制。此外，特区外"购房入户"政策现已取消，"烂尾楼"及问题楼盘正在重点清理，房地产市场预警、监控等工作的深入开展，不断地提高政府对市场的调控能力，引导房地产市场不断得以规范、均衡、健康的发展。

综上所述，在2002年深圳快速、良好的社会经济发展背景下，2003年深圳房地产市场将继续保持稳步、理性、快速发展的势头，并继续为国民经济发展、人民生活改善作出应有贡献。

（二）2003年深圳房地产市场发展趋势判断

1. 房地产需求持续旺盛，新建住宅及存量住宅需求继续保持较高增长，个人继续为市场购房主体，外来人口购房不断增加，市场需求整体理性。从近几年房地产市场需求调查来看，深圳置业者年龄继续趋于年轻化，置业者学历较高，置业群体家庭结构趋于小型化，首次置业人数继续保持多数。从以上调查可以看出，深圳近几年置业群体继续保持年轻化，置业群体具有较高的素质，而消费观念更现代，家庭结构也趋于简单，未来房地产的需求应当具有很大的潜力。此外，由于近年来置业者来深年限多为2~6年（占置业者比例55.4%），而来深2~6年人口多达160万人（约占深圳总人口1/3）且多为无房户、需求潜力很大。由于这一群体来深已有一段时间，资金上有一定的积累，具备一定的购买力，且住房需求比较强烈，预计未来2~3年，深圳新建住宅和存量住宅交易量仍将保持较高的增长。

2. 房地产外销市场不断活跃，港人内地置业不断增加，且呈现需求多元化趋势。深圳以毗邻香港的优越地理位置、良好的深港基础设施衔接，以及积极的产业促进政策，历来成为香港居民北上置业的首选。根据前述分析，近年来港人在深置业将呈现：置业港人更年轻、区域选择范围更广、购房群体多样化、置业安家趋向明显等趋势。随着香港与珠三角经济协作的不断加强，预计港人深圳置业趋势将进一步上升。

3. 房地产开发规模继续扩大，商品房空置进一步降低。随着近年来房地产市场需求的不断增长，房地产开发商积蓄多年的开发意愿正不断释放。1999～2001 年，已有 850 公顷已批准的存量房地产开发用地入市，目前仍有 300 公顷已批存量房地产开发用地有待入市。鉴于房地产需求的持续上升，预计 2003 年深圳房地产开发将继续呈现增长态势，商品房开工率将继续提高，商品房施工面积、竣工面积将继续增长，房地产市场仍将呈现较高的景气程度。但由于政府对土地源头的调控，增长幅度会受到一定的限制，各类新建商品房的空置量将继续下降。

4. 房屋租赁需求继续增长，房屋租赁市场日渐规范，写字楼、商业房屋及工业厂房的出租将是房屋租赁的热点。目前，深圳房屋租赁需求异常旺盛，而政府近几年通过加强社会综合治理、加强租赁管理力度、减免房屋租赁税费等措施的落实，租赁市场目前已明显规范。预计 2003 年，在经济持续高速发展的前提下，在"入世"及深港经济日趋密切的影响下，各类物业的租赁需求将会继续增长，房屋租赁市场发展前景持续看好，而写字楼、商业用途房屋及工业厂房的出租，将是房屋租赁市场的热点。

5. 高档住宅得到有效控制，别墅项目建设得以遏制。2003 年，随着房地产业界的理性化以及国家控制别墅项目建设政策的落实，深圳高档楼盘供应量将会减少，新批别墅项目将停止。这会使在消费结构中份额就小的豪宅供给进一步得到控制，从而进一步保持房地产市场结构均衡，并保证房地产价格平稳运行。

6. 房地产价格将继续保持平稳，房地产租售价格波动幅度在合理区间内，区域房地产价格差异更加明显，具体有以下特征：

（1）区域房地产价格继续存在较大差异。随着深圳中心西移，福田区将继续成为中高档住宅的集中地，住宅价格整体较高。宝安、龙岗两区，尽管随着人口增加、基础设施完善价格有所增长，但仍与特区内有较大差距。预计目前这种区域房地产价格差异仍将延续。

（2）非住宅价格将小幅上扬，写字楼、商业用房价格均有一定上升。2003 年，受入世等良好发展因素的影响，港台地区和国外跨国企业在深圳的经济活动将不断提高，非住宅物业的购买力将会显著增加，其价格也将进一步小幅上涨。

六、房地产调控手段及政策建议

（一）土地供应管理

2003 年，应加强全市建设用地的总量控制，把好土地供应源头。

1. 继续控制新增建设用地的开发供应量。对全市建设用地进行严格的总量控制，严格按照社会经济发展计划和城市规划，编制土地供应计划。根据土地开发供应计划，安排各项建设用地，控制项目用地规模和开发强度，切实提高土地资源利用效率。今后 3 年，应减少新增土地出让量，并根据市场情况有节奏地批出土地，充分发挥土地供应对房地产市场的调控作用。

2. 将存量土地纳入土地供应计划管理。制定存量土地开发计划，按照城市规划和土地供应计划有计划、有步骤、有重点地控制存量土地的开发建设。

3. 坚持以项目批地的原则，加强土地管理。对市属和区属国有企业原行政划拨或协议出让的土地，企业无能力开发的，一律由政府收回重新出让。同时停止审批地价转资本金。对没有项目的"工业园"、"科技园"等坚决不批地，防止借深圳产业结构调整之机，以"工业园"、"科技园"、"研发中心"等名义"圈地"，变相搞房地产开发。

（二）完善网上预售审批和销售系统

通过多年的实践和对行业状况的调查研究，目前主管部门已利用网络技术，基本实现了全市房地产管理的电脑化，实现了网上预售审批和网上售房，利用计算机和网络技术规范房地产预售的各个环节。今后，应当继续完善该系统，对房地产预售全过程中的审批、测绘面积核对、预售许可证发放、合同打印、合同备案等管理环节进一步完善，并进一步规范房地产合同文本，保护消费者权益，避免由于合同条款不明晰而导致的合同纠纷。

（三）商品房预售款监管

为加强商品房的预售管理，开发商、金融机构和工程监理机构必须签订预售款监管协议，在此基础上房地产项目才能取得预售资格。预售款专款专用，由工程监理机构根据建筑工程承包合同规定的进度计划和工程实际进度，书面通知预售款监管机构向转让人划款。非经工程监理机构书面通知，预售款监管机构不得直接向转让人划款。在实行过程中，三方各自的权利和义务应规定详细，各自承担的法律责任应明确。

（四）房地产预警预报系统建设

2002年5月，深圳市房地产主管部门组织相关研究机构初步完成了"深圳市房地产预警系统"的研究工作，建立了深圳房地产预警预报系统；在此基础上，又进一步建立了深圳市房地产系统动态仿真模型，对深圳市1997～2010年的房地产市场进行了仿真和预测模拟，并提出了相应的政策建议。这项初步成果，已纳入建设部试点城市房地产预警系统建设工作中，并在深圳开始试运行。这项工作将对深圳房地产市场的科学化、系统化管理具有重要的促进作用。

（五）《深圳市土地条例》和《深圳市房地产条例》研制

根据深圳市政府2002年立法工作计划，房地产主管部门于2002年3月组织深圳及国内法律界和土地与房地产管理等方面专家，历时一年且经五次修改，于2003年3月完成《深圳市土地条例》和《深圳市房地产条例》（代拟稿），并拟在近期提交市法制局、市人大审议。

该两个条例的代拟稿，在"总结深圳以往土地与房地产管理的经验，适应深圳目前社会经济发展形势，充分考虑加入WTO后与国际惯例接轨，以及在新形势下保护土地资源、发挥土地利用效率、规范土地与房地产市场、全面系统的调整房地产市场各种行为和关系"等原则的指引下，将过去深圳土地与房地产管理的各个单行条例或规章进行了系统的修改、废止、增添和完善，形成国内首部地方性土地或房地产方面综合性、法典式的立法成果。

在立法研究过程中，主管部门充分考虑到立法过程的公开化和民主化，多次在全社会广泛征求意见。2002 年 11 月底，两个条例在《深圳特区报》、《深圳法制报》以及互联网上同时向社会公布征求意见稿；到目前为止，课题组已接到全市司法、工商、土地与房地产等部门，以及众多企业、单位和个人的意见或建议。目前，主管部门正在充分研究这些意见或建议，并对成果进一步修改和完善，以便早日上报市人大。此外，为了保证两条例通过后的及时操作，主管部门正在积极开展条例配套实施细则和单项规章的制订，以保证条例通过后的具体执行。

（六）房地产企业诚信公示及评价系统

根据国家七部委"关于整顿和规范房地产市场秩序的通知"（建住房〔2002〕123 号）和深圳市政府关于建立诚信机制的要求，深圳市房地产主管部门于 2002 年 7 月着手建立深圳市房地产行业诚信评价与监控网上公示系统和诚信评价与监控体系的研究，并将其列为年度重点项目。2002 年 9 月，房地产企业诚信公示系统在深圳市房地产信息网上实行。诚信评价与监控体系课题的研究工作已完成，目前已初步应用于本市房地产企业年审。

（七）房地产经纪人及交易员挂牌上岗

根据《深圳经济特区房地产行业管理条例》和建设部等七部委《关于整顿和规范房地产市场秩序的通知》精神，结合本市房地产中介行业现状，市房地产主管部门制定了房地产经纪人与交易员持证上岗的制度，以进一步规范和整顿房地产中介行业。市房地产主管部门委托深圳市房地产业协会从事房地产经纪人与交易员的持证上岗培训工作。凡经培训考核合格的房地产经纪人、交易员，均须到市房地产业协会办理执业证书，同时领取工作牌。迄今为止，本市共培训经纪人 1500 多人，交易员已培训 1000 多人。为便于社会识别和监督，所有挂牌人员的工作牌都将在深圳市房地产信息网上公布，供社会公开查阅和核对。

第三章 2003年：需求旺盛，供给下降

摘要： 2003年，深圳经济继续保持快速增长，生产总值（GDP）达到2860.51亿元，比上年增长了17.3%，完成固定资产投资946.49亿元，比上年增长20.1%。在经济持续快速增长的影响下，深圳房地产业继续保持健康发展，房地产投资经过2002年的高速增长后，开始呈现增速回落，全年增长幅度为9.4%，远低于2002年的增长速度。新建商品房销售面积持续呈上升趋势，其中住宅销售面积达到811.9万平方米，较上年增长了12.08%；存量房屋市场发展较快，全年销售面积达到496.83万平方米，比上年增长了45.92%，达到历史最高增幅。从房地产价格看，2003年新建住宅销售均价为每平方米5680元，与2002年相比上涨了2.55%，新建住宅价格涨幅较小，房价继续保持平稳。在房地产市场需求旺盛、房价总体平稳的同时，2003年，深圳住宅新增供给出现明显下降趋势，当年全市商品住宅批准预售面积为716.9万平方米，比去年下降了25.43%，供给下降幅度较大。总体来看，2003年是深圳房地产市场供求关系大调整的一年，针对2002年商品房供给增长过快等情况，政府加大了房地产市场调控力度，采取了特区内停止新批房地产用地、继续控制全年房地产用地供应、将存量土地纳入计划、取消特区外"购房入户"、启动房地产预警系统等调控手段。在政策与市场的共同作用下，当年深圳房地产市场总体呈现：供求基本均衡、结构基本合理、房价基本稳定的特征，房地产市场景气程度高，并继续保持健康、平稳、理性的发展局面。

一、经济社会发展概况

2003年，深圳综合经济实力进一步增强；教育、科技和各项社会事业发展加快；人民生活水平和质量进一步提高；城市管理和功能建设进一步完善，为建设国际化城市迈出了坚实步伐。

从国民经济和社会发展的总体情况看，全年本市生产总值（GDP）2860.51亿元，按可比价格计算，比上年增长17.3%。其中第一产业增加值18.16亿元，下降6.0%；第二产业增加值1685.37亿元，增长22.4%；第三产业增加值1156.98亿元，增长10.7%。三次产业结构为0.6：58.9：40.5。按常住人口计算的人均GDP53887元，同比增长7.5%。按现行汇率计算，本市生产总值（GDP）达到345.58亿美元，人均GDP6510美元。2003年，深圳经济持续快速增长，出现了少有的良好发展局面。本市生产总值（GDP）创8年新高，在全国城市中居第4位；人均GDP继续居全国第1位；规模以上工业总产值比上年增长29.1%，增速为8年来最高；外贸进出口总额比上年增长34.6%，外贸进出口总额和出口总额连续11年居全国大中城市首位。此外，2003年全市社会消费品零售总额达到801.77亿元，同比增长16.3%，跃居全国第7位。在经济持续增长、产业继续升级等因素的影响下，深圳成为全国经济最为活跃的城市之一。

固定资产投资方面，投资结构不断优化，重点项目进展顺利。全年全市完成全社会固定资产投资额946.49亿元，比上年增长20.1%。其中，基本建设投资358.36亿元，增长

25.3％；更新改造投资 62.09 亿元，增长 61.2％；房地产开发投资 449.05 亿元，增长 9.4％。

人民生活和社会保障方面，全市年末常住人口达到 557.41 万人，比上年增长 10.5％。年末户籍人口 150.93 万人，比上年末增加 11.48 万人。职工工资水平稳步提高。全年全市在岗职工工资总额 325.99 亿元，比上年增长 15.1％。在岗职工年平均工资 30611 元，增长 8.5％，扣除物价因素，实际增长 7.7％。城镇居民生活水平和质量进一步提高。根据 200 户户籍城镇居民家庭抽样调查资料显示，全年城镇居民人均可支配收入 25935.84 元，比上年增长 4.0％，扣除物价因素，实际增长 3.3％。城镇居民人均消费性支出 19960.32 元，增长 5.5％，扣除物价因素，实际增长 4.8％。城镇居民人均交通通讯支出增长 22.9％，人均教育支出增长 15.8％，人均医疗保健支出增长 11.2％。因居民在外饮食增加，粮食价格上涨，致使食品消费上升，2003 年恩格尔系数为 27.9％。2003 年末居民储蓄存款余额 2199.45 亿元，比年初增加 442.95 亿元，增长 25.2％。社会保障进一步加强。年末全市有 253.09 万人参加了基本养老保险，113.49 万人参加了失业保险，分别比上年增加 31.85 万人和 3.34 万人。全市参加基本医疗保险的人数达 165.62 万人，比上年增加 38.24 万人。

2003 年，深圳国民经济和社会发展中存在的主要问题是：第三产业发展相对滞后，利用外资增长乏力，资源环境压力增大，城市发展空间不足。

二、房地产业总体发展状况

2003 年，在深圳经济持续快速增长的影响下，房地产业继续保持健康发展，房地产投资经过 2002 年的高速增长后，已开始呈现增速回落，全年房地产开发投资达到 449.05 亿元，比上年增长了 9.4％，远远低于 2002 年 27.3％的增长速度。从近年来的投资情况看，深圳房地产开发投资一直保持着 20％～30％的高增长态势，尤其是 2002 年，开发投资达到 27.3％的高增长率，占全社会固定资产投资比重则高达 54.9％（见表 3-1）。理论上讲，在城市快速发展过程中，房地产作为先导性产业具有投资增速高的特征，但是增速过高易造成房地产市场过热隐患。尤其是 2002 年，深圳房地产开发投资与 GDP 的增长率的比例高达 1.8∶1，出现了投资过速的不利局面。2003 年初，随着政府对房地产用地调控力度的加强及系列调控措施的出台，开发投资增幅不断减小，上半年增幅减至 19.2％，至年底减少到 9.4％，开发投资增速明显回落，而房地产开发投资增长率与 GDP 增长率的比值也呈现下降，至年底出现 0.6∶1 的倒置比例，并在基本合理的比例区间内，投资过速问题得到明显缓解（见图 3-1）。今后，随着政府对房地产市场调控的进一步加强以及业界的不断理性，深圳房地产业将进一步保持平稳、协调的发展。

历年房地产开发投资变化　　　　　　　　　　　　　　　　表 3-1

年份	房地产开发投资（亿元）	房地产开发投资变化率（％）	房地产开发投资占全社会固定资产投资比重（％）
2000	271.02	25.9	43.9
2001	322.85	19.1	47.9
2002	411.12	27.3	54.9
2003	449.05	9.4	45.6

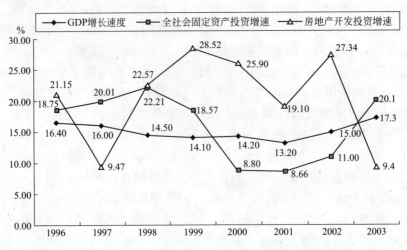

图 3-1　深圳房地产开发投资增长与 GDP、固定资产投资增长的关系

从房地产金融贷款看，至 2003 年 11 月底，深圳全市房地产贷款余额合计 1422 亿元，占全市金融贷款余额的 31.6%。其中，住房按揭贷款余额为 969 亿元，同比增长 27%，房地产开发贷款余额为 453 亿元，同比增长 24%，两者分别占房地产贷款总额的 68% 和 32%。根据统计数据，深圳房地产贷款总额占全市金融贷款的比例已连续两年在 30% 左右，贷款比例较为稳定合理，有利于减少由于房地产开发带来的金融风险，保证房地产业与国民经济的协调发展。

从房地产行业发展来看，2003 年随着房地产市场不断成熟和理性，行业规模开始趋于稳定，企业素质不断提高。2003 年，全市房地产开发企业继续保持上年 700 家左右的规模。经过多年的发展，一些不具实力、规模小、经营差、专业化程度低的开发企业已逐渐退出市场，优胜劣汰的速度加快。从 2003 年年审情况看，历年投资额在前 50 名的开发企业，继续占据房地产开发总投资的半壁江山，规模企业对于房地产具有举足轻重的作用，房地产开发业产业集中度已逐渐形成。从企业组织形式看，年审排名前 10 位的企业基本呈国企及国有控股企业、民营企业、外资企业三分局面，多种经济形式的企业组织存在，既相互融合又相互竞争，增强了深圳房地产市场的活力，带动和促进了房地产行业的规范与成熟。此外，经过多年的发展，深圳已形成较为成熟的房地产中介服务产业，形成从业机构 520 余家、从业人员近万人的行业规模。中介服务机构规模逐步扩大，从业人员专业化水平显著提高，行业理论研究水平不断提升，并积极拓展内地市场、传播成熟经验。目前，深圳中介服务企业已将自己独具特色的房地产营销策划理念引入内地，以完善的理论、成熟的经验和敏锐的市场意识拓展了北京、上海、成都、武汉等内地城市的房地产市场。

三、房地产市场运行状况

2003 年，深圳房地产市场经历了非常不平凡的一年，年初的 SARS 风潮，年中的 CE-PA 的签署、国务院 18 号文和央行 121 号文下发，以及年末的城市化提速等利好或不利因素，均在一定程度上对年度房地产市场有一定的影响。但是从整体来看，外部因素对深圳房地产市场的影响并不显著，年度房地产市场在需求持续旺盛的引导下，保持着快速、均衡、平稳的发展状态。

（一）房地产用地供应

2003 年，深圳全年新出让土地 11.7 平方千米，其中，高新技术产业、工业及物流业用地 6.48 平方千米，占总量的 55.3％；道路交通、能源及市政公共设施用地 2.78 平方千米，占总量的 23.8％；政府团体等其他用地 1.36 平方千米，占总量的 11.6％；而新出让的房地产开发用地为 1.10 平方千米，仅占总量的 9.4％。从房地产用地供应结构看，除上述新供应房地产开发用地 1.10 平方千米外，存量土地、历史遗留问题补办出让手续供应的房地产用地为 1.88 平方千米，占当年房地产用地供应总量的 63％。此外，在房地产开发用地中，商品住宅用地所占比例达到 70％以上，非住宅商品房用地（写字楼、商铺）占 20％左右，商品住宅开发仍为房地产开发用地的主体。

从以上土地供应情况看，工业、基础设施用地占到绝大多数，表明土地资源供应仍集中在城市第二产业的发展和城市基础设施建设，而新增房地产用地已连续三年保持 1 平方千米左右的供应，表明政府对房地产市场依然保持较强的规模控制。上述趋势与近年来政府将高新科技、物流等产业作为经济发展支柱的产业调整政策是相适应的。近年来，随着深圳产业结构不断调整，以高新技术产业为龙头的第二产业高速发展，与此相适应，1999 年以来工业用地的年出让量远远高于往年，呈现较明显的上升势头。此外，为改善深圳基础设施，提高深圳城市的配套水平，改善人民生活和居住环境以及加大对深圳欠发达地区的扶持力度，近年来政府增加了对交通能源和市政配套的土地供应。因此，1999 年以来深圳土地出让结构发生较大变化，房地产用地出让明显减少，工业、交通、基础设施用地不断增加。

（二）房地产开发状况

近年来，深圳商品房施工面积继续保持上升趋势（见图 3-2），1998 年后施工面积均超过 2000 万平方米且逐年上升，2003 年商品房施工面积达到 2737.48 万平方米，较上年增

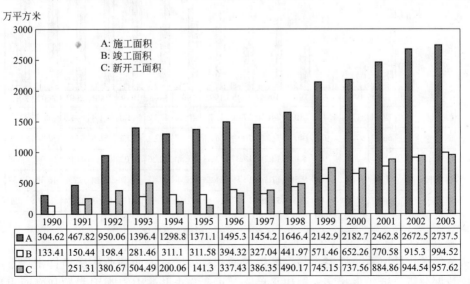

万平方米

	1990	1991	1992	1993	1994	1995	1996	1997	1998	1999	2000	2001	2002	2003
A	304.62	467.82	950.06	1396.4	1298.8	1371.1	1495.3	1454.2	1646.4	2142.9	2182.7	2462.8	2672.5	2737.5
B	133.41	150.44	198.4	281.46	311.1	311.58	394.32	327.04	441.97	571.46	652.26	770.58	915.3	994.52
C		251.31	380.67	504.49	200.06	141.3	337.43	386.35	490.17	745.15	737.56	884.86	944.54	957.62

A: 施工面积
B: 竣工面积
C: 新开工面积

图 3-2　历年商品房开发规模

长了 2.43%。商品房竣工面积也基本呈上升趋势，1998 年后逐年增长，2003 年达到 994.52 万平方米，较上年增长了 8.66%。商品房新开工面积增长明显，1996 年之后连续 8 年保持上升趋势，2003 年达到 957.62 万平方米，但增长速度与上年相比减缓到 1.38% （2002 年为 6.74%）。

从近年数据看，2002 年之后由于房地产市场宏观调控的加强，商品房开发规模得到了有效控制。商品房施工面积、竣工面积、新开工面积增长幅度均出现了小幅上升。数据表明，近年来深圳房地产市场供应已开始趋于稳定，这对于保证房地产市场供求平衡及房价平稳具有重要意义。

（三）房地产交易状况

1. 新建商品房销售

近年来，深圳新建商品房销售面积持续呈上升趋势（见图 3-3），且住宅所占比例大、上升趋势明显。2003 年，全市商品房销售面积为 877.85 万平方米，比上年增长了 10.88%，其中，住宅销售面积达到 811.9 万平方米，较上年增长了 12.08%，占商品房销售总面积的比例达到 92.49%；商服用房销售面积达到 39.37 万平方米，比上年减少了 15.08%，占商品房销售总面积的 4.48%；办公楼销售面积为 19.54 万平方米，比上年了增加了 8.92%，占商品房销售总面积的 2.23%。

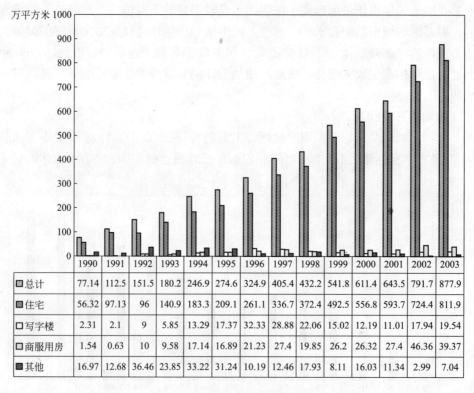

万平方米	1990	1991	1992	1993	1994	1995	1996	1997	1998	1999	2000	2001	2002	2003
■总计	77.14	112.5	151.5	180.2	246.9	274.6	324.9	405.4	432.2	541.8	611.4	643.5	791.7	877.9
■住宅	56.32	97.13	96	140.9	183.3	209.1	261.1	336.7	372.4	492.5	556.8	593.7	724.4	811.9
□写字楼	2.31	2.1	9	5.85	13.29	17.37	32.33	28.88	22.06	15.02	12.19	11.01	17.94	19.54
□商服用房	1.54	0.63	10	9.58	17.14	16.89	21.23	27.4	19.85	26.2	26.32	27.4	46.36	39.37
■其他	16.97	12.68	36.46	23.85	33.22	31.24	10.19	12.46	17.93	8.11	16.03	11.34	2.99	7.04

图 3-3 历年新建商品房销售面积

从全年销售情况看，住宅、写字楼销售面积持续增长，而商业用房销售出现下滑。根据统计数据分析，近年来写字楼销售平稳，其买卖需求并非因宏观因素的利好而出现较大变化；商铺物业销售尽管有所减少，但仍保持着去年的销售规模，实际销售量高于1998～2001平均销售水平近两倍，表明商铺物业买卖需求继续旺盛。

2. 存量房屋销售

近年来，深圳存量房屋市场发展较快，销售面积逐年增大。2003年，存量房屋销售面积达到496.83万平方米，比上年增长了45.92%，达到历史最高增幅，占新建商品房销售总量的57%。存量房地产市场的快速发展，已形成房地产细分市场联动发展局面，有力地推动了深圳房地产市场的不断成熟和健全。

3. 房屋租赁

自1992年以来，深圳历年房屋出租面积基本呈逐年上升趋势，房屋租赁市场继续在规范中不断发展。1992年房屋出租面积为395.09万平方米，至2003年，全市房屋租赁面积达到6395万平方米，比上年增长11.4%（其中还不包括未纳入管理的农村出租私房）。全年征收租赁管理费2.04亿元，代征私房税1.9亿元。据估计，目前全市房屋租赁面积占全市房屋总面积比例接近40%。此外，从近年房屋租赁的结构来看，厂房出租比例最高，达到55%以上，而商业楼宇、办公楼达到25%。厂房、商业用途房屋的出租成为深圳房屋租赁市场的热点。

（四）房地产价格

从房地产价格看（表3-2），2003年按照建筑面积计算的新建住宅销售均价为每平方米5680元，与2002年相比上涨了2.6%；商铺价格为每平方米12916元，比上年上涨了5.2%；写字楼价格为每平方米10164元，比上年上涨了10.2%。总体来看，新建住宅价格变化较小，而写字楼价格则增长幅度较大。

2003年与2002年各区住宅价格比较　　　　　　表3-2

区域	罗湖	福田	南山	龙岗	宝安	全市
2003年（元/平方米）	7746	8211	6282	3768	3487	5680
2002年（元/平方米）	6672	7709	6023	3378	3683	5533

近年来，深圳房地产价格整体呈上升趋势，特别是特区内由于需求旺盛，而土地资源消耗殆尽，各区住宅价格均有所上涨。2003年，福田区、罗湖区、南山区住宅均价为8211元/平方米、7746元/平方米、6282元/平方米，分别比2002年上涨6.5%，16.1%，4.3%；而特区外的宝安、龙岗两区住宅房价上升幅度较小，分别为3768元/平方米、3487元/平方米，比上年仅上涨2.3%和3.23%。由于特区外住宅价格较低、交易量所占比例大且价格增长幅度小，导致全市房地产总体价格水平上涨幅度不大，房地产价格总体保持平稳增长。

四、房地产市场发展特征

（一）房地产市场需求持续旺盛，住宅需求持续增长

根据统计数据，2003年深圳房地产市场需求继续保持旺盛趋势，但增长势头已从上年的23%高增长回复到1998年以来的平均水平。从各月份的住宅销售情况来看（见图3-4），住宅需求持续旺盛，销售面积持续增长。研究表明，近年来，深圳住宅市场一直保持着"一二季平稳、六九月飘红、年末劲涨"的销售规律；而2003年9月1日国务院下发的《关于促进房地产市场持续健康发展的通知》（国发［2003］18号），使房地产行业及消费者的信心明显增强，促进了年末房地产市场的快速发展，并使全年住宅销售保持较高的增长。

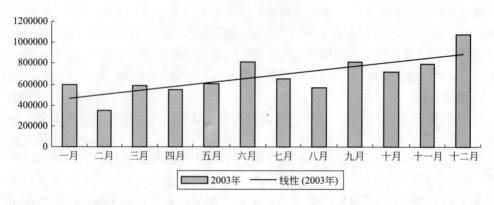

图 3-4　2003 年各月住宅销售面积图（平方米）

（二）住宅新增供给明显下降，市场整体呈现"供"小于"求"的局面

2003年，全市商品房批准预售面积870.29万平方米，比去年同期下降17.76%，其中住宅批准预售面积为716.9万平方米，比去年同期下降25.43%，供给下降幅度较大。

刚刚过去的2003年是深圳房地产市场供求关系大调整的一年。针对2002年商品房供给增长过快的趋势，政府加大了房地产市场调控力度，尤其是土地市场的宏观调控取得了显著效果。2003年，政府采取了特区内停止新批房地产用地、继续控制全年房地产用地供应（100公顷以内）、将存量土地纳入计划、取消特区外"购房入户"、启动房地产预警系统等等调控手段，随着系列房地产调控措施的出台，商品房供给增长过快的势头于本年得到遏制。

从新建住宅供求对比来看，2003年住宅批准预售面积比住宅销售面积少95万平方米，新增供求比为0.88：1，求略大于供。从2002年全年住宅批准预售面积与住宅销售面积对比来看，2002年新建商品住宅尚有206万平方米未销售，因此2003年的市场供求状况有利于消化2002年过剩的商品住宅，使房地产市场供求关系更加趋于平衡。

从各区域新建住宅供求对比来看，南山区和盐田区新增供给大于需求，尤其是南山区连续多年新建住宅供给超出需求，2003年则超出25%以上，表明其在特区内房源充足，今后将继续作为特区内住宅市场的热点区域；而龙岗区、福田区、罗湖区、宝安区新增供给均小于需求，尤其是龙岗区、福田区新增供求比分别达到0.58：1和0.66：1，这两区新增住宅供不应求现象较为突出，尽管有利于消化以往的存量，但也可能出现因未来供应短缺，造成价格上升的问题。

2003 年各区住宅供求关系分析　　　　　　　　　　　　　　　　表 3-3

	批准预售面积 （万平方米）	比例（%）	实际销售面积 （万平方米）	比例（%）	新增供求比
罗湖区	71.28	10.27	91.49	11.34	0.78：1
福田区	111.47	16.05	168.60	20.90	0.66：1

续表

	批准预售面积（万平方米）	比例(%)	实际销售面积（万平方米）	比例(%)	新增供求比
南山区	270.93	39.02	215.93	26.77	1.25∶1
盐田区	22.83	3.29	20.23	2.51	1.13∶1
宝安区	132.63	19.10	163.12	20.22	0.81∶1
龙岗区	85.28	12.28	147.20	18.25	0.58∶1

(三) 全市房地产价格基本保持平稳，价格结构基本合理

2003年深圳各区住宅价格均有所上涨，其中特区内各区住宅价格均有较大幅度上升。但由于特区外销量大、价格基数低且价格增长幅度小，全市房地产总体价格一直保持在5%以内的波动，房地产价格上涨幅度不大，总体保持平稳。

从新增住宅的销售价格梯度分布来看，单价在4000元以下的住宅，均价3208元，占住宅销售总面积的29%；单价在4000~6000元的住宅，均价5029元，占住宅销售总面积的30%；单价在6000~8000元的住宅，均价6917元，占住宅销售总面积的22%；单价在8000~10000元的住宅，均价8846元，占住宅销售总面积的13%；单价在10000元以上的住宅，均价12219元，占住宅销售总面积的6%。由上述数据看，2003年住宅价格分布结构与2002年具有一定的差距，8000元以下的中低价位住宅占总交易量的比例比2002年下降了5个百分点，而8000元以上的高价位住宅则上升5个百分点。产生这种情况的原因，与当年特区内各个区域高价位住宅的热销有关，但是总体来看低价位和中等价位住宅仍占绝大多数，住宅价格结构基本合理，能够满足不同层次的消费需求。

根据统计数据，深圳特区内商品住宅价格基本高于特区外一倍，且不同区域住宅价格差距较大。主要原因在于：特区内土地资源日益减少，房地产开发用地基本用尽，土地供不应求。随着深圳基础设施的不断完善、通关进一步便利、地铁建设的加快，特区外土地价格将有较大上升空间，特区内外的房价差别将逐渐减少，同时也有利于全市房地产价格的继续平稳。

(四) 2~4房户型继续为主力户型，居民住房质量不断提高

从销售住宅的户型来看，三房、二房和四房继续为住宅市场的主力户型，占住宅市场交易总量八成以上。其中，三房住宅的销售面积占住宅销售总面积的42%，二房住宅占23%，四房住宅占17%。从主力户型的价格来看，三房住宅的均价为每平方米5006元，为成套住宅中最低的；二房住宅次之，达到5340元；四房住宅均价达到6464元。总体来看，主力户型价格比上年上涨2.5%左右。

从2003年和2002年销售住宅的户型结构对比来看，2003年销售的住宅中四房的比重略有增加，三房的比重稍有减少，表明购房者消费水平和居住水平都有一定程度提高。

五、2004年深圳房地产市场发展背景

(一) 经济社会的快速、平稳发展，为房地产业未来发展创造良好的条件

2003年，在经济持续增长、产业继续升级等因素的影响下，深圳成为全国经济最为

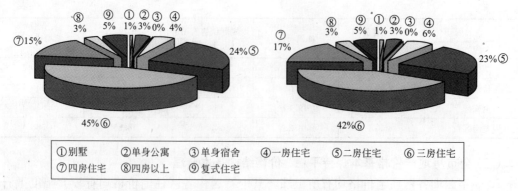

| ①别墅 | ②单身公寓 | ③单身宿舍 | ④一房住宅 | ⑤二房住宅 | ⑥三房住宅 |
| ⑦四房住宅 | ⑧四房以上 | ⑨复式住宅 | | | |

图 3-5   2003 年与 2002 年销售住宅的户型结构对比(上图为 2002 年数据)

活跃的城市之一。本市生产总值(GDP)创 8 年新高,人均 GDP 继续居全国第 1 位,全市社会消费品零售总额同比增长 16.3%,居全国第 7 位。随着经济的发展,人民生活水平进一步提高。当年人均可支配收入达到 25935.84 元,比上年增长 4%,而居民消费欲望也不断增强,人均消费支出达到 19960.32 元,比上年增长了 5.5%。随着深圳社会经济的不断发展,人民生活水平和生活质量有了很大提高,居民消费观念也发生了较大转变,各类消费中住房、私家车、教育、医疗消费成为热点,社会文明程度有了很大提高。深圳经济继续在高位上的平稳运行,人均收入水平的提高,以机械增长为主的人口增长模式,以及在国内较为现代化的新型消费观念,为未来深圳房地产业的继续发展创造了良好的条件。

(二)深圳房地产市场经过 20 年的发展,已建立了完善的市场体系和机制,为今后房地产业规范发展奠定了坚实的基础

深圳房地产市场经过 20 年的发展,已经建立了完善、成熟的市场体系,主要有四大支柱支撑:

一是建立和完善了土地市场化交易制度。从 1987 年深圳市敲响土地拍卖第一槌以来,深圳已经建立了透明、公开、公正的土地交易市场。从数据来看,目前新增的房地产用地 90% 以上是通过招标拍卖的方式进入市场的,尤其是 20 个世纪 90 年代末以后,基本上完全实现市场化。土地市场化交易制度的建立和完善,为房地产市场的发展提供了物质基础。

二是建立了较为完善的法律法规体系,具有国内较为完善的房地产市场规则。90 年代初,深圳连续出台了《深圳市房地产登记条例》、《深圳特区房屋租赁条例》、《深圳经济特区房地产转让条例》、《深圳经济特区住宅物业管理条例》、《深圳经济特区房地产行业管理条例》5 大有关房地产市场的法律制度及系列规章,形成房地产行业完整的法律体系。近年来,又结合新的发展局势,正在重新制定的综合性、法典式的《深圳市土地条例》、《深圳市房地产条例》等系列法律制度。房地产法律制度的建立和不断完善,为深圳房地产业的规范发展提供了法律保障。

三是建立了专业化、规模化的房地产行业队伍。根据有关数据,近年来深圳 700 多家房地产开发企业中,年审排名位居前五十位的开发企业的投资额占全市房地产企业总投资额的 50% 以上,各类房地产企业具有专业资格的人员占从业人员总量的比例达到 80% 以上,产业集中度较高、专业化强,已经形成了成熟、规模、专业化的行业主体队伍,为深圳房地产业的持续发展提供了坚实的基础。

四是建立了较为成熟的房地产市场监控体系，房地产管理服务水平高、调控能力强。90年代以来，深圳房地产主管部门通过建立完善的深圳房地产信息系统，逐步改变直接管理市场的模式，向着引导、监控方向加强了对市场的间接管理。如自1997开始连续七年编辑的《深圳房地产年鉴》，是深圳市惟一的权威性房地产统计工具书；自2001年建立的房地产市场网上统计系统、网上售房系统、"深房地"价格指数系统等，使深圳房地产统计数据保持着完整、准确和权威；自2001年每年连续编著的《深圳房地产市场报告》和每月发布的房地产市场数据与分析系统，及时披露了市场信息，对深圳房地产市场健康发展发展起到了积极的引导作用。在市场监控方面，主管部门于2003年8月份开始运行房地产预警系统，预警制度的建设也走在全国的前列。此外，主管部门已经建立了与企业、消费者的沟通渠道，通过协会、研究机构等行中介组织及时处理消费者的投诉、加强与业界的交流、对有关政策进行科学的论证，有效地提高了房地产管理服务水平，积极促进了房地产市场的健康发育。

以上房地产市场支柱体系的建立，促进了深圳房地产市场的不断成熟与完善，为今后深圳房地产业继续健康发展奠定了坚实的基础。

（三）国家调控房地产市场的相关政策，对促进房地产市场持续健康发展，具有重要的支持作用和深远影响

2003年，国家出台了一系列促进和保证房地产市场的重大政策。如《国务院关于促进房地产市场持续健康发展的通知》（国发〔2003〕18号文），首次明确了房地产业在我国国民经济发展中的支柱产业地位，提出坚持市场化取向，完善房地产市场体系，加强房地产宏观调控和市场监管，保证房地产业与经济和社会发展相适应的指导思想；提出供求总量基本平衡、供求结构基本合理、市场价格基本平稳的发展标准；提出及时编制房地产业发展规划、加强土地市场调控、整顿和规范房地产市场秩序、建立健全房地产市场信息系统和预警预报体系等具体措施。

国家有关政策的出台和执行，对促进深圳房地产市场的持续健康发展具有深远的影响意义，对明确房地产业在深圳经济社会发展中的地位和作用、加强房地产市场调控指明了方向，对今后深圳房地产市场的持续、健康、稳步发展具有积极的促进作用。

（四）深圳特区外城市化的全面启动、CEPA的签署、地铁建设等城市基础设施的加快，将使深圳房地产市场面临巨大的发展机遇

2003年底，深圳市委、市政府提出了加快特区外宝安、龙岗两区城市化的决定，并于年底率先挂牌成立了龙华等三个街道办事处，深圳特区外全面城市化的程序已开始启动。房地产业作为深圳经济发展的先导型产业，对特区外城市化进程的加快具有重要作用。由深圳特区内福田、南山等区域的发展经验看，房地产业的快速发展对新的区域经济社会中心形成，提高区域城市化水平和质量，具有积极的促进和带动作用。鉴于此，深圳特区外在全面城市化进程中，房地产业将面临良好的发展契机，同时也将进一步促进和带动当地第三产业的发展，形成新的城市区域。

2004年深圳房地产业面临的另一个良好发展机遇是因CEPA签署带来的深港经济进一步融合。2003年6月，为促进内地和香港经济的共同繁荣与发展，加强双方与其他国家和地区的经贸联系，内地与香港达成了《内地与香港关于建立更紧密经贸关系的安排》（简称CEPA），就内地对原产香港的273种进口货物实行零关税、开放18个领域的服务行业、七大领域加强贸易投资便利化等达成协议。根据 CEPA 协议精神，香港公司将更为便利的在内地进行房地产投资、开展各项房地产服务业务，这将有利于深圳房地产投资的规模将进一步扩大，为本地房地产市场的发展带来新的契机。

此外，深圳地铁一号线于 2003 年 8 月的全线贯通，使深圳成为我国继北京、上海等城市后第六个拥有地铁的大城市，而由香港地铁承包的地铁四号线将于 2004 年开工。地铁等城市基础设施建设的加快，将极大地便利特区内、外的交通联系，进而促进全市各区域房地产市场的进一步发展。

2004 年深圳房地产市场面临的上述良好发展背景，必将带来深圳房地产市场的持续景气局面，并为深圳房地产业提供了新的发展机遇，使房地产业继续起到国民经济发展的支柱产业作用。

六、2004 年深圳房地产市场发展趋势判断

（一）住房需求继续保持较高增长，市场供给基本充足，市场供求总量基本保持均衡，住房市场继续保持平稳、协调、健康、快速的发展局面

从住宅市场需求总量来看，以深圳市 557 万常住人口为房地产消费主体，目前住宅存量达到 1 亿平方米，加上约 2000 多万平方米的在建住宅，市场上住宅总量为 1.2 亿平方米。以此计算，常住人口人均建筑面积达到 23 平方米。根据有关研究，现代化国家人均居住水平的目标为 30 平方米以上，据此，深圳尚有人均约 7 平方米的增长潜力，根据有关研究，按每年增长 1 平方米计算，每年将增加住房需求 500～600 万平方米。

从深圳特殊的人口增长方式看，人口增长基本以外来人口机械增长为主，特别是近年来，每年外来人口保持约 25～50 万人的增长速度；人口的高速机械增长，对房地产市场产生了巨大的需求，而深圳在全国较高的人均收入水平（人均可支配收入 25936 元）及合理的房价收入比（5.9：1），进一步吸引了外来人口聚集深圳并使房地产潜在需求能够在较短的时间内得以有效实现，据此估计，每年新增人口住房需求接近 600～700 万平方米。

根据以上估计，今后 5～7 年，深圳每年房地产市场将保持 1100～1300 万平方米的需求规模，而 2002～2003 年两年，每年平均销售规模（含增量和存量销售）基本保持 1200 万平方米也验证这个实事。由此可预计，2004 年深圳房地产市场将继续保持强劲的需求规模，对新建住宅和存量住宅的需求预计继续保持 1300 万平方米。

此外，鉴于 2002 年住宅开发用地供应规模控制在 300 公顷以内（含 102 公顷的新增住宅用地和近 188 公顷的存量住宅用地），预计 2003 年新建住宅的供应总量能够达到 700 万平方米，考虑到近两年约 500 万平方米在建而未销售的商品住宅，预计全年新建住宅供给达到 1200 万平方米。根据上述分析，结合 2003 年新建住宅 800 万平方米的销售规模，2004 年新建住宅需求、供应比例达到 0.67：1，供给充足且有富余，既有利于保证住宅市场供求均衡，也有利于消费者能够充分的选房、保证目前买方市场的基本格局，并保证房价的稳定。

（二）非住宅物业销售将呈现一定幅度增长，但销售规模有限；写字楼市场竞争激烈，投资型商铺继续看好，新的商业圈将在南山、口岸区域形成

从 2003 年全年销售情况看，写字楼销售面积增长了 8.92%，部分片区写字楼市场出现了较为火暴的销售场面，尤其是福田中心区、车公庙等热点片区持续有大量的新盘上市，呈现出良好的销售局面。但是，根据1998年以来的销售统计，非住宅物业中，写字楼销售总体呈现较低的销售水平，每年写字楼销售量在11～19万平方米之间波动，规模并未有较大增长；除极个别写字楼能做到大部分出售外，多数写字楼继续呈现租、售并重的局面。根据数据分析，未来两年，深南大道沿线、福田中心区、车公庙等热点片区将持续有大量的新盘上市；预计未来两年，新增写字楼供应将保持100～150万平方米的规模。考虑到近两年每年18万平方米左右的销售规模，2004年写字楼市场仍将竞争激烈，租、销并重的局面将继续保持；而在供给增长较快的制约下，写字楼价格将与2002年持平。从销售区域看，福田区作为深圳目前的社会经济中心，具有地域、价位、品种、环境等诸方面的优势；而宝安作为深圳经济发展外移的重地区域，由于具有经济发展快、产业集中程度高、基础设施完善（如地铁四号线建设）等优势，写字楼市场发展空间较大，后劲十足。

从2003年商业用房市场的发展看，当年商铺物业销售有所减少，但仍保持着去年的销售规模，实际销售量高于1998～2001平均销售水平近两倍，商铺物业买卖需求继续旺盛，价格持续上涨。根据统计数据，近两年商业物业新开工量平均保持着20%以上的增长，而空置量则逐年减少，鉴于目前商业用房市场需求旺盛趋势，预计2004年商业用房市场将继续呈现景气局面，商铺价格将继续保持稳中有升。从区域看，随着南山后海片区等高密度居住区域的形成，商业形态由分散型向集约型转变，继东门、华强北等商圈后，新的商业区将在南山等区域形成，这将吸引更多的商铺投资者进入市场，进一步促进商业用房市场的活跃。此外，随着CEPA的签署，24小时通关的实施，深港一体化的深入，以罗湖口岸和皇岗口岸为核心的口岸商圈发展潜力将日益显现。

（三）房地产市场"外移"日趋迫切，特区外将成为未来房地产市场发展的重点，新的城市区域将随着特区外城市化的启动与房地产市场的发展逐步形成

深圳经济特区作为我国改革开放的第一个试点，经过多年的发展，经济发展取得了辉煌的成就，已经形成了国际化、现代化城市的雏形。然而，由于政策的因素和限制，占有深圳80%以上土地的深圳特区外，经济社会发展水平和质量等均与特区内具有很大差异，特区内外二元机制明显，城市化水平低、质量差。根据有关数据，深圳特区外第三产业所占的比重不到40%，落后于珠三角其他城市第三产业的发展水平，严重制约了深圳建设现代化、国际化城市的步伐。在这种情况下，深圳市委、市政府于2003年底提出了加快特区外宝安、龙岗两区城市化的决定，并于年底开始付诸实施，深圳特区外全面城市化的程序已开始启动。

根据有关研究，目前深圳经济特区内的土地资源已基本利用殆尽，城市未来的经济社会发展必然向特区外转移。而作为深圳经济发展的先导型产业——房地产业，目前已呈现出向特区外发展的明显特征。如2003年当年新出让的房地产用地基本在特区外，当年交易的商品房数量占全市总量的比例已从前年30%上升到40%。房地产业发展重心向特区外转移的趋势已相当明显。随着深圳特区外全面城市化系列政策的实施，深圳房地产业将面临重大的发展契机，同时也将进一步促进和带动当地第三产业的发展，形成新的城市区域，

（四）港资房地产中介服务机构将加快进入本地市场，深港房地产业的融合将进一步加快，房地产中介服务市场将呈现新的发展局面

2003年，内地与香港达成了《内地与香港关于建立更紧密经贸关系的安排》（CE-

PA)，并于 2004 年 1 月 1 日开始实施。就房地产业而言，CEPA 允许香港公司以独资形式在内地提供涉及自有或租赁资产的高标准房地产项目服务，允许香港公司以独资形式在内地提供以收费或合同为基础的房地产服务。根据 CEPA 协议精神，港人来深居住、进行物业投资与服务的限制条件将解除。这样，势必导致本地及外销房地产需求的增加；而 CE-PA 为港资企业提供的诸多优惠和便利条件，也必将吸引香港企业扩大投资规模，并进入房地产经纪代理、估价、测量等服务市场，从而促进两地房地产业在多个领域的合作与融合。

从目前情况看，内地(包括深圳)在房地产中介服务的规范发展方面尚与香港具有一定差距，中介服务委托合同不统一、纠纷多、行业诚信程度差。而 CEPA 实施后，由于香港中介服务企业进入本地市场并带来规范、先进的运作模式，将有利于本地中介服务市场在日趋激烈的竞争中不断规范，促进中介服务行业的健康发展。此外，随着 CEPA 的落实，深港两地在房地产中介服务行业准入与资质管理制度上必然需要协调，深圳也将出台有关办法，允许香港中介服务机构开设分支机构、允许香港已取得相关资格的专业人士直接到深圳执业。这样，势必加快了深港房地产业的进一步融合，使深港经济一体化的战略具体付诸实施。

(五) 随着地铁四号线的开发建设，外资进入深圳房地产市场的规模将进一步扩大，特区外龙华片区房地产市场将面临重大发展机遇，房地产外销市场将呈现景气状态

在 CEPA 签署后，香港地铁于 2004 年 1 月初即与深圳市政府签署和约，采取 BOT 方式承包深圳地铁四号线(皇岗口岸——龙华)，并获得地铁上盖物业 290 万平方米的开发权。地铁四号线的开发建设，是深港一体化的重要步骤，也是深圳继盐田港建设后再次借助香港资金建设本地基础设施的重大举措。采取该措施，不仅能够积极引进外资促进本市重大项目建设，不断提高深圳的现代化水平，同时还将极大的促进特区外房地产市场的发展，促进房地产外销市场不断景气，并积极推动特区外部分区域的城市化进程。

从深圳的发展历史看，交通设施建设不仅改变了城市面貌，促进了经济发展，同时对区域房地产市场的发展起到积极的促进作用。如特区内滨海大道的建设，不仅带旺了后海等沿线片区，同时也使整个南山区房地产市场发展进入一个新局面。而今后几年的地铁四号线建设，将使龙华片区的楼市呈现空前的发展局面，除 290 万平方米地铁上盖物业外，周边地区的房地产市场将在地铁概念的影响下呈现快速发展局面，从而提升龙华的城市化水平与社会经济水平，加快该区域现代化、国际化建设。

此外，随着地铁上盖物业的开发，深圳将出现在此出现类似"港人社区"的外销集中区域，房地产外销市场在地铁上盖物业动工之后将迎来又一次高峰。从历史数据看，外销市场在 1999 年曾经达到 60% 以上的高增长期，但近年来增长几乎停滞，占商品房销售总量的比例徘徊在 7% 左右。地铁四号线开工后，随着交通的便利及香港企业开发的产品适销对味，港人对地铁上盖及周边物业的需求将大大增加，深圳外销将会迎来再一次的增长高峰，这将非常有利于深圳外销市场的发展，促进深圳楼市的繁荣。

(六) 房地产需求旺盛将推动价格上升，价格增长幅度将保持在合理区间内

根据统计数据，2003 年深圳各区房地产价格均有所上涨，以住宅为例，全年平均销售价格为每平方米 5680 元，比上年上涨了 2.55%。从近年来的价格波动趋势看，深圳房地产价格持续保持平稳，房价涨跌幅度甚小，但 2003 年各区房地产价格均出现了一定幅度增长，特区内住宅价格增长基本在 5% 以上。产生这种情况的原因固然与年内契税上调、建材价格全面上涨有关，但房地产价格的涨跌的决定因素还在于市场供求关系的变化。

目前，深圳土地资源日益紧缺，每年新增房地产用地仅保持 100 公顷，而随着特区内存量土地的不断消化，今后几年可供开发的房地产用地日渐减少，但房地产市场需求却持续旺盛的增长，从而导致房地产市场供求关系发生变化，给房价上涨创造了一定空间。从 2003 年新建住宅供求对比来看，住宅批准预售面积比住宅销售面积少 95 万平方米，新增供求比为 0.88：1，求略大于供，而房价最终上涨了 2.55%。总体来看，2004 年深圳的房价将继续上涨，但上涨幅度不会太大。原因在于，特区外商品房的销售量每年都在上升，2003 年占全市总销售量的 40%，今年有望达到 50% 以上；特区外价格基数低、交易量大且价格增长幅度小，将会对全市房价起到抑制作用，从而保证全市房价平稳增长。

总体来看，2004 年深圳房地产市场将继续保持总量基本均衡、价格基本平稳的运行态势，房地产市场将持续景气，新的热点区域将逐渐形成，房地产市场将继续保持健康、平稳、理性的发展局面。

七、政策及措施建议

（一）加强对房地产市场的研究，编制和完善房地产业中长期发展规划，进一步研究适合深圳未来发展的房地产用地供应模式

结合国务院 18 号文件要求，深圳应从人口规模、产业结构、产业布局方面综合考虑，制定与深圳国民经济相适应、与相关产业相协调的房地产业中长期发展规划。在土地管理方面，应深入进行房地产用地供应模式研究，健全房地产开发用地计划供应制度，将存量土地纳入政府统一供地渠道，加强对存量土地管理。同时，通过有关技术参数的研究，提高房地产用地利用效率，提高土地集约利用程度，以适应未来城市经济发展的要求。

（二）完善房地产信息统计体系和预警预报系统，加强对房地产市场的监测

在深圳已开展的房地产信息化和预警制度的基础上，进一步完善房地产市场统计系统、信息系统、预警预报系统，增强房地产市场的自我调节能力。主要包括：完善统计指标体系，加强房地产市场统计工作，建立开放的市场信息系统，及时发布市场信息，完善房地产预警预报机制。此外，继续开展对合理空置率、合理房价的研究，以及时对市场形势进行正确的判断，给予市场正确的导向。

（三）继续完善房地产法律法规体系，加强房地产市场监管

在市场监管方面，应进一步制定和完善的房地产法律法规体系，加紧相关法规及规章的制定，增加法律的可操作性，以规范市场行为；应采取有效措施，加强对集资建房、农民房等非商品房上市的管理力度；建立诚信公示系统，完善房地产信用体系，强化舆论监督，加强对房地产开发企业和中介服务企业的管理力度；加大房地产市场秩序专项整治力度，查处房地产开发、交易、中介服务中的各种违规行为；开展职业培训，严格执行执业资格制度，提高房地产从业人员的专业素质。

（四）积极采取措施，引导房地产市场热点向特区外转移

从长期来看，随着特区外城市化步伐的推进，地铁的开通，特区外进入特区内的交通瓶颈通将会逐步消除，特区外集聚人口能力将会增大，在特区外购房的人数将会有较大增加，房地产市场热点将逐步向特区外转移。但是目前，二线关仍然对特区内消费者在关外购房有不小的心理阻力。因此，可以通过加大对关外房地产项目，尤其是对品牌发展商在特区外开发的高质量的房地产项目的宣传，提高消费者在关外购房的积极性。

(五) 加强房地产开发项目的管理，强化商品房预售监管机制

针对近年来房地产开发存在的问题楼盘、虚假广告等市场不规范问题，应继续加强对产生问题较多的临时开发企业和项目开发企业的管理与监控，避免一些资金实力较差的企业由于种种原因延长项目开发建设周期，造成问题楼盘的产生，对连续多年没有开发量的项目公司要进行重点清理。此外，针对近年来商品房预售款监管难的问题，将加快研究预售款监管办法，进一步完善房地产预售款监管机制，以避免房地产资金链条断裂引发的新问题楼盘及房地产纠纷的产生。

(六) 完善房地产企业诚信公示及评价系统，提高行业诚信水平

根据国家七部委《关于整顿和规范房地产市场秩序的通知》(建住房〔2002〕123 号)和深圳市政府关于建立诚信机制的要求，主管部门已建立了全市房地产行业诚信系统并在深圳房地产信息网上公示。建议进一步加快建立诚信评价系统并尽快投入使用，这将有利于规范房地产行业，提高全行业诚信水平与服务质量。

(七) 加快出台房地产中介服务监管办法，规范房地产服务行业

结合 CEPA 及深圳现代化、国际化建设的要求，应进一步完善房地产经纪代理、咨询、估价的执业监管办法，允许香港中介服务机构开设分支机构和直接执业，制定规范的中介服务委托合同示范文本。此外，为规范房地产中介服务行业并适应 WTO 和 CEPA 带来中介服务市场发展机遇和挑战，应将中介服务行业操作规范以行业公约的形式予以确立，杜绝行业恶性竞争。

(八) 制定有关鼓励政策和措施，促进住房二级市场发展

鉴于深圳住房二级市场(存量住房市场)对解决增量供应不足和稳定市场房价的积极作用，建议政府采取以下鼓励政策和措施，促进住房二级市场的发展：

一是继续推进现有公有住房改革，认真清理影响已购公有住房上市交易的政策性障碍，鼓励居民换购住房。规定除法律、法规另有规定和原公房出售合同另有约定外，任何单位不得擅自对已购公房上市交易设置限制条件。

二是简化安居房取得全部产权的程序。安居房取得全部产权后即可以上市交易；办理安居房取得全部产权的所有事项，都只需在一个政府部门的窗口完成；从窗口收件到申报单位领取市房改办批复，整个审核工作的时限应进一步缩短到 25 个工作日以内。

三是在媒体上刊登住房二级市场交易流程和办事指南，方便居民了解和操作，同时公布住房二级市场交易所需交纳的所有税费标准，防止乱收费现象的产生。

四是建立和完善住房二级市场网上备案和交易系统，对签订成交合同的二手房进行及时备案，杜绝一房多卖的现象的发生。目前，深圳市已经开通和运行了新房网上交易系统，通过该系统，所有预售的房屋必须从网上下载合同，并且要求开发商必须在十日内办理合同备案手续，这样有效避免了"一房多卖"现象，也使主管部门能够及时获得详细的商品房销售数据。为保证二手房交易的便捷化，主管部门也应当加快建立二手房网上交易系统，以便缩短交易时间，完善数据统计，加快信息流通，积极促进住房二级市场的健康、规范发展。

第四章 2004年：供求均衡，市场景气

摘要： 2004年，在深圳经济社会继续保持平稳、快速发展的背景下，房地产市场继续平稳运行：全市完成房地产开发投资456.33亿元，同比增长1.62%，房地产开发投资增速有所减缓；商品房施工面积为2819.01万平方米，同比上涨2.98%，商品房竣工面积903.46万平方米，同比减少9.16%，商品房开发建设规模有所下降；商品房销售面积为958.48万平方米，同比增加了9.18%，市场需求连续两年保持10%左右的平稳增长；商品房批准预售面积953.19万平方米，同比增长9.53%，其中住宅批准预售面积为806.48万平方米，同比增长12.5%，商品房有效供给明显回升；此外，全市商品住宅销售均价为5980元/平方米，同比上涨了5.28%，尽管房价出现小幅上涨，但价格结构基本合理，中低价位住宅仍居市场主导地位。综合来看，2004年深圳房地产经济与社会经济协调发展，房地产市场景气程度较高，房地产市场继续保持供求均衡。房地产市场运行中存在的主要问题是：市场中存在的不规范运作客观上造成房价上涨，而房地产用地供应紧张的局面也一定程度上影响房价的稳定。从政策层面看，2004年，国家通过土地政策、金融政策对房地产市场进行了宏观调控，深圳市结合本市实际，相继出台了盘活存量土地、促进住房供应等系列措施。这些措施对促进深圳房地产市场良性发展、稳定住房价格具有积极的意义。

一、经济社会发展概况

2004年，深圳国民经济继续保持平稳、快速发展。从国民经济发展总体情况看，本市全年生产总值（GDP）3422.80亿元，按可比价格计算，比上年增长17.3%，国民经济持续快速增长；按常住人口计算的人均GDP为59271元，增长7.8%；按当年汇率计算，本市生产总值达到413.54亿美元，人均GDP为7161美元。

从主要产业发展看，工业生产增势强劲，全年实现工业增加值1912.96亿元，比上年增长23.8%，其中，高新技术产业快速增长，全年高新技术产品产值达到3266.52亿元，比上年增长31.6%；物流产业发展迅猛，港口民航生产再创新高，全年机场旅客吞吐量1424.45万人次，比上年增长31.4%，全年港口集装箱吞吐量1365.90万标箱，增长28.2%，稳居全球第4大集装箱枢纽港；进出口规模进一步扩大，全年外贸进出口总额1472.83亿美元，比上年增长25.5%，外贸出口总额连续十二年位居全国大中城市榜首。

从固定资产投资规模看，投资规模继续扩大，全年全社会固定资产投资额1090.14亿元，比上年增长14.9%；其中，基本建设投资458.96亿元，增长27.5%，占全社会固定资产投资比重为42.1%；更新改造投资87.57亿元，增长55.9%，占8.0%。全市重点建设项目中，盐田港三期主体工程、会展中心第一阶段工程、宝安大道、深平快速路特区内段等投资完成情况良好；主要竣工项目有地铁一期、蛇口港二期、电视中心、市民广场等。

从城市建设和环境保护看，城市功能增强，环境质量、市容环境改善。全市建城区面积 551.00 平方千米；全年基本建设投资中用于城市基础设施的投资 211.34 亿元，比上年增长 29.2%；市政排水管道总长度 6222 千米；全市生活垃圾无害化处理率 81.0%；主要饮用水源水库水质达标率 96.7%。2004 年由于实施了以深化"净畅宁工程"为重要内容的"梳理行动"，大力拆除各类乱搭建和违法建筑，全市建城区绿化覆盖率达到 45.0%，人均公共绿地面积 16.0 平方米。

从社会发展情况看，全年全市人口继续增长、城镇居民生活水平和质量稳步提高。全市年末常住人口 597.55 万人，比上年末增加 40.14 万人，增长 7.2%；其中户籍人口 165.13 万人，占常住人口比重 27.6%，暂住人口 432.42 万人，占常住人口比重 72.4%。全年城镇居民人均可支配收入 27596 元，比上年增长 6.4%，扣除物价因素，实际增长 5.0%；恩格尔系数为 31.6%。

深圳国民经济的持续快速发展，使得人民生活水平不断提高，不仅为深圳建设国际化城市的目标奠定了基础，也为房地产业继续保持良性、健康的发展提供了良好的保证。

二、房地产市场总体运行特征

2004 年，在国家宏观调控政策的作用下，国内房地产市场从近几年过速的发展逐渐趋于平稳。从深圳房地产市场运行情况看，由于较早地采取了严格的房地产用地供应政策，房地产市场已连续多年保持着平稳、理性的发展局面，供求总量基本均衡，供求结构基本合理，房地产价格基本平稳。

(一) 房地产投资增速减缓，商品房开发建设规模有所下降

2004 年，全市完成房地产开发投资 456.33 亿元，同比增长 1.62%（2003 年同比增长 9.4%），房地产投资占固定资产投资的比重由 2003 年的 47.4% 下降到 41.8%。商品房施工面积为 2819.01 万平方米，同比上涨 2.98%（2003 年同比增长 2.43%）；商品房新开工面积 983.86 万平方米，同比上涨 2.74%（2003 年同比增长 1.38%）；商品房竣工面积 903.46 万平方米，同比减少 9.16%（2003 年同比增长 8.66%），商品房竣工面积自 1997 年连续 6 年持续增长后首次出现减少（见表 4-1）。数据表明，2004 年，全市房地产开发投资增长速度明显减缓，商品房开发建设规模有所下降，在国家及本市加强房地产市场宏观调控的有关措施作用下，房地产开发建设规模已明显得到控制。

2004 年商品房建设规模情况　　　　　　　　　　表 4-1

指标	单位	2004 年	2003 年	同比(%)
一、商品房施工面积	万平方米	2819.01	2737.48	2.98
其中：住宅	万平方米	2103.62	2053.24	2.45
二、商品房新开工面积	万平方米	983.86	957.62	2.74
三、商品房竣工面积	万平方米	903.46	994.52	−9.16
其中：住宅	万平方米	696.04	778.34	−10.57

(二) 商品房需求整体保持平稳增长，非住宅商品房销售量增长较快

2004 年，全市商品房销售面积为 958.48 万平方米，同比增加了 9.18%（2003 年同比增长 10.88%)，市场需求连续两年保持 10% 左右的平稳增长。

从不同类型商品房的销售情况来看，住宅销售增长趋于停滞，而办公楼和商业用房全面增长。2004 年全市住宅销售面积为 849.21 万平方米，同比增长仅 0.15%；办公楼销售面积为 27.15 万平方米，比 2003 年增长 38.95%；商业用房销售面积为 64.47 万平方米，同比增长 63.8%。全部商品房销售面积中，住宅占 88.5%，写字楼占 2.8%，商业用房占6.7%；此外，国内个人购房占全部商品房销售面积的 88%(为 841.68 万平方米)，外销占全部商品房销售面积的 6%(为 57.51 万平方米)。

商业用房销售面积的大幅增长，主要与近年来深圳住宅建设的加快有关。由于近年来全市住宅建设的发展，新的城市区域逐渐形成，并由此带动了商业物业需求的增长。此外，随着 CEPA 的正式实施、深圳中心的"西移"、特区外城市化的全面铺开、地铁等基础设施的加快建设，带动了办公物业需求的增长，使得办公楼销售面积大幅上升。由于办公楼和商业用房销售面积大幅增长，二者在商品房中所占的比重均比上年增加了 2 个百分点。非住宅物业所占比重的增长，使为住宅配套的商业性基础设施更为完善，促使整个商品房市场结构更加合理。

(三) 商品房批准预售规模明显增长，新增有效供给明显回升

2004 年，全市商品房批准预售面积 953.19 万平方米，同比增长 9.53%，其中住宅批准预售面积为 806.48 万平方米，同比增长 12.5%。本市自 2002 年采取土地供应紧缩政策后，商品房批准预售面积一度出现较大幅度减少，2003 年降幅达到 17.76%。但随着市场需求的不断旺盛，促进了在建项目加快开发和存量房地产用地入市，2004 年商品房有效供应明显比 2003 年增加，批准预售面积显著增长并与当年的销售面积相当。

从 2002 年以来住宅批准预售面积和销售面积的对比来看(见图 4-1)，2002～2004 年，商品住宅的批准预售面积总体大于实际销售面积，表明目前市场总体有效供给仍能满足需求，市场供求基本平衡。但是，如果年度新增预售小于实际销售的状况长期持续下去，消费者在买房时的选择余地必然越来越少，进而引起房地产价格的继续上涨。

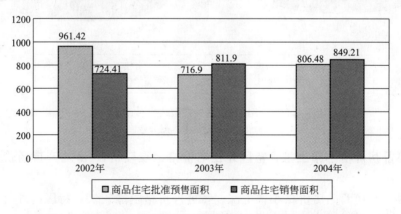

图 4-1　2002 年以来商品住宅批准预售面积与销售面积对比图

(四) 区域市场结构基本保持稳定，南山区住宅销售面积所占比重显著增加

从各区的住宅销售来看，南山、宝安、龙岗三个区的住宅销售面积居全市前三位，分别占全市住宅销售总面积的 33%、21%、18%。南山区住宅销售面积仍然稳居首位，在全市中所占比例继续增加。从 2003 年和 2004 年各区住宅成交面积所占的比例对比来看（见图 4-2），南山区所占的比例有较大增长，宝安、龙岗两区所占比重基本保持不变，福田区所占的比例减小较大（下降了 5 个百分点）。随着特区内用地的日益减少、西部通道及地铁线的开通、宝安龙岗两区全面城市化的启动，房地产"西移"和"外移"的发展趋势将会越来越明显。

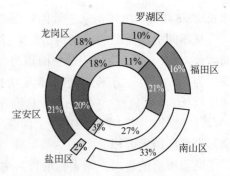

图 4-2　2004 年与 2003 年各区域住宅成
交面积比例图（外圈为 2004 年数据）

（五）三房继续成为主力户型，小户型住宅所占比例有所提高

从销售住宅的户型来看，三房、二房和四房占住宅市场交易总量达八成以上。其中，三房住宅的销售面积占住宅销售总面积的 42%，二房住宅占住宅销售总面积比例为 23%，与上年比例一致；四房住宅占住宅销售总面积的 15%，比上年下降 2 个百分点。从这三种户型的价格来看，二房和三房住宅价格上涨幅度较大，四房价格基本保持稳定。三房住宅的均价为每平方米 5330 元，同比上涨 6.47%；二房住宅为每平方米 5702 元，同比上涨 6.8%；四房住宅为每平方米 6470 元，同比上涨 0.1%。

从 2004 年和 2003 年销售住宅的户型结构对比来看（见图 4-3），2004 年销售的住宅中一房及单身公寓的比重略有增加，四房的比重稍有减少，表明由于土地资源的限制，小户型开发正在增多。

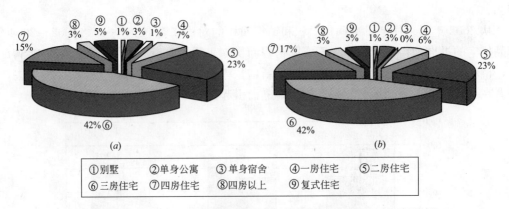

图 4-3　2004 年与 2003 年销售住宅的户型结构对比（上图为 2004 年数据）
(a)2004 年数据；(b)2003 年数据

（六）商品房价格小幅上涨，特区外住宅价格上涨较快，房地产市场价格结构基本合理

2004 年，全市商品房价格小幅上涨；特区外价格上涨较快，特区内外价格差距有所减小。2004 年，全市商品住宅销售均价为 5980 元/平方米，同比上涨了 5.28%；写字楼平均交易价格为 9997 元/平方米，比上年同期下降了 1.64%；商铺平均交易价格为 12463 元/平方米，比上年同期下降了 3.51%。

从各区住宅销售价格来看（见表 4-2），除福田区住宅销售价格比 2003 年下降 5.4%

外，其他各区住宅价格均有所上涨，尤其是特区外房价上涨幅度更大。如特区内罗湖区、南山区住宅均价为 7996 元/平方米、6410 元/平方米，分别比 2003 年上涨 3.23％、2.04％；而特区外的宝安、龙岗两区住宅价格分别为 4186 元/平方米、4172 元/平方米，分别比 2003 年上涨 11.09％和 19.64％。

2003 年与 2002 年各区住宅价格比较　　　　　表4-2

区域	罗湖	福田	南山	龙岗	宝安	全市
2004 年(元/平方米)	7996	7767	6410	4172	4186	5980
2003 年(元/平方米)	7746	8211	6282	3487	3768	5680
2002 年(元/平方米)	6672	7709	6023	3378	3683	5570

(七)二手房市场规模不断扩大，成交面积继续快速上升

2004 年，全市二手房销售面积达到 686.58 万平方米，比上年增长了 38.19％。二手楼交易面积与同期新房销售量的比例达到 0.72：1。由数据可见(见图 4-4)，2004 年二手房销售面积增长幅度仍保持 2002、2003 两年的较高增长趋势(两年分别为 36％、45％)，交易总量也与新房销售面积逐渐接近，具有良好的发展态势。存量房地产市场的健康快速发展，已形成房地产二、三级市场联动发展的局面，有力地推动了深圳房地产市场的不断成熟和发展。

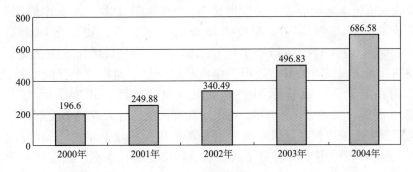

图 4-4　2000 年以来二手房交易面积示意图(万平方米)

(八)空置商品房不断消化，空置面积持续减少

2004 年，全市的空置商品房快速消化，至 12 月底，商品房空置面积为 213.62 万平方米，同比减少 11.38％，其中住宅空置面积为 145.07 万平方米，同比减少 9.91％。商品房空置面积的减少，主要是近年来本市一直采取的严控新增房地产用地供应、积极消化房地产存量等政策的实施。2003 年以来新增商品房有效供给(批准预售面积)持续小于商品房需求，很大程度上调整了市场供求关系，并使得深圳空置多年的现房得到消化；但是商品房空置量的过快减少，也有可能造成未来一段时间市场供应储备的不足，反而出现供求失衡。因此，未来几年增加新增商品房有效供给(批准预售面积)，是促进市场供求均衡，保证房价稳定的关键因素。

三、2004 年深圳房地产市场综合评价

结合前述市场运行情况的分析，在此采用本人主持研发，并已开始正式运行的"深圳

房地产市场预警系统"，对 2004 年全年房地产市场进行综合评价。

（一）"深圳房地产市场预警系统"简述

"深圳房地产市场预警系统"是用于进行一定时期深圳房地产市场发展状况综合评价和趋势预测的技术手段。在进行市场综合评价时，主要采取设定评价指标——确定单项指标判断标准——进行单项指标评价——进行市场综合评价等技术路线，来实现对年度市场发展状况的评判。该系统的主要评价指标含义与判断标准如下：

1. 房地产开发投资增长率与 GDP 增长率之比，表示当年房地产开发投资增长率与当年 GDP 增长率的比值。该指标用于衡量房地产开发投资增长的速度与 GDP 增长速度的协调性关系。正常区间为 ［-0.1454，2.2753］，超过 3.4779 或小于-0.8701 倍，则出现房地产经济过热或过冷现象。

2. 房地产开发投资与全社会固定资产投资比，表示当年房地产开发投资占整个社会固定资产投资的比值。该指标用于衡量房地产开发投资与整个社会投资是否协调。正常区间为 ［0.3683，0.5169］，超过 0.5541 或小于 0.3312，则出现投资比过大或过小现象。

3. 房价收入比，表示当年户均可支配收入与一套住房总价款的比值。该指标用于衡量居民购买住房的实际实力。比值越小越有实力购买；比值越大购买的经济实力则越小。正常区间为 ［5.9234，7.8304］，超过 8.3072 或小于 5.4467，则出现实际购买能力过弱或过强现象。

4. 房价收入增长率之比，表示房价增长率与人均可支配收入增长率的比值。该指标用于衡量房价的增长与人均可支配收入增长的协调关系。正常区间为正常区间为 ［0.2112，1.4994］，超过 1.8214 或小于-0.1109，则出现房价增长过快或减少过大现象。

5. 商品房新开工面积增长率，表示当年商品房新开工面积较上年的增加值占上年商品房新开工面积的比值。该指标用于衡量市场景气水平。正常区间为 ［-0.2729，0.6673］，超过 0.9024 或小于-0.508，则出现新开工增长过大或过小现象。

6. 商品房销售面积增长率，表示当年商品房销售面积较上年的增加值占上年商品房销售面积的比值。该指标用于衡量实际需求水平和市场景气水平。正常区间为 ［0.0807，0.2855］，超过 0.3367 或小于 0.0295，则出现商品房销售增长过大或过小现象。

7. 住宅价格增长率，表示当年住宅价格较上年增长量占上年房价的比值。该指标用于衡量房价的稳定水平和市场景气水平。该指标用于衡量实际需求水平和市场景气水平。正常区间为 ［-0.0559，0.0795］，超过 0.1471 或小于-0.1235，则出现价格增长过快或减少过小现象。

8. 二手房月吸纳率，表示二手房各月成交面积占各月挂牌面积的比值。该指标用于衡量二手市场的实际需求水平和景气水平。正常范围 ［0.0031，0.1121］，超过 0.1121 则出现二手房销售过大，市场明显过热现象；小于 0.0031，则出现二手房销售过小，市场不景气现象。

9. 住宅储备率，表示当年年末时点可售商品住宅面积占当年实际住宅销售面积的比值。该指标主要用于衡量房地产市场供求总量的平衡关系。正常的区间为，超过 1.0185 或小于 0.5141，则出现住宅积压严重或住宅严重紧缺现象。

（二）单项评价指标评价分析

1. 房地产开发投资增长率与 GDP 增长率之比

2004年房地产开发投资增长率与GDP增长率之比为0.0825，处于正常区间（见图4-5）。由图可见，1996～2004年该指标一直处于正常区间，但自1999年以来已开始呈现下降趋势，2004年已接近稍冷区间，表明房地产开发投资增长持续乏力。2003年以前，深圳房地产开发投资保持高增长态势，而2003、2004两年，随着政府对房地产用地调控力度的加强及系列调控措施的出台，开发投资增幅不断减小，投资增速明显回落。这一方面表明政府的宏观调控起到了显著的效果，但同时也预示着房地产开发规模下降过快、不利于与宏观经济的协调发展，需要及时采取措施促进房地产投资增长。

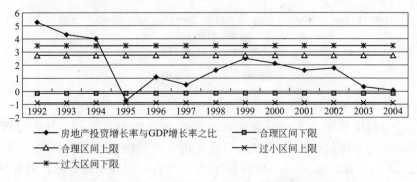

图4-5 房地产开发投资增长率与GDP增长率之比警值

2. 房地产开发投资与全社会固定资产投资比

2004年，房地产开发投资与全社会固定资产投资之比为0.4186，处于合理区间。2003年和2004年，该指标均处于正常区间，表明房地产开发投资占全社会固定资产投资的比重合理，两者持续保持协调关系。但由于自2002年以来该指标处于持续下降趋势，未来，在制定房地产市场宏观调控政策时，应警惕两者关系的失衡（见图4-6）。

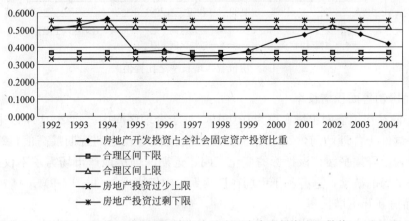

图4-6 房地产开发投资与全社会固定资产投资之比警值

3. 房价收入比

2004年，房价收入比为5.7776，处于比值略微低于合理区间的范围。自1996年以来，深圳的房价收入比一直处于合理区间，且有不断减少趋势，表明居民的实际购买能力在逐年提高。房价收入比维持在较低的层面，一定程度上激发了居民加快住房消费的愿望，并产生了近年来房地产市场销售持续高速增长的景气局面，使得房地产市场有了较快的发展(见图4-7)。

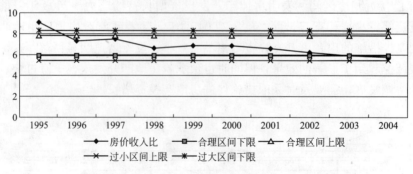

图4-7　房价收入比警值

4. 房价收入增长率之比

2004年，房价增长率与人均可支配收入增长率之比为0.2673，处于合理区间。自2000年以来，深圳房价收入增长率之比均处于正常区间内。宏观经济的持续快速增长，使得居民收入不断提高；而2004年该指标比2003年有一定程度的下降，则表明房价增长幅度小于收入的增长幅度，客观上促进了居民购买能力的上升(见图4-8)。

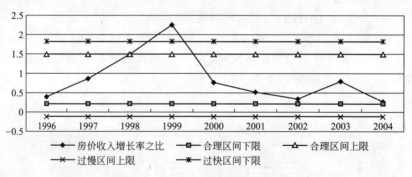

图4-8　房价收入增长率之比警值

5. 商品房销售面积增长率

2004年商品房销售面积增长率为0.0919，处于合理区间内。自2001年以来，商品房销售增长持续处于合理区间，2002年商品房销售面积增长达到近期最高值，2003、2004年有所下降，但降幅平缓。该指标的变化表明，近期深圳房地产市场需求不仅持续增长，同时仍保持平稳的波动，这有利于市场在持续景气中健康发展(见图4-9)。

6. 商品房新开工增长率

2004年商品房新开工增长率为0.0274，处于合理区间。2000年以来，商品房新开工增长率变化不大，2002年为6.74%，2003年为1.38%，2004年为2.74%；新开工增长率的持续平稳且均处于合理区间，表明市场新增供应持续稳定，未出现不合理的波动现象。然而，新开工面积虽然在绝对量上有所增加，但增长幅度变化不大，其原因与今年来房地产开发用地严格控制有关，结合每年新增需求10%左右的增长，经后几年应适当增加房地产用地供应，以避免因供求步调的不协调而导致的供求关系失衡(见图4-10)。

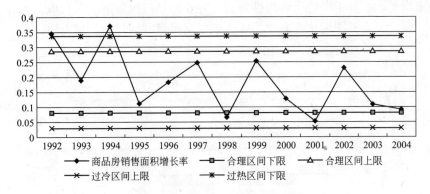

图 4-9　商品房销售面积增长率警值

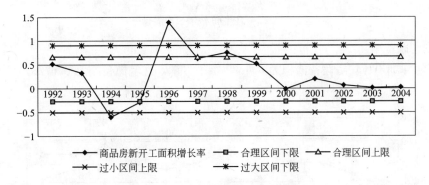

图 4-10　商品房新开工面积增长率

7. 二手房月平均吸纳率

由图 4-11 可见，2003 年下半年二手房月吸纳率波动较大，多数月份吸纳率在正常区间外，表明二手市场波动较大。2004 以后，吸纳率基本处于合理区间，表明二手市场供求关系较为稳定，但也出现吸纳程度有所较低，景气程度有所下降的问题。

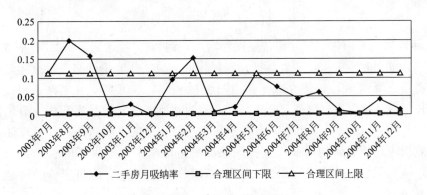

图 4-11　二手房月吸纳率警值

8. 住宅价格增长率

2004 年，住宅价格增长率(按典型价格计算)为 0.01711，处于合理的增长区间。从图 4-12 可见，从 2000 年以来，深圳房价增长一直保持稳定状态且均处于合理增长区间。

房价的稳定增长，有利于保持市场理性发展，并在经济持续发展、居民收入水平持续增长的条件下，促进潜在需求转化为有效需求，满足居民日益增长的住房需要。

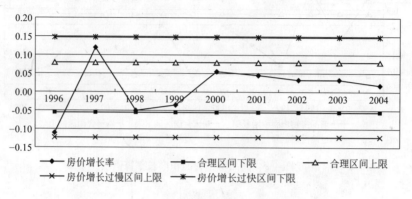

图 4-12　住宅价格增长率警值

9. 住宅储备率

2004 年深圳累计住宅储备面积为 571.39 万平方米，住宅储备率为 0.6728，处于合理区间（见图 4-13）。

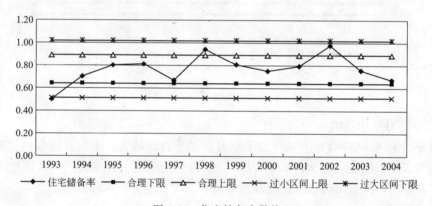

图 4-13　住宅储备率警值

1993 年以来，全市住宅累计储备量逐年增加，到 2002 年达到 709.12 万平方米的最高点；随后的 2003 和 2004 年，随着新批预售规模的缩减，住宅累计储备量逐年渐少，2004 年累计储备量下降到 571.39 万平方米。由图 4-14 可见，2002 年，住宅储备率接近过大区间下限，住宅储备曾存在过剩现象，市场明显存在供大于求、商品房积压上升的问题；而 2003 和 2004 年住宅新增供应小于需求，导致住宅储备量的不断减小，并呈现储备率持续下跌，有效供应趋于紧张的局面。这种现象极易造成未来市场供不应求，并导致价格上涨。因此，应当引起有关部门的警惕，并采取积极的供应政策，保证房价的稳定。

（三）综合评价

从 2004 年房地产市场单项指标评价结果来看，该年份全部 9 项评价指标均表现正常，表明房地产经济与社会经济协调发展，房地产市场景气程度较高，房地产市场继续保持供求均衡。但是，也应当注意近半数预警评价指标有下降趋势，且指标值接近较冷区间，市场景气程度与均衡程度都有所下降。鉴于此，政府应采取积极的房地产供应政策，促进市场供应，满足市场需求，保持房地产经济与宏观经济的协调发展。

四、2004 年深圳房地产市场价格分析

(一) 房地产价格运行特征

1. 房价呈持续上涨势头，价格波动幅度较小

2002 年以来，深圳房价持续增长，2002 年全年住宅交易价格为 5533 元/平方米，2003 年达到 5680 元/平方米，比上年增长了 2.6％；2004 年达到 5980 元/平方米，又比上年上涨了 5.3％。从 2003～2004 年各月住宅价格看(图 4-14)，房价总体波动幅度不大，基本呈"年初低平，年中攀升，年末回稳"的规律。总体上看，2003～2004 年住宅价格虽各月有所波动，但波动幅度基本不大，价格总体保持平稳。

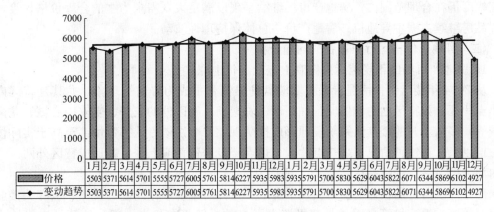

	1月	2月	3月	4月	5月	6月	7月	8月	9月	10月	11月	12月	1月	2月	3月	4月	5月	6月	7月	8月	9月	10月	11月	12月
价格	5503	5371	5614	5701	5555	5727	6005	5761	5814	6227	5935	5983	5935	5791	5700	5830	5629	6043	5822	6071	6344	5869	6102	4927
变动趋势	5503	5371	5614	5701	5555	5727	6005	5761	5814	6227	5935	5983	5935	5791	5700	5830	5629	6043	5822	6071	6344	5869	6102	4927

图 4-14　2003～2004 年各月住宅价格水平(元/平方米)

2. 价格结构基本合理，中低价位住宅居市场主导地位

近年来，深圳房地产市场供应的商品房，基本呈现合理的价位比例，以满足不同收入层次的消费者的梯度房地产消费。

从图 4-15 可见，2003 年，6000 元/平方米以下的住宅销售面积占 59％，6000～10000 元/平方米的住宅销售面积占 35％，10000 元/平方米的住宅销售面积仅占 6％。2004 年，三项价格区间所占比例分别为 59％、36％、5％，与 2003 年基本一致。数据表明：10000 元以下的中低价住宅占市场的大多数，10000 元以上的高价位住宅仅占 5％左右，占较小比例；低、中、高三个价位区间的比例基本合理。

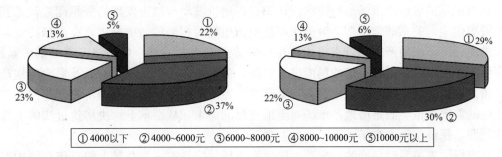

①4000以下　②4000~6000元　③6000~8000元　④8000~10000元　⑤10000元以上

图 4-15　2004 年与 2003 年住宅价格分布结构对比(上图为 2004 年数据)

3. 特区外住宅价格上涨较快，特区内、外房地产价格差距逐渐减小

由于深圳特区内外在经济发展水平、城市化程度、基础设施配套等方面的较大差异，历年来，特区外房地产市场的活跃程度一直低于特区内，特区内、外房价也一直保持较大的差异。2003年底，随着深圳加快特区外城市化进程系列政策的出台，特区外房地产市场已明显活跃起来。2004年，特区内罗湖区、南山区住宅均价仅比上年分别上涨了2~3个百分点，福田区则下降了5个百分点；而特区外的宝安、龙岗两区住宅价格上涨幅度则高达11%和20%。随着品牌开发商在特区外开发项目的增多，在需求快速增长、楼盘素质普遍提高的前提下，以往特区外与特区内差距2倍的价格差明显缩小，全市各区域房地产价格结构开始逐步趋于合理。

总体来看，2004年，深圳房价运行平稳，尽管部分区域房价上涨较快，但全市价格上涨幅度仍在合理范围内；房地产市场继续呈现以满足大众需求为主的合理价格梯度，普通商品房继续占据主导地位；房地产价格总体保持理性波动。

（二）房地产价格运行中存在的问题分析

1. 房地产市场的不规范运作客观上造成房价上涨

从2004年楼盘销售情况看，新推楼盘的热销几乎成为普遍性现象，尤其是特区内外的热点片区，如特区内的华侨城、红树湾、香蜜湖，特区外的龙华、宝安中心城、龙岗中心城等，多数新开的楼盘认筹阶段即形成排队现象，个别楼盘认筹数量甚至高于实际供应量一倍以上。在这种情况下，热点片区、热点楼盘房价普遍上涨，并形成特区外两区和特区内部分区域房价涨幅高达20%以上的现象。

部分片区房价的快速上涨，引发了房地产业界对市场炒作问题的关注。从有关楼盘销售情况的调查看，尽管自用或长期投资占了多数，但仍有相当一部分认筹是出于炒房目的，个别认筹者不仅"一盘多认"，甚至还存在"多盘多认"。还有相当一部分楼盘销售表明，一些房地产开发商、中介商也参与了楼盘炒作，部分楼盘的排队、热销与开发商、中介商带有炒作等不规范行为的推介和宣传有一定关系。这样势必造成相当一部分不明情况的消费者心里恐慌，并直接促成部分区域房地产价格的非理性上涨。针对上述问题，政府主管部门已采取措施对房地产交易中的"认筹"行为予以禁止，并出台了整顿房地产广告市场的相关规定。对此，笔者建议消费者和房地产业界，应理性看待市场、理性看待房地产买卖；以保证深圳房地产市场健康、稳定的大局为重，避免不规范市场行为的发生，保证全市房地产价格的稳定。

2. 房地产用地供应的紧张局面一定程度上影响房价的稳定

深圳多年的房地产市场运行使我们认识到，房价波动与城市发展的资源配置，尤其是土地资源供应，关系非常密切。对于深圳这个土地资源相当稀缺的城市，在人口持续高速增长的前提下，房地产市场需求将始终保持旺盛的状态。一旦今后房地产用地供应紧缺，住房供应将会减少，供求平衡的局面将被打破，势必造成房价快速上涨以及影响房地产市场健康发展的问题。这就需要政府具有更高的调控水平，即保证各个经济发展部门和产业对土地的需求，也能满足房地产市场对土地资源的需求，从根本上解决房价过快的上涨和炒作问题，保证房地产市场平稳、理性发展。

从市场供求关系对房价的影响看，房地产市场供应与需求在总量上的平衡和结构上的合理，对房价有着极重要的影响。20世纪90年代初期的房地产热，首先是由于供应过剩，

直接造成房地产积压严重、空置上升，进而导致房价下跌并造成金融风险。从近年来深圳房地产市场需求看，每年新建商品房需求基本保持900万平方米，增长率在10％左右。与需求持续增长相比，近年来深圳的房地产潜在供应一直保持下降趋势。根据有关预测，今后两年，全市每年房地产市场新房需求保持在900万平方米，按容积率3的标准，每年需增加房地产用地供应3平方千米。2002年以来，全市每年新增房地产用地供应控制在1个平方千米左右，而每年平均消化了约2平方千米的存量土地，在一定程度上补足了新增用地的不足，满足每年900万平方米商品房需求。但是，随着存量的不断消耗，存量土地入市越来越少，2004年全年存量土地入市仅1.4平方千米，加上1平方千米的新增房地产用地，合计总量仅能达到2.4平方千米，仅能形成约700万左右的新房供给，难以满足两年后900万的新增住宅需求。此外，由于发展商和消费者的心理预期对房地产价格较大影响，而未来供求关系不平衡的预期，将产生价格的现时波动，引起房价在近期继续上涨。

由此可见，房地产市场的供求关系对保证今后房价稳定，具有非常重要的意义。房地产用地供应紧缺，将会导致住房供应减少，在需求持续旺盛的前提下，供求平衡的局面将被打破，房价将不断上涨，从而影响房地产市场的健康发展，并对全市经济社会发展带来不良影响。因此，全市在房地产用地三年严控已取得阶段性成效的条件下，目前应当考虑未来市场供应压力，调整土地供应计划，积极增加房地产用地供给，以满足今后不断增长的房地产市场需求。

五、2004年深圳房地产市场需求分析

为充分了解未来深圳房地产市场需求的走势，2004年，市房地产研究中心联合有关机构组织了3次大型置业需求问卷调研，累计收回样本问卷共10000余份。抽样调查的结果如下：

1. 近半数市场潜在需求者为非深户内地户籍，年龄主要介于26～35岁之间，学历水平较高，家庭收入基本在7～15万元，从事职业主要是商业\贸易、IT业和事业单位的中层管理者、技术人员。

调查显示，深圳房地产市场近50％的潜在需求者为非深户内地户籍，其次是有本市户籍者，占36％；62％的潜在需求者年龄介于26～35岁之间，其次是25岁以下，占21％；86％的潜在需求者具有大专以上学历，大专以下仅占14％左右；超过4成潜在需求者为来深3～5年，1～2年和6～10年各占两成左右；家庭结构方面，单身、两口之家和三口之家各占三成左右；家庭收入在7～15万元之间的潜在需求者占63.7％，为市场主要需求群体；从事商业\贸易职业的潜在需求者居多，例将近3成，IT业和事业单位居其次分别为15％和12％左右；从人员岗位看，中层管理人员占三成，专业技术人员和一般职员居其次，均接近两成半。

2. 六成多受访者为首次置业，主要目的为解决基本居住需求。调查显示，大部分潜在需求者仍为首次置业，占了受访者总数的64％；超过半数受访者表示购房的主要目的是解决基本居住需求，超过三成的受访者为改善居住条件自住，而表示用于投资的受访者不到一成。上述调查表明：深圳置业需求绝大部分为真实的居住需求，投机和投资的比重较少，这有利于从根源上避免房地产市场炒作与投机问题，保证市场平稳发展。

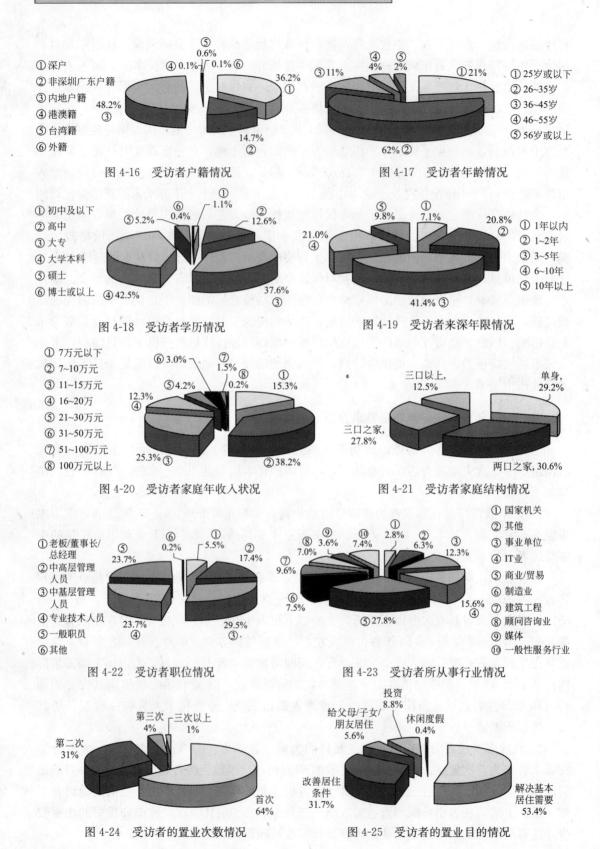

① 深户
② 非深圳广东户籍
③ 内地户籍
④ 港澳籍
⑤ 台湾籍
⑥ 外籍

图 4-16 受访者户籍情况

① 25岁或以下
② 26~35岁
③ 36~45岁
④ 46~55岁
⑤ 56岁或以上

图 4-17 受访者年龄情况

① 初中及以下
② 高中
③ 大专
④ 大学本科
⑤ 硕士
⑥ 博士或以上

图 4-18 受访者学历情况

① 1年以内
② 1~2年
③ 3~5年
④ 6~10年
⑤ 10年以上

图 4-19 受访者来深年限情况

① 7万元以下
② 7~10万元
③ 11~15万元
④ 16~20万
⑤ 21~30万元
⑥ 31~50万元
⑦ 51~100万元
⑧ 100万元以上

图 4-20 受访者家庭年收入状况

图 4-21 受访者家庭结构情况

① 老板/董事长/总经理
② 中高层管理人员
③ 中基层管理人员
④ 专业技术人员
⑤ 一般职员
⑥ 其他

图 4-22 受访者职位情况

① 国家机关
② 其他
③ 事业单位
④ IT业
⑤ 商业/贸易
⑥ 制造业
⑦ 建筑工程
⑧ 顾问咨询业
⑨ 媒体
⑩ 一般性服务行业

图 4-23 受访者所从事行业情况

图 4-24 受访者的置业次数情况

图 4-25 受访者的置业目的情况

3. 两房、三房两厅仍是主流需求户型，约 6 成户型面积需求在 61～100 平方米之间，超过三成受访者愿意接受的单价在 6000 元/平方米左右，总价在 40～59 万元的单位最受欢迎。调查显示，二房、三房所占份额达到 91%，成为最受欢迎的户型；对于户型面积，81～100 平方米、61～80 平方米最受欢迎，两者的比例约占 6 成；对于房价，表示可以接受 6000 元/平方米左右的单价的比例最大，有 3 成多，其次是 5000 元/平方米、7000 元/平方米左右，基本与深圳目前交易的房价水平吻合；需求总价主要集中于 40～59 万，占到总数的 4 成多。

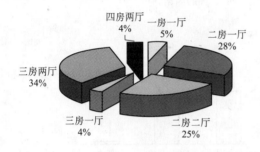

图 4-26　受访者置业户型选择

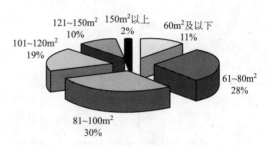

图 4-27　受访者户型面积选择

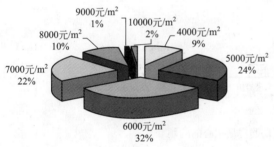

图 4-28　受访者愿意接受的单价

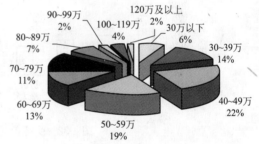

图 4-29　受访者愿意接受的总价

4. 需求者在选择楼盘时最重视地段，最希望在生态环保方面有所创新，最担心楼盘的工程质量和发展商诚信。从悬选择楼盘时最重视的因素看，地段成为最看重因素，提及率达到近 7 成，其次是周边配套，而户型设计、物业管理、景观环境、小区配套亦是潜在需求者关注的因素。在楼盘创新方面，生态环保的提及率最高，接近 4 成，其次是建筑科技创新、物业管理服务等。说明生态环保产品和高科技产品是未来发展方向。关于近期购房时最担心的问题，工程质量最突出，接近 6 成的提及率，其次依次是发展商的诚信、物业管理不到位和房价上涨太快等。

5. 半数需求者会考虑购买二手房，其中会选择在福田购房者超过 7 成，说明无论是新房或是二手房，福田都是首选区域，南山的提及率也超过 4 成，而选择罗湖的受访者不到 2 成。对于片区的选择，中心区最高，提及率达 13%，其次是景田、香蜜湖和后海片区。购买二手房最担心的问题主要集中于不放心中介，担心受骗和交易过程繁琐两个方面。说明中介行业有待进一步规范，二手房交易手续有待简化，中介企业要树立诚信的形象显得尤其重要。

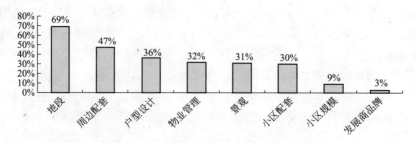

图 4-30　受访者选择楼盘时最重视的因素

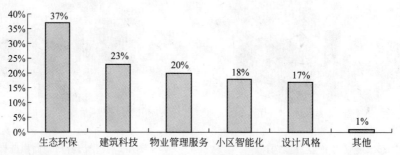

图 4-31　受访者认为楼盘需要创新的方面

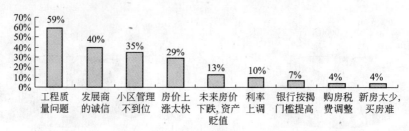

图 4-32　受访者近期购房最担心的问题

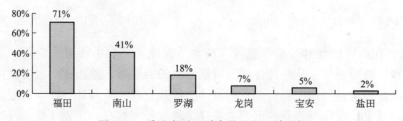

图 4-33　受访者对二手房的置业区域选择

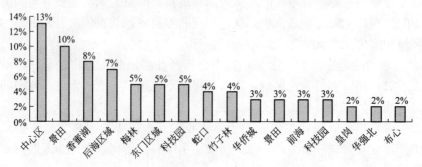

图 4-34　受访者对二手房的片区选择前十五位

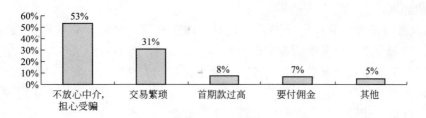

图 4-35　受访者选择二手房最担心的问题

　　在二手房的户型需求方面，三房两厅提及率最高，达 37%，其次是二房二厅。在面积上，主要集中于 61～80 平方米之间，选择此区间段的受访者达 45%。对于单价，33% 受访者表示在愿意接受 5000 元/平方米左右，而选择 6000 元/平方米和 4000 元/平方米者分别为 23% 和 21%。说明受访者对二手房的承受价大概比新房低 1000 元/平方米左右。而对总价的承受区间主要集中于 30～49 万元，选择此区间者约占半数。

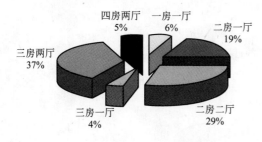

图 4-36　二手房的户型选择

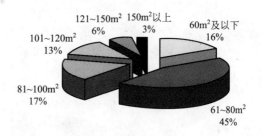

图 4-37　二手房户型面积选择

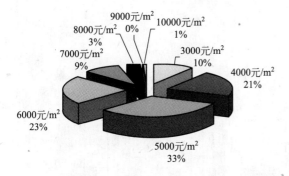

图 4-38　愿意承受的二手房单价

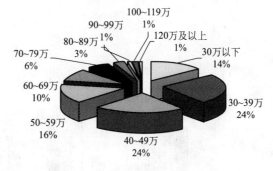

图 4-39　愿意承受的二手房总价

　　6. 多数需求者关心近期宏观调控政策，绝大多数对系列调控政策表示赞同并认为会起到作用。对于近期出台的政策，超过 7 成受访者知道加息，约 6 成知道禁止无证认筹，97% 的受访者认可（其中近 6 成受访者表示非常赞同）近期政府出台的相关调控政策。对于这些政策的评价，普遍认为起了一定作用，尤其是认为禁止无证认筹的抑制房价过快上涨的作用较大。但同时还反映这些政策对他们的置业计划影响不大，频繁的政策出台对置业者的主要影响是会暂时搁置置业计划，采取观望态度，而加息则明显会令部分置业者提高首付，提前还款。

7. 需求者对未来房价稳定普遍看好，对于城市建设，最关注地铁建设和村中改造、关口改造。大部分潜在需求者认为福田和罗湖房价偏高，南山房价基本合理，宝安房价会继续上涨。约半数潜在需求者认为未来房价会小幅上涨，约 4 成认为房价基本稳定。对于未来一年内的加息幅度，有半数只接受在 0.5 个点以内。对于近期的城市建设项目，潜在需求者最关注地铁建设，其次是村中改造和关口改造。

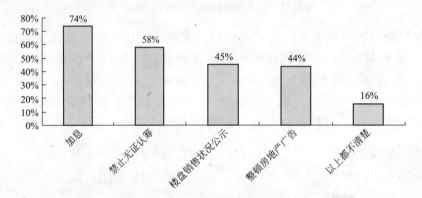

图 4-40　受访者知道的近期出台的政策

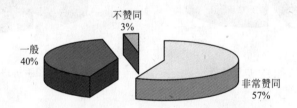

图 4-41　受访者对近期出台的政策的态度

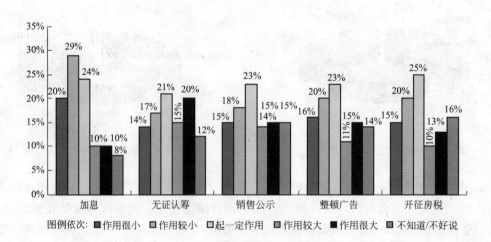

图 4-42　受访者对近期出台的政策的作用评价

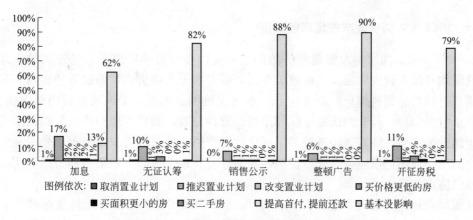

图 4-43　受访者对近期出台的政策的反应

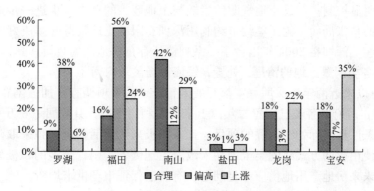

图 4-44　受访者对各区房价的评价

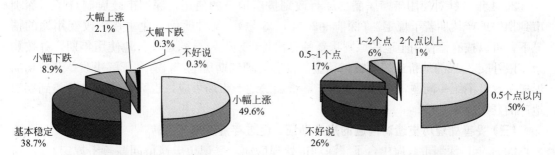

图 4-45　受访者对未来房价走势的看法　　　图 4-46　受访者能接受的加息幅度

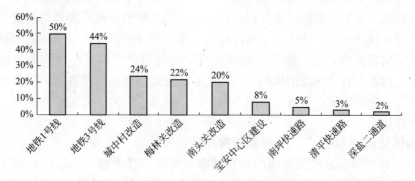

图 4-47　受访者最关心的城市建设项目

六、2004 年深圳房地产市场调控政策

2004 年，随着国家加大宏观经济的调控力度，直接影响房地产市场发展的土地、金融等政策均有较大程度加强。金融政策方面，随着国家各项货币紧缩政策的出台，房地产信贷增长过快趋势得到抑制，开发企业资本金比例明显上升，个人消费贷门槛逐步提高，这有利于整个房地产行业的优胜劣汰和市场的理性发展，避免房地产市场过热的隐患的产生。土地政策方面，随着《国务院关于深化改革严格土地管理的决定》等系列土地政策的出台，新增建设用地供应得到严格控制，盘活存量土地、提高土地集约和节约利用水平成为土地供应调控的主线。

从深圳房地产市场的政策背景看，自 2002 年以来实行了房地产用地紧缩政策后，每年新增商品房用地供应压缩到前几年平均水平的三分之一，前几年房地产市场供给增长过快的势头得到明显控制；但是土地资源的紧缺与土地政策的严格，也进一步造成了今后房地产用地供应的紧张局面。为了集约节约利用深圳有限的土地资源并解决好深圳今后房地产市场供应问题，深圳在 2004 年出台了一系列搞活存量房地产的政策，具体有以下方面：

（一）加快各类闲置土地的清理、处置，保证市场供求均衡

自 2000 年以来近两年，深圳每年都开展闲置土地的专项调查，加强闲置土地的处置。2003～2004 年，政府对各类已闲置二年以上未开发利用土地，共收回 108 万平方米；一些尚未达到收回条件且实际处于闲置的项目，正在积极采取盘活措施，拟采取政府收回、收购或置换土地使用权的方式将此类土地纳入政府土地储备。闲置土地的积极处置，将在一定程度上解决未来房地产用地供应不足问题，有利于保证市场供求均衡。

（二）妥善处理到期房地产，增加房地产市场供应

2004 年，针对使用年期届满的原行政划拨房地产的使用，深圳市政府制订了《深圳市到期房地产续期若干规定》（深府〔2004〕73 号）。文件明确：业主在不改变用途的情况下，可以按有偿使用土地的原则重新签订出让（或租赁）合同延长土地使用年期，并按剩余年限补交 35％的地价或按年支付租金。妥善处理到期房地产，有利于解决改革开放初期形成了政策不统一问题，盘活存量房产，增加房地产市场供应，也为今后解决各类到期房地产的延期奠定基础。

（三）妥善处理历史遗留问题的房产办证，促进存量房地产流转

2004 年，深圳市政府出台了《深圳市处理房地产登记历史遗留问题若干规定》（深府〔2004〕193 号），对居民在 20 世纪八九十年代购买的房子，因土地权属资料不全、开发商消失、欠缴地价款等七种原因无法办理产权证的，均可按照该规定办理房产证。如：现实中存在房屋所有权证、土地使用权证两证权利人不一致导致产权转移受限制问题，可通过登记部门核实权属主体，统一换证；对开发商欠缴地价款或消失，导致小业主不能办证的，则明确购房者可直接向登记机关申请办证。历史遗留问题房产办证的妥善处理，及时解决了长期存在的对房地产市场发展的不利因素，保证了广大小业主的利益，积极促进了存量房地产转让。

（四）加快处理"烂尾楼"，促进新增商品房供应

2004 年，深圳市房地产主管部门在总结多年处置"烂尾楼"工作经验的基础上，依据法律法规及"烂尾楼"实际情况，制订了《关于子悦台等 52 个烂尾楼的处理意见》。具

体内容有：允许用烂尾楼项目进行合作建房，对烂尾楼项目拖欠地价款产生的利息、土地使用费等免收，顺延烂尾楼土地使用起始时间，以及适当减少违章超面积处罚。加快处理"烂尾楼"，将在经后几年内，促进近250公顷在建烂尾楼的盘活，促进新增商品房供应，保证新建住宅的市场供求平衡。

（五）积极推进"城中村"改造，增加特区内普通商品房供应

2004年，市政府下发了《深圳市城中村（旧村）改造暂行规定》（深府［2004］177号）。主要内容有：城中村应按规划实行整体改造，改造项目实行优惠地价（如特区内项目容积率在2.5以下免地价，2.5～4.5之间收20%），改造后符合规定的建筑物和附着物可取得完全产权并自由转让。"城中村"改造的积极推进，不仅有利于遏制全市城市生态环境的恶化、进一步改善城市面貌，也能够在全市新增房地产用地供应紧缩而市场需求持续旺盛的前提下，有效地增加房地产供应，尤其是特区内的普通商品住宅供应，解决特区内日益尖锐的市场供求矛盾，满足居民不断增长的居住生活需求。

总体来看，2004年，深圳按照中央宏观调控精神、结合本市实际采取的系列宏观调控措施，对规范房地产市场发展、稳定住房价格具有积极的意义。尤其是在全市土地资源比较紧张而人口持续增长的前提下，房地产供应相关政策的出台，将有利于保证市场供应总量，形成合理的市场供应结构，有利于解决今后可能出现的市场供求矛盾。

七、2005年深圳房地产市场发展趋势判断

近年来，在经济社会持续快速发展中，深圳也面临着进一步发展和国内城市竞争的压力，水电供应、土地资源等成为制约经济增长的重要瓶颈。针对这种形势，中共深圳市委在市委三届十一次全会上明确提出了"和谐深圳"、"效益深圳"的新发展模式。从"速度深圳"到"和谐深圳"、"效益深圳"，体现了深圳发展思路、发展模式的全新变化，是深圳经济发展史上的历史性跃进。这一新的发展战略，将为全市经济协调可持续发展奠定稳固的基础。

2005年，在国内外整体经济走好的大环境下，承接2004年良好的经济运行态势，深圳经济总体仍会保持较高的增长速度，人民生活水平将进一步提高。诸多良好经济发展背景，为房地产市场的发展和人民居住水平的提高，创造更为有利的条件。总体来看，2005年，深圳房地产市场发展呈现以下发展趋势：

（一）全市住房需求继续保持较高水平，市场供给基本充足，市场供求总量基本保持均衡，住房市场继续保持平稳、协调的发展局面

深圳人口增长迅速，每年外来人口保持约30～50万人的增长速度；同时，市民人均收入水平不断提高，人民改善居住质量的愿望较为强烈，这些因素促进了市场需求的持续增长。据估计，今后两年，深圳每年房地产市场将保持1400～1500万平方米的需求规模。

此外，鉴于近两年住宅开发用地供应规模控制在300公顷以内（含100公顷增量土地供应和200公顷存量土地盘活），预计今后每年新建住宅的实际供应总量能够达到900万平方米，考虑近两年每年约600～800万可供应市场的存量商品住宅，预计今后每年住宅总供给达到1500～1700万平方米。根据上述分析，供给充足且有一定富余，一定程度上保证了住宅市场的供求均衡。

（二）二手房市场将进一步快速发展，房地产市场结构进一步趋于合理

近年来，深圳在建设国际大都市的目标下，城市基础设施不断改善、各区功能定位合理调整，从根本上为二手房市场发展提供了良好基础。目前，福田和南山的二手房市场尤为活跃，同时也大面积的辐射周围片区；而受深港 24 小时通关、地铁建设等因素影响，关外的二手楼市场也在不断活跃。另一方面，深圳经过历年高速发展，积累了 1 亿多平方米的住宅，潜在供给相当巨大；而部分业主因投资转向或二次、多次置业等因素将房产放盘，也为二手市场发展提供了机会。多种因素的推动，将使二手楼市场快速走向繁荣。

近年来，深圳二手楼市场价格明显升高，与一手市场均价差距已接近 1000 元，这主要得益于"公房上市"政策及政府出台减少税费、促进二手房市场发展措施的落实。而另一个现象也表明在经济发展、政策利好的影响下，而二手房市场不断壮大，交易量逐渐与一手市场持平，目前已接近 0.80∶1，大有后来居上之势，这种一、二手市场互动的局面对深圳房地产良性发展有利。

（三）房地产市场"外移"日趋显著，特区外将成为房地产市场的重点区域，新的城市中心区域将随着特区外城市化的启动与房地产市场的发展逐步形成

目前深圳经济特区内的土地资源已剩余不多，城市未来的经济社会发展必然向特区外转移。而作为深圳经济发展的先导型产业——房地产业，目前已呈现出向特区外发展的明显特征。如 2003～2004 年当年新出让的房地产用地基本在特区外，当年交易的商品房数量占全市总量的比例已从前年 30% 上升到 40%；2005 年，特区外市场进一步活跃，上半年特区外商品房交易总量占全市交易总量的比例已接近 50%，比上年同期增长了 11 个百分点，房地产业发展重心向特区外转移的趋势已相当明显。随着深圳特区外全面城市化系列政策的实施，深圳房地产业将面临重大的发展契机，同时也将进一步促进和带动当地第三产业的发展，将在特区外形成新的城市中心区域。

（四）房地产需求旺盛将推动价格继续上升，随着政府平抑房价政策的出台，住宅价格较快上涨趋势将得到遏制

根据统计数据，2004 年深圳各区房地产价格均有所上涨，全市商品房住宅价格同比增长了 5.3%；2005 年，随着特区外房地产需求的持续高涨和特区内房地产供应的进一步趋紧，住宅价格有进一步上涨的趋势。目前，深圳土地资源日益紧缺，每年新增房地产用地仅保持 100 公顷，而随着特区内存量土地的不断消化，今后几年可供开发的房地产用地日渐减少，但房地产市场需求却持续旺盛的增长，从而导致房地产市场供求关系发生变化，给房价上涨创造了一定空间。鉴于以上原因，2005 年深圳的房价将保持较大幅度上涨，但随着政府增加普通商品住宅、抑制炒作等平抑房价政策的出台，以及市场热点继续向特区外转移，全市新建住宅价格较快上涨的趋势应当能够得到遏制。

综上所述，2005 年，在中央宏观调控精神的指导下，在深圳市政府积极的房地产市场调控政策的作用下，深圳房地产市场发展将进一步规范，这对满足深圳居民不断增长的住房需求，保证房地产市场持续健康发展，无疑具有重大的意义。

第五章　2005年：价格快速上涨，市场初现过热

摘要：2005年，深圳房地产市场呈现出：需求继续旺盛、供应压力增大、房价开始出现较快上涨的局面。当年，全市商品住宅销售面积为901.13万平方米，同比增长12.28%，但商品住宅批准预售面积仅711.58万平方米，同比下降10.96%，商品住宅批准预售面积呈下降趋势，使得市场供求关系有所紧张；全市商品住宅均价为7040.10元/平方米，同比上涨17.38%，相比2001～2004年房价连续多年在5000～6000元波动，当年房价出现了较大幅度上涨。"深圳房地产市场预警系统"的预警综合评价表明：2005年，深圳房地产开发投资趋冷的现象已较为明显，供求关系的紧张已经导致了房价快速的上涨，且大大超过人均可支配收入的增长幅度，并使得居民的实际购买力减弱，加剧了低收入家庭的购房压力。因此，从供求关系入手，促进房地产开发投资的增长，增加住宅储备量，进一步稳定房价，同时加强中低收入的住房保障体系建设，对房地产市场未来的健康发展将起到积极的作用。

一、经济社会发展概况

2005年深圳市国民经济继续实现平稳快速健康发展，市场消费、外贸出口实现新突破，工业生产、港口运输、基建投资快速增长，经济发展基础进一步改善。

从国民经济发展的总体情况看，国民经济加快增长，总量再上新台阶，2005年全市生产总值为4926.90亿元，比上年增长15.0%，经济总量位居全国大中城市的第四位。

从产业结构看，2005年全市生产总值中，第一产业增加值9.87亿元，下降20.4%；第二产业增加值2580.82亿元，增长17.9%；第三产业增加值2336.21亿元，增长11.6%。三次产业构成由上年的0.3：51.6：48.1发展为0.2：52.4：47.4。第二产业增加值比重提高了0.8个百分点，第三产业增加值比重下降了0.7个百分点。在第二产业中，工业的主导作用进一步增强，工业增加值2432.16亿元，增长19.4%，占GDP的比重49.4%，比上年提高1.3个百分点。在第三产业中，交通运输、仓储和邮电通讯业增加值359.49亿元，增速是第三次产业中最高的，达16.2%；批发零售餐饮业增加值587.93亿元，增长12.0%；金融保险业增加值307.30亿元，增长11.6%；房地产业增加值464.31亿元，增长5.2%。

基本建设投资的快速增长支撑了全社会固定资产投资的明显回升，全年全社会固定资产投资1176.13亿元，增长7.6%。在全社会投资中，房地产开发投资419.59亿元，下降3.4%；更新改造投资114.21亿元，增长29.8%；其他投资43.32亿元，下降37.6%。由于2005年以来房地产开发投资持续下降，使房地产投资占全社会投资比重由上年的39.7%下降到35.6%。

2005年是深圳执行"十五"计划的最后一年，又是实施"十一五"规划的基期年，在深圳进入新的发展阶段的承前启后的关键时刻，2005年全市经济的持续快速健康发展，保证了"十五"计划确定的经济社会发展的主要指标顺利实现，进一步奠定深圳未来建设和发展更坚实的基础。

二、房地产市场总体运行特征

(一) 房地产开发投资规模略有下降，商品房在建规模有所增长，住宅空置大幅减少

全市累计完成房地产开发投资 419.59 亿元，同比下降 3.37%。商品房施工面积累计为 3414.14 万平方米，同比增加 9.42%；商品房竣工面积为 656.23 万平方米，同比大幅下降 35.18%（2004 年同比下降 9.16%），竣工面积已经连续两年出现下降。商品房空置面积为 168.31 万平方米，同比下降 33.09%，其中住宅空置面积 69.65 万平方米，同比下降 49.58%（见表 5-1，图 5-1）。

2005 年商品房建设规模情况 表 5-1

指标	计算单位	2005 年	去年同期	同比（%）
一、商品房施工面积	万平方米	3414.14	3120.25	9.42
其中：住宅	万平方米	2435.63	2257.68	7.88
新开工面积	万平方米	1152.28	1025.55	12.36
二、商品房竣工面积	万平方米	656.23	1012.39	−35.18
其中：住宅竣工面积	万平方米	479.42	772.2	−37.92
三、商品房空置面积	万平方米	168.31	251.53	−33.09
其中：住宅空置面积	万平方米	69.65	138.15	−49.58

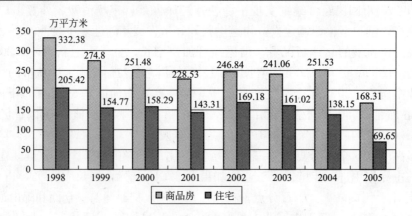

图 5-1 商品房及商品住宅空置面积历年对照图

与同期的北京、上海、广州等城市相比较，各城市 2005 年房地产投资增速减缓，但都有缓慢增长，只有深圳房地产投资有所下降（见图 5-2）。

(二) 商品房批准预售面积呈下降趋势，商品房销售面积仍持续增长，住宅市场中普通商品住房占主体

2005 年，商品房批准预售面积累计为 894.35 万平方米，同比下降 6.45%，其中住宅批准预售面积 711.58 万平方米，同比下降 10.96%。商品房及商品住宅批准预售面积呈下降趋势，由此使得市场供求关系有所紧张（见图 5-3）。

2005 年，商品房销售面积累计 993.20 万平方米，同比增长 9.3%，其中，住宅销售面积 901.13 万平方米，同比增长 12.28%，占商品房销售面积的比重为 90.73%，位居各类物业的销售面积之首；商铺销售面积为 53.48 万平方米，比上年同期减少了 7.94%，占

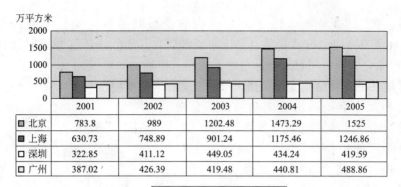

万平方米	2001	2002	2003	2004	2005
北京	783.8	989	1202.48	1473.29	1525
上海	630.73	748.89	901.24	1175.46	1246.86
深圳	322.85	411.12	449.05	434.24	419.59
广州	387.02	426.39	419.48	440.81	488.86

■北京 ■上海 □深圳 □广州

图 5-2 全国重点城市房地产开发投资

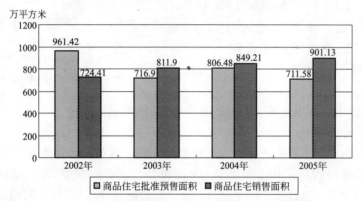

图 5-3 2002 年以来商品住宅批准预售面积与销售面积对比图

商品房销售总面积的比重为 5.38%；办公楼销售面积为 28.49 万平方米，比上年同期增长了 5.87%，占商品房销售总面积的比重为 2.87%（见图 5-4）。

与同期的北京、上海、广州等城市相比较，北京商品房销售面积增长较快，上海则受宏观调控的影响，商品房销售面积大幅下降，深圳和广州则继续保持平稳增长（见图 5-5）。

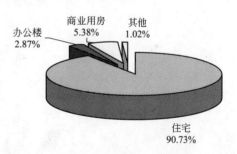

图 5-4 2005 年各物业类型销售面积比例图

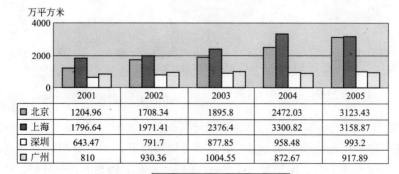

万平方米	2001	2002	2003	2004	2005
北京	1204.96	1708.34	1895.8	2472.03	3123.43
上海	1796.64	1971.41	2376.4	3300.82	3158.87
深圳	643.47	791.7	877.85	958.48	993.2
广州	810	930.36	1004.55	872.67	917.89

■北京 ■上海 □深圳 □广州

图 5-5 全国重点城市商品房销售面积

2005 年，单套建筑面积 144 平方米以内的普通商品住宅销售套数占全市总套数 88.61％；144 平方米以上的非普通商品住宅销售套数占全市总套数 11.39％。全市住宅显示出很强的产品差异性，但普通商品住宅需求仍居市场主导地位。

（三）区域住宅市场结构变化明显，特区外置业居主要地位

从 2005 年各月各行政区住宅销售面积分布来看，特区外置业已成主流，宝安区已居首位，占全市销售面积的份额从 2004 年的 21％上升到 30％；龙岗区居其次，所占份额从 2004 年 18％上升到 20％；福田区销售量占全市的比例 19％（2004 年占 16％）；南山区销售量占全市的比例从 2004 年的 33％下降到 18％，排名第四；罗湖区销售量占全市的比例为 11％（2004 年占 10％）。特区外两区共计占到全市销售额的一半，由此可见，特区外置业已居主要地位（见图 5-6）。

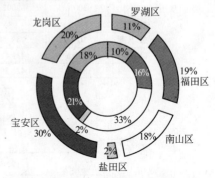

图 5-6 2005 年与 2004 年各区域住宅销售面积比例图（外圈为 2005 年数据）

（四）商品住宅市场中三房、二房居主导地位，但所占比例有所下降，其他户型比例小幅增加

从住宅销售的户型来看，三房所占的比例为四成，居首位，比上年小幅减少 2 个百分点；而二房的比例为 21％，比上年也减少 2 个百分点；而小户型（即：单身宿舍、单身公寓、商务公寓和一房，总计占 13％）和四房及以上大户型（即：四房、四房以上、复式和别墅，总计占 26％）的比例都上升了 2 个百分点（见图 5-7）。

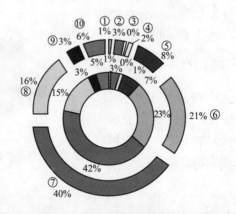

①别墅 ②单身公寓 ③单身宿舍 ④商务公寓 ⑤一房住宅 ⑥二房住宅
⑦三房住宅 ⑧四房住宅 ⑨四房以上 ⑩复式住宅

图 5-7 2005 与 2004 年住宅户型销售面积对照图（外圈为 2005 年）

从 2005 年与 2004 年不同户型的销售面积对照来看，二房、三房的比例有所减少，而一房及商务公寓等小户型的比例有所上升，在土地资源限制下，小户型的开发增多；而四房和复式住宅的比例也有所上升，主要是由于 2005 年的一些豪宅楼盘的推出比较集中造成的。

此外，2005 年，单套建筑面积 144 平方米以内的普通商品住宅中，户型以三房（占

47%）、二房（28%）、一房（占11%）居主要地位，三者总计占到86%（见图5-8）；单套建筑面积144平方米以上的商品住宅中，户型以四房及四房以上（二者总计占58%）、复式住宅（21%）为主，三者总计约占八成（见图5-9）。

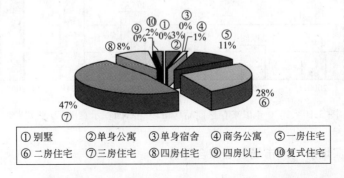

图5-8　2005年商品住宅单套面积144平方米以下的户型销售面积图

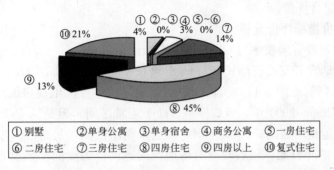

图5-9　2005年商品住宅单套面积144平方米以上的户型销售面积图

（五）商品房价格总体呈上涨趋势，住宅价格结构性涨幅差异明显

2005年，全市商品房价格为7659.18元/平方米，同比上涨17.28%。其中，商品住宅均价为7040.10元/平方米，同比上涨17.38%；办公楼均价为12490.88元/平方米，同比上涨24.71%；商业用房均价为15611.48元/平方米，同比上涨25.63%（住宅价格结构分析详见本章第四小节）。

（六）二手房交易规模不断扩大，成交面积继续上升，交易价格基本与新房价格同步波动

2005年，二手房交易面积为841.29万平方米，比去年同期增长14.82%。其中，二手住宅交易面积为595.67万平方米，比去年同期增长25.53%，与新房交易面积的比例为0.66:1，相对于上年的0.59:1，二者交易面积逐渐接近。此外，2005年，二手住宅价格为4283.92元/平方米，比上年同期增长10.10%，基本与新建住宅价格保持同步波动（见表5-2，图5-10）。

2005年全市二手房交易情况			表5-2
指　标	计算单位	2005年	去年同期比（%）
二手房成交总面积	万平方米	841.29	14.82
二手住宅成交面积	万平方米	595.67	25.53
二手住宅成交均价	元/平方米	4283.92	10.10

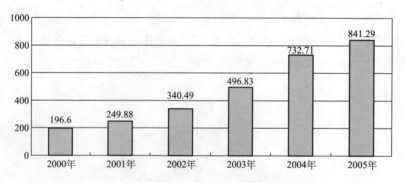

图 5-10 2000 年以来存量商品房市场交易面积示意图（万平方米）

三、2005 年深圳房地产市场发展综合评价

本部分，采用了"深圳房地产市场预警系统"对 2005 年深圳全年房地产市场的综合运行情况进行了综合评价。

（一）单项评价指标评价分析

1. 房地产开发投资增长率与 GDP 增长率之比

2005 年，房地产开发投资增长率与 GDP 增长率之比为－0.2400，已经进入房地产开发投资增长稍小区间（见图 5-11），自 1996 年以来，这是首次出现房地产开发投资的负增长。由图可见，1996～2004 年，该指标一直处于正常区间，但是从 1999 年开始呈现下降趋势，2004 年接近稍小区间；2005 年则已经进入稍小区间，房地产开发投资增长持续乏力。特别是从 2003 年开始，随着政府对房地产用地调控力度的加强及系列调控措施的出台，开发投资增幅不断减小，远远低于 GDP 的增长幅度，政府相关部门需要警惕因房地产开发投资规模过快下降，而对整个国民经济的协调发展产生不利影响。

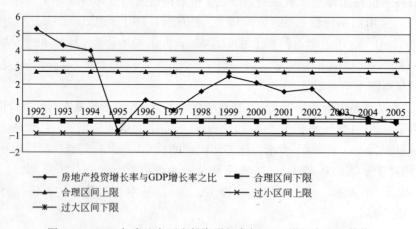

图 5-11 2005 年房地产开发投资增长率与 GDP 增长率之比警值

2. 房地产开发投资与全社会固定资产投资之比

2005 年，房地产开发投资与全社会固定资产投资之比为 0.3568，处于房地产投资稍小区间，已经接近房地产开发投资过少区间的上限值 0.3312（见图 5-12）。自从 2002 年深圳实行土地紧缩政策以来，房地产开发投资占全社会固定资产投资的比重逐年下降，从

2003的0.4731降至2005年的0.3568。尽管房地产开发投资过热的现象已得到控制，房地产开发投资与全社会固定资产投资两者之间的关系也不断趋于合理，但是近几年该指标不断下降已经接近房地产投资过少区间的趋势不容忽视。今后在房地产调控政策的制定上，需要警惕两者关系的失衡，防止房地产投资过冷现象的出现。

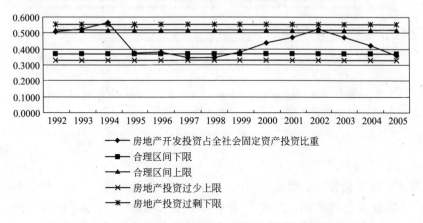

图5-12　2005年房地产开发投资与全社会固定资产投资之比警值

3. 房价收入比

2005年，预测得到的房价收入比是6.5907。该警值已经超过了国际上公认的4～6倍合理区间，而在本预警系统中，该警值仍处于合理区间内［5.9234，7.8304］。自1996年以来，深圳的房价收入比一直处于合理区间，一定程度上激发了居民加快住房消费的愿望，并促使近年来房地产市场销售持续高速增长的景气局面。但是，由于房价的快速上涨，2005年的房价收入比开始攀升，房价收入比逐年减小的趋势在本年逆转，导致居民实际购买能力有所下降（见图5-13）。

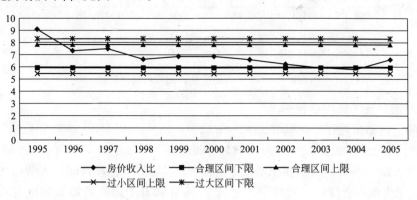

图5-13　2005年房价收入比警值

4. 房价收入增长率之比

2005年，预测的人均可支配收入增长率为5.12％，由此算得2005年房价收入增长率之比是3.3945（见图5-14）。该警值不仅偏离了合理区间的上限1.4994，也突破了稍大区间的上限1.8214，已经进入了房价收入增长率之比的过大区间。2005年该指标比2004年有了大幅上升，房价的增长幅度已经远远高于收入的增长幅度，表明居民购买力水平的相对下降，将进一步加剧低收入阶层购房压力，既影响市场稳定，也带来社会问题。

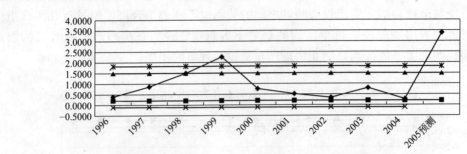

图 5-14　2005 年房价收入增长率之比警值

5. 商品房销售面积增长率

2005 年，商品房销售面积增长率为 0.1228，处于合理区间内。自 2001 年以来，商品房销售增长持续处于合理区间，2002 年商品房销售面积增长达到近期最高值，但 2003、2004 年有所下降，但降幅平缓，2005 年开始小幅回升。该指标的变化表明，2005 年深圳房地产市场需求强劲，市场景气程度高（见图 5-15）。

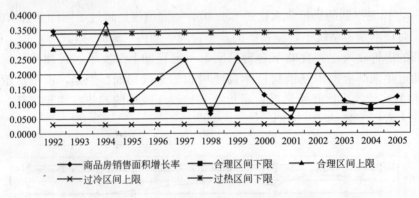

图 5-15　2005 年商品房销售面积增长率警值

6. 商品房新开工面积增长率

2005 年，商品房新开工面积增长率为 0.1236，处于合理区间。2000 年以来，商品房新开工面积增长率变化不大，2002 年为 6.74%，2003 年为 1.38%，2004 年为 2.74%，2005 年有所上升，为 12.36%；新开工面积增长率持续平稳且均处于合理区间，表明市场新增供应较为稳定，未出现不合理的波动现象。尽管 2005 年新开工面积的增长幅度有所提升，但是由于近年来房地产开发用地严格的控制，结合每年新增需求 10% 左右的增长，今后几年，应适当增加房地产用地，以避免供求步调不协调而导致的供求关系失衡（见图 5-16）。

7. 住宅平均销售周期

2005 年，住宅平均销售周期为 0.7897，不仅偏离住宅销售周期正常区间 [0.9703，1.3275]，而且也偏离了住宅平均销售周期稍小区间的上限 0.8810，进入住宅平均销售周期过小区间，即批准预售过少区间（见图 5-17）。

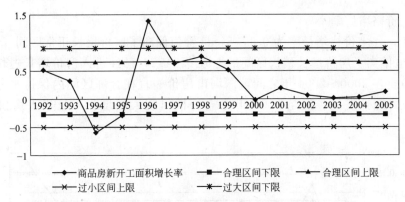

图 5-16 2005 年商品房新开工面积增长率警值

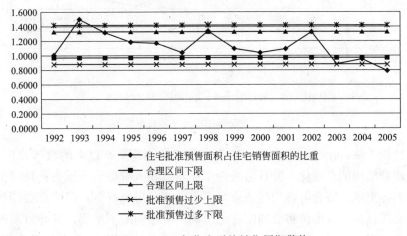

图 5-17 2005 年住宅平均销售周期警值

8. 二手房月吸纳率

2005 年，二手房吸纳率基本处于正常区间，仅有 11、12 月吸纳率处于稍大区间（见图 5-18）。2005 年 1～8 月，二手房吸纳率一直处于正常区间，景气程度与往年相比较低，但一直保持平稳波动；9 月份之后，吸纳率开始走高，二手房景气程度明显上升，新房市场的住宅价格自 9 月份以后上涨速度较快，导致部分消费者转而购买二手房，由此带来二手房市场成交的进一步活跃。

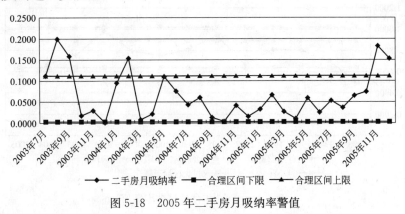

图 5-18 2005 年二手房月吸纳率警值

9. 住宅价格增长率

2005 年，住宅价格增长率为 0.1738，该警值偏离了房价增长正常区间 [－0.0559，0.0795]，也偏离了房价增长稍快区间的上限 0.1471，已经进入房价增长过快的区间内（见图 5-19）。在 2000~2004 年之间，深圳市房价一直在合理区间内保持平稳发展，也促进了市场的理性发展，但是 2005 年住宅价格出现大幅增长，且步入房价增长过快区间。

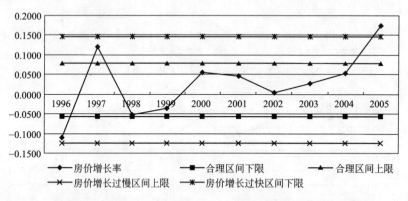

图 5-19　2005 年住宅价格增长率警值

房价的过快上涨，使得本市普通居民家庭住房负荷重，过多的收入比例用来买房，影响了家庭消费结构的合理化，并且将进一步加剧低收入阶层购房压力；持续上涨的房价信号，也将引导土地、资金等各类经济资源更多的流向房地产业，影响产业结构平衡与经济的可持续发展；高企的房价将会加剧住宅市场供给结构的不平衡，并导致新的市场秩序问题。因此必须从供求关系着手，从根本上稳定房价，保持本市经济社会稳定发展的局面。

10. 住宅储备率

2005 年，住宅累计储备量为 381.84 万平方米，住宅储备率为 0.4237，不仅偏离正常区间 [0.6433，0.8929]，同时也偏离轻度紧缺区间的上限 0.5141，进入严重紧缺区间。该警值表明，2005 年供求关系趋于紧张，由此也导致了住宅价格的过快增长及居民购买力的相对下降（见图 5-20）。

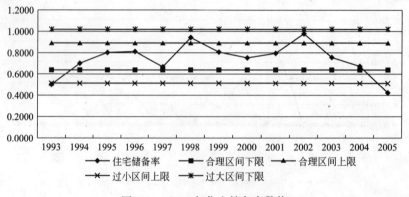

图 5-20　2005 年住宅储备率警值

11. 房地产贷款比

2005 年，房地产贷款比为 0.3126，处于房地产贷款正常区间。房地产贷款比在 1996～2002 年间，一直保持着上升趋势，且升幅较大；2002 年以来，则一直保持平稳态势，处于正常区间内，接近房地产贷款稍大区间。由于 2005 年房价的较快上涨，房地产信贷系统风险将有所提高，一旦出现房地产价格下跌，作为抵押物的房地产就会贬值甚至大幅缩水，将会给银行带来不小的损失，为此银行需要加强防范信贷风险。

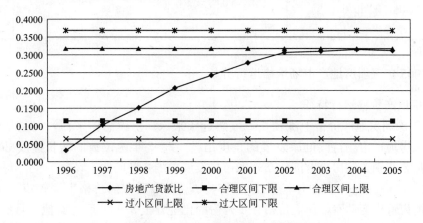

图 5-21 2005 年房地产贷款比警值

(二) 综合评价

在 2005～2006 年的 11 个指标中，处于正常区间的有 5 个指标，处于过小区间的有 2 个指标，处于稍小区间的有 2 个指标，处于过大区间的有 2 个指标。

其中，反映房地产投资与社会经济协调性的指标中，房地产开发投资增长率与 GDP 增长率之比、房地产开发投资占全社会固定资产投资之比都处于稍小区间；反映市场供求关系的住宅平均销售周期和住宅储备率均处于过小区间；而反映房价增长是否协调的房价收入增长率、住宅价格增长率都处于过大区间。

由此表明，房地产开发投资趋冷的现象已经较为明显，供求关系的紧张已经导致了房价的过快上涨，且大大超过人均可支配收入的增长幅度，使得居民的实际购买力减弱，加剧了低收入家庭的购房压力。因此，从供求关系入手，促进房地产开发投资的增长，增加住宅储备量，进一步稳定房价；同时，应当加强住房保障体系建设，这对于房地产市场的未来的健康稳定发展将起到积极的促进作用。

深圳 2005～2006 年房地产市场发展状况指标评价结果　　　　　　　　　　表 5-3

指标名称	过小	稍小	正常	稍大	过大
房地产开发投资增长率/GDP 增长率		−0.2400			
房地产开发投资/全社会固定资产投资		0.3560			
房价收入比			6.5907		
房价收入增长率之比					3.3945
商品房销售面积增长率			0.1228		
商品房新开工面积增长率			0.1236		

续表

指标名称	过小	稍小	正常	稍大	过大
住宅平均销售周期	0.7897				
住宅价格增长率					0.1738
二手房月平均吸纳率			正常		
住宅储备率	0.4237				
房地产贷款比			0.3126		
总计	2	2	5	0	2

四、2005 年深圳房地产市场价格运行分析

(一) 房地产价格运行特征

2005 年深圳房地产价格上涨较快，虽然近年来深圳房价总体平稳，但是从国民经济全局和未来房地产市场持续健康发展的角度出发，2005 年两位数的增长速度必须引起重视，尤其是要特别关注房价上涨所凸现的市场发展中的一些问题。

1. 住宅价格在 1~9 月总体呈平稳上升势头，但 10 月以后价格上涨较快。从 2005 年各月住宅销售价格变动看，住宅价格在 1 月份同比上升了 3.98％后，其他各月份都保持了两位数的同比增长率。其中 5 月份同比增长达到 21.99％，但随着国家及本市稳定房价系列措施的实施，6~9 月，房价开始回落，基本保持在同比增长率 15％以下的波动。10 月份以后，价格持续上升，其中 10、11 月同比增长为 24.70％和 38.62％，由于深圳 11 月份市场调控措施的及时出台，12 月份住房价格开始回落，同比增长 19.90％（见图 5-22）。

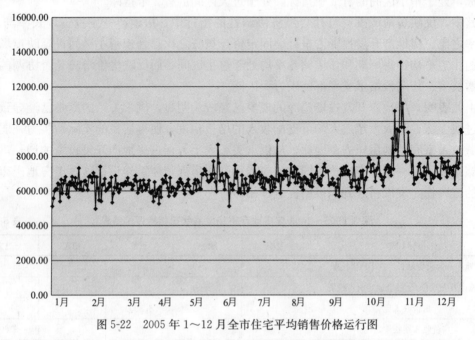

图 5-22　2005 年 1~12 月全市住宅平均销售价格运行图

与同期的北京、上海、广州等城市相比较，可以看出，近年来受国家宏观经济持续快速发展的影响，全国主要城市商品住宅价格均呈上升势头。

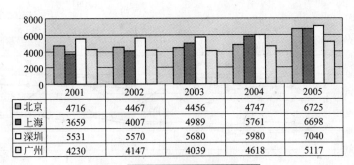

	2001	2002	2003	2004	2005
北京	4716	4467	4456	4747	6725
上海	3659	4007	4989	5761	6698
深圳	5531	5570	5680	5980	7040
广州	4230	4147	4039	4618	5117

图 5-23　2005 年全国四大城市商品住宅平均销售价格

2. 住宅价格区域性差异明显，罗湖区保持平稳，盐田区下降，福田区有一定程度上涨、南山区及特区外继续保持较快增长。2005 年，特区内住宅价格平均为 8720.24 元/平方米，同比上年上涨 22.51%，特区外住宅价格平均为 5346.26 元/平方米，同比上年上涨 28.10%；特区内外的住宅价格之比为 1∶0.6，特区内外价格的差距逐渐缩小。

具体来看，罗湖区同比小幅增长 3.90%；福田区大幅上涨 16.54%，福田区价格在 9 月份之后上涨较快，特别是 10~12 月，由于在国庆节前后，星河世纪、水榭花都三期、中旅国际公馆二期、香蜜湖 1 号等豪宅的先后入市，造成了福田区价格较大幅度的结构性上涨；南山区由于以中信红树湾二期、天鹅堡三期等为代表的高端住宅开发明显增多，并推动了周边其他楼盘价格上扬，导致区域住房价格上涨较快，同比增长 35.65%。从特区外住宅价格波动看，2005 年特区外两区房价增长明显较快。宝安区均价 5386.20 元/平方米，同比增长 28.54%；龙岗区均价 5287.98 元/平方米，同比增长 27.32%（见表 5-4、图 5-24）。

2005 年全市及各区住宅平均销售价格　　　　　　　　　表 5-4

指标	单位	2005 年	2004 年	同比%
全市商品住宅均价	元	7040.10	5997.52	17.38
其中：罗湖区	元	8310.06	7998.08	3.90
福田区	元	9091.75	7801.14	16.54
南山区	元	8699.96	6413.53	35.65
盐田区	元	7806.48	8942.16	−12.70
宝安区	元	5386.20	4190.28	28.54
龙岗区	元	5287.98	4153.38	27.32

3. 住宅价格上涨存在产品结构差异，普通商品住宅涨幅远小于非普通商品住宅。从住宅产品结构看，占全市总套数 88.61% 的单套建筑面积 144 平方米以内的普通商品住宅，全年价格同比上涨 11.45%；而仅占全市总套数 11.39% 的单套建筑面积 144 平方米以上的非普通商品住宅，价格同比增长 25.98%。普通商品住宅价格涨幅远远小于非普通商品住宅的价格上涨幅度。从价位结构看，8000 元以下的中低价位住宅占市场比例为 74%，10000 元以上的高价位住宅占 11%。住宅市场价格结构基本合理，中低价位的普通住宅居主导地位（见图 5-25）。

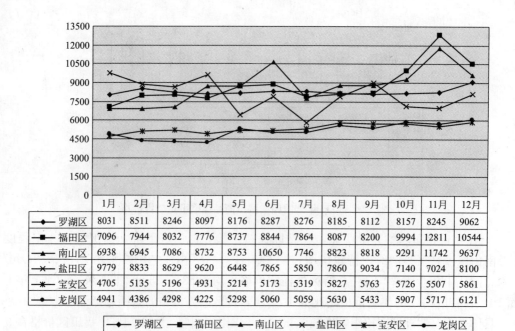

	1月	2月	3月	4月	5月	6月	7月	8月	9月	10月	11月	12月
◆ 罗湖区	8031	8511	8246	8097	8176	8287	8276	8185	8112	8157	8245	9062
■ 福田区	7096	7944	8032	7776	8737	8844	7864	8087	8200	9994	12811	10544
▲ 南山区	6938	6945	7086	8732	8753	10650	7746	8823	8818	9291	11742	9637
✕ 盐田区	9779	8833	8629	9620	6448	7865	5850	7860	9034	7140	7024	8100
✱ 宝安区	4705	5135	5196	4931	5214	5173	5319	5827	5763	5726	5507	5861
● 龙岗区	4941	4386	4298	4225	5298	5060	5059	5630	5433	5907	5717	6121

图 5-24　2005 年各区各月住宅平均销售价格运行图

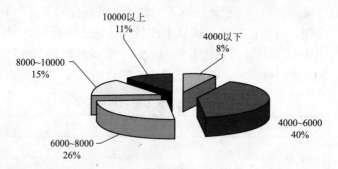

图 5-25　2005 年住宅销售价位结构(元/平方米)

4. 办公楼及商业用房交易价格总体上扬。2005 年，办公楼的供应主要集中在中心区和华强北。2005 年 1～9 月份，由于房地产市场宏观调控政策的实施，办公楼市场的观望态度较为明显，新盘延迟入市较为普遍，办公楼交易面积明显减少，比去年同期下降了 16.05%，但成交价格依然坚挺(同比上涨 24.71%)；10 月份以后，办公楼开始大量投放市场，在物业品质及投资市场的双重推动作用下，楼盘的高品质带来了高价位，市场成交价格大幅提升，由此造成了 2005 年全年办公楼销售面积的小幅增长和成交价格的大幅上升。2005 年，商业用房供应区域主要集中在宝安、龙岗及南山。随着上述区域居住环境和周边配套的改善，商业用房销售价格保持着上升趋势(同比上涨 25.63%)。

(二) 对房价上涨的分析

1. **房价上涨是城市经济发展和建设特定阶段的客观结果。**房价的上涨，在一定程度上表明了城市价值的不断提升，体现了城市经济发展、城市建设等多种因素的作用：

一是基础设施的不断完善提高了地段的价值空间，直接促使房价的总体上升。从房地产经济基本理论出发，地段的价值提升，是房地产产品价格上升的主要影响因素。近年来深圳城市基础设施建设不断完善，多条地铁线路建设的开展，中心区规划与建设速度的加快等，均使所在片区及临近区域土地价值大大提升。而土地成本恰恰是构成住宅产品价格的主要因素，因此从城市开发建设的背景看，2005年深圳房价的上升具有一定的必然性。

二是特区外城市化进程提速，加快区域市场的转移，直接引致特区外房价的上升。深圳市目前可建设用地中政府可控制的未来可建设用地约220平方千米，主要集中在龙岗、宝安两区，特区仅有18平方千米。因此，特区外的城市化进程是深圳城市建设的主要方面。随着道路建设、地铁线路建设，以及特区外城区建设的加快（如宝安中心区、龙岗中心城等特区外中心城区的规划建设），促进了深圳房地产市场由特区内向特区外的转移。由于上述区域房地产市场起点较低、房价水平较低，因此在城市拓展的刺激下，新兴区域市场处于快速成长与畅销阶段，占市场需求主体的商品住宅交易价格也相应持续走高。

三是住宅产品结构升级，一定程度加速了房价的上升。近年来随着深圳可建设用地的减少和房地产用地供应紧缩，房地产企业尤其是品牌开发商在效益最大化和市场价格信号的作用下，将主要资源投入到高端住宅产品的开发中。客观上讲，随着人民生活水平的不断提高，部分置业者对住房已经不再满足于基本居住需求，对户型设计、小区配套、周边景观、建材环保等各个方面都具有较高的要求，这在一定程度上刺激了开发商投入更大成本来挖掘地段和产品本身的潜在价值，提升住宅附加值（如深圳万科东海岸、中信红树湾等项目比较强调外部景观价值，香蜜湖水榭花都、华侨城纯水岸等项目比较突出周边配套及小区景观价值，万科第五园、百仕达红树西岸等项目比较强调自身品牌价值），而市场竞争的存在则使产品更新换代过程加速，大大提升了片区房价，客观上导致市场新供应产品的价格不断攀高。

2. 经济社会发展周期、住房政策对房价上升影响较大；人口的阶段性快速增长、居民收入的阶段性积累，导致市场需求集中释放，促使房价进入上行轨道。

首先，房地产经济运行尚未达到周期顶点，房价仍然处于上升通道。根据世界银行有关经济增长与房地产发展状况的模型，人均GDP在800～4000美元房地产业发展处于高速增长期；4000～8000美元处于平稳增长期；8000～10000美元处于衰退增长期。2004年，深圳市按常住人口计算的人均GDP为7161美元，理论上讲，房地产市场应当处于平稳增长期。但是，由于受到全国快速工业化、城市化的影响，以及大城市、经济发达城市良好的营商环境、收入水平、生活条件对人力、物力的吸引，国内大量的人口、资金仍不断向少数大城市、经济发达城市快速聚集。受这种因素影响，深圳房地产市场在全市人口不断快速增长的前提下，仍未达到相对饱和的阶段，继续处于快速发展期，整个市场仍然处于向产业周期峰顶上行的通道，客观上导致房价持续上升的局面。

其次，住宅市场化改革，使商品房价格成为影响全市住房价格的主要因素，政策性住房对房价的调控作用未能得到充分发挥。自1998年全国住房制度改革以来，深圳住宅市场化程度不断提高，目前全市每年95%的住房需求是通过市场来解决的，因此住房价格主要受市场因素，如供求关系、经济周期等的影响，具有明显的市场化特征。而由于国家住房制度改革中的缺陷，过于强调了住房市场化、商品化的作用，忽视了住房保障对社会稳定和房价调控的作用，以至在国家整体房改政策的影响下，深圳市各类政策性保障住房的投入量较少，政府通过政策性住房建设，调控、抑制房价的积极作用未能得到充分发挥。

其三，人口的阶段性快速增长，居民收入的阶段性积累，使住房需求集中释放，导致房价持续上涨。深圳在 1992 年和 1998 年前后，曾有过两次较大的移民潮；尤其是 2000 年以来，全市实际人口从"五普"的 700 万，快速增长到 2004 年的 1200 万。两次外来人口的大量涌入，促进了本市经济增长、房地产市场的快速发展，但也带来了较大的住房压力，客观上导致房价不断上涨。与此同时，由于深圳经济的持续快速增长，人均可支配收入不断提高，居民购买能力不断提高，改善居住条件的愿望也十分强烈，间接地促进了市场推出价高质优的住宅产品。根据我们的研究，20 世纪 90 年代以来的两次人口增长高峰期，每个期间约 5~8 年。在此期间，人口阶段性的增长和收入的阶段性积累，使相当一部分人口在每个期间末期（近期为 2004~2006 年），基本具备购买商品房的实力和愿望。而 2002 年以后深圳市土地资源的不断减少和政府新批住宅用地的持续缩减，使未来房地产市场供应紧张的可能不断加剧，并使居民产生房价持续上涨的心里预期。在此背景下，近几年深圳市房地产市场需求集中释放的情况已相当明显，使得市场呈现过于旺盛的势头，并拉动了房价较快上涨。

3. 住宅需求的刚性增长，市场供给持续萎缩，供求关系日趋紧张，直接引致未来房价持续增长。虽然房价上涨有各种客观影响原因，但从根本而言，供求关系的紧张，才是房价持续上涨的主要原因。

首先，市场需求以自住为主，投资投机性需求较少，需求呈现刚性增长，各种打击炒作的政策未必能对房价继续上升起到根本性的抑制作用。2005 年初至年中，深圳房地产市场确实存在一定的投机炒作、扰乱市场、哄抬房价的行为。但是，在国家和本市一系列宏观调控政策和措施的治理下，市场环境已大大改善。从下半年我们开展的市场调查发现：目前一手市场购房用于自住的约为 60%~80%，而进行投资为 20%~40%，投资行为中仅有不超过 10% 的短期买卖或炒作，其余均为长期出租；而二手市场购房用以自住的为 70% 以上，长期投资约为 30%，短期炒作极少。此外，考虑到政策效果的后延，随着年末系列调控措施的实施，未来市场投机行为将进一步减少。因此，可以肯定，目前房地产市场是以自住需求为主的市场，市场需求呈现出一定的刚性，极易推动房价的继续上涨；而各种打击炒作的政策，在市场炒作并不严重的情况下，未必能对房价上升起到根本性的抑制作用。

其次，土地供应多年紧缩，住宅供给压力不断增大，直接导致房价持续上升。深圳自 2002 年实行土地供应紧缩政策，商品住宅用地维持在 1 平方千米左右的水平，特区已经近四年未供应住宅用地（见表 5-5）。

2002~2005 年深圳房地产供地计划（公顷）   表 5-5

年份	全市土地供应	住宅用地供应	特区内住宅用地供应
2002	1704	90.05	0.95
2003	1170	92.00	0
2004	1287	108.30	0
2005	1269	80.00	0

而从近年实际需求来看，每年新增商品住宅需求约 900 万平方米（总套数约 10 万套），按照平均容积率 3 计算，每年需供应商品住宅用地约 3 平方千米。2004 年，政府新批商品住宅用地为 0.98 平方千米，而随着存量土地的不断消化，当年各类存量土地入市 1.16 平方千米，两者合计 2.14 平方千米，未满足 3 平方千米的商品住宅用地需求。此外，2005 年 1～11 月，深圳空置住宅 46.91 万平方米，同比下降 58.29%，随着空置商品住房的不断消化，存量住宅供应进一步减少。目前，深圳房地产预警系统的住宅储备率为 0.4872，不仅偏离了正常区间的下限 0.6433，而且也偏离了轻度紧缺的下限值 0.5141，处于严重紧缺区间 [0，0.5141]。供求关系的日趋紧张，使得未来房价上涨的压力不断增大。

（三）房价的继续上涨将带来一定的负面效应

根据历年家庭收入和房价数据，我们通过回归测算，预计 2005 年深圳市房价收入比（当年单套住房平均总价/当年家庭年均可支配收入）将达到 6.58，高于去年 5.9 的水平，已经超出国际上 6 倍的合理值。此外，根据"深圳房地产市场预警系统"，今年以来，房价与收入的增长率比值一直保持着上升趋势，房价的增长速度快于收入的增长速度（1 季度 1.02，上半年 1.2，1～3 季度 1.3）。截至 11 月，全市房价已达到 17% 的增长，预计上述比值已经突破 1.49 的合理区间上限。

房价收入比和房价收入增长率比值的提高，预示着房价持续攀升会引发一系列的负面影响：

一是使得深圳市普通居民家庭住房负担荷重，过多的收入比例用来买房，影响了家庭消费结构的合理化，并且将进一步加剧低收入阶层购房压力，既影响市场稳定，也带来社会问题；

二是需求引力形成的持续上涨的房价信号将引导土地、资金等各类经济资源更多的流向房地产业，影响产业结构平衡与经济的可持续发展；

三是较高的房价会引发房地产业相关产业过热，加大通货膨胀压力，影响国民经济安全与良性运行；

四是供求关系紧张推动房价连续快速上涨，高企的房价会加剧住宅市场供给结构的不平衡，并导致新的市场秩序问题。

因此，如果不对目前持续快速上涨的房价采取积极的措施，则房价上升与居民收入水平将出现脱节，并且引发市场新的炒作问题，这既对消费者不利，也影响房地产行业的健康发展。因此，必须从供求关系着手，从根本上稳定房价，保持本市经济社会稳定发展的局面。

五、房地产市场潜在需求分析

为充分了解广大消费者的置业需求和偏好以及对近期出台的系列政策的态度与评价，在 2005 年深圳房地产春、秋季交易会期间，深圳市房地产研究中心和深圳中原深港研究中心联合组织了大型置业需求问卷调研，对计划在一年内置业的参观者进行访问调查，收回样本问卷累计共 6000 余份，抽样调查结果如下：

（一）市场潜在需求者主要为来深时间 2～6 年的非深户内地户籍，年龄主要介于 26～35 岁之间，学历水平较高，家庭年收入主要在 7～15 万元之间，从事职业主要是商业贸易、事业机关和 IT 业的中层管理者、技术人员和一般职员

调查显示，深圳房地产市场的潜在需求者有近五成为非深户内地户籍，来深平均年限较短，以2～6年的占48.1%，接近半数，比去年同期调查高出近7个百分点。年龄介于26～35岁的占六成，其次是25岁或以下的占18%。大专及以上学历的占到85%。家庭结构以三口之家占33.9%，比例最大，单身和两口之家各占26%左右。家庭年收入在7～15万元之间的为需求主体，占58%，31万以上的占6.9%，所占比例呈增大趋势。职位以中基层管理者占28%，专业技术人员和一般职员分别占22%左右。从事商业贸易的居多，比例近3成，事业单位和IT业分别为14.6%和13.8%。

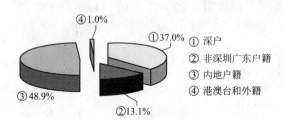

① 深户
② 非深圳广东户籍
③ 内地户籍
④ 港澳台和外籍

图5-26　受访者的户籍情况

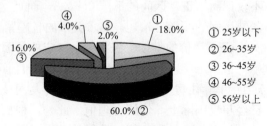

① 25岁以下
② 26~35岁
③ 36~45岁
④ 46~55岁
⑤ 56岁以上

图5-27　受访者的年龄情况

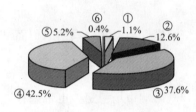

① 初中及以下
② 高中
③ 大专
④ 大学本科
⑤ 硕士
⑥ 博士或以上

图5-28　受访者的学历情况

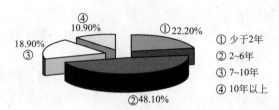

① 少于2年
② 2~6年
③ 7~10年
④ 10年以上

图5-29　受访者的来深圳年限情况

① 7万元以下
② 7~10万元
③ 11~15万元
④ 16~20万元
⑤ 21~30万元
⑥ 31~50万元
⑦ 51~100万元
⑧ 100万元以上

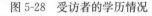
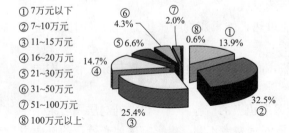

图5-30　受访者的家庭年收入状况

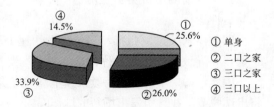

① 单身
② 二口之家
③ 三口之家
④ 三口以上

图5-31　受访者的家庭结构情况

① 老板/董事长/总经理
② 中高层管理人员
③ 中基层管理人员
④ 专业技术人员
⑤ 一般职员

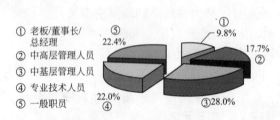

图5-32　受访者的职位情况

① 国家机关
② 事业单位
③ IT业
④ 商业贸易
⑤ 制造业
⑥ 建筑工程
⑦ 顾问咨询
⑧ 媒体
⑨ 一般性服务

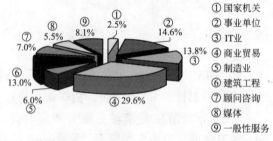

图5-33　受访者所从事的行业情况

（二）五成半受访者为首次置业，主要目的为解决基本居住需求

调查显示，大部分潜在需求者仍为首次置业，占受访者总数的55%，近半数受访者表示购房主要目的是解决基本居住需求，近四成的受访者为改善居住条件，而表示用于投资的受访者不到一成。与上年同期的调查相比，二次置业改善居住环境的比例增大。上述调查结果表明：深圳置业需求绝大部分为真实的居住需求，投机和投资的比重较少，而随着收入阶段性的积累，用于改善居住环境的需求增大。

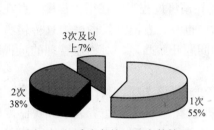

图 5-34 受访者的置业次数情况

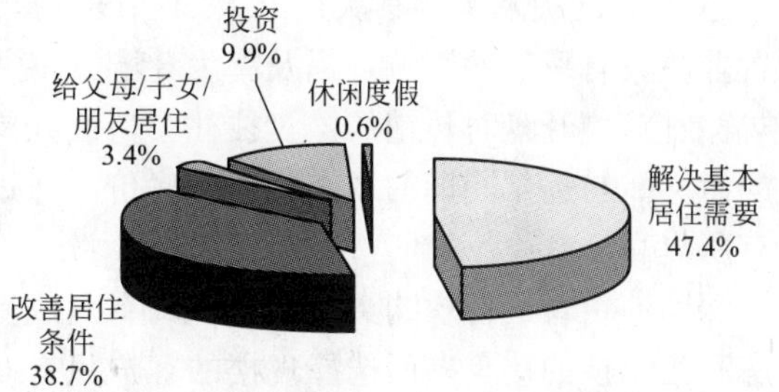

图 5-35 受访者的置业目的情况

（三）福田、南山仍是置业热点区域，特区外置业趋势明显；三房、两房仍是需求的主力户型，三房的平均面积为 106 平方米，两房的平均面积为 77 平方米；约五成受访者接受的均价为 6000～8000 元/平方米，总价在 40～60 万元的单位市场接受度最高

从调查数据看，福田、南山作为最愿意选择的置业区域提及率最高，分别为54%和38%，同时愿意在特区外置业的提及率明显增多，占到22%。从需求的户型看，两房、三房所占的份额为88.1%，成为最受欢迎的户型，与去年同期相比两房的比例有所下降，而三房的比例有所上升，这也与改善性置业比例增大有关。对于户型面积，一房的平均面积为50平方米，两房的平均面积为77平方米，三房的平均面积为106平方米，四房的平均面积为144平方米，除一房的需求面积有所增大之外，其他户型的需求面积与去年同期的调查结果基本相同。对于房价，以6000～8000元/平方米的均价接受度最高，约占五成的比例，总价近半数希望在40～60万元，与去年同期的调查相比，潜在置业者接受的价格水平并未有较大提升，而房价的上涨幅度却比去年高出许多，由此可见居民的相对购买力有所减弱。

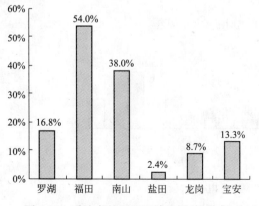

图 5-36 受访者的置业区域选择（提及率）

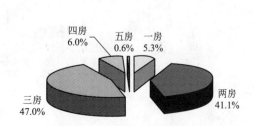

图 5-37 受访者的置业户型选择

(四) 潜在需求者在选择楼盘时最重视地段，最关心楼盘工程质量和房价上涨过快问题，价格压力对购房决策的影响最大；大多数喜欢购买准现楼，约八成受访者认为预售制度弊大于利，支持取消房地产预售制度

从选择楼盘时最重视的因素看，地段成为最看重因素，提及率达到近五成，近 4 成受访者重视物业管理和周边配套。关于近期购房时最担心的问题，工程质量最突出，接近 5 成的提及率，其次是担心房价上涨过快和物业管理的不到位。在购房决策中，价格压力最大，达 77％的提及率，其次是家人的态度，提及率为 45％，而楼盘的销售情况也对客户的置业决策有重要的影响，提及率为 34％。说明楼盘在销售过程当中在很大程度上存在着"羊群效应"，开盘时热销的楼盘往往会持续旺销，从中也不难看出开发商极力宣传楼盘热销的意义。与去年同期的调查相比，房价上涨过快的问题开始凸显，对物业管理的重视度也有所提高。

深圳消费者最喜欢购买准现楼，约有六成受访者选择了该选项，其次是已建过 2/3 的期房和已封顶的楼盘，而选择现楼的客户只有 0.4％。但有 77％的受访者表示预售制度弊大于利，支持取消房地产预售制度，反对取消该制度的受访者不到一成。房地产预售制度源于香港，但预售制度本身存在着诸多问题：第一，因为预售制度下楼盘实行期房销售，便于投机者的炒房，在一定程度上引起了房价的虚高；其次，发展商对一房多卖、重复抵押骗银行贷款等违法情况不易被发现；再者楼盘的价值不真实，货不对板、楼盘烂尾等引起诸多纠纷。而改革商品房预售制度，逐步实现商品房的现房销售，可以从根本上解决此类问题的发生。

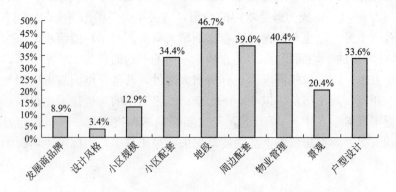

图 5-38 受访者选择楼盘时最重视的因素

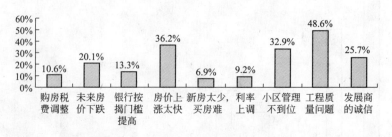

图 5-39 受访者近期购房最担心的问题

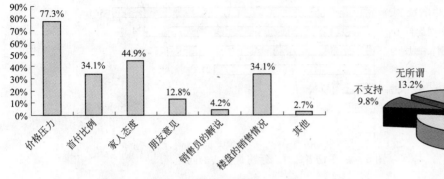

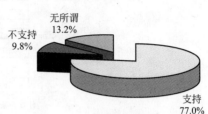

图 5-40 受访者做购房决策过程中的影响因素（提及率）　　　图 5-41 是否支持取消预售制度

（五）超过半数的需求者表示有可能购买二手房，选择的区域主要集中于特区内福田和南山两区，三房和二房最受欢迎，面积以介于 71～110 平方米的需求最大，愿意承受的单价集中在 5000 元/平方米左右，但大部分受访者担心购买二手房会被中介欺骗、产权办理及年限问题

调查数据表明，超过半数需求者会考虑购买二手房，其中福田区是首选，提及率达 46%，说明无论是新房或是二手房，福田都是首选区域，其次是南山、罗湖，分别为 26%、16%。在具体片区的选择上福田中心区以 12% 的提及率高居首位，香蜜湖、景田和后海区域紧随其后，均有 8% 的提及率，综合来看，这几个片区具有生活气氛成熟，环境较佳的特点。在影响购买二手房的负面因素当中，"不放心中介，担心受骗"被列为首位，这主要是因为目前深圳三级市场仍欠规范，一些中小中介往往为了自己利益而做出违规的行为，比如"吃差价"等。此外，"产权办理及年限问题"和"交易繁琐"也有 31.3% 和 21.8% 的比例，从中可以看出二手房交易手续多有待简化，中介企业加强行业自律，树立诚信形象显得尤其重要。

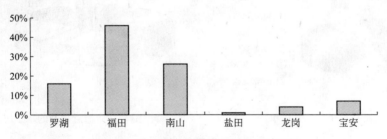

图 5-42 受访者对二手房的置业区域选择

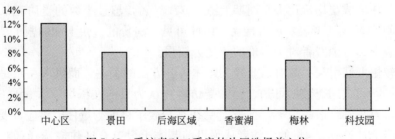

图 5-43 受访者对二手房的片区选择前六位

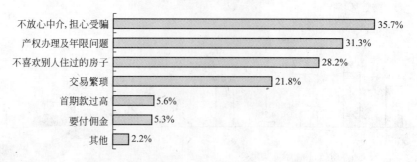

图 5-44　受访者选择二手房最担心的问题

在二手房的户型需求方面，两房和三房最受欢迎，提及率分别为 43.7％和 45.3％。面积以中等为主，大部分介于 71～110 平方米之间；从单价看，中低收入者依然是二手房市场的主角，置业者广泛接受的单价在 5000 元/平方米左右，其中表示可以接受单价在 5001～8000 元的受访者最多，达 52.4％。从总价看，30～50 万元/套的二手房最受欢迎，需求者达 46.6％，16.5％的受访者表示需求 30 万以下的二手房。

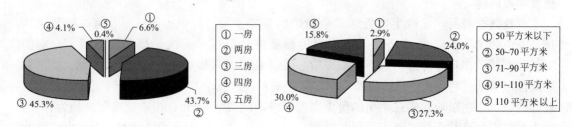

图 5-45　二手房的户型选择　　　　　　　图 5-46　二手房户型面积选择

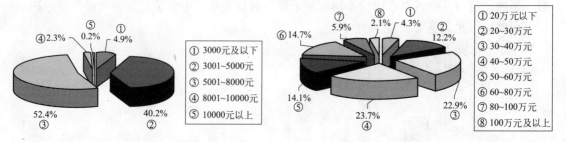

图 5-47　愿意承受的二手房单价　　　　　图 5-48　愿意承受的二手房总价

（六）价格承受力较强，需求者预期供应减少，对未来房价走势持乐观态度

深圳商品住宅成交均价比去年同期上涨了 17.38％，超过半数的受访者认为该涨幅不合理，仍有 46％的受访者表示可以接受，由此可见，房价的过快上涨加剧了消费者的购房压力，同时表明部分消费者对于房价的承受力较强。

房价的较快上涨引起了政府、业界、媒体等各方面的关注，而供求关系是影响房价的重要因素之一，通过调查数据可知，74％受访客户认为目前在深圳有大量住宅可供选择，觉得有钱就可以买到合适的住宅，有 24％受访客户表示目前少量住宅供应，要排队才可以买到合适的房子，只有 2.4％的受访者认为目前基本上没有合适住宅选择；对于未来住宅供应的预期，超过三成的受访者表示，未来的供应量会有所减少，远远高于去年同期调查的比例（7%），越来越多的消费者担心未来供应会减少以至于选不到合适的住宅。

对未来房价的预期，有63%受访者认为会小幅小涨，30%认为会基本稳定。相比去年的同期的调查结果来看，认为小幅上涨的比例明显增多，比去年同期高出11个百分点，部分消费者对未来房价的走势相当乐观。

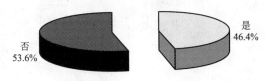

图 5-49　是否可接受上半年房价 12%的上涨幅度

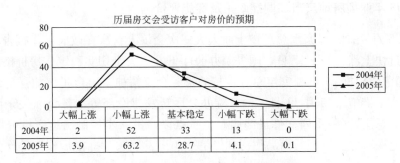

图 5-50　受访者对未来房价走势的看法

	大幅上涨	小幅上涨	基本稳定	小幅下跌	大幅下跌
2004年	2	52	33	13	0
2005年	3.9	63.2	28.7	4.1	0.1

从调查数据来看，近半数受访者仍认为福田的房价偏高，而受访者认为最为合理的区域是南山，虽然2005年南山的平均成交均价达到8700元/平方米，但仍有28%的受访者预期南山还会上涨。而受访者最为看好的区域是宝安区，有34%受访者认为宝安区房价还会上涨。

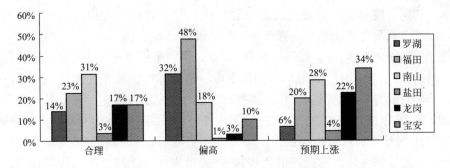

图 5-51　受访者对各区房价的评价

（七）潜在需求者认为增加市场透明度，增加普通住宅用地供应将有利于抑制房价的过快上涨

2005年是房地产市场调控年，也是房价上涨较快的一年，政府为打击炒作、稳定房价也出台了一系列的调控措施。从消费者角度来看，有超过半数受访者认为政府需进一步增加市场信息透明度，有接近四成受访者认为政府应适度增加土地供应，尤其是增加普通住宅用地的供应。深圳连续四年土地供应紧缩政策使得住宅供应紧缺现象在2005年凸显，尤其是特区内土地连续四年的零供应，使得局部区域出现供不应求，这是造成房价上涨过快的主要原因之一，因此适度增加住宅供应，对于稳定房价，保证市场健康发展具有主要的意义。

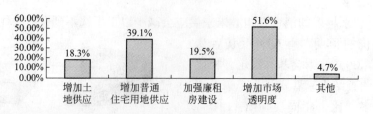

图 5-52 受访者认为政府需稳定房价的措施（提及率）

六、2005 年深圳房地产市场调控政策及实施评价

2005 年 3 月 5 日，温家宝总理在十届人大三次会议上首次在政府工作报告中提出抑制房地产价格过快上涨；3 月 27 日，国务院办公厅下发《关于切实稳定住房价格的通知》；4 月 28 日，国务院根据 27 日温家宝总理主持的常务会议精神，出台了《加强房地产市场引导和调控的八项措施》；5 月 11 日，国务院办公厅转发建设部等七部委《关于做好稳定住房价格工作的意见》。一系列文件最终明确了重点以"进一步控制房地产投资规模"、"抑制房价过快上涨"、"支持普通商品住房和经济适用房发展"、"打击炒作"等作为宏观调控目标。

为了落实中央加强房地产市场调控的系列指示精神，深圳市政府结合本市实际，以规范市场、稳定房价为目标，陆续出台了一系列政策，进一步加强全市房地产市场调控。这些政策及其作用具体体现在以下几方面：

（一）加强房地产市场监管，规范交易秩序

由 2005 年初英利达公司违规发布售楼广告开始，在国家一系列宏观调控政策指引下，尤其是 5 月初国务院办公厅转发建设部等七部委《关于做好稳定住房价格工作意见的通知》后，深圳市采取了若干措施加强市场监管，规范市场秩序。

1. 整顿房地产虚假广告。2005 年 3 月 31 日，深圳市发布《关于开展房地产广告专项整顿活动的通知》，自 4 月 1 日起，对无证发布、虚假陈述、乱评比等违规房地产广告开展了为期两个月的专项整治活动，在具体执行中，对 9 家不按规定整改或整改达不到要求的开发企业和 15 家乱评比的中介机构进行了暂停售楼系统、媒体曝光和年审扣分等处罚。

2. 打击非法炒作、规范市场秩序。2005 年 4 月 4 日，深圳市发布《关于规范我市房地产市场秩序严禁非法炒卖房地产的通告》，严禁预售许可之前的内部认筹行为，加强预售合同备案管理，规定已经备案的合同非依法定程序不得解除。同年 11 月 11 日，又发布《关于进一步规范我市商品房销售行为的通告》，规定统一认购书、严禁囤积房源、禁止分期销售、严禁炒卖楼花，以打击非法炒房行为，规范市场秩序，并对 6 家炒卖楼花的中介机构进行了相应处理。

以上措施有效遏制了房地产市场炒作问题，对规范市场交易秩序、稳定房价起到了积极作用。同时，获得了房地产业界的响应，123 家开发企业和中介机构联合开展了签订诚信承诺等活动，社会反响良好。

（二）加强房地产信息化建设，完善信息披露制度

2005 年 4 月，市房地产主管部门正式启用"商品房信息网上公示系统"，将 2001 年 3 月以来批准预售的 1000 多个楼盘、4000 多万平方米的房源信息通过互联网向社会公布。

该系统的开通，使全市房源信息更加透明，也为市民选房、购房提供了便利的信息渠道。同时，主管部门在互联网公布"每日商品房成交信息"，内容包括：全市、各区商品房可售总套数、可售总面积和每日成交商品房的套数、面积、金额、成交均价及成交前十名的项目名称。这样，市民可以清楚了解全市及各区每日商品房成交的真实情况，增强了信息甄别能力，对市民购房有着重要的参考作用。

10月，深圳市发出《关于在全市范围内启用二手房网上交易系统的通知》，要求全市二手房交易必须通过"二手房网上交易系统"进行。该系统的启用，既有利于政府加强对二手房交易的监管，又有利于保障二手房交易的安全。

上述系统，既对市民提供了全面、及时、准确的市场信息，也从信息传递方面保证了市场秩序的规范，对房地产市场持续健康发展起到了积极的促进作用。

（三）积极盘活存量，加快问题楼盘处理，促进市场供应

2005年，深圳市加快了全市烂尾楼和涉港问题楼盘的处理，通过改变合伙人、土地合资入股等方式，使52个问题楼盘中的42个得以盘活，获得妥善解决，促进了市场供应。

（四）制定并公布了普通住宅标准

根据建设部的要求，深圳市制定了普通商品住宅标准，即"单套建筑面积144平方米以下，容积率1.0以上，实际成交价格低于同级别土地上住房均价1.2倍以下"；此外，结合本市实际，还制定了各区住宅均价参考标准并向社会公布。该项标准的制定和实行，有利于本市扩大满足普通居民基本居住需要的普通商品住宅的建设，促进住宅供应结构的调整。

（五）加强房地产税收征管，严控投机性购房

2005年6月3日，深圳市按国家有关部委要求，出台了《关于加强我市房地产税收管理的通告》，制定并公布了个人转让商品住房的营业税征管办法。

11月1日，发布了《关于恢复征收房地产转让教育费附加有关问题的通知》，规定自2005年11月1日起，对二手房转让交易以营业税的3%计征教育费附加，与营业税同时征收。

11月2日，发布《关于我市开征土地增值税的通告》，规定从2005年11月1日起开始征收土地增值税。

12月31日，市政府办公厅下发通知，规定自2006年起，由税务征管部门对个人购买的非普通住宅按销售金额的3%征收契税。

上述税收措施大大提高了投机性购房的门槛，对本市投机性购房起到了一定程度的抑制作用。

综合来看，2005年，深圳按照中央宏观调控精神，结合本市实际情况采取的一系列宏观调控措施，对规范房地产市场秩序、稳定住房价格、促进市场发展起到了积极作用。上述政策和措施的出台和执行，不仅有效遏制了市场炒作，也稳定了市场预期，引导了市民理性购房，促进市场平稳发展。在目前全市土地资源日趋紧张和人口持续增长的背景下，各项措施有利于调整市场供求关系，保证一定时期内市场供应总量的相对充足，并促进合理的、良性的市场供应结构的形成，有利于解决日益尖锐的市场供求矛盾。

七、2006 年深圳房地产市场发展趋势判断

(一) 在国家继续宏观调控下，深圳地方性调控措施将更具针对性

根据对全国房地产市场形势的判断，中央在 2006 年将继续巩固 2005 年房地产市场宏观调控的成果，仍将继续强调"抑制房价过快上涨，稳定住房价格"、"支持普通商品住房和经济适用房发展"、"打击炒作"等宏观目标。在此背景下，预计深圳市仍将继续加强宏观调控，在 2005 年调控基础上，新的政策和措施会在鼓励和促进市场健康发展、调整供求关系、改善供应结构、加快外来人口中低收入阶层的住房保障建设等方面着手。

如在土地供应方面，在增量供应有限的前提下，政府将采取措施促进企业存量用地、各类闲置用地等土地资源进入市场，以存量供应促进市场总量供应，以保证房地产市场年度供应规模。同时进一步调整住房结构，加强经济适用房和公共租赁房建设，完善住房保障体系，以促进全市住房市场供求总量和结构的基本平衡。

在市场监管方面，除了继续严格执行 2005 年相关措施外，预计税收与金融政策等有利于促进市场规范与正常发展的经济性调控手段会得到更多应用。

(二) 住宅需求继续保持较高水平，市场供给较为紧张

在每年外来人口保持约 30～50 万人的增长速度和人均收入水平不断提高的背景下，住房需求在 2006 年仍将呈现刚性。此外，鉴于近两年住宅开发用地每年实际供应 200 公顷左右，住房供给压力仍比较大，不利于市场供求关系的平衡。

(三) 特区外城市化进程的加速，将促进房地产市场在全市实现一体化发展

2005 年，深圳特区外销售面积已经占到全市比例的 50%，而住宅价格涨幅达到 30% 左右，与特区内价格差距进一步缩小，房地产业发展重心向特区外转移的趋势已经形成。随着深圳特区外全面城市化系列政策的实施，深圳房地产业将面临重大的发展契机，以往的特区内、外房地产市场相互隔绝的"二元"状况将被打破，进而实现房地产市场的一体化发展。这将进一步加速特区外城市化，促进全市经济的整体协调发展。

(四) 住宅价格继续保持增长

近年来，地根紧缩政策与房地产市场需求持续旺盛，导致了房地产市场供求关系发生变化，给房价上涨创造了一定空间。总体来看，2006 年深圳房价将继续保持上涨，但在中央和地方继续加强调控的预期下，深圳的房价上涨幅度将会得到一定程度的控制。

八、专项报告一：深圳建市 25 年来房地产市场的发展

文章背景及摘要： 该文是作者在 2005 年针对深圳房地产市场 25 年的发展写作的一篇分析文章。文章对过往 25 年深圳房地产业的作用、地位，以及房地产市场的发展特征、趋势进行了客观的分析和判断。

深圳建市 25 年来，房地产业是实现其快速发展的重要产业之一。可以说，房地产体制的改革和房地产业的发展，积极、有力地推动了深圳特区乃至整个深圳市的建设和经济繁荣。房地产业在深圳发展历史上扮演了一重要的角色，发挥着重要的历史功用。同时，深圳的经验也为我国城市土地管理制度改革和房地产业的发展探索了一条成功的道路，其中的一些具体做法，在全国也产生了广泛的影响。

深圳房地产市场发展是以特区建设为中心进行扩张的，在区域上呈现出"西进"和

"北扩"的特点。房地产产品也随着市场的不断成熟，日益创新，以适应时代需求。

（一）房地产体制改革探索与市场培育阶段（1980～1987年）

深圳市的房地产业，是以特区内土地管理体制改革为突破口发展起来的。深圳特区建立初期，国家直接投入深圳的资金极其有限，城市建设任务十分艰巨，深圳特区正是在这样的历史背景下，开始进行房地产业的探索。

1980年深圳特区推行的以收取土地使用费为主要内容的土地使用制度改革，是深圳房地产体制改革的初期产物。1980年12月5日深圳市房地产公司与香港中央建业有限公司签订了第一个客商独资营建商住大厦协议，开创了国有土地有偿使用的先河。

这一时期房地产市场处于培育期，主要以特区城市基本建设的要求为主，区域市场集中于罗湖区和蛇口工业区，为城市发展的第一圈层。房地产经营的模式大体是：政府对大范围的土地进行"七通一平"基础工程建设，随后根据城市规划和建设项目的要求，将成片土地划给房地产开发公司进行小区综合开发。房地产公司通过土地资本化（如土地折价入股、预售房产、担保贷款等）边建、边售、边回收，不断积累，扩大经营。房地产开发经营的商品化，彻底改变了城市建设单纯依靠国家投资的供给模式，对提高城市建设效率，促进城市迅速形成，创造良好的投资环境发挥了积极的作用。

这一阶段的房地产产品也较为初级，住宅以多层、满足来深建设者基本居住需要的普通商品住房为主，部分由港资开发的楼盘面向香港客户，质素较高，主要集中在罗湖区，以东湖丽苑为代表。

探索阶段的房地产体制改革，在一定程度上体现了土地和房屋的商品价值，但是改革并未彻底触动旧体制的弊端，如土地使用费征收标准过低，土地收益分配严重向开发企业倾斜，行政划拨下的土地配置效率低下、管理分散、权力寻租导致不平等竞争等。这些弊端表明，当时深圳房地产体制改革远未达到预期的目的，改革必须向更深一步发展。

（二）房地产体制改革不断深入与市场发展阶段（1987～1994年）

1987年深圳房地产改革向纵深层次发展，市政府多次邀请海内外专家讨论土地经济问题，在理论上阐明了如土地的两权分离，土地有偿使用，土地使用权价格和地租测算、去定及调控手段等许多问题。并认真研究了香港的土地制度，借鉴了香港土地批租制度的成功经验。

从1987年3月起，深圳特区对原《深圳经济特区土地管理暂行规定》进行了修改，增加了土地使用权可以有偿出让、转让、抵押等新内容，并更名为《深圳经济特区土地管理条例》，并报经广东省人大通过，于1988年1月3日颁布实施。同时，特区配合该条例制定了土地、房产管理等10多项规定，使立法与改革同步开展，用法律保护了改革顺利进行。

1987年12月1日，深圳市以拍卖的方式出让了第一块土地，位于罗湖区布心路翠园新村西侧8588平方米的一块商住用地以525万元拍出。这是新中国成立以来第一次把土地使用权作为国有资产来拍卖。"第一拍"开创了中国土地市场化的新时代，促进了中国宪法在土地使用权上的修改。1988年4月12日全国第七届人大第一次会议删去了宪法第十条第四款中不得出租土地的规定，修改为"土地的使用权可以依照法律的规定转让"。1990年5月19日，国务院颁布了《中华人民共和国城镇国有土地使用权出让和转让暂行条例》，为土地市场的发育提供了法律支持，土地使用从无偿无限期变为有偿有限期。

1988年，深圳特区在全国率先全面实行土地有偿与转让制度，也进入了新的一轮房地产体制改革阶段。

与土地管理制度改革相适应，在管理和职能方面也进行了配套改革：在市中级人民法院成立房地产审判庭，在市公证处成立房地产室，组建物价估价所，地政建设监察部门，房地产咨询公司，房地产交易所等，在土地管理方面建立了较为完善的架构。

在不断完善管理机构改革的同时，深圳特区加强了房地产市场管理立法。于1988年颁布《关于加强深圳经济特区房地产市场管理的试行规定》，对房地产市场主管单位，土地的开发、出让，房地产预售、买卖、租赁，行政划拨用地及减免地价土地的处理等问题做了明确的规定，规范了市场行为。

全面推进土地有偿出让和转让制度开辟了深圳城市建设资金新来源，使政府初步具备了土地再开发的经济能力，加快了城市基础设施建设的速度，使房地产开发具有良好的基础条件。配套的改革措施实现了资源的优化配置，限制了用地方面的权力寻租，推动了市场体系的形成和完善，为企业创造公平竞争的市场环境提供了有利条件。通过一系列的改革措施，深圳特区土地和房地产市场管理进入了一个快速、健康发展的新时期。

至1990年，深圳共建成各类房屋1381万平方米，总投资95.5亿元，占全市基建竣工面积和总投资的56.5%和41.3%，实现利润15.3亿元，上缴税利8.64亿元，房地产成为特区的重要产业之一。

这一时期，房地产开发仍以特区为主，至20世纪90年代末，重点一直是属于城市第一圈层的福田区。房地产产品已经开始向注重小区环境，结构更富于变化的塔式楼发展，并开始向高层发展，产品特点更接近香港楼宇特点，代表为台湾花园、金地花园等，高端住宅以银湖别墅群为代表。商服用房、写字楼市场也随着深圳经济的持续向好发展日趋繁荣，出现一批高端商业广场和写字楼。此外，深圳本土发展起来的房地产开发公司，如万科、金地、招商等迅速成长起来，在较为规范的市场环境下，企业运作和产品设计理念与国际惯例较为接轨，在国内处于领先水平。

同期，地产中介服务业和物业管理业也由香港传入，市场架构更具合理性与协调性，专业的分工有效地促进了整个房地产市场的发展。

这一房地产市场高速发展时期一直持续到20世纪90年代中期，以1994年国家颁布《城市房地产管理法》为标志，深圳结束了大规模地方建章立制的工作，也结束了主要依靠政策促进市场发展的阶段，开始进入主要以市场自身规律与经济周期调节发展，政府通过调控积极引导市场的发展阶段。

（三）短暂的阵痛与快速恢复时期（1994～1998年）

1992年邓小平南行讲话后，中共中央在《关于传达学习邓小平同志重要讲话的通知》中，着重指出要加快住房和社会保障制度改革的步伐。从此，全国房地产价格放开，许多政府审批权力下放，金融机构开始发放房地产开发贷款，借助宏观经济的"加快改革开放建设步伐"的大环境，中国房地产市场进入了快速扩张期。房地产业迅速升温，带动了房地产及相关建材市场价格的持续上涨，内地资金纷纷流向沿海地区的房地产业，当地房地产价格猛涨，不断高涨的价格又加速了外部资金的流入，最终导致了国民经济发展严重失衡。

深圳作为沿海开放的前沿，房地产开发的重镇，也经历了这一轮房地产投资热潮，建市以来蓬勃发展的房地产市场步入了一个短暂的阵痛期，但是因为早期市场机制建设较为规范，更多地借鉴了香港成熟市场的经验，较国内其他城市，市场的自我修复能力较强，恢复较为迅速。

1994 年以前深圳商品房空置面积及空置率的变动幅度不是很大，空置面积的波动在25～50 万平方米之间，空置率的波动则在 6％以内，在该阶段商品房市场的供求基本上是均衡的。1994 年之后，各类商品房空置面积和空置率均出现了较大幅度的上升：1996 年商品房空置率达到 11.67％，其中住宅空置率达到 10.89％，已超过国际通行的 10％的空置警戒线(我国商品房空置多为新房空置，这一后果较国外市场更危险)。从空置面积总量与商品房实际销售面积总量的关系来看，1994 年以前两者的比例，平均保持在 1∶3 左右，而 1994 年以后则出现了空置面积大于销售面积的现象。

与商品房总量变化相对应，价格变化基本上与其实物量所反映的供求关系变化一致。即在 1994 年以后，随着价格的整体缓降，每年商品房需求平稳上升；但是由于供给量居高不下，商品房一直空置过大，出现严重的"供大于求"现象，市场呈现出一种相对的疲软，步入一个发展的低谷。

在这种情形下，国家开始宏观调控，实行适度丛紧的财政政策和货币政策，进行经济软着陆。深圳市政府也开始控制固定资产投资规模，对房地产行业及其相关产业进行降温。由于深圳市场机制较为健全，政府措施及时适当，更多的是通过市场规律进行行政调节，合理引导市场需求，控制批预售的市场供给，很快就使整个市场趋于平稳。同时，1997 年东亚金融危机，虽然使比邻香港的深圳也受到一定冲击，但是由于中央政府宏观调控，使其损失较少，同时香港楼市在金融危机下的崩盘，深圳相对低廉的住房价格，促使更多香港人进入深圳置业；另一方面，1998 年中国房地产市场发展进入新阶段，住房实物分配逐步停止，多层次城镇住房供应体系开始建立，这些均带动了深圳房地产市场进入了新一轮的持续增长时期。

这一时期，区域市场开始向南山、盐田和宝安区扩张，但是重点仍是福田中心区的基础建设。福田区定位为全市行政、金融、信息、通信中心，罗湖上步组团为商业行政中心。住宅建设因市场存在供给过剩，消费者选择余地大，对房屋功能质量要求日益增高。购房时不仅在质量、地段、品种、价格上有更多的选择，同时还要求房屋的各项技术功能更好，居住周边环境更美，入住后的服务更为完善。各类不同层次住宅都更强调居住功能与休闲功能的合一，深圳商品住宅建设开始进入一个产品差异化竞争时期，不同需求主体的壮大，为深圳未来房地产持续发展奠定了最坚实的市场基础。

(四)由高速发展向平稳发展阶段的过渡(1998～2005 年)

从 20 世纪 90 年代末期，深圳房地产市场进入有史以来最为快速发展的阶段，其良好势头一直延续至今。

这一阶段，房地产体制改革已基本结束，政策的着眼点是促进市场更加健康理性地发展，并根据市场发展的实际情况，进行适当的调节与干预。总体而言，深圳房地产市场已开始在市场经济轨道中良好运行。

区域市场的发展上，南山区是 20 世纪 90 年代末至 2004 年高速发展的重点区域，以华侨城片区的波托菲诺为代表，一批中高档物业引领了市场的发展趋势。福田区的香蜜湖片区、盐田区的东线片区、南山区红树湾片区都相继成为高尚物业的集中区域。产品也不断创新，在以往讲究舒适的基础上，更增添了生态和文化内涵，促进了整体房地产市场品牌与形象的提升。

自 2003 年下半年，宝安、龙岗两区房地产市场也迅速发展，在 2004 年城市化进程加速，农村集体用地转为国有用地开始后，特区外已经逐渐成为全市房地产主战场。近两年深圳市严控房地产用地供应，所有供地均在特区外。最新统计数据表明，2005 年 1~8 月，全市房地产销售中，宝安、龙岗两区销售面积已达到全市总量的 50%。并涌现出一批以万科城、万科第五园、尚都、天悦龙庭、富通城为代表的楼盘。

近两年，全市每年保持了大约 900 万平方米的住宅需求，带动了 20 世纪 90 年代中期积压的空置商品房的消化，旺盛的市场需求和日益紧张的土地供应促进了市场持续的繁荣，但是也导致商品住宅价格不断上涨。但是，由于房价上涨更多源于市场供求自身因素而非以往投资投机剩余引起的，因此市场发展仍然保持健康、理性。只是住宅供给紧张的局面亟须短期通过增大土地供应进行缓解。同时，随着深圳外来人口的日益增多，如何保障更多非户籍人口的居住保障问题，也成为未来房地产市场发展需要重点解决的问题之一。

与住宅同步，这一阶段，商业、写字楼市场同样保持着较快的发展速度，尤其是地铁的建设，福田中心区规划的完成都成为重要有利的促进因素。同时，随着社会经济的发展，人民生活水平的日渐提高，一种新的综合商业形态在深圳出现，就是以华润万象城和金光华广场为代表的集购物、餐饮、娱乐、休闲为一体的大型都市综合体，使深圳在这一领域向国际化大都市又迈进了一步。

这一时期深圳房地产市场持续保持增长势头，住宅价格平均每年 5%~6% 的增长速度，但是从市场发展周期来看，房地产市场正处于由畅销向饱和的过渡阶段。2004 年，深圳市人均 GDP7000 多美元，表明房地产市场处于国际标准的平稳增长期。从具体数据来看，2005 年上半年，罗湖区、福田区、南山区商品房销售面积各月环比呈现逐渐下降趋势，而宝安、龙岗两个区的上半年销售面积占全市的 47%，接近半成。房价方面，特区内各区呈现 5% 以内的小幅下降或上升，而特区外房价为 20% 以上的增长。可以看出，现阶段深圳特区内房地产市场趋于饱和，特区外市场处于畅销阶段，总体市场发展是由畅销向饱和过渡的阶段，市场的增长开始趋于平稳是市场发展的内在客观要求。这也是市场和经济发展周期规律的必然体现。

（五）未来深圳房地产市场发展前景

房地产业的发展与社会经济的发展密不可分，社会经济的发展，必然刺激和带动房地产市场的发展，而房地产业作为重要产业，要为经济发展创造投资环境和生产环境，又带动了社会经济的发展，两者是相辅相成、相互制约的，深圳 25 年来的房地产市场发展经验也证明了这一点。

深圳比邻香港，是我国通向世界经济的南大门，地理位置优越。深圳最主要的自然资源就是土地资源，既是最大的资产，又最为稀缺。如何充分利用好，管理好这一资源资产，是房地产业的重要任务。未来的房地产发展方向，必须从目前的资源利用型向资产管理型的模式发展。仍通过产业的集合，促进土地房产资源的增值，进入良性的投入产出轨道。

从深圳房地产发展历史可以看出，政府早期的政策变革起到至关重要的作用，政府通过"看得见的手"为市场"看不见的手"创造了良好的环境。未来的发展还应该继续发挥市场自身的调节功能，政府的作用就是将市场经济的改革继续深入，使市场环境更加规范，为房地产业的发展创造更加宽松的环境。实现"政府调控市场，市场引导企业"的良性循环发展机制。

我们相信，在深圳较为完善的市场经济发展背景下，在全市人民的共同努力下，深圳的住房与房地产发展将迎来又一个希望的春天，并在全国继续树立经济与社会进一步协调、效率与公平进一步统一的社会主义市场经济发展典范。

九、专项报告二：纵论近期宏观调控

文章背景及摘要：该文是作者在 2005 年针对国家及本市开展房地产市场宏观调控接受有关媒体采访时的一篇访谈（原文标题"王锋纵论近期宏观调控"）。文中对当前深圳房地产市场的基本形势进行了判断，对深圳房地产市场存在的问题与政策的针对性进行了研究，对今后房地产市场的发展与长远住房策略进行了分析。文章首次提出了建立科学的住房体系，形成保障住房与商品住房均衡发展的住房供应模式，力求使深圳住房的社会性与住房的经济因素能够很好地协调，真正实现发展市场的效率与保障居民住房公平的统一。

（一）当前深圳房地产市场形势的基本判断

对宏观调控政策的把握，首先不应该偏离当前房地产市场的具体形势。应当说中央有关房地产调控政策出台后，各地都要具体执行的。但中央也注意到各地的房地产市场发展不同。在国务院 88 次常务会议上提出要区别对待、重点突出。在这种情况下，我们肯定不能偏离本地的市场情况。所以第一个问题，我们应当对深圳的市场情况有一个理性的判断。这个理性的判断最主要依从市场的根源，一种是供求关系，一种是市场环境，而最关键的是供求关系和供求关系中存在的问题。从供求关系角度，我有以下判断：

第一，深圳房地产需求是理性的。市场需求中有没有虚假成分？也有。从 2004 年底到 2005 年初，可能有一些虚假的成分。但是政府打击炒房政策出台后，在期房阶段的炒作已经基本告一段落，我市房地产市场总体是比较理性的。这一方面我有几个数据可以说明。近期全市小于 140 平方米的住房销售套数占总套数的 90.28%。这个是相当大的数量，说明市场大多是中低消费，需求是理性的。

还有一个数据：炒得比较凶的高档住宅对市场影响有多大？从一些别墅、TOWN-HOUSE、独立别墅的统计来看，去年仅占全部商品住宅销售量的 1%。即便是把它们炒出几倍的天价，也不会对市场的总体发展有很大的影响。从市场的根源——需求来看，绝大多数的需求是面向普通商品住房，是面向中低收入者。而且这部分的虚假成分随着政策的注入应该是会减少的，我觉得这对我们整个市场的发展没有任何影响。

第二，房地产市场发展与宏观经济发展是协调的。如果与宏观经济不协调，就像深圳，20 世纪 90 年代初，房地产投资增幅高达 179%，是 GDP 增幅的 5 倍以上，这肯定就有问题。当时固定资产中的大多数投资都进入房地产市场，这是很严重的。2002 年深圳在全国比较早的进行了宏观调控，我们主要从土地的压缩着手，新增的土地从 3 平方千米压缩到 1 平方千米，使企业囤积土地的现象得到遏制，同时也保证了市场的健康。这些政策注入后，房地产投资的高速增长到 2003 年、2004 年就降下来了，2002 年房地产投资增

幅还高达 27%，而 2003 年、2004 年则回落到 9.4%、1.6%。深圳的产业结构调整后，我们的支柱产业主要是高新技术、物流业、金融业等几个重要的产业，房地产业定位为宏观经济的配套支柱产业，保障居民的住房问题。我们不指望房地产对经济增长拉动。像我们以前的判断，把房地产定位很高，完全作为一个很重要拉动经济增长的手段，这样不行，事实上政府是没有这样做，而把它作为配套产业。房地产业跟宏观经济的关系已经协调了。

很多人担心土地供应压缩后会不会出现房荒？今年一季度末全部房源上网后，差不多 600 多万平方米待售的商品房。我们进行甄别后，商品住宅这块还有 300 多万平方米可售。这说明供应比需求还大了 300 万平方米，即大了 30% 左右，这是一个非常理想的数据。在国外保持房地产稳定一个关键问题就看供求关系的合理性，供应和需求基本平稳，供应要略大，只有这样，房价才不会上涨过快。深圳市现在的供求关系就协调的比较好，认为深圳房价因为供求关系紧张而出现大涨，这个担心短期看是不必要的。

第三，房地产行业是规范的。深圳的房地产行业，它的品牌、它的诚信程度在全国都是位于前列的。这一点我们自己清楚，国内其他城市也清楚，消费者也清楚。从这个角度看，如果行业理性、规范、依法、守法，无论任何政策对你都没有太大影响。

（二）关于市场存在的问题与政策的针对性

宏观调控政策必须要联系的看。谈市场形势，必须要看当地市场的具体供求关系，而看政策的作用就必须要看针对的问题是什么？有什么样的问题就有什么样的针对性政策。这一轮的宏观调控主要针对抑制房地产的虚假需求。目标很明确，禁止投机性需求，抑制投资性需求，保护中低收入者需求。我们解决的问题恰恰就是需求中存在的一系列问题，即炒作的问题、虚假需求的问题。深圳也有炒作，但只是部分高端住宅的炒作，应当说对楼市整体影响是不大的。深圳 90% 都是 144 平方米以下的普通住房，我相信，宏观政策的实施，对深圳市场没有什么大的影响，因为总体需求是理性的，市场供应也是适合大多数中低收入者要求的。

这次政策中关于禁止期房转让和征税的问题，对深圳的影响如何？首先，期房转让在 4 月初出台打击炒房政策之前就已经得到了严格的控制，期房已不能转让了。从近几年情况看，撤销备案率是比较低的。历年每月统计的销售数据综合，与年底考虑撤销备案因素修改、调整的数据进行比较，数据差异不大，说明通过撤销备案来炒房并不严重。加上 4 月 1 号明确了 15 天备案、备案后不撤销，这等于堵死了炒作的可能。此外，在房屋一手转二手过程中，主要是一些高端住宅的炒作，由于其量少，炒作本身也并不严重，对住宅市场影响并不是很大。当然，当前各个房地产交易点都比较火爆，这主要是对政策的不了解以及对后市房价预期上涨所致。这需要政府、业界也包括媒体对市场进行理性引导，来解决消费"慌乱"问题。

（三）关于后市的发展与深圳必须考虑的长远住房策略

后市的发展看什么？当然这也要看政策进一步的深入的情况。但是只要深圳房地产市场本身是比较健康的、理性的，并不需要担心政策的深入。因为政策也必须有针对性，深圳市场如果没有问题，为什么还要继续注入新的政策呢？我想深圳不必担心继续出台政策。真正要考虑的是，我们后市的发展与长远的住房策略。

为什么这样讲呢？我在很多座谈会都讲到这个问题，汪光焘部长（时任建设部部长）五一期间作过指示，目前我国的房地产市场是以住房为主的市场，而且是1998年房改后的市场。深圳房地产市场90％都是住房，确实是以住房为主的市场。这种住房带有双重含义，不仅是商品，更重要的它具有社会性，是城市居民生活的必备品，它具有经济因素及社会因素。1998年住房制度改革后，几乎把以前计划经济下的公房都变成了私房，一旦土地资源紧缺、房价继续上涨、普通收入者买不起房的情况下，谁来保障城市居民的基本居住权利？另外，在中国人多地少、土地紧缺，住房也是最高档的消费品。这种条件下，人人都有私房不可能马上实现，必须要有公共房屋资源来保障低收入群众的住房权利。

香港跟内地一样，人多地少，住房价格按照资源最有效的配置会自然往高走，而老百姓收入也必然有较大差别，这种情况下，住房的社会性就显现出来了：必须一部分低收入者的住房暂时由政府来解决，因此香港百年的发展形成了住房资源中私房占50％，公房也占50％的现象。

近年来，内地很多城市也提到了经济适用房解决低收入者力度有限的问题，核心的问题是它已经不是政府的公共资源，无法帮助新的低收入者。在这种情况下，只有建立政府科学的住房保障体系，并使之与市场形成的私房供应体系共存，才能实现住房社会公平与市场效率的统一协调。我们再来看看深圳的情况，深圳是一个只有25年历史的城市，建立特区不久就按市场经济模式全面开展经济建设，公共资源住房资源本身就比较少。在长期的市场经济发展中，尽管没有刻意的建立公共住房资源，但是市场在利益的驱动下还是有一个很好的低端保障资源——就是城中村里的原农村私房。农民房事实上形成了深圳住房发展中的低端保障体系，它的低租金很大程度解决了低收入住房问题。随着深圳长期快速的发展、随着资源日益紧缺，将带来房地产价值的不断提高；而随着经济的发展，自然造成的收入梯度拉开，又有相当多的低收入者需要保障。现在农民房还起到一定的作用，但是随着"城中村"的改造，这些房子将来逐渐不存在了，这种情况下，政府的社会保障房建设就显得非常的迫切。最近看到一个报纸讲的数据，深圳实际人口突破1000万，有的说1200万，且深圳80％多的实际人口、约七八百万人属于暂住人口，其文化水平低、收入水平低。对这部分人，你让他买商品房，行吗？所以，只有通过住房保障体系的建立，才能有效地解决这个问题。

对深圳未来的住房市场，我们应当按照市场规律、按照资源最有效配置，鼓励其自行发展，不用过多地注入行政调控手段。今后住房发展的核心应当是住房保障体系建立，逐步使深圳的保障住房与市场商品房在总量上形成比较合理的结构，如同香港的50％对50％的比例。深圳现在房改房有1个亿，农民违法建筑有1个亿，它们的租金低，起到了一定的保障作用。随着城中村改造的加速，将来拆迁了农民房基本都建成了商品房，这些具有保障作用住房的空缺由谁来补？政府有关机构应该加快研究这个问题。从我个人观点，至少拆一补一，而且补这部分就是为了保障城市低收入群体的，只有这样才能使深圳有一个科学的住房体系，真正实现发挥市场效率与保障居民公平的统一。

十、专项报告三：宏观调控引导市场回归理性

文章背景及摘要：该文是根据作者2005年9月份接受深圳电视台采访时的访谈整理的文章。文中对当前深圳房地产市场突出的问题进行了分析，对当前房地产调控政策进行

了简析。在政策思考与建议部分，文中再次对深圳建立科学的住房体系进行了分析，并首次对笔者提出的"公共租赁住房"制度进行了论述。2009年后，公共租赁住房已逐渐成为我国住房保障的一种重要形式在全国蓬勃发展。

2005年被房地产界称为"政策年"，随着国家和本市一系列针对房地产市场的宏观调控政策的出台，深圳房地产市场在经过多年持续地、较为稳定地发展，目前正在进入一个调整时期，处于从规模型、速度型的发展模式向注重结构合理、综合效益好、市场运行进一步理性的发展模式转变。下面主要从四个方面谈谈宏观调控下深圳市场发展的一些看法。

(一) 当前深圳房地产市场发展中突出的问题

去年(2004年)至今的市场发展基本稳定，可以简单概括为以下几点：

1. 房地产投资增速总体减缓，与宏观经济发展较为协调；
2. 商品房建设规模增幅递减，空置房不断消化；
3. 商品房需求继续保持平稳增长，市场供求总体保持均衡；
4. 商品房价格保持上升势头，特区内外住宅价格差异进一步缩小；
5. 二手房市场规模不断扩大，成交面积继续上升。

但是，在市场平稳发展的过程中，影响市场长期、稳定发展的问题也日益突出，必须引起重视：

一是房价已呈现快速上涨的趋势，今年(2005年)一季度全市商品住宅上涨11%，特区外平均上涨27%。特区外房价增长较快，主要与近年来两区城市化进程加快、基础设施加快建设以及市场需求较快增长等因素有关。但是，由于这些地区的新开发楼盘基本都是在历史上取得的土地上建的房，房价的快速上涨，将带来行业更大的暴利。这样，不仅容易产生市场炒作和吸引各类资金非理性的进入房市，影响正常的经济秩序、金融秩序；同时还会产生一定的社会矛盾，使城市居民对开发行业以及政府产生对立情绪，不利于社会的稳定。房地产市场主要是住房为主的市场，是以广大城市居民为需求主体的市场；快速上升的住房价格，不仅易引发整个市场及相关领域的经济过热，更重要的会造成社会的不稳定和社会信任危机，应当引起我们行业从业人员与政府有关机构高度的重视。

二是住房供求结构性矛盾日益突出，从2003年到今年一季度，全市单价在4000元以下的低端住宅销售量占全部住宅销售量比例下降了约20%，而8000元以上的高端住宅却增加了8%。中、高端住宅的增速开发，客观上驱使整个住宅市场供应和价格向着高位运行；而在居民总体收入增长有限的情况下(每年实际增长3%)，低端市场供应紧缺难以保证低收入者的购房需求。即：一方面，面向中低收入者的住房供应日益严峻；另一方面高端的需求又非常旺盛。在全市新增商品房用地总量严格控制的条件下，两方面需求都难以得到保证，使房地产市场结构性矛盾日渐突出。

三是市场需求结构性问题逐渐显现。随着城市化进程加快，被动性居住需求逐渐有增大趋势，同时，市场上投资与投机性需求尚未得到有效遏制，对自住型与改善性合理居住需求的满足都带来相当程度的冲击。

四是市场秩序仍需规范。违规炒作，囤积房源，人为加剧市场信息不对称，干扰购房者心理预期的情形一定程度上仍比较严重。

上述问题对于深圳房地产市场未来持续、健康发展均是不能忽视的重要问题，必须加以特别关注与切实地解决。

（二）当前宏观调控政策简析

今年政府继去年加强土地调控之后，连续推出力度较大的特别针对房地产市场尤其是商品住房市场的规范调控政策。

3月27日，国务院办公厅下发《关于切实稳定住房价格的通知》，八点要求控制房价涨幅过快；

4月28日，国务院又出台《加强房地产市场引导和调控的八条措施》；

5月11日，国务院办公厅转发建设部、发改委、财政部、国土资源部、人民银行、税务总局和银监会七部委联合出台的《关于做好稳定住房价格工作意见》，明确重点以"支持中小套型住房发展"、"打击炒地"、"禁止期房转让"和"调整住房转让营业税"等措施解决房地产投资规模过大、价格上涨幅度过大等问题。

新出台的四项措施是过去系列指示与通知的具体化与明晰化，其中，禁止期房转让已在深圳实施，对市场影响应该不大，其他三项将产生深远影响。

一是促进普通商品住房建设的优惠政策，有利于解决我市住房供应结构性矛盾，缓解和抑制住房价格过快上涨。近几年来，深圳每年出让的住宅用地的60％几乎都用于高档住宅开发建设，如果低价位住宅越来越少，将难以满足占社会主体的中低收入阶层的居住需求。《意见》中的关于增加中小套型住房供应的措施，对于解决深圳住宅市场上中高档商品住房供应大于普通商品住房的结构性矛盾有很大作用，并有利于抑制房价较快上涨。

二是继续严控土地、加大闲置土地收回力度，将增强政府对房地产市场的调控能力。深圳土地资源较为紧缺，在立足于盘活存量土地的基础上，每年仍需要严格控制增量。目前，我市仍有大量尚未开发的土地集中在企业手中，如果严格执法，收回长期闲置的土地，并将收回的土地纳入政府储备，政府将进一步增强对市场的调控能力。因此，七部委提出的加大闲置土地的收回力度，适合我市实际并有利于从源头上保证房地产市场稳定发展。

三是利用税收手段调控房地产市场，有利于二、三级市场的协调稳定发展。随着我市打击"认筹"、严格预售合同备案管理，目前商品房"期房炒作"基本无生存空间。但是，取得新房产权后的短期炒作，尤其是新房上市两年左右即向二手房市场转移（因此间新房在市场上竞争优势较强，便于炒作），法律上仍无规定可以控制。因此，通过增加两年内转手的营业税，提高了短期炒作的成本，在一定程度上有利于抑制炒房者投机冲动，并有利于挤压出市场虚假需求水分。同时，提高了两年内二手房市场的交易成本，控制了二手市场的非理性增长（近两年新房销售增长约10％，二手房销售增长约40％；新房价增长5％～11％，二手房价增长10％～19％），能够促进深圳房地产市场的整体稳定和健康发展。

从根本上讲，上述宏观政策将引导我市房地产市场逐步走向关注市场主体需求，注重经济和社会综合效益理性发展的道路。

（三）关于"市场理性回归"的分析

深圳房地产市场借助于早期的特区发展战略，较早地进入市场开放阶段；在1998年全国深化住房制度改革、全面实行住房商品化和货币化后，获得更为快速的发展，市场规模与速度连年上升。但是随着经济的进一步发展，过度强调单纯的速度、规模与经济效益，忽视市场结构的均衡与经济、社会效益的平衡发展，使得市场发展遇到诸如结构性矛盾、炒作、权利纠纷、行业的社会诚信程度下降等问题，限制了房地产市场的进一步持续、健康发展。

当前在国家对全国房地产市场调控的大背景下，深圳房地产市场也获得向理性回归的政策引导与措施保障。从市场实际发展规律与脉络来看，深圳房地产市场向关注主体需求的理性发展是符合市场规律与社会稳定现实要求的。

1. 市场供给将贴近市场主流需求

在房地产市场发展初期，开发商通过建设满足广大普通居民居住需求的商品房，一方面获得较高利润回报，同时满足了当时因住房市场化而迅速放大的住房需求，获得社会普遍认可。然而，随着土地供应的减少，市场竞争的加剧和细分市场的不断发展，出于利润最大化市场机制驱动，更多开发商选择了收益回报更高的中高端物业，尤其是高端住宅的开发，更多地满足社会少数高收入群体的改善性住房需求或者投资性需求，而忽视了占市场主体的广大中低收入阶层的基本住房需求。开发商在承受着高端住房市场日益激烈的竞争压力之外，也承受着社会舆论的道德压力。

客观分析，上述问题源于多方面因素：

一是制度性因素。目前的开发商，多数得益于我国早期土地供应与管理制度的不健全以及金融监管体系的不完善，客观上造成"暴利"；而且住房市场是房地产市场的主流市场，很多开发商通过低价收购工业用地改变用途进行住房开发，使得住房市场因政策性因素继续带来较高回报，被社会普遍认为是投机性最强的行业。

二是市场因素。开发商是商人，追逐利润最大化是客观市场机制决定的，无法回避市场的竞争与高端的需求，因此容易产生过度开发高档物业，导致住房供应的结构性失衡。

三是社会因素。我国仍处于市场经济发展的初级阶段，开发商自身不仅对经济规律的认知，还停留在比较初级的阶段；对自己社会角色的认知，对自己在社会中应有的责任和奉献的认识，更有着很大局限（如国外富人每年的捐献不仅是一种社会道义与形象，也是在税收等经济政策下的必然行为）。这样，在无法正确建立市场发展中的社会责任与义务的前提下，容易产生一系列社会矛盾。

在社会经济发展的实际要求下，政府通过科学的发展观，开始更多地引导市场健康、理性的发展。从此次调控措施来看，在严格控制土地背景下，给了开发商一个信号，就是关注市场主体或中低收入者的居住需求，是符合经济和社会健康、协调发展双向要求的。相应的优惠政策，也有利于更多的开发商从已呈现紧张的高端市场竞争中走出来，从长远考虑，调整发展思路，提供贴近市场真实需求的住房供给，一方面改善目前供给结构失衡的局面，一方面获得更大的市场发展空间。

2. 引导市场需求回归理性

深圳是一个年轻的移民城市，年轻人居多的购房主体容易产生超前消费取向，买大房子，住好地段，除给自己增添了较大的生活压力之外，同时加剧了银行的金融风险。同时，过于旺盛的超前消费，也促使了投机与投资性需求的较快增长，增大了市场不稳定风险。因此，此次中央通过适当地税收与金融政策调节需求，对消费者的理性消费无疑是必要的，也是适合市场健康发展所必需的。

一是有利于防止过多社会资金进入房地产市场，减缓金融风险压力，保证社会经济运行的稳定。

二是加强个人住房信贷管理，有利于合理引导住房消费趋向，避免因购房门槛过低，导致非理性的超前购房消费和投机性需求的过度增长；这样既便于降低市场风险，保证房地产市场稳定发展，也有利于在"人多地少"的背景下，有效利用土地资源，保证未来深圳持续发展的基础资源供应。

三是保证自住型住房需求购房者选择适合自身支付能力的居所，减轻个人及社会负担。

（四）对政府职能和调控走向的思考

1. 关于政府对市场的调控和干预

在当前形势下，尤其是我国市场经济发展中的诸多经济、法律制度建设尚未健全的情况下，政府以行政手段对市场进行短期的干预与调节，是十分必要和现实的选择，是解决"市场失灵"，特别是保证社会公众利益的重要手段，应当赢得全社会（包括房地产业界）最广泛的支持和配合。如深圳最近出台的一系列措施，"查处无预售证认筹，15日内办妥合同备案，合同备案后不予撤除，销售、价格、房源信息上网，广告专项整治"等，获得了房地产业界以联合诚信宣言方式的响应，这也是对中央调控措施的支持。但是从长期来看，政府对于市场调控的职能在于既要保证市场稳定，又要促进市场持续发展，应当更多地依靠经济手段，如税收、财政、金融等，而不是过多的依靠行政指令。政府未来针对房地产市场的调控措施，应当在保证社会公平的基础上，尽量以鼓励市场和谐、健康发展的经济措施为主，减少行政手段对市场的干预，以促进市场通过自身调节机制解决发展中存在的一系列问题。

2. 关于未来科学的住房与房地产发展体系

改革开放以来，我国住房与房地产事业的发展，是有一定经验教训的。尤其是经过1998年的住房制度改革，一方面我们促进了市场经济的发展，提高了经济效益和效率；但同时又将全部的公房卖给个人，政府手中没有了用于社会保障的"存货"。这样，一旦房价快速上涨，低收入人口快速增加，普通老百姓买不起商品房时，政府就没有相应的资源保证百姓基本居住需求，反过来势必会导致社会矛盾增加，进而影响市场经济的稳定发展。

从深圳经济社会背景看，深圳人口结构极为特殊，1000多万实际人口中，户籍人口不足200万，非户籍人口近900万。大多非户籍人口中，由于来深时间短、经济基础差、人员素质低，其实际收入水平难以在市场中解决住房问题，只能通过租赁历史形成的"城中村"或有条件单位提供的宿舍解决居住问题。对这些人群的住房问题，既难以通过买卖商品房解决，也不易以非社会化的方式通过企业自建宿舍解决，更不能再交给"城中村"解决。

采取何种办法呢？世界上多数国家和地区的住房保障经验，可以为我们提供参考。以香港为例，香港的市场商品住宅（私屋）占全部住宅50%，以政府低租金公房为主的"政府公屋"也占了50%。近几十年来，虽然香港经历了多次政治、经济波动，房地产市场也经历了比国内更为激烈的波动（如金融风暴前后房价涨跌幅度高达60％），但由于有完善的公屋保障，无论经济社会如何变动，始终"居者有其屋"，始终未产生严重的住房问题，这对保证香港长期的社会稳定，有着极为重要的作用。借鉴香港经验，今后，建立我市以非户籍人口为主的全市中低收入住房保障制度，不仅有利于保证深圳经济的平稳发展，也有利于维护社会公平、树立全社会"主人翁"意识和热爱深圳意识，进一步保证我市的社会稳定与和谐发展。

由上述分析可见，一个健康、有持续发展能力的经济社会体系，是需要具备各层次住房供应与保障的"住房综合体"。对于深圳而言，建立以政府公共住房（主要是低租金的租赁房）与市场商品房份额并重的科学住房体系，对市委、市政府"效益深圳"、"和谐深圳"发展目标的落实，对"科学发展观"的落实，尤其具有重大意义。因此，我们认为，今后深圳住房与房地产的发展，应参照世界上住房发展的通用模式——即部分市场解决、部分政府保障的"两条腿走路"模式，既强调经济效率，又保证社会公平。

鉴于以上分析判断，对深圳今后的住房与房地产发展，我们建议在继续保证房地产市场规范、健康运行的同时，从长远规划，全面开展深圳"政府公共租赁住房体系"建设。具体而言，有以下措施：

一是结合本市实际需求与城市未来发展和改造，面向全市约500万低收入人口（主要是暂住人口），合理规划、逐步开发，用20年或更长时间，建造、改造、收购约5000万平方米满足中低收入者的政府公共租赁住房。

二是政府公共租赁住房的开发标准，应当以高密度、小户型为主；选点布局上，应当结合未来城市发展规划，按照便于产业发展和结构调整、便于新城市区域的形成、便于提高基础设施效率以及保证居住者交通方便（如接近地铁及公交站点）等原则，采取大规模集中建设，重点解决特区内第三产业从业人员和特区外大型工业园区职工的住房需求。

三是政府公共租赁住房建设应当与当前我市"城中村"改造相结合，应当充分考虑"城中村"拆迁后需要保障的中低收入者低端租赁需求，采取"拆一建一"的方式确定当前最低保障规模。

四是住房主管部门应严格管理、加强审查、统一招租，最大程度满足低收入阶层的住房需要，并防止利用政府公共租赁住房进行炒作、"寻租"、获取非法收益等行为。

房地产市场的健康发展，关系到社会稳定，政府通过必要的市场化措施与行政手段引导市场回归理性，走持续、健康发展的道路是市场发展和建设和谐社会的必然要求。同时，根据我市的特殊性，因地制宜，实事求是，积极探索多种住房科学供应路径，不仅是政府的责任，也是开发商、房地产业界乃至全社会各住房参与主体的历史任务与现实要求。

十一、专项报告四：关于近期房地产价格的看法

文章背景及摘要：该文是作者在2005年针对有关媒体提出深圳"房荒论"的观点，在搜房网上发表的一篇文章。文章以确凿的数据分析论证了深圳并不存在"房荒"，并对深圳进一步稳定市场、抑制房价提出了政策建议。

今年(2005年)1~3季度，我市商品住宅价格在国家和本市一系列宏观调控措施下，依然保持了12.18%的同比增长，因此房价再度成为人们关注的焦点。对于房价持续上涨的原因，众说纷纭，有人认为"房荒"导致价格不断走高，也有观点认为是炒作哄抬房价，并造成市场恐慌。针对这一现象，我们根据近期大量统计数据和我市房地产预警系统，对当前房价进行了研究，并提出以下看法和建议。

(一) 目前我市商品住房价格上涨是市场自身发展的结果

从我们的研究来看，近年住宅价格持续攀升，主要还是源于旺盛的住宅需求。商品住宅需求持续旺盛，主要源于良好的经济发展势头下，居民的收入水平不断提高。同时，优越的经济环境对外来人口的持续吸引，拉动了城市人口的机械增长，也增加了对住房的需求。此外，近期关于商品住宅供应减少的不实宣传，也导致人们产生未来市场供应会持续紧张的预期，加速了置业速度，也使得市场上住宅需求保持过于旺盛。

另一方面，随着我市特区外城市化加快、基础设施加快建设，导致部分区域房价较快上涨、城市基础设施周边物业升值，使全市商品住宅价格总体呈现上涨趋势。但从区域结构来看，特区内住宅价格仍基本平稳变动，价格上涨更多是市场发展中区域和产品结构不断调整的结果，而不仅仅是供应规模的问题。

(二) 未来供给较为充裕，"房荒"观点并不足取

近期在关于房价上涨的讨论中，"房荒"观点占据上风，多数媒体认为当前供应极度紧张造成房价快速上涨。从我们进行的数据分析看，这种观点是缺乏科学依据的。

据房地产信息网最新统计(截至10月31日)，目前我市实际待售商品住宅共688万平方米，约68000余套，相对于每年900万平方米的新增住宅需求，待售房屋十分充足，按深圳市房地产市场预警系统有关参数分析，属于供应较宽裕的正常区间。从绝对数量上来看，即时今后一段时间没有新盘供应，688万平方米的待售量可大约满足9~10个月的市场需求。此外，从今年秋交会参展楼盘看，在未来半年，至少仍有约400万平方米的未批预售商品房仍可供应市场。那么市场总储备待售商品住宅在今后半年可以达到1100万平方米，几乎高出半年市场需求(500万平方米)一倍以上。因此，今后半年深圳房地产市场供应非常充裕，并不存在"房荒"的压力。

(三) 违规炒作仍然存在，哄抬房价亟须治理

虽然年初我市和国家相继出台制止房地产市场违规操作的一系列措施，并取得很大成效。但是，出于利益的原因，一些开发机构下半年仍采取各种隐蔽的手段，违规销售、炒作、囤积房源、哄抬房价，这是造成当前房价较快上升的主要原因。此外，个别专业机构和媒体并不真正了解市场供应情况，而其对房源紧张的不实宣传，客观上误导了消费者提前置业和非理性购房，这都对房价的快速上涨起着推波助澜的作用。

鉴于上述分析，我们认为政府在根据市场形势适当增加商品住宅土地供应之外，还应该继续采取较为严格的监管措施，规范市场，防止各类变相囤积土地、房源，哄抬房价，防止个别媒体误导消费者购房现象的继续发生。

有关建议如下：

一是建议政府土地管理部门严格执行国家有关规定，继续加强闲置土地的管理。严格按照今年上半年国务院转发建设部等七部委《关于做好稳定住房价格工作意见的通知》(国办发[2005] 26号)中对闲置土地管理的规定，加大对闲置土地的清理力度，切实制止囤积土地行为，对超过出让合同约定的动工开发日期满1年未动工开发的，征收土地闲置费；满2年未动工开发的，无偿收回土地使用权。此外，对于红线图已过期的各类土地，不论任何原因，均应依法收回。

二是政府主管部门应根据市场形势的变化，在明年土地供应计划中，以增量供应和存量盘活相结合，特区内供应和特区外供应相结合为基本原则，适当增加房地产用地，尤其是增加普通商品住房用地的供应，以缓解未来几年的市场供应压力，并向市场传递积极信号，稳定市场预期，维持市场稳定。

三是采取积极措施，引导理性购房。一方面应针对我市特殊的人口结构和未来将出现的住房供应压力，建议研究制定非深圳户籍人口购房有关措施，限制炒房；另一方面，建议人民银行采取更加严格的金融调控手段，提高购房首付款比例，购买普通商品住房首付款比例为40%，购买非普通商品住房为50%，以此对非理性膨胀的置业需求有所遏制。同时，建议税务部门加快研究制定征收房产税的相关措施与政策。

四是建议政府进一步规范商品住房预售程序，规范市场秩序，打击非法炒房行为，保证房源信息公开。开发企业的"认购书"或类似购房文件也应该从"国土局网上销售系统"下载，并严格管理，不得随意变更或撤销；对于达到预售条件的商品房，可以分期办理预售许可证，已办理预售许可证商品住房必须全部上网公开销售，禁止任何形式的"囤积房源"；建议主管部门采取积极措施制止目前盛行的"提前登记、集中开盘"的销售模式，避免人为制造房源紧张的假象哄抬房价。对违反有关规定的开发企业，建议主管部门依法采取严格的处罚措施，以加强市场管理的力度。

我们相信，随着市场信息的不断透明，随着政府进一步采取积极而严格的房地产调控措施，深圳房价的过快上涨，将会在未来一年有较大缓解。在此，也提醒广大购房者理性购房，避免跟风入市给自己带来经济损失。

十二、专项报告五：关于深圳市房价变动情况及稳定房价有关问题的说明

文章背景及摘要：该文是作者于2005年12月在有关媒体举办的"当前深圳房地产面面观"学术沙龙上的发言。文章介绍了2005年深圳房地产市场总体运行情况，对房价上涨影响及负面效应进行了分析，并进一步提出稳定房价的相关政策建议。

今年（2005年）以来，随着系列房地产调控措施的实施，1~9月份我市房地产市场基本保持平稳运行。但是由于各种复杂因素的影响，进入10月份以后，房地产市场持续高温，商品住宅价格同比上涨13.54%，房价再度成为市场关注的热点。对于上述问题，必须在深入分析我市今年房地产市场实际发展现状的基础上进行理性的思考与认识。

（一）今年以来房价的总体运行情况

今年我市房价总体呈现上升势头，1~9月份走势较为平稳，10月以后由于各种复杂因素的影响，房价呈加速上涨趋势。今年1~10月，全市房价上涨较快。其中，商品住宅均价为6716.84元/平方米，同比上涨13.54%；办公楼均价为11806.02元/平方米，同比上涨25.98%；商业用房均价为15179.91元/平方米，同比上涨17.79%。

与同期的北京、上海、广州等城市相比较，可以看出，近年来受国家宏观经济持续快速发展的影响，全国主要城市商品住宅价格均呈上升势头。

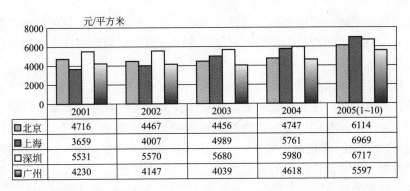

图 5-53　2005 年 1～10 月全国四大城市商品住宅平均销售价格

但是从今年 1～10 月实际同比增长率来看，深圳房价上升幅度相对最小，这主要是因为深圳市相对于其他城市已经过了房地产开发的快速增长阶段，市场总体保持平稳，价格的上升跨度并不是很大。但是，从我市国民经济全局和未来房地产市场持续健康发展的角度出发，今年两位数的增长速度必须引起重视，尤其是要特别关注房价上涨所凸显的市场发展中的一些问题。

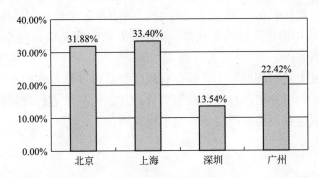

图 5-54　2005 年 1～10 月全国四大城市商品住宅均价同比增长情况

（二）房价上涨的影响因素分析

在作者的前述文章已分析了房价上涨的主要原因，即：

1. 从宏观经济发展的角度看，房价上涨是城市经济发展和建设特定阶段的客观结果。基础设施的不断完善提高了地段的价值空间，直接促使房价的总体上升；特区外城市化进程提速，加快区域市场的转移，直接引致特区外房价的上升；住宅产品结构升级，一定程度加速了房价的上升。

2. 从房地产经济的运行规律看，经济与社会发展周期、住房政策对房价上升影响较大；人口的阶段性快速增长、居民收入的阶段性积累，导致住房市场需求集中释放，促使房价进入上行轨道。

3. 从房地产市场供求特征看，住宅需求的刚性增长，市场供给持续萎缩，供求关系日趋紧张，直接引致未来房价持续增长。虽然房价上涨有各种客观影响原因，但是从根本而言，供求关系的紧张，才是目前房价持续上涨的根本所在。

（三）调控建议——"9+1"住房新增供应计划

基于前面的分析，目前我市房价快速上涨主要由于供求关系紧张造成的，而未来供给相对于持续旺盛并呈现一定刚性的需求已显不足。为从根本上稳定住房价格，促进市场平稳发展，实现国家和市政府的宏观调控目标，建议自明年起增加房地产市场供应规模，并调整住房供应结构。

目前，我市住宅需求虽然主要通过房地产市场来解决，但是考虑到住宅的社会属性，相当部分低收入居民住房还需要政府来保障，且政策性住房对分流需求、稳定住房价格具有重要作用。鉴于此，我们应借鉴上海在调控房价方面实施的"三个1000万计划"的经验，建议明年（2006年）起我市实施"9＋1"住房新增供应计划，即900万平方米商品住宅与100万平方米各类政策性住房的新增供应，以满足全社会住房需求，进一步加强对房价的调控，稳定住房价格。

按照上述住房供应要求，建议从2006年起扩大全市新增商品住宅用地供应规模，3～5年内，每年在土地使用权出让计划中保证1.6平方千米的商品住宅用地供应，并且提高土地利用效率（平均容积率在3以上），着重增加普通商品房供应，盘活各类闲置土地，加快城中村改造（每年通过改造促进150～200万平方米新增商品房入市），以保证900万平方米的新增商品住宅供应。

对于政策性住房，建议每年供应35万平方米的用地，以保证每年总量100万平方米的政策性住房供应。具体包括：每年约2000套、16万平方米的经济适用房；约13000套、84万平方米的经济适用出租房；约200套、1万平方米的廉租房；约500套、5万平方米的高级人才出租公寓。

我们相信，通过上述措施的落实，将会有效缓解我市日趋紧张的市场供应压力，进一步调整市场需求方式，引导居民理性投资和消费，并使商品住宅价格较快上涨的势头得到有效遏制，进一步促进我市房地产市场继续平稳发展。

第六章　2006年：房价加速上涨，调控力度加大

摘要：2006年，深圳房地产市场呈现：需求持续旺盛、有效供应减少、房价快速上涨的局面。全市商品住宅批准预售面积694.57万平方米，同比减少5.43%；新建商品住宅销售面积705.82万平方米，同比减少21.37%；按本市房地产信息系统统计口径，新建商品住宅均价为9230.35元/平方米，同比上涨31.17%，少数高价位豪宅对全市商品住宅价格拉动加大；全市二手住宅交易面积737.63万平方米，同比增加23.98%，二手住宅与新建住房交易面积的比例为1.05：1，远远高于上年0.66：1的比例，二手房需求已超过新建商品房。"深圳房地产市场预警系统"综合评价表明：2006年房地产开发投资趋冷的现象较往年有所好转，但是房地产投资在整个固定资产投资中所占比例稍小；供求关系仍持续紧张，并导致了房价的过快上涨，且大大超过人均可支配收入的增长幅度，使得普通居民的实际购买力减弱，抑制了住房需求，同时使得部分需求转移到二手房市场，最终出现新建商品房市场销售过冷，而二手房市场景气程度较高的现象。

2006年，深圳房地产市场经历了不平凡的"调控之年"。在国家宏观调控政策的基础上，深圳市积极出台相关措施，从土地供应、金融税收、住房供应结构等方面对房地产市场进行调控。但是，从调控效果看，各项调控措施的作用不明显，房价依然在2005年大幅上涨的基础上再次加速上涨。

一、经济社会发展概况

2006年，深圳以科学发展观为统领，坚持在紧约束条件下求发展，努力推进和谐深圳、效益深圳、建设国际化城市和国家创新型城市，全面实现了年初确定的经济发展预期目标。国民经济保持健康平稳增长，资源利用效率进一步提高，促进发展模式转变取得进展，实现了"十一五"规划的良好开局。

经济增长平稳，资源利用效率提高。2006年全市生产总值5684.39亿元，比上年增长15%，经济总量位居全国大中城市的第四位。在经济稳步较快发展的同时，资源消耗水平不断下降。2006年，全市每平方千米土地产出GDP为2.98亿元，比上年提高0.44亿元；万元GDP水耗为29.79立方米，比上年下降4.21立方米；万元GDP能耗保持下降趋势。

从产业结构看，2006年全市生产总值中，第一产业增加值7.48亿元，比上年下降24.4%；第二产业增加值3021.03亿元，增长16.8%；第三产业增加值2655.88亿元，增长13.1%。三次产业结构由上年的0.2：53.2：46.6变化为0.1：53.2：46.7。第二产业中，工业发展较快，支柱行业作用增强。规模以上工业增加值2723.29亿元，比上年增长17.2%。在各种经济类型中，国有企业增加值91.9亿元，比上年增长20.8%；股份制企业增加值639.66亿元，增长27.2%；外商及港澳台投资企业增加值1951.7亿元，增长19.5%，占规模以上工业增加值比重71.7%。在工业行业中，通信设备、计算机及其他电

子设备制造业增加值 1285.34 亿元，比上年增长 33.3%，占规模以上工业增加值比重 47.2%，比上年提高 3 个百分点。

全社会投资保持增长态势，房地产投资回升。2006 年，全社会固定资产投资完成 1272.26 亿元，比上年增长 7.7%。其中，基本建设投资 639.68 亿元，增长 6.6%；房地产开发投资 462.09 亿元，增长 10.34%；更新改造投资 138.99 亿元，增长 21.7%；其他投资 32.91 亿元，下降 24.0%。

社会消费品市场持续趋旺，全年社会消费品零售总额 1671.29 亿元，比上年增长 16.2%，超过生产总值 1.2 个百分点，增长速度近 10 年来首次超过 GDP 增长。

财政收入增长较快，金融存贷良好。2006 年全市地方财政一般预算收入 500.88 亿元，比上年增长 21.5%。12 月末，国内金融机构人民币存款余额为 9540.42 亿元，比年初增长 12.1%，贷款余额为 6755.32 亿元，按可比口径比年初增长 9.9%。

居民收入稳步增加，市场物价趋稳。根据深圳市 600 户居民家庭抽样调查资料，2006 年居民人均可支配收入 22567.08 元，比上年增长 5%，居民人均消费性支出 16628.16 元，增长 4.5%。2006 年居民消费价格总水平比上年上涨 2.2%。

二、房地产市场运行情况

(一) 房地产投资增速有所加快，但商品房供应规模有所下降

2006 年，本市房地产市场呈现投资增速加快、供应规模减少的局面。全年完成房地产开发投资 462.09 亿元，同比增长 10.34%，与上年－3.37% 的投资增幅相比，投资情况明显好转；商品房施工面积 3122.1 万平方米，同比减少 8.23%；商品房竣工面积 848.89 万平方米，同比增加 31.8%；商品房新开工面积 798.12 万平方米，同比减少 30.74%。

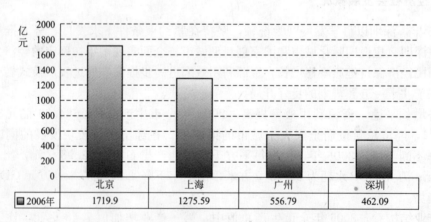

	北京	上海	广州	深圳
2006年	1719.9	1275.59	556.79	462.09

图 6-1 2006 年国内主要城市房地产开发投资额比较

与国内主要城市比较，在本市积极的促进房地产市场供应政策的作用下，房地产投资增长明显加快，2006 年增幅达到 10.34%，而同期北京、上海、广州房地产开发投资增速也有所加快，增幅在 2%~13% 之间。

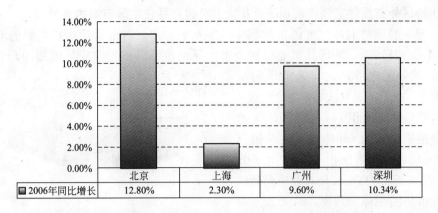

图 6-2 2006 年国内主要城市房地产开发投资增幅比较

(二) 新建商品房批准预售面积有所下降，普通住宅为市场供应主体

2006 年，全市商品房批准预售面积累计 807.27 万平方米，同比减少 9.56%，其中住宅批准预售面积 694.57 万平方米，同比减少 5.43%；办公楼批准预售面积 34.4 万平方米，同比减少 14.96%；商业用房批准预售面积 72.81 万平方米，同比减少 30.58%。

全市单套建筑面积 144 平方米以下的商品住房批准预售套数 61391 套，占全市总套数的 87.72%，比去年低 1.5%，批准预售面积 529.55 万平方米，占全市总面积的 76.24%，所占比例基本与去年持平，普通商品住宅供应继续居市场主体地位。

(三) 商品房销售面积明显减少，新建商品住房有效需求明显下降

2006 年，新建商品房销售面积 797.65 万平方米，同比减少 18.66%；其中，住宅销售面积 705.82 万平方米，同比减少 21.37%，占商品房销售总面积的比重为 88.49%；办公楼销售面积 38.27 万平方米，同比增加 49.61%，占商品房销售总面积的 4.8%；商业用房销售面积 45.96 万平方米，同比减少 3.12%，占商品房销售总面积的 5.76%。

此外，与国内主要城市比较看，2006 年，上海商品房销售面积同比减少 4.20%，而广州同比增加 2.10%。其中，住宅销售面积上海同比减少 8.1%，广州同比增加 0.74%，以深圳的同比降幅为最大。

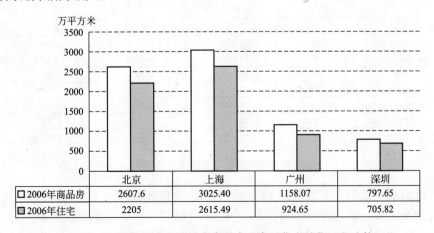

图 6-3 2006 年国内主要城市商品房和商品住宅销售面积比较

117

（四）特区外商品住宅销售规模不断扩大，普通商品住宅居市场主导地位

2006 年，特区外商品住宅销售面积 436.1 万平方米，占全市销售总面积的 61.79%，比 2005 年高 11.79%，特区外置业已居全市主导地位。其中，宝安区销售面积占全市的 34.46%，居各区之首；龙岗区销售面积占全市的 27.33%，居其次。

全市单套建筑面积 144 平方米以下的普通住房销售套数为 66645 套，占总销售套数的 88.88%，销售面积 542.19 万平方米，占总销售面积的 76.82%，普通商品住房是销售市场的主体。其中，90 平方米以下的住房销售套数占总销售套数的 53.27%，销售面积占总销售面积的 34.36%。

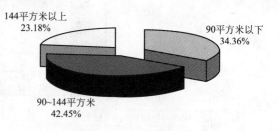

图 6-4　2006 年不同套型结构商品住宅销售面积所占比例对照

（五）商品住房价格总体呈上涨趋势

按国家统计局公布的全国 70 个大中城市商品住房销售价格调查统计，2006 年同比上涨 11.7%。2006 年 6 月，新建商品住宅价格单月同比涨幅达到年度最高，为 14.6%；随着国家及本市房地产市场宏观调控力度的不断加大，自 7 月开始每月房价同比涨幅逐渐回落，7 月～12 月份房价同比涨幅分别为 13.6%、12.8%、10.6%、9.9%、9.8%、10%。与国内主要城市比较，2006 年 6～12 月，上海房价连续下降，每月同比降幅为 0.1%～5% 之间；北京则继续上涨，每月同比涨幅 11% 左右；广州与深圳房价涨幅有所回落，每月同比涨幅分别在 7%～10% 和 9%～15% 左右。

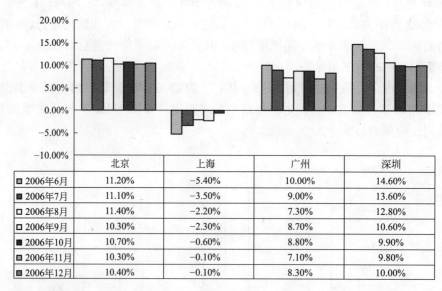

	北京	上海	广州	深圳
2006年6月	11.20%	−5.40%	10.00%	14.60%
2006年7月	11.10%	−3.50%	9.00%	13.60%
2006年8月	11.40%	−2.20%	7.30%	12.80%
2006年9月	10.30%	−2.30%	8.70%	10.60%
2006年10月	10.70%	−0.60%	8.80%	9.90%
2006年11月	10.30%	−0.10%	7.10%	9.80%
2006年12月	10.40%	−0.10%	8.30%	10.00%

图 6-5　2006 年各月国内主要城市商品住房价格同比增幅比较

按本市房地产信息系统统计口径，2006 年，全市 400 个在售的新建商品住宅楼盘，全样本均价为 9230.35 元/平方米，同比上涨 31.17%；若去除以香蜜湖一号、星河丹堤花园等为代表的 11 个均价近 30000 元/平方米的异质性高价位楼盘影响，全市新建

商品住宅可比价格为 8028.45 元/平方米，同比上涨 14％。也就是说，占全年新建商品住宅销售总面积 5.68％的少数高价位豪宅，拉动了全市商品住宅价格上涨 17 个百分点。

（六）住房价格呈现结构性差异，价位较高的住宅所占比重有所增大

从销售价位结构看，全市 8000 元/平方米以下的住宅销售面积占总量的 56％，比去年低 18％；8000～10000 元/平方米之间的住宅销售面积占 17％，比去年高 2％；10000 元/平方米以上的占到 27％，比去年高 16％。在整个商品住宅市场中，价位较高的商品住宅所占比重有所增大。

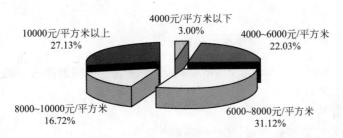

图 6-6 2006 年不同价位的商品住宅销售面积所占比例对照

（七）办公楼市场供应有所下降，商业用房市场持续保持稳定发展的态势

2006 年，全市办公楼批准预售面积同比下降 14.96％，一方面是整体市场供应的减小，另一方面部分项目只租不售，使得市场可售规模减小。在整个商品房市场销售规模减小的背景下，办公楼市场需求仍比较旺盛，销售面积同比大幅增加 49.61％，办公楼销售均价 16014.52 元/平方米，同比上涨 29.95％。由于写字楼销售主要集中在福田中心区，而福田中心区的项目价格普遍较高，并且随着中心区商务、商业气氛不断成熟，中心区写字楼价格也逐步走高，在一定程度上拉动了市场成交价格的较大幅度提升。

2006 年，商业用房市场供应有所下降，批准预售面积同比减少 30.58％，商业用房销售均价为 18409.63 元/平方米，同比上涨 15.43％。商业用房以特区外所占比重较大，特区外房地产业的快速发展及城市化进程的加快，对商业配套的完善提出了迫切的要求，并使得特区外商业用房销售类型基本以住宅配套商业用房为主。

（八）二手房交易量持续上升，二手房交易价格继续保持较快上涨

2006 年，在本市一系列稳定房价、打击投机性炒作等调控措施作用下，投资需求有所控制，自住需求占据市场主导地位。但在新建商品房供应相对紧张、价格持续上涨的条件下，价格相对较为低廉的存量住房市场需求快速上升，全市二手住宅交易套数 84976 套，同比增加 29.79％，交易面积 737.63 万平方米，同比增加 23.98％，交易价格为 4757.79 元/平方米，同比上涨 11.03％；二手住宅与新建住房交易面积的比例为 1.05：1，远远高于上年 0.66：1 的比例，二手房需求已超过新建商品房。

从成交区域来看，特区内二手住宅交易面积占住宅交易总面积的 69.87％，市场交易以特区内为主，其中罗湖区二手住宅交易面积占住宅交易总面积 19.20％，福田占 26.92％，南山占 21.71％，盐田占 2.05％。特区外宝安二手住宅交易占住宅交易总面积

的 13.73%，龙岗占 16.41%，其中宝安区的二手住宅交易面积同比增加 39.06%，增幅较大。

(九) 商品住宅销售对象以内地购房人为主，外来购房资金所占比例较小

2006 年，内地购房人购房套数 7.05 万套，占总套数的 94.1%；购房面积 661.3 万平方米，占总面积的 93.7%；购房总资金 594.17 亿元，占总资金的 91.2%。港澳台地区购房人购房套数 0.38 万套，占总套数的 5.1%；购房面积 37.9 万平方米，占总面积的 5.4%；购房总资金 48.19 亿元，占总资金的 7.4%。境外购房人购房套数 622 套，占总套数的 0.8%；购房面积 6.6 万平方米，占总面积的 0.94%；购房总资金 9.13 亿元，占总资金的 1.4%。

三、2006 年深圳市房地产市场发展综合评价

根据"深圳房地产市场预警系统"，对 2006 年深圳全年房地产市场的运行情况进行了综合评价，评价结果如下：

(一) 单项预警指标评价分析

1. 房地产开发投资增长率与 GDP 增长率之比

2006 年，房地产开发投资增长率与 GDP 增长率之比为 0.6673，处于正常区间，相对 2005 年该指标处于稍小区间，房地产投资情况明显好转。由图 6-7 可见，1996～2004 年，该指标一直处于正常区间，但是从 1999 年开始呈现下降趋势，2004 年接近稍小区间；2005 年则已经进入稍小区间，房地产开发投资增长乏力，特别是从 2003 年开始，随着政府对房地产用地调控力度的加强及系列调控措施的出台，开发投资增幅不断减小，远远低于 GDP 的增长幅度，到了 2006 年投资乏力的现象明显好转。

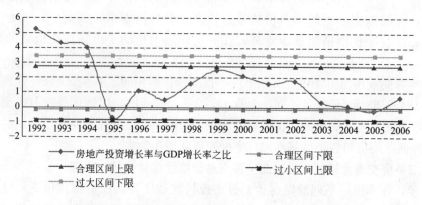

图 6-7　2006 年房地产开发投资增长率与 GDP 增长率之比警值

2. 房地产开发投资与全社会固定资产投资之比

2006 年，房地产开发投资与全社会固定资产投资之比为 0.3621，处于房地产投资稍小区间，较 2005 年的投资稍冷的情况有所好转。自从 2002 年深圳实行土地供应紧缩政策以来，房地产开发投资占全社会固定资产投资的比重逐年下降，从 2003 的 0.4731，降至 2004 年的 0.4186，直到 2005 年的 0.3568，在 2006 年该指标又有所回升，但仍在房地产投资稍小区间。

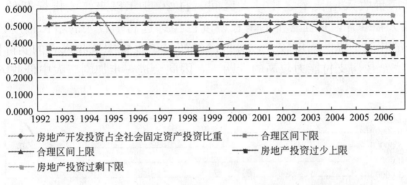

图 6-8 2006 年房地产开发投资与全社会固定资产投资之比警值

3. 房价收入比

2006 年，房价收入比是 11.49。该警值突破了房价收入比过大区间的下限 8.31。自 1996 年以来，深圳的房价收入比一直处于合理区间，但是逐年减小的趋势开始逆转，2005 年的房价收入比开始攀升，居民实际购买能力开始下降，房价收入比直接由稍小区间步入了过大区间，2006 年房价收入比继续攀升，房价上涨过快的势头更为明显。前几年房价收入比维持在较低的层面，一定程度上激发了居民加快住房消费的愿望，并促使近年来房地产市场销售持续高速增长的景气局面，2005 年需求的集中释放与相对紧张的供应，推动了房价的上涨，使得居民实际购买力减弱，而 2006 年供应的持续紧张加上高档住宅的拉动作用，使得房价持续过快上涨，从而进一步加大了普通居民购房的压力，特别是中低收入家庭更是难以通过商品房市场来满足住房需求。根据日本不动产研究所的数据，在 1990 年泡沫巅峰时期，日本房价收入比不过 7～8 倍；而香港 1997 年房价处于巅峰，房价收入比差不多是 11 倍，虽说不同国家和地区关于房价收入比的规定与数据的统计口径有差异，横向并不具有完全的可比性，但是深圳近两年因房价的快速增长导致房价收入比大幅攀升的现象需得到足够的重视。

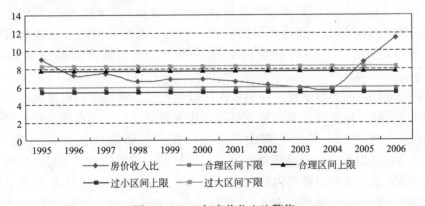

图 6-9 2006 年房价收入比警值

4. 房价收入增长率之比

2006 年，人均可支配收入增长率为 5%，由此算得 2006 年房价收入增长率之比是 6.234。该警值不仅偏离了合理区间的上限 1.4994，也突破了稍大区间的上限 1.8214，已经进入了房价收入增长率之比过大区间。自 2005 年以来，该指标开始大幅上升，2006 年继续大幅攀升，并且房价的增长幅度已经远远高于收入的增长幅度，表明居民购买力水平的相对下降的幅度较大，房价已经超过了很多中低收入者的实际购买能力，新建商品住宅被住房支付能力较高的人购买，因此会进一步加剧广大中低收入居民今后住房的困难。

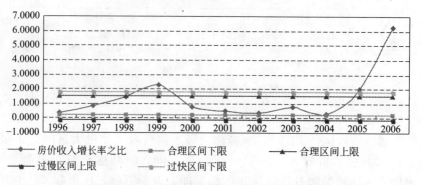

图 6-10　2006 年房价收入增长率之比警值

5. 商品房销售面积增长率

2006 年，商品房销售面积增长率为 -0.1866，处于商品房销售过冷区间。自 2001 年以来，商品房销售增长持续处于合理区间，2002 年商品房销售面积增长达到近期最高值，但 2003 年、2004 年有所下降，但降幅平缓，2005 年开始小幅回升，这几年内深圳房地产市场销售不仅持续增长，同时保持平稳的波动，市场在持续景气中健康发展。但进入 2006 年，该指标直接由合理区间进入过冷区间，新建商品房销售开始阶段性趋冷。

由于在国家及深圳一系列调控措施的作用下，开发商在政策尚不明朗的时期内放慢了市场供应的节奏，而部分项目因调整套型比例延迟施工，客观上减少了新建商品房市场的有效供应；同时住房消费与投资者在调控政策的影响下呈现观望态势，而住房价格的大幅上涨抑制部分新建住房的需求；同时一部分住房需求转移到价格相对低廉的二手房市场。这几个方面因素的综合作用下，使得新建商品房销售出现过冷现象。

从细分区域看，商品房销售呈现明显的区域性差异。以特区内四区商品房销售增长率均进入过冷区间，以罗湖、福田的商品房销售下降幅度最大，商品房销售增长率分别为 -0.4689、-0.3925，其次是南山、盐田，商品房销售增长率分别为 -0.2270、-0.1828；特区外以龙岗的商品房销售进入稍冷区间，宝安的则进入过冷区间，不过宝安的商品房销售增长率相对特区内要大一些，为 -0.0832。从 2001 年开始，罗湖的商品房销售最旺，商品房销售增长率为 0.2858，处于稍大区间，而福田的商品房销售处于过冷区间；2002 年罗湖的销售有所回落，降至合理区间，福田、南山的销售开始上升，均进入销售正常区间；2003 年罗湖、福田的销售趋冷，南山的销售最为旺盛，商品房销售增长率达 0.2971；2004 年罗湖、福田的销售持续趋冷，南山的销售增长回落，特区外的销售开始趋于旺盛；2005 年，以宝安的销售最为旺盛，商品房销售增长率高达

0.5227；2006 年在整个商品房销售过冷的背景下，仅有龙岗的商品房销售没有出现负增长。各个区域商品房销售增长率的变化趋势，也反映了本市整个房地产市场不断向西转移、向特区外转移的过程。

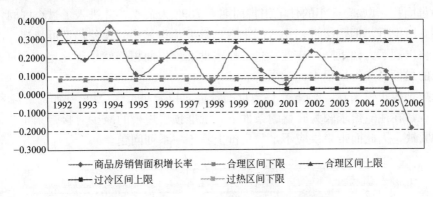

图 6-11　2006 年商品房销售面积增长率警值

6. 商品房新开工面积增长率

2006 年，商品房新开工面积增长率为－0.3836，处于稍小区间。自 2000 年到 2005 年，商品房新开工面积增长率变化不大，2002 年为 6.74％，2003 年为 1.38％，2004 年为 2.74％，2005 年有所上升，为 12.36％；前几年新开工面积增长率的持续平稳且均处于合理区间，表明市场新增供应持续稳定，未出现不合理的波动现象。但是进入 2006 年商品房新开工面积增长率为－0.3836，出现较大幅度的下降，进入了稍小区间。由于近年来房地产开发用地严格的控制，结合前几年新增需求 10％左右的增长，使得供应与需求之间的不平衡逐渐显现出来，同时调控政策的实施，使得部分项目延迟了开工时间，加剧了商品房新开工面积规模的减小。

从商品房新开工面积规模来看，2006 年住宅新开工面积仅为 710.25 万平方米，远远低于 2004 年、2005 年的规模，是 1999 年以来的历史最低点。按照目前房地产开发建设的周期来看，一般新开工的项目经过一年多就可以形成市场的有效供应，而 2006 年新开工面积的大幅减少，很可能对下一年商品房供应产生一定的影响，导致市场供应的紧缺程度进一步加剧，并导致今后市场供求关系进一步紧张。

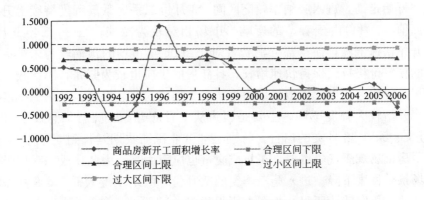

图 6-12　2006 年商品房新开工面积增长率警值

7. 住宅平均销售周期

2006 年，住宅平均销售周期为 0.9841，处于合理区间，接近住宅平均销售周期稍小区间的上限 0.9703。自 2003 年以来，住宅平均销售周期持续小于 1，即批准预售面积持续小于销售面积，以 2005 年的住宅销售周期 0.7897 为最小，并进入了过小区间，2006 年销售周期有所上升，但仍接近稍小区间上限，批准预售偏小的现象仍不可忽视。由于 2006 年住宅销售出现了大幅下降，在此背景下住宅批准预售面积仍然小于住宅销售面积，供求关系紧张的局面尚未得到根本性的缓解。

从批准预售规模来看，2006 年住宅批准预售面积为 694.57 万平方米，是自 2002 年以来的最低点，在住宅需求较为旺盛的条件下，批准预售规模的减少直接带来可售商品住宅的不足与紧缺，因此而带来供应不足、房价上涨等一系列问题。

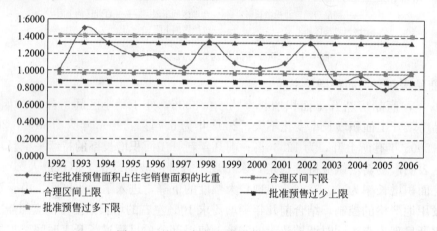

图 6-13　2006 年住宅平均销售周期警值

8. 二手房月吸纳率

二手房吸纳率是通过对深圳中介公司的地铺进行抽样调查，计算每月二手房成交面积与挂牌面积的比值所得。2006 年，二手房吸纳程度明显比往年高，除了调控政策集中出台的月份吸纳率处于正常区间外，其他月份都处于吸纳率较高的区间，二手房市场在景气空间中运行。2006 年 1 月份，二手房月吸纳率基本处于正常区间的上限，从 2 月份吸纳率开始走高，进入吸纳率较高区间，3 月份二手房景气程度持续上升，并达到年度的最高值。1 月份由于春节的影响，市场相对较为冷淡；自 2005 年 9 月份以来，深圳房价开始快速上涨，使得部分消费者对于 2006 年市场的预期较为乐观；而一季度新房市场的住宅价格持续保持快速增长，且新房的供应也较为紧张，因此较多居民已开始转向购买二手住宅，由此造成二手房市场景气程度的明显提高。从第二季度开始，二手房吸纳率开始较大幅度下降，主要是因为从 4 月底开始，央行加息及深府 75 号文、国办 37 号文、深府 98 号文的出台，特别是"营业税征收期延长到 5 年"，对市场影响巨大，二手房市场观望气氛浓厚，买卖成交量也应声而落，由此造成二手房吸纳率迅速走低，市场景气程度下降。进入第三季度的 7 月份，吸纳率走入低谷，8 月深圳税务部门出台了《关于住房转让所得征收个人所得税有关问题的通知》，进一步打击了投机性购房行为，在逐步消化相关的调控政策之后，二手房市场景气程度从 8、9 月份开始回升，随着新建商品住房价格的持续走高，住房供应的不足，二手房的成交量开始稳步回升，吸纳率也逐步走高，在10月份已经进入景气程度较高的区间，11～12月份景气程度继续走高。

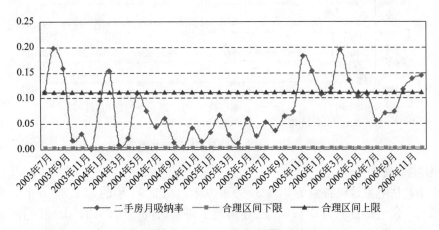

图6-14 2006年二手房月吸纳率警值

9. 住宅价格增长率

2006年，住宅价格增长率为0.3117，该警值偏离了房价增长正常区间［−0.0559，0.0795］，也偏离了房价增长稍快区间的上限0.1471，已经进入房价增长过快的区间内。在2000～2004年之间，深圳市房价一直在合理区间内保持平稳发展，也促进了市场的理性发展，到了2005年，住宅价格出现大幅增长，且步入房价增长过快区间，2006年房价再度快速上涨（涨幅超过30％）。

从各个区域来看，全市6个行政区的住宅价格增长率都超过了20％，均处于房价增长过快区间。其中福田、宝安的住宅价格增长率超过50％，分别居第一位和第二位；南山的住宅价格增长率接近40％，居第三位。从案例分析看，据商品房备案登记数据统计，2006年福田的香蜜湖一号销售均价高达31298元/平方米，除去该项目的影响，福田区住宅价格增长率涨幅将下降44.4个百分点，即福田区的涨幅仅有8.02％，处于房价增长正常区间；宝安的别墅项目圣莫丽斯花园、星河丹堤花园、招商华侨城曦城这三个项目销售均价高达26784元/平方米，除去其影响，宝安的住宅价格增长率将下降19.26个百分点，同时宝安中心区的楼盘对于整个区域的价格也起到了一定的拉动作用；南山的红树西岸花园、天鹅堡和纯水岸这三个楼盘均价33823元/平方米，除去其影响，南山的住宅价格增长率将下降12.68个百分点。

2006年高档楼盘对价格的拉动作用较大，若去除以香蜜湖一号、星河丹堤等为代表的11个（占全市住宅项目的3％，销售套数占总套数的2.25％，销售面积占总面积的5.68％）均价近30000元/平方米的高价位楼盘影响，住宅价格增长率为0.1409。由此可见，高档楼盘对全市住宅价格起到非常大的拉动作用，同时这些高价位楼盘对所在片区其他楼盘的价格也起到一定的带动作用，从而在一定程度上成为价格快速上涨的影响因素之一。因此，如何更好地调整住房供应结构，进一步扩大普通住宅的供应量，对于稳定全市住房价格将起到重要作用。

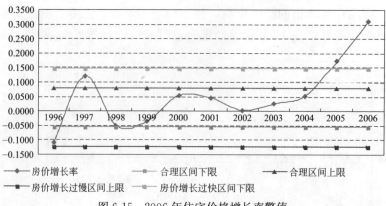

图 6-15　2006 年住宅价格增长率警值

10. 住宅储备率

2006 年，住宅累计储备量为 370.59 万平方米，与 2005 年的 381.84 万平方米相比下降了 2.95％，住宅储备率为 0.525，已经偏离了正常区间 ［0.6433，0.8929］，进入轻度紧缺区间，但非常接近严重紧缺区间的上限 0.5141。该警值表明，2006 年供求关系持续紧张，并导致了住宅价格的过快增长及居民购买力的相对下降，间接影响了新建商品住宅销售规模较大幅度的下降。2006 年住宅储备率较 2005 年有所回升，主要是因为 2006 年住宅销售规模的大幅下降，而不是住宅储备量有所上升，实际上 2006 年的住宅批准预售面积和住宅销售面积均为 2002 年以来的历史最低点。

从各个区域来看，特区内的住宅储备率为 0.4653，处于严重紧缺区间，以罗湖、福田的紧缺程度最为严重，住宅储备率分别为 0.1618、0.2707；南山处于轻度紧缺区间，住宅储备率为 0.5589；特区外的住宅储备率为 0.5609，处于轻度紧缺区间，其中宝安处于轻度紧缺区间，住宅储备率的警值为 0.6255，接近住宅储备率合理区间的下限；龙岗处于严重紧缺区间，住宅储备率为 0.4795。

从 2001 年开始，罗湖的住宅储备率逐年下降，2001 年的警值为 1.0041，处于供应较为充足区间，2002 年降为 0.6547，处于供应合理区间，自 2003 年至今，罗湖的住宅储备率一直处于严重紧缺区间；福田的住宅储备率在 2001 年处于严重紧缺区间，2002 年供应有所上升，处于供应合理区间，2003 年又降为严重紧缺区间，2004 年供应又开始回升，处于合理区间，随着福田住宅土地供应的减少，之后的 2005～2006 年住宅储备率均处于严重紧缺区间；南山的住宅储备率 2001 年处于严重紧缺区间，之后开始逐年上

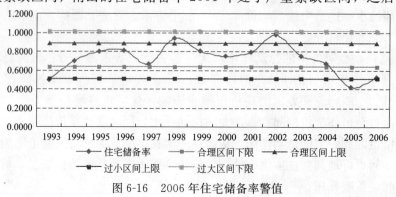

图 6-16　2006 年住宅储备率警值

升，2002～2003年均处于合理区间，并在2003年达到住宅储备率的最高值0.8569，经过2004年南山住宅市场的热销，南山的住宅储备率在2004～2005年均处于严重紧缺区间，2006年供应有所好转，住宅储备率处于轻度紧缺区间；自1999～2004年，宝安的住宅储备率都处于供应较为充足区间，经过2005年宝安住宅销售的快速增长，2005、2006年住宅储备率降为轻度紧缺区间；自1999～2004年，龙岗的住宅储备率均处于供应较为充足区间，2005降为供应轻度紧缺区间，2006年则进入供应严重紧缺区间。

11. 房地产贷款比

2006年，房地产贷款比为0.3663，处于房地产贷款稍大区间，接近房地产贷款过大区间下限0.3684。房地产贷款比在1996～2002年间，一直保持着上升趋势，且升幅较大；2002年以来，则一直保持平稳态势，处于正常区间内，接近房地产贷款稍大区间；但是到2006年，房地产贷款比出现较大的增幅，直接由正常区间接近房地产贷款过大区间。

具体来看，2006年12月末，深圳市国内金融机构人民币各项贷款额6755.32亿元，比上年末增加587.28亿元；房地产贷款余额2474.66亿元，比上年末增加584.14亿元，增长30.9%。其中：房地产开发贷款余额738.24亿元，比上年末增加228.75亿元，增长44.9%；购房贷款余额1736.42亿元，比上年末增加355.4亿元，增长25.7%。房地产开发贷款余额的增幅较大。

2006年12月末，深圳市个人住房贷款余额1572.9亿元，比上年末增加294.33亿元。其中新建商品房贷款余额为1160.50亿元，比1月末增加102.47亿元，增长9.68%；再交易房贷款（即二手房贷款）余额为331.12亿元，比1月末增加95.39亿元，增长40.46%。随着深圳二手房市场的发展，二手房贷款增速较为迅速。

房地产行业高额利润促使各家商业银行大幅增加房地产贷款的数量，并把其当做优质资产，但是，随着房地产贷款的快速增长尤其是房地产开发贷款高速增长，其可能存在的系统性信贷风险正在不断增加，对此必须引起监管部门和商业银行的高度重视，房地产贷款的风险主要来自房地产行业本身的风险。特别是2005年以来房价的较快上涨，使得人们预期未来市场会继续上涨，一旦出现房地产价格下跌，作为抵押物的房地产就会贬值甚至大幅缩水，将会给银行带来一定的损失，为此银行需要加强防范信贷风险；同时商业性住房金融领域目前的产品主要是贷款，这就导致风险过于集中在银行系统，所以应该加快推动住房金融产品创新，进一步防范风险，而且房地产金融的健康稳定对金融系统的健康稳定至关重要，更是关系到整个房地产市场的健康稳定发展。

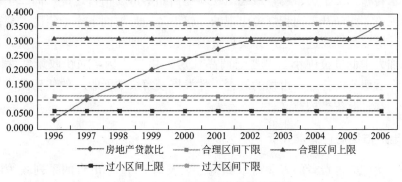

图 6-17 2006年房地产贷款比警值

(二) 综合评价

在 2006 年的 11 个指标中，处于正常区间的有 3 个指标，处于过小区间的有 1 个指标，处于稍小区间的有 3 个指标，处于稍大区间的有 1 个指标，处于过大区间的有 3 个指标。如表 6-1 所示。

深圳 2006 年房地产市场发展状况指标评价结果　　　　表 6-1

指标名称	过小	稍小	正常	稍大	过大
房地产开发投资增长率/GDP 增长率			0.6673		
房地产开发投资/全社会固定资产投资		0.3621			
房价收入比					11.4926
房价收入增长率之比					6.2340
商品房销售面积增长率	−0.1866				
商品房新开工面积增长率		−0.3836			
住宅平均销售周期			0.9841		
住宅价格增长率					0.3117
二手房月平均吸纳率			正常		
住宅储备率		0.5250			
房地产贷款比				0.3663	
总计	1	3	3	1	3

其中，反映房地产投资与社会经济协调性的指标中，房地产开发投资增长率与 GDP 增长率之比处于正常区间、房地产开发投资占全社会固定资产投资之比处于稍小区间。反映市场供求关系的住宅平均销售周期接近稍小区间、住宅储备率处于稍小区间。而反映房价增长是否协调的房价收入增长率之比、房价收入比、住宅价格增长率都处于过大区间。反映房地产市场景气程度的商品房销售面积增长率处于过冷区间，新开工面积增长率处于稍冷区间，二手房月吸纳率基本处于正常区间，但景气程度明显上升。反映房地产金融市场的房地产贷款比处于稍大区间，但接近过大区间。

由此可以看出，2006 年房地产开发投资趋冷的现象较往年有所好转，但是房地产投资在整个固定资产投资中所占比例稍小，仍需警惕房地产投资趋冷现象的出现。供求关系仍持续紧张，并导致了房价的过快上涨，且大大超过人均可支配收入的增长幅度，使得普通居民的实际购买力减弱，加剧了低收入家庭的购房压力，抑制了部分的住房需求，同时使得部分需求转移到二手房市场，最终出现新建商品房市场销售过冷，而二手房市场景气程度较高的现象。而新开工面积规模出现的大幅下降，易加剧下一个年度新建商品房市场供应的紧张。所以继续促进房地产开发投资的增长，增加住宅的有效供应量，进一步调整住房结构，加大中低价位中小套型普通商品住房的供应比例，加快政策性保障住房的建设，这对于今后房价的稳定、市场的健康理性发展及解决中低收入的住房困难并实现社会的长期稳定，都具有积极的意义。

四、房地产市场潜在需求分析

为充分了解广大消费者的置业需求和偏好以及对 2006 年出台的系列政策的态度与评价，在 2006 年深圳房地产春、秋季交易会期间，市房地产研究中心和深圳中原深港研究中心联合组织了大型置业需求问卷调研，对计划在一年内置业的参观者进行访问调查，收回样本问卷累计共4000余份；同时又结合各个楼盘的意向购房者进行了调查，收回样本问卷6000份。总计收回样本问卷10000余份。

从秋季交易会的抽样调查来看，6成多市场潜在需求者为非深户内地户籍，近5成来深时间2～6年；近7成置业用于长久居住；置业者选择楼盘时最重视的是小区环境、交通和物业管理；影响购房决策的最重要因素价格压力高；超过7成受访者会选择在特区内置业；3成多受访者愿意购买二手房；接近3成的受访者认为目前深圳房价太高，难以承受；4成多的受访者认为深圳房价很高，只能勉强支付；接近5成的受访者认为未来一年深圳可供选择的楼盘会更多，对政府增加住房供应有信心；接近6成的受访者认为未来一年在深圳购房的人会更多；对于2006年公布的深圳市住房建设规划，有一成半的受访者比较了解，有5成的受访者听说过；对于未来房价的预期，5成的受访者认为还会小幅上涨。

（一）市场潜在需求者主要为来深时间2～6年的非深户内地户籍，年龄主要介于26～35岁之间，学历水平较高，家庭年收入主要在7～20万元之间，从事职业以公司/企业管理人员、专业技术人员、企业/公司普通职员为主

调查显示，深圳房地产市场的潜在需求者非深圳户籍比例较多，占60％，其中内地户籍占43％，非深圳广东籍占17％；深户比例占39％，不到四成。在接受调查的25～55岁人群当中，26～35岁所占的比例最大，占了50％；其次25岁以下、36～45岁年龄段的比例分别是19％、17％。受访者的学历普遍较高，大专及以上者占79％，其中拥有本科学历者占37％。受访者家庭年收入集中在7～20万元之间，比例超过6成，7万元以下的比例占20％，7～10万元之间的占32％，年收入在20万以上的高收入家庭占受访者的15％，年收入在11～20万元之间的中等收入家庭占33％。受访者职业以企业/公司普通职员（占22％）、公司/企业管理人员（占20％）、专业技术人员（占18％）为主，三者共占60％。

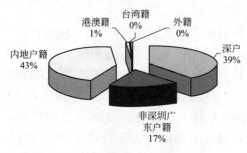

图6-18 受访者的户籍情况

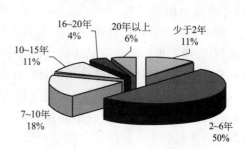

图6-19 受访者的来深年限情况

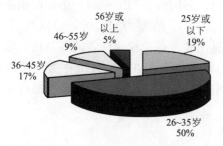

图6-20 受访者的年龄情况

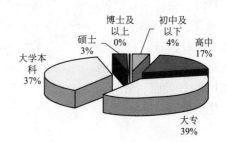

图6-21 受访者的学历情况

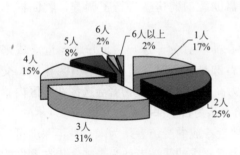

图6-22　受访者的家庭结构情况

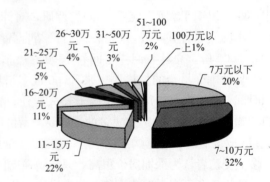

图6-23　受访者的家庭人口情况

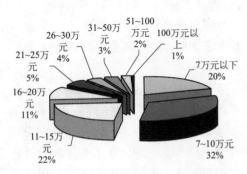

图6-24　受访者的家庭年收入情况

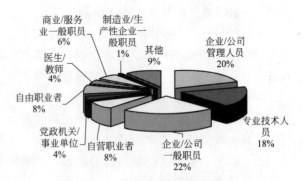

图6-25　受访者的职业情况

（二）近 6 成受访者目前居住商品房；房屋绝大部分建于 1990 年以后，基本上是完好或基本完好的成套住宅；目前居住的户型以两房和一房为主，居住面积主要集中在 71～110 平方米之间

调查显示，目前居住商品房的占总体受访者的 67%，此外有 16% 住在城中村，13%住福利房/微利房；居住商品房的受访者中有 69% 是自有产权，27% 是租用，2% 是与人合租；自有商品房的比例占全体受访者的比例为 47%；居住城中村的受访者，76% 是租住，17% 是自有；居住福利房/微利房的受访者，自有产权的比例接近 6 成，租用的占 31%。受访者居住的房屋，高层、小高层、多层的比例差异不大，各占 3 成，多层略多，占37%，此外仅有 1% 居住独立住宅；受访者目前居住的房屋绝大部分建于 1990 年以后，98% 是成套住宅，完好以及基本完好比例为 97%；受访者目前居住的房型主要是两房（37.1%）、一房一厅（20.6%）、三房一卫（18.5%）、三房两卫（15.6%），居住面积主要是71～90 平方米（28.6%）、91～110 平方米（21.3%）、51～70 平方米（20.4%）以及 50 平方米以下（19.3%）。自有产权居住者的住房状况明显比非自有产权居住者的要宽松，前者居住三房的比例高达 46.1%，而后者为 18.1%；前者居住面积在 70～110 平方米之间的比例高达 63%，而后者为 32%；受访者中，50% 拥有 1 套住房，16% 的受访者拥有 2 套及以上住房。

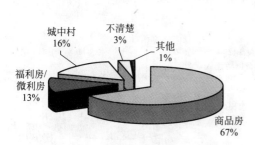

图 6-26 受访者的现居住房屋性质情况

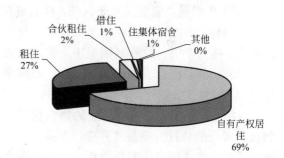

图 6-27 现居住商品房的使用情况

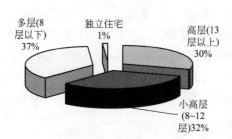

图 6-28 受访者的现居住房屋类型

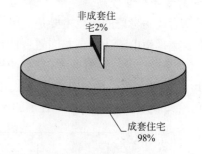

图 6-29 受访者的现居住房屋成套情况

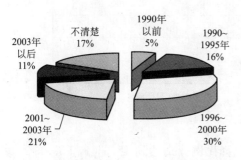

图 6-30 受访者的现居住房屋建成时间

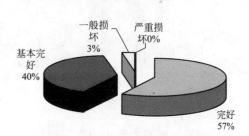

图 6-31 受访者的现居住房屋完好程度

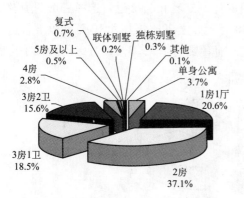

图 6-32 受访者的现居住房屋的户型情况

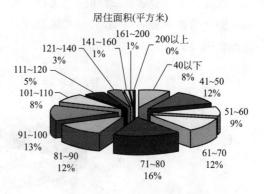

图 6-33 受访者的现居住房屋的面积分布情况

（三）9 成受访者置业用于自住，纯投资性置业所占比例不足 1 成

调查显示，受访者置业用于长久居住的比例最高，接近 7 成。此外自用为主，将来升值有可能转让的长线投资的比例为 2 成，而购房用于出租这种纯盈利性投资的比例不足 1 成。

（四）福田、南山仍是置业的热点区域，特区外置业趋势较为明显；三房、二房为主力需求户型，需求面积主要集中在 91 ~ 110 平方米和 71 ~ 90 平方米两个区间；总房价以 61 ~ 80 万元的接受程度较高

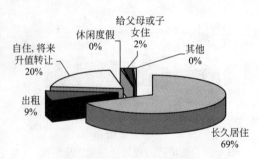

图 6-34　受访者置业目的情况

受访者购房考虑的区域主要是福田，51.6％的人群会优先考虑福田，其次是南山，约 3 成受访者选择南山，选择在龙岗置业的比例明显比宝安要低，首次置业者（非自有产权居住者，下同）与 2 次及以上置业者（自有产权居住者）在购房区域的选择上差异不明显；家庭年收入 10 万元以上者选择关内置业的比例比家庭年收入 10 万元以下者选择关内置业的比例高 5 个百分点；考虑购买关外一手住宅的比例比考虑购买关外二手住宅的比例高 9 个百分点。

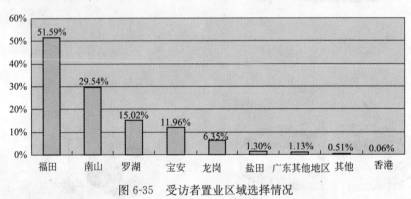

图 6-35　受访者置业区域选择情况

考虑购买的房型主要集中在三房和二房，选择比例分别达到 48.64％和 39.4％，其中选择三房一卫和三房两卫的比例都接近 25％，进一步分析发现，首次置业者选择两房的比例比 2 次及以上置业者高 27.6％，选择三房一卫的比例二者相当接近，选择三房两卫及四房的比例，首次置业者要低 30％；家庭年收入 10 万元以上者比年收入 10 万元以下者选择的面积也明显要大，尤其是三房和四房的选择上，前者要高出 19.3％；考虑购买二手房者

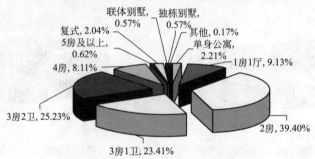

图 6-36　受访者置业户型选择情况

选择二房的比例接近 5 成，比考虑购买一手房者选择二房的比例高 12.8％。

受访者考虑购买的面积主要集中在 91～110 平方米和 71～90 平方米两个面积段，选择比例分别达到 31.8％和 31.6％，选择 90 平方米以下的比例为 54.6％。细分发现，首次置业者选择 90 平方米以下住宅的比例高达 76％，而 2 次及以上置业者选择 90 平方米以下住宅的比例为 40％；年收入 10 万元以上者比年收入 10 万元以下者选择住房的面积要大，尤其是在 100 平方米以上面积段，比例要高出 25％；考虑购买二手住宅的受访者比考虑购买一手住宅的受访者选择住房的面积要小，尤其是在 60～90 平方米面积段，前者比后者的高 13 个百分点。

能承受的总房价以 61～80 万元的比例最高，达到 33％，其次 41～60 万元的比例为 28％，81～100 万元的比例为 18％；付款方式仍以按揭为主，接近 6 成，选择一次性付款的比例仅有 12％；首付成数以选择首付 3 成的受访者最多，高达 64％，选择 2 成的仅有 16％。

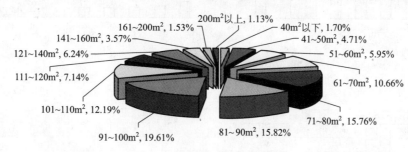

图 6-37　受访者置业面积选择情况

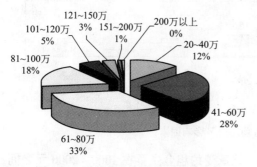

图 6-38　受访者购房承受总房价情况

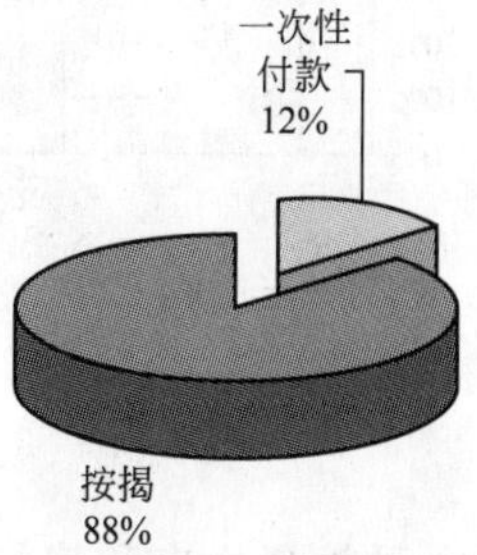

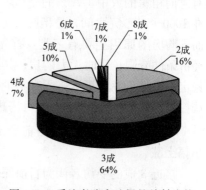

图 6-39　受访者购房采用
的付款方式

（五）潜在需求者在选择楼盘时最看重的是小区环境、交通；购房决策影响因素以价格压力高居首位

购房最看重的因素选择比例最高的分别是小区环境(占 71％)、交通(占 70％)、物业管理(占 39％)，区位的影响下降至第 4 位，随着地铁、快速干道的修建，消费者对区位的选择已经开始有慢慢淡化的倾向，更重视产品自身的打造，因此一些传统上被认为偏远的区位会随着交通以及城市基础设施的改善，在置业者心目中的地位也会相应得到改变。88％的受访者尚未

图 6-40　受访者购房选择的首付成数

找到满意楼盘，主要是因为看中的楼盘价格太高，部分价格合适的，地段又不合适。74%的受访者认为目前市场上可供选择的项目比较少，这也是受访者难以找到满意楼盘的原因之一。购房决策影响，价格压力高居首位，有7成的受访者把该项列在首位，是影响购房决策的最重要因素，敏感度最强。

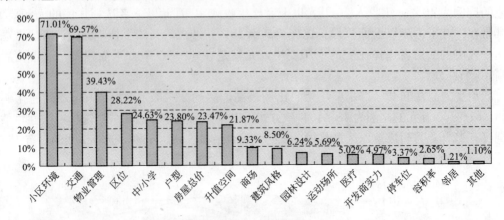

图 6-41　受访者购房看重的因素

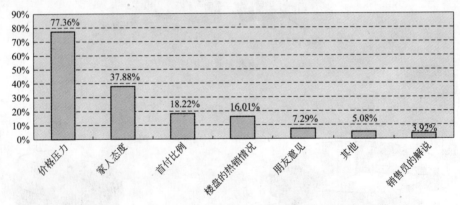

图 6-42　受访者购房决策影响因素

（六）受访者中有租房打算的比例为 6%，能承受的租金主要在 1000～2000 元之间

调查显示，受访者中有租房打算的比例为 6%。有意向租房的人中，76% 的受访者表示能承受的租金在 1000～2000 元之间，是租房人群的主流，选择租房而不购房的原因主要有三类：首先是因为房价太高，经济条件有限，暂时无力购房；其次是因为工作还不稳定，暂时不考虑买房；还有不少受访者表示要等到调控产生效果，房价下降以后才考虑买房。

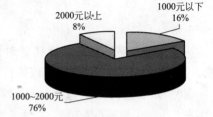

图 6-43　受访者租房承受的租金水平

（七）受访者普遍反映当前房价较高，超过多数家庭的支付能力，预计未来房价仍会小幅上涨

接近 3 成的受访者认为目前深圳房价太高，难以承受；42% 的受访者认为深圳房价很高，只能勉强支付，两者比例合计达到 71%。25% 的受访者认为房价虽高，但可以接受；

只有 4％的受访者认为目前深圳房价基本合理。这反映出目前深圳的房价已经接近绝大部分消费者的承受极限。而对于未来房价的预期，50％的受访者认为还会小幅上涨，28％认为会稳定下来。

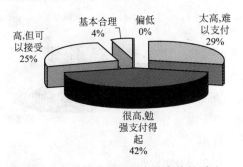

图 6-44　受访者对深圳当前房价的看法

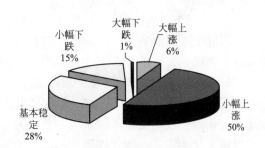

图 6-45　受访者对深圳未来一年房价的看法

（八）受访者对于深圳市住房建设 5 年规划的认知度一般，认为规划的出台有利于未来房价的回落，并为中低收入者购房会提供更多选择；对规划中的公共租赁住房了解较少

对于公布的深圳市住房建设规划，有 14％的受访者比较了解，有 50％的受访者听说过，但不是很清楚具体内容，有 36％的受访者没听说过这个规划，总体而言，受访者对该规划的了解程度不算高。了解该规划的受访者当中，29％的人认为房价将有所回落，28％的人认为中低收入者购房会有更多选择，18％的人认为未来供应将更充足。对于规划中的公共租赁住房建设，比较了解的受访者不算多，仅有 16％，但听说过的比例较高，超过五成。对公共租赁住房非常感兴趣和不感兴趣的人群比例各有 23％，不感兴趣的原因主要是：①受访者认为限制会很多，轮不到自己；②有部分受访者表示公共租赁住房位置比较偏僻，不适合自己。

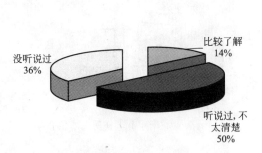

图 6-46　受访者对住房建设规划的了解程度

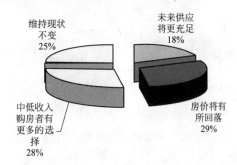

图 6-47　受访者对住房建设规划影响的看法

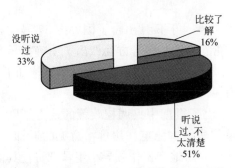

图 6-48　受访者对公共租赁住房的了解程度

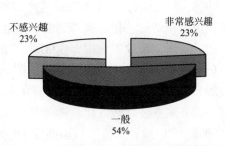

图 6-49　受访者对公共租赁住房是否感兴趣

（九）受访者对个人以及对深圳的未来前景持乐观态度，认为深圳整体的经济环境将会更好，同时家庭收入水平和支付能力也将有所改善

有接近 8 成的受访者表示未来一年的家庭收入会有所增加，其中约 13% 的人群表示会大幅增加，表示会减少的受访者仅有 1%。与此相对应，未来一年支付购房费用的能力，超过 7 成的受访者表示会更好。而对于深圳未来一年的整体经济环境，73% 的受访者选择了"好"及"好很多"，由此可以看出消费者无论对个人还是对深圳的未来前景，都是看好的，信心很充足。

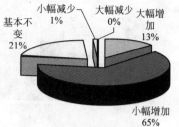

图 6-50 受访者对来年家庭收入的预期

接近 5 成的受访者认为未来一年深圳可供选择的楼盘会更多，接近 4 成的受访者则认为和目前差不多；接近 6 成的受访者认为未来一年在深圳购房的人会更多，仅有 1 成认为会减少。

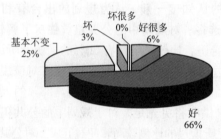

图 6-51 受访者对来年购房支付能力的预期

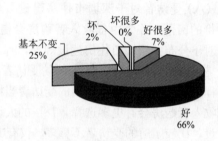

图 6-52 受访者对来年经济环境的预期

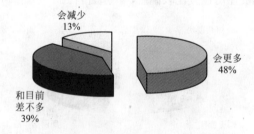

图 6-53 受访者对来年深圳住房供应的预期

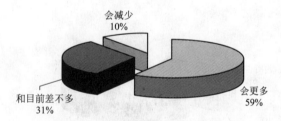

图 6-54 受访者对来年深圳住房需求的预期

五、2006 年深圳房地产调控政策与措施

2006 年，国家进一步加强房地产市场的调控力度，于 5 月出台了国办发 37 号文，其中对住房供应结构、住房保障制度、土地供应、规范市场秩序等方面做出了明确指示和要求。随后，深圳市政府在国办发 37 号文的基础上，出台系列调控措施，具体措施如下：

（一）制定相关细则，成立调控领导小组

2006 年 6 月 15 日，深圳市政府在全国率先推出了贯彻中央调控政策的地方细则《关于贯彻国务院办公厅转发建设部等部门关于调整住房结构稳定住房价格意见的通知》（深府〔2006〕98 号）。严格执行国办发 37 号文，并成立房地产工作领导小组，把责任具体分解到各行政部门。

（二）出台相关政策，调整住房供应结构

2006 年 8 月中旬，按照建设部 165 号文的有关指示，深圳市房地产调控领导小组明确了调整住房供应结构的原则：一是确保 2006 年 6 月 1 日至 2007 年 6 月 1 日，全市年度新审批、新开工住房总面积中，单套住房建筑面积 90 平方米以内的商品住房（含经济适用住房）面积所占比重，必须达到 70％以上；二是对于 2006 年 8 月 18 日后新审批的协议用地和合作建房，上述比例提高至 90％；三是全市新建经济适用住房单套建筑面积控制在 90 平方米以内，公共租赁住房控制在 60 平方米以内；四是对 2006 年全年商品住房用地，除第一批出让的 6 个地块单套面积在 90 平方米以内的住房建筑面积不少于 70％外，其余 12 个后续出让的地块项目比例均提高到 95％。

（三）编制实施住房建设规划，制订年度实施计划

2006 年 7 月底，深圳市房地产主管部门在相关部门配合下完成了《深圳市住房建设规划（2006～2010）》征求意见稿，向公众征询意见。9 月 1 日，在全国住房建设规划工作会议上，建设部对深圳住房建设规划的成果和经验给予充分肯定。9 月 23 日，该规划通过市政府批准，在全国范围内率先出台，并正式实施。

在规划的指引下，主管部门研究制订了深圳住房建设规划 2007 年度计划，坚持以满足本市不同收入家庭合理住房需求为导向，确定未来年度住房建设与土地供应指引，并对住房套型结构比例作出了明确规定。

规划的制订与实施，对稳定住房市场预期，引导住房合理消费，维护和保持房地产市场持续、健康发展，均具有重要意义和作用。

（四）加快保障性住房建设，创新公共租赁住房供应模式

2006 年，深圳市加快保障性住房建设，桃源村三期等一批经济适用房项目已顺利开工并不断加快施工进度。同时，进一步加强经济适用房管理，规定经济适用房自合同签订之日起 5 年内不得转让。

此外，进一步创新保障性住房的供应模式，对部分商品房项目的出让明确规定竞得人须在项目建成后，其住宅建筑总面积中的 15％（计 31503 平方米）将无偿提供给政府作公共租赁住房，产权归政府所有。这项措施将有效促进公共租赁住房建设，并为更多的低收入家庭提供住房保障。

（五）加强土地调控，科学制定年度土地供应计划

2006 年 6 月 20 日，深圳市人民政府办公厅出台了《深圳市人民政府关于进一步加强土地管理推进节约集约用地的意见》（深府〔2006〕106 号）及 7 个配套文件，表明深圳将实施最严格的土地管理制度，全市所有土地（包括各类产业园区）将被政府集中管理。

2006 年 6 月 29 日，市有关部门出台了《关于下达我市 2006 年土地利用和供应计划的通知》，其中以坚持节约、集约、高效的原则，制定了 2006 年土地供应、利用的总体规模和结构。

按照国家及深圳市有关调控政策的规定，全市年度土地供应中，将优先保证中低价位、中小套型普通商品住房和各类保障性住房用地供应，其占年度居住用地供应总量的比例不低于 70％，并停止了别墅类项目供地和办理相关手续。此外，深圳市还明确了年度 104 公顷的商品住房用地和 40 公顷的保障性住房用地的供应目标。对于保障性住房用地供应，划定 32.03 公顷经济适用住房用地和 11.74 公顷公共租赁住房（含廉租住房）用地，超

出年度计划供地 3.77 公顷。对于商品住房用地供应，年度计划出让 104 公顷，加上上一年度未完成的 40 公顷，合计计划出让 144 公顷。

（六）采取有效措施，严格整顿和规范市场秩序

为规范市场秩序，本市采取了以下具体系列措施：一是严格实施禁止内部认购、依法律程序解除合同备案手续、待售房源不得拒售等七项"禁令"，有效遏制了商品房炒买炒卖行为；二是加强房地产预售款监管，统一实施买卖合同示范文本，落实购房"实名制"，加大对房地产销售违法违规行为的查处；三是政府有关部门自 9 月起开展为期一年的市场整顿活动，进一步规范市场交易秩序；四是加快拖欠工程款和问题楼盘处理，提前半年完成清欠开发企业拖欠工程款工作（清欠款额 14.62 亿元，完成率 100%），全市 52 个问题楼盘已有 42 个得以解决或正在盘活，10 个正在协商或按司法程序解决；五是促进行业自律和规范化建设。

以上措施有效遏止了房地产市场炒作问题，增加了市场的有效供应，对规范市场交易秩序、稳定房价起到了积极的作用。

（七）落实税收、信贷等政策，加大房地产调控的协同力度

2006 年，为贯彻国家及深圳市政府的宏观调控精神，深圳市相关部门联合制订了关于调整房地产营业税的实施细则及征管规定，并制定了土地增值税、契税、个人所得税等房地产相关税种的征收管理办法，进一步加强税收征管。此外，全市开展了房地产市场预警与金融风险防范监测工作，并建立房地产与金融信息共享机制。

上述工作，有效地遏止了投机性与投资性需求。同时，各部门信息的共享与合作为本市房地产市场健康发展提供了有力的保障。

六、深圳房地产市场政策导向分析及建议

通过对 2006 年深圳房地产市场特征与调控政策的分析，结合深圳市房地产市场的实际情况，如何在资源约束与发展、效率与公平等方面达成动态平衡，将是住房与房地产事业持续、健康发展所必然面临的重大问题，为此提出以下政策导向建议：

（一）坚持以中低价位、中小套型普通商品住房为主体

在深圳市特殊的人口结构和紧张的资源约束现状下，住房问题既不能脱离现实而单纯依靠公共资源的无偿投入，也不能把住房问题完全交由市场解决。所以，今后住房市场的发展，应当充分发挥本市市场经济快速发展的优势，结合不同收入家庭住房需要的现实，主要通过有条件的市场方式解决城镇居民住房问题。重点发展中低价位、中小套型普通商品住房，正是通过调整住房结构等有条件市场方式，解决广大中低收入家庭住房问题的重要措施。该措施可以充分调动各类经济资源，发挥房地产开发的积极作用，在有限资源的基础上，最大可能的解决全市居民不断增长的合理住房需求。

（二）建立完善的住房保障制度

过高的住房价格，会导致常住人口中大多数低收入者住房困难，这与构建"和谐深圳、效益深圳"的目标相悖，也不利于社会的稳定。所以，今后深圳市住房保障的主要对象，应是本市低收入和最低收入家庭。今后应通过制定经济适用住房、公共租赁住房和廉租住房等住房保障制度的具体规定，进一步明确市政府对全市住房保障工作的统一领导和协调；坚持全市住房保障统一规划、统一计划、统一管理、统一产权政策、统一保障对象和标准的基本原则，坚持住房实物补贴与货币补贴相结合，及"廉租为主、廉售为辅"的住房保障方式，科学制定中长期住房保障规划及年度实施计划，严格界定住房保障的对象，逐步建立长效的住房保障制度体系，保证全市户籍和非户籍常住低收入人口的基本住房需要。

（三）加快二手住宅市场的发展

二手房市场是房地产市场最重要的组成部分之一，对整个房地产市场起到了风向标的作用。2006年12月闭幕的中央经济工作会议中提出了"搞活二手房市场"的要求。当然，搞活二手房市场并不是鼓励投机炒作，而是鼓励发展以自住为主的健康的二手房市场，通过二手房市场改善住房条件，合理引导居民梯度消费。随着深圳市住房制度改革的深化及房地产市场的快速发展，近年来，本市二手住宅市场发展迅猛，2005年二手住宅交易总量仅为新房的66%，2006年则超过5%。同时，房屋租赁市场快速发展，而租赁市场不存在一次性支出，住房成本较低，有利于解决现时不具备购房能力的低收入群体住房问题。今后，政府应通过完善二手住房交易制度，将其作为住房供应体系的一个重要环节，加强管理；并通过部分城中村私宅的确权与加强小区综合整治，进一步促进低价二手住宅的供应，逐步建立和完善包括新建商品住房、政策保障住房各类存量住房在内的多层次住房供应体系。

七、2007年深圳房地产市场发展趋势判断

（一）商品住宅供应结构将发生显著变化，价格上涨将逐步得到控制

在国家及深圳市宏观调控的持续作用下，随着住房建设规划的落实，2007年商品住宅新增供应量将会有所增加，而且新供应的商品住宅将以中低价位、中小套型为主，普通商品住房供求关系较为紧张的局面将逐步缓解，住房供应结构将逐步得以合理调整，房价在供求关系调整的影响下，快速上涨的势头将逐步得到控制。

（二）住宅需求继续保持增长，二手住房市场将继续快速发展

随着深圳市经济的不断发展，在全市外来人口持续增长和人均收入水平不断提高的背景下，2007年本市住房需求将持续增长。同时，在新建商品住宅价格较高的情况下，二手住房以其价格相对较低、可选择性较大等特点，将受更多的中低收入家庭青睐，二手住房市场将更加成熟，并继续得以快速发展。

（三）办公楼市场发展将有所减缓，商业用房发展进一步加快

随着市中心区的逐渐成熟与土地开发量的限制，未来特区内办公楼可建设用地将相应减少，供应量将有所下降，预计2007年深圳市办公楼市场将进入平稳发展期，空置率将有所下降。此外，办公楼市场将逐步向特区外发展，这将有利于促进特区外城市化进程，实施特区内外一体化。

在地铁建设的逐步完善，西部通道的开通以及特区外住宅持续增多对配套商业的需求等因素的刺激下，2007年商业用房将快速发展，特区外仍以住宅配套商业为主，特区内规模较大的商业项目将多以租赁为主，空置率将进一步下降，价格预计有所上涨。

（四）市场交易将进一步规范

随着深圳市各项规范市场交易秩序、遏制投机性、投资性购房措施的实施，住房市场的炒作空间将大幅度减少。限制外资购房的措施，将有效地防止外籍人士因人民币升值而进行的投机性购房行为。同时，对中介行业的整顿，也将使部分缺乏诚信和资金实力的中介公司被市场淘汰，房地产市场发展将更加成熟。

展望2007年，在通过建立健全住房保障制度，搞活二手房市场，进一步调整住房结构等解决困难群众住房问题措施作用下，本市房地产市场将会保持健康理性的发展，"和谐安居"的局面将会在政府及社会各界共同努力下，早日实现。

八、专项报告：深圳市住房状况研究报告

文章背景及摘要：本文是笔者主持开展的一项关于深圳市住房状况的调查研究课题的成果报告。该报告对截止到 2006 年深圳全市的住房发展基本情况进行了调查研究；文中分析了深圳市住房现状、住房发展情况、住房使用状况，并对深圳市住房总体状况进行了客观评价。文章在对住房使用状况进行深入分析的基础上，首次提出"住房基尼系数"的概念，并结合深圳房屋产权统计数据，研究了相关数学模型，对深圳市住房领域的不均衡占有情况进行了分析。

(一) 研究背景和目的

根据《国务院办公厅转发建设部等部门关于调整住房供应结构稳定住房价格意见的通知》(国办发〔2006〕37 号)和《建设部 2006 年工作要点》、《关于认真做好住房状况调查工作的通知》(建住房〔2006〕189 号)等文件的要求，按照《关于稳定房价促进我市房地产市场持续健康发展的意见》(深府〔2006〕75 号)以及《关于贯彻落实国务院办公厅转发建设部等部门关于调整住房供应结构稳定住房价格意见的通知》(深府〔2006〕98 号)的精神，深圳市需要抓紧开展住房状况调查和研究，全面掌握住房总量、结构、居住条件、消费特征等信息，从而加强经济运行分析监测和引导，控制房地产投资规模，调整住房供应结构，促进合理的住房消费，切实稳定住房价格。

本项研究主要是基于以下目的：一是为政府掌握房地产市场运行状况提供基础性资料。通过本次住房调查研究，力求客观地反映了深圳市住房发展状况及发展趋势，将有助于政府按照建设小康社会、构建和谐社会的基本要求，合理地制定住房领域奔小康的工作目标，有的放矢地开展工作。二是为完善住房保障政策奠定基础。客观分析深圳居民住房状况，有利于政府根据本市实际完善普通商品住房、经济适用住房和廉租住房政策。三是为科学编制城市住房建设规划和住房发展战略创造条件。对深圳市住房发展基本状况做出相对客观的评价，有助于为科学制定城市住房发展规划提供依据，同时有利于政府通过计划、动态监测等手段调控房地产市场，对全市住房建设和房地产业发展产生积极影响。

本项研究的文献数据来源于深圳市国土资源和房产管理局及有关处室、深圳市统计局、深圳市城调队、深圳市租赁办、深圳市房地产研究中心等单位的历史数据，严格保证数据资料的客观准确。

(二) 深圳市住房现状

对于深圳的住房现状，首要是了解深圳目前现有的住房总量，因此我们将以 2000 年市规划国土局进行的全市建筑普查的数据作为基本资料，在此基础上统计全市历年全社会住宅竣工建设面积，包括商品住房的建设情况以及基本建设和更新改造(包括政府兴建的政策性保障住房)，同时汇总深圳市租赁办与查违办的有关深圳市城中村(旧村)等私人自建房的数据资料，进而从总体上估算出深圳市目前现有住房的总量。

1. 2000 年深圳住房普查情况

全市建筑面积统计情况：

(1) 总建筑面积：32108 万平方米　　　　　　　　　总幢数：36.7 万幢

（2）有报建资料：建筑面积：20225万平方米　　　　　幢数：16万幢

无报建资料：建筑面积：11883万平方米　　　　　　　幢数：20.7万幢

（3）建筑功能：居住建筑建筑面积：16126万平方米　　占总数：50%

办公建筑建筑面积：2347万平方米　　占总数：7.3%

商业建筑建筑面积：2074万平方米　　占总数：6.4%

工业建筑建筑面积：6400万平方米　　占总数：20%

其他建筑建筑面积：5161万平方米　　占总数：16.3%

特区内建筑面积统计情况：

（1）总建筑面积：12614万平方米　　　　　　　　　　总幢数：7.7万幢

（2）有报建资料：建筑面积：10867万平方米　　　　　幢数：4.0万幢

无报建资料：建筑面积：1747万平方米　　　　　　　　幢数：3.7万幢

（3）建筑功能：居住建筑建筑面积：7417万平方米　　占总数：58.8%

（其中私人住宅：1540万平方米）

办公建筑建筑面积：1332万平方米　　占总数：10.6%

商业建筑建筑面积：946万平方米　　占总数：7.5%

工业建筑建筑面积：1501万平方米　　占总数：11.9%

其他建筑建筑面积：1419万平方米　　占总数：11.2%

特区外建筑面积统计情况：

（1）总建筑面积：19494万平方米　　　　　　　　　　总幢数：29万幢

（2）有报建资料：建筑面积：9358万平方米　　　　　　幢数：12万幢

无报建资料：建筑面积：10136万平方米　　　　　　　幢数：17万幢

（3）建筑功能：居住建筑建筑面积：8709万平方米　　占总数：44.7%

办公建筑建筑面积：1015万平方米　　占总数：5.2%

商业建筑建筑面积：1128万平方米　　占总数：5.8%

工业建筑建筑面积：4899万平方米　　占总数：25.1%

其他建筑建筑面积：3742万平方米　　占总数：19.2%

2. 深圳市商品住房建设情况

截至2005年底，深圳建市以来共建设竣工商品房9446.72万平方米，其中商品住宅竣工7024.94万平方米，占总数的74%；办公楼竣工458.1万平方米，占总数的5%；商业用房竣工879.34万平方米，占总数的9%。

深圳市历年商品房竣工面积（按用途分）　　　　　　　表6-2

单位：万平方米

年份	竣工面积	其中			
		住宅	办公楼	商业用房	其他
1985前	434.91	238.71	54.38	54.82	87.00
1986	181.27	97.37	24.19	12.57	47.14
1987	134.37	84.80	10.96	4.28	34.33
1988	103.90	62.33	5.19	7.27	29.11
1989	180.29	109.11	9.01	12.62	49.55

续表

年份	竣工面积	其 中			
		住宅	办公楼	商业用房	其他
1990	133.41	84.40	8.67	12.34	28.00
1991	150.44	91.22	7.93	11.21	40.08
1992	198.40	130.90	9.20	14.70	43.60
1993	281.46	196.75	11.51	21.32	51.88
1994	311.10	206.50	10.01	39.90	54.69
1995	311.55	216.38	34.24	36.98	23.95
1996	394.32	250.51	42.50	48.58	52.73
1997	327.04	243.19	34.22	29.57	20.06
1998	441.97	353.29	24.86	39.79	34.03
1999	571.46	467.36	20.03	59.16	24.91
2000	652.26	551.59	13.54	49.01	38.12
2001	770.58	621.91	24.06	68.65	55.96
2002	915.30	763.64	13.16	65.70	72.80
2003	994.52	778.34	46.08	88.66	81.44
2004	1012.39	772.20	35.66	105.54	99.00
2005	945.78	704.44	18.70	69.67	125.97

3. 深圳基本建设和更新改造全社会住宅建设情况

从1979年深圳建立特区以来至2005年底，本市基本建设和更新改造的全社会住宅（包括政府兴建的政策性保障住房）竣工建筑面积2478.49万平方米。其中，从1998年至今深圳全市共建成政策性保障住房全市合计74512套，面积651.78万平方米。其中成本价安居房42660套，面积377.14万平方米，微利房30910套，面积267.74万平方米，集资房942套，面积6.9万平方米。

深圳市基本建设和更新改造住宅竣工面积　　　　　表6-3

单位：万平方米

年份	基本建设	更新改造	合计
1991年以前	1057.6	5.98	1063.58
1992年	65.27	0.39	65.66
1993年	110.50	0.20	110.70
1994年	112.48	0	112.48
1995年	116.87	4.43	121.3
1996年	156.14	2.33	158.47
1997年	102.00	0.40	102.4
1998年	120.01	0.65	120.66
1999年	140.18		140.18
2000年	68.73	0	68.73
2001年	120.57	0.93	121.5

续表

年份	基本建设	更新改造	合计
2002 年	77.55	0.01	77.56
2003 年	37.45	0.75	38.2
2004 年	110.70	0.05	110.75
2005 年	63.96	2.36	66.32

4. 深圳市"城中村"农民房及其他私人自建住房建设情况

根据深圳市城中村改造工作办公室、深圳市租赁办对全市出租屋的调查和统计显示，截止 2005 年底全市共有 320 个原行政村，以私宅作为统计对象，全市共有城中村 35 万栋，"城中村"私宅或其他私人自建住房总量达 1.2 亿平方米。结合 2000 年全市建筑普查的数据，统计截止到 2000 年底深圳市"城中村"农民房或其他私人自建住房总量为 8264 万平方米，可以计算出 2000 年～2005 年深圳市"城中村"农民房或其他私人自建住房增加 3736 万平方米。

5. 深圳市现有住房总量

综合分析上述分析可以得出，截至 2005 年底深圳市拥有住房总量为 24537.18 万平方米，其中"城中村"私人自建住宅 1.2 亿平方米，占全市住房总量的 48.57%；基本建设和更新改造的全社会住宅（包括政府兴建的政策性保障住房）2478.49 万平方米，占全市住房总量 10.1%；而商品住房总量为 7024.94 万平方米，占全市住房总量的 28.6%；此外，根据相关调查，全市尚有其他类住房（主要是机关事业单位住房及军产房等）3033.75 万平方米，占全市住房总量 12.4%。

（三）深圳市住房发展情况分析

经过 2000 年以来房地产市场的快速发展，商品房已经成为深圳市住房体系中的重要主体部分。因此，要了解深圳市住房的发展情况，有必要对深圳市近年商品房成交情况进行重点分析。通过市国土房产信息中心的协助与支持，我们对深圳市房地产市场历史交易成交客户数据资料（2001～2005 年）进行了深度挖掘，以了解全市商品住房的发展情况。另一方面，要建立多层次的住房体系，必须大力发展政策性保障住房。在此，我们分析了深圳已建成经济适用房的基本情况，并对近年来深圳市公共租赁住房发展的基本情况，尤其是廉租房的建设与管理情况进行了研究和分析。

1. 深圳市商品住房发展情况

依据商品住宅合同备案登记数据，2001～2005 年深圳商品住房销售总套数 356334 套，销售总面积 3224.08 万平方米，销售金额为 2312.58 亿元，单套住宅平均建筑面积 90.5 平方米。

（1）发展概况

2001～2005 年，商品住宅成交量逐年稳步增加，住宅需求持续旺势，商品住房市场得到迅速的发展。2001～2005 年，深圳住宅成交量逐年增加，住宅需求保持旺盛的态势，住宅成交量从 561.89 万平方米上升到 899.47 万平方米，年平均增长速度为 14.98%，商品住房市场得到迅速的发展，在解决深圳居民住房方面发挥了积极的作用。

（2）发展区域

在深圳建市短短 20 多年的时间里，深圳的城市重心整体形成西移趋势。城市中心区从罗湖到福田的转移大约经历了 15 年的时间，而房地产业作为经济发展的先导型产业，更是先于经济发展呈现西移发展的明显特征。

2001～2005 年，深圳住宅市场发展的热点区域，也经历了向西部、向特区外不断转移和扩展的过程（见图 6-55）。从 1999 年 9 月底滨海大道开通后，仅经过了两三年的时间，深圳房地产市场就开始实现从福田向南山转移，到 2004 年南山的房地产市场发展达到了鼎盛期。从住宅销售数据中可以看出，自 2001 年以来，南山的住宅销售面积就逐年上升，且连续三年（2002 年住宅销售面积 163.01 万平方米、2003 年住宅销售面积 216.97 万平方米、2004 年住宅销售面积 270.18 万平方米）是深圳的区域销售冠军；2004 年南山的销售面积占到全市总销售面积的 33.69％，而福田仅占全市的 15.58％。在南山房地产市场得到迅速发展的同时，深圳宝安、龙岗两区房地产市场开始快速发展。2004 年，宝安、龙岗两区销售面积已经高出福田，宝安成为住宅销售量居第二的区域（销售面积 169.80 万平方米，占总量 21.17％），龙岗则位居第三（销售面积 136.95 万平方米，占总量 17.08％）。2005 年，宝安区荣获深圳年度区域销售面积冠军（销售面积 266.19 万平方米，占总量 29.63％），而龙岗则位居第二位（销售面积 181.24 万平方米，占总量 20.17％），特区外房地产市场在全市已经发挥着越来越重要的作用。2002 年，特区外住宅销售面积占全市总销售面积的比重为 37.04％；到 2005 年，特区外所占比重约为 50％，房地产市场已经实现了从特区内向特区外的转移。

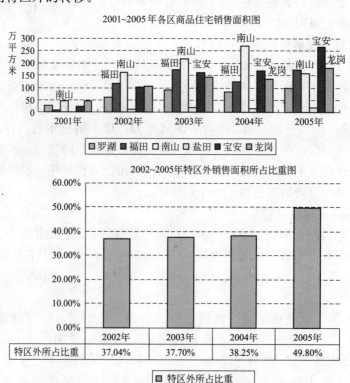

图 6-55　2001～2005 年深圳住宅市场发展区域变化

深圳房地产市场的西移、外移，一方面是受到滨海大道开通、深圳中心区西移、深港西部通道建设、地铁建设等城市建设等因素的影响，另一方面，产业结构优化升级，以及交通条件改善，经济快速增长带来的城市化进程的加快，使得龙岗、宝安两大片区的价值得到前所未有的体现。此外，深圳特区内房地产市场受土地资源制约的客观因素，也使得市场重心向特区外转移成为深圳房地产市场发展的必然趋势。

（3）户型结构

从2001～2005年的销售数据可以看出（见图6-56），90平方米以下的中小户型销售面积所占比例从2001年的39.52％下降至2005年的37.68％，90～120平方米之间的中等户型所占比例从2001年的36.08％下降至2005年的25.96％，120～144平方米之间的中等偏大户型的比例基本保持平稳，而144以上大户型从2001年的11.30％上升到2005年的23.40％，所占比例上升较快。由此可见，近年来深圳大户型所占比例呈增加趋势，而中小户型所占比例逐年减小。造成大户型比例上升的主要原因，一方面是居民的改善性需求所致；另一方面则与近年来房价增长速度低于收入增长速度有关。

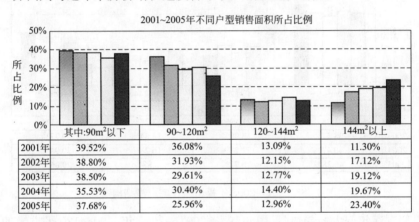

2001～2005年不同户型销售面积所占比例

	其中:90m²以下	90~120m²	120~144m²	144m²以上
2001年	39.52%	36.08%	13.09%	11.30%
2002年	38.80%	31.93%	12.15%	17.12%
2003年	38.50%	29.61%	12.77%	19.12%
2004年	35.53%	30.40%	14.40%	19.67%
2005年	37.68%	25.96%	12.96%	23.40%

图6-56　2001～2005年深圳住宅市场户型结构变化

（4）区域市场

2001～2005年，不同区域的户型结构及变化趋势呈现明显的差异。各个行政区的户型结构及其变化趋势分析详细如下：

罗湖区以90平方米以下的中小户型为主（见图6-57）。从2001～2005年，罗湖中小户型的比例一直居所有户型之首，且保持上升趋势，从2001年的56.20％上升到2005年的68.46％；中等户型所占比例居第二位，但逐年呈现下降趋势，从2001年的31.92％下降至2005年的12.02％；120～144平方米的户型基本保持稳定；大户型比例呈现小幅增加的趋势。

福田的户型结构两极分化较为明显（见图6-58）。2001～2005年，福田也是以中小户型的比例为最高，基本保持在四成左右，逐年保持小幅增长，所占比例从2001年的40.38％升至2005年的45.38％；大户型所占比例从2002年开始基本居于第二位，最高占到约三成，逐年涨幅相对较大，从2001年的11.71％升至2005年的29.06％；90～120平方米的户型所占比例在二成左右，位居第三，逐年呈下降趋势；120～144平方米的户型相对所占比例最低。

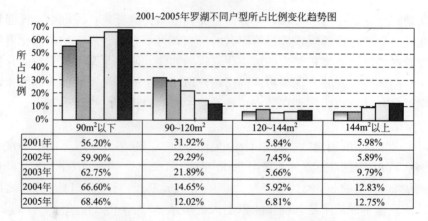

	90m²以下	90~120m²	120~144m²	144m²以上
2001年	56.20%	31.92%	5.84%	5.98%
2002年	59.90%	29.29%	7.45%	5.89%
2003年	62.75%	21.89%	5.66%	9.79%
2004年	66.60%	14.65%	5.92%	12.83%
2005年	68.46%	12.02%	6.81%	12.75%

图 6-57　2001～2005 年罗湖区住宅户型结构变化

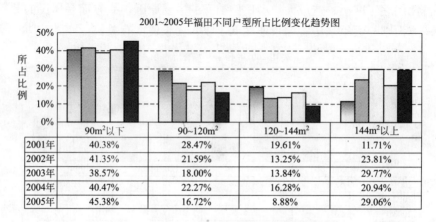

	90m²以下	90~120m²	120~144m²	144m²以上
2001年	40.38%	28.47%	19.61%	11.71%
2002年	41.35%	21.59%	13.25%	23.81%
2003年	38.57%	18.00%	13.84%	29.77%
2004年	40.47%	22.27%	16.28%	20.94%
2005年	45.38%	16.72%	8.88%	29.06%

图 6-58　2001～2005 年福田区住宅户型结构变化

　　南山户型有逐年变大的趋势（见图 6-59）。2001～2005 年，90～120 平方米的户型约占三成，逐年呈下降趋势，从 2001 年的 33.67％降至 2005 年的 27.29％；144 平方米以上的大户型在 2004 年之前占不到三成，2005 年增幅较大，所占比例高达 39.58％；90 平方米以下的户型占到两成多，逐年基本呈下降趋势；120～144 平方米的户型相对比例最小。

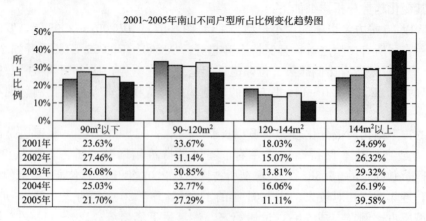

	90m²以下	90~120m²	120~144m²	144m²以上
2001年	23.63%	33.67%	18.03%	24.69%
2002年	27.46%	31.14%	15.07%	26.32%
2003年	26.08%	30.85%	13.81%	29.32%
2004年	25.03%	32.77%	16.06%	26.19%
2005年	21.70%	27.29%	11.11%	39.58%

图 6-59　2001～2005 年南山区住宅户型结构变化

盐田以90平方米以下的中小户型和90～120平方米的中等户型为主，户型所占比例在2004、2005年较大（见图6-60）。2001～2005年，除2004年144平方米以上户型所占比例最高（占41.82％）外，盐田均以90平方米以下的户型所占比例最高，大约占四成多，最高的年份占到53.57％（2003年）；90～120平方米的户型所占比例逐年下降，从2001年的四成多下降到2005的二成；144平方米以上的户型所占比例在2004年最高，2005有所回落，占到27.10％。

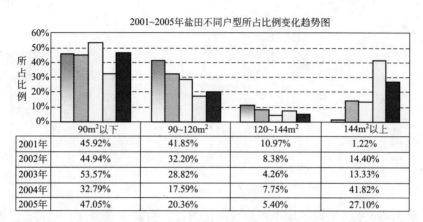

2001~2005年盐田不同户型所占比例变化趋势图

	90m²以下	90~120m²	120~144m²	144m²以上
2001年	45.92%	41.85%	10.97%	1.22%
2002年	44.94%	32.20%	8.38%	14.40%
2003年	53.57%	28.82%	4.26%	13.33%
2004年	32.79%	17.59%	7.75%	41.82%
2005年	47.05%	20.36%	5.40%	27.10%

图6-60　2001～2005年盐田区住宅户型结构变化

宝安以90～120平方米中等户型为主，90平方米以下的中小户型居其次，但是中等和中小户型的比例逐年减小，而中等偏大和大户型的比例却逐年上升（见图6-61）。2001～2005年，宝安均以90～120平方米的中等户型所占比例为最高，但逐年呈现递减趋势，从2001年的47.72％降至2005年的32.23％；90平方米以下的中小户型居第二位，也呈现下降趋势，从2001年的37.53％降至2005年的29.23％；120～144平方米和144平方米以上的户型位分别居第三、第四位，且均保持上升趋势。

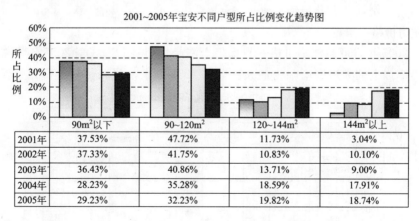

2001~2005年宝安不同户型所占比例变化趋势图

	90m²以下	90~120m²	120~144m²	144m²以上
2001年	37.53%	47.72%	11.73%	3.04%
2002年	37.33%	41.75%	10.83%	10.10%
2003年	36.43%	40.86%	13.71%	9.00%
2004年	28.23%	35.28%	18.59%	17.91%
2005年	29.23%	32.23%	19.82%	18.74%

图6-61　2001～2005年宝安区住宅户型结构变化

龙岗以90平方米以下的中小户型为主，90～120平方米的中等户型居其次，而中小户型的比例逐年小幅减小，144平方米以上的大户型比例逐年增加，其余户型比例基本保持稳定（见图6-62）。2001～2005年，龙岗均以90平方米以下的中小户型所占比例为最高，大约占到四成左右，但逐年呈现小幅下降趋势，从 2001 年的 45.65％降至 2005 年的 38.54％；90～120 平方米的户型位居第二，占到三成半左右，基本保持平稳；120～144 平方米的户型基本居第三位（除 2005 年 144 平方米以上户型所占比例较高外），逐年的比例变化不大；144 平方米以上的户型相对所占比例最小，但逐年呈上升趋势。

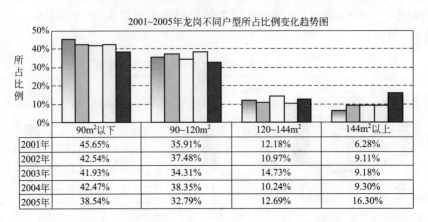

	90m²以下	90~120m²	120~144m²	144m²以上
2001年	45.65%	35.91%	12.18%	6.28%
2002年	42.54%	37.48%	10.97%	9.11%
2003年	41.93%	34.31%	14.73%	9.18%
2004年	42.47%	38.35%	10.24%	9.30%
2005年	38.54%	32.79%	12.69%	16.30%

图 6-62　2001～2005 年龙岗区住宅户型结构变化

综上所述，90 平方米以下中小户型所占比例较高的区域是罗湖、福田，其次是龙岗、盐田，再次是宝安，比例最低的是南山；只有罗湖、福田这两个区域该户型的比例呈上升趋势，其余区域均呈现不同程度的下降趋势。90～120 平方米的中等户型所占比例较高的区域是宝安、龙岗，其次是南山，再次是盐田、福田、罗湖；所有区域的该户型均呈现下降趋势。120～144 平方米的户型所占比例较高的区域是宝安，其次是龙岗、南山、福田，较低的区域是罗湖、盐田；所有区域中，只有宝安该户型所占比例呈上升趋势，龙岗、罗湖的保持稳定，其余区域的均呈现不同程度的下降趋势。144 平方米以上的户型所占比例最高的区域是南山，其次是福田，再次是盐田、宝安，较低的区域是龙岗、罗湖；所有区域该户型所占比例均呈上升趋势。

（5）住房价格

2001～2005 年，商品住宅价格一直保持上涨趋势（见图 6-63），2005 年增幅较大，且以 144 平方米以上的大户型增幅为最大。自 2001 年以来，深圳住宅价格一直保持平稳上

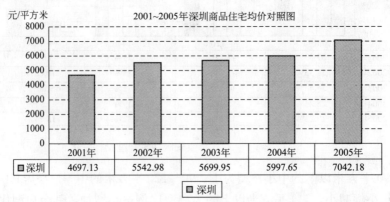

	2001年	2002年	2003年	2004年	2005年
深圳	4697.13	5542.98	5699.95	5997.65	7042.18

图 6-63　2001～2005 年深圳商品住宅均价变化

升趋势，2003年同比上涨2.83％，2004年同比上涨5.22％，2005年涨增幅较大，同比上涨17.42％。

从不同户型来看（见图6-64），90平方米以下的中小户型自2003年以来，价格平稳上升，2003、2004、2005年同比增幅分别为4.90％、8.11％、10.97％；90～120平方米之间的中等户型价格2003年同比小幅下降0.72％，之后开始平稳上升，2004年、2005年的同比增幅分别为6.25％、13.73％；120～144平方米之间的中等偏大户型价格在2003年同比小幅下降2.08％之后，2004年、2005年基本保持平稳增幅，同比增幅分别为5.05％、6.03％；144平方米以上户型价格在2003年、2004年基本保持平稳，其同比增幅分别为0.53％、−0.18％，而2005年开始较快上涨，同比增幅高达26.02％。

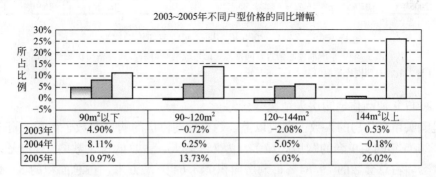

2003～2005年不同户型价格的同比增幅

所占比例	90m²以下	90~120m²	120~144m²	144m²以上
2003年	4.90%	−0.72%	−2.08%	0.53%
2004年	8.11%	6.25%	5.05%	−0.18%
2005年	10.97%	13.73%	6.03%	26.02%

图6-64　2003～2005年不同户型住宅均价增幅变化

由此可以看出，2005年住宅价格的较快上涨主要是由于144平方米以上的大户型价格上涨较快而引起的，由前述住宅供应的结构分析可知，大户型所占比例逐年增加，对住宅价格的拉动作用在2005年体现的最为突出。

（6）各行政区域住房价格

罗湖住宅价格同比增幅自2003年逐年回落，从2003年11.53％降至2004年、2005年的7.44％、3.43％。

福田的住宅价格在2003年的小幅上涨1.70％、2004年的小幅下降1.08％后，2005年出现较大幅度的上涨，涨幅为16.42％，这主要是因为香蜜湖片区的豪宅在2005年下半年集中入市的带动作用。

南山住宅价格经过2003年0.80％、2004年4.68％的小幅上涨后，2005年的涨幅增至35.85％，居各行政区之首。

盐田住宅价格仅在2004出现大幅度的上升，涨幅达到48.16％，这主要是由盐田的海景豪宅集中入市造成的，由于盐田所占市场份额较小，对整个市场价格影响不大

宝安、龙岗住宅价格同比涨幅逐年递增，2004年、2005年的涨幅较大，其中宝安的分别为12.16％、28.73％，龙岗的分别为21.65％、26.91％。

由此可见，在深圳房地产市场发展西移、外移过程中，住宅价格以西部、特区外的增幅较大，南山、宝安、龙岗的价格增幅居前三位；同时住宅结构对价格的影响也较大，高档住宅对于价格的拉动作用从南山、福田、盐田高涨幅的年度可以明显的凸显出来。

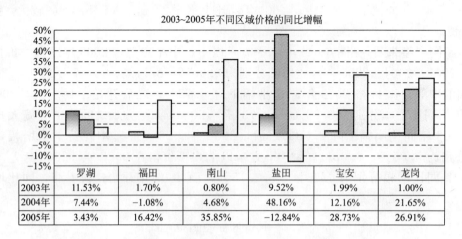

图 6-65 2003~2005 年不同区域住宅均价增幅变化

2003~2005年不同区域价格的同比增幅

	罗湖	福田	南山	盐田	宝安	龙岗
2003年	11.53%	1.70%	0.80%	9.52%	1.99%	1.00%
2004年	7.44%	−1.08%	4.68%	48.16%	12.16%	21.65%
2005年	3.43%	16.42%	35.85%	−12.84%	28.73%	26.91%

注：由于 2001 年深圳住宅销售合同备案登记系统刚刚启用，其价格与历史数据有些差异，故在对照同比增幅时从 2003 年开始。

（7）2005 年商品住宅购房人情况分析

一是购买单套住房的人数占九成以上，购买单套住房的购房套数、面积、资金占到八成左右。2005 年购买单套的购房人最多，为 78998 人，占总购房人数的 91.27％；购买套数 78988 套，占总套数的 79.84％；购房面积 743.64 万平方米，占总面积的 83.46％；购房资金 490.97 亿元，占总资金的 78.45％。

二是深圳本地购房人数、套数、面积、资金占绝大多数，约占到 85％左右，外地购房人数、套数、面积、资金占 15％左右。2005 年深圳本地购房人数有 72158 人（占 83.37％），购房套数 83051 套（占 83.93％），购房面积 762.96 万平方米（占 85.65％），购房资金 537.06 亿元（占 85.82％）；外地购房人数有 14392 人（占 16.63％），购房套数 15898 套（占 16.07％），购房面积 128.05 万平方米（占 14.35％），购房资金 88.76 亿元（占 14.18％）。外地购房人中，广东省其他地区购买的套数 3581 套（占总套数的 3.62％），面积 31.92 万平方米（占总面积的 3.58％）；国内外省市购买的套数 8626 套（占总套数的 8.72％），购买面积 69.81 万平方米（占总面积的 7.83％）；香港、台湾、澳门购买的套数 3691 套（占总套数的 3.73％），购买面积 26.32 万平方米（占总面积的 2.95％）。

三是从投资性购房看，购买 2 套及以上的购房套数、面积、资金占不到二成，其中深圳本地的占到绝大多数，外地的占不到 3％；外地投资性购房中，以国内的城市和地区为主，其中香港、广东省其他地区居前二位。2005 年深圳本地的投资性购房人有 6579 人（占总购房人的 7.6％），购房套数 17472 套（占总套数 17.6％），购房面积 129.43 万平方米（占总面积的 14.53％），购房资金 118.03 亿元（占总资金的 18.86％）；而外地投资性购房人中，以国内的城市和地区为主，其中香港人购房套数为 953 套，购房面积 7.02 万平方米，购房资金 7.26 亿元；广东省其他城市购房套数 526 套，购房面积 4.09 万平方米，购房资金 3.95 亿元；国内其他城市购房套数 955 套，购房面积 6.57 万平方米，购房资金 5.37 亿元。

2005 年深圳个人购房套数排名前十位情况　　　　表 6-4

排名	套数	面积(平方米)	首付(万元)	总资金(万元)
1	94	4672.64	825.8251	3929.8241
2	59	6390.1	2427.8378	2427.8378
3	44	2865.93	1424.0723	1424.0723
4	32	1066.29	320.307	320.307
5	31	1251.4	573.6978	1165.3858
6	29	1273.88	1622.2938	1622.2938
7	29	1330.2	438.4188	1307.4188
8	28	3115.27	1109.2617	2599.4998
9	25	1763.02	528.906	528.906
10	24	888.09	177.2093	595.3602

2005 年深圳个人购房面积排名前十位情况　　　　表 6-5

排名	面积(平方米)	套数	首付(万元)	总资金(万元)
1	6390.10	59	2427.84	2427.84
2	4672.64	94	825.83	3929.82
3	4405.94	21	1371.82	3428.82
4	3050.60	13	1171.02	2711.02
5	2865.93	44	1424.07	1424.07
6	2608.18	23	887.86	1824.49
7	2592.92	10	626.34	2074.34
8	1945.98	16	750.96	2712.08
9	1756.00	7	837.53	1819.53
10	1729.11	16	248.38	1215.48

2005 年深圳个人购房首付排名前十位情况　　　　表 6-6

排名	首付(万元)	套数	面积(平方米)	总资金(万元)
1	3301.65	1	456.72	3301.65
2	2871.00	1	456.72	2871.00
3	2728.00	1	426.46	2728.00
4	2600.00	1	872.27	2600.00
5	2427.84	59	6390.1	2427.84
6	2368.00	1	426.46	2368.00
7	2192.85	1	418.26	2192.85
8	1876.28	2	509.75	1969.28
9	1768.00	1	363.7	1768.00
10	1742.40	1	368.17	1742.40

2005 年深圳个人购房总资金排名前十位　　　　　　　　表 6-7

排名	总资金(万元)	套数	面积(平方米)	首付(万元)
1	3929.82	94	4672.64	825.83
2	3428.82	21	4405.94	1371.82
3	3301.65	1	456.72	3301.65
4	3177.90	1	549.86	953.90
5	2871.00	1	456.72	2871.00
6	2728.00	1	418.87	818.00
7	2728.00	1	426.46	2728.00
8	2712.08	16	1945.98	750.96
9	2711.02	13	3050.60	1171.02
10	2682.90	1	456.72	804.90

2. 深圳市保障性住房发展情况

1988 年深圳进行住房制度改革后，按照双轨制的住房供应模式，逐步建立了多层次的住房保障体系，目前基本形成"高、中收入家庭购买市场商品房，部分低收入家庭购买经济适用房，特困户租住廉租房，夹心层租住经济适用出租房，高级人才、归国留学生租购高级人才和留学生公寓"的住房供应和保障体系框架。

（1）经济适用房

深圳经济适用房的历史要从安居房说起。1988 年深圳实施住房改革以来，深圳就开始建设安居房。深圳安居房主要包括福利房和微利房。1988 年，位于福田区红荔路的红荔村是深圳最早建设的安居房，之后深圳市还建设了如莲花二村、莲花北村、梅林一村、景西大厦等安居房项目。安居房在一定程度上解决了低收入家庭住房困难的问题，但是，安居房并不是真正意义上的"经济适用房"，安居房大多数定向分配给了党政机关、事业单位的员工，向社会公开销售的只有少数部分。根据主管部门的数字显示，1992~2005 年，深圳市政府和各区政府共推出社会微利房 5.86 万套，公开发售的微利房只有不到 1.5 万套。

1993 年，深圳市按照国家的有关规定，将社会微利房政策调整为经济适用房，2004 年 12 月动工的"桃源村三期"是深圳市第一个经济适用房项目，"桃源村三期"总建筑面积 243531.76 平方米，户数为 2832 户。之后，深圳市在 2005 年 12 月其启动了"侨香村"项目；"侨香村"东片总建筑面积约 54.3 万平方米，总住户约 4000 户，西片区总建筑面积约 36.2 万平方米，总住户约 3000 户。在未来几年内，深圳市经济适用房建设将逐步成为深圳市政策性住房体系建设的重点。此外，根据深圳市经济适用房建设计划，宝安区未来 5 年将建设 5000 套经济适用房，年均供应约 1000 套。

深圳的经济适用房分配按照如下条件申请：申请人及配偶无任何住房（包括准成本房、全成本房、全成本微利房、社会微利房、集资房、市场商品房和自建私房）及建房用地；申请对象必须是已婚家庭或单亲家庭，且申请人及配偶户籍迁入特区（或配偶户籍迁入深圳市，单亲家庭子女的户籍迁入特区）时间、结婚时间或离异、丧偶时间均在 2002 年 12 月 31 日之前；申请人 2002 年至 2004 年三年的家庭平均收入在 6 万元以下；申请人遵守计划生育的有关规定；申请人按规定缴纳了深圳市社会保险。此外，深圳市人事局认定的在国外取得硕士以上学位的归国留学生不受家庭收入 6 万元、上述规定时间及配偶必须是深圳市户籍的限制。配偶为现役军人的家庭不受配偶必须是深圳市户籍的限制。

深圳经济适用房发展存在的问题：

一是深圳市经济适用住房(安居房)建设规模明显偏低。到 2005 年底，13 年间深圳市只建设了 5.86 万套微利房，比重仅 4.5%。特别是，由于近几年土地供应量的下降，深圳市经济适用房建设和供应不足，经济适用房建设和供应数量较前几年有所下降。2005 年，对外销售的经济适用房只有 950 套，不到全年商品房销售总量 1%。而据初步调查测算，目前全市低收入户籍家庭没有住房的近 7500 户。考虑到城市新迁入家庭、新组建家庭和由于经济结构调整收入水平下降的户籍家庭，未来的实际需求会超过这个数字。由此可见，经济适用住房建设和供应规模不足，远不能满足低收入居民的住房需求，未来应当适当扩大经济适用房的建设规模。

二是申购条件苛刻，受益面小。家庭年收入必须低于 6 万元，使得购买经济适用房的人群受到严格的控制。在新加坡，20 世纪 80 年代的时候就将申请租屋的收入上限条件放宽到每个月 3500 新元，这使得 80% 以上的中等收入的家庭能够得到廉价的租屋；而在香港，公屋的供给也达到了 50%。可见，深圳要真正实现对广大中低收入居民家庭的住房保障，仍需要对经济适用房制度进行完善。

深圳历年经济适用房(安居房)数量统计   表 6-8

市房管部门出售

	套数	建筑面积(平方米)
成本价安居房	29506	2619405
个人社会微利房	11741	996189
单位社会微利房	11124	901305
集资房	942	68985
合计	53313	4585884

各区出售(括号中的数据为住房建筑面积，括号外的数据为住房套数)

	成本价安居房	微利房	合计
罗湖区	1710(15.4 万平方米)	1500(12.9 万平方米)	3210(28.3 万平方米)
福田区	1568(13.4 万平方米)	2857(27.4 万平方米)	4425(40.8 万平方米)
南山区	3212(24 万平方米)	1645(18 万平方米)	4857(42 万平方米)
盐田区	630(6.5 万平方米)	543(4.3 万平方米)	1173(10.8 万平方米)
宝安区	3034(27.9 万平方米)	1500(15.4 万平方米)	4534(43.3 万平方米)
龙岗区	3000(28 万平方米)	0	3000(28 万平方米)
合计	13154(115.2 万平方米)	8045(78 万平方米)	21199(193.2 万平方米)

全市合计：74512 套，面积 651.78 万平方米

成本价安居房		微利房		集资房	
套数	面积(万平方米)	套数	面积(万平方米)	套数	面积(万平方米)
42660	377.14	30910	267.74	942	6.9

（2）廉租房

深圳的廉租房是按照"货币配租为主，实物配租为辅"方式提供给具有本市户籍享受低保待遇且住房困难的"双困"家庭和其他需保障的特殊家庭。在廉租住房制度的实施中，对于享受低保待遇的家庭解决其住房困难的主要方式是货币配租。深圳廉租房的资金，来源于市、区财政拨付的专项资金；市、区住房基金中提取一定比例的资金；从社会福利奖券的筹集款中提取5％，专项用于保障性租赁住房；接受社会捐赠和通过其他渠道筹集的资金。深圳廉租房的供应，包括政府出资兴建；政府收购符合本市廉租住方标准的住房；政府通过地价和税收减免优惠，吸收房地产商参与建设符合廉租租房标准的住房等。截至2005年底，深圳累计解决廉租房的特困家庭1043户。

深圳廉租房建设存在的不足：

首先是保障面狭窄。根据《深圳市廉租住房实施办法》，目前登记在册的本市特困居民家庭均可申请廉租住房，须同时具备下列条件：一是市民政局核定的享受最低生活保障待遇或市政府认定的优抚对象的家庭；二是家庭成员具有本市常住户籍且实际在本市居住，并具有法定的赡养、扶养或抚养关系；三是无房户即家庭成员名下不拥有任何形式的房产。从规定上看，廉租房针对的是最低收入阶层。根据政府统计数据，截至2004年8月，深圳市登记在册的低保特困家庭仅3584户，以每户3人计算，大约1万人左右初步具备申请廉租房的条件，而2004年深圳市户籍人口为165.13万人，可见，可以申请廉租房的人口仅占深圳市户籍人口0.6％。截至2004年底，在深圳居住3个月以上的非深圳市户籍人口达1030万人，约为户籍人口的6倍，外来人口在低收入人群中占绝大部分比重。因此，廉租房保障应该逐步将暂住人口纳入体系。

其次是资金来源狭窄。廉租房资金来源中，政府财政拨款占绝大部分，虽然财政收入来源固定，但是由于资金有限，大量廉租房补贴仍然难以实现。

另外，深圳市廉租房还存在其他问题，如无房特困户以外的家庭住房困难资格审查难以界定；对于已取消廉租保障资格的廉租房住户，缺乏让其退出所住廉租房的有效措施；市、区、街道办无廉租房专职管理人员编制等问题。

（四）深圳市住房使用状况分析

为了对深圳市现有住房使用状况进行深入研究，我们对深圳市国土资源和房产管理局信息中心的房屋产权数据库进行了深度数据挖掘，在对登记在册的房屋产权进行研究的基础上，分析目前深圳住房性质、产权人基本情况、登记价格、转手时间以及转手套数。同时，我们通过深圳市住房的用水、用电以及燃气使用情况进行深入研究，从而了解深圳目前住房的闲置情况，进而从一个侧面反映目前深圳住房的自住/投机等情况。

1. 深圳住房使用情况

数据截止到2006年6月30日，共计登记在册住房1027227套，登记住房总建筑面积125656683平方米（见图6-66）。

（1）深圳住房产权人基本情况

根据产权人身份证类型和发证机关，深圳户籍人士（身份证发证机关为深圳市公安局）共拥有420205套，占登记住房总数的40.9％，拥有住房建筑面积54647469.72平方米，占登记住房总面积的43.5％；台港澳人士在深拥有的住房套数98008套，占登记住房总数的9.5％，拥有住房建筑面积12175344.38平方米，占登记住房总面积的9.7％；外籍人

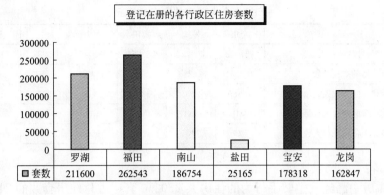

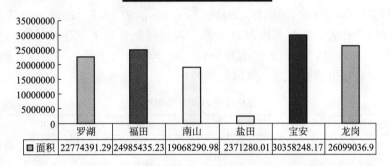

图 6-66 各行政区登记在册的住房总量

士在深拥有的住房套数 4715 套，占登记住房总数的 0.5％，拥有住房建筑面积 785430.54 平方米，占登记住房总面积的 0.6％；除上述以外的其他住房，为非户籍国内人士拥有的住房。

深圳户籍人士人均住房建筑面积为 30.04 平方米/人，如按照每套房屋一户人口，并以平均每户家庭人口 3.34 人(《深圳市统计年鉴 2005》)，深圳户籍人士拥有的住房可以满足 140.35 万人，能够解决目前深圳 77.14％的户籍人士住房需要。

（2）登记住房性质

从登记房屋资料中，我们分析并统计了具有明显商品房性质的住房共 598248 套，住房建筑面积 55712730 平方米，分别占登记住房总量的 58.24％和 44.34％；安居房/微利房/福利房共 95820 套，住房建筑面积 8402997 平方米，分别占登记住房总量的 9.33％和 6.69％；其他住房基本为机关企事业单位、个人自建自筹的住房。

（3）住房登记的平均价格及各类型价格住房套数

登记的住房平均价格为 365031.2 元/套，单位建筑面积平均价格 2984.08 元/平方米。其中罗湖区住房登记平均价格为 375559.27 元/套，福田区住房登记平均价格为 480574.54 元/套，南山区住房登记平均价格为 469862.87 元/套，盐田区住房登记平均价格为 340536.52 元/套，宝安区住房登记平均价格为 248782.08 元/套，龙岗区住房登记平均价格为 274871.92 元/套。

（4）产权人个人拥有住房套数

登记的产权人总量为 1095221 人次，其中只拥有一套住房的产权人为 957132 人次，占总人次的 87.39％。住房拥有以自住为主。

产权人个人拥有住房套数情况　　　　　　　　　　　表 6-9

	全市	罗湖	福田	南山	盐田	宝安	龙岗
只拥有一套住房的产权人数量	957132	209225	269774	188446	23288	166590	179656
拥有两套住房的产权人数量	107074	18288	25667	14430	1867	13657	8839
拥有三套住房的产权人数量	18585	2851	3859	2018	301	2625	1112
拥有四套住房的产权人数量	5410	951	1192	539	78	774	387
拥有五套及以上住房产权人数量	7020	1481	1699	956	246	1048	635

（5）住房转手时间及次数

登记的住房中已经发生转手行为的住房共 220250 套，占总住房套数的 21.44%，平均转手时间为 2.41 年，平均转手次数为 0.26 次/套。在发生转手行为的住房中，大部分是只发生一次转手行为的住房，共计 175091 套，占总数的 79.5%；而对于转手时间来看，主要是发生在取得产权证后半年内以及取得产权证后三年以上发生转手行为的住房套数，分别占总数的 30.31% 和 28.11%。由此分析，在半年内转手的住房其原先购买主要目的基本为短期拥有等待升值后变现，这种短期投机行为的比重超过 30% 值得警惕。

住房转手时间及次数情况　　　　　　　　　　　表 6-10

	全市	罗湖	福田	南山	盐田	宝安	龙岗
已发生转手行为的住房套数	220250	56072	62973	43324	4923	21136	31822
已发生转手行为的住房平均转手时间	2.41	2.6	2.11	2.48	2.24	2.42	2.59
只发生一次转手行为的住房套数	175091	41745	51553	34190	3762	17448	26393
发生两次转手行为的住房套数	36821	11040	9809	7163	965	3031	4813
发生三次转手行为的住房套数	6863	2630	1387	1546	154	595	551
发生四次转手行为的住房套数	1234	517	202	372	28	54	61
发生五次及以上转手行为的住房套数	241	140	22	53	14	8	4
取得产权证后半年内发生转手行为的住房套数	72658	16647	23895	15089	1999	6878	8150

2. 住房基尼系数

基尼系数是国际上用来综合考察居民内部收入分配差异状况的一个重要分析指标，它是由意大利经济学家基尼根据洛伦茨曲线，于 1922 年提出的定量测定收入分配差异程度的指标。其经济含义是在全部居民收入中，用于进行不平均分配的那部分收入占总收入的百分比。

基尼系数最大为"1"，表示居民之间的收入分配绝对不平均，即 100% 的收入被一个单位的人全部占有了；最小为"0"，表示居民之间的收入分配绝对平均，即人与人之间收入完全平等，没有任何差异。但这两种情况只是在理论上的绝对化形式，在实际生活中不会出现。因此，基尼系数的实际数值只能介于 0~1 之间，基尼系数越大，表示收入分配越不平均；基尼系数越小，则表示收入分配越接近平均。

由于基尼系数给出了反映居民之间贫富差异程度的数量界线，可以较客观、直观地反映和监测居民之间的贫富差距，预报、预警和防止居民之间出现贫富两极分化，因此得到世界各国的广泛认同和普遍采用。联合国有关组织规定：基尼系数在 0.2 以下，表示居民之间收入绝对平均；0.2~0.3 之间表示相对平均；0.3~0.4 之间表示比较合理。同时，

156

国际上通常把0.4作为收入分配贫富差距的"警戒线"，认为基尼系数在0.4～0.6为"差距偏大"，0.6以上为"高度不平均"。

参考收入基尼系数的原理及计算方法，在此构建一个反映住房贫富差距的住房基尼系数，依据产权数据库中的有关数据，以个人所拥有的住房面积作为参数计算深圳的住房基尼系数。

数据截止到2006年10月27日，全市拥有住房面积最多的前20%的人共拥有的住房面积为72549511.17平方米，占数据截止日住房总面积的49%；拥有住房面积数量后20%的人共拥有的住房面积为8872282.34平方米，占数据截止日住房总面积的6%。由此初步估算出目前深圳市住房基尼系数为0.4。

据此分析，深圳市目前居住水平的差距已比较大，与目前深圳市的收入基尼系数0.32相比，深圳住房基尼系数明显超过收入基尼系数，目前住房的贫富差距和苦乐不均现象，非常值得警惕与重视。

3. 住房空置情况

本研究中，住房的空置主要是指购买住房后基本没有使用乃至没有出租，此类行为基本上是购买住房等待住房升值后变现的投机行为。过多的投机行为将容易造成房地产泡沫的出现，从而影响到房地产业的健康发展。

借鉴中国台湾以及国外的有关经验，我们选取没有用电（即用电度数为0）的户数作为空置房屋数量，并分别对2005年12月、2006年3月、2006年5月以及2006年8月4个月的用电情况进行统计，然后采取加权平均的方式计算房屋的空置情况。

2005年12月当月空置房屋（当月用电量为0）的数量为89641户，占当月总计户数1376046户的6.51%；2006年3月当月空置房屋（当月用电量为0）的数量为96291户，占当月总计户数1454871户的6.62%；2006年5月当月空置房屋（当月用电量为0）的数量为82730户，占当月总计户数1460992户的5.66%；2006年8月当月空置房屋（当月用电量为0）的数量为77052户，占当月总计户数1427416户的5.40%。

对上述数据进行加权平均，可得从用电量角度测算出本市房屋的空置率如下：KZ（用电）＝6.05%。

不同统计期用电情况　　　　　　　　　　　　　表6-11

用电量范围分类		用电户数	用电量范围分类		用电户数
2005年12月	0度	89641	2006年5月	0度	82730
	0～10度	61589		0～10度	56054
	10～20度	75678		10～20度	73801
	20～30度	61289		20～30度	63244
	当月总计费用户数	1376046		当月总计费用户数	1460992
2006年3月	0度	96291	2006年8月	0度	77052
	0～10度	69081		0～10度	32075
	10～20度	87408		10～20度	47945
	20～30度	71993		20～30度	42842
	当月总计费用户数	1454871		当月总计费用户数	1427416

(五)深圳市住房状况评价

1. 深圳与国内大中城市居住水平比较分析

随着中国住房体制改革的深入,新的住房供应体系的框架已初步确立,其指导思想是对不同收入的家庭实行不同的住房供应政策。回顾深圳20多年的发展历史,可以看出,房地产业对深圳社会经济的发展起着重要支持作用。从其增加值占本地GDP的比例来看,自1994年以来,该比例平均在7%左右。从其占第三产业增加值的比例来看,自1994年以来,该比例在15%左右。由此可见,在整个20世纪90年代,房地产业在深圳国民经济的发展中,有着举足轻重的地位。

深圳房地产业的快速发展与房地产市场体系的不断发育有着密切的关系。自20世纪80年代以来,深圳在土地使用制度改革、住房制度改革、物业管理等多方面为全国其他城市树立了榜样。而深圳经济特区在改革开放中的政策优势、地理优势,以及国民经济的持续、高速及稳定发展,都使得深圳市场体系的发育程度高于国内其他城市,并使得房地产市场的发展较国内其他城市更为成熟并具有活力。

深圳市人口分为户籍人口、常住人口和暂住人口,近年来全市实际人口从2000年"五普"时的700万,快速增长到2005年的近1200万(其中常住人口827.75万)。根据深圳市人口的特点,同时为了与其他城市具备可比性,我们在此计算深圳人均住房面积采用深圳常住人口作为计算的人口标准,即以2005年统计的常住人口为827.75万人为基准,计算出深圳人均住房建筑面积为29.64平方米,人均住房使用面积为22.29平方米。

深圳与国内城市平均居住水平的比较情况。数据表明,2005年深圳的人均住房使用面积已达22.29平方米,高于上海的人均21.30平方米、苏州的人均19.63平方米、北京的人均19.50平方米、广州的人均18.70平方米。从国内主要城市的对比分析来看,深圳市人均居住水平也已经达到了国内领先水平。2004~2005年国内五个主要城市的人均住房使用面积如表所示。

部分城市人均住房使用面积(平方米)　　　　　　　　　　　　　　表 6-12

	深圳	广州	上海	苏州	北京
2004	22.75	18.18	20.40	16.29	19.10
2005	22.29	18.70	21.30	19.63	19.50

2. 深圳与国外其他地区居住水平对比研究

深圳与亚洲部分发达国家和地区城市居住水平的比较显示,尽管深圳的人均收入水平不及对方,但深圳的人均居住水平却是较高的。随着人均收入增长,城市住房水平也逐步提高。

居住水平不仅受到国民收入水平的影响,也受到土地面积、人口密度、城市土地利用政策等各种因素的影响。通常,国民收入水平越高,居住水平越高;土地面积越广,人口密度越低,居住水平也越高;政府对土地规划利用和城市规划的政策也对居住水平有重要的影响。因此,由于不同国家、地区在以上因素上的实际情况各不相同,居住水平存在着明显的国际差异。通过研究与深圳类似的城市的居住发展水平,对制定深圳的住房发展战略、住房保障目标等住房政策很有意义。

根据对不同收入国家居住水平的分析,低收入国家人均住房建筑面积8平方米;中低收入国家 17.6 平方米；中等收入国家 20.1 平方米；中高收入国家 29.3 平方米，高收入国家 46.6 平方米。

目前，在土地面积和人口密度等方面与深圳比较类似的亚洲城市主要有香港、新加坡和东京三个城市。值得注意的是，"人均住房面积"指的是人均楼面面积（Average Floor Space per Person），其计算方法与我国通用的"人均住房使用面积"存在一定差异。因此经过调整以后，以"人均住房使用面积"为指标对深圳市、东京都、日本、中国香港和新加坡的居住水平进行对比分析

（1）深圳、香港、新加坡居住水平对比研究

香港与新加坡的住宅供给均由公共供给、私人供给和临时房屋三部分组成。但公共供给占总供给的比重有差别，新加坡占 86%，香港占 42%。之所以允许临时房屋（如香港的寮屋）在一定的时间和范围内存在，是要以其作为公共供给和私人供给不足的补充。

随着城市发展步入成熟期，初期的那种以新建房屋为主的状况逐步转向房屋的扩建、重建和改造，并日益成为房地产的重要组成部分。

房地产的开发形态各城市不尽相同：新加坡以政府统一开发计划供应为主，私人供给为辅；香港的政府和私人开发各占一半左右。由于大城市土地资源的稀缺性和不可再生性，为节约土地资源，在大城市发展高层住宅，是十分必要的。这一点，已为业内人士所认同。香港由于地少人多，所建住宅基本上是高层住宅，而且成功地解决了居住及环境、设施等各项问题。

2005 年，深圳人均住房使用面积已达 22.29 平方米，较 2003 年增长 1.39 平方米。同期香港与新加坡人均住房使用面积分别为 14 平方米和 25 平方米。深圳目前的居住水平已经大幅度超过香港，与新加坡相距约 2.71 平方米。但是考虑到城市经济发展的差异，2005 年深圳、香港与新加坡的人均 GDP 分别为 7300 美元、24581 美元、25176 美元，深圳的人均 GDP 只有香港的 30%，新加坡的 29%。

由此可见，尽管深圳的经济水平不如亚洲经济水平较高的城市，但深圳的人均居住水平却是比较高的，并且发展速度较快，再次体现了深圳在提高居民居住水平方面的工作是值得肯定的。

深圳、香港、新加坡对比研究（2005 年）　　　　　　　　　　　　表 6-13

地区	GDP	面积	人口	人均 GDP	人均住房使用面积
深圳市	4926	1952.84	827.75	7300	22.29
香港	24581	约 1100	约 675	24581	约 14
新加坡	25176	约 640	约 435	25176	约 25

单位：GDP—亿美元；面积—平方千米；人口—万；人均 GDP—美元；人均住房面积—平方米。

（2）深圳与东京都、全日本居住水平对比研究

东京都与深圳有相似的土地面积、人口密度和人口规模，并且在住房政策上共同点较多，考虑到日本房屋普查每五年一次，在此我们选取日本最近一次普查即 2003 年数据与深圳同期数据对比。1993 年，深圳市、东京都和日本的人均住房使用面积分别为 15.5、23.54、29.71 平方米；2000 年，深圳市、东京都和日本的人均住房使用面积分别为 21.74、27.41、32.5 平方米；2003 年，深圳市、东京都的人均住房使用面积分别为 20.9、

27.76平方米。可见，1993年以来深圳市的人均居住水平取得了很大的成就，深圳市与东京都的居住水平差异正在逐步缩小。1973～2004年深圳市、东京都和日本三者的人均居住水平发展状况如图所示。

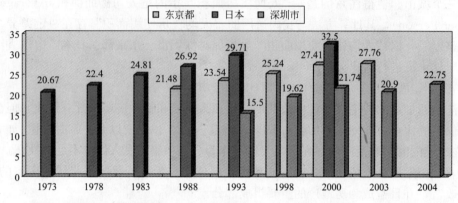

图6-67　东京都、深圳、日本三者的人均居住水平

从绝对水平来说，深圳市、东京都两地居住水平的差距正在逐年缩小，目前两地的人均住房使用面积仍然存在着大约5平方米的差距。但是，考虑到深圳市和东京都经济发展水平的差异和城市建设的历史，深圳市在提高人均居住水平方面取得的成就仍然是非常辉煌的。以2003年为例，深圳市、东京都的人均GDP分别为6510美元、66747美元，深圳市人均GDP只有东京都的10％左右。然而，当年深圳市人均居住水平已经达到东京都的75％。从这个角度来看，深圳市在提高人均居住水平上所取得的成就是值得肯定的。

深圳、东京都对比研究（2003年）　　　　　　　　　　　表6-14

地区	GDP	面积	人口	人均GDP	人均住房使用面积
东京都	7712	2102.39	1155.4	66747	27.76
深圳市	345.58	1952.84	557.41	6510	20.90

单位：GDP—亿美元；面积—平方千米；人口—万人；人均GDP—美元；人均住房面积—平方米。

3. 住房空置率分析

不同国家或地区存在着程度不同的住宅空置现象，如美国1997年出租住宅空置率为7.5％，自有住宅空置率为1.25％；香港地区1979～1994年期间整体住宅楼宇平均空置率为4.2％；台湾地区1980年和1990年两次住宅普查中，总的住宅空置率分别为13.09％和13.29％。住宅空置现象的存在是正常的也是必需的，它既不是多多益善，也不是越少越好，而必须是适度。一般认为，为维持住宅的有效供应，存在3％～10％的空置率被视为是正常的，即能够保证市场有充足的供应储备也不至于产生较大的住房积压。遵循此判断，前述分析得出深圳市住房空置率为6.05％的结果，应当属于合理区间。

第七章 2007年：房价大幅上涨，投机需求旺盛

摘要： 2007年，深圳房价再度大幅上涨。全市新建商品住宅销售均价13369元/平方米，比去年上涨45%。自2005年以来，深圳三年房价涨幅分别为17%、31%、45%，三年时间房价几乎翻了1倍。与此同时，市场有效供应继续大幅减少，全年商品住宅批准预售面积仅589.2万平方米，同比减少15.83%。受供应减少以及宏观调控政策发挥作用后市场逐步观望的影响，当年住房销售量也大幅减少，新建商品住宅销售面积为500.4万平方米，同比减少29.04%。经过综合分析判断，本市房地产市场供求关系的紧张，是导致房价持续快速上涨的主要原因，而在国内投资性需求快速上升的同期，住房市场投资、投机需求的增长，是加速年度房价上升的重要原因。自2005年以来，国内经济形势的整体向好、人民币持续升值以及国内资金流动性过剩，带来了国内新一轮投资性需求的快速上升；而深圳经济持续几十年保持较快的增长，以及高度的市场化特征，使得住房投资和投机需求异常旺盛，极其容易产生"羊群效应"，追涨房价，获取投资回报。

综合来看，2007年深圳的房价收入比、房价收入增长率之比、房价增长率和房地产贷款比等多项指标均超过正常标准，房价上涨快且超过居民收入的增长速度，房地产金融的潜在风险有所加剧。从2005年以来调控政策的成效看，房地产业在经历了持续几年的调控之后，房价上涨的势头并没有得到彻底的遏制，普通居民家庭的住房问题日益凸显。如何更有成效地抑制房价过快上涨，如何有针对性地解决越来越多的住房困难家庭的住房问题，已经成为中央和地方各级政府的头等大事。在此情况下，2007年，国务院颁布实施了《国务院关于解决城市低收入家庭住房困难的若干意见》，要求进一步健全城市廉租住房制度、改进经济适用住房制度、逐步改善其他住房困难家庭的居住条件，在制度上彻底改变过分依赖市场解决住房问题的模式，把解决城市低收入家庭住房困难作为政府重要工作和住房制度改革的重要内容。

一、经济社会发展概况

2007年，深圳国民经济继续稳步健康发展，较好地实现了年初确定的经济发展预期目标。从国民经济总体情况看，全市生产总值6765.41亿元，比上年增长14.7%。人均GDP为79221元，按当年人民币对美元折算率计算，达到10628美元，首次跃上人均1万美元的台阶。

从产业结构来看，第一产业增加值6.23亿元，下降17.3%；第二产业增加值3444.74亿元，增长14.5%，第三产业增加值3314.44亿元，增长15.0%。三次产业结构由上年的0.1：52.5：47.4变化为0.1：50.9：49.0，第三产业所占比重提高了1.6个百分点。

固定资产投资增长平稳。全年全社会固定资产投资1345.00亿元，增长5.6%，其中，基本建设投资714.05亿元，增长11.6%；房地产开发投资461.05亿元，增长0.08%；更新改造投资144.11亿元，增长3.7%；其他投资25.81亿元，下降21.6%。

消费市场兴旺。全市实现社会消费品零售总额 1915.03 亿元，增长 14.6％。其中，批发与零售业零售额 1689.55 亿元，增长 15.6％；住宿餐饮业零售额 225.48 亿元，增长 7.8％。

外贸出口继续高位增长。全市外贸进出口总额 2875.33 亿美元，增长 21.1％。其中出口总额 1684.93 亿美元，增长 23.8％；进口总额 1190.40 亿美元，增长 17.5％。2007 年以来，外贸出口在 2006 年高速增长基础上继续保持较快的增长势头，单月出口不断创新高，全年月均出口超过 140 亿美元。

金融存贷良好。2007 年 12 月末，国内金融机构人民币存款余额为 11495.79 亿元，比年初增长 20.8％，其中，居民储蓄存款余额 3792.59 亿元，比年初增长 1.4％。国内金融机构人民币贷款余额为 7965.45 亿元，按可比口径比年初增长 18.4％。

居民收入提高，消费物价上升。根据全市 600 户居民家庭抽样调查推算，2007 年全市居民人均可支配收入 24870.21 元，增长 10.2％。居民消费价格总水平比上年上涨 4.1％。

2007 年是全面落实科学发展观极其重要的一年，也是实现"十一五"规划承上启下的关键一年，在深圳进一步发展日益面临资源环境压力的情况下，深圳努力促进经济发展方式转变，走集约发展、内涵发展、创新驱动的新路，保持了国民经济健康稳步发展的良好局面。

二、房地产市场总体运行情况

(一)房地产投资基本与去年持平，商品房建设规模小幅减小

2007 年，深圳市完成房地产开发投资 461.05 亿元，同比增长 0.08％；商品房施工面积 3160.94 万平方米，同比下降 1.39％，其中住宅施工面积 2185.53 万平方米，同比下降 1.08％；商品房竣工面积 630.46 万平方米，同比下降 5.97％，其中，住宅竣工面积 434.7 万平方米，同比下降 2.79％；商品房新开工面积 876.4 万平方米，同比增加 23.39％，其中住宅新开工面积 621.91 万平方米，同比增加 18.96％；商品房空置面积 152.66 万平方米，同比增加 1.29％。

与国内主要城市比较，2007 年，深圳市房地产开发投资基本与上年持平，其他城市则保持增长趋势，以广州的增幅最高，达到 31％，北京其次，增幅为 19.4％，上海增幅为 2.5％。

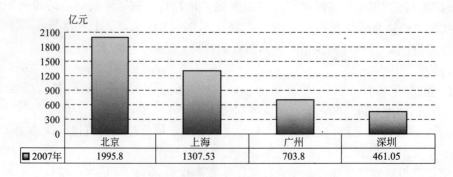

亿元	北京	上海	广州	深圳
■2007年	1995.8	1307.53	703.8	461.05

图 7-1 2007 年国内主要城市房地产投资额比较

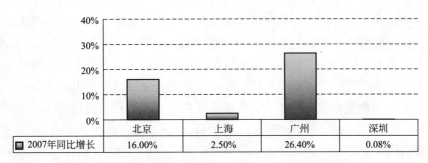

图 7-2　2007 年国内主要城市房地产开发投资增幅比较

（二）新建商品房批准预售面积继续下降，销售面积继续减少

2007 年，全市商品房批准预售面积累计为 646.17 万平方米，同比减少 20.53％，其中住宅批准预售面积 589.2 万平方米，同比减少 15.83％；办公楼批准预售面积 9.91 万平方米，同比下降 71.18％；商业用房批准预售面积 47.06 万平方米，同比下降 35.31％。2007 年，住宅供应仍然集中在特区外，特区外商品住宅批准预售面积 403.68 万平方米，占全市住宅批准预售面积的 68.51％。

2007 年，全市商品房销售面积 555.16 万平方米，同比减少 30.04％，其中，住宅销售面积 500.4 万平方米，同比减少 29.04％；办公楼销售面积 20.87 万平方米，同比减少 44.33％；商业用房销售面积 30.64 万平方米，同比减少 29.24％。

与国内主要城市比较，2007 年，北京商品住宅销售面积同比减少 21.47％，上海大幅增加 25.4％，广州同比减少 13.29％；深圳同比减少 29.04％。从各城市各月住宅销售面

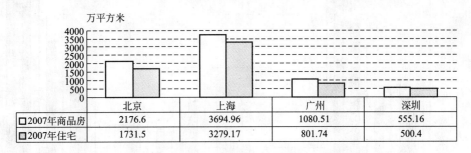

图 7-3　2007 年国内主要城市商品房和商品住宅销售面积比较

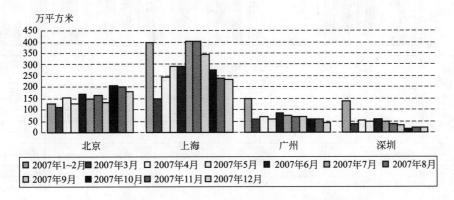

图 7-4　2007 年各月国内主要城市商品住宅销售面积比较

积来看，上海在 9 月份之前，销售规模逐月增加，9 月份之后，住宅销售面积出现一定幅度的下降，但仍保持了上半年的月度平均销售规模；广州的月度销售面积一直小幅波动，自 7 月份开始出现小幅的下降趋势；深圳月度销售面积基本呈下降趋势，以 7 月份以后下降幅度较大；北京的月度销售面积保持小幅波动，进入年底两个月也出现小幅下降。

（三）特区外销售规模进一步扩大，普通商品住宅占市场较大比重

2007 年，特区外商品住宅销售面积 338.42 万平方米，占全市销售面积的 67.63%，特区外置业仍居全市主导地位；全市单套建筑面积 144 平方米以内的商品住房销售套数为 44669 套，占全市销售套数的 88.28%，其中 90 平方米以内的住宅销售套数为 25584 套，占总套数的 50.56%。

（四）房价继续呈上涨趋势，新建住房价格较高

按国家统计局公布的全国 70 个大中城市商品住房销售价格调查统计，2007 年，深圳市新建商品住宅价格同比涨幅为 13.9%，各月新建商品住房价格同比涨幅分别为 10.2%、9.9%、10.7%、11.3%、12.3%、13.9%、16.1%、17.6%、16.5%、16.8%、17%、14.3%，每月房价涨幅居 70 个大中城市前列。按本市房地产信息系统统计口径，2007 年，全市新建商品住宅销售均价为 13369.62 元/平方米，同比去年上涨 44.8%。

从国内主要城市的房价情况看，2007 年，除广州外，北京、上海、深圳房价同比涨幅在下半年不断增大，深圳年底房价同比涨幅达到 16% 左右；北京、深圳房价涨幅总体较高。

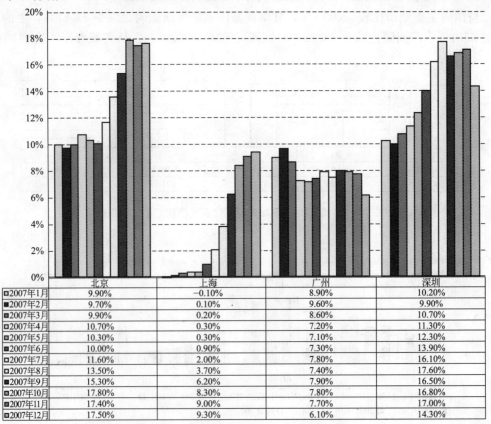

	北京	上海	广州	深圳
□2007年1月	9.90%	−0.10%	8.90%	10.20%
■2007年2月	9.70%	0.10%	9.60%	9.90%
□2007年3月	9.90%	0.20%	8.60%	10.70%
□2007年4月	10.70%	0.30%	7.20%	11.30%
□2007年5月	10.30%	0.30%	7.10%	12.30%
■2007年6月	10.00%	0.90%	7.30%	13.90%
□2007年7月	11.60%	2.00%	7.80%	16.10%
□2007年8月	13.50%	3.70%	7.40%	17.60%
□2007年9月	15.30%	6.20%	7.90%	16.50%
□2007年10月	17.80%	8.30%	7.80%	16.80%
■2007年11月	17.40%	9.00%	7.70%	17.00%
□2007年12月	17.50%	9.30%	6.10%	14.30%

图 7-5 2007 年各月国内主要城市商品住房价格同比增幅比较

（五）二手住房需求增长较快，但8月份以来交易面积下降较大

2007年，全市二手住宅交易面积为931.06万平方米，同比增长25.83％，二手住宅与新建商品住房交易面积的比例达到1.86∶1。但是，自8月份以来，二手住房月度交易面积出现较大幅度下降。

（六）商品住宅销售对象以国内购房人为主，外来购房资金比例较小

2007年，全市国内购房人购房套数47488套，占总套数的93.55％，购房资金620.55亿元，占总资金的92.76％。境外购房人（含港澳台地区）购房资金48.47亿元，占总资金的7.25％，其中港澳台地区购房资金41.52亿元，占总资金的6.21％，外来购房资金所占比例相对较小。

此外，随着国家调控政策的贯彻落实，2007年下半年以来，深圳房地产市场出现了一些新的情况和变化。

一是新、旧商品住宅销售面积持续呈下降趋势，市场观望气氛不断加剧。从2007年各月新建商品住宅销售面积看，自年初开始，住房销售面积持续下降，从1月份的80.26万平方米，下降至10月、11月、12月的15.36万平方米、17.99万平方米、18.65万平方米；尤其是往年市场成交较为活跃的10月份，销售面积仅为15.36万平方米，是年度成交量最低的月份。

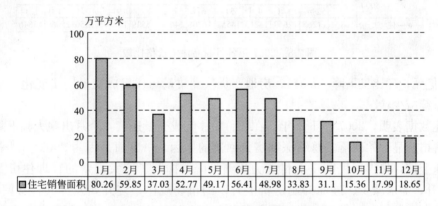

图7-6　2007年各月商品住房销售面积比较

二手住房市场在上半年总体呈现快速上升，交易面积从年初的平均60万平方米左右，上升到7月的134万平方米。8月份以后销售量开始出现大幅回落，8、9、10三个月成交量分别环比下降26.39％、43.04％、36.78％；11月、12月，每月交易量均在40万平方米以内的较低水平。

二是新建商品住宅价格出现波动调整和回落。从2007年各月房价变动看，1～10月，各月住宅销售均价总体呈现持续上涨，从1月的10872元/平方米，上升到10月的17350元/平方米。10月份以后，随着市场交易量的持续大幅减少，住宅市场价格出现调整；11月房价为15069元/平方米，环比10月下降13.15％；12月房价继续保持15000元/平方米左右的水平，且90平方米以下、90～144平方米和144平方米以上各类住宅价格均出现不同程度的回落（环比降幅分别为1.68％、2.4％、9.35％）。

三是房地产贷款总额自9月份出现大幅下降。根据中国人民银行深圳中心支行的统计数据，全市房地产贷款总额8月为145亿元，至9月为99亿元，环比下降31.7％，10月

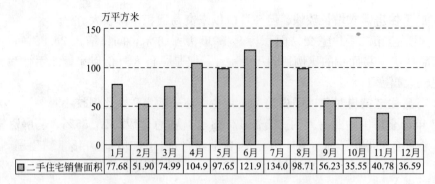

图 7-7　2007 年各月二手住房销售面积比较

	1月	2月	3月	4月	5月	6月	7月	8月	9月	10月	11月	12月
二手住宅销售面积	77.68	51.90	74.99	104.9	97.65	121.9	134.0	98.71	56.23	35.55	40.78	36.59

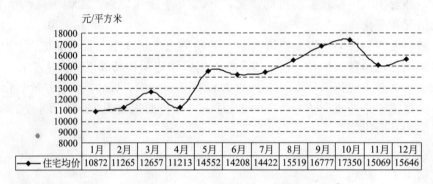

图 7-8　2007 年各月商品住宅价格比较

	1月	2月	3月	4月	5月	6月	7月	8月	9月	10月	11月	12月
住宅均价	10872	11265	12657	11213	14552	14208	14422	15519	16777	17350	15069	15646

仅为 49 亿元，环比又下降 50.5％；房地产贷款发放量与住房成交量同步变化，并于下半年呈现持续减少状况。

　　上述数据表明，2007 年下半年，在新、旧住宅成交量连续 4 个月出现大幅下降后，深圳住宅价格明显开始回落。总结深圳房价回落的原因，一方面是因为 2005 年以来房价持续的快速上涨，使得居民购房支付能力逐渐下降，抑制了广大群众的合理住房需求，而"房价上升、需求减少、进而抑制房价上升"的市场规律最终开始发挥其自身调整作用，使得房价向理性回归；另一方面，国家和本市房地产宏观调控政策的不断落实和深化，尤其是本市商业银行住房贷款额度的控制和国家有关部门提高第二套住房首付比例和贷款利率政策的发布，使住房市场的资金来源得到了严格控制，市场的投资、投机现象得到了有效抑制，避免了市场规律失灵而出现房价越高需求越大的情况。因此深圳房价出现调整和回落，是市场和宏观调控政策多种因素综合作用的结果，这将有利于房地产市场逐步向理性回归。

三、2007 年深圳房地产市场发展综合评价

　　根据"深圳房地产市场预警系统"，对 2007 年深圳全年房地产市场的运行情况进行了综合评价，评价结果如下：

（一）单项预警指标评价分析

1. 房地产开发投资增长率与 GDP 增长率之比

2007 年，房地产开发投资额为 461.05 亿元，同比增加 0.08％，房地产投资规模基本

与去年持平，2007 年深圳生产总值 6765.41 亿元，比上年同期增长 14.7%，宏观经济继续保持平稳增长。房地产开发投资增长率与 GDP 增长率之比为 0.0054，处于房地产投资正常区间，接近稍冷区间，相对于 2006 年，该警值有所下降，深圳市房地产投资尚未完全转暖。

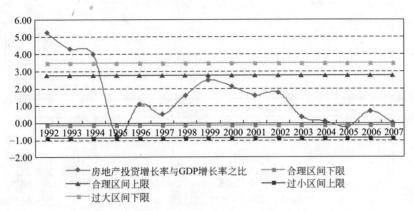

图 7-9　1992～2007 年房地产开发投资增长率与 GDP 增长率之比警值

2. 房地产开发投资与全社会固定资产投资之比

2007 年，房地产开发投资与全社会固定资产投资之比为 0.3428，处于稍小区间。从 2000 年开始该指标不断下降，2005 年已经降至房地产投资稍冷区间，房地产投资稍冷的趋势持续到 2007 年，房地产开发投资占全社会固定资产投资的比例过大的现象得到了控制，但是需要警惕房地产开发投资趋冷的现象出现。

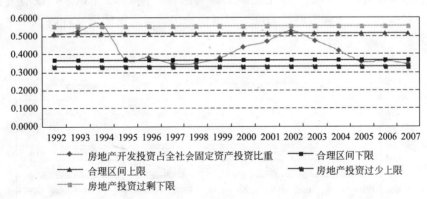

图 7-10　1992～2007 年房地产开发投资与全社会固定资产投资之比警值

3. 房价收入比

2006 年，房价收入比是 15.1961，该警值不仅超过了房价收入比预警的稍大区间下限 7.8304，也突破了房价收入比过大区间的下限 8.3072。自 1996 年以来，深圳的房价收入比一直处于合理区间，但是逐年减小的趋势开始逆转，2005 年的房价收入比开始攀升，居民实际购买能力开始下降，房价收入比直接由稍小区间步入了过大区间，2006 年、2007 年房价收入比继续攀升，房价上涨过快的势头较为明显。前几年房价收入比维持在较低的层面，一定程度上激发了居民加快住房消费的愿望，并促使近年来房地产市场销售持续高速增长的景气局面，2005 年需求的集中释放与相对紧张的供应，推动了房价的上涨，使得近几年居民实际购买力减弱。

　　随着一系列房地产调控措施的实施，自 2007 年 10 月份开始，房价开始出现结构性调整和回落，今后需继续加强房地产宏观调控，以有利于房价逐步与经济的发展、居民的收入水平相协调，有利于房地产市场逐步向健康理性的方向发展。

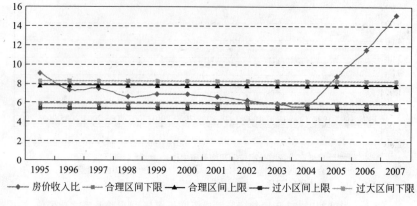

图 7-11　1995~2007 年房价收入比警值

　　4. 房价收入增长率之比

　　2007 年，房价收入增长率之比为 4.4，处于过大区间。房价的增长速度已经是居民可支配收入增长速度的 4 倍多，过快增长的房价已经超出了普通居民的实际支付能力，使普通居民家庭住房负荷加重，同时中低收入的住房问题因为过高的房价难以通过市场来满足，这样既影响市场稳定，也会产生更多的社会问题。自 2006 年以来，政府为稳定房价采取了一系列措施，持续加大调控力度，但高企的房价与居民的可支配收入水平之间的差距仍然较大。

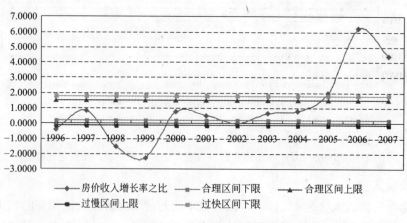

图 7-12　1996~2007 年房价收入增长率之比警值

　　5. 商品房销售面积增长率

　　2007 年，商品房销售面积增长率为－0.3004，处于过冷区间。自 2001 年以来，商品房销售增长持续处于合理区间，深圳房地产市场需求不仅持续增长，同时仍保持平稳的波动，每年增长 10% 左右。2006 年，该指标首次出现大幅下降，且直接进入商品房需求过冷区间，2007年，该指标仍处在过冷区间。导致该指标大幅下降的主要原因是，住宅有效供应持续紧张使得居民可选择的余地变小，同时住宅价格的继续攀升使得普通居民难以接受，在一定程度上抑制了部分的需求；与此同时，深圳市一系列宏观调控政策的深入落实，特别是银行提高第二套住房的贷款首付比例和贷款利率及相关税收政策的落实，使得市场上的投资性需求和改善性需求受到一定的抑制，同时造成市场上的观望氛围强烈。上述多方面的综合作用使得商品房需求进入过冷区间。

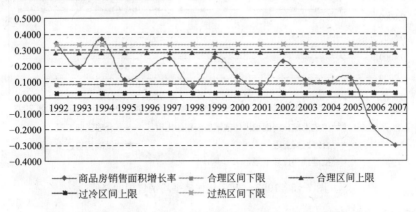

图 7-13　1992～2007 年商品房销售面积增长率警值

6. 商品房新开工面积增长率

2007年商品房新开工面积增长率为0.2339，处于正常区间。自1996年以来，该指标一直保持正增长，直至2006年首次出现大幅度下降，2007年前三季度仍保持下降趋势，但降幅明显减小，至2007年年底，该指标开始有所增长。商品房新开工面积的下降，容易导致供求关系的紧张，2007年年底新开工规模已经开始正增长，这将有利于今后普通商品住宅供应的逐渐增加。

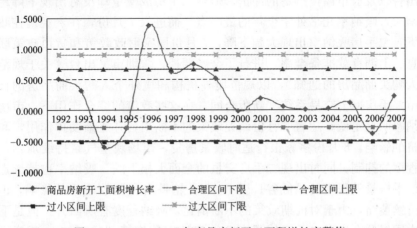

图 7-14　1992～2007 年商品房新开工面积增长率警值

7. 住宅平均销售周期

2007年，住宅平均销售周期为1.1775，处正常区间。自2003年以来，深圳市住宅平均销售周期一直处于稍小和过小区间，这是4年来首次进入正常区间。由此可见，在宏观调控政策的作用下，商品房需求处于过冷区间，市场观望气氛较浓，短期供应相对较为充足。

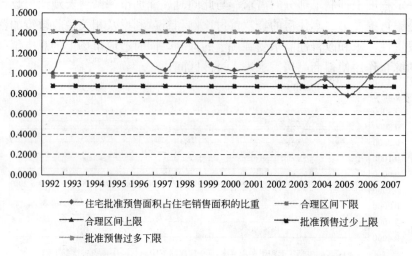

图 7-15　1992~2007 年住宅平均销售周期警值

8. 二手房月吸纳率

2007 年上半年，二手房月吸纳程度较高，但是第三季度吸纳率出现明显的下降，至第四季度，吸纳率持续走低，成为年度的低谷。

2007 年 1 月份，二手房月吸纳率持续走高，2 月份受春节假期的影响，吸纳率有所回落，但二手房吸纳率仍在高位运行，3 月份二手房景气程度明显上升。进入第二季度，二手房吸纳率较 3 月份小幅回落，但整体仍在景气程度较高的空间中运行。尽管 3 月份央行开始了第五次全面加息，5 月份又迎来了再次加息，经济适用房标准、资金监管等政策出台以及股市高位震荡的冲击，但是二手房成交量却没有出现下降趋势，仍然保持快速增长，吸纳率几乎处于今年的最高点。而进入 7 月份，在宏观调控政策频频出台的背景下，二手房吸纳率出现大幅下降，7 月份国家财政政策和货币政策联手，减利息税、加息、上调存款准备金率，进行了金融调控，深圳市又出台《关于规范境外机构和境外个人购买商品房的通知》，以规范境外机构和境外个人购买商品房的行为，并启用"深圳市二手房网上交易系统"新版合同，在这些政策的综合作用下，市场观望气氛强烈，吸纳率明显走低；随着 7 月份调控政策的不断出台并逐渐发挥作用，和受美国次级房贷危机的影响，8 月份多家银行适时收紧房贷，市场观望气氛持续加剧，投资需求受到一定程度的抑制，同时出现二手房交量的全面大幅下跌，吸纳率也持续走低，成为今年以来二手房景气程度的最低谷；受 7、8 月轮番出台调控政策的影响，9 月二手房市场成交持续萎缩，由于对前期政策的不断消化，吸纳程度有所回升，但是下旬中国人民银行、中国银监会出台《关于加强商业性房地产信贷管理的通知》，提高了购买第二套住房的房贷首付和贷款利率，大大增加了购买第二套住房的成本，对市场需求在短期内将产生明显的抑制作用；进入 10 月份，受金融政策影响，二手房成交量降至年度最低点，吸纳率也明显下降，整个第四季度，吸纳率相对都保持在低位运行，二手房市场观望氛围仍较为浓厚。

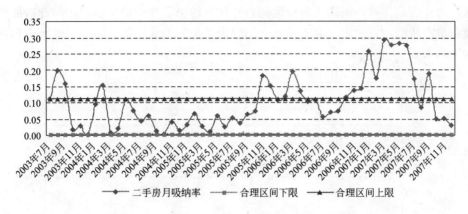

图 7-16 2003～2007 年二手房月吸纳率警值

9. 住宅价格增长率

2007 年，住宅价格增长率为 0.4488，该警值偏离了房价增长正常区间 [－0.0559，0.0795]，也严重偏离了房价增长稍快区间的上限 0.1471，已经进入房价增长过快的区间内。随着本市房地产调控政策措施的不断加强，市场观望气氛较为浓厚，这对引导未来房地产投资预期，遏制炒作起到一定的作用，特别是商业银行加强信贷管理，提高购买第二套住房首付贷款比例和贷款率，二手房启用新买卖合同示范文本及交易将按评估价征收个税等政策的影响，已经使得近期市场交易进入过冷区间，并促使房价逐步趋于稳定。

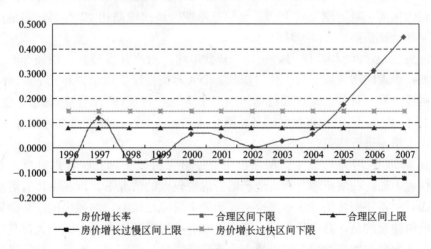

图 7-17 1996～2007 年住宅价格增长率警值

10. 住宅储备率

2007 年，住宅储备率为 0.9180，处于住宅储备稍大区间。由于 2007 年住宅销售面积出现大幅下降，而 12 月份批准预售规模相对较大，由此带来住宅储备量有所增加，相对于当年的销售速度，住宅储备率有所增大，处于稍大区间。

截至 12 月底，深圳市住宅累计储备量约为 459 万平方米，住宅储备率为 0.9180，处于住宅供应稍大区间。按照 2007 年的销售规模来计，这些住宅储备量能满足 11 个月的市场需求，由于商品住房需求进入过冷区间，并且市场仍受观望情绪抑制，因此造成住宅的累计储备量有所增加，这将有利于缓解之前较为紧张的供求关系，有利于整个市场向健康理性的方向发展。

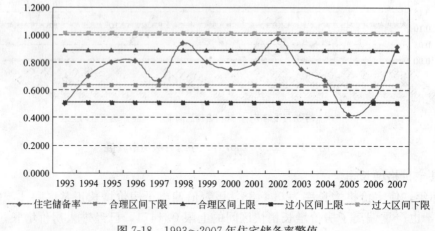

图 7-18　1993~2007 年住宅储备率警值

11. 房地产贷款比

2007 年，房地产贷款比为 0.4476，处于过大区间。2002~2005 年，房地产贷款比一直保持在 30％左右，基本趋于平稳。2006 年开始房地产贷款比开始增大，几乎接近房地产贷款过大区间。2007 年第一季度，该指标已经跨越了过大区间的下限；到上半年末该比值进入过大区间，且刚刚突破 40％；至第三季度，该比值高达 42.76％，房地产贷款增速加快；全年该比值高达 44.76％。

值得注意的是，2007 年 12 月，房地产贷款中除房地产开发贷款余额较 2007 年 11 月小幅增加外，个人购房贷款、个人住房贷款、个人再交易房贷款余额环比 2007 年 11 月均出现一定程度下降。目前，深圳银行业体系对于房地产行业（开发贷款）的暴露度（贷款占比）已达到 13.03％，风险暴露程度较高，因此应进一步关注房地产金融可能存在的风险，并且提前采取措施进行防范。

由于自 2005 年 10 月份以来，深圳市房价一直保持较快增长。特别是进入 2007 年，房价持续快速上涨。在房价攀升和房地产信贷规模较大的情况下，市场主体有可能将风险向银行转嫁，故需要密切关注房地产价格波动带来的潜在风险，加强房地产金融风险防范和预警。值得注意的是，自 7 月份起，深圳各家商业银行开始自发收缩个人房贷放款，主要包括对购多套房的提高首付，对申请人资质要求明显从严，对二手房评估价进行下调等方面，这对抑制市场投机，稳定房价，防范银行自身风险都是有益的。9 月底中国人民银行、中国银监会出台《关于加强商业性房地产信贷管理的通知》，12 月又出台补充通知，提高购买第二套住房的房贷首付和贷款利率，进一步加强房地产信贷管理，从全国的范围内防范房地产金融风险。随着一系列调控政策的深入落实，深圳市个人购房贷款余额在 11 月份环比开始下降。

（二）综合评价

在 2007 年的 11 个指标中，处于正常区间的有 3 个指标，处于过大区间的有 4 个指

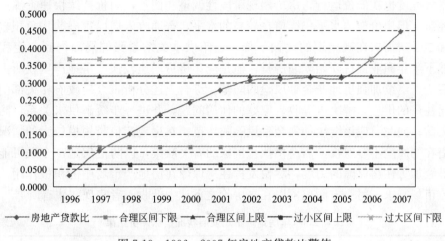

图 7-19　1996～2007 年房地产贷款比警值

标，处于稍大区间的有 2 个指标，处于稍小区间的有 1 个指标，处于过小区间的有 1 个指标。

其中处于过大区间的 4 个指标是，房价收入比、房价收入增长率之比、房价增长率和房地产贷款比。房价总体上涨较快，且超过居民收入的增长速度，同时房地产贷款所占比例过大，房地产金融的潜在风险有所加剧，特别是 10 月份之后房价出现结构性调整和波动的情况下，严格执行中国人民银行、中国银监会出台《关于加强商业性房地产信贷管理的通知》和补充通知，加强商业性房地产信贷管理，对于防范房地产金融风险具有积极的意义。

处于稍小区间的只有房地产开发投资占固定资产投资的比重这一指标，商品房在建规模的减少，使房地产开发投资所占比重出现下降。

处于过小区间的是商品房销售面积增长率这一指标，商品房需求持续趋冷，由于房价的过快上涨，超过了一些居民的购买力，宏观调控政策的持续作用，特别是紧缩房贷、提高购买第二套住房的首付比例和贷款利率也抑制了部分需求，在整个市场进行调整的过程中，有购买力的消费者也开始观望，多方面的因素影响下商品房销售进入了过冷区间。

处于正常区间的 3 个指标中，房地产开发投资增长率与 GDP 增长率之比处于正常区间，但是接近稍冷区间，房地产开发投资增速较慢；商品房新开工面积增长率处于正常区间，并出现较大幅度的增长，未来住房供应将有所增加；住宅销售周期处于正常区间，在调控政策作用下，加上市场规律自身的调整，之前供应紧张、销售速度过快的局面得到改善，10 月份之后市场观望气氛较浓，销售速度减缓，市场出现阶段性调整。

处于稍大区间的指标中，住宅储备率处于稍大区间，这是 2003 年以来住宅储备率首次进入稍大区间，主要原因是 2007 年市场观望气氛较浓，住房价格出现结构性调整，住宅销售规模出现大幅度下降，市场需求受到一定的抑制，住宅储备总量与当年销售速度相比显得稍大，就住宅储备总量而言，并未出现较大幅度的上升，当然这仍然有利于缓解供求关系，有利于消费者的理性置业。

综合来看，2007 年房地产投资基本与上年持平，宏观调控政策特别是金融政策的实施对市场产生了一定的影响，下半年市场观望气氛较浓，新房需求出现较大规模的下降，二手房景气程度也在低位运行，房价出现阶段性调整和回落，房价持续快速上涨的势头得到初步控制，但房价整体水平仍维持在较高的水平，普通收入居民家庭购房负担较重；由于新房和二手房需求在观望期的大幅下降，当年供求关系紧张的局面得到一定程度的缓解；虽然下半年商业银行开始紧缩房贷，但是全年房贷增速较快，房地产贷款所占比重过高，今后仍将继续加强房地产金融风险的防范。综合上述分析，今后政府相关部门应继续增加普通住房的供应，解决中等收入家庭的住房问题，并进一步缓解供求关系，防止房价的大起大落；同时，应该继续加强金融风险的防范，在房地产信贷规模较大的情况下，银行系统潜在的风险不容忽视，需严格执行国家的有关政策，以防范房地产金融可能带来的风险；继续加大住房保障的力度，尽快发挥住房保障在房地产市场中的积极作用，一方面可以分流市场需求，另一方面也可以在高房价之下让中低收入者实现"住有所居"。

深圳 2007 年房地产市场发展状况指标评价结果　　　　　　　　表 7-1

指标名称	过小	稍小	正常	稍大	过大
房地产开发投资增长率/GDP 增长率			0.0054		
房地产开发投资/全社会固定资产投资		0.3428			
房价收入增长率之比					4.4
房价收入比					15.1961
商品房销售面积增长率	−0.3004				
商品房新开工面积增长率			0.2339		
住宅平均销售周期			1.1775		
住宅价格增长率					0.4488
二手房月平均吸纳率				稍大	
住宅储备率				0.918	
房地产贷款比					0.4476
总计	1	1	3	2	4

四、2000~2007 年深圳房价与调控政策分析

(一) 2000~2007 年深圳房地产价格运行情况分析

1. 2000~2004 年期间

2000~2004 年，深圳房地产市场连续保持平稳运行态势。5 年期间，全市房价基本在5000~6000 元/平方米之间波动，年均房价涨幅为 3.6％，房价保持平稳发展。此间，由于房地产开发投资增速较快，房地产供应较为充足，商品住宅销售规模保持每年 10％左右的平稳增幅；同时，由于人口的高速机械增长，对房地产市场产生了较大的需求，并使全市房地产市场持续保持供求两旺，整个市场呈现稳定发展的局面。

2. 2005~2007 年期间

2005 年下半年以来，深圳房价出现快速上涨。2005 年、2006 年、2007 年三年，房价分别为 7040 元/平方米、9230 元/平方米、13370 元/平方米，同比涨幅分别为 17％、31％、45％，三年时间房价几乎翻了 1 倍，房价上涨势头较为迅猛。这期间，本市房地产市场供求关系的紧张，是导致房价快速上涨的主要原因；而在国内投资性需求快速上升的

同期，本市住房市场投资、投机需求的增长，是加速房价上升的重要原因。

从供求关系看，2005～2007 年是深圳市住房市场供求关系比较紧张的时期。2000～2006 年，深圳市常住人口从 432 万人增加到 847 万人，人口的快速增长，使住房市场需求快速上升；"十五"期间，每年商品住房销售面积达到 800 万平方米以上，比"九五"期间每年平均水平高出了一倍。在住房需求不断增长的同时，住房供应却不断趋于紧张。自 2002 年以来，由于深圳土地资源的紧缺以及国家土地管理政策的进一步严格，深圳市政府开始实施连续多年的土地供应紧缩政策，包括房地产用地在内的全市各类建设用地都进行了供应总量的严格控制。这期间，每年新增房地产用地供应仅为 1 平方千米，少于以前每年 3 平方千米的供应规模。随着新增供应的持续减少，2005 年以来，全市可供应的新建商品住房也随之减少。2005、2006、2007 三年，全市每年批准预售的住房面积分别下降了 11.77%、2.39%、15.83%；而可供应规模的持续减少，直接引致商品住宅销售面积的下降，造成 2006、2007 年连续出现 21%、29% 的销售规模大幅下降，市场交易持续萎缩，"价升量减"的特点明显。综上所述，2005 年以来，深圳房地产市场在供应规模持续减少情况下，住房市场供求矛盾不断加剧，这是导致 2005 年下半年以来住房价格快速上涨的主要原因。

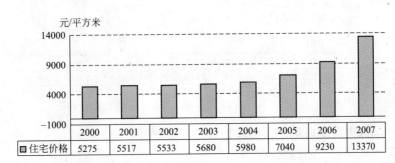

	2000	2001	2002	2003	2004	2005	2006	2007
住宅价格	5275	5517	5533	5680	5980	7040	9230	13370

图 7-20　2000～2007 年深圳市新建商品住宅价格比较

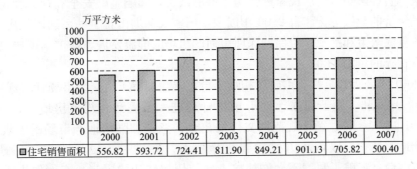

	2000	2001	2002	2003	2004	2005	2006	2007
住宅销售面积	556.82	593.72	724.41	811.90	849.21	901.13	705.82	500.40

图 7-21　2000～2007 年深圳市新建商品住宅销售面积比较

从住房投资情况看，自 2005 年以来，国内经济形势的整体向好、人民币持续升值以及国内资金流动性过剩，带来了国内新一轮投资性需求的快速上升。深圳作为国家改革开放的窗口，经济持续几十年保持较快的增长；而深圳居民作为国家改革开发的受惠者，在国内各大城市中具有人均收入水平高、个人资产累计程度高、财富聚集效应强等特点，并因此具有较强的投资意识，一旦市场出现某种商品的价格持续上涨（如房地产、股票），即容易产生"羊群效应",追涨价格,获取投资回报。从近几年新建商品住房的购买对象看,每年近60％的购房者都为本市户籍人口(仅占全市实际人口15％),购房意愿多为换房改善居住条件或进行住房投资;而部分高档住房项目的调查表明,70％的购房者为多次购房家庭,购房投资意向较强;尽管有关购房意向调查表明本市投资性购房意向者占全部购房意向群体比例为30％,但从实际购房行为看,投资购房的比例远不止于此。此外,本市经济形势的看好,房地产市场的多年持续旺盛发展,也对外地投资者有着强劲的吸引力,尤其是二手住房市场,对各类外地的炒家具有一定的吸引力。从2000年以来深圳二手住房市场的交易情况看,每年二手住房保持25％以上的增长速度,2007年二手住房销售面积高于新建商品住房近1倍,与新建商品房销售持续出现萎缩形成鲜明对比;而近期深圳二手房交易的大起大落,恰与短期炒房者的随机进、出市场密切相关。由此可见,本市房地产市场投资、投机需求在特殊发展背景下的快速增长,是加速房价上升的重要原因。

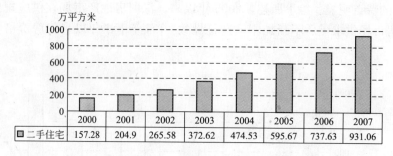

万平方米

	2000	2001	2002	2003	2004	2005	2006	2007
二手住宅	157.28	204.9	265.58	372.62	474.53	595.67	737.63	931.06

图 7-22 2000～2007年深圳市二手住宅销售面积比较

(二) 2000 年以来深圳房地产市场宏观调控情况分析

1. 国家及本市房地产调控政策回顾

房地产业是国民经济发展的重要产业,住房价格一直是社会普遍关注的问题。住房价格上涨过快,直接影响城镇居民家庭住房条件的改善,影响金融安全和社会稳定,甚至影响整个国民经济的健康运行。自2000年以来,国家及深圳出台了一系列调控房地产市场、稳定房价的重大政策和措施,对保持深圳房地产市场的健康发展,促进本市居民改善居住条件,具有积极的作用。

一是2001年3月和7月,市政府相继出台了《深圳市土地交易市场管理规定》(深府〔2001〕100号令)和《关于加强土地市场化管理进一步搞活和规范房地产市场的决定》(深府〔2001〕94号)。这两个规范性文件的出台,意在加强房地产市场的宏观管理和进一步推进土地市场化,以市场方式配置土地资源,并进一步搞活和规范房地产市场。100号令的出台,突破了制度不允许纯粹土地使用权转让的限制,有力促进土地管理改革的深化。94号文划定了今后以协议方式出让土地的范围和以公告市场价格出让的价格基准,明确了可以减免地价以及补交地价的基准和范围,同时采取了二、三级市场房地产买卖免征土地增值费,对闲置两年以上未开发的土地依法收回或征收土地闲置费,提高商品房预售条件等降低交易成本、减轻购房者经济负担、规范房地产市场发展的举措;有利于盘活存量土地和房产、搞活市场、缓解市场供应压力,促进房地产市场的健康发展。

二是自 2002 年以来，实施严格的土地供应政策。深圳土地面积 1953 平方千米，扣除基本生态控制线内土地，线外基本农田、河流、湖泊及滩涂等各类保护用地之后，可建设用地仅 900 平方千米左右；而多年的经济快速发展对土地的需求以及土地的粗放式利用，截至 2002 年全市可建设用地仅余 300 平方管理左右，可供全市经济社会未来发展和城市建设的土地资源非常有限。为了在土地资源紧约束下保障经济社会的持续发展，自 2002 年起深圳提出了创新土地利用方式、加强土地集约利用、严格控制新增土地供应规模的策略；今后每年，包括房地产用地在内的全市各类建设用地都进行严格的总量控制。这期间，深圳每年新增房地产用地供应仅为 1 平方千米，而特区内基本停止新批房地产用地；同时将存量土地纳入计划，并实施了减免二手房交易税费等政策，促进存量房地产进入市场，一定程度解决了房地产市场供应问题。

三是自 2005 年起，积极贯彻国家房地产市场宏观调控系列政策，出台市政府 [2006] 75 号文、98 号文及 [2007] 262 号文等政策。针对 2003 年以来全国房地产市场开始升温、房地产投资增长势头过快、住房价格上涨过快等问题，2005 年 3 月，国务院出台了《关于切实稳定住房价格的通知》（简称"国八条"）；而后，又转发了建设部等 7 部委《关于做好稳定住房价格工作的意见》（国办发 [2005] 26 号），进一步提出了市场调控、稳定房价的具体政策措施。"国八条"提纲挈领，强调了政府对稳定房价的重视和决心，并就调整住房供应结构、控制被动性住房需求、引导居民合理消费预期、监测房地产市场运行和贯彻宏观调控政策等方面提出了要求；而 26 号文针对房价问题又出台了具体的调控措施，在保护百姓自用住房、打击炒房炒地行为以及禁止期房转让等方面作出了具体规定，充分体现了政府稳定房价和促进我国房地产市场健康有序发展的决心。

"国八条"和 26 号文实施一年后，针对部分地区房价继续快速上涨、结构性矛盾突出等问题，2006 年 5 月，国务院出台《国务院办公厅转发建设部等部门关于调整住房供应结构稳定住房价格意见的通知》（国办发 [2006] 37 号），将调整住房结构供应、稳定住房价格列为两大重点，对住房供应结构、住房保障制度、土地供应、规范市场秩序等方面作出了明确指引；尤其是其中的"自 2006 年 6 月 1 日起，凡新批、新开工的商品住房建设，套型建筑面积 90 平方米以下住房（含经济适用住房）面积所占比重，必须达到开发建设总面积的 70％以上"的政策，表明了国家调整住房供应结构、大力发展普通商品住房的决心。

为贯彻落实国家调控政策，深圳市先后出台了《关于稳定房价促进我市房地产市场持续健康发展的意见》（深府 [2006] 75 号）与《关于稳定房价促进我市房地产市场持续健康发展的意见》（深府 [2006] 98 号）等系列文件，加大对房地产市场在供应结构和住房价格方面的调控力度。

房地产业在经历了持续几年的调控之后，房价上涨的势头并没有得到彻底的遏制，普通居民尤其是低收入人群的住房困难问题日益凸显。在此情况下，2007 年，国务院颁布实施了《国务院关于解决城市低收入家庭住房困难的若干意见》（国发 [2007] 24 号），24 号文要求进一步建立健全城市廉租住房制度、改进和规范经济适用住房制度、逐步改善其他住房困难家庭的居住条件、完善配套政策和工作机制，在制度上彻底改变过分依赖市场解决住房问题的模式，把解决城市低收入家庭住房困难作为政府重要工作和住房制度改革的重要内容。为贯彻落实国务院 24 号文，深圳市于 2007 年底出台了《关于进一步促进我市住房保障工作的若干意见》（深府〔2007〕262号），提出了深圳市住房保障工作的指导思想、基本原则、制度安排和组织保障，以及本市保障性住房的保障对象、标准、具体措施等。

2. 深圳市加强房地产市场宏观调控、破解高房价的具体措施

自2005年下半年，针对深圳房价上涨较快，深圳市委、市政府高度重视本市房地产调控工作，积极落实国家各项调控政策。2007年初，市人大四届三次会议上的《政府工作报告》把关注民生民计、实现和谐安居作为本市10件民生实事之一。2007年6月，市政府召开全市房地产座谈会，分析研究全市房地产形势，进一步提出房地产调控的4个重点，即盘活存量土地，加快年度土地供应计划的落实；关注普通民众，加快保障住房的建设供给力度；规范房地产市场行为，加快房地产市场全方位监督体系的建立；促进社会和谐，加快住房社会保障制度体系建立。在市政府的统一部署下，深圳市各有关部门密切配合、狠抓落实，有针对性地采取了一系列措施，取得了阶段性的调控成效。

一是切实调整新建住房供应结构，积极发展普通商品住房，满足广大普通居民家庭住房需求。2006年以来，为积极落实国家的各项宏观调控政策，深圳市政府制定了调整住房供应结构的系列原则，切实调整新建住房结构。根据深府〔2006〕98号文，自2006年6月1日起，对新出让住宅用地，严格按照国家文件，落实新建住房结构调整要求，并取得显著成效。截至2007年11月，全市已取得建设用地规划许可证和施工许可证的住房项目中，套型90平方米以下住宅面积所占比重均超过70%。

二是盘活存量土地，落实土地供应计划，积极增加住房供应规模。为促进住房供应，改善房地产市场供求关系，深圳市出台了《深圳市住房建设规划（2006~2010）》及相关年度住房建设实施计划，明确规定"十一五"期间全市住房建设总量需达到69万套，且套型建筑面积90平方米以内的住宅用地量占住宅用地供应总量的比例不得低于70%，并按国家有关规定停止了别墅类高档住宅用地的供应，以保证中低价位、中小套型普通商品房与保障性住房的供应。此外，为促进住房供应，出台了《深圳市闲置土地处置方案》，加大旧城旧村改造力度，积极盘活存量土地，促进市场供应。

三是进一步整顿和规范房地产市场秩序。2007年全市开展了房地产专项整治工作，进一步整顿和规范本市房地产市场秩序。其一，加大对各类违法违规行为的处罚力度。市房地产主管部门对房地开发企业、中介机构和个人的违规行为进行了立案查处，工商部门对含有浮夸、炫富内容广告进行清理整治，并依法进行处理。此外，深圳市还出台相关政策，全面禁止内部认购、内部认筹、内部登记、办理"VIP"卡、囤积房源、捂盘惜售、手写合同及认购书、"炒卖楼花"等行为，坚决打击房地产领域的违法违规与投机炒作、扰乱市场的行为。其二，出台了《关于进一步规范我市商品房销售行为的通知》、《关于启用深圳市二手房买卖合同2007版及深圳市二手房预约买卖及居间服务合同2007版的通知》等一系列文件，从制度上规范全市的房地产市场。其三，发布了《关于建立深圳市房地产与金融信息共享机制的通知》，建立了房地产与金融信息共享机制，有效解决了商业银行在房地产金融业务中与客户、中介机构方面信息不对称问题。此外，还下发了《关于规范境外机构和境外个人购买商品房的通知》，加强了境外机构和个人在本市购买商品房的管理。其四，积极发挥信贷、税收政策的调节作用。市地税部门制订了关于调整房地产

营业税的实施细则及征管规定，制定了土地增值税、契税、城镇土地使用税等房地产相关税种的征收管理办法，并适时调整了本市普通商品住房的价格标准，确保全市如期按照国家文件的规定执行新的住房税收政策；同时，按照《中华人民共和国税收征收管理法》的有关规定，加强减免税管理，加强对税收代征行为的监督检查，充分运用信息化手段加强税收征管，实现房地产税收精细化管理。市银监部门规定：严禁向项目资本金比例达不到35%、"四证"不齐等不符合贷款条件的开发企业发放贷款；严禁以流动资金贷款名义发放开发贷款；对于囤积土地和房源、扰乱市场秩序的开发企业，要严格限制新增房地产贷款；加强按揭贷款管理，严厉打击虚假按揭等套取和诈骗银行贷款的行为；严格贷款发放条件，认真落实第二还款来源，审慎确定抵押率；防范和控制信贷风险。中国人民银行深圳市中心支行发布通知，将"自住购房"明确定义为"首次购房"，各金融机构自 2006 年9 月 1 日起，对首次购房且套型建筑面积在 90 平方米以下个人住房按揭贷款仍执行首付款比例 20%的规定，其他个人住房按揭贷款业务首付款比例不得低于 30%。2007 年 9 月 27日，中国人民银行和银行业监督管理委员会出台了《关于加强商业性房地产信贷管理的通知》，提高了购买第二套住房的贷款首付比例和贷款利率，全市多家银行已经开始执行新的房贷政策。

四是全面推进住房保障工作，切实解决低收入家庭住房困难。其一，加快住房保障政策法规建设，进一步完善住房保障制度体系。市政府于 2007 年 12 月出台了《关于进一步促进我市住房保障工作的若干意见》（深府〔2007〕262 号，以下简称《若干意见》），作为深圳住房保障工作的指导性文件，明确了本市住房保障的指导思想、工作原则、基本制度，提出了保障性住房资金的 8 种来源、8 种筹建渠道，建立了保障性住房的建设、分配及管理机制。其二，编制本市低收入家庭住房困难发展规划和年度计划，明确住房保障工作目标。为明确本市住房保障的发展目标和实施步骤，保障性住房的建设作为重点内容，列入了《深圳市住房建设规划（2006～2010）》，明确提出："十一五"期间全市将建设保障性住房 14 万套，其中经济适用房 2.6 万套，公共租赁住房（含廉租住房）11.4 万套。在上述规划提出的保障目标和保障性住房建设规模的基础上，深圳市加快制定本市住房保障的工作规划和年度计划，明确工作目标和各相关部门工作重点及任务分解。其三，加大保障性住房建设力度，积极落实"十件民生实事"。根据《深圳市住房建设规划（2006～2010）》提出的保障性住房建设目标，住房有关部门加强了廉租住房工作，实现年度新增保障对象应保尽保；从本市人口结构等实际情况出发，建立健全公共租赁住房制度，大力推进经济适用住房建设，积极落实 2007 年"10 件民生实事"中保障性住房建设目标。从全年实施效果看，"10 件民生实事"有关保障性住房目标已经顺利完成，落实新增保障性住房用地60.5 万平方米；年内开工、在建的经济适用房和公共租赁住房共 2.82 万套；年内可向社会低收入家庭提供保障性住房 6006 套。《2007 年深圳市经济适用住房和公共租赁住房租售公告》于 2007 年 12 月 25 日前向社会发布。

五、2008 年深圳房价走势判断及对策建议

（一）2008 年深圳房价走势分析

从国家大的政策背景来看，国家明确今后实施从紧的货币政策，住房供应结构调整政策和住房保障工作也将进一步推进。因此，随着金融、税收政策的继续贯彻落实，住房投

资、投机需求将受到进一步的抑制，住房资源将逐步得到合理配置，房价不会出现近两年大幅上涨的现象；同时，当前可售住房供应相对较为充足，今后保障性住房和限价房也将逐步入市，并分流部分住房需求，在较为缓和的供求关系之下，房价大幅上涨明显缺乏动力，因此房价在今后一段时间内将继续调整，并逐渐向理性回归。

从另一个方面来看，当前国内资金流动性过剩、经济快速增长、居民收入持续增加，长期来看，房地产市场仍有持续增长的宏观环境；同时，宏观调控政策在抑制投资投机性需求的同时，鼓励合理的住房消费，加上本市人口的快速增长，仍有大量的住房自住需求、改善性需求，这都是今后房地产市场发展较为有力的支撑，因此房价今后也不会出现大幅下跌或者是崩盘的现象。

综合影响房价的多种因素，预计2008年，深圳房价将处于调整期，房价大幅上涨的现象将得到有效控制。

(二) 深圳今后住房发展的方向与对策分析

根据党的十七大会议精神及2007年底中央经济工作会议中对2008年经济工作主要目标任务的部署，深入贯彻落实科学发展观，继续深化改革开放，更好地发挥市场在资源配置中的基础性作用，是发展中国特色社会主义的重要途径；而注重社会建设，着力保障和改善民生，则有助于促进社会和谐，保持经济社会持续、稳定、健康发展。因此，立足国情，解决住房领域的深层次矛盾，是建立和谐社会，完善社会主义市场经济体制，实现中国特色社会主义道路的一项重要工作。结合本市实际，进一步明确今后住房发展的方向，尽快建立适应不同收入居民家庭的多层次、分梯度的住房供应体系，对于保证全市经济社会协调发展，促进和谐社会的建立，有着重要的意义。

根据党的十七大精神，立足于深圳市的实际情况，今后深圳仍需要大力发展住房市场，多数家庭应继续通过市场来改善或者解决住房问题，同时政府应建立健全保障性住房制度，全面解决城市低收入家庭住房困难。

住房发展，还应结合本市今后不同收入居民家庭的实际购房能力，明确低收入家庭、中等收入家庭、高收入家庭的标准、规模和数量，科学规划、合理安排相应的土地资源和资金，建立合理的住房供应体系。一是严格按照国家政策要求，少量开发低密度高档住房，以满足高收入家庭的住房需求；二是继续重点发展普通商品住房市场，进一步深化90/70等保证城市中等收入普通居民住房消费的政策，并根据市场情况，适时推出限价房政策，鼓励广大普通居民逐步拥有适当的住房等固定资产。这样，既可以解决居民基本生活需要，也能够增加城市居民家庭的资产性收入，真正实现"民富国强"的发展目标；三是继续加强住房保障工作，切实落实好住房保障的五年规划和年度计划，完成5年建设14万套政策性住房的目标，这有利于积极落实国务院24号文的精神，全面解决本市低收入家庭的住房困难，促进和谐社会建设。

(三) 关于房地产市场宏观调控的建议

房价的大涨大跌，既不利于房地产市场的健康稳定发展，也不利于切实解决广大居民的住房问题，甚至会对本市经济社会的稳定发展造成不良影响。因此，在当前房价已经开始调整，房地产行业开始收缩的情况下，尽量避免今后房价的大起大落，进一步稳定房地产市场，是今后调控工作的主要任务。

一是建议金融部门适应市场的需求，合理控制房地产贷款总额和发放进度，抑制市场过度的投资需求，支持合理的住房消费。商业银行除继续执行央行提高第二套住宅首付比例及相关利率等政策外，今后还应注意住房贷款额度的动态控制，建议在今后年度房地产贷款总规模适当控制的基础上，按季度合理分配贷款额度并进行严格控制。这样，既可以避免过度投机带来的金融风险，也能够支持普通居民家庭合理的住房消费。此外，还应加大监督检查力度，严肃查处商业银行违规发放贷款行为，确保政策落到实处。

二是严格税收征管，促进居民合理住房消费。根据国务院 37 号文等有关政策，继续开展营业税、土地增值税、契税、个人所得税、城镇土地使用税等房地产相关税种的征收工作，同时，进一步加强税收征管，实行房地产税收一体化管理，以促进住房合理消费，并抑制大户型住房和投资性购房需求。

三是严格控制土地出让，盘活存量土地，加大闲置土地处理力度，多渠道增加普通住宅用地供应。结合房地产市场形式变化调整市场供求关系，建议进一步发挥土地供应计划、年度住房建设计划、年度住房保障计划等对住房供应的调整作用，并逐步改善土地供应机制，建立长效工作机制，确保各类年度计划的有效实施。此外，建议通过盘活存量土地、加快城中村改造、加快地铁上盖物业建设等多种渠道促进住房供应，并解决新增土地供应有限而引致的供应潜力问题，特别是满足广大普通居民家庭和低收入家庭的住房用地供应。

四是进一步深化 90/70 政策，重点发展普通商品住房和各类保障性住房。近年来，国家一系列文件和政策已明确，住房供应主要是面向广大普通居民家庭和低收入家庭。因此，今后全市在住房建设与房地产调控方面，应主要立足于发展中低价位、中小套型普通商品住房和各类保障性住房，满足本市广大普通群众和低收入住房困难家庭的住房需求。此外，应继续深化 90/70 政策，明确各地块的套密度，在供应年度各类住房用地时，优先确保各类保障性住房用地，争取保障性住房供应总量达到年度住房供应总量的 20％以上。

五是进一步规范房地产市场秩序。政府既要进一步深化房地产市场专项整治，巩固调控成果，还要进一步加强二手房交易监管，通过加快制定房地产经纪行业管理的政策，加强行业监督，依法查处经纪行业违法违规行为。

六、专项报告一：关于深圳市房地产泡沫情况的调研报告

文章背景及摘要： 本文是作者 2007 年 8 月对《香港商报》题为"建设部：深圳楼市有泡沫"的有关报道，提交了一份调研报告。文章中，作者本着客观求实的态度，采取定性、定量分析相结合的手段，对深圳市的房地产市场是否存在泡沫进行了分析，以供决策部门参考。

（一）关于房地产泡沫及深圳市房地产市场情况的介绍

1. 有关房地产泡沫的基本情况

一般认为，经济泡沫是指交易的价格远远脱离商品的真实价格。真实价格是指理论上已考虑风险和回报后的公平价格（引自：wikipedia）；或者说，经济泡沫本质上是一种价格运动现象，是由于人们的预期具有趋同性，由此产生的投机行为导致资产价格偏离市场基础而持续上涨。

综合国内外的观点，我们认为房地产泡沫是指房地产价格相对其真实价格出现持续、快速、非理性上涨的现象。

和股票市场一样，房地产业是一个容易形成泡沫的产业。一是房地产价值高、价格决定因素多、投资风险大，其真实价格难以准确确定，容易产生价格持续高涨；二是房地产业发展与金融支持密切相关，金融支持不足或过度，会直接引发房地产过冷或过热，进而又会对金融业带来影响或风险；三是房地产的保值增值性强，属个人投资优良产品，在宏观经济形势较好时，容易成为投机炒作对象并引发泡沫。

但房地产泡沫与房地产波动还是有区别的，两者有不同的含义。房地产发展中存在波动是正常的经济现象，但这种波动是否表明市场存在泡沫，还要看其价格与真实价格（或公平价格）的偏离程度；而房价一段时间内的持续上涨，未必就是泡沫。如挪威的房价5年内上涨了3倍，但是该国经济学者的实证研究认为房价并没有被高估，市场并未存在泡沫。

2. 近期房地产泡沫的主要观点

由于全国和深圳近年房价上涨较快，引发了一些关于房地产泡沫的讨论。主要有以下几种观点：

万科董事长王石认为：中国房价涨得过快、升幅过大，而且持续时间很长，已经出现泡沫，泡沫早晚都会破裂，只是时间问题；王石认为泡沫的破灭也许是两三年时间，也许用不着那么长时间。

华远集团董事长任志强认为：中国房地产市场目前尚未存在泡沫，从人口结构看，中国的房价会至少再涨十年，从城市化和中国经济的宏观看，也许会再涨更长的一段时间；只要人们的收入增长快于房价的增长，市场就会保持健康合理发展。

近期，《香港商报》摘引建设部住房政策专家委员会副主任顾云昌的观点，认为"深圳楼市是一个泡沫"；虽然顾认为深圳房地产泡沫在"限制外资购房"等调控政策下或许会软着陆，但文章声称"这是官方首次承认深圳楼市过热"，从而引起社会各界较大关注。

3. 当前深圳房地产市场基本情况

1997年以来，深圳房地产市场连续多年保持平稳态势，1997~2004年，深圳住房价格保持在5000~6000元/平方米之间；2005年以来，房价出现较快上涨，从2005年的7040元/平方米上涨到2007年上半年的12293元/平方米。

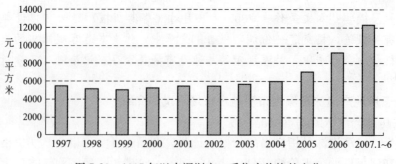

图 7-23　1997 年以来深圳市一手住房价格的变化

从全国房价走势看，2003年国内房地产市场开始升温，2004年全国房价上涨较快，涨幅为9.5%，2005年涨幅为8.2%；2006、2007年上半年，房价涨幅有所回落，分别为6.4%、6.2%。

　　同期，深圳房价涨幅 2004 年为 4.7％，2005 年涨幅为 7.1％，低于全国平均水平；2006、2007 年上半年房价涨幅分别为 11.7％、11.4％，明显高于全国房价平均涨幅，呈现"补涨"特征。

　　近两年，深圳房价的较快上涨，既有外部因素，也有内部因素。从外部因素看，我国经济持续快速增长、城市化进程的加快、国内资金流动性过剩以及商业银行放贷膨胀，推动了近期住房市场的投资与投机。从内部因素看，人口的快速增长、土地资源的有限、毗邻香港的特殊地理位置、经济形势向好、居民收入的持续增加、市民投资意识强，以及一定程度的市场炒作，导致房价持续上涨。

(二) 关于深圳市房地产泡沫的判断

　　从国内外相关研究看，房地产泡沫运行通常经过五个阶段：市场正常发展阶段、市场偏快发展阶段、过热及泡沫形成阶段、泡沫膨胀与恶化阶段、泡沫巅峰与崩溃阶段，衡量房地产泡沫通常有五个测度指标：

　　1. 房价增长率

　　房价增长率判断房地产是否存在泡沫，主要看房地产价格增长率是否连续超出了历史常规。因为，在市场正常发展阶段，房价越低，需求越大，房价升高，需求减少，并影响房价向理性回归；在过热和泡沫阶段，随着人们对投资预期的趋同，反而出现房价越高需求越大，房价进一步上涨，进而导致房地产泡沫的膨胀和恶化。目前，国内部分观点认为，房价持续多年超过 10％以上，市场处于过热和泡沫阶段。

　　据国家统计部门数据，2005、2006 和 2007 年上半年住房价格涨幅分别为 7.1％、11.7％、11.4％；表明近几年，深圳房价处于偏快发展阶段，并有向过热和泡沫形成阶段发展的趋势。

　　2. 房价增长率与 GDP 增长率之比

　　房价增长率与 GDP 增长率之比反映房地产经济相对整体经济的动态变化，指标值越大，房地产泡沫的程度就越大。在我国上一轮房地产高峰期(1988～1993 年)该指标平均值为 2.0，多数人认为，此间市场处于过热阶段。

　　根据统计部门的数据测算，2005～2007 年，本市房价增长率与 GDP 增长率之比分别为 0.45、0.79、0.86，表明该指标处于正常区间；另根据我中心的房价统计数据测算的结果要高于上述比值。综合来看，该指标值表明，深圳房地产市场处于偏快阶段。

　　3. 房价收入比

　　房价收入比反映了居民家庭对住房的支付能力，比值越高居民支付能力越低，其纵向的动态变化可衡量是否出现泡沫状态。根据 1998 年联合国人居中心对 96 个国家和地区的调查，各国房价收入比离散度相当大，分布区间从 0.8 到 30，平均值为 8.4，中位数为 6.4。

　　根据我们的测算，1997～2004 年，深圳市房价收入比一直维持在较低层面，在 5～7 倍之间波动，且市场需求调查表明居民实际购买能力较高。从 2005 年开始，房价上涨偏快，2005、2006 年房价收入比分别上升到 8.81、11.49。有关调查表明，尽管现时房价收入比是否过高尚难以判断，但多数认为居民购房能力下降较大，普通居民已出现购房困难。

1997 年以来深圳市房价收入比　　　　　　　　　表 7-2

年份	家庭人口数量（人）	人均可支配收入（元）	住宅套均建筑面积（m²）	住宅价格（元/m²）	住宅套均总价（元）	家庭年收入（元）	房价收入比
1997	3.46	18579	88.06	5470	481670	64283	7.49
1998	3.48	19214	85.35	5190	442990	66865	6.63
1999	3.41	19520	82.86	5004	414620	60401	6.86
2000	3.42	20906	92.94	5275	490270	71499	6.86
2001	3.43	22760	93.25	5517	514510	78067	6.59
2002	3.32	24941	90.47	5698	515500	82804	6.23
2003	3.38	25936	88.30	5879	519130	87664	5.92
2004	3.36	27596	88.20	5980	527400	91283	5.78
2005	3.35	21494	90.10	7040	634304	72006	8.81
2006	3.35	22567	94.13	9230	868836	75600	11.49

4. 购房资金成本与租金成本比率

香港金融管理局曾采用购房资金成本与租金成本之间的比率，分析房地产市场的过热或泡沫程度。20 世纪 80 年代，香港住宅价格增长较为温和，购房资金成本与租金比率徘徊在 1 左右，此间市场保持平稳发展。进入 90 年代，该比率持续上扬，从 1990 年 1 季度 1.1 倍上升到 1997 年 2 季度的 2.2 倍，表明在亚洲金融危机时，香港房地产市场显示出严重危机，并最终出现房价大幅下跌，房地产泡沫破灭。

据人民银行深圳市中心支行有关统计，2006 年深圳住房市场的购房资金成本与住房租金成本之比约 1.3，与香港历史数据相比，处于香港 1993～1994 年间房地产发展偏快阶段。

5. 房屋空置率

房屋空置率描述了房地产的实际使用程度，空置率越大，过度投机越大，泡沫的程度就越大。1997 年曼谷房地产泡沫破灭之前，市场上 35.4％ 的住宅虽已出售但无人常住，已显示出"泡沫"征兆。

通过对深圳市居民用电情况的统计分析，深圳市已售出未使用的住房 2006 年在 6％ 左右，2007 年上半年在 8％ 左右，但个别高档楼盘，如中信红树湾、汀兰鹭榭花园的空置率较高，超过 30％。总体来看，深圳市住房使用水平处于正常区间，尚未显现泡沫迹象，但个别高档楼盘投机程度较高，需引起关注。

综合分析以上 5 个房地产泡沫测度指标，可以看出，深圳房地产市场处于偏快发展阶段，并有向过热和泡沫阶段转移的趋势。

（三）近期深圳市房地产宏观调控工作

近年来，深圳市委、市政府高度关注房地产宏观调控工作，并多次对全市房地产调控工作作出重要指示。国办发 37 号文下发后，深圳市有关部门迅速行动，紧紧围绕市民住房问题，采取了一系列具体措施：

一是适度增加土地供应，缓解住房市场供应压力。今年 7 月，根据深圳市"十一五"住房建设规划，出台了《关于实施深圳市住房建设规划 2007 年度实施计划的通知》（深国房〔2007〕330 号），确定了今年全市住宅用地的供应安排，初步规划选址 19 块保障性住房用地计 60 公顷，24 块商品住房用地计 150 公顷，年度住宅用地计划供应总量达 210 公顷。

二是调整住房供应结构，增加普通住宅供应。自 2006 年 6 月 1 日以来，深圳市对总量 648 多万平方米的住宅项目按国家"套型建筑面积 90 平方米以下住宅面积占住宅总量 70％以上的比例"目标进行了结构调整，90 平方米以内商品住宅调整比例已达到 75％以上，这将使今后普通商品住宅供应逐步得到增长，有利于稳定今后全市的住房价格。

三是整顿和规范市场交易秩序，严禁开发商"捂盘惜售"。今年 3 月，深圳市有关部门发布了《关于规范房地产明码标价工作的通知》（深价联字〔2007〕9 号），明确商品房销售明码标价的规定。7 月，再次发布了《关于进一步规范我市商品房销售行为的通知》（深国房〔2007〕331 号），明文要求禁止内部认购、内部认筹、内部登记、办理"VIP 卡"、收取任何预定性质的款项等行为，并规定取得《房地产预售许可证》后，10 日内必须公开销售。

四是积极落实国家出台的金融政策，加强税收管理。近期央行持续加息，增加了房屋持有人的贷款成本，对房地产投资需求有一定的抑制作用。而市地税部门对个人转让住房征收土地增值税，启动二手房的评估系统征收个人所得税，将打击二手房"阴阳合同"的逃税现象，进一步抑制二手房的炒作。

五是加大住房保障的力度。为推进深圳市住房保障工作，着力解决全市低收入居民家庭的住房问题，深圳市拟于近期出台《关于进一步促进我市住房保障工作的若干意见》，同时在全国率先启动《深圳市住房保障条例》的制订工作，以进一步加大全市住房保障力度，解决低收入居民住房困难。

（四）结论

综合以上分析，可以得出如下结论：

一是根据 5 项房地产泡沫测度指标分析可知，目前深圳市房地产市场处于偏快发展阶段。深圳市房价连续两年上涨较快，且居民购房能力有所下降，市场有向过热和泡沫阶段转移的趋势。

二是近期调控政策的实施，对引导未来房地产投资预期，遏制炒作起到一定的控制作用。特别是商业银行自发收缩个人房贷放款，二手房交易将按评估价征税等政策的影响，已经使得近期二手房交易量、交易价格有所下降，部分新房销售进度暂时有所减缓。

三是从目前现状看，房价仍有继续上涨的可能性。在调控政策的作用下，市场出现观望气氛，投机炒作得到初步控制，但当前市场形势尚未稳定。因此，我们须时刻警惕市场新一轮投机炒作及房价的过快上涨，宏观调控在今后相当长的一段时期内不能放松，以防止市场形成真正的泡沫。

四是通过坚决贯彻市委、市政府的指示，紧紧围绕市民住房问题，继续严格落实房地产宏观调控政策，继续对房地产投机炒作施以巨大压力，深圳市住房价格较快上涨的局面将得到控制，其所带来的潜在风险也将得到有效防范。同时，通过积极落实深圳市住房建设规划，持续增加住房供应，进一步加强住房供应结构调整，进一步加强金融和税收管理，不断加大住房保障的力度，房价涨幅将逐步回落并实现"软着陆"，房地产价格最终将控制在合理的水平。

七、专项报告二：新加坡住房保障体系的经验及启示

文章背景及摘要：本文是作者2007年赴新加坡考察该国住房保障经验的一篇调研报告。新加坡是新兴的工业化国家、著名的国际金融中心和世界航运的枢纽，同时也是举世公认的花园城市，居民的居住条件无论质还是量都大为改善。新加坡住宅建设能在较短的时间里获得较快的发展，主要依赖以下三个因素：一是政府对住宅业的重视、宏观管理；二是建屋发展局和开发商的决策、投资和积极推动；三是宏大的消费市场的需求。这三个因素，环环相扣，互相促进，推动着新加坡住宅建设快速健康的发展。学习新加坡住房建设尤其是解决城市住房困难家庭住房问题的经验，无疑将对今后深圳大力开展的住房保障工作具有重要的经验借鉴。

（一）新加坡住房保障机构

新加坡是一个市场经济国家，但住房的建设与分配并不完全通过市场来实现。在住房保障制度方面，政府干预和介入的政策很有本国特色。新加坡政府部门中涉及房地产的机构主要有市区重建局（URA）、建筑管理局（BCA）、土地管理局（SLA）、建屋发展局（HDB）和中央公积金局（CPFB），其中市区重建局是全国的土地利用规划部门，主要负责制订土地的长期战略规划和短期详细计划；建筑管理局统一负责全国的建筑行业管理和公共基础设施建设；土地管理局执行对全国土地分配、销售、租约的管理；建屋发展局和中央公积金局则是新加坡住房保障的主要执行机构。

1. 建屋发展局

在新加坡住宅业发展中，新加坡政府起了决定性作用。1959年人民行动党执政后，把住房、就业、教育并列为三大急待解决的社会问题，为解决房荒，1960年2月成立了专门机构——建屋发展局（House & Development Board，简称HDB），隶属于国家发展部，统一规划公共住宅事项，拥有规划、建造、管理、出售公共住房的全权。建屋发展局下设三个业务部门即行政和财务署、建设开发署、房地产署，在全国设立36个地区办事处，平均每个办事处管理1.5万套住房。新加坡政府主要通过建屋局来具体实施和落实公共住宅计划，建屋局办事透明、行政高效，较好地履行了职责，对推动新加坡住宅业的飞速发展起到了重要作用，其作用主要体现在以下几个方面：

一是制订公共建房计划有步骤分阶段地解决居民住房问题。新加坡的建屋发展局既是政府机构，又是房地产经营企业，在解决住房方面起了重大作用。它解决住房问题的核心政策是鼓励居民自己购建房，把住房供给从国家低价出租改为国家建房，由居民分期付款购买。具体内容为：推行居者有其屋计划，一方面把原属国家所有的住房逐步转让给个人，另一方面对经济收入不同的家庭实行不同的住房供应政策，对高收入者国家不包供住房，实行完全的住房商品化，由其自行向专门设立的建房及市区发展公司按市价购买商品住房；对于中低收入者，实行准商品模式，由政府投资建造住宅，然后按优惠条件卖给中低收入家庭，对少数收入在政府规定标准以下的贫困家庭（约占家庭总数的1%～2%），可以申请租用社会住房。建屋局成立后，先后制订了7个5年建房计划，通过这些计划较好地解决了新加坡的住房问题。

二是对住宅区建设实行整体规划和合理布局。根据国情，制定公共住房建筑的规划，包括建住房向高层和高密度发展，使其布局结构合理；根据不同的职工收入和消费水平，

设计不同的住宅，使住宅在设计、施工、标准、造价等方面适应不同的消费者，以解决各个层次居民的住房问题；负责各住宅区、新市镇的详细规划。根据新加坡人多地少的特点，对公共组屋设计采取高层建筑和高密度布局，公共组屋一般为10～14层连栋式和20～25层高层独栋式，每栋组屋有90～200套不同房型套房，综合密度为每公顷160户，将住宅区分为住宅区、邻里中心和新城镇三个级别。

三是对公共组屋建造实行严格管理。公共组屋建造由建屋局以公开招标方式发包给有资格的建筑公司承建。对发包、投标、价格计算、申请条件等实施过程和结果实行公开透明操作方式，公平竞争，接受监督、杜绝腐败。同时严格规定施工程序，科学决策、统筹规划，先由建屋局所属地产部和动迁部进行拆迁、征地工作，之后进行勘测和地质分析，接着进行基础设施建设，在公共住房完工时，配套设施同时完工，水、电、气供应到位，避免了建房中常见的各自为政，混乱无序的现象。

四是接受政府贷款，建造组屋（成组住房）和负责住房的出售、出租和住宅区的物业管理、房屋的养护和维修工程等，并向购屋者提供贷款。包括实施政府确定的建屋计划、征用土地、拆迁旧屋、规划设计住宅区、策划基础设施建设、安排承包商承建房屋以及负责公共住房的出租、出售和管理。目前，HDB已成为新加坡最大的住宅发展商和物业管理者。HDB是一个半官方机构，它一方面行使政府对公共住房的管理职能，具有绝对权威性，表现在HDB可自行制定住房政策，有为实施公共住房政策而在巨额财政、土地、人力等资源上的调配权。另一方面，HDB可以自行决策经营管理，具有较大的灵活性。HDB的资金来源主要是政府提供的低息贷款和居民购房贷款，其中政府的低息贷款占政府贷款的40%。

新加坡在1959年实行自治时经济急剧衰退，人民生活水平很低，住房严重短缺。在这样的历史背景下，新加坡政府把住房建设作为摆脱困境、振兴经济的战略性问题而放在最优先的位置上，包括在用地上给予保证、大力发展公共住房、提供售后服务和社区生活服务。1960年成立了HDB，作为新加坡惟一的公共住房机构，以"通过完善的住房计划，为新加坡人提供高品质和符合人民购买力的公共住房"为宗旨，经过几十年的不懈努力，为成功解决新加坡全国人民的住房问题立下头功。

2. 中央公积金局

新加坡直到1955年经济发展水平仍比较落后，人均国民收入很低，大批工人失业，住房紧缺，并且缺乏必要的社会保障体系，绝大部分职工没有养老保障，直接影响社会的稳定和政治的安定。为了保障国家兴建和个人购买社会住宅的资金来源，新加坡政府在大量考察欧美、香港社会保障体系的基础上，于1955年7月创办中央公积金制度，并成立了中央公积金局，统一管理和使用公积金储蓄，还制定了《中央公积金法》，以保护公积金会员的合法权益，规范管理、使用公积金储蓄的行为。新加坡公积金由中央公积金局进行统一管理，受中央公积金局董事会的指导，具体负责公积金的归集、管理、运用、增值和偿还，接受总审计署的监督。

公积金制度建立的目的是通过公积金这种强制储蓄制度，预先筹集个人养老资金以解决职工的养老问题。之后，随着居民收入的提高，公积金存款大幅度提高，政府允许公积金会员动用存储的公积金购买政府组屋。公积金制度规定任何一个雇员或受薪者，每月的工资必须有一定比例需要扣除，实际上就是一种强制性的储蓄；雇主（私人企业或政府部门)也需要按雇员或受薪者工资的同一比例,每月拿出一笔钱,统一存入中央公积金局。公积金明显特点在于:一是公积金的比例不光是逐年增加而且还能减少,也就是根据形势该增就增,该减就减。其二是随着近几年经济的复苏发展而发展,如1989年5月中央公积金局正式向人民推行"家属保障计划",根据这个计划,公积金局的会员们都可以自动(不必申请)以低廉的保费投保巨额的保险。投保者在达到退休年龄前一旦因病逝世,或不幸遇到意外,而终身致残,他的家属将获得一笔可观的赔偿金。当然这项保险计划还具有伸缩性,不愿参加可以申请退出。因此公积金制度已进一步完善,向着整个社会的保障体系方向发展。已从单纯的现金储蓄发展为股票投资;从作为家庭所有物的储蓄发展为私人投资或商业投资;从家庭保障保险发展为家属保障保险;从单独的保健储蓄计划发展为保健双全计划。

按照《中央公积金法》的规定,中央公积金局负责公积金的归集、管理和保值工作,公积金局设理事会,由11位理事组成,理事会每两个月召开一次会议,商议公积金归集和使用等重大问题。日常管理工作由总经理负责,总经理是公积金局的最高负责人,由国家总统直接任命。下设雇主服务、雇员服务、人事管理、计算机管理、行政管理和内部审计六个部门,各由一名高级经理负责。全局除设两名副总经理外,一律不设副职。现在全局共有员工1100多人,每人都有明确的责任、权力和工作程序。整个工作有条不紊,效率很高。

目前中央公积金局管理公积金数额约600亿新元,是新加坡的"最大财东",每年公积金的运营都创造数亿元的利润,但公积金局员工实行的是类似政府公务员的职级工资制度,其工资收入不和公积金运营的经济效益挂钩,也不能用公积金的增值发奖金。包括公积金局大厦及其停车场的出租收入都要一一入账,成为公积金存款的增值积累。而公积金局的每笔支出都要按规定计划执行,避免了公积金局为追求利润偏离为会员服务的宗旨,保证了公积金管理机构和队伍的廉洁。

（二）新加坡住房保障政策法规

1. 新加坡住房保障相关法律法规

1959年,新加坡取得自治地位后,政府面临的是加速增长的人口和日益紧张的住房这一严峻形势。为解决住房问题,新加坡于20世纪60年代实施了《新加坡建屋与发展法令》,明确了政府发展住房的方针、目标,并根据该法令设立建屋发展局,统一负责组屋的建设、分配和管理工作。建屋局的启动经费由国家以低息贷款形式拨给,随着业务发展,以卖出房屋的收入还清贷款并维持单位开支。由于建屋局为非营利机构,新建住宅常常要低价出售,有的只能出租,资金难以回收。对于建屋局的亏损部分,政府将之列入预算并负责津贴。同时政府还颁布了《建屋局法》和《特别物产法》等,从而逐步完善了住房法律体系。

1966年新加坡政府颁布了《土地征用法令》,规定政府有权征用私人土地用于国家建设,规定建造公共组屋可在任何地方征用土地。被征用土地只有国家有权调整价格,价格规定后,任何人不得随意抬价,也不受市场影响。征用土地是政府再分配财富和资源的强制性措施,所支付的补偿费远低于市场价。根据该项法令,建屋发展局能够以远低于市场价的价格获得土地,保证了大规模公共组屋建设所需的土地资源。建屋发展局并非无偿使用土地,而是直接向土地局购买。

1955 年新加坡推行公积金制度，同年国会通过《中央公积金法》，该法共有八章，对公积金的机构设置和职能分工，公积金的归集、提取、使用以及违法等事项从法律角度予以明确规定。政府、公积金局、雇主、雇员均须按照法律规范各自的行为，任何单位和个人都不得例外。政府无权动用公积金存款，只能以政府债务形式有偿借用并如期归还。公积金局必须依法管理、运营公积金。根据《新加坡中央公积金法》规定：凡在新加坡有薪金收入的人，必须与其雇主按同等比例将月薪的一部分缴存在中央公积金局，无故不缴，公积金局可以强行划账。迟缴要罚缴滞纳金。缴纳公积金的人，可以用公积金储蓄支付购买住房的首期付款，但不得用于支付房租。对购房者向各类银行借贷的住房贷款，也可以用此公积金来分期付款。严格的立法规定使公积金制度具有法律意义，法律的尊严强化了政府的责任感、公积金局的使命感和人民的信任感。使公积金制度一直按预定的方向和规定正常运转，不受人事变动和其他因素的影响，避免了许多人为的障碍和偏差，这是新加坡成功推行公积金制度的基础。公积金制度使政府积累了大量的住房建设资金，因此使居民的住房总是能在较短的时间内得到解决。

1968 年政府曾修改中央公积金法，允许公积金会员动用公积金购买公共组屋，解决了居民购房支付能力不足的问题，极大地推动了中低收入家庭购房。政府通过出售组屋收回资金，重又投入住房建设，大大加快了住房建设速度。

2. 居者有其屋计划

在英国殖民地政府统治下，新加坡从 1927～1959 年的 32 年中，仅为居民新建了 23000 套住宅，但是城市人口却急剧增长，第二次世界大战爆发以前，新加坡只有 50～60 万人，1959 年新加坡自治时，人口已增加到 158 万。这使得本已捉襟见肘的城市住宅更为窘迫，住房问题成为社会不稳定的重要因素。在这样的情况下，HDB 在 1964 年正式提出了"居者有其屋计划"，从根本上说，这个计划是个非营利计划，为无力在住房市场上购买私人住房的相当一部分居民提供公共住房。目的是让公民拥有自己的财产，有种安全感，而且也起到保值作用，避免因通货膨胀造成的房租不断上涨而导致的损失。当然"居者有其屋计划"也有助于整个经济的发展和社会稳定。

新加坡的"居者有其屋计划"，是针对其当时社会的住房状况，按照国家有关政策和法令提出的住房发展总目标或阶段性目标而制定的。计划的内容大致上包括一定的量化目标，实现这些目标的年限，计划主要针对的政策目标群，实现目标的住房供应、金融、建设和分配的政策措施等。

"居者有其屋计划"在开始阶段发展缓慢，部分原因在于建成组屋的数量太少，但更重要的原因是首付款的数额太大。直到 1968 年通过了中央公积金法(修正案)，允许居民用公积金储蓄购买组屋，组屋的购买需求才有了较大的增长。为了保证低收入家庭也能享受到"居者有其屋计划"，新政府还出台了五项措施来帮助他们购买住房：(1)提供优惠价，以低价把租赁房售给原住户，最多可折价 30%，其次是提供相当于优惠房价百分之百的抵押贷款；(2)对于每月收入在 1500 新元以下的家庭，建屋发展局以市价购进三居室房屋，再以低价售给他们；(3)向低收入家庭出售面积较小(约 85 平方米)，装修较简单的四居室房屋，价格一般优惠 15% 至 18%；(4)租赁公房的低收入家庭要购房可获得 6 个月的优先权，但他们必须是首次购房，并已在自己的租赁房中住满 5 年；(5)每月家庭总收入在 800 至 1500 新元之间的家庭可先向建屋发展局租赁一套三居室，日后再买。1961～

1995年期间，HDB共实施了7个"建屋发展五年计划"，共计建设公共住房超过70万个单元。据统计，1995年新加坡的公共住房在总住宅中所占的比重已高达88.2%；1996年在约300万人口中，住在公共住房的人口已达86%，其中约90.6%属于自有住房，只有9.4%是租赁户。另据2000年新加坡人口调查显示，2000年已有88%的家庭住在公共住宅，92%的家庭拥有自己的组屋。

3. 组屋翻新计划

目前新加坡已有86%的居民住上了组屋，其他14%的人住商品房，尽管从数字上看，好像没什么需求，但实际上由于家庭的裂变性，生活水平的不断提高，需求也在不断增长。目前到建屋发展局申请购买公屋的已达14万户，而新加坡总共才300万人口，这个比例已是相当高了。HDB通过调查发现，这14万购买组屋的申请者中，属新组建家庭的只占少数，绝大部分是以前购买面积较小的组屋，准备换大面积住宅的住户。根据这种情况，新加坡的解决办法是将旧房翻新，在翻新的同时，还能增加少量使用面积。

为此，新加坡政府在1991年出台了公共组屋翻新计划，目的是进一步改善居住环境，加强社区联系，使住房增值。它主要由政府资助，住户只支付小部分费用。翻新计划规定，对已使用18年以上的公共组屋都将延长使用寿命，增加住房的内部空间，并改善其周围环境和设施。1993年，新加坡政府又出台了"中期更新计划"，旨在更新10至17年的组屋住宅区。该计划只改进整幢组屋外观和周围环境，市镇负责落实。为了得到住户的配合，在更新计划开始前，当局先以展览会和投票方式征求住户的意见。只有在至少75%的住户赞成的情况下，更新工程才能开始。计划的资金主要由新镇委员会承担，部分资金由政府提供。

组屋翻新计划包括：（1）主要翻新计划——将旧的住房修复到当前新住房的标准。（2）电梯翻新计划——为那些没有在每层楼设有候梯坪的高楼提供这项设备，让老龄人及行动不便的居民进出更加方便。（3）选择性整体重建计划——为了更好地利用土地，新加坡政府于1995年又出台了"选择性整体重建计划"。这一计划与更新计划相辅相成，主要是整体性地重建一些旧的公房住宅小区，以增加土地利用率，提高住房和居住环境的质量。受影响的住户在不必搬离现在居住区的情况下就可以进行住房的扩大或更新。

这些政策实施后，由于环境熟悉、邻里相处多年等因素，很多居民都很留恋已居住多年的环境，旧房翻新计划因此受到很多新加坡住户的欢迎。政府通过组屋区更新计划，以系统化的方式重新发展屋龄较久的市镇或社区邻里，以便和新的组屋发展相互融合。这些市镇或社区将提升到目前最高水平，生活环境也会获得改善，居民将可享受到资产升值的益处，生活素质也将有所提高。

4. 国民公寓计划

多数国家建设的公共住宅都是面向低收入阶层，由政府迎合中等收入小康水平家庭而直接向他们提供高品质住宅的很少，但这恰恰是新加坡政府正在努力去做的。

在新加坡，从20世纪60年代初期到70年代中期的住房短缺状况已经缓解。随着基本住房需求得到满足和人口流动性加强，新加坡人在选择住房方面有了更多需求。政府的目标是让更多的人有机会拥有私有住宅，或至少享有与之相应的生活方式。国民公寓（Executive Condominiums）就是新加坡政府为满足对较高品质住宅的需求而推出的新住宅计划。此项计划旨在提供一种准私有的住宅模式，其住宅设计和建造质量均类似于中等水平的私有商品房。在推出国民公寓之前，新加坡的商品房与公房之间有着明确的界限。商品房是指由私营开发商在私有或国家出让的土地上开发的住宅，销售之后作为私有财产归属房主。公房则是由政府补贴建造的住宅，由建屋发展局（HDB）通过严格的条件限制其买卖与转让。新加坡是世界上住房拥有率最高的国家之一，92%的居民拥有自己房屋的使用权（但不一定有不受限制的所有权）。然而很多公房的居住者渴望拥有完全私有的住宅，新加坡有限的土地资源决定了不超过20%的居民可以最终拥有自己的房产，奇货可居导致近年来商品房价格迅速上升。

鉴于居民的此类需求，新加坡政府很快出台新的政策帮助人们实现愿望。在1995年国庆讲话中，新加坡总理首次提出国民公寓计划，并称之为一项新的尝试。

作为一种全新的住宅概念，国民公寓既有别于以往的公房，也不同于随行就市的商品房。国民公寓在户型、设施、装饰等方面与商品房属同一档次，面积为100平方米到120平方米之间，价格为5000到5500新元/平方米，比市场上低价位段的商品房价格略低。政府计划第一年建200套，以后随需求的增加逐年增加，建屋局每4个月公布一次建屋计划，以销定产。头两批国民公寓交由国有公司承建，其后的项目也将发包给私营公司，但保留一定比例归国有公司和非营利组织。第一次申请国民公寓的购买者将获得一次性40000新元的政府补助，这类似于政府对第一次在公开市场上购二手公房的居民的补贴。除了调整收入限额外，对申购国民公寓居民的限制条件类似于申购公房者。这些条件是：（1）家庭月收入低于10000新元；（2）必须是年满21周岁以上的新加坡公民，并组成一个家庭核心；（3）不可拥有其他物业或地产，在卖掉现有物业30个月后方有资格申购，居民在购得国民公寓后，不可再购其他物业。此外，购买者不能向建屋局申请按揭，因此购买国民公寓只有通过商业银行贷款获得支持。但为保证国民公寓的售价低于商品房，政府控制的土地出让金比现行市价低30%。而最吸引购买者的是，居民购得国民公寓5年后可转让给新加坡公民或永久居民，10年后则完全私有，甚至可以卖给外国人，总之是不受国家的任何限制了。

（三）新加坡住房概述

1. 新加坡住房体系

新加坡国土面积狭小，仅600多平方千米，而人口密度大，每平方千米为4900人，市区则达到每平方千米9800人。1959年，新加坡取得自治地位后，政府面临的是加速增长的人口和日益紧张的住房这一严峻形势。那时，大部分人住的是污秽、拥挤的陋屋。能拥有属于自己的舒适住房几乎成了每个新加坡人可望又不可及的梦想。然而，经过近40年锲而不舍的努力，新加坡政府成功地解决了这个难题，实现了人们的梦想。目前，新加坡86%的人口居住在近90万套国家提供的公房（新加坡称"组屋"）里，其中82%的人已购下所住房屋。而在1960年，只有9%的人口住在公房里。新加坡政府解决住房的努力得到世界的认同。1991年，联合国向新加坡政府所属的建屋发展局颁发了"世界居住环境奖"。

新加坡是市场经济国家，但在住房建设与分配上却并不完全通过市场调节来实现，而是将计划与市场相结合，以政府分配为主，市场出售为辅。目前，新加坡的住房主要分为两类。一类是组屋，即政府建造的公屋。组屋类似于中国的经济适用房或限价房，由新加坡政府投资建设并实行有偿提供，价格由政府统一规定，一般以低于市场价出售或出租给中低收入者。由建屋发展局组织建造的新镇(中国称住宅小区)属于这一类。另一类是市场商品房。包括高级公寓和私人住宅在内的商品房则由私人投资建设,按市场价格出售。新加坡商品房市场的主要客户群是收入较高的二次置业者或投资者。由于新加坡大多数家庭都拥有低价组屋,商品房市场相对他国而言,总体上不太活跃。在土地国有化的基础上,政府以福利价提供公共组屋,市场以市场价提供私宅。而建屋局是最大的建筑商,无论从住房建设数量,还是供给人数上来看,都是如此。由此,也就形成了新加坡以计划为主、以市场为辅的住房供给体制。

新加坡的所谓"组屋",除了"一个套间"、"一个单元"的意义之外,还包含着其他三方面的意思:①居民住房建设是整个城市建设的有机组成部分;②促进多元化种族居民的融洽组合;③提供多代家庭成员的亲密组合。政府提倡"尊老爱幼"的伦理道德,在公共组屋政策上,也鼓励多代同堂或已婚子女与父母毗邻而居,以便生活上互相照应。据统计,几代同堂、已婚子女与父母同住一组屋或同一组屋区的住户已达到41%左右。新加坡一向具有尊老爱幼的优良传统,在住宅设计和小区建设中考虑二代,甚至三代相毗邻的组合型住宅,一个二代家庭既分又合,比单纯把老人送敬老院要合情和睦得多。

新加坡目前约有私人住宅18万多单位,类型有独立式别墅、半独立式别墅、排屋和公寓等。这些私人住宅主要是由私人房地产商开发,以市场价出售。政府方面由市区重建局(URA)主要以土地的供应来进行调控,防止市场泡沫和过度投机。收入超过一定标准的家庭,政府限制只能从市场上购置私人住宅。

组屋与商品房在市场体系中并不存在什么矛盾,主要是因为两者面对的对象不同。组屋是由政府补贴的,其购买对象有严格限制,不符合条件的住户不得购组屋。如高收入者一旦超过了建屋发展局组屋购买对象的收入限制线,则不能申请购买组屋。商品房一般是由开发商向政府购得土地后,开发成低密度的高档住宅,面向高收入家庭出售,其价格相当于政府组屋的3至8倍。新加坡商品住宅的容积率一般在0.5左右,而组屋的容积率一般在2.8到3之间。在新加坡,一般人没必要买商品房,而买商品房的没资格购组屋。

2. 新加坡住房建设发展历程

新加坡政府大力发展公共组屋,成为居民理想安居之所,被联合国评为最适合人类居住的国家之一。但是,新加坡解决住房问题同样经历了一个较长的发展过程。

(1) 陋屋区时代(20世纪20至50年代)

从20世纪20年代早期开始,新加坡许多人的住家都是在拥挤的陋屋区,没有适当的卫生、照明或通风设施。这些房屋大多草草用椰叶、旧箱子及金属片搭成。因住房短缺日趋严重,当时的英国殖民政府于1927年设立了新加坡改良信托局,专门负责清理陋屋区,并为从那里搬出来的民众提供住所。到1947年,人口增加到20年前的两倍多,达到一百万。在新加坡改良信托局存在的32年中,共建造了23000个单位的住房,当时只能为不到百分之十的人解决住房问题。50年代,许多住在陋屋区里的人必须共用一个狭窄的厨房。这样的居住环境既不符合卫生标准,也容易发生火灾,很不安全。1961年在河水一带发生的一场大火,摧毁了数以千计的住家,造成16000人无家可归。

(2) 推出居者有其屋计划,解决屋荒(1960~1970)

面对严重的屋荒问题,新加坡于1960年成立建屋发展局。它是国家发展部属下的法定机构,也是新加坡惟一的公共组屋机构。成立之初,新加坡建屋发展局就在短短8个月内，完成了为 1961 年河水一带火灾灾民重新安置家园的任务。建屋发展局的目标一开始就非常明确，就是为低收入人民提供廉价房屋。它制定了一个全面的五年计划，并由此引出以后的多个五年建屋计划。计划初见成效，在河水山、女皇镇及麦波申等地建造了53000 多个单位的住房。为了鼓励人民拥有自己的组屋，建屋发展局在 1964 年推出"居者有其屋计划"，并首次为麦波申等组屋区开展各种促销活动。1965 年，建屋发展局开始建设第一个备有多项社区设施的大巴窑市镇，其中包括市镇中心，以及可为居民提供就业机会的轻工业区。到 1970 年，超过三分之一的人口住进了组屋。

（3）建设新市镇，大量增加住房供应（1971～1977）

随着房屋短缺问题逐渐解决，建屋发展局开始专注于开发更宽敞舒适的组屋，以及设施齐全的新市镇。通过完善的规划，宏茂桥、勿洛及金文泰等市镇都拥有丰富齐全的设施，如市镇中心、邻里中心、巴士转换站、学校、体育场、公园及工厂。到 20 世纪 70 年代中期，超过一半的人口住在政府组屋。市镇规划也更趋成熟。镇内的居民可轻易地在住家周围找到诸如民众联络所、图书馆等休闲场所。

（4）建设综合性社区，提供全面的居住环境（1978～1988）

到 20 世纪 80 年代初期，大约 70％的人口住进政府组屋。随着住房供应方面经验的日趋完善，新加坡环境既可满足居民在休闲方面的需求，让他们方便地使用各种设施，同时也能增强社区的凝聚力。80 年代后期，超过 85％的人口住在政府组屋。

（5）改进组屋的质量与服务，开展老城改造（1989 年至今）

新加坡除了为大众建造新的家园，也为较旧的市镇提供"组屋更新计划"。包括主要翻新计划——把旧的住房修复到当前新住房的标准；电梯翻新计划——为那些没有在每层楼设有候梯坪的高楼提供这项设备，让老龄人及行动不便的居民进出更加方便；选择性整体重建计划——为了更好地利用土地，有选择性地将旧的组屋拆除，并在附近地段为受影响的居民提供新的住房。政府通过组屋区更新计划，以系统化的方式重新发展屋龄较久的市镇或社区邻里，以便和新的组屋发展相互融合。这些市镇或社区将大大改善生活环境，提升居民生活素质。

目前，新加坡公共组屋正进入一个崭新的时代。为了在市区内注入更多生气，新加坡将在市区达士敦坪重新开发一处占地 2.5 公顷的住宅区。新加坡通过建筑国际大赛征集作品，激发创意，探求如何最大程度地利用土地资源，在公共组屋密度越来越大、楼层越来越高的情况下，为未来居民提供具有吸引力的生活环境。最后确定的方案为 7 栋 48 层的楼房，相互之间在 26 楼及楼顶处用空中花园连接。该住宅区预计将于 2007 年 10 月完工，届时将能提供 1800 个新家园。真可谓是世界级的公共组屋。

3. 新加坡住房现状数据

新加坡 1959 年实行自治时，人口 158 万，失业和房荒是严重的社会问题，当时有40％的人居住在贫民窟和窝棚内。新加坡原总理李光耀认为，解决住房问题，尤其是中、低收入阶层国民的住房问题是保障政治稳定，推动经济发展，增强人民信任感的战略问题。为此，新加坡执政党人民行动党和政府把解决住房问题作为政纲和基本国策。既有明确的目标，又有严密的实施计划，立法先行，一切按法令办事，经过几十年的努力，卓有成效地解决了人民的住房问题，赢得了人民的信任。目前，政府住房政策的重点已转向改善环境设施和扩大单位面积，提高居住舒适度。可以说，新加坡已成为世界上居民住房问题解决得最好的国家之一。

据统计，2000 年，新加坡 92％的家庭拥有了自己的住房，租赁住房的家庭则减少至 6.6％，68％的家庭居住面积在四室以上。在 1960 年时，只有 9％的人口住在公房里，而在 1976 年，新加坡建屋局就已经成功地为占人口 80％的工人提供了住房。截至 2003 年底，新加坡政府在 40 多年的时间里共建成组屋 96.8 万余套，新加坡 320 万人口中，约 86％的人口居住在国家提供的组屋中，其中 82％的人已购下所住房屋。

各国和地区住房消费格局比较　　　　　　　　　　　　　　　表 7-3

项目 地域	单位	住房自有率		住房租用率	
		购私房	购公房	租公房	租私房
美国	套	70％		近 30％	
英国	人	60％	10％	20％	10％
中国香港	人		10％	36％	
新加坡	人	约 10％	82％	4％	约 4％

从上表可以看到，尽管新加坡是一个市场经济体制国家，但在住房问题上，却主要依靠行政计划手段解决了全国绝大多数人口的住房问题。相比较起来，新加坡在发达国家中，其公共住房保障的人口比重是最大的，而只有相当少的人口才住在商品房里。新加坡将其公共住房的成就主要归功于以下四个因素：(1)政府的强力支持和资助；(2)全面的新镇发展；(3)鼓励居者有其屋；(4)良好的产业管理。

（四）新加坡住房保障体系

1. 住房保障实施方式

新加坡的住房保障主要依靠大力发展公共组屋的方式，解决中低收入者的住房问题。组屋的投资、建设和分配由新加坡建屋发展局统一负责。房屋建成后，该局以公民的收入水平为标准，按照公平合理的原则进行分配。符合政府配房条件的住户一律排队轮候政府分配住房，低收入者可以享受廉价租房待遇，中等收入者可以享受廉价购房待遇。一般来说，新加坡公民结婚后即可到建屋发展局申请购房，两年内便能拥有一套组屋。

新加坡组屋有出售给公民的，也有出租的，不过出租的数量很少，只占 4％左右。近几年新建的组屋则全部是出售的，租赁的组屋基本上是以前建造的。1960 年开始建组屋时，基本上都用来出租。1964 年开始卖，但是不大成功，因为那时老百姓无钱购买。1968 年政府允许老百姓用中央公积金买房，由于利息很低，政府的公房计划很快成功了。现在全国住房建筑面积中，组屋占了 86％，但以用地面积计算，组屋并没有占这么高的比例，因为组屋实行的是高密度，而商品房是低密度。

为了防止房地产开发商的炒作，新加坡政府还制定了细致和周全的法律法规，对房地产市场进行严格监控。例如，建屋发展局的政策定位是"以自住为主"，对居民购买组屋的次数作出严格限定，按政府规定，公民向建屋发展局购置的组屋到公共市场上转让后，还可重新向建屋发展局买一套组屋，但一户公民不能同时拥有两套组屋；居民购买组屋后一定年限内不得整房出租，仅允许房主与租户合住；组屋在购买后 5 年之内不得转让，也不能用于商业性经营，否则将受到法律严惩；新加坡公民购买商品房后如不愿退回已购组屋，就必须继续在组屋居住，否则将受到严厉处罚；建屋局对组屋租售的控制非常严格，不经允许不得租售给外国人，违者会被告上法庭。此外，新加坡已开始征收房产税，按照规定，业主出售购买不足一年的房屋，要缴纳高额房产税，这对平抑商品房价、杜绝"炒房"也起到了很好的作用。

2. 公共组屋分配制度

公共组屋分配政策，是新加坡公共住宅发展计划和政策的重要组成部分。它主要包括公共组屋分配政策和程序、组屋申请资格的标准，以及对骗购骗租者的惩罚措施等。

（1）公共组屋分配政策和程序

HDB 的售房分配原则是无房者优先，根据申请者需要，确保售房公平分配。这是因为首次申请的无房者比那些已有住房的改善者更迫切地需要住房。HDB 采用的分配方式是先申请先服务的住房分配系统。在这种分配系统中，只有一个申请序号系列，因而出售和出租各有一个排队系列。分配的优先权由申请时间的次序来决定，因而操作简单，易于为公众所接受。组屋的分配程序：其一是申请登记。采用先申请先服务的分配系统需先建立登记程序。从 1974 年起实行分区登记系统，申请者可就某一个区域提出申请。其二是抽签和选择。根据某个区域可分配住房的数量，排在申请该区域组屋轮候队列前面一定数目的申请者可参加由政府官员主持的抽签活动。到 1983 年，抽签方式被更简单和迅速的自选方式所取代。在自选方式中，所有符合分配条件的同一区域申请者，按其轮候顺序从可分配的组屋名录中依次选择其满意的组屋。其三是组屋交换。HDB 还有与组屋分配政策相配套的一系列组屋交换规定。

自 1968 年新加坡大力推行公共住宅出售政策以来，购房者日益增多，搞好公房配售，让购房者觉得合理公平，成为建屋发展局的重要课题。起初，政府采用登记配售，以登记的先后顺序出售，后来改为定购制度。每季度公布一次建房计划，定购并申请房屋的人就进行抽签，中签后经过购房审查交付订金后随即签订购房合同，并交付房价的首付款。抽签活动一般由本选区国会议员主持，更增强了权威性和代表性。申请者一般等两年多就可以住上新房。这种办法缩小了各地区、各类型住房的供求差距。

（2）公共组屋申请资格标准

"居者有其屋计划"为新加坡公共组屋建设确立了基本框架，组屋申请资格的有关标准是其重要内容之一。标准的有关规定中，有四个决定组屋申请资格的主要因素：一是公民权。它规定申请者必须是新加坡公民，而共同申请的其他成员必须在新加坡居住。这个标准曾作过几次修订。二是无私有房产。那些拥有私有房产的居民不能申请购买组屋，甚至那些想放弃其私有房产再申请购买组屋的申请者也必须在其具备组屋申请资格的 30 个月后才能申请购买组屋。三是收入水平。由于公共组屋是帮助那些无力购买私人住房的居民解决住房问题，因而要确定申请组屋的家庭收入限额标准，那些家庭总收入超过收入限额标准的家庭不能申请购买组屋。四是家庭构成。建屋局规定新建组屋的申请者必须形成"核心家庭"。新加坡的组屋政策一直把家庭放在重要的地位，但这并不意味着公房政策的大门对那些没有组成核心家庭的单身者是关闭的。家庭构成的规定有些特例，包括老年人计划和孤儿计划等。

在收入水平资格方面，新加坡是按收入高低确定购、租政府组屋条件，并实行优惠的房价政策，组屋售价相当于市场价的 1/2。在政策上，新加坡并不鼓励人们租房住，鼓励市民购买组屋。随着经济发展和收入增长，政府也不断提高申购新建组屋的家庭最高月收入标准：1964 年为 1000 新元，1982 年为 3500 新元，1994 年为 8000 新元，月收入超过此标准的家庭，政府不负责提供组屋，从市场上直接购买商品住宅。通过这种办法，建屋局掌握着私宅市场客源的进口部位，等于创生、维系着一个私宅市场，使之处于自己的间接影响之下。

根据"登记公房制度"，申请者必须注明公房的类型和地区，登记号码将以先后顺序发出，申请者也将依据登记号码的先后选购公房。为确保公房分配合理，以加强社会家庭凝聚力，建屋发展局制定了购屋条件和优先分配计划。合格条件是：①直接向建屋发展局购屋条件：新加坡公民；年满 21 岁；必须组成两人以上家庭；每月家庭总收入不超过1500 新元（申请三室）或 8000 新元（申请四室或五室）；不得拥有私人房产。②在公开市场利用"公积金房屋津贴"购买转售公房的条件：新加坡公民；年满 21 岁；是两人以上家庭；没有私人房产；未直接向建屋发展局购屋或享用过任何房屋津贴。③在公开市场不利用"公积金房屋津贴"购买转售公房的条件：新加坡公民或新加坡永久居民；年满 21 岁；必须是两人以上家庭；没有最高收入限额；在某些条件下能拥有私人产业。

此外，HDB 运作的一个基本原则是坚持已婚家庭比未婚单身者更需要住房，公共组屋申请资格也不鼓励年老或年轻的单身者独立居住。另一方面，HDB 对传统的扩大家庭却采取了积极的鼓励政策。这主要是因为 20 世纪 70~80 年代新加坡家庭构成核心化，越来越多的青年人婚后与其父母分开居住，而政府认为上述趋势是年青一代违背亚洲传统家庭习俗、对其父辈关心渐少的标志，它不利于社会的稳定与发展。

（3）对骗购骗租者的惩罚措施

HDB 对组屋的政策定位是"以自住为主"，对居民购买组屋的次数有严格的限定；购买组屋后一定年限内不得整屋出租，仅允许房主与租户合住；在购买后 5 年内，组屋不得转让，也不能用于商业性经营；同时，一个家庭同时只能拥有一套组屋，如果要购买新房子，那么旧组屋就必须退返。新加坡居民一旦违反了上述规定，将会受到政府严惩。

根据规定，新加坡人在申购申租组屋时，都必须提供真实可信的资料。像新加坡人喜欢选购的四房式和五房式组屋，政府规定固定家庭月收入不得高于 8000 新元，否则不得购买。同时只有家庭月收入少于 800 新元的公民才可以向政府提出申请租住组屋。经过对申请者家庭经济状况的严格评估后，政府才会提供组屋供其居住。对于弄虚作假者，当事人将面临高达 5000 新元的罚款或 6 个月的监禁，或者两者兼施。

3. 公共组屋的规划建设

（1）公共组屋规划建设

新加坡的组屋由建屋局进行统一的规划、设计和建造。施工采用招投标制，由专门的承包商建造；物业管理则由各镇的市政理事会负责。建屋局的住宅发展计划是在长远发展规划的指导下进行的。建屋局要详尽地分析历年住宅建设的数量和销售情况，申请购买组屋家庭的数量及其对户型、地点的要求，以及各不同地区城市基础设施状况、社会服务设施状况和就业机会，并预测今后 5 年的需求量，选择最佳开发地点。新加坡政府规定，不同规模的居住区域配套建设不同规模的商业、文化、卫生、社会福利设施、体育、宗教建筑和工业，这些设施由建屋局先进行土地开发后，主要由各职能部门营建，很少出现扯皮或欠账的情况。

随着政府兴建组屋的数量不断增加，住房供求矛盾渐趋缓解。但对于那些地段较好、交通便利的现房，购房者仍趋之若鹜。2004年1月就曾出现近4000人熬夜排队领号抢购1700余套组屋的情形。为避免盲目建设造成的住房滞销和资金浪费，除直接购买现房外，建屋发展局还将未来半年内计划开工兴建组屋的详细资料向社会公布，让申请者预购，并根据预购结果调整建房计划，一些预购率不高的项目可能被取消。从1989年起，建屋发展局推行以销定产的"房屋订购计划"。建屋局每季公布一次近12个月的建屋计划，向申请购房者征求意见，并由其投票表决修正方案，然后通过抽签等形式选定购房人员并排出顺序、签订协议、预交定金（20％），若订购量达不到规定的比例，则不开工建设。

新加坡政府不只是兴建住宅，而且还负责全面规划住宅区的居住环境。根据其人多地少的特点，建屋发展局在规划设计小区和新建组屋时，既考虑建筑体形的高低错落、色彩变化，又能充分利用室内面积合理布局。所有的居住小区都有完善的配套设施，包括商业中心、银行、学校、图书馆、剧院等。另外，政府还通过邮政储蓄银行贷款和政府补贴对公共住房以及中低收入阶层进行调配，使公共住房能够良好运转；同时新加坡公共组屋管理施行立法与政策相配套，不仅解决了建房问题，而且解决了公共住房的转售转租问题。此外，建屋局还十分重视街景与景观设计，房屋建设虽为高层高密度，但住户并不感到空间压抑。而且设计者把楼房顶层辟为公共活动场所，供人登高观景和进行社交活动。值得借鉴的是，建屋局还负责售卖和保养这些组屋区。建屋局建立了庞大的维修服务中心，为各居住区提供24小时紧急维修服务，每7年为组屋区进行粉刷外墙和修理内部工程，同时改善设备，把它们提高到可与新组屋相比的水平。新加坡政府注重保存和推广传统的东方文化和价值观念，比如强调家庭意识和老一辈的关心照顾。愿和父母住或子女三代同堂的家庭在申请公房时可获得优先分配。比如，有意和父母或子女近住者，政府也拨款资助他们购买公房。依据各自的购买力，新加坡人可以从一室、二室、三室、四室、五室和公寓式共6种房屋款式中任意挑选住房。四室式目前是最受欢迎的。它的面积约为100平方米，一般有一间客厅、三间卧室、两间浴室、一间厨房和一间贮藏室。

（2）公共组屋建设发展历程

在20世纪60年代初期，建屋发展局组织大量兴建的是1室户（33平方米）、2室户（41平方米）及改良型（45平方米）的组屋，从1968年起开始建造4室户（75平方米）组屋。1974年以后成立了国营城镇房屋开发公司，专门建120平方米的大型5室居。进入80年代后，仅仅过了十几年时间，早期建设的一大批组屋已不符合要求了，已经住进去的亦第二次要求再申请面积大功能齐的组屋，其中半数以上为老住户，他们有房可住，但要求愈来愈高，希望住得更加宽敞、豪华。因而停止建1屋和两屋1厨的组室，对原建的1屋1厨和2屋1厨的组屋进行拆除式改建。从1987年起，停止建3室1厅的套房，而且不再建长外廊式住宅。从90年代起，要求又进一步提高，大部分都要求4室、5室的公寓式组屋，楼房10～20层的占2/3，目前90％以上的居民，都住进了设备齐全的高楼大厦。

目前，新加坡共有23个市镇，一个典型的市镇由五到七个邻区组成，每个邻区则由至少六个邻里组成，而每一个邻里由四到八座组屋组成，一座典型的组屋可容纳120户左右的家庭。新加坡建造的组屋主要有两种形式：一是9～14层的"排板式栋式"组屋；另一种是20～25层的"高塔独栋式"组屋。现在居住在高塔独栋式的居民尚较少，据统计约有3.5万人。由于新加坡国土面积较小，为提高住宅组屋的居住密度，新加坡计划今后适当多建20层以上高塔独栋式的组屋，以使更多的人住进这些高楼，眺望狮城绮丽的风光。60~70年代兴建的中、低档组屋，现已明显落后于时代。随着国民收入提高和人民居住条件改善要求的提高，翻修旧式组屋成了新加坡政府面临的新课题。于是新加坡政府又从1992年起，在全国实施"组屋翻新计划"，准备用10~20年时间，耗资150~200亿新元来完成这一宏伟计划。翻修旧式组屋将包括组屋厅室面积扩大、改造街道地面、每层楼都增设有电梯停留、增添儿童游戏场、户外花园广场、有盖走道、绿色地面等等，以缩小同新开发的组屋质量和居住环境上的差距。新加坡政府为适应老年人(55岁以上)的需要，满足老年人愉快度过晚年生活的要求，于1998年开始实施"乐龄公寓计划"，即建造专为老年人居住的公寓。这种公寓有着其独特的特点：如无障碍平整、防滑的地面；大而较低的窗户，可坐着轮椅便可轻易地打开窗，晒衣服，观外景等；设有扶手的厕所、设有较大的电灯开关、警报系统的拉绳、防火的探热器等等。

(3) 公共组屋建设特点

一是按三个中心进行规划和设计。新加坡的公共组屋建设特点之一是按照住宅中心、邻里中心和新城镇三个中心进行规划，建设各个中心的原则是不但要充分考虑居民的生活，还要同时考虑居民的娱乐、健身和就业等各方面，使居民在各个方面均感到便利。新加坡的一个住宅中心(区)，大约由600~1000户居民组成，中心内植有各种花草树木、环境优美，同时还设有居民娱乐、集会与儿童游戏运动的场所。一个邻里中心，大约由3000~7000户居民组成。其内设有商店市场、摊贩中心、医务所、托儿所及住宅管理机构等。一个新城镇，大约由30000~50000户居民构成，新城镇内设有完善的各种服务设施，拥有商业中心、百货中心、超级市场、银行、图书馆、电影院、室内外运动场、游泳池、学校和医院等，居民的生活、娱乐、健身、购物、就业和子女上学均很方便。

二是重视"以人为本"的理念进行规划和设计。①政府鼓励三代同堂，大家庭的亲人均住在毗邻的组屋里，建屋发展局在设计建造组层时，特意设计了三间一套和一间一套相连的新组屋，使新婚的年轻夫妇能便于照顾老人，并在购买组屋时还有一些优惠的政策。②为了增加邻里间的交往和接触，以达和睦相处。建屋发展局在设计住宅组屋时，多数楼房一对一地建造，相距较近。每栋楼的一层都不安排住户，而建成四面通风的室厅，为楼中居民提供休息、娱乐、集会和接待亲友的场所，甚至成为举行婚礼，便于大家祝贺的地方。每栋楼隔2~3层，设有一个平台供老年人到户外聊天及观赏周围景物。每一个住宅小区都有1~2个儿童游乐场和老年人健身的场所，对居民免费开放，住宅区中楼与楼之间以及与公共汽车站之间建成有盖走道，使出入居民免受雨淋日晒之苦。

三是政府鼓励各民族混居而不独居。新加坡是一个典型的移民社会，是一个主要由华人、马来人、印度人等组成的多元民族国家，宗教信仰有佛教、道教、基督教、伊斯兰教和印度教等等。这些民族和宗教都各有自己的祠堂、文字和独特的祭祀活动和聚会，他们在法律上都一视同仁，一律平等。在居住方面，新加坡政府为促进各民族的交往，便于更好地相互了解和相互帮助，在组屋设计上，实行同套型、同标准的设计，鼓励各种族、各宗教信仰的居民混居。由于政府的政策引导，各住宅区居民委员会积极工作，混居在住宅区中的各种族居民均能做到相互尊重、友好和睦相处。自1969年以来，再没有发生种族和宗教方面的社会暴乱，保持着新加坡社会的安定。

四是住宅区的环境管理步入法制轨道。新加坡是管理十分严格的法治透明国家。新加坡正是由于严格的管理，完备的立法，严格的执法以及有效的法制教育相配合，不仅促进了经济建设、政治变革及文化事业的健康发展，提升了国民的法律素质，而且也调节着人际关系和维护社会的良好秩序。在住宅区管理中，新加坡步入法制管理的轨道，要求入住住宅区中的居民，人人要自觉维护、执行国家和住宅区的有关法律法令，对违反者，轻者罚款，重则绳之以法。新加坡的住宅组屋，不管市内的，还是郊外的，都管理得井井有条，干干净净。住宅区内的路灯维护、环境绿化、楼道清理、垃圾清理等都有专人负责，管理也很到位。住宅区的广告，只能在指定的地点张贴和制作，不准乱贴、乱挂、乱画。住宅区内不准聚众赌博、打闹，不准乱扔废物、乱抛垃圾等等。对正在施工的工地，要求有专门的木制栅栏加以隔离，工程所用的建筑材料必须整齐堆放，运货车辆必须干净出行，工地周围不允许存放土块和垃圾等。新加坡人都很爱护自己的生活环境。他们对个别不守公德者，则严加重罚，如在路上乱扔垃圾者罚款 1000 新元；随地吐痰者，最高要罚到 1000 新元；在公共场所吸烟者罚款 500 新元；上厕所不冲水者罚款 1000 新元等等。通过重罚，使那些不守公德者，受到教育，提高遵守国家法令的社会公德的自律性，从而较好地维护了社会的秩序。

五是重视住宅区的环境治理和绿化工作。进入信息时代的新加坡非常重视住宅环境治理和绿化工作，他们不但要求有栖身之地，更重视良好的栖身环境。如今的新加坡，无论步行在住宅区，还是穿越商业闹市区，映入眼帘的是高耸的椰子树，宽叶的棕榈树和一丛丛盛开的鲜花，被誉为当今世界公认的清洁、纯净、没有污染的花园城市国家。新加坡河旁住宅区的变迁更是其典型的代表杰作。新加坡河长 4000 多米，沿河两岸是新加坡最早开发的住宅区和商业区，共有商店、民宅和茅草屋，约 2 万多家。过去，由于大量的废油、垃圾和污水常年倾倒入河内，使河水变黑变臭，成为一条严重污染环境的臭水河。从 1977 年开始，新加坡政府耗资 2 亿新元关闭或折迁沿岸的企业和住宅，择地另建具有现代化卫生设备的船厂和运输码头，并建起大型的垃圾废料收集站，小贩们搬进政府修建的大排档市场，居民们则迁入卫生设施良好的政府建造的住宅组屋，从根本上消除了污染排放源，经过上述治理之后，如今的新加坡河，河水清澈，碧波荡漾，岸边洁净，绿树成荫，随时可见老人在悠闲垂钓，新加坡河也成了旅游观光的新景点。

（4）新加坡新镇的发展

新加坡的公共组屋是按照住宅中心、邻里中心和新镇中心三个层次的中心进行规划建设。新加坡的新镇有一个独有的特点，即几乎无一例外全是高层高密度的公共住宅区。新镇拥有大量人口并且增长迅速，能为居民提供良好的日常生活保障和娱乐休闲活动，并提供一定的就业机会。同时，新镇通过联系紧密的快速交通体系与城市中心紧密相连。新加坡的新镇建设始于 20 世纪 60 年代初，70 年代发展迅速，每个新镇的规划都导入了新的概念和改进措施，形成了新镇发展的四个阶段，每个阶段都有其侧重点和特色。

第一阶段，在住房严重短缺的 60 年代初，公共住房往往建于城市中心边缘的小块空地上，由于这些地带上分布着大量贫民窟，能用于建设公共住房的土地极其有限。这个时期建设的住宅区主要包括 Bukit Ho Swee 镇、Tanglin Halt 镇、Selegie Estates 镇和女皇镇等，住宅以 6～20 层的板式住宅为主。这个时期，政府急于寻找一种解决住宅短缺的方法，用最短的时间和最低的造价建最多的住宅。HDB 采用的是建设高层高密度的公共住宅区方案，居住净密度在 200～550 户/公顷或 1200～3400 人/公顷。

第二个阶段，以 1965 年开始兴建的大巴窑新镇为标志。新镇以 18 万人为规划人口规模，有镇中心和配套服务设施。这一个时期，HDB 的主要目标仍然是解决住宅数量不足问题，尤其是廉价的小面积住宅。1967 年，新加坡提出了新加坡长远发展策略计划，提出了宏观土地整体使用建议、基础设施配置和交通规划，这是新加坡历史上首次对土地发展进行综合发展规划。

第三个阶段是新镇系统化发展阶段，以建于 1973 年的宏茂桥新镇为代表。HDB 在这时已经兴建了一个典型新镇，即各种公共活动设施分级布局，如镇中心、社区中心和次中心等被明确地区分开来。在宏茂桥新镇建设时期，对大面积单元的需求，尤其是 3 室和 4 室单元的需求明显增大，而对 1 室和 2 室单元的需求则明显下降。虽然此时的 HDB 很强调住宅配套设施问题，但对土地的最有效利用仍是首要的。此时，常用的规划布局手法是把低密度多层住宅穿插布置于高密度高层住宅群中的棋盘式布局。

第四个阶段始于 70 年代末，这个时期有几个新镇几乎同时开始兴建。它们是义顺镇、裕廊东镇、裕廊西镇、淡宾尼新镇，这些同时兴建的新镇各有特色。HDB 已意识到既避免标准化建设的单调又创造独特的个性和形象是非常必要的，而且也是可能的。邻里中心概念也在这个阶段引入了新镇建设，一方面是实现有个性的形式，另一方面是帮助培育社区的发展。与以前新镇建设不同的是，这个时期的新镇规划更加重视对自然环境的整体利用，较大块的土地被保留下来用于将来的发展。

4. 住房保障补贴

新加坡不仅通过大力发展组屋的方式来保障中低收入者住房，还考虑到不同收入群体对组屋价格的承受能力，尤其是如何照顾低收入家庭购买组屋的问题。为此，政府根据不同的收入水平，分别对申请者进行一定的住房补贴，以充分解决低收入者的住房问题。

新加坡对购房补贴主要采用分级的办法，严格按家庭收入情况来确定享受住房保障水平。例如，一室一套的，政府补贴 1/3；三室一套的，政府只补贴 5%；四室一套的，政府不仅没有补贴，而且按成本价加 5% 的利润；五室一套的，政府按成本价加 15% 的利润。住户购组屋一般需一次缴足相当于售价 20% 的款额，余下部分由建屋局以低息贷款方式垫付，住户可用公积金在 5 年、10 年甚至 25 年内还清。这样，保证了绝大多数低收入家庭都有购买住宅的能力。实在无力购买的，如月收入少于 800 新元者，政府允许其租用组屋。此外，由于房价上涨，出售公共组屋所赚得的利润必须向新加坡政府缴纳一部分。

此外，新加坡政府还出台了几项措施来帮助低收入家庭购买住房：一是提供相当于优惠房价百分之百的抵押贷款；二是租赁公房的低收入家庭要购房可获得 6 个月的优先权，但他们必须是首次购房，并已在自己的租赁房中住满 5 年；三是每月家庭总收入在 800 至 1500 新元之间的家庭可先向建屋发展局租赁一套三居室，日后再买。

为促进家庭凝聚力，新加坡政府还出台了如下购屋办法：一是联合选购计划。一对已婚夫妇若和父母申请同一地区的公房，可以和父母一同选购邻近的公房。公房供应量的 5% 将专门拨给在这项计划中受惠的申请者。二是多代同堂购屋计划。申请与父母一同居住的已婚子女将获得优先分配权。公房的供应量的另 5% 将专门拨给这项计划下的申请者。三是公积金购屋津贴计划。已婚子女若在公开市场购买一间靠近父母住所的公房，可获得 4 万新元的公积金购屋津贴。那些不靠近父母住所者则只能获得 3 万新元的津贴。

5. 公共组屋产权

新加坡政府严格控制土地供应，但在组屋建设方面，政府无论是资金还是土地的供给，都提供了强有力支持。根据1966年新加坡政府颁布的《土地征用法令》，建屋发展局能够以远低于私人发展商的购买价格获得土地，有时甚至可无偿得到政府划拨的土地，而私人房地产开发商则必须通过土地批租，通过有偿方式获得土地使用权。另一方面，政府每年提供大约10亿新元左右的住房建设贷款，另外还提供政府津贴，因建屋发展局出租组屋的租金和出售组屋价格由政府确定，远远低于市场价格，造成建屋发展局收支倒挂，政府每年都从财政预算中拨给建屋发展局一笔津贴。自1960年到1994年底，政府津贴总额达50.6亿新元。由于组屋的土地来源、建设费用和销售补贴中，政府都给予了大力的支持，所以新加坡居民取得组屋的产权从一开始就是受到限制的，类似于我国的"不完整产权"的概念。

值得注意的是，新加坡组屋并没有"完整产权"这个概念，而是利用一系列的约束条件对组屋的取得、交易等行为加以限制。新加坡组屋的转卖条件，要求屋主拥有及实际居住组屋至少达5年，即可进入市场自选买主，但政府规定要抽10%～25%的附加费，此后组屋即可再不受限制，也就是我们通常所说的获得完整产权。后来由于经济发展快，住房的增值率也很高，5年后增值都在300%左右，因此考虑到货币本身的增值作用，出售者总能得到一笔相当的收益，国家也不再收税费，只根据规定，将原购买住房时所动用的公积金以及其利息如数再存入公积金局。因此，从产权意义上说，住满5年就是完全产权，虽然组屋与市场房价相距甚远，但没有搞什么有限产权，等于是政府在为全新加坡的中低收入者提供福利。

当屋主居住组屋不满5年，想卖掉组屋时，政府规定屋主只能将组屋回卖给政府，政府照原价收回，已住的那几年连租金也不收。回收的组屋，政府再将其重新纳入组屋分配编制，这是一条重要的限制，可以看成是不完整产权的一种约束。目前我国内地很多城市正在探索的经济适用房政府回购制度，其实就是借鉴了新加坡的方法。

按照一般的理解，购买组屋5年后，取得完整产权再转手卖掉，总能从中获利不少，似乎是一条发财的捷径。但其实未必尽然，新加坡政府规定每户只能拥有一套组屋，如果想再申请一套组屋，则只能把自己原来那套卖掉。此外，政府规定每户根据条件可享受两次购买组屋的权利。即购买组屋后，随着人口的增加或家庭经济条件的改善，可以再一次申请购买更大更好的组屋，在已购组屋住满5年出售后再享受一次。但前提条件是家庭收入没有达到高收入的标准，如已升入高收入的家庭，则只能通过市场购买，不能再次申请组屋。根据新加坡的实际，这些规定是相当通情达理而又灵活的，企图通过组屋获利的人只有提供虚假资料骗购组屋这条途径，但一旦被发现，将面临巨额罚款和监禁。

对于新加坡的商品房而言，就产权意义上，可认为其具备完全产权的资格，它不受到任何的限制，但由于价格过于昂贵只适合于高收入者购买。一旦新加坡人用完了两次申购组屋的资格，但因为各种原因仍想更换住房时，他面临两种选择，一种是在商品房市场上购买商品房，或是购买二手商品房，但价格均比较高；另一种选择是在公共组屋市场上去购买二手组屋。这种二手组屋都是经过5年的居住时间才流入市场，但仍受一定的限制：一是必须是新加坡公民或永久居民；二是至少21岁；三是组成一个核心家庭。二手组屋价格比向政府申购的新组屋价格还要贵，但比商品房却要便宜，这是因为商品房往往低容积率，档次很高，类似于我国的别墅，而组屋居住条件则相对较差。

6. 公共组屋销售情况

新加坡住房价格分为三类，第一类是向政府申请购买组屋的价格；第二类是公开市场上的组屋价格；第三类是公开市场上的商品房价格。

第一类向新加坡政府申请购买的组屋，其开发由于是政府补贴的，其出售价格比成本还低，一套四房式的组屋，使用面积约 85 平方米左右，1996 年的售价为 133000 元新币，每平方米使用面积才售 1560 元新币；一套五房式的组屋，使用面积 150 平方米左右，1996 年售价 226000 元新币，每平方米使用面积售价 1506 元新币。总体上，组屋价格比同类商品房低 50%～70%。这个价格不包括征地成本，并且低于建筑成本，一般三室或四室组屋是成本价的 80%～90%。就整个新加坡而言，组屋总售价相当于购房者家庭年收入的 5 倍左右。加之"月供"占月收入的比例并不高（低于 20%，少于公积金余额），符合条件的购房者还可以向建屋发展局申请优惠按揭贷款，所以新加坡公众普遍感觉购房压力不大。

第二类公开市场中出售的组屋，其售价一般比政府出售的组屋价格高 2 至 4 倍。新加坡的组屋公开市场相当兴旺，每天的报纸都有好几大版的售楼广告，登的几乎全是组屋公开市场的行情。在公开市场购楼的主要有两类人，一类是新加坡的永久性居民（外国公民取得新加坡的永久居住权），由于直接向政府申请购置组屋的申请者必须是新加坡公民，因此，永久性居民不能直接从政府手里购置物业，只好到公开市场上去购买。而新加坡有相当多这样的永久居民，如许多在新加坡工作的马来西亚公民或英国公民，他们组成家庭，需要购房，只能到公开市场求购。这些人之所以不去购买商品房，主要是因为商品房价格太高。最便宜的商品房比公开市场上的组屋也要贵 1 至 2 倍。另外一部分人就是新加坡的公民，他们出于地域上的选择到公开市场购置组屋。有的要求选择城市的某个地段，有的则要求与父母、子女居住较近，还有的从小孩上学等方面考虑，所以到公共市场上选择合适的地段购房。

（五）新加坡住房保障金融

新加坡住房金融的特点是，住房金融主要由政府直接控制。一方面，中央公积金局直接行使住房金融职能，邮政储蓄银行则为建屋发展局以投资政府债券的形式筹措资金，它们成为解决住房资金问题的重要工具；另一方面，中央公积金制度为公共住房资金的良性循环提供了条件。

1. 公共组屋筹资渠道

为了加快住房建设，新加坡政府以常年赤字补助金和贷款的方式对公共组屋进行金融上的支持。由于建屋发展局出租组屋的租金和出售组屋价格由政府确定，远远低于市场价格，造成建屋发展局收支倒挂，政府每年都从财政预算中拨给建屋发展局一笔津贴。以常年赤字补助金的形式用于补偿建屋发展局的经营财政赤字，到 1996 年为止，政府的这项津贴共达 590.7 亿新元（1 新元约合人民币 5 元）。

政府提供的贷款则主要有：①住房建设贷款，主要用于资助住宅发展计划，以及供建屋发展局在行政方面的开支，并通过出售组屋来偿还贷款。②住房抵押贷款，建屋发展局从政府获取该项贷款后，再将其作为购房贷款贷给组屋买主；组屋买主通过每月提取公积金来分期偿还，建屋局汇集组屋买主的分期付款后，再将其偿还给政府。建屋发展局购房贷款比商业银行的按揭贷款利率要低很多，年利率 3.58%，利息仅比公积金存款利息高 0.1%，还款期限同样长达 25 年。建屋发展局实际上同时扮演着发展商和按揭银行的双重角色。③更新融资贷款，主要是资助建屋发展局向住户提供资金，用于住房的更新，住户则分期偿还。除上述贷款外，政府还每年向建屋发展局提供赠款，以弥补其出现的净亏损。

就公共组屋的筹资渠道来看，建屋发展局主要依靠新加坡政府提供的建房发展贷款和常年赤字补助金来进行组屋建设，其中以建房发展贷款为组屋经费主要来源。组屋销售后，建屋发展局以售房款来偿还建房发展贷款，但由于组屋的售价往往低于成本价，项目完成后，建屋发展局通常会倒贴上一部分钱，这部分赤字则由政府提供的亏损津贴来弥补。值得注意的是，建屋发展局进行组屋开发的土地，一般都是行政划拨土地，可以免费获得或是以远远低于市场价的价格取得，折算成货币的话，可看成是政府在土地方面也给予了建屋发展局一大笔经费资助。

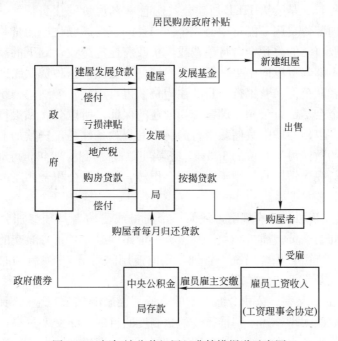

图 7-24　新加坡公共组屋经费筹措渠道示意图

2. 住房保障公积金制度

（1）新加坡公积金制度的发展

公积金制度起源于新加坡，1955 年，为解决失去工作能力居民的社会保障问题，当时的政府通过立法建立了中央公积金制度并成立公积金局负责管理这项工作。新加坡 1965 年独立后仍实行这项制度并有所发展，使公积金由单纯养老保险扩大到医疗、保健等方面。为鼓励低收入阶层购住房，1968 年 9 月中央公积金局推行公共组屋计划，允许会员使用其公积金存款购买 HDB 住房。在这一计划下，低收入会员可以动用其公积金普通账户的全部存款，加上每月将缴纳的公积金款项来购买公共住房。如果普通账户的存款不足支付，可向 HDB 贷款，用将来的公积金来偿还。该项规定最初只针对最低收入家庭，1975 年后政府才对中等收入家庭放开了限制。而在 1964 年 2 月政府推出"居者有其屋计划"

时，尽管每单元房价只是 4000~6000 新元，远远低于市场价，但居民还是无法承担，交不起首期付款。直到 1968 年政府允许公积金会员可动用公积金存款购买 HDB 建造的政府组屋和私人住房后，才大大加快了个人购屋的步伐，对解决"居者有其屋计划"遇到的住房筹资问题起到了决定性的作用。1986 年新加坡政府又提出了"中央公积金法"（修正案），允许公民用公积金存款或现金支付 20％的房款，其余则每月分期付款，进一步推动了新加坡住房金融的发展。

（2）公积金的种类

中央公积金发放的住房贷款主要有两类：①向 HDB 发放公共住宅建设贷款。贷款分为两种，一是用于兴建供出租的公共住宅，期限 60 年；二是用于建造出售的公共住宅，期限 10 年。②向买房的个人提供贷款。买房的个人除占房价 20％的首期付款可以支用自己的公积金外，余下 80％的房价可以用中央公积金局的贷款支付，以后分期偿还本息。这一类贷款也有两种，一是购买 HDB 所建公共住宅 80％房价的住房贷款，期限 5 至 20 年，但此类住房的室内装修费用不能动用公积金。二是购、建高级住宅的贷款，会员经过申请和批准，可以提取自己的公积金自行建造或购买政府住宅产业计划下的高级住宅。如果本人的公积金存款不够，可以向中央公积金局申请住房贷款，这种贷款优惠较少。

此外，购房者从公、私营银行借贷的住宅贷款也可用每月缴纳的公积金作为分期付款之用。因为公积金会员都有公积金储蓄作为偿还的保证，所以公、私银行都愿意提供专项的优惠住房贷款。以新加坡邮政储蓄银行为例，其贷款条件是，贷款加上购房者使用公积金作为首期付款的数额可达房价的 100％，还款期限最高可达 25 年，可动用公积金摊还分期付款本息；银行提供短期贷款用于购房资金周转，然后以公积金摊还。

（3）公积金实施方式

① 缴存方式。新加坡政府规定，任何一个雇员或受薪者都须参加公积金制度，雇员都是中央公积金局的会员。雇员必须按月工资一定比例缴存，每月缴交的公积金连同利息均归雇员个人所有，由公积金局统一管理，定向使用。雇员 55 岁后领取，平时可用于购房和支付雇员本人及直系亲属的医疗费用。

② 逐步提高的缴交率。公积金缴交率的高低直接影响到公积金的规模。缴交率过低，归集到的公积金数额太小，达不到推行公积金制度的目的，缴交率过高，又会影响企业的利润和雇员的实际生活水平。新加坡采用小步起步，逐渐增加的办法，逐步提高公积金的缴交率。1955 年刚推行公积金制度时，雇主和雇员的缴交率各为 5％，以后随经济发展、雇员工资收入增加，公积金缴交率逐步提高，一般每隔两三年提高一个百分点，至 1984 年达到 25 ％。目前缴交率为 20％。另外，政府还充分发挥公积金对经济的宏观调控工作。当经济增长速度较高时，政府提高缴交率，降低总需求，防止经济过热。当经济增长速度较低时，则降低缴交率，以刺激社会需求，带动经济增长。1986 年新加坡经济衰退。政府把雇主的缴交率从 25％降到 10％，减轻了雇主的成本开支，提高了经济增长速度。后随经济的复苏，又逐渐提高了缴交率。公积金已是新政府调控经济两大主要杠杆之一。

③ 稳定的利率。新加坡刚开始推行公积金制度时，公积金的存款利率较低，从 1955 年到 1962 年，公积金的存款利率一直是 2.5％，直到 1963 年才把公积金利率提到 5％，1974 年又提到 6.5％。直至 1986 年公积金存款利率才与平均市场利率挂钩，根据新加坡金融管理局的存款基准利率和四大银行一年期定期存款利率的平均利率确定，略低于同期

市场储蓄利率。该利率每 6 个月调整一次，即今年上半年的公积金利率等于去年下半年平均市场利率，今年下半年的公积金利率等于上半年平均市场利率。每月按户头上的最低存款结息一次，每年存入户头一次。由于公积金局按月计息，所得的利息是复利，而给会员的利息一年存入户头一次，会员得到的是单利，两者之间的差额形成公积金管理局的经费。

《中央公积金法》规定，公积金存款的最低利率为 2.5%。由于新加坡通货膨胀率较低，公积金存款利率平均高出通货膨胀率 2 个百分点，公积金存款可得到保值增值。

④ 逐步扩大的使用方向。公积金制度刚建立时纯粹是一种养老制度，主要用于解决职工的退休养老问题，以后随公积金归集额的扩大，逐步扩大到其他领域。1968 年推行公共组屋计划，允许会员利用公积金存款购买组屋，解决了会员的住房问题。1984 年推行家庭保障保险计划、保健储蓄计划；1986 年推行填补退休金储蓄计划；1989 年推行教育计划等。这些计划使公积金逐步扩展到住房、医疗、养老、保险、教育等各个领域，成为新加坡的基本社会制度，使新加坡人民在不长时间内实现了老有所养、病有所医、居有其屋。

（4）公积金对住房保障的支持

从中央公积金制度的功能与公共住宅资金的筹措之间的关系看，雇主和雇员按照一定缴纳比率将公积金储蓄存放在中央公积金局，公积金的大部分储蓄用于购买政府债券，政府用财政预算以贷款和补贴的形式注入建屋发展局的组屋建设，建屋发展局又以抵押贷款方式出售组屋，而公积金会员则动用公积金储蓄购买建屋发展局的政府组屋。由此可见，中央公积金制度在公共住房建设中起着双重作用。一方面，政府根据职工收入的增长，逐步提高公积金缴纳率，使公积金的结存额急剧扩大。这些公积金结存额的绝大部分用来购买政府的长期债券，而政府又利用它作为发展支出的资金，其中相当部分是提供给建屋发展局的贷款。这样，中央公积金实际上就为公共住房建设提供了源源不断的大量资金来源。另一方面，政府又通过实行"居者有其屋计划"，允许公积金会员动用部分公积金储蓄购买政府组屋，这就大大刺激了对公共住房的需求，进一步加速公共住房建设与发展。

除保障低收入者住房外，公积金也支持中高收入者购买住房：一是特准购屋计划。会员可动用公积金购买建屋发展局的政府组屋。对于那些没有资格购买建屋发展局组屋的中等收入者，安排了一项中等收入公寓计划，可动用公积金申请购买公共住宅。二是特准住宅产业计划。对于那些不符合利用公积金来购买政府组屋和公共住宅条件的高收入者，中央公积金局 1981 年开始为他们安排了一项"特准住宅产业计划"（或叫私人住宅计划），即可以运用公积金来购买私人住宅产业。

按新加坡《中央公积金法》的规定，公积金管理局除支付会员的正常提款外（这一比例一般在 5% 到 10% 之间），其余全部用于购买政府债券，公积金通过国家债务方式转由国家控制，再由国家向建屋发展局提供建房贷款和个人购房贷款。截至 1995 年初，公积金局共归集公积金 600 亿新元，其中大部分用于公共组屋的建设和个人购房贷款。公积金制度使国家"建得起"住房，家庭"买得起"住房，没有公积金制度，新加坡是不可能在短时间内解决住房问题的。

（六）新加坡住房保障的未来方向

迈入新世纪，随着生活水平的提高和科技的发展，人民对住房品质有了更高的要求，新加坡的住房发展面临着一系列的挑战。

1. 面临的挑战

国土狭小但要建造更多的住房。新加坡的总面积为 670 平方千米，根据总体规划，只有 12% 的国土用于居住用途。但新加坡目前人口是 320 万，估计在 2010 年前后将达到 400 万，在 21 世纪中叶达到 550 万，此外还有不少因工作、求学而长期居留的外国人（目前为 80 多万）。并且，越来越多的新加坡人希望居住占地更多的私人住宅。缺少因建造住房所需求的土地是一个长远而严峻的挑战。

人们期望品质更高的住房。新加坡近年来人均国民生产总值一直居世界前 10 位。现随着生活水平的提高，人们的居住观念已由传统的数量型向质量型转变，除了要求好的设计、房型、装修和施工质量外，对社区的总体环境如景观、交通、购物、文化等有了更高的要求。不少人，尤其是年轻人希望拥有私人住宅。

科技的发展对传统住房领域产生了新的冲击。随着科技尤其是资讯科技的发展，私人和公共住宅的住户希望拥有更好的通信服务（如宽带接驳），智能化的居住环境（如家居办公）和科技含量更高的物业管理（如网上社区）。但对现有住宅进行敷设电缆等的改造，往往花费不菲。

老年人的住房问题越来越突出。调查显示：1996~2000 年，住在组屋的老人增加了 1.5%，目前住在组屋的人口中有 7.2% 是老人。30 年后，每四个新加坡人中，就有一个是 65 岁以上的老年人士，必须制定新的方案解决他们在居住方面的特殊需求。

2. 新加坡政府的对策

经济合理地使用土地，坚持建造高素质的高层住宅。市区重建局加强了城市规划，以求最合理有效地利用国土，并为以后人口的增长储备足够的用地。而建屋发展局和私人住宅发展部门也在项目的层面上，精心规划、精心设计。尽管低层低密度的住宅更适合人类居住，但囿于自然条件，新加坡还是不得不大量发展中高层和高层住宅。现有的组屋以 8 到 14 层居多，另有一些 18 到 24 层的高层住宅，但通过创新的设计，如宽大的连廊，方便和具有私密性的楼内交通组织，为居户再造了"空中庭院"。为了更节省土地，建屋发展局还将尝试建设 40 层左右的高层组屋，但仍继续坚持以人为本的思想，尽量为居民创造好的居住环境。比如，这些高层组屋每 8~10 层将设计一个有绿化和娱乐设施的架空层，供居民休闲，同时提供更快捷和稳定的垂直交通。私人住宅方面，将鼓励发展用地经济、成本较低的公寓式建筑，控制传统的别墅式建筑。

推动私人住宅的建造，大力发展公寓。新加坡政府根据国民需求的变化，及时放慢了组屋的建设，甚至取消了某些已招标组屋项目的建设，转而发展更多的私人住宅和高档的公寓式组屋。在私人住宅方面，为了更有效和经济地使用土地，政府积极推动多、高层公寓的建设，节省的土地用于发展绿地和各种体育娱乐设施如游泳池、健身房、网球场等，由公寓的住户共享。为了让更多的住户拥有私人住宅，政府一方面将现有的少量公共住房性质的公寓完全私有化，另一方面推出了政府津贴的半私有化的执行共管公寓计划。执行共管公寓的买主前五年必须自己居住，五年后可将其出售给本国公民和永久居民，十年后完全私有化，可以出售给外籍人士。现在，已有越来越多的居民搬出了组屋，住进了公寓。

积极应用新科技。新加坡正在实施建筑 21 计划，以提升建筑业的整体水平。建屋发展局开发了一个建筑与房地产的综合网站，以后住宅建设的手续办理、文件图纸的传送、进度付款、招投标、材料采购、开发会议等都可以在网上进行。在组屋建设中，建屋发展局将继续大力推广易建性建设和预制科技应用。所谓易建性，就是建筑重复性高，施工程序简化，以及容易将个别建筑配件结合在一起。它使得建筑施工更为简易，节省劳力，可以更快速地大量兴建房屋。易建性主要通过积极推动工地机械化，大力采用预制构件科技和采用更容易建造的设计来实现。建屋发展局专门成立了预制科技中心，从事预制建筑方面的研究和开发。目前，预制混凝土构件已占公共住房混凝土总用量的30%，在数年之内将进一步提高到40%以上。

新加坡还投入资源，加强对智能化住宅的研究和开发，以实现在2007年前后建成"智能岛"的目标。私人住宅都建立了或正在建立网上虚拟社区，而公共住房也在向智能化住宅的方向努力，政府规定所有新建住宅除水通、电通等以外，还必须网通（每秒150MB以上的宽带网）。未来的智能化组屋，将为居民提供资讯服务、无线数据通信、自动程式化的或远程控制的家务劳动、智能化保安、老年人居家照看和居家办公等。资讯科技还将被广泛应用于物业管理方面。目前建屋发展局已开发了100多个顾客服务应用系统，现在居民已实现了上网申购组屋。

为老年人提供特别住房。新加坡政府已成立了一个跨部门老人问题委员会来制定一套综合性的方案，其中住房问题是一个重要的议题。因为不少老年人的经济状况不好，政府认为应该提供便利让他们能出售其现有组屋而另外购置一间专门设计的、较小且较便宜的公寓，这样老年人士可以获得一笔经济上的收入，以应付其他日常支出。为此，建屋发展局已推出了"乐龄公寓计划"，目的是让拥有公房的老年人出售其原有住房转而购买较小的房屋，这样可从中得到一笔额外的养老收入，安度晚年。这些较小的住房一般在35至45平方米之间，除厨房卫生起居设施外，只有一间卧室，但附设有医疗、体育和娱乐设施。出售对象是目前住房从建屋发展局直接购买的老人。比如，一名老人如果以16.8万新元卖掉他的三室式公房，再买一套35平方米的住房，就可得到一笔收入，足以支持其保健储蓄户头和购买年金保险。那些有子女住在同一社区的老人将获得优先分配权。这样老年人既可享受独立的生活方式，又可与家人保持密切的联系。

更新市镇及社区，主张住房的可持续性发展。新加坡主张应积极更新市镇及社区，防止住宅区的退化，以达到住房的可持续性发展。建筑物的破损将使得部分富裕的家庭迁出和贫困家庭的迁入，带来犯罪率的上升，社区退化，甚至沦为贫民窟。政府认为，单个的住户甚至居民组织在防止住宅区退化方面，作用有限；一个长期的、系统的、可持续性的计划十分重要，而且来自政府的财务支持对于计划的成功是一个必要条件。为了防止市镇及社区随时间而退化，改善旧组屋的质量，新加坡政府正积极推行组屋翻新计划。这项计划包括三大项目，即主要翻新计划、中期翻新计划和整体重建计划。其基本工作是在各单位组屋内对厕所、浴室翻新，扩建一间杂用室或一个阳台；在邻里范围内进行装饰以改进现有设备和居住环境；以及在社区内进行全面重建，发展新的住宅。政府希望通过组屋翻新计划，使旧组屋能够更接近新组屋的水平。

21世纪城镇计划。面对住房发展的各项挑战，新加坡政府拟定和实施了21世纪城镇计划，以期为国民建立一个更理想的家园和社区。榜鹅21镇是在该计划下规划、建造的第一个城镇，该镇位于新加坡的东北部，东面临海，南北靠河，西面则是一条高速公路。

新镇的组屋比重显著下调，建成后将共有 8 万个住宅单位，其中 30％是私人住宅，10％为执行共管公寓，其余 60％为较高档的组屋（包括少量老年人公寓）。在规划上，采用了小组屋区的概念以提供更亲近的社区环境，每个小组屋区不超过 3000 个单位，而以前的组屋区约 5000 到 6000 个单位。新镇具有理想亲和的社区环境，每个小区都自成体系，各具特色，有自己的绿色园地、景观或名胜。新镇的市镇中心和其他小型商业中心，将设有各种商店、餐饮、电影院和体育场馆等，为居民提供购物、消闲和娱乐之需。其长达 1.5 千米的海岸线将发展为滨海广场，多种户外娱乐设施将沿海而建，包括海滩俱乐部、游艇俱乐部、海滨休闲村和滨海公园等。隔海相望的邻近小岛也将发展为一个面积 50 公顷的区域公园，提供观光、宿营、度假和水上运动等设施。新镇交通便捷，每户家庭到地铁和轻轨的直线距离不超过 300 米，轻轨和地铁互相衔接；其南面的高速公路也为公共汽车和私人轿车的出行提供了便利。新镇建设过程中广泛应用了建筑新科技，以节省成本和提高质量；建成后将是一个智能化、数字化的社区，如提供宽带接驳等。目前该镇第一批住宅已建成，居民即将入住。榜鹅 21 镇将成为示范城镇，在一定时间内为新加坡以后将要兴建的住宅区提供样板。

（七）新加坡住房保障经验及启示

如何解决中低收入家庭的住房问题，是我国也是深圳市当前必须面对的一个重大社会问题。在这方面，新加坡公共组屋制度的成功经验，对我们有着重大的启示和借鉴意义。

1. 新加坡住房保障的经验

（1）住房具有准公共产品的属性，必须加大公共住房供应

住房不是一般商品，它具有准公共产品的属性，完善的公共住房保障制度是社会发展和进步的标志。住房保障是政府为社会公众提供的非常重要的公共产品，它覆盖面很广，新加坡有超过 80％的人口享受公共住房保障制度的好处。我国在发展市场经济过程中，住房制度改革不断深入，但在公共住房保障制度上仍存在偏差，主要表现在推进住房制度改革的同时，严重忽视了公共住房保障制度的建设。尽管 1998 年住房市场化改革之后，政府为了解决低收入人口的住房问题，也采取了实物配租、租赁住房补贴、经济适用房等公共住房保障政策。其中，最主要的是经济适用房政策。但经济适用房政策面临的关键问题是"僧多粥少"，且近年来在分配制度等制度层面具有较大的缺陷。因此，无法从根本上解决数目众多的中低收入群体的住房问题。政府应根据我国国情进一步完善中国的住房制度尤其是公共住房制度，并加大公共住房建设力度，确保其在全社会住房中占有足够的比例。

（2）政府作为公共住房保障制度的主体，要高度重视调控解决住房问题

政府作为公共住房保障制度的主体，必须高度重视用有形之手去完善住房保障制度，保证那些不能通过市场满足住房需求的中低收入者享受基本的居住权。政府以双重身份干预住房市场：一是以管理监督者的身份代表全社会管理和监督住宅市场，从而成为影响住宅市场的外在因素；二是以直接参与者的身份，作为住宅市场的内在因素直接参与交易，影响住宅市场的供求关系、供求价格和资金循环，调节市场内部的诸种关系以及市场内外之间的关系。政府必须在充分发挥市场机制作用的基础上引导市场，对市场机制进行补充和修正。就深圳市来说，政府重视调控解决住房问题，就要加大公共住房土地供应，大力提高财政支付能力，多渠道筹集住房保障资金，确保加大公共住房资金投入，加快建立住

房保障体系，以维护广大中低收入居民的住房利益。

（3）政府要适应社会需求，建立多层次的住房保障体系

从我国住房制度来看，1998年国务院发出的深化住房制度改革的文件（即23号文）中，明确规定在我国推行住房分类供应制度。即对高收入者供应商品房，对中低收入者供应含有一定住房保障性质的经济适用住房，对最低收入者供应含有较多住房保障性质的廉租屋。这表明，我国与新加坡的住房制度原则上是一致的。但是，在理论和实践两方面，我国对中低收入住房困难家庭家庭的划分界限一直没有比较明确的标准。据有的专家测算认为，我国高收入者比重很小，中低收入者要占总户数85％以上。但这几年来我国每年供应中低收入者的经济适用住房建设投资，只占总投资的6％左右，覆盖面为7％。我国是一个发展中国家，政府财力、物力有限，面对这么大比重的中低收入家庭，建立多层次的住房保障体系尤为迫切。政府应当适应不同保障对象的具体需求，从住房供应结构和供应方式方面建立适应不同收入水平居民住房支付能力的、分层次的住房保障体系，有计划、有步骤、分层次地解决中低收入家庭的住房问题。

（4）坚持公共住房的小户型低价位，确保中低收入家庭买得起房租得起房

我国地少人多，人均国内生产总值很低，公共住房应以建设小户型低造价住宅为主。借鉴新加坡的经验，深圳市要严格控制社会保障性住房建设的户型和面积标准，坚持小户型的原则。根据我市中低收入住房困难家庭的实际情况和承受能力，绝大部分社会保障性住房户型面积应控制在60平方米以内。其中，具有保障性质的商品住房的出售价格应根据建安成本、基准地价，同时综合考虑区位和市场行情来确定，应大大低于相同地段商品住房价格。公有租赁住房、廉租住房将实行统一的租金标准，市政府可以考虑对不同收入家庭实行分类租金补助，即对廉租房承租户、普通租赁房承租户、公寓租赁住房承租户分类发放租金补助。小户型低价位可让更多家庭买得起房，分类租金补助可让更多家庭租得起房。

（5）公共住房应实行统一建设、统一分配、统一管理、统一运作的机制

从我国实际情况来看，由于历史原因，长期以来公共住房分配渠道的多元化，导致存在住房分配不公、多头占房等问题。因此，建立社会保障性住房统一建设、统一分配、统一管理、统一运作的新机制十分必要。社会保障性住房统一协调，各有关职能部门按照职责分工，密切配合。这样，有利于科学合理配置有限的住房资源，把好社会保障性住房的入口关和出口关，有效遏制多头占房，分配不公的现象，切实将有限的社会保障性住房用于解决中低收入住房困难家庭的住房问题。

（6）公共住房设计要以人为本，营造充满活力的和谐社区

在新加坡这个面积很小的国家里，平时上街，根本感受不到拥挤，就是因为各组屋设施配套建设非常合理，人们不需要集中在一个地方购买东西，在自己生活范围内可以解决一切问题。新加坡设计了几代同堂的大组屋或一大一小毗邻而居的组屋，鼓励多代同堂或已婚子女与父母毗邻而居，方便生活上互相照应。特别是专为老年人设计了构思新颖的乐龄公寓，让他们在不远离亲朋好友的情况下，住进较小的组屋，方便在社区活动。因此，在新加坡住房民意调查中，93％的居民对国家组屋政策深表满意。新加坡组屋人性化的设计以及培养居民归属感，推行邻里概念，促进人际交流，提倡尊老爱幼，营造活力、和谐家园的理念值得我们借鉴。

(7) 建立健全法律规章，确保公共住房保障制度的实施

目前，我国还缺乏专门的住房保障法律法规，应制定出符合我国国情的统一的住房保障法规，从法律上规定住房保障的对象、保障标准、保障水平、保障资金的来源以及建立专门管理的机构。因此，应尽快出台社会保障性住房的各项法律法规，完善社会保障住房的各项制度，统一规范社会保障性住房的建设、分配和管理行为。应对各类社会保障性住房的申请条件、销售价格、租金标准等进行细化，确保社会保障住房制度具体化、可操作。

(8) 大力发展住房公积金制度，提高居民购房能力

尽管我国于1999年颁布了《住房公积金管理条例》，但是住房公积金制度还很不成熟，在很多方面还需进一步健全和完善。如住房公积金覆盖率低，没有覆盖到所有城镇职工特别是低收入人群；公积金缴存率远低于一般居民住房支出占家庭收入的比例，在购买住房方面有效性差；我国低收入者目前不具备购房能力，能获得公积金贷款的只是中高收入者，住房公积金制度的受益者主要是中高收入人群。为此，必须进一步大力发展住房金公积金制度，提高住房公积金覆盖率特别是要覆盖到中低收入人群，适当提高公积金缴存比例，提高住房公积金的有效性，同时还应积极发展住房储蓄和政策性住房抵押贷款，完善贷款担保机制，降低中、低收入居民申请贷款的门槛，提高其购房能力，促进住房保障制度的顺利构建。

(9) 完善小区管理

新加坡的综合小区，公共配套设施齐全、环境幽美，服务周到，充分体现出住房和居住区是围绕服务于人的宗旨建设的。新加坡土地十分紧张，他们在规划设计小区和新建组屋时，既考虑到建筑体形体量的高低层次错落，色彩变化，又充分利用室内面积合理布局。在考虑小区各项配套设施上更是体贴入微，甚至还有教堂寺庙等等，公共绿地和区间公园亦比比皆是。特别是新建的卫星城，环境更加优美、全国有2/3的人口都住进了花园般的小区里。小区不但规划建设的好，维修保养工作亦很认真。建屋发展局在每幢大楼均设有办事处，派有专人负责住宅的管理维修和环境卫生。巡回视察员可以随时为住户提供帮助。1971年9月成立了"24小时基本维修服务中心"，居民有事可以随时以电话通知维修服务中心。近十几年来，我国住房建设取得了空前的成就，居住小区达3000多个，但在设计的多样化，管理维修服务方面与新加坡还存有差距，这是值得我们不断完善的地方。

2. 以新加坡为鉴，深圳市进一步推进住房保障工作的思考

(1) 深圳不能盲目照搬新加坡经验

新加坡尽管在住房保障上取得了举世瞩目的成就，可以说圆满解决了全国绝大多数人的住房问题。但在新加坡成功经验的耀眼光环下，我们却要保持清醒的头脑，不能依葫芦画瓢，盲目照搬新加坡的住房制度。

新加坡住房制度非一朝一夕之功。新加坡自1960年成立建屋发展局以来，经过近30年的时间，直到20世纪80年代末始有小成，经过90年代的组屋翻新工程，到本世纪初才建立了一个完整的住房体系。深圳若盲目全盘照搬新加坡制度，在短时间内难见其效，将适得其反。

新加坡住房制度建立在完善的背景环境中。新加坡住房制度并不是单一存在，而是与

其他的因素相互依存，环环相扣。包括新加坡的严格法律、高素质的公民群体、完善的金融体系、信用体系、高效率的政府等等，脱离这些环境背景，新加坡的住房保障将只是空中楼阁。就如我国的经济适用房一直陷入不符资格的高收入者骗购的困境里，而在新加坡严厉的法律威慑下，这一问题却迎刃而解。

新加坡住房制度依托于完善的公积金制度。新加坡的住房公积金制度同样经过几十年的发展终成一个完整的体系，覆盖住房、医疗、养老、保险、教育等各个领域，成为新加坡的基本社会制度。没有公积金制度，新加坡的住房保障将成无根之木、无基之厦。对我国当前而言，住房公积金依然发展缓慢，难在住房保障领域里担当重任。

新加坡的住房制度依赖于强大的经济后盾。新加坡作为亚洲四小龙之一，地理位置优越，经济发达。对于住房保障，新加坡在财政上提供了相当大的支持，若没有强大的经济实力作为后盾，HDB难有成就。

新加坡的住房制度依靠庞大高效的政府运作。新加坡政府在住房保障方面，主要依靠计划行政手段，既是规则制定者，又是开发商，因此形成了一个住房保障庞大的行政队伍。尽管队伍庞大，却不臃肿，每个人各司其职，尽心尽责。对于深圳而言，推进住房保障工作，仅靠当前编制远远不够，扩大住房保障工作队伍规模是当务之急。

新加坡的住房制度虽然近乎完美，但对于我国乃至本市而言，应注意两者身处的不同背景环境，以及国情制度的差异，不可盲目照搬。另一方面，我们仍要抱着虚心的态度，新加坡住房保障领域里的一些措施、先进管理方法，只要适合我们的，我们还是要大胆的采纳和引用。取其精华为我所用和因地制宜，是我们必须坚持的方向和原则。

（2）深圳住房保障现状和面临的困境

根据深圳市的人口特征，全市常住人口可分为户籍原住民、户籍城市移民、非户籍常住人口三大类，其各自住房状况主要呈现以下特征：

一是户籍原村民基本为自有住房。户籍原村民35.8万人，人均住房建筑面积为335平方米，基本呈现"人均一栋楼"的状况，不仅完全解决村民自身的住房问题，还解决了我市大量外来人口的租房需求。

二是户籍城市移民住房自有率高，住房问题解决较好。户籍城市移民146.13万人，人均住房建筑面积约为32.2万平方米/人，住房自有率达到70%以上，多数家庭基本解决了住房问题。

三是非户籍常住人口自有住房水平较低，多数家庭通过租赁解决住房问题。非户籍常住人口645.82万人，其中约175万人拥有自有住房，住房自有率27%，其他多数家庭主要依靠租赁等途径解决住房问题。

根据我市不同收入、不同背景的居民在居住现状、居住需求、经济承受能力方面的特点，我市应对四类保障人群分别实施四种住房保障策略：

第一类是住房条件困难的最低收入家庭，以廉租住房对其实施保障。

第二类是收入超过了最低生活保障线、但又无力购买经济适用房的户籍家庭，以及缴纳社会保险一定年限以上、仍无住房的非户籍低收入家庭，以公共租赁住房对其实施保障。

第三类是户籍中低收入家庭，以经济适用房对其实施保障。

第四类是市政府重点引进的高级人才，以高级人才公寓对其实施保障。

总体上，深圳市户籍人口的住房问题解决较好，但仍有不少问题值得我们重视。一是政策性保障住房依然过少。无论经济适用房，还是公共租赁住房，都是僧多粥少，供不应求，难以满足低收入居民的需要。二是需要研究面向非户籍人口的住房保障问题。由于政策性保障住房本身就少，只能优先解决户籍人口的住房问题，但占深圳大部分人口的非户籍人口的住房保障问题，如何分层次、分步骤地适当解决，有待进一步去研究。三是住房保障行政投入力量不够。深圳目前仅靠当前的住房保障行政编制，要想成功解决低收入居民住房问题，是远远不够的。四是政策性保障住房缺乏稳健的来源渠道。目前深圳市提出了政策性住房的八种筹建模式，但如何建立更稳定、充足和可行的政策性住房来源渠道是我们必须认真面对和思考的。

（3）以新加坡为鉴，深圳进一步推进住房保障工作的思路

一是明确本市住房保障目标。目前，深圳的住房保障具有双面性。一方面，对全市户籍人口的住房问题解决较好，就此而言，深圳的住房保障是做得相当不错的。但另一方面，就全市800多万人的住房情况来看，尤其是对于非户籍人口的住房保障，可以说是微乎其微。面对当前居高不下的房价，以及占全市大多数比重的非户籍人口，明确我市住房保障的目标和对象是当务之急。在目前住房保障资源有限的情况下，优先保障户籍人口的住房问题，这是毋庸置疑的。深圳是一个特殊的移民城市，未来仍将不断吸纳非户籍人口向户籍人口转换，户籍人口规模将继续增大，我们承受的住房保障压力也将越来越大。此外，由于非户籍人口占据深圳人口的大部分比重，其在社会舆论中占据上风，即使我们完全解决了户籍人口的住房问题，在社会舆论的眼里依然是无所作为。因此，本市住房保障的目标应当是："短期内，在住房保障资源有限的情况下，优先解决户籍人口的住房问题；在一个中长期的时间里，将部分符合条件的常住非户籍人口适当纳入住房保障体系中。"

二是采取有效的住房保障手段。当前，我国住房发展可以说正面临着"房改阵痛期"。随着被长期压抑的住房需求在短时间内爆发，房价攀高不下可以说是历史的必然，除非面临经济的衰退，房价难以在较短时间里下滑。那么我们目前只有两条途径可以选择，一是让市场经济自行调节，这是欧美许多发达国家的做法。欧美发达国家的住房自有率一般不高，只有50％、60％左右，买不起房的人可以选择租房解决问题。他们的住房消费是沿着"租房——买二手小房——买二手大房——买一手小房——买一手大房"这样一条路线循序发展。二是加强政府引导，以行政手段强化住房保障作用，这是新加坡、香港的做法。由于市场调节的盲目性，完全依赖市场手段难以解决低收入者的住房问题，加强行政手段的保障作用也正是我国的当前做法。

根据深圳市的特点，深圳市采用第二种加强行政手段保障居民住房的方式，更符合当前构建"和谐社会、和谐深圳"的宗旨。那么，深圳市未来建立的住房保障覆盖体系定位应为："高收入、中等收入者购买商品房；中低收入者以经济适用房、公共租赁住房或住房补贴对其保障；最低收入者给予廉租房补贴或让其免费居住公共租赁住房；大力发展二手房市场和住房租赁市场，让中等收入和低收入者这两个阶层，还可以通过购买二手房或租赁商品住房解决住房问题。"

三是借鉴新加坡经验，结合本市实际，尽快以下重点工作，加快推动本市住房保障工作。

首先，是扩大住房保障行政编制，加大资金和土地的投入。目前深圳市的住房保障主要由市住房管理部门的若干处室、事业单位推动，机构规模小、编制少。随着今后住房保

障作用性的不断凸出，仅靠当前编制和行政资源远远不够。新加坡的住房保障部门——建屋发展局为局级机构，下设三个业务部门即行政和财务署、建设开发署、房地产署，在全国设立 36 个地区办事处。强力精干的住房保障队伍是住房保障工作取得成功的基石，在此方面深圳市应保持创新精神，在全国率先建立系统化、全面性的大型住房保障管理体系，专门设立市政府下属的住房保障局以及与之配套的建设开发署、房屋管理署等专门机构；同时，借鉴新加坡提供低息建屋发展贷款、亏损津贴、免费或低价提供土地等方式，在资金和土地上给予了住房保障工作大力的支持，促进保障性住房快速、有效率的进行建设。

其次，完善保障性住房申购制度，对弄虚作假者实行严厉惩罚措施。完善的政策性住房申购条件是住房保障能否成功的前提，否则，不符合条件的中高收入者通过各种非法途径骗购骗租，将使住房保障的初衷和政府信誉荡然无存。施行严厉的惩罚措施是新加坡住房申购制度成功的保证，严法厉行，值得深圳借鉴。

其三，应加快建立健全公积金制度。深圳在公积金制度这一块应积极探索，大胆创新，尽快建立符合深圳市情特色，能对住房保障真正发挥起支撑作用的金融制度。

其四，进一步完善经济适用房制度。一是应尽快建立经济适用房回购制度。新加坡的公共组屋在 5 年内若要出售的话，必须只能卖回给政府，这其实就是一种回购制度。建议深圳在一定期限内限定经济适用房只能回卖给政府，不得上市流通，并应积极探索回购的价格评估和内循环机制。二是完善建设体系。目前，我市提出了经济适用房建设的"八个统一"，对住房保障工作的顺利开展起到了积极的指导作用。在此基础之上，要继续不断完善经济适用房的建设体系，完善建设标准，确定建设主体。其中值得注意的是，应尽量避免集中大规模兴建经济适用房所引起的贫民窟效应。如何形成经济适用房建设的多样化、分布布局的合理化、配套设施的完善化等等，都是我们值得向新加坡学习的地方。

其五，完善公共租赁住房制度，加快公共租赁住房建设。公共租赁住房作为深圳所独创的住房保障手段，开国内之先河，将对本市住房保障起到重要的作用。今后，建议政府继续完善公共租赁住房制度，一是形成稳定充裕的公共租赁住房来源渠道，除已提出的"八种筹建模式"外，还应研究促进社会资金投资建设等手段，并通过立法明确公共租赁住房从筹建到配租的完整体系。二是研究"转租为售"的模式。应以市场为导向，不断调节经济适用房与公共租赁住房之间的比重关系，形成公共租赁住房向经济适用房转换的转接口。公共租赁住房是一种新的尝试，但新加坡曾经也做过这样的尝试，效果却并不大好，我们要引以为鉴，一旦公共租赁住房难以有效发挥其保障作用，就应该及时使其性质向经济适用房转换，转租为售。

其六，进一步推行住房补贴。新加坡住房保障的一个重要特色是实行住房补贴政策，政府主要采用分级的办法，根据不同的收入水平，分别对申请者进行一定的住房补贴，以充分解决中低收入者的住房问题。目前，深圳市只对符合国家要求的最低收入家庭给予住房补贴，覆盖面过窄。由于我们难以在短时间内提供足够的经济适用房和公共租赁住房对低收入家庭进行保障，因此可以考虑对没有享受到保障的低收入家庭同样也给予一定的住房补贴，不同收入水平家庭补贴标准不同，分级补贴，形成完整的住房补贴制度体系。

深圳市住房保障工作依然路漫漫其修远，仍待上下而求索。新加坡的住房保障经验，给我们带来不少的启示，提供了多样化的思路。如何取其精华，因地制宜，为我所用，是值得我们在今后工作中不断去思考和摸索的，这也正是本文的宗旨之所在。

第八章 2008年：宏观经济下滑，地产市场低迷

摘要： 2008年是我国改革开放30周年，也是我国经济社会发展极其不平凡的一年。在宏观经济发展经历由"过热"到"下滑"和宏观经济调控经历由"防通胀、防过热"到"扩内需、促经济、调结构"转变的大背景下，国家继续加强和改善房地产宏观调控，并根据下半年国际金融危机的蔓延对我国实体经济的影响，适时地出台了一系列促进房地产市场健康发展的政策措施，在满足居民合理改善居住条件愿望的前提下，实现扩大内需、促进经济增长。2008年，深圳继续贯彻和落实国家各项宏观调控政策，房地产市场基本延续了2007年下半年以来的调整态势。商品房开发建设方面，全市完成房地产开发投资440.49亿元，同比下降4.46%；市场供应方面，全年商品住宅批准预售面积达到666.47万平方米，同比去年增加13.11%，截至2008年末，全市住宅累计可售规模为491.34万平方米，住宅供应相对较为充足；住宅销售方面，全年商品住宅销售面积达到389.26万平方米，同比去年下降22.21%，住宅销售量下降幅度较大；按本市房地产信息系统统计，2008年，全市新建商品住宅全年销售均价为12794.2元/平方米，比上年下降4.3%，年底12月价格比年初最高价格下降33%。

综合来看，2008年是深圳房地产市场持续调整的一年，受整个市场信心的影响，房地产开发投资出现小幅下降，明显低于GDP的增长速度，占固定资产投资的比重也大大减小；在整个市场调整过程中，市场观望氛围较浓厚，新建商品房需求出现较大规模下降，房价持续调整和回落，房价涨幅降至正常区间，且低于收入的增幅，逐渐与居民收入水平相协调，由于市场销售速度减缓，暂时出现住宅销售周期过长和供过于求的现象。在国际金融危机爆发之后，自10月份以来，国家出台了一系列促进房地产市场发展的措施，促进了年底本市市场成交量的回升；但是由于国际金融危机尚未见底，其对我国经济的影响尚有待进一步观察，故国内房地产市场发展还存在不确定因素。未来深圳房地产市场发展趋势在很大程度上，仍将取决于国内外经济金融形势的变化、国家层面有关房地产行业政策的调整，以及深圳市在贯彻落实国家调控政策方面的具体政策措施的力度。

一、经济社会发展概况

2008年，深圳市在中央有关政策的指引下，积极应对国际国内经济环境变化的冲击和挑战，加大对各类企业扶持力度，有力促进了经济平稳发展，较好实现了年初确定的经济增长预期目标。

从国民经济增长看，2008年全市生产总值7806.54亿元，比上年增长12.1%，第一产业增加值6.66亿元，下降13.4%；第二产业增加值3815.78亿元，增长11.9%；第三产业增加值3984.10亿元，增长12.5%。三次产业结构由上年的0.1：50.1：49.8变化为0.1：48.9：51.0，第三产业所占比重提高了1.2个百分点。

固定资产投资增幅上升。全年全社会固定资产投资1467.60亿元，增长9.1%，其中，基本建设投资827.83亿元，增长15.9%；房地产开发投资440.49亿元，下降4.5%；更

新改造投资 155.84 亿元，增长 8.1%；其他投资 43.45 亿元，增长 68.3%。

消费市场增长较快。2008 年全市实现社会消费品零售总额 2251.82 亿元，增长 17.6%。其中，批发零售业零售额 1972.12 亿元，增长 16.7%；住宿餐饮业零售 279.69 亿元，增长 24.0%。

外贸出口放缓。据海关统计，全年全市外贸进出口总额 2999.75 亿美元，增长 4.3%。其中进口总额 1202.31 亿美元，增长 1.0%；出口总额 1797.44 亿美元，增长 6.6%。

财政收入保持较快增长。2008 年全市地方财政一般预算收入 800.36 亿元，增长 21.6%。12 月末，国内金融机构人民币存款余额为 13011.24 亿元，比年初增长 13.2%，其中，居民储蓄存款余额 4905.93 亿元，比年初增长 29.4%。国内金融机构人民币贷款余额为 9058.46 亿元，按可比口径比年初增长 14.3%。

市场消费物价涨势回落。12 月份居民消费价格比 11 月份下降 0.5%，全年居民消费价格总水平上涨 5.9%。

2008 年在深圳发展史上是极不平常的一年。这一年，世界经济金融形势复杂多变，不稳定不确定因素明显增多。次贷危机引发的金融危机愈演愈烈，特别是下半年以来，国际经济环境急转直下，波及范围不断扩大，并从金融领域扩散到实体经济领域，对国内经济影响日益显现，经济下行压力加大。深圳经济具有高度外向型特征，所经历的困难与影响不言而喻。面对来自国际国内严重困难和严峻挑战，深圳市政府全面贯彻落实科学发展观，在服务企业、促进企业稳定发展方面，出台一系列促进产业发展的措施，努力克服国内外不利因素的影响，积极促进经济平稳快速增长。

二、房地产市场总体运行情况

（一）房地产投资小幅下降，商品房建设规模有所减小

2008 年，本市完成房地产开发投资 440.49 亿元，同比下降 4.46%，其中住宅完成投资 314.98 亿元，同比下降 5.05%；商品房施工面积 3276.3 万平方米，同比增加 3.65%，其中住宅施工面积 2210.36 万平方米，同比增加 1.14%；商品房竣工面积 629.73 万平方米，同比下降 0.12%，其中，住宅竣工面积 443.77 万平方米，同比增加 2.09%；商品房新开工面积 752.6 万平方米，同比下降 14.13%，其中住宅新开工面积 471.8 万平方米，同比下降 24.14%；商品房空置面积 231.58 万平方米，同比增加 51.7%。

与国内上海、北京和广州等主要城市比较，2008 年，深圳市房地产开发投资降幅最大，北京其次，上海和广州投资有所增加，广州增幅较大，为 8.3%。

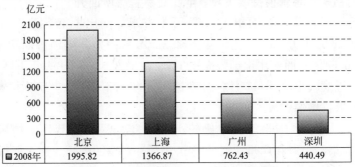

亿元	北京	上海	广州	深圳
■2008年	1995.82	1366.87	762.43	440.49

图 8-1　2008 年国内主要城市房地产投资额比较

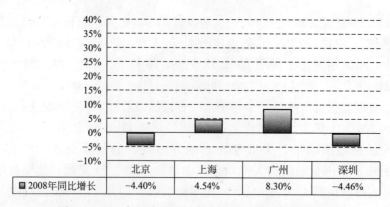

	北京	上海	广州	深圳
■2008年同比增长	-4.40%	4.54%	8.30%	-4.46%

图 8-2　2008 年国内主要城市房地产开发投资增幅比较

(二)新建商品房批准预售面积有所增加,住房供应相对较为充足

2008 年,全市新建商品房批准预售面积 778.54 万平方米,同比去年增加 20.48%;其中,商品住宅批准预售面积 666.47 万平方米,同比去年增加 13.11%;办公楼批准预售面积 20.34 万平方米,同比去年增加 105.25%;商业用房批准预售面积 60.4 万平方米,同比去年增加 28.36%。2008 年,住宅供应仍然集中在特区外,特区外商品住宅批准预售面积 476.43 万平方米,占全市住宅批准预售面积的 71.49%。

全市批准预售的 90 平方米以下住宅为 46484 套,占全市规模的比重为 67.55%,住房供应以普通住房为主。截至 2008 年末,全市住宅累计可售规模为 491.34 万平方米,住宅供应相对较为充足。

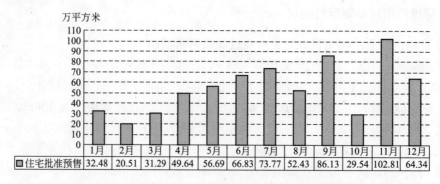

万平方米

	1月	2月	3月	4月	5月	6月	7月	8月	9月	10月	11月	12月
■住宅批准预售	32.48	20.51	31.29	49.64	56.69	66.83	73.77	52.43	86.13	29.54	102.81	64.34

图 8-3　2008 年全市各月新建商品住宅批准预售面积

(三)新建商品房销售规模持续下降,年底交易量有所回升

2008 年,新建商品房销售面积 417.67 万平方米,同比去年下降 24.77%。其中,住宅销售面积 389.26 万平方米,同比去年下降 22.21%;办公楼销售面积 4.88 万平方米,同比去年下降 76.64%;商业用房销售面积 17.9 万平方米,同比去年下降 41.57%。2008 年各月住宅交易规模较小,1~11 月各月度销售规模均不超过 40 万平方米,12 月销售面积 78.78 万平方米,增幅较大。

与国内上海、北京和广州等城市比较,2008 年,深圳商品住宅销售面积同比减少 22.21%,低于北京、上海和广州这三个城市 30%~40% 的降幅,这主要得益于 2008 年最后两个月深圳市场出现一定程度的交易回升。

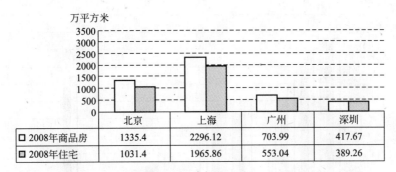

图 8-4　2008 年国内主要城市商品房和商品住宅销售面积比较

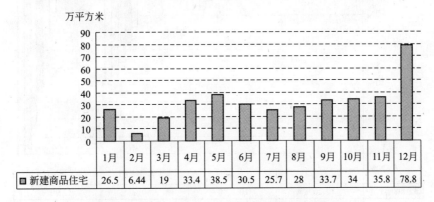

图 8-5　2008 年以来全市各月新建商品住宅销售面积

（四）特区外销售规模进一步扩大，普通商品住宅占市场比重加大

2008 年，特区外商品住宅销售面积 281.15 万平方米，占全市销售面积的 72.23%，特区外置业仍居全市主导地位；全市单套建筑面积 144 平方米以内的商品住房销售套数为 37986 套，占全市销售套数的 90.09%，其中 90 平方米以内的住宅销售套数为 28726 套，占总套数的 68.13%，"90/70"住房结构调整政策逐渐发挥作用。

（五）新建商品住房价格呈现回落和调整

按国家统计局公布的全国 70 个大中城市商品住房销售价格调查统计，2008 年 1～12 月，深圳新建商品住房价格同比涨幅分别为 12.9%、11.7%、5.7%、2.6%、1.3%、0.3%、−1.7%、−4.1%、−10.8%、−15%、−18% 和 −18.1%，下半年各月跌幅居全国首位。按本市房地产信息系统统计口径，2008 年，全市新建商品住宅全年销售均价为 12794.2 元/平方米，比上年下降 4.3%，年底 12 月价格比年初 2 月最高价格下降了 33%。各月商品住房每平方米销售均价分别为 15080 元、16315 元、13618 元、11962 元、11014 元、12681 元、16198 元、14449 元、12431 元、12706 元、13547 元和 10979 元；7、8、11 月份房价有所上涨主要受高价楼盘大量入市拉动的影响。

从国内主要城市的房价情况看，2008 年，北京房价一直保持正增长，但各月涨幅逐渐减小，涨幅从年初的 17.2% 回落至 12 月的 1.4%；上海房价上半年保持平稳，每月同比涨幅保持在 9% 左右，从下半年开始涨幅回落幅度较快，从 10 月份开始连续两个月出现同比下跌，12 月份跌幅为 1.9%；广州、深圳房价每月同比涨幅均回落较快，从下半年开始，出现同比下降。

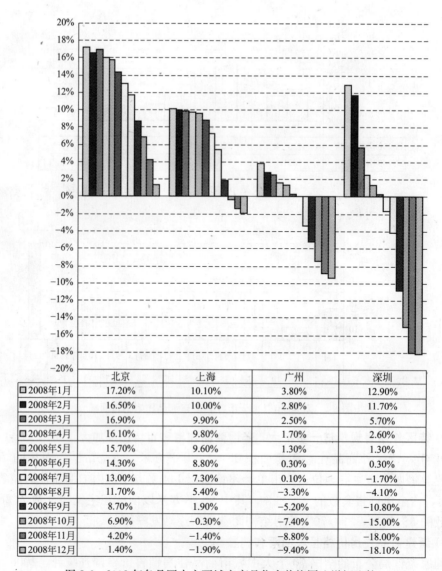

	北京	上海	广州	深圳
□2008年1月	17.20%	10.10%	3.80%	12.90%
■2008年2月	16.50%	10.00%	2.80%	11.70%
▨2008年3月	16.90%	9.90%	2.50%	5.70%
□2008年4月	16.10%	9.80%	1.70%	2.60%
▨2008年5月	15.70%	9.60%	1.30%	1.30%
■2008年6月	14.30%	8.80%	0.30%	0.30%
□2008年7月	13.00%	7.30%	0.10%	−1.70%
□2008年8月	11.70%	5.40%	−3.30%	−4.10%
■2008年9月	8.70%	1.90%	−5.20%	−10.80%
▨2008年10月	6.90%	−0.30%	−7.40%	−15.00%
■2008年11月	4.20%	−1.40%	−8.80%	−18.00%
□2008年12月	1.40%	−1.90%	−9.40%	−18.10%

图 8-6　2008 年各月国内主要城市商品住房价格同比增幅比较

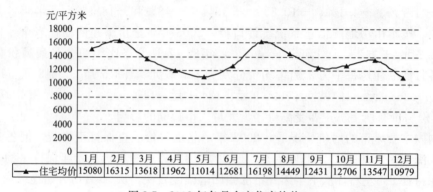

	1月	2月	3月	4月	5月	6月	7月	8月	9月	10月	11月	12月
▲住宅均价	15080	16315	13618	11962	11014	12681	16198	14449	12431	12706	13547	10979

图 8-7　2008 年各月全市住房均价

（六）二手住房交易规模下降幅度较大，12月份成交量小幅回升

2008年，全市二手住房交易面积350.93万平方米，同比去年下降60.33％。二手住宅与新建商品住房的比例为0.9：1，与去年的比例1.86：1相比，二手住房交易面积出现较大幅度下降。2008年各月二手住房交易规模较小，均低于40万平方米，只有12月份交易面积为41.23万平方米，交易量出现小幅回升。

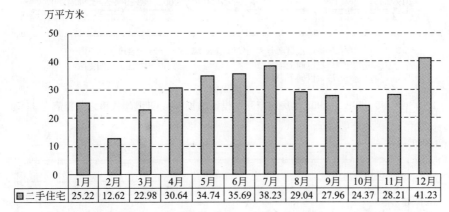

万平方米	1月	2月	3月	4月	5月	6月	7月	8月	9月	10月	11月	12月
二手住宅	25.22	12.62	22.98	30.64	34.74	35.69	38.23	29.04	27.96	24.37	28.21	41.23

图8-8　2008年全市各月二手住房销售面积

此外，随着近期国家一系列调控政策的出台，2008年底，深圳房地产市场出现了一定程度的回暖，市场交易量有所上升。按备案登记数量，12月单月成交较之前平均水平上升2倍以上。主要原因有以下几个方面：一是刺激内需政策的陆续出台，鼓舞了房地产市场的消费信心；二是深圳市房地产市场在全国调整最早、调整幅度最大，交易回升符合市场运行规律；三是市场充分调整和国家利好政策的出台，促进了住房刚性需求的释放，增加了近期市场交易量；四是房地产开发企业顺应政策调整和市场变化主动降价，对近期市场回暖有一定的促进作用。

三、2008年深圳房地产市场发展综合评价

根据"深圳房地产市场预警系统"，对2008年深圳全年房地产市场的综合运行情况评价如下：

（一）单项预警指标评价分析

1. 房地产投资增长率与GDP增长率之差

2008年，房地产投资增长率与GDP增长率之差为-0.1656，处于正常区间。1992年以来，深圳GDP保持稳定增长，增幅均在10％以上，从2003年至今，房地产投资增速一直低于GDP增速，仍处于正常区间，但从近期看，房地产投资出现下降，两者增幅差距有逐渐变大的趋势。

2. 房地产开发投资与全社会固定资产投资之比

2008年，房地产投资占固定资产投资比重为0.3001，处于房地产投资过小区间。房地产投资规模同比去年出现4.46％的降幅，而固定资产投资规模同比增加9.1％，其中基本建设投资成为全市固定资产投资重要支撑，所占比重达56.4％，而房地产投资所占比重逐年下降，且于2008年达到1992以来的历史最低点。

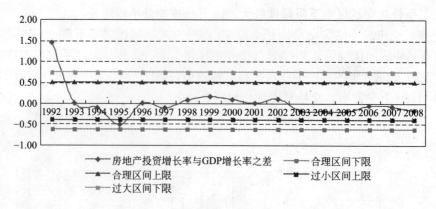

图8-9　1992～2008年房地产开发投资增长率与GDP增长率之差警值

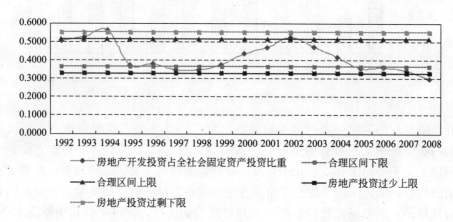

图8-10　1992～2008年房地产开发投资与全社会固定资产投资之比警值

3. 房价收入比

2008年，房价收入比是13.7663，与2007年相比，房价收入比出现一定幅度的回落，但该警值仍处于房价收入比过大区间。自1996年以来，深圳的房价收入比一直处于合理区间，但是逐年减小的趋势开始逆转，2005年的房价收入比开始攀升，居民实际购买能

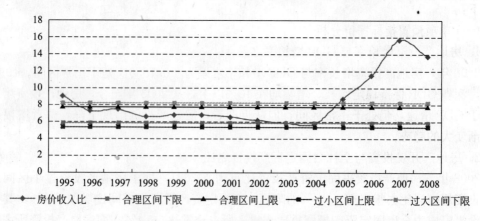

图8-11　1995～2008年房价收入比警值

力开始下降，房价收入比直接由稍小区间步入了过大区间，2006 年、2007 年房价收入比继续攀升，房价上涨过快的势头较为明显。随着一系列房地产调控措施的实施，自 2007 年 10 月份开始，房价开始出现结构性调整和回落，2008 年全年房价都处于持续的调整中，房价的逐步回落，有利于住房消费需求的释放，同时房价逐渐与经济发展和居民的收入水平相协调，也将有利于今后房地产市场的持续平稳发展。

4. 房价收入增长率之差

2008 年，房价收入增长率之差为－0.143，处于正常区间。2005 年以来，至 2008 年上半年首次出现房价的同比涨幅低于人均可支配收入涨幅的现象，由于 2005～2007 年这三年间房价上涨幅度较大，自 2007 年 10 月份房价开始调整以来，经过一年多的时间，同比涨幅出现一定程度的回落，造成房价收入增长率的差距变化较大，这在市场调整期中也是正常的，随着市场调整的逐渐到位，房价将趋于稳定，房价与收入的增幅也将逐渐相协调。

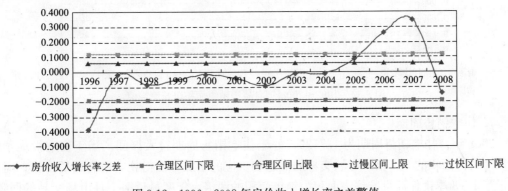

图 8-12　1996～2008 年房价收入增长率之差警值

5. 商品房新开工面积增长率

2008 年，商品房新开工面积增长率为－0.1413，处于正常区间。2008 年，商品房新开工规模出现一定幅度的下降，市场成交已经持续低迷了一年多的时间，资金回笼速度明显放缓，加上全球金融危机的影响，开发商对未来的预期信心不足，新开工规模明显减小。

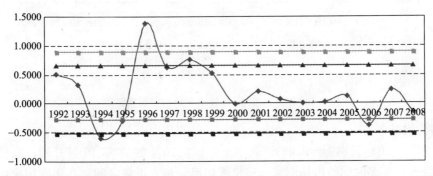

图 8-13　1992～2008 年商品房新开工面积增长率警值

6. 商品房销售面积增长率

2008年，商品房销售面积增长率为－0.2477，处于商品房销售过冷区间。由于2008年10月份以来，国家继续加强和改善房地产宏观调控，并根据下半年国际金融危机的蔓延对我国实体经济的影响，适时地出台了一系列促进房地产市场健康发展的政策措施，在满足居民合理改善居住条件愿望的前提下，实现扩大内需、促进经济增长的目的。在这一系列政策的作用下，2008年最后两个月，住房交易出现一定程度的回升，使得年度住房销售规模的降幅有所减小。

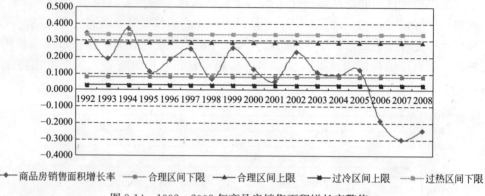

图8-14 1992~2008年商品房销售面积增长率警值

7. 住宅销售周期

2008年，住宅销售周期为1.7122，处于住宅销售周期过大区间。当年住宅批准预售面积为销售面积的1.7倍，市场交易的低迷和供应的增加，使得住宅销售周期拉长；但相对于第1～3季度住宅批准预售面积为销售面积的两倍，年度最后两个月市场交易的回暖，使得住宅销售周期在第4季度出现明显缩减。

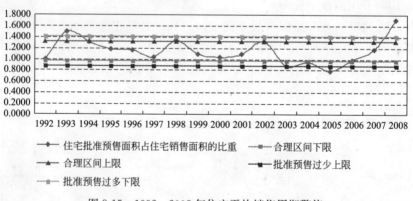

图8-15 1992~2008年住宅平均销售周期警值

8. 房价增长率

2008年，房价增长率为－0.043，处于正常区间。自2007年10月开始，房价进入调整阶段，经过一年多时间的市场调整，房价涨幅已经步入正常区间。在年底国家出台的一系列促进房地产市场健康发展的政策作用下，市场交易有所回升，但市场是否全面回暖还需继续观察，房价仍将继续调整与回落。

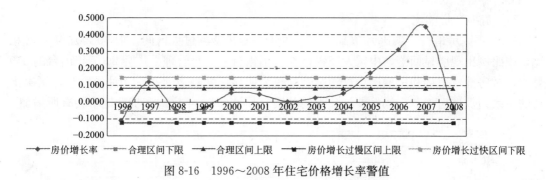

图 8-16　1996~2008 年住宅价格增长率警值

9. 住宅储备率

2008 年，商品住宅储备率为 1.8923，处于商品住宅供应过大区间。按照当年的销售速度，需要 22 个月的时间才能消化完这些储备量，住宅供应在当前观望氛围较浓的情况下，出现供应严重积压的现象。考虑到 11 月份以来，在国家一系列政策的作用下，市场成交量开始回升，预计 2009 年住宅储备量的消化速度会有所加快，供应过大的现象会有所缓解。

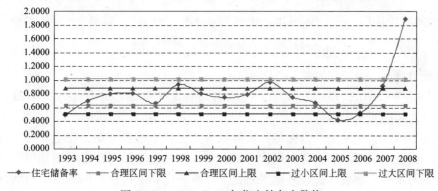

图 8-17　1993~2008 年住宅储备率警值

10. 二手房月吸纳率

2008 年，二手房月吸纳率处于正常区间，但二手房景气程度在 3 月份以后稍有回升，且保持平稳，进入第 3 季度，吸纳率出现小幅回落，11、12 月吸纳率有所回升。

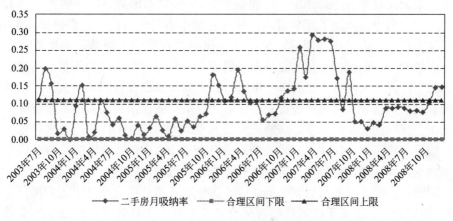

图 8-18　2003~2008 年二手房月吸纳率警值

11. 房地产贷款比

2008年,房地产贷款比为0.4005,仍处于房地产贷款过大区间,但与2007年年底相比,该比例出现明显回落,中国人民银行和中国银行业监督管理委员会2007年出台的359号文,对房地产市场和房地产贷款的影响都较为明显,随着2008年10月份以来,国家出台的一系列促进房地产市场发展的政策的落实,预计2009年房地产贷款比将会有所增加。

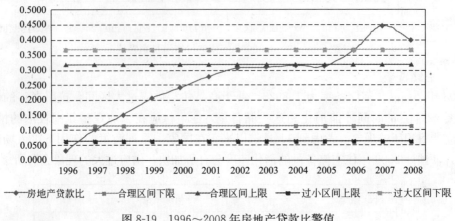

图8-19 1996~2008年房地产贷款比警值

(二)综合评价

在2008年的11个指标中,处于正常区间的有5个指标,处于过大区间的有4个指标,处过小区间的有2个指标。

其中处于过大区间的4个指标是:房价收入比、住宅销售周期、住宅储备率和房地产贷款比。经过一年多市场的调整,房价有所回落,涨幅已经回至正常区间,但房价绝对值仍处于较高的水平,导致房价收入比虽然比上年有一定幅度回落,但仍处于过大区间;自2007年下半年市场交易量开始回落以来,市场观望氛围较浓,交易持续低迷,造成住宅销售周期和住宅储备率均处于过大区间,出现短期内供过于求的现象;房地产贷款比在中国人民银行和银监会2007年出台的359号文作用下,有所下降,但仍处于过大区间。

处于过小区间的2个指标是:商品房销售面积增长率和房地产投资占固定资产投资比重。由于宏观调控政策的持续作用,特别是2007年底紧缩房贷、提高购买第二套住房的首付比例和贷款利率也抑制了部分需求,并且在整个市场进行调整、房价回落的过程中,市场观望氛围浓厚,市场信心明显不足,多方面的因素影响下商品房销售进入了过冷区间;由于市场趋冷,也影响了开发商对未来的预期,开发投资的动力不足,造成了房地产开发投资的下降,与此同时,受大运会影响,深圳基础建设投资明显加大,带动固定资产投资有明显增加,造成了房地产投资在固定资产投资中的比重大大减小,降至过小区间。

处于正常区间的5个指标中,房地产开发投资增长率与GDP增长率之差处于正常区间,但是接近稍冷区间,房地产开发投资增速明显低于GDP增长速度;商品房新开工面积增长率处于正常区间,但出现一定幅度的下降,接近稍冷区间,市场交易的持续低迷和房价继续调整,影响了开发商的新开工规模;房价收入增长率之差处于正常区间,房价增幅自2005年以来,首次低于收入增幅;房价增长率处于正常区间,经过一年多的市场调整,房价增幅已经回落到正常区间。

二手房月吸纳率在第四季度有明显回升。自 2007 年下半年成交量大幅下降，房价开始调整以来，2008 年前三季度，特别是由于 CPI 高涨、贷款利率高，市场信心不足，造成了购房意愿较低，市场需求萎缩；整个市场保持着低位运行的状态；而第四季度，国家针对房地产市场出台了一系列优惠措施，信贷也开始放松，促使了市场成交量的逐渐恢复，市场景气程度明显回升。

综合来看，2008 年是深圳房地产市场持续调整的一年，受整个市场信心的影响，房地产开发投资出现小幅下降，明显低于 GDP 的增长速度，占固定资产投资的比重也大大减小；在整个市场调整过程中，市场观望氛围较浓，新建商品房需求出现较大规模下降，房价持续调整和回落，房价涨幅降至正常区间，且低于收入的增幅，逐渐与居民收入水平相协调，由于市场销售速度减缓，暂时出现住宅销售周期过长和供过于求的现象，在国际金融危机爆发之后，自 10 月份以来，国家出台了一系列促进房地产市场发展的措施，促进了市场成交量的回升，预计 2009 年市场供过于求的现象将有所改善；房地产贷款所占比例较上年有所下降，由于年底出台的政策中，对房地产信贷有明显放松，因此有关部门仍需继续加强金融风险的防范；另一方面，土地流拍现象比较严重，应引起有关部门的关注，为保证稳定的市场供应，应优化土地储备和出让机制，这对于稳定房地产市场的发展有积极的意义。

深圳 2008 年房地产市场发展状况指标评价结果　　　　　　　　　　　表 8-1

指标名称	过小	稍小	正常	稍大	过大
房地产开发投资增长率与 GDP 增长率之差			−0.1656		
房地产开发投资/全社会固定资产投资	0.3001				
房价收入增长率之差			−0.143		
房价收入比					13.7663
商品房销售面积增长率	−0.2477				
商品房新开工面积增长率			−0.1413		
住宅平均销售周期					1.7122
住宅价格增长率			0.0177		
二手房月平均吸纳率			正常		
住宅储备率					1.8923
房地产贷款比					0.4005
总计	2	0	5	0	4

四、2008 年深圳房地产市场宏观调控政策

(一) 2008 年国家房地产调控政策回顾

2008 年，国家房地产市场宏观调控的政策基调是随着我国宏观经济走势的变化而调整的。2008 年上半年，为了贯彻"防通胀、防过热"的一系列宏观紧缩政策，国家在房地产市场调控政策上基本保持了近年来防止价格过快上涨、加大闲置土地处置、加快保障性住房建设、调整住房供应结构等政策的延续性。特别是，为了抑制市场投机炒作，国家

严格控制银行信贷资金，积极贯彻《中国人民银行、中国银行业监督管理委员会关于加强商业性房地产信贷管理的通知》（［2007］359号文）及其补充通知，提高住房按揭贷款准入门槛，加大投机炒作的成本。在土地供应政策方面，2008年1月7日国务院发布了《国务院关于促进节约集约用地的通知》（国发［2008］3号），对土地利用规划、效率和建立节约集约利用的长效机制等作出了科学的规定。

2008年下半年，随着全球金融危机的不断扩大和蔓延，其负面影响迅速从金融领域扩散到实体经济领域。我国宏观调控政策做出了适时、合理的调整，政策主旨从"防通胀、防过热"，转到了"扩内需、促经济、调结构"。下半年，国家连续5次降低利息，并且从10月22日在国家层面首次出台促进居民住房消费的金融、财税政策；到12月21日国办发［2008］131号文发布以来，在短短的两个月内，先后出台了7项有关房地产市场稳定发展的公共政策。

1. 10月份国家第一次出台鼓励居民住房消费的政策措施

10月22日，财政部、国家税务总局和中国人民银行出台了《财政部国家税务总局关于调整房地产交易环节税收政策的通知》（财税［2008］137号文）和《中国人民银行关于扩大商业性个人住房贷款利率下浮幅度等有关问题的通知》（银发［2008］302号文）。137号文和302号文是2008年国家层面第一次出台鼓励居民住房消费的政策措施。两个文件规定自11月1日起，对个人首次购买90平方米及以下普通住房的，契税税率暂统一下调到1%；对个人销售或购买住房暂免征收印花税；对个人销售住房暂免征收土地增值税。同时，自10月27日起，金融机构对居民首次购买普通自住房和改善型普通自住房提供贷款，其贷款利率的下限可扩大为贷款基准利率的0.7倍，最低首付款比例调整为20%。

2. 中央经济工作会议（12月8~10日）前国家出台的房地产调控政策

随着金融危机的蔓延，以及对我国实体经济的影响不断加深，国家确定了"扩内需、保增长、调结构"的经济工作目标，在中央经济工作会议前出台了一系列配套政策措施：

一是在12月3日国务院常务会议上，为了落实"积极的财政政策和适度宽松的货币政策"，温家宝总理主持召开会议，研究部署当前金融促进经济发展的政策措施。在房地产市场领域，明确了扩大住房消费信贷市场、发展房地产信托投资基金等新的房地产企业融资方式。

二是在12月5日国务院常务会议上，研究进一步扩大内需促进经济平稳较快增长的十项措施，计划在2010年年底前安排4万亿元投资资金。会议明确了加快建设保障性安居工程是拉动内需的重要措施，指出要加快建设保障性安居工程，加大对廉租住房建设支持力度，加快棚户区改造，实施游牧民定居工程，扩大农村危房改造试点。

三是12月8日国务院办公厅发布了《国务院办公厅关于当前金融促进经济发展的若干意见》（国办发［2008］126号），提出了促进经济平稳较快发展，加大金融支持力度的30项金融措施。在房地产方面，指出金融机构要加大支持居民住房需求和住房保障建设的信贷支持力度。

3. 中央经济工作会议后国家出台的房地产调控政策

中央经济工作会议后，国家正式确定了房地产业重要支柱产业的地位，明确了维护房地产市场健康发展在拉动内需、促进经济增长中的积极作用，即国家将通过加快保障住房建设和加大普通商品住房消费的信贷、税收支持力度两个方面来实现拉动内需的目的。

一是12月8~10日召开的中央经济工作会议，提出了2009年经济工作的重点任务。会议指出要把满足居民合理改善居住条件愿望和发挥房地产业支柱产业作用结合起来，增加保障性住房供给，减轻居民合理购买自住普通商品住房负担，发挥房地产在扩大内需中的积极作用。

二是12月10日国务院召开的各省（区、市）人民政府和部门主要负责同志会议，落实12月5日国务院常务会议提出的10项措施。会上，温家宝总理提出了7项工作，其中第三项工作是促进房地产市场平稳健康发展。指出房地产业是国民经济的重要支柱产业，要从增加保障住房建设、增加中小户型住房供应、活跃二手房市场和维护市场秩序等方面发挥房地产业在拉动内需和改善民生方面的作用。

三是12月17日的国务院常务会议，研究部署促进房地产市场健康发展的政策措施。会议研究确定了三项政策措施（被称为"国3条"）：加大保障性住房建设力度，3年时间将建设750万套保障性住房；进一步鼓励普通商品住房消费，界定了改善型住房的边界及信贷优惠政策标准，减免住房交易营业税；引导房地产开发企业积极应对市场变化，促进商品住房销售。支持合理融资需求，加大对中低价位、中小套型普通商品住房建设特别是在建项目的信贷支持，对有实力有信誉的房地产开发企业兼并重组提供融资和相关金融服务。按照法定程序取消城市房地产税。

四是于12月20日发布《国务院办公厅关于促进房地产市场健康发展的若干意见》（［2008］131号文），在改善性住房的概念及按揭贷款标准、减免住房转让营业税、引导房地产开发企业降价销售、支持房地产开发企业合理的融资及拓宽融资渠道、落实地方人民政府稳定房地产市场的职责、科学合理地确定土地供应节奏和规模等13个方面，提出了促进房地产市场健康发展的政策。

（二）2008年深圳房地产调控政策回顾

2008年，深圳积极贯彻落实国家相关政策精神，相继出台了《深圳土地闲置费征收管理办法》、《深圳市廉租房保障管理办法》、《深圳市经济适用房保障管理办法》、《深圳市公共租赁住房保障管理办法》等文件。下半年，为了贯彻落实国家积极的财政政策和适度宽松的货币政策，深圳市相继出台了《深圳市地方税务局转发财政部国家税务总局关于调整房地产交易环节税收政策的通知》（深地税发［2008］499文）、《转发中国人民银行关于扩大商业性个人住房贷款利率下浮幅度等有关问题的通知》（深人银发［2008］185号）。2008年12月20日，在《国务院办公厅关于促进房地产市场健康发展的若干意见》出台后，深圳市抓紧研究制定结合本地实际、切实可行的相关配套政策，以促进房地产市场的健康发展。

五、2009年深圳房价走势判断及相关调控对策

（一）2009年深圳房价走势分析

2008年，深圳房地产市场整体呈现量价齐跌的局面。但是，在2008年的最后两个月，受国家近期出台的一系列优惠政策在降低购房成本、缓和下跌预期的影响，2008年11、12月，尽管住房价格仍旧在下降，但新建商品住房交易出现了明显的回升迹象。

在国际金融危机冲击下，实体经济增速大幅下滑。目前，这场金融危机不仅本身尚未见底，而且对实体经济的影响可能进一步加深，其严重后果可能会进一步显现。因此，2009年深圳房地产市场发展还存在不确定因素，尽管目前市场出现了回升迹象，但这种回升能维持多久还有待观察。未来深圳市房地产市场发展趋势在很大程度上取决于国内外经济金融形势的变化、国家层面有关房地产行业政策的调整，以及深圳市在贯彻落实国家调控政策方面的具体政策措施的力度。

(二) 深圳今后住房发展的方向与对策分析

中央经济工作会议中对明年经济工作主要目标任务的部署：深入贯彻落实科学发展观，立足扩大内需保持经济平稳较快增长，加快发展方式转变和结构调整提高可持续发展能力，深化改革开放增强经济社会发展活力和动力，加强社会建设加快解决涉及群众利益的难点热点问题，促进经济社会又好又快发展。保持房地产市场健康发展，在加强住房保障和满足居民合理改善居住条件愿望的前提下，发挥房地产市场在扩大内需中的积极作用是实现上述目标的重要工作。深圳应当结合本市实际，继续完善满足全市不同收入层次居民家庭住房需求的基本住房制度，重点解决普通居民家庭、首次置业家庭、中低收入家庭的住房问题，这对于保证全市经济社会协调发展，促进和谐社会的建立，有着重要的意义。

根据党的十七大精神和近期国家出台的一系列旨在"扩大内需、促进经济增长"的调控政策，立足于本市的实际情况，今后全市仍需要维护房地产市场的健康发展，多数家庭应继续通过市场来改善或者解决住房问题，同时政府应建立健全包括经济适用房、公共租赁住房和廉租房在内的住房保障制度，全面解决城市低收入家庭住房困难，促进住房市场的民生化发展方向。

(三) 关于下一步房地产市场宏观调控的建议

房价的大涨大跌，既不利于房地产市场的健康稳定发展，也不利于切实解决广大居民的住房问题，甚至会对深圳市经济社会的稳定发展造成不良影响。因此，在本年深圳房价已经出现大幅调整，房地产行业开始收缩的情况下，尽量避免今后房价的大幅下跌，采取积极措施，进一步稳定房地产市场。

一是积极贯彻落实国家近期出台的一系列旨在降低居民购房成本、满足居民基本住房需求维护房地产市场健康发展的政策精神，进而实现"扩内需、促经济、调结构"的目的。提高金融服务水平，降低首次购房者、改善性住房购买者按揭贷款成数和按揭贷款利率；降低住房交易环节的各种税费，促进市场交易活跃。

二是进一步深化"90/70"政策，实施套密度的管理办法，在全市住房建筑面积总量按"90/70"调控的条件下，根据市场需求，研究制定不同区域、不同开发强度的住房项目建设中单位用地上的住房供应套数标准。

三是在确保保障性住房土地供应规模的前提下，根据市场形势变化和本年度土地出让计划执行情况，适度控制本年度土地出让节奏，科学、合理地编制下一年度土地出让计划，进一步完善以市场为导向的土地出让制度。

四是进一步完善深圳市住房保障制度，加快出台"深圳市保障性住房条例"，完善包括经济适用房、公共租赁住房和廉租房在内的各项住房保障制度，切实解决城市低收入家庭住房困难。

五是继续加强对房地产行业行为的监管，促进行业自律体系建设，进一步规范市场交易秩序，及时、全面、准确地公开房地产市场信息，强化市场购房风险防范意识，加强舆论宣传，引导业主依法维权。

六、专项报告一：2008年上半年深圳房地产市场发展形势分析

文章背景及摘要：本文虽然是一篇比较普通的房地产市场分析报告，但是在2008年这个比较特殊的时期，文章一经发布，即被诸多媒体称为房地产市场"救市报告"而引起全国关注。深圳的《南方都市报》称"作为深圳市国土房产局的房地产市场决策咨询机构，深圳市房地产研究中心一向被深圳业界称为权威数据发布者，以及相关政策的风向标。今年7月，由该中心副主任王锋撰写、由深圳市国土房产局发布的深圳楼市上半年分析报告中，王锋提出了'适度调整房地产调控政策'的几条建议，立即被媒体视为'救市派'，并受到楼市空方阵营指责"。尽管作者当时的观点受到社会各界较大的争议，但年底国家一系列促进住房消费、鼓励楼市发展的政策出台，印证了这些观点和政策建议在特定时期为稳定宏观经济发展、稳定房地产市场发展的正确性。

2007年下半年以后，随着国家宏观调控政策的贯彻落实，深圳房地产市场出现调整，房价有较大幅度下降。今年5月份，深圳房价比去年最高点下降了36％。总体而言，去年以来的房价调整，是对前两年市场过热发展的修正，其目的是使市场向理性轨道回归，有利于今后深圳房地产市场保持健康、平稳发展。

（一）2008年上半年深圳房地产市场运行情况

今年以来，受全球经济下滑以及国内通货膨胀等因素的影响，深圳房地产市场观望气氛依然浓厚，房价持续下降，市场持续处于调整状态，并呈现以下特点：

1. 房地产开发投资小幅下降，商品房在建规模有所增加

今年上半年，我市完成房地产开发投资194.68亿元，同比减少0.83％，其中完成商品住宅投资142.84亿元，同比增加4.34％；商品房施工面积为2839.32万平方米，同比增加5.15％，其中住宅施工面积1950.89万平方米，同比增加3.19％；商品房新开工面积462.91万平方米，同比增加7.01％，其中住宅新开工面积303.89万平方米，同比减少7.76％。商品房空置面积164.73万平方米，同比增加26.72％，其中住宅空置面积65.37万平方米，同比增加84.5％。

2. 新建商品房销售规模继续下降，市场交易持续低迷

今年上半年，全市新建商品房销售面积170.41万平方米，同比减少54.38％。其中，住宅销售面积154.25万平方米，同比减少54.02％；办公楼销售面积1.78万平方米，同比减少89.23％；商业用房销售面积11.94万平方米，同比减少34.65％。按目前的销售规模估计，全年的住宅销售面积大约在350万平方米左右，仅相当于1997、1998年间的水平，新建商品住宅销售规模下降幅度较大。

从上半年各月住宅销售情况来看，3月份以来销售量有所回升，受春交会影响，5月份销售量达到上半年高点，6月份又出现回落，各月销售量仍保持低位水平，市场交易持续低迷。

3. 新建商品住房价格持续回落和调整

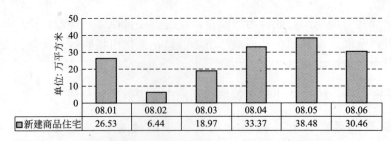

图 8-20 2008 年以来全市各月新建商品住宅销售面积

	08.01	08.02	08.03	08.04	08.05	08.06
新建商品住宅	26.53	6.44	18.97	33.37	38.48	30.46

按国家统计局公布的全国 70 个大中城市商品住房销售价格调查统计，2008 年 1~5 月同比涨幅为 12.9%、11.7%、5.7%、2.6%、1.3%，环比分别下降 1.2%、0.3%、4.9%、2.2%、0.5%。

按本市房地产信息系统统计口径，2008 年上半年，全市商品住宅销售均价为 12789.26 元/平方米，同比涨幅 4.04%。从今年上半年各月价格变动情况来看，房价仍处于调整中，3、4、5 月连续三个月出现环比下降，6 月房价有所回升。6 月房价的上升，主要是受纯水岸、东部华侨城天麓七区、莱蒙水榭山花园等低密度住宅入市拉动的影响，除去上述楼盘的拉动作用，6 月份房价为 11159 元/平方米，基本与 5 月持平。

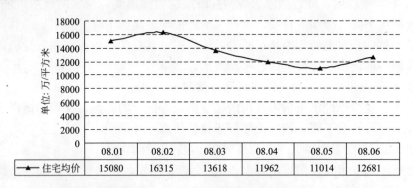

	08.01	08.02	08.03	08.04	08.05	08.06
住宅均价	15080	16315	13618	11962	11014	12681

图 8-21 2008 年各月全市住宅均价

4. 二手住房交易持续冷淡

今年上半年，二手住宅交易面积 161.89 万平方米，同比下降 68.48%。二手住宅与新建商品住房交易面积的比例由去年的 1.86：1 降至 1.05：1。上半年各月二手房住宅交易面积分别为 25.22 万平方米、12.62 万平方米、22.98 万平方米、30.64 万平方米、34.74 万平方米、35.69 万平方米。近期，二手住房交易量尽管有所回升，但市场交易仍比较冷淡。

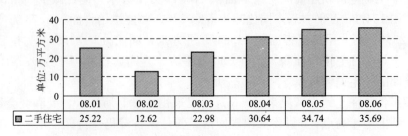

	08.01	08.02	08.03	08.04	08.05	08.06
二手住宅	25.22	12.62	22.98	30.64	34.74	35.69

图 8-22 2008 年以来全市各月二手住宅销售面积

以上市场情况表明，今年上半年，我市新、旧住宅成交仍然低迷，住宅价格持续调整；但总体来看，随着房价的逐步调整到位（全市房价逐步接近90/70房的水平，10000～11000元/平方米），我市居民自住需求有所上升，这将有利于深圳房地产市场早日走出调整期，并在新的发展机遇下，稳步健康发展。

（二）当前深圳房地产业面临的发展机遇

经过这一轮的市场波动，目前深圳房地产市场出现浓厚的观望气氛；同时，今年以来，全球经济下滑已经波及国内经济，使得今后国内经济增长预期存在一定程度的不明确；此外，目前紧缩的货币政策，也使得全国包括深圳房地产开发经营与交易的资金来源出现一定困难。

一系列房地产发展的不利因素，使得今年国内包括深圳房地产市场持续低迷。但是，本人认为，今后的房地产市场不会因为这一轮的波动而出现长期低潮。这一点，我赞同世界银行高级副行长林毅夫教授关于"中国经济会持续保持20年增长"的观点。在宏观经济持续增长的前提下，目前房地产市场的低迷是相对的，是向理性回归过程中的一种调整，之后不健康因素会逐渐消除，而居民的自住需求会持续稳定地增长，这将有利于房地产市场的进一步发展。主要的利好因素如下：

一是新的宏观经济形势为房地产市场下一步发展带来机遇。众所周知，拉动中国GDP增长的三个要素是出口、投资、消费。然而受全球经济滑坡的影响，今年全国外贸出口额下降。外贸出口是这几年促进中国经济快速增长的重要因素，这势必对宏观经济造成巨大冲击，因而国内投资和消费担负起重要使命。房地产业作为国民经济中的重要产业，兼具投资与消费功能，直接对宏观经济增长起到积极的推动作用；同时，房地产业可以直接和间接带动60多个行业的发展，可促进诸多行业的生产或消费。房地产业在未来如果能保持持续增长，势必能够推动国内投资和消费，保证宏观经济不受外贸出口下滑的影响，而继续保持快速增长。因此，房地产业的地位在这个新时期尤显重要。

二是深圳房地产市场本轮在全国的先行调整并逐步调整到位，使得深圳房地产行业在新的形势下具有非常好的发展契机。首先，因为房价回落幅度较大，使现行房价与老百姓收入逐渐相吻合，从而使得潜在的住房需求有望被尽快激发出来。其次，非户籍常住人口目前住房自有率比较低，大量非户籍常住人口家庭没有自住房。一旦房价收入比合理，这个特定人群对房地产市场会有大量需求，从而促进房地产市场新一轮的发展。因此，在当前已出现深度调整的情况下，未来的深圳房地产市场面临良好的发展机遇。

（三）适度调整房地产调控政策的有关建议

保持房地产市场长期健康、持续、稳定的发展，不断提高和改善人民群众的居住水平和居住条件，是一件利国利民、功在千秋的大事。而促进房地产市场稳定发展、避免房价大起大落的关键，一是应解决好市场供求关系问题，保证市场供应适应市场需求；二是要长期警惕并采取措施抑制过度的投资、投机需求，保证房地产市场的"常态化"运行。鉴于此，现时应对房地产市场调控政策做适当的调整。

一是建议国家有关部门对现行相关金融政策做一些调整。特别是结合近期国内经济形势的变化，适度放松从紧的货币政策，鼓励生产、投资及消费，以刺激内需、鼓励国内投资和企业生产，应对经济形势预期下滑带来的不利影响。在房地产方面，对首次购房者和90平方米以下购房者予以扶持，以激发潜在市场需求，应给予进一步优惠的贷款政策；

对房地产开发贷款的控制，建议央行宏观控制、分类指导，并给予各地、各商业银行一定自主权，因地制宜控制贷款规模。

二是建议减免房地产交易环节的营业税、契税、增值税等流转环节税收，以降低交易门槛，鼓励和促进房地产交易，促进市场活跃。

三是建议各地政府重视土地供应效率问题。随着市场的回暖及未来需求的逐步增长，政府应重视土地供应效率问题。深圳土地资源相当紧缺，新增建设用地较少，但是未来住房需求还在增长，因此要因地制宜采取一些办法：一是在有限的土地上，尽量多提供住房单元，具体可采取提高住房容积率、减小户型等措施；二是对存量土地的挖掘应进一步加强，尤其是要结合城市的更新改造和规划调整，通过旧工业区改住宅区、老住宅区改造等方式增加市场供应；三是加快城市新区建设，鼓励需求转移，解决老城区市场供应潜力不足的问题。

七、专项报告二：关于当前我国房地产形势等系列问题的分析

文章背景及摘要： 应《人民日报》记者的邀请，作者于 2008 年 9 月 9 日做客人民网强国论坛，就当前我国房地产市场形势等系列问题与网友进行了交流，此为该访谈的整理稿。文中对房地产市场泡沫，当前房价与"救市"，"断供"与金融风险，以及住房价格的合理性与住房问题的合理解决等系列问题，进行了分析并阐明了作者的观点。

（一）关于房地产市场泡沫是否破裂的分析

应该说这一两年来，我国房地产市场面临着比较大的波动，这个大家都比较清楚。从宏观面上看，两年多的时间，深圳的房价翻了一倍，之后在 2007 年 10 月份出现了较大幅度的下降，2007 年 10 月份到今年的 5、6 月份下降了将近 36%，出现了比较大的波动。

在全国的房地产市场当中，深圳率先在全国出现了交易量和交易价格大幅度下降。而国内大多数城市则是在今年上半年才开始出现交易量大幅下降，并在 6 月份后纷纷出现降价。总体来看，深圳在全国房地产市场率先开始调整，且调整的深度较大。一些媒体和网友认为深圳房地产市场具有全国房地产市场指示灯的作用，事实也是验证了它有这么一个特征。

有网友认为：深圳的断供是房地产泡沫破裂的前兆？问我怎么看。我是这么来看的，从 2005 年到 2007 年，这一轮的房地产发展是有泡沫的。但是这个泡沫是不是破裂了？并非如此。它实际上是在宏观调控的作用下，市场的一个短期调整过程。它与日本在 20 世纪 80 年代出现的房地产泡沫破灭完全不同（其将一年的国民经济都损失掉了）。我国的宏观经济基本面还是好的，GDP 并没有因为房价的下跌而大幅下降；尽管一些城市出现了房地产价格的下降，但是我们看到整个的房地产市场投资保持了 30% 的增长速度。

因此，当前的市场形势，不能认为是泡沫的破灭，是市场从热潮到理性的调整，是泡沫逐渐被挤出、市场逐步回归理性的过程。这个时候只要我们对市场引导得力的话，基于经济的持续增长和市场潜在需求的存在，可以实现一种软着陆，而并非是泡沫破裂。

（二）关于当前房价与"救市"

有网友认为：目前部分城市房价已开始下降，一些地方采取了所谓的"救市"措施，但是老百姓仍然对这个不认可。为什么？我认为，这个问题反映了目前各地房价仍然与广大群众的期望有较大的距离；而一些地方制定促进市场发展的措施，尽管是出于稳定市场

预期、保证经济稳定运行的目的，但由于高房价的依然存在，老百姓仍然不认可。

这种情况跟这两年房地产市场不正常的发展是有密切联系的。特别像深圳、北京这些主要的城市，大概两年多的时间房价翻了一倍，房价跟普通老百姓的收入差距非常大，多数城市居民根本买不起房。因此，房价确实有必要按照价值规律进行一个理性的回归和调整。近两年房价运行的不正常现象，必然存在大涨后再大跌的过程。现在交易量的下降只是一个初级阶段，真正的调整到位还要看今后价格的下跌情况。

从近年来房地产市场发展看，整个房地产市场有一种高档化、投机性特征。像深圳这样的城市，2005年到2007年两年多的时间房价翻了一倍，这里面有相当多的购房者是投机者，因为房价短时间可以升值，炒作一把就可以赚钱，房地产市场本身民生性的特点就难以得到体现，使得中等收入的老百姓买不起房。同时部分发展商也是介入这个过程，参与了炒作房价，把房价炒的很高获取暴利。

在此，一个核心的问题是，应该认识到房地产市场在我国特殊的国情下，更多的是关系到民生的问题。如果说中国的房地产市场都是给少数的富人炒作的，那么普通老百姓很难进入市场；同时，中国是个人多地少、资源非常紧缺的国家，大多数城市土地资源非常紧张，老百姓收入还比较低，所以房地产市场不能是一个投机的市场，它的发展更多地应体现民生性，需要通过宏观调控政策来引导它。

有网友认为：房价出现拐点，已无疑议，您认为房价最终会拐到什么程度？我认为，拐点这个说法不是很准确。因为经济学意义上的拐点，是指经济从高速增长向缓慢增长转换中出现的这个点；而当前市场的变化，我认为仅仅是一个正常的波动。因为，在整个经济运行中，房地产市场跟宏观经济步调是一致的。我国宏观经济在全面小康过程当中，应是长期处于增长状态，在这个过程当中会出现短期调整，但增长是主旋律，因为我们的人均GDP水平太低了，仅几千美元，与发达国家几万美元的水平差距太大，我们需要有二三十年的高速增长才能赶上发达国家。

基于这样的判断，是不是凭着最近一段时间不同的城市出现了市场回落，就做出拐点的判断，我想不应该是这样的。因为，我国宏观经济的基本面还是好的，还要保持又好、又快地增长。当然，任何发展中都有波折，特别是一些大城市，两年多的时间基本上房价翻了一倍，这个是很不正常的，需要有一个调整，调整后房地产市场仍然要与宏观经济同步保持继续的增长。

有网友说：楼市和股市一样，都是用来炒作的，股市下降百分之六十，楼市也会下降百分之六十？

我个人认为这两个市场不应该同等看待。因为股市就是让大家投资的，股市的涨跌大家很习以为常，股票是一个投资性工具和产品，大家对它的大幅波动已经有了风险意识。但是房地产市场如果出现60%的涨跌，会出现很大的问题，经济运行体系就会混乱，社会矛盾会大大加剧。这是因为，住房是我们基本的生活用品，如果没有房屋就等于没有最基本的生活资料。所以对于住房问题，本身民生性意义甚为重要，我个人认为不能作为投资产品来炒作。可能有部分先富起来的群体，有资金、有积累想要进入房地产市场投资，但是无论是商品房还是保障房，在特殊的国情下都是紧缺的资源。因为中国人多地少，而且在快速城市化中，城市人口的大量增长需要住房。这种情况下，如果把住房像股票那样做成投资产品，完全放开在市场上运行，肯定会对很多老百姓造成伤害。所以，在住房发展方面，不能跟股市采取同等的政策。股市可以鼓励投资，但是房地产市场不能鼓励投资，应最大程度地促进其向着民生性方向发展。

有网友说：房价涨人们不满意，房价降已购房者不满意，有什么好办法解决此矛盾？我认为，这种现象反映出来的核心问题，就是大家希望房价能够稳定地运行，不要出现大涨大跌。大涨了，没有购房的人不满意；大跌了，已经购房的人不满意。如果房价不出现大涨大跌，无论对于买没买房的人都会满意。也正是基于此，国家宏观调控一直强调"保持房地产市场稳定、持续、健康地发展"。这既是一种保证市场按照经济规律理性地运行，也使整个社会能够适应经济地运行，不至于产生不同群体太大的矛盾。

（三）关于"断供"与金融风险

有网友提出：目前深圳断供现象非常严重，有可能造成金融系统崩溃，你怎么看？实际上，深圳"断供"的人数不是很多，因为多数"断供"者是投资者，他可能买了好几套房，现在市场形势不太好，他自己收入也有问题，就供不下去了。人数实际上只有百分之零点几。从房数上看比例大一点，也只是 1.6% 左右。这个 1.6% 的比例实际上算不上大。因为，在深圳房地产市场正常发展的时期，也存在 1% 左右"断供"。客观上讲，对前段时期对深圳"断供"的热炒，主要是在市场形势不好时，正常发展时期被大家忽视的问题又被重视起来了。尤其是金融机构更为关注，因为这个事态进一步蔓延会造成金融危机，特别是市场不稳定的情况下。我想银行担心也是有道理的。如果市场比较好，收入水平都在增长，就业也很稳定，银行就不担心供不下去。现在宏观经济面上不是很稳定，这样就容易造成收入、就业的不稳定，银行就担心供不下去房，因此对整个按揭贷款的风险程度就重视起来了。

对"断供"尽管需要重视，但是我想我们还是要理性判断它的风险。为什么？因为对整个宏观经济面我们不应该把它看得太差。目前，中国经济总体还是保持着良好的增长（10% 左右），并没有像日本 80 年代那样，因为房地产市场的波动，几乎把一年的 GDP 都损失掉了。另外，中国宏观经济增长了十几年，出现调整本已经晚了，即使 GDP 出现一定下滑，也是正常的，不应对此过于悲观。此外，目前我国适应全球经济下滑、国内出口下降等问题，采取了促进国内制造业和农业发展、控制通胀等转变经济增长模式的措施，只要措施得力，宏观经济会安然渡过调整期。因此，尽管对金融风险需要重视，但是仍然应看到我国经济基本面从长远看还是比较好的。从长远来看，只要就业稳定、收入增长，就不必担心这种风险造成很大的危险。

但是，银行还是需要密切关注进一步的"断供"事态，并加强金融风险的有效防范。特别是要加强金融纪律，严格执行金融政策。有些银行在早期确实存在违规发放贷款的问题，去年 9 月份国家已经出台了对第二套住房的政策，但是仍然有一些地方的银行还是采取了低首付、零首付。我想金融纪律还是要严格执行，否则的话银行真的要自食其果。特别是近期，在市场回落时，一些投资者和投机者也可能进行楼市抄底，但是因为投资量大，也可能出现供不起的情况，并对金融系统造成风险。所以要对于 30% 以上首付的规定，特别是对买第二套住房的 40%、50% 的首付要严格执行。

然而，对于普通的老百姓购买第一套住房的，只要认真审核其真实还款能力，还是要给予支持。因为他们是市场健康发展的支撑力量，他们买住房就是自住自用的，怎么也要支付下去。不管价格的涨跌，他们还是要自己住的。只要收入水平是稳定的，还款一般都没有问题。这就需要在金融政策方面采取区别对待的方式，对于投资投机给予严格的控制，对于真正自住自用，最大程度给予支持。

应当说明的是，"断供"在法律上涉及的是银行和消费者的权益关系，而不涉及其他方。但有些"断供"，并非是支付能力出现问题，而是因降价引发的。深圳部分断供事件的发生，是因为有一些消费者因房地产降价而产生心理不平衡，如原来卖一万，现在卖到五六千了，尽管他有能力供，但是价格下跌造成心理不平衡，跟发展商的矛盾也连带上银行，以"断供"方式要求发展商给予赔偿。但是，从法律上讲，这不是同一个法律关系。"断供"是消费者违背了其与银行按揭合同契约，而导致银行追诉其权益；它与房地产商的房价涨跌并无直接关系。如果消费者跟发展商房屋买卖合同中有关于房价涨跌的权益条款，那就根据买卖合同跟发展商打官司，而不应当涉及银行。因此，"断供"的核心问题，还是要围绕按揭合同的契约关系。否则，法律上难以支持消费者的主张。我认为消费者不应该把不同的矛盾相互转嫁，应该依法维护自己的权力。

（四）关于房价的合理性和住房问题的合理解决——政府应该让不同收入水平的阶层都有自己的住房

有网友提出："无论市场房还是福利房，让百姓有房住是政府的责任！"怎么看？我认为这个观点是正确的。为什么呢？从住房经济学来看，即使是住房市场，也是需要政府干预的。福利这个就不用讲了，本身就是政府直接的投入来保证低收入者有住房。市场这个方面，只要市场在分配机制上出现失灵，比如市场供应的住房都是高价房、高档房，使得广大普通居民买不起，政府也要出手干预，最终使不同的收入群体能够住得上自己的住房。

有网友提出：一般建房的建筑和配套成本，多层不超过 1500 元，高层 2500 元。而售价万元以上的话，政府和房产商是否太暴利了？事实上造成高房价有两方面原因：一个是成本因素。尽管一些住房建造成本 1500 元、2500 元，但是很多城市房价组成部分中的另外两大因素，即土地和开发运营费用（含税费、贷款利息、管理费等）也都相当或者超过这个费用。目前大城市土地成本都比较高的，很多城市基本上占房价 1/3 以上。在中国快速城市化过程当中，大城市土地资源因供求关系、基础设施建设等因素影响，其价格增长比较快。如果建造成本是 2000 元的话，土地成本也有 2000 元。另外，目前房地产税费、贷款利息等运营费用也比较大。税收方面要征收增值税、所得税、营业税等等，总的税收款额基本接近房价的 10% 甚至更高；资金来源方面，由于多数发展商实际自有资金很低（尽管国家要求 35% 以上），主要是通过各种渠道争取银行贷款或其他高息借款（甚至借高利贷）筹措资金，这样贷款成本也非常高的，甚至达到房价的 20%、30%。这样造成了开发成本非常大，再加上发展商的高额利润，就形成了高房价。

另外一个因素是市场因素。有的地方因经济发达，人口增长快，且土地资源供应较为紧张，造成房地产市场供求关系比较紧张，也会导致高房价。但是我们应当看到，近年来市场发展中主要的问题，是住房投资和投机的快速增长，造成住房供应结构出现高档化（如大户型）、高价化，加剧了房价上升，并也使得国家必须采取住房供应结构调整政策，以稳定价格并使市场商品房适应普通老百姓的需求。

我们在考察国外住房状况时，也了解到他们解决高房价的做法。由于大多数的收入群体是中等及中等偏下的收入群体，那么这些国家在制定住房政策时，也采取措施使房价要适应消费者的收入水平。(1)降低开发成本。就是不能把成本价格拉的太大,偏离普通居民的收入水平。比如说像违规的开发贷款,你没有实力就不要进入这个市场;而对于中低收入水平的购房人,也可以推出限价房或者是经济适用房,使得房价成本不至于过高。(2)制定住房干预政策。不能把所有的房屋都建成高档房屋,如果哪个地区的房价超高难以适应普通居民收入水平,就必须采取住房干预政策,避免住房的高档化,甚至会采取限价避免价格的超高。这样,对市场和成本都可以进行干预。我们看到,2005年以来国家采取的一系列政策,基本上是采取了这些方式,最终的目的是让大家在自己的收入水平下能够买得起、住得上自己的住房。

有网友认为:开发商是政府敛财的工具。所有的开发商都同政府有着千丝万缕的关系,你怎样看?目前,房地产行业一定程度上确实存在不被社会认可的问题,部分群众对发展商的评价也比较负面。同时,部分群众也认为地方政府在房价上存在“作为”不够的问题。由此可见,这一轮的房地产市场波动,使得很多老百姓对房地产市场的看法已经不再是一个纯粹的经济问题,而是一个重要的社会问题;而由此产生的社会矛盾,确实应当引起社会各界的重视并应该理性地看待和判断。

应当说,开发商对于我们整个经济发展和社会发展是有贡献的。但是发展商它作为一个利益群体,始终是要追求高额利润的,这个不止是房地产商,任何经商的都是这样,他们没有什么差异性。地方政府这几年确实是因为需要资金进行城市建设,而加大了土地出让力度。因为中国的城市化很快,各地都需要修路、架桥,建医院、教育设施等等。这样,地方政府需要大量资金支持其进行城市建设;而单纯靠税收这些收入远远不足,因此,地方土地财政成为地方政府很重要的资金来源。如果卖不出去地,就没有收入支持其完成预期建设目标。这样,大量地卖地或者是拍出高价也促使了房价的上升,也使得很多地方政府形象不是很好看。

我个人认为,如果我们要改变这种看法和现象,还是需要从体制上和制度上予以解决。无论是体制的改革还是制度的设计,对于地方政府,就是怎样通过政策和制度使其改变土地财政至上的做法,比如通过完善住房保障制度,完善对中等收入群体的住房扶持制度,以降低面向普通居民家庭住房的土地成本,从而降低房价,并使地方政府在快速城市化过程中,以一种“既利国又利民”的方式,转变其已有的土地利用模式。

对于发展商不良形象的问题,这不是一朝一夕能够改变的,需要我们通过进一步完善宏观调控政策,尤其是通过建立面向不同收入阶层居民家庭的住房制度,并促进发展商的积极参与和守法经营,才能逐渐改变社会对其的既有看法。

(五)关于住房政策与房地产市场宏观调控政策的深化——着力推进房地产市场发展的民生性方向

有网友提出:你认为我国住房政策存在哪些不合理因素?如何解决?从近20年来,我国原计划经济体制下的住房制度不断深化改革,使住房从一种没有价值的资源,逐渐转变为真正体现其经济价值的重要资源。随着我国市场经济体制的建立,住房也逐渐体成为一种商品,成为老百姓个人的真实财产。但是,在近10年多房地产市场发展中,由于我们比较多地强调它的商品性,而对于其本身的民生意义认识得不够清楚,一段时期,尤其是近几年,住房价格逐渐脱离了普通居民家庭的收入水平,成为一种高档奢侈品。而房价的不断上升,逐渐使得普通居民家庭出现住房难,并使得国家在2007年后开始全面反思我国住房政策。

近年来的实践表明，对于住房问题，如果完全靠市场解决的话，它总是向价值最大化运行；而由于市场机制本身会存在失灵，因此市场机制无法随时有效解决其在不同收入居民之间的合理分配，需要政府进行住房干预，以有效解决不同收入居民家庭的住房问题。所以，从2007年以后，我国逐渐形成了一条住房政策的主线，就是要针对不同收入水平的居民家庭，采取不同的住房政策。

国外对于大多数的低收入或者是生活很困难的家庭都采用了廉租房的模式（一般称为社会出租房），都是很低的租金或者是不要租金就给了低收入群体。对于高收入的群体，基本上是通过市场解决住房，政府直接干预的很少。此外，多数发达国家住房政策的一个重要内容，是扶持和鼓励中产阶级拥有住房，因为他们被认为是整个社会的支柱。具体方式，可以给财政补贴，可以降利率，也可以采取低税收，通过多种补贴方式，鼓励他们去买到适合自己收入水平的住房。但是不同国家处理的方式和采取的手段是不一样的，如新加坡资源比较紧张，人口也非常多，所以他们通过直接建设政府低价的房屋（组屋）卖给了84％的新加坡国民，解决其住房问题；而多数西方国家则采取货币、财税的减免、补贴方式，使中等收入阶层买得起自己的住房。

我在新加坡考察时，其建屋局正面墙上贴的"安得广厦千万间，大庇天下寒士俱欢颜，风雨不动安如山"，让我感觉到我们最终的目的就是让不同收入的家庭能够居者有其屋。那么怎么让居者有其屋呢？就是针对不同收入的居民，采取不同的解决方式，让他们都能买得起或租得起自己的住房。我想，今后我们国家政策也会逐步向着这个方向迈进的。

有网友提出：你觉得目前政府应该怎样加强和改善对房地产市场的宏观调控？在近两年国家房地产市场调控初步取得一段成效、高房价初步得到控制的基础上，我认为下一步要考虑以下一些措施：

1. 加快国家"基本住房制度"的建立，并保持房地产市场调控政策的稳定性，以保证市场长久的稳定发展。在此，应着重避免政策的短期行为。比如市场高速上涨了我们马上采取一个什么措施把房价压住，或者房价下跌了马上就采取什么扶持政策把它升上去，这样不稳定的政策对经济运行危害非常大，对老百姓、对民生问题的解决也都有不利影响。我们需要建立长期的住房制度，同时在方法和手段上要维持市场的长期稳定发展和常态化发展。

首先，在住房制度方面，目前需要尽快明晰对高、中、低三类不同收入水平居民家庭的基本住房政策和解决措施，并尽快通过制定"住宅法"及其他相关法律规定，将其固定下来成为解决居民住房问题的"基本住房制度"以长期实施。如对中等收入阶层的住房问题，考虑到目前面向低收入家庭的住房保障制度已初步建立，国家应加快建立面向广大中等收入家庭和城镇普通居民家庭的"政策扶持性住房制度"。通过完善经济适用房、限价房或其他特定普通商品房的建设与管理制度，辅之以金融、财税等补贴或扶持政策，促进其居者有其屋，满足其基本的居住需求。此外，考虑到中等收入家庭收入增长而存在的改善性住房需求，或高收入群体享受型住房需求，可以适当放宽低密度住宅、别墅的相关限制政策；只要将中等收入以下群体的住房总量、户型结构以及管理手段（尤其是公平配置、防范炒作的手段）予以有效控制的条件下，高档住房市场可以完全放开，无需给予过多的政策干预。

其次，在"基本住房制度"建立的基础上，市场干预政策应尽量采取市场经济运行中通用的经济干预手段，比如说利用货币杠杆、税收手段来调节市场，而不应过多地用其他手段干预。比如，近几年部分地方在房价上涨时，采取的行政直接干预相关开发项目的价格或限制购买群体，不仅不利于市场常态化运行，伤害企业依法正常经营，也容易造成社会群体之间的矛盾；再如在房价下跌时，市场本身会自发向理性调整，此时不宜采取如财政直接补贴购房或购房入户等短期性地方政策，以免社会形成对政府公平性的置疑。总之，应采取通用的工具作为我们调控房地产市场的手段。

2. 进一步深化和改善宏观调控政策，着力促进房地产市场的民生性发展方向。在此我们应当树立科学发展观，转变已有观念，不能把房地产市场发展仅仅作为经济问题，一味考虑其对宏观经济的贡献（如对 GDP 增长的贡献、对地方财政的贡献），而应当将其作为解决居民住房问题的一个重要的组成部分，合理制定其发展政策与发展模式。市场并不是住房问题的全部，它只能作为解决中国城镇居民住房问题的一种手段；市场发展政策也只是我国住房发展政策的一个组成部分，并需要有力地支持整体住房政策的实施和落实。因此，今后，我国房地产市场的发展，应当逐渐确定它的民生性发展方向。

强调房地产市场发展的民生性，就使得我们把大多数精力放在普通居民家庭、首次置业者、低收入者等居民的住房需求，并要给予他们更多的支持。比如说金融、税收等方面给予他们更多的支持，来扶持他们来买房；而对于从事普通住房、保障住房开发的企业，政府也应当通过贷款优惠、税收减免、财政补贴等方式，给予支持和鼓励。此外，强调房地产市场的民生性，还应当对住房领域的投资和投机保持高度的警惕，要长期采取措施抑制投机和投资需求，并把这种指导思想落实到房地产宏观调控政策中，避免住房投机行为干扰房价以及影响普通居民家庭购房。

我想如果把握这两点，一个是保持调控政策的稳定性，一个是促进市场发展的民生性，贯彻到今后的住房政策和房地产调控中，无论对宏观经济的持续稳定运行，还是对构建和谐社会都会起到很好的作用。

最后，我想再补充一个观点。近年来我国房地产市场出现的一些问题，都不是单纯的房地产市场本身的问题，它是跟我们宏观经济的波动是有着密切联系的。如今年受到全球经济下滑的影响，以及国内出现的地震、雪灾等自然灾害，我国宏观经济的很多部门也都遇到了困难。因此包括房地产行业在内的各个行业、社会不同群体都应当有共度时难的意识。希望社会各界对于房地产行业，能够多一些宽容和理解，对于行业和市场出现的问题也能够多一些理性，想一些办法来解决。房地产市场如果能够保持良好、稳定的运行，对于普通老百姓住房问题的解决，对于宏观经济的发展都是有好处的，这是房地产行业最终的目的也是全社会共同的目的。

第九章　2009 年：楼市快速回暖，房价再度上涨

摘要：2009 年，在国家以房地产市场启动内需促进经济增长的政策基调下，深圳房地产市场快速由回暖走向繁荣，一、二手房销售量大幅超过上年规模，住房价格超过历史最高水平并进入"两万元"时代，个人住房贷款增长额度创年度增长新高。当年，本市完成房地产开发投资 437.46 亿元，同比下降 0.7%；商品住宅销售面积达到 660.25 万平方米，同比增加 69.62%；新建商品住房均价为每平方米 14858 元，比 2008 年上涨 16.1%；二手住房成交面积为 1226.58 万平方米，同比增加 249.61%，并接近今年新建住房销售面积的 2 倍。至 11 月份，房地产贷款余额达到 4551.04 亿元，占全部贷款的比重为 30.2%，比去年同期增长 25.34%，其中个人住房贷款余额为 3316.72 亿元，同比增长率为 43.2%，比年初增长 961.37 亿元，增长额度创年度增长的新高。综合来看，2009 年深圳房地产市场快速回暖，市场交易活跃；但由于房地产投机需求的快速增长，下半年房价快速上涨，市场再次出现过热的迹象。

2008 年，在国际金融危机影响下，作为经济外向型程度较高的城市，深圳经济短期内出现明显的下滑。从 2008 年底至 2009 年全年，在国家"保增长、调结构、促发展"的经济政策以及鼓励住房消费、刺激内需增长的房地产促进政策作用下，之前抑制住房购买的若干政策得以放松，住房消费快速增长，而投资投机需求也悄然膨胀，这样也使得中央和地方都陷于"刺激消费——控制投机"的交替矛盾之中。2009 年 12 月，温家宝总理主持召开国务院常务会议，提出的四条意见（"国四条"），特别是提出了抑制投资投机性购房，整顿房地产市场秩序的相关要求。这意味着从 2008 年底开始的鼓励、促进住房消费和房地产市场发展的政策基调已经被遏制房价过快上涨、抑制投资炒作等调控政策所取代。至此，房地产政策正式从"保增长、促发展"转型为"调结构，压房价，抑投机"。

一、经济社会发展概况

2009 年以来，国际金融危机的冲击影响进一步加深。面对严峻复杂的发展环境，深圳市政府采取了一系列保增长、扩内需、调结构的政策措施，积极落实《珠江三角洲地区改革发展规划纲要》和《深圳市综合配套改革总体方案》，努力加快建设国家综合配套改革试验区、全国经济中心城市、国家创新型城市、国际化城市和中国特色社会主义示范市，较好地实现了经济社会全面协调可持续发展，国民经济和社会发展预期目标执行情况良好。

（一）2009 年主要指标计划执行情况

——本市生产总值 8201.23 亿元，增长 10.7%，完成年度预期目标的 100.6%；

——规模以上工业增加值 3429.9 亿元，增长 8.7%，完成年度预期目标的 97.9%；

——全社会固定资产投资 1709.15 亿元，增长 16.5%，完成年度预期目标的 103%；

——社会消费品零售总额 2598.68 亿元，增长 15.4%，完成年度预期目标的 100.3%；

——外贸出口总额 1619.79 亿美元，下降 10.6%，完成年度预期目标的 85.8%；

——地方财政一般预算收入 880.82 亿元，增长 10.1%，超额完成年度预期目标 10.1 个百分点；

——居民消费价格指数 98.7%，比年度预期目标低 4.3 个百分点。

(二) 经济社会发展的主要特点

1. 确保增长与科学发展取得突出成效。在保增长中实现效益领先，城市综合实力进一步增强。不断加强和改善宏观调控，加强运行调节力度，开展工业贸易企业调研服务活动，设立创投引导资金和企业互保金贷款代偿资金，发行中小企业短期融资券，建立国内首家区域性非公开科技企业柜台交易市场。经济保持平稳较快增长，2009 年，本市生产总值 8201.23 亿元，增长 10.7%；经济发展质量和效益同步提升，全年每平方千米 GDP 产出 4.2 亿元，万元 GDP 能耗、水耗持续下降，领先全国大中城市水平；化学需氧量排放总量完成年度减排目标，二氧化硫排放总量累计降幅提前完成"十一五"规划目标。

2. 自主创新与循环经济建设加速推进。国家创新型城市建设取得重大突破，出台《深圳国家创新型城市总体规划实施方案》和《深圳综合性国家高技术产业基地发展规划》，电子信息产品协同互联等 3 个国家工程实验室和国家超级计算深圳中心启动建设。创新型企业强势发展，华为技术、中兴通讯、比亚迪公司包揽国内信息技术领域专利申请量前三名；2009 年，全市专利申请量 42292 件，增长 16.6%，专利授权量 25910 件，增长 37.6%。循环经济试点城市建设全面启动，在能源梯级利用和资源综合利用等领域开展国家循环经济试点工作，出台《深圳市节能减排综合性实施方案》，加快节能与新能源汽车示范推广试点城市建设。

3. 转变方式与产业结构优化步伐加快。在调结构中突出创新驱动，经济发展质量进一步提升。出台《深圳市现代产业体系总体规划》和生物、互联网、新能源等战略性新兴产业振兴规划，积极构建有深圳特色的现代产业体系。高新技术产业和先进制造业稳步发展，高新技术产品产值占规模以上工业总产值比重达到 55%。总部经济加快推进，中信证券、阿里巴巴集团南方总部和国际运营总部、中建钢构等企业总部落户深圳。高端服务业蓬勃发展，2009 年，金融业增加值 1148.14 亿元，增长 20.5%，占 GDP 比重达到 14%。创业板在深圳推出，是国内多层次资本市场建设重要里程碑。全年深圳港港口货物吞吐量 19364.96 万吨，比上年下降 8.3%。其中，集装箱吞吐量 1825.02 万标箱，下降 14.8%，深圳港连续 7 年居全球集装箱枢纽港第四位。第五届文博会总成交额 881 亿元，增长 25.4%。

4. 扩大内需与稳定外需取得明显成果。实行并联审批和简政提效，固定资产投资强力推进，成为拉动经济增长的主引擎。2009 年，全社会固定资产投资 1709.15 亿元，增长 16.5%；188 个重大项目累计完成投资 571.3 亿元，完成年度计划 114.2%。积极推进商业区改造升级，完善特区外商业网点布局，消费拉动作用显著增强，全年社会消费品零售总额 2598.68 亿元，增长 15.4%。积极落实国家出口退税等一系列政策措施，外贸出口形势逐步回暖，全年出口总额 1619.79 亿美元，下降 10.6%，降幅比全国低 5.4 个百分点，出口总额稳居国内大中城市首位；出口结构进一步优化，加工贸易出口占出口总额的比重由 60.6% 降至 57.6%。

5. 社会管理和生态环保工作继续加强。荣获"全国平安建设先进城区"和"全国和谐社区建设示范单位"称号，城中村综合整治工作扎实推进，10个综治信访维稳中心示范点建设顺利推进，全年亿元本市生产总值生产安全事故死亡率0.09人，道路交通万车死亡率4.48人。此外，能源资源保障水平不断提高，国家生态文明示范城市建设全面推进，全年达到Ⅰ级和Ⅱ级空气质量天数364天，主要饮用水源水库水质达标率、生活垃圾无害化处理率分别达到100%、94.3%。

(三) 经济社会发展存在的主要问题

虽然深圳市经济总体呈现企稳回升的态势，但国际金融危机的影响仍未消除，经济运行中的一些难点和问题仍较突出。一是出口仍然处于下降区间。由于深圳市外贸依存度较高，目前外需仍较疲软，出口形势存在较大的不确定性。二是工业生产回升较慢。全年规模以上工业增加值增长8.7%，与全年预期目标仍存在较大差距；企业生产经营仍较困难，外向型企业尤其是中小企业新增订单仍以短期小额订单为主。三是社会投资特别是产业投资的积极性仍然不高。房地产开发投资呈现负增长，住宅施工面积和竣工面积继续双下降。工业投资负增长0.1%，民营企业扩大再生产的意愿不足。四是价格上涨的潜在压力逐步增大。全年居民消费价格总指数(CPI)98.7%，单月CPI从8月份开始持续回升；信贷增长和投资扩张进一步增强通胀预期，政策性调价因素逐步积累。

同时，当前深圳市仍处在经济社会发展转型的关键时期，仍面临着一些深层次压力。一是发展方式转变步伐有待进一步加快。资源环境紧约束突出，发展循环经济、低碳经济和节能减排工作艰巨，产业结构、企业结构、产品结构亟待优化。二是科学发展的体制机制有待进一步健全。综合配套改革涉及经济、社会、政治、文化等多领域联动，改革攻坚的要求高、难度大、任务重。三是产业价值创造能力有待进一步提升。具有核心自主知识产权的产品比重偏低，工业增加值率偏低，生物、互联网、新能源、新材料等战略性新兴产业尚处于成长初期。四是社会事业发展的力度有待进一步加大。外部发展环境变化与内部发展转型形成的双重压力叠加，城市人口压力上升，教育、医疗、就业、住房、社会保障等公共服务供需矛盾更加突出。五是特区内外一体化有待进一步提速。特区内外二元结构明显，在产业经济、公共服务、基础设施配套、城市管理等方面差距较大，制约经济社会发展和综合实力的提升。

今年以来，在国家刺激内需、促进消费的政策和流动性集中、按揭贷款政策宽松等因素的作用下，深圳房地产市场快速回暖：开发商增加供应的积极性不断回升，购房者踊跃购房，一、二手房市场交易规模增长明显。但是，在今年中期以后，市场出现了价格较快上涨、投机性购房涌现、市场趋向过热等问题。

二、房地产市场总体运行情况

一是房地产投资规模下降幅度持续收窄，但商品房开发建设规模大幅下降。2009年，深圳完成房地产开发投资437.46亿元，同比下降0.7%，与一季度23.4%的降幅、上半年9.5%的降幅和三季度3.3%的降幅相比，下降幅度继续收窄。在房地产开发投资中，住宅投资为289.78亿元，同比下降8.0%，与一季度32.9%的降幅、上半年17.9%的降幅、三季度12.5%的降幅相比，下降幅度也有所收窄；商品房施工面积3112.36万平方米，同比下降 5.0%（其中，住宅施工面积 2087.47 万平方米，同比下降 5.6%）；商品房竣工面积 402.01 万平方米，同比下降 36.2%；商品房新开工面积 489.18 万平方米，同比下降 35.0%（其中，住宅新开工面积 328.04 万平方米，同比下降 30.5%）。12 月份的住宅施工面积为 14.55 万平方米，环比下降 56.58%，新开工面积 4.69 万平方米，环比下降 81.48%。

二是新建商品住宅销售规模同比增幅较大，但下半年销售水平出现下降。2009 年，全市新建商品房销售面积为 712.56 万平方米，同比增加 70.6%；其中，商品住宅销售面积达到 660.25 万平方米，同比增加 69.62%。当年前 7 个月，新建商品住宅成交面积较去年增长较大，超过 2008 年月平均水平的 2 倍；8 月份以后，随着房价进一步上涨，自住需求受到挤压而导致销售水平明显下降，月平均销售规模仅为前 7 个月平均水平的一半；进入 11 月份后，受税费和按揭贷款等优惠政策到期可能废止的影响，销售规模有所反弹，但仍低于全年平均水平，市场呈现调整迹象。

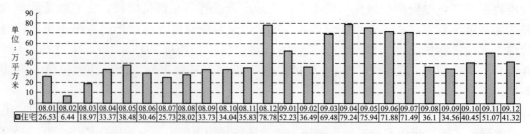

图 9-1　2008 年以来各月商品住房销售面积

三是新建商品住宅价格出现较快上涨，平均价格水平在高位徘徊。根据国家发展改革委、国家统计局调查数据显示，11 月和 12 月份，深圳新建住房销售价格同比上涨分别为 12.6% 和 14.3%，两个月的涨幅排名均居全国第二（广州新建住房销售价格涨幅排名第一）；二手住房销售价格分别同比上涨 21.0% 和 23.9%，涨幅排名均全国第一。

按照本市房地产信息系统统计，2009 年 1~12 月，新建商品住房平均价格为每平方米 14858 元，比 2008 年同期上涨 16.1%。从全年各月价格水平走势来看，一季度新建住房价格较为稳定，保持在每平方米 11000 元左右；二季度，住房价格开始出现上涨趋势，但涨幅在 10% 以内；从三季度开始，房价上涨速度加快，平均价格水平较年初上涨 57%，8 月份每平方米 19368 元的住房价格超过了之前历史最高水平；四季度，平均住房价格水平突破了两万元，10~12 月的住房价格分别为每平方米 21660 元、19413 元和 21317 元。

2009 年 1~12 月份，户型面积 90 平方米以下住房价格为每平方米 12379 元，同比上涨 20.44%，销售套数占全市销售总套数的比重为 73.4%，是深圳市商品房消费的主体；90~144 平方米和 144 平方米以上户型住房价格分别为 11325 元、23775 元，同比分别上涨 5.74% 和 9.60%。12 月份，90 平方米以下住房价格为每平方米 18147 元，销售套数占全市销售总套数的比重为 68.7%，90~144 平方米、144 平方米以上户型住房价格分别为 22429 元、31024 元。可见，2009 年底，深圳市不同户型结构的住房价格均出现了上涨。

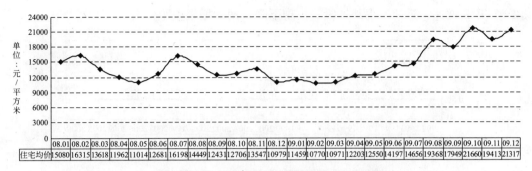

图 9-2　2008 年以来各月商品住房销售均价

四是年度二手住房成交面积明显增加，二手房交易规模超过新房销售规模。2009 年，深圳市二手住房成交面积为 1226.58 万平方米，同比增加 249.61％，接近去年全年 350.84 万平方米成交总量的 3.5 倍，接近今年新建住房销售面积的 2 倍。特区内二手房成交 751 万平方米，同比增加 227.1％，占全市规模的 61.2％；特区外成交 475.58 万平方米，同比增加 292.23％。二手住宅与新建商品住宅交易面积的比例为 1.86∶1，相对于 2008 年的 0.9∶1，该比例增加明显，相对于 1～9 月的 1.56∶1 和 1～10 月的 1.58∶1，该比例增加也很明显。二手房市场已经成为深圳市住房交易市场的主体。

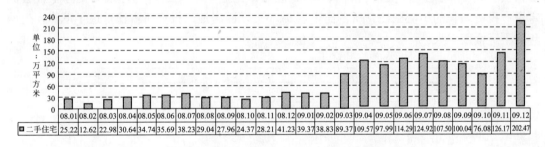

图 9-3　2008 年以来各月二手住房销售面积

五是房地产开发贷款同比负增长，个人住房贷款增长额度创年度增长新高。截至 2009 年 12 月份，房地产贷款余额达到 4625.71 亿元，占全部贷款的比重为 31.3％，比去年同期增长 27.04％。其中，房地产开发贷款余额为 1072.03 亿元，比年初下降了 7.79 亿元，出现了 2005 年以来首次负增长；个人住房贷款余额为 3394.60 亿元，同比增长率为 44.1％，比年初增长 984.47 亿元，增长额度创近年来年度增长的新高。

三、2009 年深圳房地产市场发展综合评价

2009 年以来，深圳房地产市场快速回暖：开发商增加供应的积极性不断回升，购房者踊跃购房。但是，在年中期以后，市场出现了价格较快上涨、市场趋向过热等问题。下面就房地产预警的各项指标进行详细分析。

（一）单项预警指标评价分析

1. 房地产投资增长率与 GDP 增长率之差

2009 年，房地产投资增长率与 GDP 增长率之差为 −0.114，处于正常区间。1992 年以来，深圳 GDP 保持稳定增长，增幅均在 10％以上，从 2003 年至今，房地产投资增速持

续低于 GDP 增速，近两年房地产投资出现下降，两者增幅差距较大。

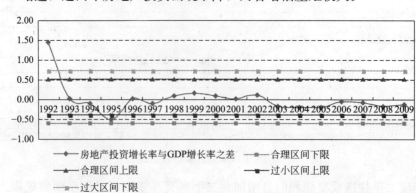

图 9-4　2009 年房地产开发投资增长率与 GDP 增长率之差警值

2. 房地产投资占固定资产投资比重

2009 年，房地产投资占固定资产投资比重为 0.256，处于房地产投资过小区间。房地产投资规模同比去年出现 0.7% 的降幅；全社会固定资产投资 1709.15 亿元，比上年增长 16.5%，增速同比加快了 7.4 个百分点，创 2004 年以来的最高增速。其中的基本建设投资首次突破 1000 亿元大关，达到 1043.63 亿元，比上年增长 26.1%，成为支撑全社会固定资产投资增长的中流砥柱，所占比重达 61.6%，而房地产投资所占比重逐年下降，近两年的下降幅度较大。

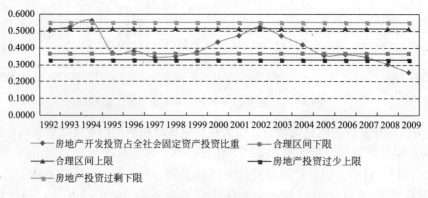

图 9-5　2009 年房地产开发投资占固定资产投资比重警值

3. 房价收入比

2009 年，房价收入比是 14.4833，处于房价收入比过大区间。1996~2004 年期间，深圳的房价收入比一直处于合理区间，且呈现逐年减小的趋势；2005 年的房价收入比开始攀升，居民实际购买能力开始下降，房价收入比直接由稍小区间步入过大区间；2006 年、2007 年房价收入比继续攀升，房价上涨过快的势头较为明显；随着一系列房地产调控措施的实施，自 2007 年 10 月份开始，房价开始出现结构性调整和回落，2008 年全年房价都处于持续的调整中，房价逐步回落；2009 年住房消费需求的集中释放，下半年市场出现了价格较快上涨、投资性购房增多的现象，自住需求受到挤压。按照 2009 年末的房价水平计算，房价收入比超过 20 倍，居民购买能力大幅下降。

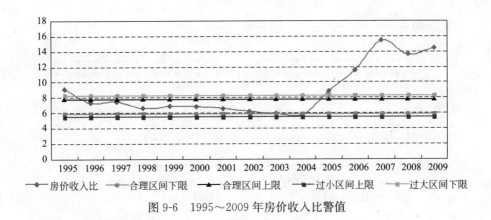

图 9-6 1995～2009 年房价收入比警值

4. 房价收入增长率之差

2009 年，房价收入增长率之差为 0.0673，处于稍大区间。2005～2007 年房价增幅一直高于人均可支配收入增幅，2008 年首次出现房价的同比涨幅低于人均可支配收入涨幅的现象，且差距较大，主要是因为自 2007 年 10 月份房价开始调整，经过一年多的时间，同比涨幅出现一定程度的回落，造成房价收入增长率的差距变化较大。2009 年，随着市场的回暖，房价在下半年出现较快上涨，全年来看房价增幅稍大于收入增幅，就第四季度房价水平来看，房价的增幅要远远高于收入增幅。房价的快速增长，已造成普通居民家庭住房支付能力不足，形成了对居民自住和改善性住房需求挤出效应。

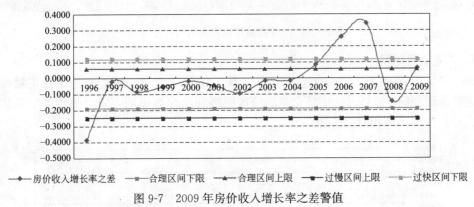

图 9-7 2009 年房价收入增长率之差警值

5. 商品房新开工面积增长率

2009 年，商品房新开工面积增长率为 -0.35，处于稍小区间。2009 年，商品房新开工规模出现较大幅度的下降，未来市场供应仍将面临一定的压力。

6. 商品房销售面积增长率

2009 年，商品房销售面积增长率为 0.706，处于商品房销售过热区间。2008 年底以来，国家根据国际金融危机的蔓延对我国实体经济的影响，适时地出台了一系列促进房地产市场健康发展的政策措施，在这一系列政策的作用下，2009 年市场交易快速回暖，住房需求得到集中释放，商品房销售处于过热区间。随着房价的快速上涨，8 月份以后全市商品住宅销售量明显下降，仅相当于前几个月平均销售水平的 55%，预示着随着房价较快的上升，市场购买力已受到明显抑制而下降，并显现新一轮的市场调整苗头。

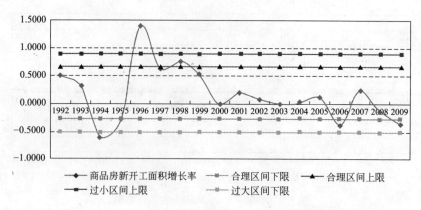

图 9-8 2009 年商品房新开工面积增长率警值

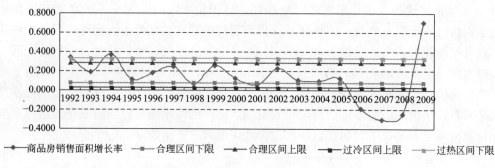

图 9-9 2009 年商品房销售面积增长率警值

7. 住宅销售周期

2009 年，住宅销售周期为 0.7148，处于住宅销售周期过小区间。当年住宅批准预售面积为销售面积的 71.48%，市场交易的快速回暖和供应规模的下降，使得住宅销售周期大大缩短，住房供应相对较为紧张。

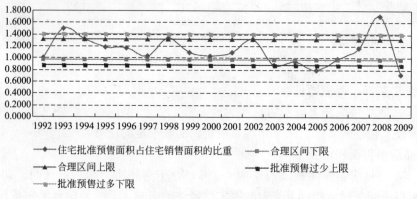

图 9-10 2009 年住宅销售周期警值

8. 房价增长率

2009 年，房价增长率为 0.1613，处于过大区间。自 2007 年 10 月开始，房价进入调整阶段，经过一年多时间的市场调整，房价涨幅已经步入正常区间。在 2008 年底国家出台一系列促进住房消费政策的作用下，2009年市场快速回暖，房价也从年初的逐步回升，到下半年的快速上涨。房价的快速增长，造成了普通居民家庭住房支付能力不足，挤压了居民自住和改善性住房需求；同时，房价的快速增长，也吸引了大量投资投机需求进入市场，进一步推高房价，加剧了房地产资产泡沫化，对经济运行、金融安全均带来不利影响。

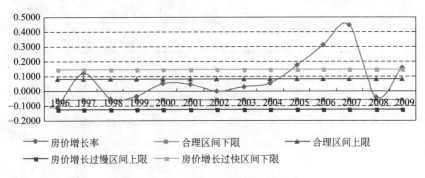

图 9-11　2009年房价增长率警值

9. 短期投资率

2009年，短期投资率基本处于正常区间，12月份短期投资率进入过大区间。由于市场交易的回暖和房价的快速回升，短期投资率也呈现上升趋势。年初1、2月份，短期投资率小幅回升，处于稍小区间，从3月份开始，短期投资率进入正常区间，逐月攀升幅度较大，投资性购房较为活跃，年末，短期投资率进入过大区间，基本与2007年的高位水平相当。

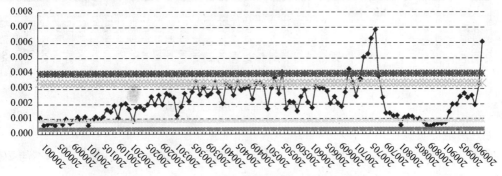

图 9-12　2000～2009年短期投资率警值

10. 住宅储备率

2009年，商品住宅储备率为0.8305，处于商品住宅供应正常区间。截至2009年末，商品住宅累计储备量按照当年的销售速度，需要10个月的时间消化完毕。考虑到住宅平均销售周期的大大缩减、新开工规模的大幅下降，及房价的较快增长，未来住房供应仍存在一定压力。因此稳定商品房市场的供应，进一步加强房地产市场调控，仍是今后的管理工作任务之一。

11. 二手房月吸纳率

2009年，二手房月吸纳率处于稍大区间，二手房景气程度较高。自2月份开始，二手房吸纳率逐月上升，6月份达到高点后，7～9月出现一定程度的回落，第四季度又继续在高位运行。

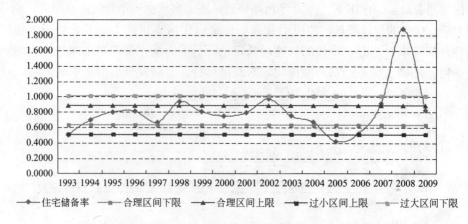

图 9-13　2009 年住宅储备率警值

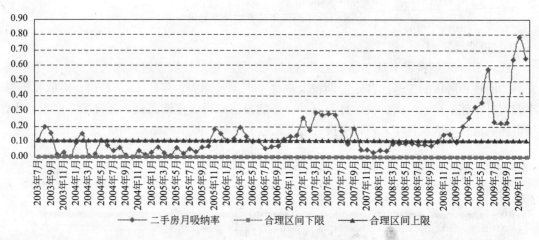

图 9-14　2009 年二手房吸纳率警值

12. 房地产贷款比

2009 年，房地产贷款比为 0.3972，仍处于房地产贷款过大区间，该比例基本与 2008 年持平。

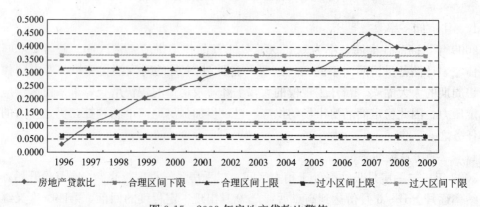

图 9-15　2009 年房地产贷款比警值

（二）综合评价

在 2009 年的 12 个指标中，处于正常区间的有 3 个指标，处于稍大区间的有 2 个指标，处于过大区间的有 4 个指标，处于过小区间的有 3 个指标。

处于过大区间 4 个指标是房价收入比、商品房销售面积增长率、住宅价格增长率和房地产贷款比；处于稍大区间的 2 个指标是房价收入增长率之差和二手房吸纳率。经过 2008 年市场的调整，在国家扩大内需和促进居民住房消费的金融税收政策刺激下，深圳房地产市场在 2008 年底开始出现回暖，2009 年住房需求大量释放，带来市场成交量大幅增加，商品房销售面积增幅进入过大区间；4 月份以后，在宽松的货币政策作用下，深圳房地产价格开始快速上升，年末房价达到新的历史高位，致使房价增长率处于过大区间，且由于其高于收入的增速，致使房价收入增长率之差处于稍大区间，房价收入比也处于过大区间；由于较为宽松的货币政策及信贷政策影响，加上市场需求的大量释放，房地产贷款比持续处于过大区间。

二手房月吸纳率处于稍大区间，二手房景气程度较高。二手房吸纳率呈现逐月上升的态势，第三季度出现一定程度的回落，第四季度又继续在高位运行。

处于过小区间的 3 个指标是：房地产投资占固定资产投资比重、商品房新开工面积增长率和住宅销售周期。由于 2008 年是市场调整期，2009 年初市场供应相对充足，开发商主要消化上年的存量，这在一定程度上造成了新开工规模的较大幅度下降；而房地产开发投资占固定资产投资比重的下降，一方面是房地产投资规模下降的影响，另一方面是深圳基础建设投资明显加大，带动固定资产投资有明显增加，造成了房地产投资在固定资产投资中的比重大大减小，降至过小区间；年内批准预售规模出现一定幅度的下降，而住房需求则出现集中释放，市场成交量大幅增加，使得住宅销售周期进入过小区间。

处于正常区间的 3 个指标中，房地产开发投资增长率与 GDP 增长率之差处于正常区间，但是接近稍冷区间，房地产开发投资增速明显低于 GDP 增长速度；短期投资率处于正常区间，但呈现逐月攀升的态势，年末进入过大区间，由此可见，房价的快速上涨，吸引了大量投资投机需求进入市场，并进一步推高房价；住宅储备率处于正常区间，结合新开工规模的大幅下降，未来住房供应仍存在一定的压力。

综合来看，2009 年深圳房地产市场逐渐回暖，市场交易逐渐活跃。但是，由于房地产市场投机需求伴随合理消费需求随机入市并不断膨胀，下半年房地产市场出现过热的迹象，房价加速上涨。这种现象不仅对经济稳定运行和金融安全带来不利影响和风险，也严重影响了普通居民家庭合理的住房消费，加剧中低收入家庭住房困难程度，进而影响社会稳定。

深圳 2009 年房地产市场发展状况指标评价结果　　　　　　　　　　表 9-1

指标名称	过小	稍小	正常	稍大	过大
房地产开发投资增长率与 GDP 增长率之差			−0.114		
房地产开发投资/全社会固定资产投资	0.256				
房价收入增长率之差				0.0673	
房价收入比					14.4833
商品房销售面积增长率					0.706

续表

指标名称	过小	稍小	正常	稍大	过大
商品房新开工面积增长率	−0.35				
住宅平均销售周期	0.715				
住宅价格增长率					0.1613
短期投资率			正常		
二手房月平均吸纳率				稍大	
住宅储备率			0.8305		
房地产贷款比					0.3972
总计	3	0	3	2	4

四、当前房地产市场形势分析与未来走势判断

（一）当前深圳房地产市场形势分析

2009 年来，在国家促进房地产市场健康发展和刺激内需等一系列政策措施的作用下，深圳市房地产市场步入快速回升的轨道：居民购房踊跃，一、二手房交易量快速增长。一手房销售面积增长了 69.62％；具有价格优势和区位优势的二手房交易规模同比增加 249.61％，已经成为市场交易的主体；开发商投资积极性不断增强，致使房地产开发投资的降幅逐月收窄；土地市场由年初的冷清逐步走向回暖，土地出让宗数和参与"招拍挂"竞争的开发商数量增多。总体来看，全年房地产市场运行对于贯彻落实国家"扩内需、保增长、惠民生"的战略任务起到了非常积极的作用，对于实现预期经济增长目标，也有着积极的意义。

但是，进入 4 月份以后，特别是进入三季度以后，深圳市房地产市场逐渐从回暖走向过热发展。一方面表现在住房价格过快上涨，新建住房价格超过历史最高水平，呈现出较长时期内在高位运行的特征，下半年各月二手房价格涨幅均居全国第一，一手房价格涨幅在全国排名前列。第二方面表现在投资投机需求加速涌现，对拉大住房供求矛盾、致使居民非理性购房、推动住房价格上涨作用明显；根据有关媒体公布数据，当年深圳投资性购房占比达到了 40％以上。第三方面表现在市场秩序混乱，部分开发商捂盘惜售、散布虚假消息，部分中介机构以虚假宣传制造住房供不应求和房价上涨信号，骗取中介费和赚取交易差价。第四个方面表现在土地价格过快上涨，"地王"现象不断涌现。根据国土资源部公布的城市地价动态监测数据，第三、四季度深圳市居住用地价格同比增长居全国第一；与此同时，在 2009 年出让的全部 12 宗具有居住性质的地块中，在总价、楼面地价和溢价幅度方面先后诞生了 5 块"地王"。

2009 年，深圳房地产市场过热发展和住房价格过快上涨是多方面因素作用的结果。既有深圳本地特殊的因素，也有全国各地普遍存在的因素；既与需求过快增长有关，也与供应紧缺有关；既有货币信贷政策的影响，也有土地出让市场的影响。

首先，宽松的货币政策造成的通胀预期是投资需求增长和居民非理性购房的重要原因。截至 11 月份，深圳市各项贷款余额达到了 15065.86 亿元，比年初上涨 34.1％，增幅创近年来的新高，增幅分别比 2008 年和 2007 年高出 23 和 13 个百分点。全年个人住房贷

款余额同比增长率达到 43.2%，创近年来的新高，而 961.37 亿元的增长额度也创下了近年来年度增长的新高。

其次，较低的住房投资成本和较为宽松的按揭贷款准入门槛也是推动房价上涨的原因。以购买 100 平方米住房、每平方米 1 万元、首付 2 成、贷款期限为 20 年来计算，价值 100 万元的房子由投资性购房转变为改善型住房可以减少还贷总额约 25 万元，这不仅大大提高了住房投资的收益，也提高了投资的杠杆，这是导致投资需求重新抬头和泛滥的重要原因。

其三，住房供应存在一定程度的短缺也是房价上涨的一个原因。一方面，2008 年深圳房地产市场在全国调整幅度最大、时间最长的形势使得很多开发商纷纷削减了 2009 年的供应量，全年批准预售面积仅为销售面积的 71%，可售住房存量不断降低。另一方面，住房供应结构性短缺较为严重，在全市 4 亿的住宅总量中，能够在市场上合法流转且符合现时住房消费结构升级的住房仅占 18.7%，其他大多住房因早期建设、配套建设或违法建设，功能、质量、环境等均比较差，不符合消费结构升级要求，从而导致全市新房市场出现了结构性紧缺。

其四，大、中、小户型住宅价格全面上涨是深圳市房价上涨的重要原因。从户型价格上看，上半年，全市住房价格上涨主要由大户型（144 平方米以上）上涨推动，下半年则是由大、中、小户型住房价格全面推动所致。

其五，土地价格快速上涨和"地王"的示范效应是年末深圳房价快速上涨的一个重要原因。深圳市可利用土地较为短缺，且产权关系比较复杂，短期内能够推出和加以利用的土地非常有限，土地紧约束形成的"地荒"预期对房价上涨的影响一直存在。值得一提的是，"十一五"住房建设规划提出的通过城市更新建设 1800 万商品住房的指标没有落实，对市场有效供应产生不力影响。2009 年，尽管土地市场摆脱了去年"流拍"的局面，但地价过快上涨对房价的影响非常明显。

（二）未来深圳市房地产市场走势判断

由于深圳土地资源较为紧缺，人口规模较为庞大，且在实际住房自有水平较低背景下，住房潜在需求较大，使得住房价格面临长期上涨压力。然而，近几年房价的过快上升，房价与经济增长、居民收入增长出现较大背离，实际上已经形成对今后较长时期的房价透支，并使得房地产市场在近几年一直处于发展不稳定、起伏较大的局面。深圳房价上涨过快的问题，不仅不利于广大普通居民家庭住房消费、改善居住条件，也不利于深圳经济社会的稳定发展和金融安全。

未来深圳房地产市场走势，取决于本市房地产市场供求关系变动和国家房地产调控的政策走向。从供求关系来看，截至 2009 年 6 月 16 日，全市累计可售一手房为 236 万平方米、2.44 万套，远远低于正常时期 400 万平方米左右、4～5 万套的合理供应储备；从需求来看，全市常住人口 33.6% 的住房自有率决定了未来深圳市住房潜在需求依然旺盛。因此，从长期来看，深圳市房价大幅度回落的可能性不大，房价在高运行将成为未来一段时间内的趋势。从政策走向来看，国家已开始重视房地产市场投资过热和房价过快上涨问题，"二套房"的认定，住房保有环节税收的加快制定等政策，将有利于抑制住房投资需求和投机炒作现象，有利于未来房价的平稳运行。

综上所述，2010 年，深圳房地产市场投机现象将在国家和本市一系列调控政策的作用下得到有效的抑制，房价将在宏观调控政策的作用下，改变过快增长的局面并逐步趋于稳定。

五、新一轮房地产宏观调控政策的背景及措施

(一)新一轮房地产宏观调控的背景

2009年上半年，尽管部分城市住房价格开始出现了上涨的苗头，但全国整体房价仍旧处于比较平稳的状态。根据国家发展改革委、国家统计局调查显示，6月份，全国70个大中城市房屋销售价格同比上涨0.2%，涨幅比上月扩大0.8个百分点，环比上涨0.8%。房价同比或环比上涨快的城市主要是一些中西部二、三线城市，而北京、上海、广州和深圳一线城市新建住房价格仍旧处于同比下降的通道。但是，进入下半年，我国楼市出现了过热的现象，特别是在一线城市，楼市投机明显抬头。12月份，全国70个大中城市房屋销售价格同比上涨7.8%，涨幅比上月扩大2.1个百分点；环比上涨1.5%，涨幅比上月扩大0.3个百分点。一线城市北京、广州和深圳的新建或二手住房价格同比涨幅已经位居全国前列，涨幅均超过了两位数。同时，房地产市场非理性的繁荣已经蔓延至海口、三亚、杭州、厦门等二线城市，这些城市不仅出现了房价快速上涨的趋势，而其投资行为非常盛行(如海口和三亚)，这引起了中央的高度重视。如果不加以调控，投机日盛，不仅房地产市场正常的交易秩序将被破坏，居民住房困难问题将更加突出，而且趋势向好的宏观经济可能被房地产行业日渐累计的泡沫在破灭时拖垮。

因此，进入下半年以后，国家逐步开始紧缩房地产市场的各项政策，而金融部门的"闸口"首先开始关紧，6月19日，银监发〔2009〕59号文要求商业银行个人住房贷款实施"面签制度"并严格"二套房贷"的认定标准；7月29日银监会发布的《固定资产贷款管理暂行办法》(银监会2009年第2号)和《项目融资业务指引》(银监发〔2009〕71号)所提出的"贷款人受托支付方式"和房地产项目融资风险控制措施，堵上了"信贷从实体经济流向股票和房地产市场的大门"。同时，国土资源部分别在6月12日和8月11日下发《关于在保增长保红线行动中加快处理批而未用土地等工作的通知》(国土资电发〔2009〕44号)和《关于严格建设用地管理促进批而未用土地利用的通知》(国土资发〔2009〕106号)，要求地方政府及时向社会公开供地计划、供应结果和实际开发利用情况动态信息，防止未批即用、批而未征、征而未供、供而未用等现象的发生。

进入10月份以后，我国宏观经济趋于好转的趋势越来越明朗，中国经济已经实现了企稳向好、触底反弹，初步实现了"V形"的增长，全年国内生产总值增长"保八"的目标有望完成。但与此同时，房地产市场价格过快上涨、投机现象频发、居民住房困难的问题日趋严峻。更为严重的是，很多城市还出现了土地价格过快上涨，二线城市房价上涨全线蔓延，以及通胀预期日趋明显等等新问题。三季度以来土地价格过快上涨和"地王"纪录频频被刷新，对住房价格的推动、资产泡沫的助长起到了非常恶劣的示范效应。根据中原地产对12个重点城市土地市场的监测，2009年楼面地价、出让金额全面超过2007年，各房企平均地价占当地房价的比例从上半年的44%上涨到65%。同时，有关房企土地闲置、地王晒太阳的报道越来越多。在上述背景下，12月17日，财政部、国土部等5部委公布《进一步加强土地出让收支管理的通知》(财综〔2009〕74号)，要求一是地方政府必须将土地出让收支全额纳入地方基金预算管理；二是明确开发商以后拿地时，"分期缴

纳全部土地出让价款期限原则上不得超过一年，特殊项目可以约定在两年内全部缴清，首次缴款比例不得低于全部土地出让款的50%"，如果开发商拖欠价款，不得参与新的土地出让交易。财综〔2009〕74号文的发布，是2009年房地产市场紧缩政策中最为严厉的政策，意味着从此开始土地市场全面紧缩，也意味着新一轮宏观调控拉开了大幕。

（二）新一轮宏观调控的基本政策内容

1. 2009年中央经济工作会议

2009年12月5日，中央经济工作会议在北京召开，定调明年经济工作，会议指出，面对严峻复杂的经济形势，党中央、国务院全面分析、准确判断、果断决策、从容应对，团结带领全国各族人民坚定信心、迎难而上、共克时艰，努力化挑战为机遇，有效遏止了经济增长明显下滑态势，率先实现经济形势总体回升向好。但是，在内部经济回升的基础还不牢固、外部经济复苏基础并不稳固的条件下，需要保持宏观经济政策的连续性和稳定性，继续实施积极的财政政策和适度宽松的货币政策，更加注重改善民生、保持社会和谐稳定。在房地产市场领域，提出了增加普通商品住房供给，支持居民自住和改善性购房需求，加大农村危房改造支持力度。

2. 2009年国务院常务会议

中央经济工作会议关于房地产宏观调控的主旨，还在于通过增加民生住房供给，在解决住房有效需求的同时，实现对经济增长的带动。而对于部分城市房价过快上涨，打击投机炒作等问题的着墨并不多。

国务院总理温家宝12月14日主持召开了国务院常务会议，他提出的四条意见（"国四条"）则是此轮房地产宏观调控第一个重量级的政策，是指导今后全国房地产市场宏观调控的纲领性文件。在此之后出台的各项政策，基本是"国四条"的强调或细化。

（1）"国四条"的主要内容

一是增加普通商品住房的有效供给。适当增加中低价位、中小套型普通商品住房和公共租赁房用地供应，提高土地供应和使用效率，在保证质量前提下，加快普通商品住房建设。二是继续支持居民自住和改善型住房消费，抑制投资投机性购房。加大差别化信贷政策执行力度，切实防范各类住房按揭贷款风险。三是加强市场监管。继续整顿房地产市场秩序，加强房地产市场监测，完善土地招拍挂和商品房预售等制度。加强房地产信贷风险管理。四是继续大规模推进保障性安居工程建设。力争到2012年末，基本解决1540万户低收入住房困难家庭的住房问题。

（2）对"国四条"的解读

"国四条"的出台，是2008年以来我国房地产行业宏观调控政策走向的"拐点"，这也意味着从2008年底开始的鼓励、促进住房消费和房地产市场发展的政策基调已经被"遏制房价过快上涨、抑制投资炒作和加大住房保障"等调控政策基调所取代。这是非常及时正确的，对于保证房地产市场的健康运行，降低房地产市场的泡沫风险，保障广大普通民众的住房权利具有极其重要的意义。自此，房地产政策正式从"保增长"转型为"调结构，压房价，抑投机"。

"国四条"的政策表述既有对以往政策调控政策的继承，也有一些新变化。"新变化"体现在落实住房保障的力度上将会前所未有的加强，基本解决低收入住房困难家庭的住房问题的目标比131号文的提出的数量目标翻了一番。虽然住房保障工作提出已经两年多了，但实际进展总是落后于政策要求，也间接地助长了房价的上涨。国务院常务会议提出要"遏制"房价的上涨，其政策表述强度空前。同时，国务院提出要"继续综合运用土地、金融、税收等手段，加强和改善对房地产市场的调控"，这为以后更加严厉的调控埋下了伏笔。

（3）"国四条"出台后地方政府的落实情况

上海：出台《关于本市贯彻国务院常务会议精神进一步促进房地产市场健康发展的实施意见》，主要内容：一是严格执行国家各项房地产税收和金融政策；二是严格土地供应政策，切实增加普通商品住房土地供应；三是加快建立和完善住房保障体系，积极推进大型居住社区建设；四是加强房地产市场监测监管。

南京：出台《关于支持自住型和改善型住房消费 促进房地产市场平稳健康发展的意见》，内容也是四大部分，对应"国四条"的相关内容，强调了支持自住和改善型住房需求。

北京：计划2010年可建成房屋的规划建筑面积在3000万平方米以上，保障性住房面积更是占到了50%以上。

广州：市政府常务会议讨论并原则通过《广州市闲置土地处理办法（修订草案）》，有关部门将按会议要求对该草案作最后修订，不日将颁布实施。

深圳：2010年落实保障性住房35.06亿元的总投资，优先安排保障性住房用地，增强保障性住房的区域平衡性。

成都：从2010年1月1日起，经适房保障对象的家庭年收入线由4万元调至5万元，廉租住房租金补贴发放标准每平方米提高2元。

江苏：12月24日，江苏省住房和城乡建设厅等8部门联合发布《关于促进房地产市场平稳健康发展的指导意见》，意见明确，保持促进住房合理消费政策的连续性和稳定性，继续鼓励和支持居民自住和改善型住房消费，去年底省里制定的有关优惠政策继续执行。居民购买自住和改善型普通商品住房的，实施1%的契税适用税率。

（4）落实"国四条"的土地和税收政策

12月17日，财政部、国土资源部、央行、监察部等五部委公布《关于进一步加强土地出让收支管理的通知》（财综〔2009〕74号），通知要求的"地方政府必须将土地出让收支全额纳入地方基金预算管理"，"分期缴纳全部土地出让价款期限原则上不得超过一年，首次缴款比例不得低于全部土地出让款的50%"等规定，实质上是逼迫地方土地财政公开透明，降低开发商的融资杠杆比例，从地根与银根同时出击高房价。

12月23日，财政部和国家税务总局出台了《关于调整个人住房转让营业税政策的通知》，将个人住房转让营业税征免时限由2年恢复到5年。国办发〔2008〕131号文件中的四大税种的优惠措施，只有营业税优惠取消，契税、个人买卖印花税、个人转让出售的土地增值税还继续维持。除此外，值得关注的还有两点：第一，普通住宅交易受到税收优惠；第二，通知规定："为维护正常的财税秩序，各地要严格清理与房地产有关的越权减免税，对清理出来的问题，要立即予以纠正"。

12月23日，国土资源部召开挂牌督办房地产开发闲置土地处置新闻通气会，督促各地严格落实闲置土地清理处置政策，促进供应土地的及时开发利用，尽快形成住房的有效供给，改善住房的供求关系；督促房地产开发企业根据实际开发能力理性取得土地，按合同约定及时开发利用，为城市居民提供住房保障。这次会议是针对之前国土部"全国土地闲置状况调查"的结果而为的。据此调查成果，目前全国闲置的房地产用地仍有约1万公顷，闲置土地中因规划调整为主的政府部门原因和司法查封的约占55%的现状。

3. 温家宝总理接受新华网专访

12月27日，温家宝总理就"当前经济形式和明年经济工作"接受新华网独家专访，指出本届政府有能力解决房地产问题，并对房地产市场调控提出了应该做的"四件事情"：要加大保障性住房建设力度，加快棚户区的改造；要鼓励居民购买自住房和改善性用房，要采取措施抑制投机；要运用好税收、差别利率以及土地政策等经济杠杆加以调控，稳定房地产的价格；要维护房地产市场秩序，打击捂盘惜售、占地不用、哄抬房价等违法违规的行为。

总理的态度阐明了2010年乃至今后几年政府调控房地产市场的主要基调，即抑制房地产投机炒作、控制房价过快上涨。更为重要的是表明了本届政府对于房地产调控的信心和决心。

六、专项报告一：深圳近期房地产市场与房价问题的分析

文章背景及摘要：本文是作者于2009年8月在《深圳房地产信息网》等媒体上发表的一篇分析文章。在深圳，"房价"问题一直都是最热点的民生话题，房价的一点波动，直接影响到成千上万家庭的住房问题。2009年中期，深圳市市长王荣同志在接受《华尔街日报》记者的采访时表示，"深圳是一个只有2000平方千米的城市，地域狭小，但经济发展迅速，人口集聚很快，土地、房地产的价格往上走的趋势是必然的"。王荣也表示，住房是所有市民的必需品，也是人们在谋生中的目标，政府有责任考虑到不同群体的住房需求，"尤其是中等以下收入阶层，包括困难群体阶层，如何通过自己的劳动，同时又能得到政府和社会的帮助，在一定条件下住房得到解决和改善，这是政府的责任"。王荣市长的一席话本是无可厚非，既道出了经济发展的必然规律，同时也表达了政府在解决中等以下收入阶层的住房问题的决心。但是其中的一句"房地产的价格往上走的趋势是必然的"却被个别网络媒体在罔顾语境的情况下曲解夸大，并在广大网友中间造成了一定的风波。针对网络上的这场风波，本人撰写这篇分析报告——《深圳近期房地产市场与房价问题的分析》，深入地剖析深圳房地产发展的趋势，解答网友疑惑，澄清事实真相。

(一) 今年以来我市房地产市场运行情况

一是房地产投资规模有所下降，但下降幅度有所收窄。1~7月，我市完成房地产开发投资213.71亿元，同比下降7.6%，与今年一季度23.4%的降幅和上半年9.5%的降幅相比，下降幅度回落明显。

二是商品房销售规模增幅较大，住宅销售持续活跃。1~7月我市新建商品房销售面积487.4万平方米，同比增加146.55%。其中，商品住宅销售面积456.75万平方米，同比增加153.78%，超过了去年全年的成交水平。今年7月，商品住宅成交面积为71.49万平方米，与二季度月平均成交水平基本一致，住宅销售继续保持活跃。

三是住宅价格持续上涨，二季度以来环比增长明显。根据本市房地产信息系统，1~7月，各月住宅均价分别为每平方米11459元、10770元、10971元、12203元、12550元、14197元和14654元，各月房价环比涨幅分别为4.37%、−6.01%、1.9%、11.23%、

2.84％、13.12％和3.22％，房价总体处于持续上涨趋势。

四是二手住房成交持续活跃，交易规模超过一手住房。1~7月，我市二手住房成交面积为614.34万平方米，同比增加207.19％，远远超过去年全年350.93万平方米的成交总量。今年7月份，二手住宅成交量为124.92万平方米，与2007年市场最活跃期间的成交水平相当。

（二）当前深圳房地产市场形势分析

2008年底以来，随着国家"保增长、促发展"系列政策的实施，我市房地产业在各行业中领先回暖，房地产市场持续活跃。进入6月份以后，这种繁荣已由年初的"政策利好引发自住需求入市"，逐渐转变到"市场销售快速上升引发房价较快上涨，并有挤压自住性需求"的迹象。近两个月市场分化的趋势充分说明了这一点，一方面市场价格较便宜的二手房销售规模较大，7月份其销售规模近乎一手房的两倍；另一方面一手房市场内部分化明显，更具投资价值的大户型住房成交呈现"量升价涨"，而小户型则呈现"量跌"态势。

近期深圳住房价格上涨，是国家政策利好、市场持续旺盛等多重因素刺激的结果。值得注意的是，市场存货消化过快所引起的投资性需求入市，以及由于"恐慌"而超前释放的自住需求，是近期房价上涨的主要因素。针对这种情况，近期深圳金融监管部门已经出台了相关政策（深圳银监会〔2009〕59号文），以抑制投资需求和封堵信贷资金违规进入房地产市场。此外，近期房价的快速上涨已经限制了多数普通居民家庭住房消费，中小户型商品房开始出现一定程度"滞销"现象；相信在市场自身机制作用下，以及房地产主管机构、金融监管机构对市场秩序、信贷监管力度的加强，下半年深圳房价较快上涨的局面将会得到有效的控制。

（三）关于深圳房价若干问题的认识和建议

作为长期研究深圳房地产市场的专业人士，本人认为深圳的房价与国内其他城市有着非常明显的区别，需要社会和政府认识其客观规律，并采取有效措施解决居民住房问题。

首先，深圳房地产市场需求呈现多元化、外向型特征，易发生房价较大幅度波动。深圳作为国内的经济中心城市，具有外向型程度高、财富聚集效应强的特征。由此，住房市场不仅有本地需求，也有外地需求；不仅有来自全国各地的内部需求，也有来自港澳台以及其他国家或地区的外部需求。因此，相对于内地城市（除北京、上海等特大城市），深圳相对多一些比较富裕的社会群体，也容易吸引国内外的投资客、炒房者，并使得深圳房地产市场始终成为国内最活跃、最容易发生投机炒作、房价也最容易波动的市场。

其次，深圳区域狭小，人口密集，导致房价长期看涨。从城市区域规模看，深圳是一个只有2000平方千米的小城市，但人口最多时却达到1400万人。城市地域狭小，但人口集聚快，人口密度接近7000人/平方千米，基本可以与世界上人口密度最大的城市如纽约、东京相"媲美"。这样的城市在发展过程中必然存在着一定的共性，即在庞大的人口规模压力下，土地资源始终紧缺，并因此导致住房供应长期紧张，住房价格长期看涨，深圳旁边的香港就是一个明显的实例。

根据以上分析，由于需求的多元化、外向型，深圳房价实际上并不一定和本市常住居民可支配收入相关联，而是和国内收入比较高的社会群体的住房消费能力相关联。如果按房价收入比这个指标来计算，深圳的房价收入比接近18倍，与6倍左右的国际平均值相去其远。而土地资源的紧缺，以及人口规模的超负荷，不仅使得深圳在总量上难以满足城市发展中巨量的住房需求，也因为不同收入层次居民的收入差距大，导致住房供应方式与供应结构需要多元化、多层次化，这一点仅靠市场自身调节，往往难以实现，需要政府更多的介入住房市场并采取多层次的住房供应手段。所以，在深圳这样一个比较特殊的城市，要解决各类收入层次居民的住房问题，应当说政府的难度很大，压力很大，责任也无比重大！

基于深圳城市的特殊性，房价的特殊性，以及解决居民住房问题的特殊背景，本人建议政府应当把解决"高房价"和"住房难"的重点，放在加大中小户型普通商品房的供应方面，面向广大中等以下收入阶层，建设大量套型建筑面积在 90 平方米以内的住宅。这样，既能够防止大户型住宅导致的炒作、推高房价，也有利于降低普通居民购房成本，在现有资源紧缺条件下，尽可能帮助更多普通居民家庭解决和改善住房问题。

此外，在住房保障方面，也应当采取区别于内地其他城市的住房政策。目前，内地多数城市住房问题的解决基本上以市场为主，原因是房价与老百姓的收入水平比较接近，多数老百姓可以买得起，这样就可以少搞点保障性住房。而深圳等平均房价上万元的城市，应当更加关注本地住房困难家庭的安居问题，需要通过加大住房保障力度，解决其在高房价背景下的住房困难。因此，对于深圳本地低收入居民家庭，政府应当通过建设相当规模的公共租赁房、经济适用房，解决其住房困难，并逐步实现其"居者有其屋"的愿望。

七、专项报告二：旧改专项规划对我市房地产市场的作用分析

文章背景与摘要： 本文是针对 2009 年 11 月深圳市出台的旧城改造专项规划写作的一篇分析文章。深圳市土地资源的极度紧张已是近年来的不争事实。今后城市发展不能再依赖新增土地的粗放式扩张，包括住房在内的城市发展，必须要面对现实，通过积极挖掘城市土地存量来解决资源供应问题。

近年来，由于深圳土地资源的日渐紧缺，房地产市场的供应也日趋紧张。在此预期下，今年 6 月份以来，深圳房价短期内再次出现快速上涨，10 月份全市新建商品住房房价已超过每平方米 20000 元。在此背景下，很多普通居民家庭有限的收入与积累使其面临较大的购房压力。在今后新增土地供应紧张的客观条件下，如何增加住房市场供应，以平抑房价、促进广大普通市民实现住房消费，这是一个关系到深圳经济和社会发展的重大问题。近期，全市批准的旧改专项规划，提出了通过改造 58 个项目，增加 1500 万平方米商品房供应的建设目标。本人认为，这对增加本市近期住房市场供应总量，满足中低收入普通居民家庭购房需求，进一步发挥以房地产消费拉动经济增长的重要作用，具有非常积极的意义。主要体现在以下方面：

(一) 有利于发挥房地产业对宏观经济的支持作用

从今年 1~3 季度经济发展情况看，即使在房地产投资出现 3.3％的负增长条件下，在全市 9.6％的 GDP 增长中，房地产业也贡献了 1.93 个百分点（贡献率达 20％），远远高出其他相关产业的贡献。当然今年深圳房地产业的贡献大，一定程度上与国际经济危机下国家出台的刺激内需政策有关，但本市巨大的房地产市场潜在需求带来的一手房、二手房高销售量，是产生巨大的房地产利税并带来房地产业高增加值的重要原因。可以说在当前深圳所有的内需中，商品房买卖需求是最大的内需，也是拉动深圳今年经济增长的最大

支柱。

但是，这个支柱是否稳定是我们担心的问题。从目前情况看，由于土地紧缺，使得住房潜在供应紧张，导致房价短期内过快增长；而高房价又抑制住房市场的有效需求，使得近期新建商品房出现近50％的销量下降，并进而产生今后房地产利税以及增加值大幅下降的预期。因此，房地产市场的不稳定发展，不利于在国际经济形势不确定、外贸前景不明朗的条件下，以增加消费促进经济增长目标的实现。

根据以上分析，今后促进我市房地产市场稳定发展，乃至促进经济持续增长的关键点——在于挖掘本市住房供应潜力方面。破解此难题的关键，不应仅停留在本市有限的新增土地供应上。根据我们的研究，在本市住房总量中，仅城中村就占42％，达到1.7亿平方米，这些住宅多数处于老旧或功能质量差等状态，需要通过改造才能居住。如果给予支持政策加快此类住房改造后进入市场，则在短期内可有效增加住房市场供应总量，促进全市住房市场供求关系的平衡；同时，由于此类住宅建筑密度高、多为中小户型住宅，也有利于增加低价房源进入市场。

由此可见，我市近期出台的旧改专项规划，有利于在全市土地资源紧张条件下，积极增加住房市场供应，保持房地产市场供求平衡，满足普通居民家庭购房需求，实现"保增长、保民生"的宏观经济目标。

（二）有利于改善我市居住环境和提升居住质量

从58个改造项目的总体情况来看，多数为居住密集的城中村和旧工业区居住点。大多数建筑因无序建设外形简陋、破旧，且建筑密度高、配套设施落后；一些建筑居住功能和质量尚未达到基本生活要求，并存在消防等安全隐患。这既影响我市城市形象，与我市建设国际化、现代化大都市战略目标不符，也不利于提升城市居民综合居住水平，以及提高居民居住条件目标的实现。因此，旧改项目的加快推进，将有利于尽快改变这一局面，使我市在增加住房市场供应总量的同时，更兼顾城市居住质量与居住环境的提升，促进和支持我市国际化、现代化城市建设。

（三）有利于缓解住房供应结构的不平衡状况

近年来，我市住房价格的持续上涨，与住房市场供应结构的不平衡有着密切的关系。

从区域结构看，由于土地资源的紧张，自2002年开始，特区内房地产经营性用地一直呈现"零供应"，每年新增供的房地产用地主要集中在特区外，由此导致了区域住房市场供应的不平衡。特区内由于无新地可供（主要是消化存量土地），新的楼盘供应日趋减少，价格也快速攀升，目前房价基本在2.5万元以上；而特区外由于城市化程度低，基础配套也未跟上市场发展的需求，导致房价波动大，市场发展不稳定。

从专项规划中改造项目的分布看，特区内旧改项目将提供696万平方米的住房供应，这将有利于缓解特区内、外区域供应结构不平衡的矛盾，满足特区内一直以来较大的住房需求，并有助于伴随特区外城市化的发展，使住房市场逐步、平稳地实现区域转移和区域过渡。

从住房户型结构看，近年来，随着我市住房供应结构的调整，满足普通居民住房需求的90平方米以下住宅供应有所增加，有利于促进住房价格的稳定和满足普通居民家庭购房需求。本次专项规划确定的旧改项目，在开发强度上符合我市土地资源的集约、节约利用要求，容积率普遍较现状商品住宅区提高（如特区内多数项目达到5、6，特区外3、4居多），这将有利于提供更多的中小套型、中低价位普通商品住宅，满足普通居民住房需求。本人建议，今后在上述改造项目实施中，应根据区位条件、交通情况和人口密集程度，在住房户型结构方面，以90平方米以下的普通住房为主，控制144平方米以上的大户型住宅数量，以保持合理的住房供应结构，引导住房合理消费。

最后，值得关注的是，本次旧改项目入市形成的住房供应，相对市场的实际需求仍然是有限的（仅能满足2年多的市场需求）；同时，根据以往情况，我市旧改项目的推进总体比较缓慢，实际能够进入市场的周期较长。因此，本次规划的旧改项目对房地产市场供应问题的解决，尽管有一定的促进作用，但效果仍比较有限。今后，我市应充分发挥国家给予"珠三角"地区旧改试点的各项优惠政策，继续加大全市旧城旧村改造的规划和实施工作，进一步通过挖掘存量土地来促进住房市场供应，以不断满足本市居民不断增长的住房需求，发挥住房消费对本市经济、民生的积极作用，促进全市经济社会的稳定和持续发展。

此外，从城市更新办提供的相关资料上，对上述已批改造项目缺乏具体明确的建设、入市时间安排，缺少住宅、商业和办公的不同供应类型的分类规模，导致无法进行更具体的分析。值得关注和强调的是，若上述项目推进较为缓慢，入市时间延长，将导致改造项目市场供应作用的稀释，对产业投资的拉动也将减弱。因此，应进一步加快解决阻碍上述项目进展的有关问题，并对所有项目进行合理分期、分类、分区域的统筹安排，以保证项目及时、有序地进入市场，发挥对市场稳定发展的积极作用。

八、专项报告三：中国推行基本住房保障的方式和对象选择

文章背景及摘要： 本文是作者在住房城乡建设部和全国人大财经委主办、深圳市房地产研究中心和清华大学法学院联合承办的2009年"基本住房保障体系国际研讨会"上的一篇专题讲演稿。该研讨会邀请了来自德国交通和城市发展部、英国爱丁堡郝瑞-沃特大学、美国韦恩州立大学，以及国内的清华大学、人民大学、政法大学、香港大学、同济大学、暨南大学、华中科技大学等高校，中国房地产研究会、湖北省住房改革与发展研究会、四川省社科院等研究机构，全国人大财经委、国务院法制办、国务院发展研究中心、民政部、人民银行、国家开发银行等有关部门，以及北京、上海、湖北、吉林、广东、成都、深圳、厦门等地住房保障管理部门的70余位国内外专家学者出席。受住房城乡建设部委托，我中心和清华大学法学院分别承担了《中华人民共和国住房保障法》实践版建议稿和理论版建议稿的起草研究工作。在2009年7月底举行的住房保障法起草工作专家座谈会上，我中心提交的实践版建议稿得到住房城乡建设部领导以及与会专家的高度认可和肯定。此次研讨会正是为了适应住房保障法建议稿进一步深入研究和修改完善的需要而召开的，也是国内迄今为止在住房保障领域召开的规模最大、层级最高的一次研讨会。

（一）基本住房保障的对象

1. 我国住房市场中住房困难群体的基本状况

自21世纪初以来，随着中国住房制度改革及住房市场的发展，住房进入了商品化、市场化进程。尤其是随着中国工业化、城镇化的快速发展，城镇人口大量增加及农村人口向城镇转移，城镇住房供应在部分地区出现紧张或者短缺的局面，住房价格也进入了快速上涨通道。

从当前有关统计数据来看，部分地区尤其是部分大城市由于土地资源紧缺、人口超负荷，住房市场供求关系长期处于紧张状态，房价收入比已严重偏离国际有关研究中的合理标准（如世界银行提出的 6 倍合理房价收入比）。按照 2009 年 8 月有关统计，北京市住房均价为每平方米 14825 元，上海市住房均价为每平方米 18502 元，广州市住房均价为每平方米 9314 元❶，深圳市住房均价为每平方米 19368 元；此外，深圳房价收入比高达 13 倍，北京 17 倍，上海 11 倍，广州 12 倍❷。在此住房市场化及房价快速上涨的过程中，有相当多的人群因收入或支付能力不足，已无法在短时期或相当长期间内通过市场途径解决自身住房困难。

按照存在住房困难人群收入及住房支付能力在当前及今后发展情况分类，我国各地当前面临住房问题的人群主要包括两大类：一类是短期无法解决住房困难但其住房支付能力在逐渐增长的群体；一类是长期无法依靠自身能力解决住房困难的群体。

其一，短期无法解决住房困难但其住房支付能力在逐渐增长的群体，主要包括如下人群：

一是城镇新增就业的没有房产且不具备租赁市场商品房能力的家庭或个人。该部分人群主要为新参加工作的高校毕业生人群。按照有关城市的统计数据，2008 年北京市大学应届本科毕业生人均工资每月 2526 元，上海市为每月 2615 元，深圳市为每月 2899 元❸，而同期普通商品住房市场租金为每月 30～50 元/平方米❹。按照现有人均住房面积计算，住房支出已占其收入的 30%～40%。该部分人群由于多数无力租赁市场商品房，而只能合租市场商品房或租赁城镇中住房条件较差的住房（如城中村私房）。

二是城镇经济社会发展需要的特定产业人才。该部分人群有相当一部分是城镇产业发展和结构调整的必要人力资源（如高学历群体或具有一定技能的人员，包括研发人员、技术人员、教师等）。该部分人群收入为中等或中低水平，但由于当地房价上涨较快，房价收入比偏高，以至于短时期内无购房能力，且租房支出已占其收入的相当部分。其往往通过租住单位宿舍、合租商品房或租住城中村私房等条件较差住房解决住房问题。按照深圳市有关统计，2008 年，全市暂无购房能力且未纳入保障范畴而租住城中村私房或单位宿舍的常住人口约为 427 万人，约占常住人口的 50%；其中，属于高新技术、金融、物流、文化四大支柱产业的员工约为 95 万，占全部常住人口的 23%❺。

三是快速城镇化过程中的农民工群体。根据人力资源和社会保障部统计，截至 2008 年年底，全国农民工总量 2.25 亿人，占第二产业从业人员的 57.6%、第三产业从业人员的 52%；其中外出农民工数量 1.4 亿人，占农民工总量的 62.3%，主要集中在珠三角、长三角等东南沿海发达地区，主要从事制造业、建筑业和服务业。国务院发展研究中心调研显示，约 75.1% 的农民工通过租赁方式解决住房问题。建设部 2006 年抽样调查显示，在批发零售等收入相对较多且稳定的行业就业的农民工，主要通过自租赁或合租城乡结合

---

❶　北京、上海、广州三地住房均价数据源于非官方数据。

❷　四城市房价收入比源于行业机构研究报告。

❸　有关社会调查机构数据。

❹　根据两城市市场普通商品房租赁价格统计。

❺　数据来源于深圳市规划国土资源委员会有关调查数据。

部、"城中村"的私房来解决居住问题，这部分农民工约占总数的50%；在用工集中、生产连续的制造业、建筑业、采矿业就业的农民工，主要靠单位提供的集体宿舍或工地工棚来解决居住问题，这部分农民工占总数的35%。大多数农民工无法与自己的配偶及子女一起生活，只能与其他打工者集体居住。

其二，长期无法依靠自身能力解决住房困难的群体，主要包括如下人群：

一是城镇户籍人口中虽拥有自有房产但仍然没有足够的住房改善能力的低收入家庭。这部分人群面临的主要住房问题是住房质量的提升，他们的生活聚集地"棚户区"改造必须有政府的资助。该部分人群主要集中在部分工矿企业集中的城镇，主要是因为企业本身效益、资源枯竭等问题影响该部分人群收入的增长，而其本身劳动技能、年龄等条件的限制，使其无法在市场中去竞得更高收入，以至于缺乏住房改善能力。该部分人群数量约有900万户（如截至2008年年底，黑龙江省还有集中连片城市棚户区9000多万平方米，占全国总量的六分之一，涉及居民150余万户，400多万人口，占全省城市人口的20%❶）。

除棚户区特定住房困难群体外，城镇户籍人口中低收入拥有自有房产但缺乏住房改善能力的家庭，各地均不同程度地存在。如深圳有关统计数据来看，户籍低收入拥有自有房产但低于人均住房面积标准的人群约有0.13万户，占深圳市户籍家庭的比例低于0.1%。

二是城镇户籍人口中没有房产且不具备租赁市场商品房能力的低收入家庭。该群体部分是由于早年没有享有福利分房，后因学历低、劳动技能差等因素收入较低且无法在市场中竞得更高收入的工作；实际上也就无力租赁市场商品房，而只能租赁城镇中条件较差住房。从2007年深圳有关调查数据来看，深圳市户籍住房困难家庭（没有房产且个人收入及家庭财产水平均低于当地相应标准）约有6万户，约占深圳市户籍家庭的10%❷。

三是城镇非户籍常住人口中没有房产且不具备租赁市场商品房能力的低收入家庭。如深圳市，截至2008年底，非户籍常住人口648万，占常住人口总数的74%，其住房自有率仅21%。按照国家统计局《2005年全国1%人口抽样调查》的数据显示，深圳市具有大专及以上学历的常住人口仅占总人口的12.7%。由于该市绝大多数非户籍常住人口学历低、技能差，故实际收入水平较低，也不具备购买和租赁市场商品房能力，只能居住环境较差的城中村私房。

2. 我国现行住房政策中涉及的有关群体

1994年，《国务院关于深化城镇住房制度改革的决定》（国发〔1994〕43号）提出要建立以中低收入家庭为对象、具有社会保障性质的经济适用住房供应体系；1998年《国务院关于深化城镇住房制度改革加快住房建设的通知》（国发〔1998〕23号）提出最低收入家庭租赁由政府或单位提供的廉租住房，中低收入家庭购买经济适用住房；2007年，国务院发布《关于解决城市低收入家庭住房困难的若干意见》（国发〔2007〕24号），明确经济适用住房供应对象为城市低收入住房困难家庭，并与廉租住房保障对象衔接。按国务院的工作部署，各地区、各部门制定了一系列支持政策，加快了解决城镇低收入家庭住房困难的步伐。截至2008年底，通过廉租住房制度、经济适用住房制度，全国解决了近800万户低收入家庭的住房困难；此外，通过各类棚户区改造使130多万户居民的住房条件得

---

❶ 数据来源于两会期间黑龙江代表在官方媒体披露数据。
❷ 数据来源于原深圳市国土房产局于2007年度组织的调查数据。

到了根本的改善❶。

此外，在各地近年纷纷出台的有关人才引进政策中，解决其住房问题是其重要的举措。各地围绕城镇经济社会发展需要，对于高、中级别人才出台了相应住房政策，通过实物配置及货币补贴的模式，提高其人才政策的吸引力。

3. 我国基本住房保障对象的选择应考虑的因素

住房保障政策作为一种公共政策，是政府依据特定时期的目标，对社会公共利益进行选择、综合、分配和落实的过程中所制定的行为准则。住房保障对象的确定，是住房保障的核心问题，集中反映了一国住房保障总体状况。影响住房保障对象确定的因素，从空间上来看，面临城市、城镇、城乡的选择；从支付能力看面临低收入、中低收入甚至中等收入的选择；此外，还有其他基于社会制度、政府责任及财力、社会发展阶段特点等不同视角得出的不同保障群体范畴。

笔者认为，中国基本住房保障对象的选择，应从以下几个方面考虑：

一是农村居民住房保障问题可暂不予以考虑。从中国农村当前住房情况看，农村居民基本实现了一户一宅，居住问题得到了解决，并且住房保障问题本身是应工业化、城镇化发展而产生，其主要解决城镇或城市人口(包括农村进城人口)的居住问题。此外，农村住房不同于城镇或城市，其住房标准及功能设计不尽相同，将其住房纳入住房保障，从当前政府财力、解决住房问题的迫切性及实践可操作性来看，尚在一定程度上缺乏必要性。因此，我们认为中国基本住房保障制度设计可以暂不考虑农村住房保障问题。

二是基本住房保障的范围应覆盖到城镇。城镇化是我国当前各地经济社会发展的现实状况及今后发展的目标。虽然住房问题在城市尤其是大中城市突出，但住房问题又不仅限于城市，随着城镇化进程的加速，各地的中小城镇也同样面临住房问题。因此，从当前实际及今后经济社会发展需要来看，我们认为中国的基本住房保障制度设计应不仅限于城市，而应包括城镇。

三是通过住房公共政策的扶持，逐步扩大住房保障范围，解决城镇夹心阶层住房困难。住房保障，国际上没有统一定义。目前中国的住房保障政策与域外国家或地区使用的公共住房政策又不完全一致。公共住房政策是为实现社会公平而面向大众群体实施的与住房有关的公共政策。从实施的角度来看，各国的公共住房政策框架，一般根据收入水平或住房支付能力划分为三个部分：一是针对高收入人群的住房市场政策，目的是发展住房市场，鼓励高收入和较高收入家庭依靠储蓄或借助金融体系，在住房市场实现住房需求；二是针对中等收入人群的住房支持政策，目的是为中等收入家庭，特别是年轻家庭提供适当的支持和补贴，如少量的购房补贴、社会按揭保险、抵押贷款利息优惠等，帮助他们依靠储蓄和贷款进入住房市场并拥有住房；三是针对部分无法或不能依靠自身能力从市场获得基本居住条件的低收入群体或特殊困难群体的住房扶持政策，通过提供社会住房、住房补贴及其他形式的援助，帮助低收入家庭实现基本居住需求。一般来讲，将针对低收入和特殊群体的、具有社会救助性质的公共住房政策，视为社会福利或社会保障政策的一部分。

考虑前述我国大城市低收入及夹心阶层(主要为中低收入的新就业人员、特定产业人

---

❶ 数据来源于住房和城乡建设部在国庆新闻中心新闻发布会披露数据。

员和农民工)住房困难突出的事实，除应继续加大对低收入阶层的住房保障外，对大城市收入中低甚至中等水平但因房价、租金较高而暂不能通过市场解决住房困难的夹心群体，应加大住房公共政策的扶持力度，逐步扩大住房保障范围，解决其阶段性面临的住房困难。

4. 我国基本住房保障对象的选择

按照以上我国住房困难群体基本状况及现有住房政策涉及的有关保障范畴，并结合我国基本住房保障对象选择应考虑的因素分析，笔者认为，我国基本住房保障对象应作如下选择：

一是以城镇长期无法依靠自身能力解决住房困难的户籍低收入群体为主体，将城镇户籍人口中虽拥有自有房产但无足够的住房改善能力，以及没有房产且不具备租赁市场商品房能力的低收入家庭作为基本住房保障应予以解决的首要目标。按照有关统计数据，现有城市低收入住房困难家庭747万户(主要为没有房产群体)，若将有关城镇需保障群体人数纳入(如数量达900万户❶的棚户区住房困难群体)，则在相当长的一段时间内，我国面临的解决该类低收入住房困难群体的压力巨大。从政府财力实际承受能力考虑，我国基本住房保障对象应以现有或即将新增的该部分城镇户籍低收入住房困难群体为主体是较为适宜的。

二是适当考虑城镇常住人口中没有房产，暂时无购房能力且不具备租赁市场商品房能力的家庭和人群。该类群体包括：城镇户籍和非户籍常住人口中新增就业没有房产且不具备租赁市场商品房能力的大学毕业生群体；城镇经济社会发展需要的特定产业人才(如为城市经济社会发展所需的先进制造业、高新技术产业、金融、教育、医疗等重要行业的劳动模范、科研与技术能手、创新人才、高级技能人才等)；以及城镇化过程中进入城镇务工的农民工群体。笔者认为，在部分大城市或特大城市中，该类人群或因城市经济发展的需要，或因社会问题的突出，在高房价背景下，其本身面临的是短期或者部分的住房困难，需要当地政府优先注入住房公共政策扶持其解决住房困难。对于该类人群可以通过住房公积金支持、货币补贴、税费减免、贴息以及向其定向租售相应带有优惠性质的住房(如公共租赁住房)，扩大保障范围，解决其短期面临的住房困难。

综上，我国基本住房保障对象，应着眼于城镇，着重于考虑城镇低收入住房困难群体，并适当扶持城镇经济社会发展所必需的中低收入夹心阶层群体的住房困难问题。

(二)基本住房保障的方式

从以上确定的住房保障基本群体看，住房保障基本对象处于弱势群体范畴，该群体具有经济上的低收入性，生活质量上的低层次性，政治上的低影响力和心理上的高敏感性等特征。这些特性决定了住房保障基本对象在社会生活中具有极大的脆弱性；同时，也意味着其仅仅依靠自身的力量很难或者很难迅速摆脱自身的住房困难，因而必然要求政府在解决该群体住房问题中承担应有的责任。基于我国社会制度的性质和社会和谐稳定发展的需要，以及政府本身的公共服务职能，政府也必须履行职责，让该类群体切实共享改革发展的成果，实现基本居住需求。

---

❶　截至2008年年底，黑龙江省还有5000平方米以上集中连片城市棚户区9000多万平方米，占全国总量的六分之一，涉及居民150余万户，400多万人口，占全省城市人口的20%。

1. 域外国家或地区公共住房政策或者住房保障政策的具体实施模式

从域外国家或地区的实践看，公共住房政策或者住房保障政策的具体实施模式有两种：一是"砖头补贴"，二是"人头补贴"。"砖头补贴"也称供给补贴，是政府直接提供公共住房或为建设者提供资助；"人头补贴"即需求补贴，是政府向住房需求者提供货币补贴以提高中低收入群体的住房支付能力。多数国家的住房政策实施模式都已经历了从"砖头补贴"为主向"人头补贴"的转变，影响有关公共住房政策或住房保障政策实施模式转变的因素主要有三个方面：

其一，住房短缺不再成为主要矛盾。在其房源短缺时期，主要通过政府主导建设公共住房模式解决住房问题。当市场上住房供给充分，住户需要的是支付能力上的援助。也就是说，低收入住房问题矛盾的核心是租金在居民家庭收入中所占比重过高而不是合适的住房供应不足。

其二，"砖头补贴"的建设资金负担太重。政府大规模建造公共住房投资巨大，资源无法实现有效配置，运营中存在人力资源耗费巨大，管理效率不高的现象，所以近20多年来，发达国家越来越倾向于通过货币化补贴的方式进行住房保障。

其三，"人头补贴"的效率优于"砖头补贴"。大量的研究表明，直接的公共住房建设或对建设者的补贴将降低整个住房市场的运行效率，考虑政府的支出成本和承受能力以及对住房存量市场的吸纳作用，消费者补贴是更有效的住房保障模式。

当然，不同国家或地区的住房保障或者住房供应政策在不同发展阶段都有其特点，没有完全绝对的单一固定模式。新加坡和我国香港地区对低收入居民的住房保障方式不同于西方发达国家或地区，主要通过住房实物援助的方式解决低收入居民的住房问题，其实施该住房保障模式一定程度是基于当时经济社会发展阶段特点、住房市场发展程度及民众需求及文化传统等因素决定的。

2. 影响我国住房保障方式选择与实施的因素分析

总结当前各地实践情况，我国现有住房保障方式主要为：实物配置和货币补贴并行、以实物为主。其中实物配置中又可分为租赁式保障和产权式保障，或称之为转移使用权的方式和转移所有权的方式。我们认为，当前阶段我国基本住房保障方式的选择与实施，应关注以下几个方面：

一是城市住房市场发展状况对选择住房保障方式的影响。住房市场供求关系及房价的稳定，一定程度会影响住房保障模式的选择。一般来看，在房价上涨较快地区，应加强保障性住房房源供应，主要通过实物配置解决住房困难。主要是因为，房价上涨过快，会影响货币补贴标准的确定，造成地方财政预算安排的困难；而市场供求关系紧张期间，发放货币补贴也会在一定程度上加快房价的上涨，不利于市场的稳定。

二是城市化进程及城市住房资源的充足与否对选择住房保障方式的影响。当城市住房资源总体紧张期间，即使发放住房补贴，低收入家庭也无法解决住房困难。如二战过后，因战争的破坏以及人口大量向城市聚集，西方国家总体面临住房资源短缺；因此，保障性住房实物资源的配置，在相当长的时期内成为西方城市政府解决低收入家庭住房困难的主要手段。在当前中国城市化、工业化的快速进程中，相对多的大城市因人口的快速增加，造成一定程度的住房资源紧张，进而采取了加大实物供给，解决低收入家庭住房困难（如深圳市十一五期间规划建设14万套实物保障性住房，北京2008年计划建设各类保障性住房700万平方米）。

三是地方政府住房保障的管控能力对住房保障实施的影响。住房保障工作的开展，除涉及资源供给能力外，住房保障工作的管理效率也在一定程度上也会影响到何种方式的确定。从近期媒体披露的有关地区经济适用住房分配过程中的问题看，在保障资源的公开、公平配置以及流程规范性治理方面，对政府开展基本住房保障的管控能力提出了新的要求。深圳市在2007年度6006套保障性住房租售工作中，从发布租售公告到选房结束，中间历时半年，政府投入了大量的人力、物力用于申请家庭的户籍、车辆、住房、保险、个税、存贷款、证券、残疾等级及优抚对象等情况进行核查。通过创设并实践"九查九核"的保障性住房售租审核模式，核查出2000多户不合格的申请家庭，保证了有限的保障资源能切实用于最需要保障的住房困难群众❶。

3. 我国基本住房保障方式的选择

按照以上域外国家公共住房政策实施方式的经验分析，及我国基本住房保障方式选择应考虑的因素，我们认为，我国基本住房保障方式应作如下选择：

（1）坚持和发展廉租住房制度

廉租住房保障制度是在我国长期住房制度改革实践中逐步形成和发展完善的制度，主要通过实物配置和租赁补贴相结合的方式解决双困家庭等城市低收入家庭住房困难。据统计，截至2008年底，通过廉租住房制度解决了295万户低收入家庭的住房困难❷。按照《2009～2011年廉租住房保障规划》规定，从2009年起到2011年，争取用三年时间，主要通过廉租住房实物配置基本解决747万户现有城市低收入住房困难家庭的住房问题（另外还有租赁补贴及其他保障方式）。

此外，部分地区结合当地实际，在实施廉租住房共有产权、多渠道筹集建设资金和房源等方面进行的探索实践。从实践情况来看，应进一步加以研究，明确实施范围，规范流程，严格审核，强化管理。当然，从政府前期投入压力及后期管理成本等因素考虑，有必要鼓励各地方探索廉租住房及其他租赁住房保障的多样化实现形式。

（2）完善经济适用住房制度

当前，社会各界对经济适用住房制度看法不一，实施过程中也存在不少问题。但总的来看，十多年来，经济适用住房制度根据住房市场化改革的实际不断发展，保障属性不断强化，建设标准、销售价格、上市交易和供应对象管理逐步规范，对推动住房制度改革，解决居民家庭住房困难发挥了积极作用。据统计，截至2008年底，已经有500多万户低收入家庭通过经济适用住房解决了住房问题。据住房保障信息系统数据，目前各地区已经通过准入审核、等候购买经济适用住房的有近200万户。

继续实施经济适用房供应，有利于保持政策延续性和社会稳定，加快解决低收入群众住房困难问题。同时，部分国有企业老职工没有享受过房改购房政策，也没有领到住房补贴，企业利用闲置土地建设经济适用房住房，可以弥补历史欠账，促进社会公平。各地特别是一些住房价格较高的大城市，适度发展经济适用房还具有现实重要意义，有利于普通居民家庭在高房价背景下有效解决购房难问题。

---

❶ 数据来源于2007年度深圳市保障性住房租售工作总结。
❷ 数据来源于住房和城乡建设部在国庆新闻中心新闻发布会披露数据。

因此，继续发展经济适用房，仍是现阶段解决城市低收入家庭住房困难的有效方式。有条件地支持居民拥有住房，也有利于促进社会和谐稳定。至于经济适用住房等产权式保障性住房实践中存在的有关上市收益或分配不公等问题，其不是制度本身的问题，而是制度的不完善和执行中的偏差与漏洞，可以通过进一步完善制度和严格实施监管予以解决。

（3）创新公共租赁住房及其他以限定的租金标准出租的租赁式保障性住房供应制度

从我国近几年实践看，廉租住房和经济适用住房保障制度的实施，对解决城镇低收入群体的住房困难起到了较大作用，但在很多大城市，由于房价的快速上涨，以及城市户籍制度等因素的制约，有相对多的为城市经济社会发展所需要的中低收入群体（夹心阶层），既无租赁市场住房能力，也不符合廉租住房或购买经济适用住房条件，从而产生短期性或暂时性住房困难。这些住房保障边缘人群包括：新就业大学生（也包括机关事业单位和企业新入职职工）、城市经济发展的必要人才（如科技人才、教师等）、农民工等。边缘人群或夹心层产生的原因，是我国城市化发展较快、部分大城市出现高房价；国内住房保障工作尚处于起步阶段，对象范围较小；等等。在当前情况下，按照国家现行的解决低收入家庭的有关政策，实践中无法对这部分社会群体注入住房保障，从而使得部分大城市产生新的、带有暂时性特征的住房困难群体。

边缘人群或夹心层的住房问题，引起了我国各级政府的高度关注。近期，国务院有关领导同志指出，要加快国家基本住房保障制度建设，鼓励地方加大公共租赁住房建设，以解决城市化进程中的农民工、新就业大学生等住房难问题。实践中，各地探索也在不断探索公共租赁住房体制（如深圳于 2006 年率先提出公共租赁住房制度），以缓解该类群体的住房困难。同时，各地在推进公共租赁住房制度过程中，有关机构和研究部门提出了：投资主体多元化、产权方式更为灵活、租金水平与市场挂钩的系列制度探索。

从各地实践的内容看，发展公共租赁住房既包含政策体系创新，也包含投融资机制创新，并提供了现行住房保障政策的衔接机制。具体而言，一是对"夹心层"提供稳定的租赁住房，满足其过渡性居住需求，实现了市场和低收入家庭住房保障之间的政策衔接，健全了住房供应体系。特别是为破解外来人口住房政策这一重大课题提供了具体途径，有利于社会和谐稳定和城镇化的健康推进。二是部分城市尝试引入社会资金参与保障性住房建设（如 BOT 模式，以及产业园区配建等），对解决保障性住房建设资金筹集问题有较大的借鉴意义。三是通过共有产权、先租后售、逐步购买方式转化为经济适用住房房源，解决了现行保障政策的衔接问题。

总的来看，公共租赁住房制度对于适当扩大住房保障范围，以解决支持城市经济社会发展的边缘人群或夹心层住房困难具有重要意义。在我们不能用行政手段强行干预市场房价下降时，对广大买不起房的夹心层群体供应公共租赁住房，既能体现党的十七大不断改善居民居住条件、实现"住有所居"的精神；又能切实为支持城镇经济社会发展的群体做些实事，有利于落实科学发展观，实现以人为本的执政理念。有鉴于此，将该类以限定的租金标准出租的保障性住房与廉租住房一并作为租赁式保障性住房的构成形式，应当作为住房保障的主要方式之一在有关法律和政策文件中予以规定。

（4）完善住房货币补贴制度，提高困难群众支付能力

住房过滤理论证明：在住房存量资源丰富的条件下，对低收入阶层实行"人头补贴"要比"砖头补贴"更有效率，更能节约社会成本。按照 2007 年 8 月颁布的《国务院关于

解决城市低收入家庭住房困难的若干意见》规定：新建廉租住房套面积控制在50平方米以下，新建经济适用房套面积控制在60平方米左右。据统计，城镇住房存量中户型面积在60平方米以下住房占比约为40%。根据2000～2008年城镇住宅竣工数据，城镇住宅每年建设增量中60平方米以下的住房比例约为10%。此外，在随城镇化浪潮进入城镇范围的"城中村"和"农转非"住房中，小户型住房有相对较高的比例，据估算，其建筑面积在60平方米以下的住房占比约为20%❶。

从以上数据可以看出，城镇住房存量及近年住房增量中的小户型住房比例保持着较高水平，这在一定程度上说明，现有小户型住房数量可以满足城镇住房保障体系的需要。同时，数据也表明我国部分地区解决住房问题已可告别单一新建保障性住房的模式，部分地区稳定发展的住房市场及其充足的小户型房源，能够满足其通过货币补贴（"人头补贴"）的方式解决住房问题。

此外，在调整住房市场房源供应结构以及组织保障性住房房源建设过程当中，政府亦可出台有关税费优惠、金融支持等鼓励政策，从而加强当地住房市场房源尤其是小户型房源供应，稳定房价。至于保障对象，政府亦可进一步减免保障性住房有关购房税费，提供按揭贷款、贴息等税收、金融支持手段帮助其解决住房困难。

综上，笔者认为，我国基本住房保障方式，应充分考虑各地住房市场发展状况及政府财力及土地等可利用资源水平，以提高困难群众的住房支付能力为目标，构建租赁式保障性住房、产权式保障性住房和住房货币补贴并行发展的基本住房保障方式组合。

九、专项报告四：近期深圳房地产市场与住房发展分析报告

文章背景及摘要：本文是作者于2009年12月在接受深圳各媒体集体访问时，发布的一篇市场分析报告。报告中表述的主要观点是：目前，深圳楼市已从回暖走向过热，房价收入比已超过15倍，透支了未来发展；预计今后政府将制订差异化的住房金融与税收政策，遏制住房投资和投机行为；报告预计在各种因素作用下，明年本市房价将会出现回落。此外，文章对深圳"十二五"住房与房地产发展规划的主要目标和政策提出了相关建议。

（一）1～11月深圳房地产市场运行情况分析

2009年，在国家一系列刺激内需政策的作用下，深圳房地产市场快速由调整、低迷状态回暖，并再次呈现出过快发展；市场运行也呈现出波动起伏的状态，年初新建商品住宅价格为11000元左右，年底则达到20000元，超出年初近一倍。房地产市场的快速发展，销售规模和价格的快速上升，尽管促进了本年宏观经济的增长，但也再次出现了市场过热以及资产价格泡沫化，对今后宏观经济的稳定持续发展，对居民住房问题的解决，也带来了不利因素。

从房地产业与深圳宏观经济的关系看，2009年1～3季度，即使在房地产投资出现3.3%的负增长条件下，在全市9.6%的GDP增长中，房地产业也贡献了1.93个百分点（贡献率达20%），远远高出目前被列为深圳四大支柱产业的高新科技、金融、物流、文化

---

❶　来源于有关行业研究报告调查统计数据。

等产业。今年深圳房地产业对宏观经济的贡献，一定程度上与国际经济危机下国家出台的刺激内需政策有关，但本市巨大的房地产市场潜在需求带来的一手房、二手房高销售量，是产生巨大的房地产利税并带来房地产业高增加值的重要原因。因此，可以说在今年深圳所有的内需中，商品房买卖需求是最大的内需，也是拉动深圳今年经济增长的重要支柱。

但是，房地产经济的发展是否稳定，能否持久？这是我们担心的问题。从国外情况看，全球经济尚未走出此轮金融危机的阴影仍处于下滑状态。因此，今后几年中，国内"保增长"目标的实现仍然有赖于内需的持续、稳定增长。但从本市看，这种趋势却不容乐观。主要原因是：本市高新技术产业及其他先进制造业与外贸的关系非常密切，在全球经济处于低潮期间，订单下降必然使该类产业的发展处于不利，也会对本市宏观经济带来负面影响。而作为拉动内需的主力——房地产业，由于土地紧缺、住房潜在供应紧张，导致房价短期内过快增长；而高房价又抑制住房市场的有效需求，使得近期新建商品房出现近50%的销量下降，并进而产生今后房地产利税以及增加值下降的预期。综合来看，未来深圳仍存在工业发展前景不明，拉动内需的主力不甚稳定，新的消费增长目标又不甚清晰等问题，一定程度影响今后"保增长、促发展"目标的实现。

从住房价格来看，从2005年到2007年10月份，深圳住房价格从7040元/平方米上涨到17350元/平方米，两年多的时间涨了1.5倍；2007年10月份以后，随着国家一系列紧缩政策的实施，深圳房地产市场在全国率先出现调整，住房价格从17350元/平方米回落到2008年12月份的10979元/平方米，与2007年最高点相比，下跌幅度达到了37%。2009年底，在国家扩大内需和促进居民住房消费的金融税收政策的刺激下，深圳房地产市场开始出现回暖的趋势；尤其是4月份以后，在宽松的货币政策和按揭贷款政策的作用下，深圳房地产价格开始快速上升，房价从2008年底的10971元，上涨到10月、11月的21661元、19413元，与年初相比房价上涨近一倍。

目前，按照年度平均住宅价格和预计收入水平计算，深圳房价收入比接近15倍，按照年底最高房价计算房价收入比接近20倍；房价的快速增长，已造成普通居民家庭住房支付能力不足，形成了对居民自住和改善性住房需求挤出效应；而房价的快速增长，也吸引了大量投资投机需求进入市场，并进一步推高房价。今年深圳房地产市场的再度过热发展，不但严重影响了普通居民家庭合理住房消费，影响民生问题的解决；也进一步加剧了房地产资产泡沫化，对经济运行、金融安全均带来不利影响。

从住房销售来看，2005~2007年年度商品住宅销售规模分别为901万平方米、705万平方米和500万平方米，即随着国家房地产宏观调控政策的实施，市场逐年降温，销售逐年下降。2008年，深圳住房销售规模仅为389万平方米，还不到2003~2007年年平均水平的一半。2009年，随着累积的住房消费需求的大量释放，1~11月度销售规模已经达到618.93万平方米，超过去年全年销售水平近一倍。但值得注意的是，8月份以后全市商品住宅销售量明显下降，仅相当于前几个月平均销售水平的55%，预示着随着房价较快的上升，市场购买力已受到明显抑制而下降，并显现新一轮的市场调整苗头。

从二手房交易情况来看，2005年以来深圳二手房成交规模呈现不断上升的态势。2005~2007年年度二手房成交规模分别为595万平方米、737万平方米和931万平方米，呈现不断上涨的态势。2008年，由于市场调整，二手房市场的成交规模下降到了351万平方米。今年1~11月，二手房成交量又上升到1024.11万平方米，是2008年全年成交水平的三倍。在土地资源紧约束下，未来深圳新房供应总规模预计难以达到过去几年的平均水平，二手房将逐步发挥分流市场需求的作用，进而成为住房市场供应的主力军。

从房地产金融运行情况看，2005年以来深圳房地产贷款总体上呈现不断上升的态势。2005～2007年各年度房地产贷款总额分别为1928.46亿元、2474.66亿元、3594.49亿元，年度增长率分别为16.93%、28.32%、45.27%，占金融机构全部贷款总额的25.4%、29.6%、35.5%；其中个人住房贷款年度增长率分别为16.80%、24.3%、56.6%，个人住房贷款增长较快。2008年，由于市场调整，房地产贷款总额仅为3641.24亿元，比2007年略增1.3%，占金融机构全部贷款总额的32.4%；其中个人住房贷款年度增长率为－4.5%，贷款额度明显下降。截至2009年11月，深圳房地产贷款总额达到4551.04亿元，占金融机构全部贷款总额的30.2%，比去年同期增长25.34%。其中，房地产开发贷款为1078.73亿元，比2008年下降1.48亿元，这与今年以来开发投资同比负增长是一致的；而个人住房贷款则达到3316.72亿元，比上年增长961.37亿元，同比增长为43.2%，增长额度创2005年以来年度新高。

（二）房地产市场与住房发展存在的问题分析

深圳建筑物普查和有关住房调查报告的数据显示，截至2008年5月，深圳共有住房4.04亿平方米。其中，已办产权住房约1.12亿平方米，占总量的28%；原村民自建私房1.7亿平方米，占总量的42%；其他住房（含政府公产房、企事业单位自有房、军产房等）1.22亿平方米，占总量的30%。在深圳全部住房总量中，保障性住房2552.66万平方米，占全市住房总面积的6.32%。

随着深圳经济社会的发展，居民收入的不断提升，以及住房市场的不断成熟，居民住房需求开始追求品质升级，自住需求和改善性需求快速上升；与此同时，投资性、投机性需求也日益活跃。尽管建设量每年都在增长，但住房价格仍上涨迅速，普通居民家庭收入与房价的差距不断拉大，已经产生了较为严重的住房问题。

一是住房消费结构升级带来住房结构性短缺，导致房价快速上涨。在全市4亿的住宅总量中，目前能够在市场上合法流转且符合现时住房消费结构升级的住房（主要是商品房和房改房）仅占18.7%，其他大多数住房因早期建设、配套建设或违法建设，功能、质量、环境等均比较差，不符合消费结构升级要求，从而导致全市住房市场出现了结构性紧缺，新建商品房和质量功能良好的二手房因供求矛盾突出，价格快速上涨（2009年10月的新房价格已相当于2005年初价格的4倍）。

二是户籍与非户籍常住居民在住房领域存在严重的苦乐不均。占全市常住人口26%的户籍人口住房条件很好，如原村民人均住宅建筑面积达到388平方米（住房自有率99%），户籍移民人均住房建筑面积为26平方米（住房自有率70%）；但占全市常住人口74%的非户籍常住人口及未纳入统计的非户籍流动人口居住水平很差，人均住房建筑面积仅为10平方米和6平方米。

三是全市住房自有率水平总体较低，住房夹心阶层数量大。目前，深圳常住人口中住房自有率总水平仅为33.6%，远远低于西方发达国家60%左右的水平，与国内大多数城市也有很大的差距。全市66%的常住人口是以租赁等方式解决住房问题，且约50%常住人口既不符合现时住房保障条件，也无购买商品房能力，属于本市住房"夹心阶层"，绝大多数租住在功能、质量、环境等条件较差的城中村私房或集体宿舍中。

四是住房保障范围狭窄，住房政策未能真正发挥公平、公正的作用。深圳住房保障的实际范围一直是户籍低收入家庭。由于户籍人口本身就少，户籍人口本身住房水平已经很高（70％都拥有自己的商品房），而占人口大多数的同样为深圳经济社会发展作出贡献的非户籍人口住房水平非常差，实际上本市住房保障政策的公平性一直为多数社会成员所诟病，且由于未能覆盖各类专业技术人才（尤其是非户籍的专业技术人员），较高的住房成本减弱了深圳对人才的吸引力。

五是房价的快速上升阻碍城市化发展进程，挤出了居民大量其他消费支出，推高金融风险，间接阻碍深圳社会经济的进一步发展。深圳的城市化进程仍在继续，房价的过快增长必然引起土地使用成本的提高，扩大了城市发展成本。而且未来经济发展的一个主要推动力就是居民消费，如果住房消费占用了居民较大的支出比例，势必会影响其对其他消费品的购买。同时，住房消费往往通过金融市场来完成，不断增高的房价也意味着家庭和整个银行体系金融风险逐渐增大，一旦出现房地产泡沫破灭，势必影响整体经济的发展（美国次贷危机引发的金融危机就是一例）。

基于以上住房问题，我市已经逐步扩大保障性住房建设和供给，积极解决中低收入居民的住房困难问题。但是，在新形势下深圳住房发展方式乃至整个经济社会持续发展的模式，仍然需要我们深入探讨和研究。从根源看，城市住房问题的产生，是中低收入家庭收入增长缓慢，远远低于房价的增长速度；同时，深圳住房问题因不同社会群体的收入层次差异，呈现较大不同。因此，未来住房政策的制订，既要着眼于稳定市场商品住房的供应，加强房地产市场调控，保持住房价格平稳；还要着眼于提高住房政策对全社会各类群体的支持力度，扩大住房政策的支持范围，完善住房政策的支持手段（如保障性住房供应、金融扶持、税收减免、财政补贴、租金管制等），提高不同群体的住房消费能力，这是未来深圳真正解决住房问题的基础。

（三）当前房地产市场与住房发展的形势和任务

今年12月5日至7日，中央经济工作会议召开，胡锦涛总书记发表了重要讲话，明确提出明年经济工作继续实施积极的财政政策和适度宽松的货币政策，更加注重推动经济发展方式转变，更加注重改善民生、保持社会和谐稳定。对房地产市场和住房工作，中央提出要增加普通商品住房供给，支持居民自住和改善性购房需求，引导消费结构升级，加强廉租住房等保障性住房建设。

12月14日温家宝主持召开国务院常务会议，研究完善促进房地产市场健康发展的政策措施。会议要求，继续综合运用土地、金融、税收等手段，加强和改善对房地产市场的调控；要增加普通商品住房的有效供给，继续支持居民自住和改善型住房消费；要抑制投资投机性购房，加强市场监管；继续大规模推进保障性安居工程建设。

从以上中央政策导向看，在全国宏观经济形势向好但不稳固、国际经济形势何时回暖还无法预测的背景下，继续推进包括住房消费、住房保障在内刺激内需政策促进经济发展，仍然是国家未来经济政策的主要方向。同时，为了保证经济发展质量、保持社会稳定，必须推动经济发展方式转变；对住房与房地产而言，一方面要增加普通商品住房供给，支持居民合理住房消费，并改善民生、加强住房保障，另一方面，要抑制投资投机性需求，防范金融风险，防止房价的进一步快速上涨加速房地产泡沫化。

结合深圳今年以来，房价上涨过快（比年初增长1倍）、房地产市场泡沫已比较严重

（租售价格比已达1：450，居国内第三高位），大多数普通居民家庭已产生住房难（房价收入比已达到15倍以上）等问题。当前，深圳应当积极贯彻执行中央经济工作会议和国务院常务会议精神，加快研究当前房地产市场调控和住房发展的系列重大政策；解决好今后长期面临的住房供应困难问题，以稳定住房供求关系，稳定住房价格；扩大住房保障覆盖面，解决广大低收入居民家庭和为深圳经济社会发展做出较大贡献的各类人才住房困难；完善房地产市场调控综合手段，抑制房地产投机，防范金融风险，防止房地产泡沫的爆发。

（四）加强房地产市场调控、完善住房政策的有关建议

1. 科学规划未来住房发展，稳定住房供应规模

目前，尽管深圳住房总量较大（按常住人口计算，人均住房面积已达46平方米），但在本市经济持续发展、居民收入持续上升、改善居住条件意愿持续增强条件下，由于符合居民消费结构升级的高质量住房——商品房占住房总量的比例较少（仅占18.7%），故而产生较为严重住房供求结构性矛盾，也导致了商品房市场供求关系紧张，住房投机不断加剧，住房价格也总体处于快速上升趋势。今后，在深圳土地资源长期紧张的条件下，如何根据本市经济社会发展的总体要求，科学规划未来住房发展，不断增加普通商品住房供应，适应本市居民不断改善居住条件的愿望，不仅是党中央、国务院在加强房地产调控、推进住房保障方面的基本要求，也是全市广大居民对党和政府寄予的迫切期望。

针对以上认识，在促进今后住房市场供应方面，提出以下几点建议：

一是科学合理地编制"十二五"住房建设规划，明确"十二五"期间深圳住房建设总量、结构、用地及相关实施措施。首先，"十二五"期间，深圳保障性住房建设应执行指令性计划，强化住房保障的刚性要求，而商品住房建设则执行指导性计划，供应规模和结构可根据市场需求灵活调整。此外，应积极增加普通商品住房和保障性住房供应，中低价位、中小套型普通商品住房及保障性住房供应量占"十二五"期间新增住房供应总量的比例不应低于70%。

二是加强住房建设用地管理，促进已出让的住房建设用地形成有效供应。有关部门应严格按照住房建设规划及相关年度实施计划供应住房用地，为确保市场形成有效供应，出让合同中要明确住房供应的套数指标，且每宗用地均应建立住房用地项目手册，实施从"宗地出让"到"竣工验收"的项目建设全过程监管。此外，要严格执行国家以及省、市关于闲置土地认定和处置的相关法律和政策规定，加快认定和处置闲置土地，并促进其尽快供应住房市场。

三是加大城市更新改造工作力度，促进住房市场新增供应。要发挥"珠三角"地区城市更新试点的各项优惠政策，积极贯彻实施《深圳城市更新办法》，加快已批准改造项目的改造进度，促进改造项目尽快入市；"十二五"期间，应确保拆迁旧改用地6~7平方千米，新建商品住宅2500万平方米，以满足商品住房市场需求。

2. 完善金融财税政策，继续支持居民自住和改善型住房消费，抑制投资和投机性购房

从近年来我国房地产宏观调控的实践看，过分强调了土地和住房实物供应等物质资源消耗为特征的调控手段的作用，金融财税等价值手段的积极和灵活应用没有得到全面的发挥。近年来，深圳房地产市场价格波动幅度大、投资投机需求突出、普通居民家庭住房支

付能力不足的问题始终没有得到很好的解决。一个重要的原因，就是近年来社会资金流向监管不力和住房按揭贷款差异化管理手段不足，使得合理住房消费与住房投机均适用低门槛，客观上导致住房炒作泛滥，并推高房价和挤出自住消费者。此外，抑制住房投机的一项重要手段——住房持有环节的物业税一直没有开征，难以对保有多套房产并进行住房投机的行为进行有效地遏制。

针对我国房地产宏观调控手段和绩效存在的问题，结合深圳实际，我们提出破解这一难题的以下政策建议：

一是加大差别化信贷政策执行力度，加快物业税开征试点工作。继续贯彻执行国家有关首次购买普通商品住房在税收、按揭贷款方面的优惠政策；严格改善型住房认定标准，改善型住房为家庭在拥有一套套型建筑面积60平方米以内住房基础上，再购买一套套型建筑面积在144平方米以内的住房；对于购买首套普通商品住房及改善型住房以外的其他购房行为，商业银行应严格执行银发［2007］359号文件关于按揭贷款首付比例和贷款利率的有关规定；对于外籍人士在深圳的购房行为，要严格按照建住房［2006］171号文关于外资准入和管理的有关规定来执行；遏制住房投资投机行为，积极探索住房保有环节的税制改革，加快实施物业税开征的试点工作。

二是完善住房公积金制度，提高中低收入居民住房消费能力。加快完善住房公积金制度，推进住房公积金金融业务；在住房公积金达到放贷条件后，可从增加贷款额度、降低贷款利率、延长贷款期限等方面制定适当支持政策；继续执行银发［2008］302号文件中支持中低收入居民购买普通住房实行基准利率的优惠下限标准及最低标准首付比例的政策规定。

三是实行针对专业技术人才的购房扶持政策。"十二五"期间，根据深圳产业发展与结构调整的需要，对深圳经济社会发展所需各类专业技术人才购房，实施贷款优惠、税收减免等住房扶持政策；专业技术人才个人购买首套普通商品住房时，除享有贷款优惠政策外，还可享受贷款贴息、个人所得税抵扣购房抵押贷款利息等优惠政策。为保证上述政策的落实，市有关部门应当加快制定专业技术人才认定标准，并制定相关优惠政策的具体实施细则。

3. 促进存量市场发展，加强市场监管

针对存量市场与市场秩序等有关问题，我们提出以下住房政策建议：

一是促进存量住房流转，增加住房二级市场供应。加快对限制进入市场的机关、企事业单位各类住房的清理工作；研究有关政策，促进存量住房进入市场交易，扩大住房市场供应规模。

二是大力发展普通住房租赁市场，促进梯次住房消费。对提供套型建筑面积90平方米以下普通住房租赁的个人和机构，可减免相关税费；承租人为户籍低收入住房困难家庭或政府认定的中低收入专业技术人才的，可享受一定的住房租金补贴。有关部门应加快制定住房租金补贴标准，并结合"十二五"期间住房保障规划的制定，确定通过住房租金补贴方式进行住房保障的保障对象范围。

三是健全市场监管机制，规范市场秩序。建立房地产市场巡查机制，加大对各类违法违规行为的处罚力度，坚决打击房地产领域的违法违规与投机炒作、扰乱市场的行为；加强房地产市场监测工作力度，加强各相关行政职能部门的信息共享和沟通，进一步完善房地产市场的信息披露制度。

4. 扩大住房保障覆盖范围，推进保障性住房建设

一是全面解决户籍低收入家庭住房困难，达到"应保尽保"目标。根据市主管部门的调查，目前深圳户籍低收入住房困难家庭总量为 5.77 万户，"十一五"期间深圳保障性住房建设总量为 14 万套。因此，"十一五"期间保障性住房建设总量应当可以全面解决户籍低收入家庭住房困难，实现"应保尽保"。此外，据市有关部门预测，"十二五"期间全市新增户籍低收入住房困难家庭预计为 2.6 万户，可以用"十一五"剩余保障性住房全面解决。为此我们建议，主管部门应着手准备调查摸底工作，加快制定"十二五"新增户籍低收入家庭的住房保障政策和措施。

二是扩大住房保障覆盖面，解决中低收入专业技术人才住房困难。在前述"十一五"保障性住房建设总量可以基本解决当前全市户籍低收入家庭和"十二五"新增户籍低收入家庭住房困难的条件下，深圳"十二五"期间住房公共政策的重点，是解决为深圳经济社会发展作出较大贡献的各类专业技术人才的住房困难。主要包括：目前仍无房产且家庭或个人资产、收入低于一定标准的大学以上毕业生、初级以上职称技术人员（须经市有关部门认定），以及其他相关部门认定的优势人才。

据调查，深圳存在住房困难的专业技术人才，多为新参加工作 2～3 年的中低收入大学毕业生，按 2008 年大学生每月人均 2899 元的工资标准，及同期普通商品住房每平方米 30～40 元月租水平，其住房支出已占其收入 50% 左右，经济负担巨大，多数人群无力独立租赁市场商品房，只能合租市场房或租赁城中村私房。预计此类中低收入的专业技术人才总量为 30 万人。

针对以上情况，建议市有关部门加快制定本市中低收入专业技术人才住房困难认定标准；对于无自有住房且不具备租赁商品住房能力的中低收入专业技术人才，应纳入"十二五"期间住房保障范围；符合本市产业升级、优势产业发展要求的其他中低收入人力资源，可以视政府实际保障能力逐步纳入住房保障范围。

具体可采取以下保障措施：

发放住房货币补贴。这是在目前本市实物保障性住房不足且"十二五"新的保障性住房建设周期较长条件下，对无房且家庭或个人资产、收入低于一定标准的人才实施"应急性"住房保障公共政策。具体可按照每年、每人补 10000 元，补助人口可控制在 20 万人以内，占年度财政总额比重约 2%～3% 左右。

加大公共租赁住房建设力度。"十二五"期间，我市可建设 10 万套面向产业人才的公共租赁住房，户型面积继续控制在 60 平方米以内，总建设投资控制在 400 亿以内，不超过 5 年财政总额的 10%。

三是加快制订住房保障规划和计划，大力推进保障性住房建设，深化保障性住房管理。市有关部门应加快制定"十二五"期间住房保障规划和相应年度实施计划，确定保障型住房建设总量、结构、用地目标及相关实施措施；住房保障工作应坚持"实物供给与货币补贴相结合"的原则，实物配给坚持"以租为主"的方针，公共租赁住房供应比例不得低于保障性住房供应规模的 80%；市、区两级财政要加大住房保障资金投入力度，年度财政预算要切实保证资金到位并根据批准的住房保障规划、计划的要求安排用于货币补贴和实物配给的资金额度；市有关部门应按照规划、计划安排，统一组织保障性住房建设及配租、配售工作，并定期公布可配租、配售的保障性住房信息。

5. 推进旧住宅区综合整治，改善居民居住环境

目前，深圳老旧住宅区（主要是城中村）在全市住房总量中比例最大（占42%），租金较低，是本市多数产业人才和无房群众的主要居住地，对全市中低收入群众住房问题的解决起着非常重要的作用。尽管城中村存在违法建设以及质量环境等方面的诸多问题，但是政府应当正视客观现实，尤其是在城中村因多方面因素实际改造难度很大的前提下，近期通过加强村内外环境、质量、安全、管理等方面的综合整治，有利于改善广大群众较差的住房条件，加强城中村对全市中低收入居民家庭住房的保障作用。

针对城中村的综合整治，我们提出以下建议：

一是加快编制旧住宅区综合整治年度计划。应根据《深圳市城市更新办法》有关政策，编制旧住宅区综合整治专项规划，将城中村社会管理、居住管理、质量与环境综合治理等纳入城市更新相关规划，并确定综合整治的总量规模、区域分布等工作目标；逐步改变居民区与工业区交相混杂的状况，逐步改变特区内外居住发展不平衡的状况，完善居住密集区和旧居住区的交通、教育、医疗、文化设施等配套，不断提高居民居住水平和居住质量。

二是明确综合整治责任，推进综合整治进度。市人居部门应牵头各区政府、各有关部门，制定旧住宅区综合整治实施方案并组织实施；综合整治费用由所在区政府、整治项目权利人或者其他相关人共同承担；涉及改善基础设施、公共服务设施和市容环境的费用由政府承担，费用承担比例按照市、区两级财政负担事权划分的有关规定执行。

第十章　2010 年：政策再度收紧，房价得到控制

摘要：2010 年，深圳房地产开发投资 458.47 亿元，同比增长 4.8%；新建商品住房销售面积 313.15 万平方米，同比下降 52.6%，创下了 2000 年以来成交规模的最低水平；新建商品住房成交价格为每平方米 20296.97 元，同比上涨 36.6%，首次突破"两万元"。2009 年 10 月份，深圳新建住房价格已经突破两万元，在 2010 年 5 月份之前一直控制在两万元左右；2010 年 5 月份之后，在国家连续两轮调控政策的作用下，特别是受到本市严格的限购令的影响，房价一度下调到每平方米 17000~18000 元；年底 12 月份，房价为 18911 元，全年平均价格最终控制在 20000 元的水平。自 2009 年以来，房地产行业在带动我国宏观经济成功应对国际经济危机和实现较快增长的同时，也出现了住房价格和土地价格过快上涨、市场投资炒作频繁等现象，这在深圳、上海等一线城市表现得比较明显。以 2009 年 12 月国务院常务会议提出的"国四条"为标志，房地产市场宏观调控政策进入新一轮紧缩期。2010 年 4 月，国务院发布了国发〔2010〕10 号文，该文件在抑制不合理需求、问责地方政府等方面空前严厉。在从严的政策环境下，深圳房地产市场开始出现深入调整，房价上涨趋于停滞；而随着保障性安居工程建设力度的加大，高房价对民生的影响将大大减弱。在国家和本市房地产调控政策的有效作用下，2011 年，深圳房地产市场将呈现理性发展趋势。

一、经济社会发展概况

2010 年，面对十分复杂的国内外经济环境，深圳深入贯彻落实科学发展观，加快推进发展方式转变和结构调整，努力提高发展质量和效益，实现了经济又好又快发展。

初步核算，全市生产总值 9510.91 亿元，继续位列全国大中城市第四位，比上年增长 12.0%。其中，第一次产业增加值 6.00 亿元，下降 14.3%；第二次产业增加值 4523.36 亿元，增长 14.1%；第三次产业增加值 4981.55 亿元，增长 9.9%。三次产业比重为 0.1：47.5：52.4。

（一）工业规模再创新高，发展质量进一步提升

全市规模以上工业增加值 4092.63 亿元，增长 13.8%，比上年提高 5.1 个百分点，工业增加值规模比金融危机前的 2008 年增加 564.86 亿元；工业总产值规模达到 18211.75 亿元，比危机前增加 2351.64 亿元，均创历史新高。

大中型企业和股份制经济增长较快，高于全市工业平均增长水平。大中型工业企业增加值 3374.92 亿元，增长 14.1%。在各种经济类型中，股份制企业增加值 1642.34 亿元，增长 14.1%；外商及港澳台投资企业增加值 2206.93 亿元，增长 13.4%。

在工业行业中，通信设备、计算机及其他电子设备制造业增加值达 2152.75 亿元，增长 20.4%，占工业增加值的 52.6%。

全年工业经济效益综合指数 188.7%，同比上升 7.6 个百分点。其中总资产贡献率 13.2%，提高 1.9 个百分点；资本保值增值率 122.5%，提高 8.5 个百分点；产品销售率

99.0%，提高 3.5 个百分点；资产负债率 60.2%，下降 0.1 个百分点。主营业务收入增长 28.5%，实现利税增长 33.2%，利润增长 40.1%，同比分别提高 34.1、23.8 和 29.3 个百分点。

（二）全社会固定资产投资增长平稳

全社会固定资产投资 1944.70 亿元，增长 13.8%。其中，基本建设投资 1226.29 亿元，增长 17.5%；房地产开发投资 458.47 亿元，增长 4.8%；更新改造投资 187.23 亿元，增长 12.1%；其他投资 72.71 亿元，增长 19.0%。

（三）港口和集装箱吞吐量超历史水平

全市货运量 2.62 亿吨，增长 17.0%；货物周转量 1654.16 亿吨千米，增长 45.5%。全市客运量 15.60 亿人，增长 6.7%；旅客周转量 632.46 亿人千米，增长 16.4%。机场货邮吞吐量 80.91 万吨，增长 33.7%；机场旅客吞吐量 2671.36 万人次，增长 9.1%。

深圳港港口货物吞吐量 22097.69 万吨，增长 14.1%，其中集装箱吞吐量 2250.97 万标箱，增长 23.3%，分别比上年提高 22.4 和 38.1 个百分点，港口和集装箱吞吐量规模已经超过危机前水平。

（四）社会消费品零售总额增速继续高于 GDP 增速

全市消费品零售总额 3000.76 亿元，增长 17.2%，从趋势看，第一至第四季度累计增速分别为 18.3%、16.1%、15.7% 和 17.2%，一季度由于同期低基数影响，表现为增速相对较高，全年呈高开，回稳态势，12 月末累计达到次高点，接近 2008 年水平（2008 年增长 17.9%，是近 14 年的高位）。若扣除消费品价格因素，社会消费品零售总额增速已超过 2008 年水平。全市社会消费品零售总额增速高出同期 GDP 增速 5.2 个百分点。

在十大类商品销售中，除书报杂志类和服装鞋帽针织类轻微下降，其余均不同程度增长。其中，增长较快的主要是：金银珠宝类增长 83.3%；通信器材类增长 32.8%；家用电器和音响器材类增长 31.7%；文化办公用品类增长 25.3%；汽车类增长 24.0%；体育娱乐用品类增长 23.2%。

（五）出口、进口规模再创历史单月新高

据海关统计，全市进出口总额 3467.49 亿美元，增长 28.4%。其中出口总额 2041.84 亿美元，增长 26.1%；进口总额 1425.66 亿美元，增长 31.8%。12 月份当月进口 147.41 亿美元，当月出口 237.34 亿美元，均创历史单月进口、出口新高。从环比看，12 月份全市进出口、出口总额、进口总额进一步提速，分别比 11 月份增长 4.3%、4.4% 和 4.2%。

（六）财政收入、银行贷款增长平稳

全市地方财政一般预算收入 1106.82 亿元，增长 25.7%；地方财政一般预算支出 1265.27 亿元，增长 26.4%。

12 月末国内金融机构人民币存款余额 20210.75 亿元，比年初增长 19.3%；国内金融机构人民币贷款余额 13708.16 亿元，比年初增长 17.7%。

二、房地产市场运行情况

一是新建商品住房新开工面积增加明显。 2010 年，本市房地产开发投资 458.47 亿元，同比增长 4.8%，其中住宅开发投资 304.89 亿元，同比增长 5.2%。新建商品住房新开工面积 355.17 万平方米，同比增长 8.3%，12 月份新建商品住房 18.07 万平方米的新开工

面积环比上涨了 71.88%；住宅施工面积 2025.14 万平方米，同比减少 3.0%；住宅竣工面积 251.11 万平方米，同比下降 6.8%。

二是新建商品住房成交规模继续下降。2010 年，全市新建商品房销售面积 362.66 万平方米，同比下降 49.1%。其中，新建商品住房销售面积 313.15 万平方米，同比下降 52.6%，且创下了 2000 年以来成交规模的最低水平（见图 10-1），仅为历年来成交规模平均值的 46.8%。12 月份，新建商品住房成交面积 31.47 万平方米，环比 11 月减少 3%。新建商品住房成交面积连续三个月下滑（见图 10-2）。

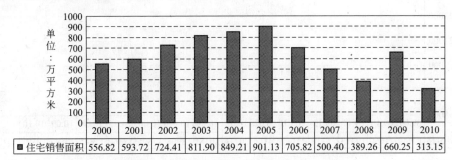

图 10-1 2000 年以来深圳市新建商品住房销售情况

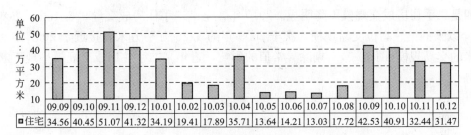

图 10-2 2009 年 9 月以来各月商品住房销售面积

三是年度新建商品住房价格创新高。2010 年，全市新建商品住房成交价格为每平方米 20296.97 元，首次突破"两万元"，自此房价进入"两万元时代"。2010 年年度，房价价格水平同比上涨 36.6%，涨幅为 1997 年以来的第二高位，仅次于 2007 年 44.8% 的同比涨幅。深圳房价从 1997 年每平方米 5000 多元上涨到每平方米 10000 元大约用了 9 年的时间，而从每平方米 10000 元上涨到每平方米 20000 元仅用了 4 年，表明近年来深圳房价上涨速度加快。

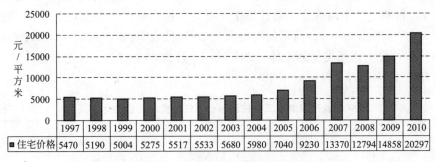

图 10-3 1997 年以来深圳市新建商品住房价格水平

2010 年 1～12 月，90 平方米以内新建商品住房成交价格为每平方米 18696.16 元，同比上涨 51％；90～144 平方米新建商品住房价格为每平方米 18230.56 元，同比上涨 61％；144 平方米以上新建商品住房价格为每平方米为 26397.06 元，同比上涨 11％。12 月新建商品住房价格为每平方米 18910.63 元，环比 11 月下降 8.8％，较 2010 年 2 月每平方米 24166 元的最高水平下降 21.7％。

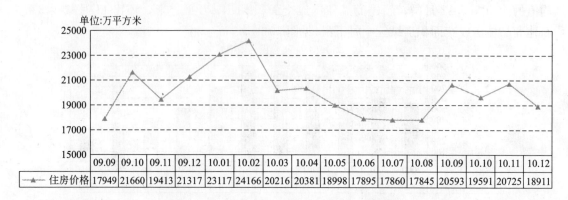

单位:万平方米

	09.09	09.10	09.11	09.12	10.01	10.02	10.03	10.04	10.05	10.06	10.07	10.08	10.09	10.10	10.11	10.12
住房价格	17949	21660	19413	21317	23117	24166	20216	20381	18998	17895	17860	17845	20593	19591	20725	18911

图 10-4 2009 年 9 月以来各月商品住房销售均价

四是二手住房成交规模下降明显。 2010 年，全市二手住房成交量 923.4 万平方米，为 2000 年以来的第三高位交易规模，次于 2009 年的 1226 万平方米，接近于 2007 年 931 万平方米的交易规模(图 10-5)。剔除异常值的影响，近年来二手住房成交规模呈现不断上升的态势。

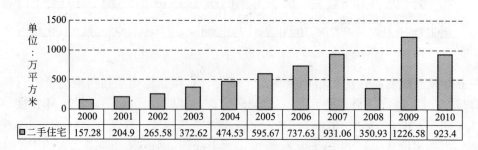

单位：万平方米

	2000	2001	2002	2003	2004	2005	2006	2007	2008	2009	2010
二手住宅	157.28	204.9	265.58	372.62	474.53	595.67	737.63	931.06	350.93	1226.58	923.4

图 10-5 2000 年以来深圳二手住房各年度交易规模

2010 年度，深圳二手住房交易规模同比下降 24.8％，与新建商品住房成交量的比例为 2.95：1。目前，全市每成交 4 套住房中，有 3 套住房是二手住房。2010 年的这一比例不仅高于 2009 年的 1.85：1，而且是历史最高水平(见表 10-1)。这表明，二手房已经取代新建商品住房，成为市场交易的主体。2010 年 12 月份，全市二手住房成交量为 83.16 万平方米，环比 11 月减少 17.4％(图 10-6)。

2000 年以来深圳市二手住房与一手住房交易规模的比例关系 表 10-1

年度	2000	2001	2002	2003	2004	2005	2006	2007	2008	2009	2010
比例	0.28	0.34	0.78	0.75	0.56	0.66	1.04	1.86	0.9	1.86	2.95

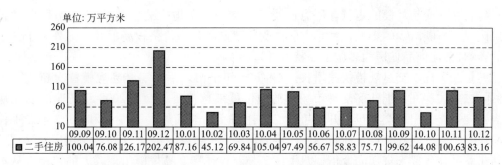

图 10-6　2009 年以来各月二手住房销售面积

五是房屋租金价格快速上涨。截至 2009 年底, 深圳房屋总建筑面积 8.1 亿平方米, 其中出租面积达 4.1 亿平方米, 占比 50.61%。住宅类出租面积 2.16 亿平方米, 其中私人自建住房(含违法建筑)1.79 亿平方米, 占出租屋总面积的 43.65%。2010 年, 我市住宅租赁价格总体呈现不断上涨的趋势, 金融危机后市场整体出现复苏、2009 年以来城中村改造提速、近年来房价快速上涨、不断提高按揭首付比例和乘数、限购令和租金滞后上涨等是 2010 年以来住宅类租金上涨的主要原因。

四季度, 福田区仍为全市各区住宅类租金之首, 均价为每平方米 52.5 元, 其次是南山区每平方米 47 元, 罗湖区为每平方米 45 元, 盐田区为每平方米 36 元, 宝安区每平方米为 33 元, 龙岗区为每平方米 25 元。四季度商业租赁均价为每平方米 216 元, 继续保持上升态势; 写字楼租赁均价为每平方米 102 元, 首次突破百元大关。

2010 年我市住宅类租金水平及涨幅　　　　　　　　　　　　　　表 10-2

季度	一季度	二季度	三季度	四季度
住宅租金水平(元)	37.5	38.7	40	41
住宅租金环比涨幅	1.56%	0.06%	2.6%	2%
住宅租金同比涨幅	7.5%	7.67%	11.1%	10.8%

六是房地产贷款增幅继续收窄, 但仍占新增贷款首位。截至 2010 年 11 月末, 深圳市银行业房地产贷款余额 5501.66 亿元, 比年初增加 762.79 亿元; 房地产开发贷款余额 1353.18 亿元, 比年初增加 240.00 亿元; 个人住房贷款余额 3935.66 亿元, 比年初增加 480.75 亿元, 比上年少增了 560 亿元。国发 [2010] 10 号文发布以来, 深圳房地产贷款月增额一直保持低位, 一般稳定在 20~40 亿元之间, 仅为调控政策前 1~5 月平均月增额的一半。

从以上运行情况看, 2010 年深圳房地产市场有以下特点:

一是房地产开发投资增幅逐月回落。2010 年年初以来, 受 2009 年下半年市场回暖刺激开发商增加供应的影响, 以及 2008 年市场调整对 2009 年开发投资的滞后影响, 全市房地产开发投资在 2 月份改变 2009 年以来同比负增长的趋并一直呈现同比正增长的态势。但是从各月累计开发投资同比增幅来看, 同比增幅呈逐月回落的态势, 增长幅度从上半年 15% 左右的平均水平下滑到年底的 5% 左右的水平, 侧面反映了开发商对后市判断趋于谨慎。

二是新建商品住房销售创历史新低。2010 年, 全市新建商品住房销售面积 313.15 万平方米, 同比下降 52.6%, 且创下了 2000 年以来成交规模的最低水平, 仅为历年来成交规模平均值的 46.8%, 甚至低于 2008 年本市房地产市场出现最大调整幅度时的交易水平。

新建商品住房交易规模的走低，一方面受近年来城市土地"减量发展"、新增住房建设用地出让规模不断减少的影响，另一方面也受新建商品住房价格较高、区位优势劣于二手住房的影响（新建商品住房大多位于原特区外）。

三是二手住房交易规模快速增长。自 2006 年全市二手住房交易规模首次超过一手住房后，二手住房在深圳住房交易市场中的地位越来越重要。除了 2008 年新建商品住房价格大幅度调整而出现交易量上升且超过二手住房交易规模外，2007 年和 2009 年二手住房交易规模一直稳定在接近于新建商品住房 2 倍的水平。2010 年，全市二手住房交易规模达到新建商品住房成交规模的 3 倍，二手住房与新建住房交易规模出现较大的差距。从本市新增建设用地的"减量增长"趋势看，未来二手住房交易持续超过新建住房，将是必然的趋势。

四是新建住房价格突破两万元。2010 年，深圳房地产市场发展的另一大特点就是新建住房平均价格首次突破两万元。2009 年 10 月份，深圳新建住房价格已经突破两万元，并在 2010 年 5 月份之前一直控制在 20000 元左右。2010 年 5 月份之后，在国家连续两轮调控政策的作用下，特别是受到本市严格的限购令的影响，新建住房价格下调到每平方米 17000～18000 元左右，下跌幅度大约为 15％左右。2010 年 11 月份，由于 144 平方米以上住房成交面积增加 39.56％，成交价格环比上涨 19.37％，造成了 11 月本市新建商品住房平均价格又上涨到 20000 元以上的水平。综合全年各月价格，由于上半年价格较高，全年平均价格最终处于 20000 元的水平。

五是租赁市场淡季不淡。每年四季度都是租赁市场（商业除外）的传统淡季，跳槽、返乡的人员很多，出租屋空置率会有所上升，租金相应也会下调。但 2010 年由于受到限购令和通胀的影响，加上年底销售市场的红火，租金年底下跌的趋势被打破。同时，由于《商品房屋租赁管理办法》将于 2011 年初实施，也有可能推高租金的价格预期。

三、房地产市场宏观调控政策

自 2009 年底国务院常务会议提出"国四条"措施后，全国房地产市场调控进入新一轮紧缩期。2010 年，以国发［2010］10 号文为主要文件的一系列房地产市场调控政策的出台，使得全国房地产市场的政策环境空前严厉，遏制房地产投机需求、抑制房价过快增长成为中央和各地方政府的重要责任。在此背景下，深圳也相继出台了一系列政策措施，积极落实中央宏观调控政策，促进本市房地产市场平稳健康发展。

（一）2010 年国家房地产市场宏观调控的主要政策

1. "国十一条"

2010 年 1 月 10 日，国务院办公厅公开发布《关于促进房地产市场平稳健康发展的通知》（简称"国十一条"），从增加保障性住房和普通商品住房有效供给、合理引导住房消费、抑制投资投机性购房需求、加强风险防范和市场监管、加快推进保障性安居工程建设、落实地方各级人民政府责任五个方面，进一步加强房地产市场调控。与此前的"国四条"相比，"国十一条"内容更加全面，规定也更加具体。除了明确提高二套房首付比例等，其他政策更多是对以往政策的重申和强调，是对近期中央调控房地产业政策的系统化。

（1）落实"国十一条"的金融、财税和土地政策

2010 年 1 月 12 日、2 月 25 日和 5 月 2 日，央行三次上调存款类金融机构人民币存款准备金率，回收流动性约 1 万亿元左右。这是央行自 2008 年 6 月 7 日后近 19 个月来首次上调存款准备金率。市场分析人士认为，近期银行等金融机构信贷急剧放量及通胀预期加大是央行采取这一举措的重要原因，而准备金率的上调也可能预示着加息的提前到来。同时，对于急剧膨胀的资产泡沫，应该只是一个开始，此举也对房地产领域给出了一个较为明确的信号。

2 月 20 日，银监会发布《流动资金贷款管理暂行办法》、《个人贷款管理暂行办法》，加强贷款管理。两个办法加上 2009 年 7 月 29 日发布实施的《固定资产贷款管理暂行办法》和《项目融资业务指引》，初步构建和完善了我国银行业金融机构的贷款业务法规框架，将作为我国银行业贷款风险监管的长期制度安排，标志着我国银行业信贷管理进入新的科学发展阶段。同《固定资产贷款管理暂行办法》类似，《流动资金贷款管理暂行办法》提出了对流动资金贷款的"全流程管理"，并重点就贷款支付管理做出了规定，强调防止贷款被挪用；《个人贷款管理暂行办法》最大的亮点在于"受托支付"，即除特殊情形外，个人贷款资金应当采用贷款人受托支付方式向借款人交易对象支付，即由贷款人根据借款人的提款申请和支付委托，将贷款资金支付给符合合同约定用途的借款人交易对象。"三个办法、一个指引"确保银行信贷流入实体经济，杜绝违反申请用途，违规进入房地产市场和资本市场。

2 月 23 日，银监会发布《关于加强信托公司房地产信托业务监管有关问题的通知》，收紧房地产信托。《通知》明确指出，信托公司不得以信托资金发放土地储备贷款。同时，银监会进一步提高了对信托公司发放贷款的房地产开发项目的要求，明确要求信托公司发放贷款的房地产开发项目必须满足"四证"齐全、开发商或其控股股东具备二级资质、项目资本金比例达到国家最低要求等条件。"四证"的铁门槛意味着 2009 年《中国银监会关于支持信托公司创新发展有关问题的通知》（银监发〔2009〕25 号）第十条允许对具备"三证"（国有土地使用证、建设用地规划许可证、建设工程规划许可证）的房地产开发项目贷款的规定成为历史。也就是说，缺少"四证"中的建筑工程施工许可证将不可以申请信托贷款。

3 月 31 日，财政部、国家税务总局下发《关于首次购买普通住房有关契税政策的通知》（财税〔2010〕13 号）。《通知》称，两个或两个以上个人共同购买 90 平方米及以下普通住房，其中一人或多人已有购房记录的，该套房产的共同购买人均不适用首次购买普通住房的契税优惠政策。这意味着，只要共同买房者中有一个已经有多套房产，就无法享受首套房优惠。该文件旨在对 2008 年发布的《财政部 国家税务总局关于调整房地产交易环节税收政策的通知》（财税〔2008〕137 号)中提及的首次购买普通住房契税优惠政策进一步予以明确。财政部和国家税务总局在该通知中曾规定，为适当减轻个人住房交易的税收负担，支持居民首次购买普通住房，对个人首次购买 90 平方米及以下普通住房的，契税税率暂统一下调到 1‰。但通知并没有对个人首次购买普通住房作具体限定。

3 月 8 日，国土资源部发布《关于加强房地产用地供应和监管有关问题的通知》（国土资发〔2010〕34 号）。从土地供应的角度提出了严厉打击囤地、炒地行为，调整土地用途供应结构，增加保障性住房用地供应，增加土地对住房供应的有效支持等 19 条意见，被业内称为史上最严厉的土地政策"国 19 条"。《通知》重点要求：今后拿地房企一律按地价的 20％缴纳保证金；成交后一个月内必须缴 50％的首付款；土地出让最低价不得低于基准地价的 70％；已签合同不缴纳出让价款的，必须收回土地。通知要求各地，加快编制住房建设用地供应计划，确保不低于住房建设用地供应总量的 70％用于保障性住房、棚户改造和自住性中小套型商品房建设，严格控制大套型住房建设用地，严禁向别墅供地。根据《通知》的要求，3 月 12 日，国土资源部称将于 2010 年 3 月至 7 月在全国开展对房地产用地突出问题的专项检查，本次调查重点针对擅自改变房地产用地用途、违规供应土地建设别墅以及圈地炒地等问题；3 月 22 日，国土资源部会议提出，在 2010 年住房和保障性住房用地供应计划没有编制公布前，各地不得出让住房用地；将在房价上涨过快的城市开展土地出让招拍挂制度完善试点；各地要明确并适当增加土地供应总量；房价上涨过快、过高的城市，要严控向大套型住房建设供地。

（2）地方政府落实"国十一条"的政策文件

"国十一条"提出了"房地产市场问题由省级人民政府负总责，市、县人民政府抓落实的工作责任制。"这事实上是通过问责制，督促地方政府在土地出让环节中有效增加保障性住房用地供给，加快推进保障性安居工程建设，无疑将各地方政府摆上了油锅。"国十一条"发布以后，各地方政府(特别是部分房价上涨过快的城市)纷纷开展抓落实工作。

1 月 10 日，杭州市政府制定出台《关于加强保障性住房建设，支持自住型和改善型住房消费，促进房地产健康稳定发展的若干意见》，内容包括加强保障性住房建设、支持自住型和改善型住房消费、继续营造良好的住房消费环境、促进房地产市场健康稳定发展等。

2 月 23 日，北京市发布《关于贯彻国办发［2010］4 号文件精神促进本市房地产市场平稳健康发展的实施意见》。《实施意见》具体措施从 11 个方面入手，包括：增加住房建设用地供应，各类政策性住房用地占全市住房供地的 50％以上；切实增加中低价位、中小套型普通商品住房供应；加快推进全市棚户区改造工作；严格二套住房购房贷款管理，首付款比例不得低于 40％；严格执行国家有关个人销售住房的税收政策；严格执行"限外令"；加强土地供应管理和批后监管；加强商品房销售管理；进一步加强房地产市场监测和信息发布；等等。对比国务院 1 月 10 日出台的《关于促进房地产市场平稳健康发展的通知》(国十一条)，《实施意见》其实并无多少不同之处，只是细则方面上的完善和补充，是"国十一条"在北京的落地政策。因此，此《实施意见》被各路媒体称之为"京版国十一条"。

2 月 26 日下午，北京市公积金管理中心发布《关于调整"二套住房"住房公积金贷款首付款比例的通知》，要求自 2010 年 3 月 1 日(含)起，借款申请人购买"二套住房"申请公积金贷款(含个人住房组合贷款)，其贷款首付比例不得低于 40％。

2 月 23 日，广东省政府办公厅正式下发了《转发国务院办公厅关于促进房地产市场平稳健康发展的通知》(粤府办［2010］7 号)，提出了"增加普通商品住房和保障性住房的有效供应，全面启动城市和国有工矿棚户区改造工作，抑制投资投机性购房需求，加强对房地产市场秩序的监督规范"(简称"粤四条")，并从广东的实际情况出发，多措并举促进房地产市场平稳健康发展。

3 月 1 日，《广州市闲置土地处理办法》正式实施。《办法》规定，被认定为闲置土地的，将按出让或划拨土地价款的 20％一次性征收闲置费，土地闲置增值后，开发商还要补交"增值地价"。

2. "国十条"（国发［2010］10号）

(1) "新国四条"

国务院总理温家宝4月14日主持召开国务院常务会议，研究部署遏制部分城市房价过快上涨的政策措施。会议确定了以下政策措施：①抑制不合理住房需求，实行更为严格的差别化住房信贷政策；②增加住房有效供给；③加快保障性安居工程建设；④加强市场监管。会议要求，稳定房价和住房保障要实行省级人民政府负总责、城市人民政府抓落实的工作责任制。

时隔不久，国务院再次召开常务会议讨论房地产市场问题，并且制定了四项更为严厉的调控政策，在我国房地产市场调控历史上实属罕见。主要原因在于，2010年1月初《国务院办公厅关于促进房地产市场平稳健康发展的通知》下发后，部分城市房价、地价又出现过快上涨势头，使得政策效应大打折扣。尽管房价上涨与流动性充裕、住房供求矛盾突出有关，但一些地方认识不到位、落实调控措施不力，是致使投机性购房大量增加的重要原因。

"新国四条"提出的政策指示奠定了未来一段时间内我国房地产宏观调控的基本方向，那就是严厉打击投资投机、增加市场有效供应、民生住房属性重新回归。4月15日，也就是"新国四条"出台的第二天，国土资源部公布《2010年度全国住宅用地供应计划》，指出当年住房用地拟供应量达到18万公顷，同比增幅超过135%，体现了增加供应的思路。《国务院关于坚决遏制部分城市房价过快上涨的通知》（国发［2010］10号）就是落实"新国四条"的政策文件，而且"新国四条"中的大多数政策指示均在该文中体现。

(2) "国十条"（国发［2010］10号）

国务院4月17日发布《国务院关于坚决遏制部分城市房价过快上涨的通知》（国发［2010］10号），从提高认识、建立考核问责职，抑制不合理住房需求，增加有效供给，加快保障性安居工程建设，加强市场监管等5个方面提出了十条政策措施（简称"国十条"）。在政策新意上，"国十条"有以下几个方面的变化：

一是淡化"房地产支柱产业"的提法。国发［2010］10号文件第一条就是"统一思想，提高认识"，强调"住房问题关系国计民生，既是经济问题，更是影响社会稳定的重要民生问题"。这反映了政府已经认识到，将房地产作为"支柱产业"的提法过于强调了其"经济属性"而忽视其"社会属性"；过于强调房地产的支柱地位，将对有限的城市住房资源产生不良导向，易造成房价过快上涨，并带来民生问题。

二是对投机性需求表现出前所未有的严厉态度。此次紧缩房地产需求特别是对投机性需求的打击，对比来看甚至严厉过经济势头非常良好的2007年，其反映了两个方面的政策变化：一方面，政府对目前经济增长持续性的担心有所减弱，这是政府对房地产"出重手"的重要原因；另一方面，政府也在逐步降低对房地产业的依赖。实际上，2009年以来，在金融危机之下中国经济表现出的"韧性"，一定程度上提高了政府对经济增长持续性的信心。特别是包括汽车在内的耐用消费品销售的强劲，一定程度上使得政府对房地产依赖程度下降，在外围经济体复苏总体好于预期的情况下，出口的走势也会提供一定的缓冲。

三是鼓励增加供应来遏制房价上涨过快。政府调控房地产的做法在历史上倾向于"饿地"式调控(如2007年),而这次国土资源部加大住宅用地的做法,反映出政府调控房地产思路在这方面的显著变化。2009年,全国房地产销售和竣工之差达到历史最高,2010年年初部分地区房价显著上涨,表明从总体上看供给偏紧也是造成房价过快上涨的重要原因。

四是"建立问责制"的影响将是深远的。2009年金融危机以来,中国地方政府通过"搞建设"来保证增长的动力,让全世界的投资者见识了地方政府在经济发展中举足轻重的作用。国发〔2010〕10号文件中非常重要的一条就是对地方政府在房价方面"建立考核问责机制"。虽然这样的政策具体实施还需要进一步的观察,但根据以往地方政府"问责制"下系列措施实施的情况来看,这种"房价问责制"的作用不容轻视。

(3)落实"国十条"(国发〔2010〕10号)的政策措施

中国人民银行5月2日宣布,从5月10日起,上调存款类金融机构人民币存款准备金率0.5个百分点。至此,我国商业银行存款准备金率达到17%,直逼历史上17.5%的最高水平。

5月4日,住房和城乡建设部、民政部、财政部联合下发《关于加强廉租住房管理有关问题的通知》,强调对骗取廉租住房保障、恶意欠租、无正当理由长期空置、违规转租、出借、调换和转让廉租住房等行为,住房保障部门要按照有关规定或合同约定严肃处理,直至收回廉租住房,并取消该家庭在一定时间内再次申请廉租住房保障的资格。

4月30日,北京市政府制定并发布《北京市人民政府贯彻落实国务院关于坚决遏制部分城市房价过快上涨文件的通知》,再推十一条措施,落实国务院坚决遏制房价过快上涨通知精神,成为"京十一条"。"京十一条"明确要求坚决抑制不合理购房需求并提出具体操作细则,要求商业银行根据风险状况暂停发放第三套及以上住房和不能提供1年以上本市纳税证明或社会保险缴纳证明的非本市居民购房贷款;自《通知》发布之日起,同一购房家庭只能新购买一套商品住房;金融机构和税务部门可以根据本市房屋权属交易系统中个人住房记录,实施差别化的信贷和税收政策。国发〔2010〕10号文出台后,市场一直在等待地方政府后续配套政策的出台,北京是第一个,抑制住房投资、投机需求的力度也高于社会预期。文件强调要从首都经济发展和社会稳定大局出发,坚决贯彻落实国务院决策部署,遏制房价过快上涨,促进民生改善和经济发展。继中央政府把房价过快上涨由经济问题提到了关系民生及社会稳定发展的政治层面后,北京市此次表态,首先是保证态度上正确,对于房地产投机需求的调控也是"宁可错杀、不可放过"。往后来看,各地政策的配套政策基调也会是趋于严格,政策出发点是限制炒房,细则或更严厉、可行性更强。

5月5日,北京住房公积金管理中心表示,自5日起,北京市公积金贷款购买二套房首付将提升至五成,公积金购第三套房将暂停发放贷款。

5月5日,深圳市政府下发《关于印发深圳市贯彻落实国务院文件精神坚决遏制房价过快上涨的意见的通知》。这个被称为深圳版"国十条"的新政规定:暂停发放购买第三套及以上住房贷款;对不能提供1年以上本市纳税证明或社会保险缴纳证明的非本地居民,暂停发放购买住房贷款。

(4)6月5日,住房和城乡建设部、人民银行和银监会等三部委联合发布《关于规范商业性个人住房贷款中第二套住房认定标准的通知》,对商业性个人住房贷款中第二套住房认定标准进行了规范,对三种第二套房情况进行认定:商业性个人住房贷款中居民家庭住房套数，应依据拟购房家庭(包括借款人、配偶及未成年子女)成员名下实际拥有的成套住房数量进行认定。

(二) 深圳落实国家宏观调控政策的相关措施

1. 加快实施深府办［2010］36号文和37号文所提出的各项政策措施

为了贯彻落实国发［2010］10号文的政策精神，深圳市2010年5月下发了《关于印发深圳市贯彻落实国务院文件精神坚决遏制房价过快上涨的意见的通知》(深府办［2010］36号)，该文件结合深圳实际，从增加供应、抑制不合理购房需求、推进住房保障和加强市场监管等四个方面切实落实国家房地产市场调控政策。具体措施有：认真落实年度住房建设计划，推进城市更新，确保各类住房供应；实施人才安居工程，加强住房保障；加大房地产市场专项整治，规范市场行为；加快已批未建用地清理和闲置土地处置，确保住房用地特别是保障性住房用地供应目标能够如期落实。

2. 加强市场监测，推进房地产市场秩序专项整治

一是针对本年房地产市场波动幅度较大、不稳定的现状，继续加强房地产市场预警预报和市场监测工作。各职能部门应密切监测市场运行情况，发现市场出现异常情况时，应及时报告，制定应急预案、建立应急机制。

二是根据建房［53］号文和深府办［2010］37号文的有关要求，在确定市场整治内容、职责分工等的基础上，切实有效地开展房地产市场秩序专项整治工作，并将整治工作情况及时向市房地产宏观调控领导小组通报。此外，为了净化市场环境，遏制房地产交易环节各类违法违规行为，建立规范房地产企业、经纪机构、估价机构的长效机制，深圳市出台了《深圳市房地产市场监管办法》。

3. 实施《深圳市2010年住房保障工作任务分解方案》

在严格落实2010年度住房建设计划的基础上，重点推进保障性住房建设，实现本年度确定的开、竣工建设目标，做好新增5万套保障性住房建设筹集工作，积极落实5000户住房补贴目标。

4. 加快编制和公布深圳市"十二五"住房建设规划

加快编制中长期住房建设规划是落实国办发［2010］4号文和国发［2010］10号文的重要工作，也是稳定住房建设用地和住房供应规模，达到稳定市场预期，保持市场平稳健康发展的有效手段。年末，深圳市已基本完成了"十二五"住房建设规划的编制工作并已向社会公示征求意见。

5. 落实国家"五项调控措施"，积极实施限购政策

9月底，在住房和城乡建设部等三部委出台遏制房价过快增长的"五项措施"后，深圳市于当日发布了《关于进一步贯彻落实国务院文件精神坚决遏制房价过快上涨的补充通知》(深府办［2010］82号)，在深圳实行家庭限购住房政策，对户籍居民家庭限购2套住房(含已购住房)；对能够提供在本市1年以上纳税证明或社会保险缴纳证明的非本市户籍居民家庭，限购1套住房。

四、当前深圳房地产市场形势分析与未来走势判断

(一) 当前深圳房地产市场形势分析

2008年底以来，由于国家空前扩大了信贷投放规模，国际金融危机背景下主要发达

国家实施非常宽松的货币政策，市场货币供给总体过剩，通货膨胀由上半年预期转为下半年的自我实现，加上我国宏观经济率先企稳回升，具有保值增值功能的房地产成为国内外各路资金追逐的主要目标。因此，尽管国家分别于年初、年中和年尾连续出台调控措施，且力度不断加大，但重点城市房价过快上涨的势头并未得到有效控制，且房价上涨从重点城市蔓延到了二、三线城市。中国社科院 2010 年年底公布的《住房绿皮书》披露，目前二、三线城市的房价泡沫开始高于一线城市，福州、杭州、南宁、青岛、天津、兰州、石家庄等二、三线城市的泡沫指数最高，泡沫成分占实际价格比例在 50% 以上。

从深圳市看，尽管开发投资受 2008 年底以来的各项利好因素的影响而同比增长，未来一到两年市场新增供应有望增加，但新建商品住房销售规模创历史低位与国内其他一线城市形成强烈的反差。其主要原因，一方面在于本市土地资源的紧缺，导致新增土地供应持续紧缩，全年商业性居住用地全仅供应 5 宗，供应规模非常小；另一方面有限的住房用地资源供应开始大规模向保障性住房建设的倾斜，全年保障性住房用地供应达到 40 公顷，占计划总量的 40% 以上。上述趋势，预示着新建商品住房市场在未来将日益萎缩。2010年，二手房市场将成为市场供应的主力，二手住房交易规模首次达到新建商品住房成交规模的 3 倍，突破了之前一直在 2 倍对比关系上的徘徊局面，这与美国、德国等发达国家住房饱和时期的市场结构接近。2010 年，新建住房价格突破两万元，尽管在全年实施了多次宏观调控，且年底房价较年初下降了 21.7%，但全年年均 36% 的同比涨幅揭示了过去一年房价总体上涨较快的现实。这其中既有资金和政策的影响，也有投资投机炒作和成交户型结构的影响。此外，2010 年，深圳房屋租赁市场价格也出现快速上涨。深圳当年房租的上涨，与城市更新的提速有关；但是房价的快速上涨和新建住房供应规模的缩减，则是房租上涨的最主要因素。未来深圳租赁市场及其规范措施的深入研究，应当引起政府有关部门的重视。

2010 年，国发〔2010〕10 号文出台前的四个月，深圳房价仍旧快速上涨，这是 2008年底以来各项刺激政策和宽松资金环境作用的结果，也是 2009 年以来房地产市场回暖的延续。在国家第一轮严厉的调控政策的作用下，5 月份到 8 月份，房价明显下调；9 月底，随着国家调控房地产市场的"五项措施"出台，深圳市政府出台了较其他城市更为严厉的限制居民家庭购买住房套数的政策。从 10 月份以来的房地产市场运行情况看，政策的效应是比较明显的。10 月份，全市新建住房价格为每平方米 19591 元，同比下降 9.6%，环比下降 4.86%，较年初 2 月每平方米 24166 元的今年以来最高价格水平下降了 19%；11月份，成交价格为每平方米 20725 元，环比上涨 5.8%，但新建商品住房成交面积大幅下降，同比较少 36.5%，环比减少 20.7%，当月 144 平方米以上高档住房成交面积的增加和价格上涨是房价上涨的主要原因；12 月份，新建商品住房价格为每平方米 18911 元，同比下降 11.3%，环比下降 8.8%，年底房价总体得到有效控制。

（二）未来本市房地产市场走势判断

展望 2011 年，从严的政策环境短期内不会改变，房地产市场调控将继续成为常态。2011 年初，国务院出台国办发〔2011〕1 号文件又称"新国八条"。"新国八条"提出：地方政府要合理确定本地区年度新建住房价格控制目标的房价控制政策；"限购政策"将从一线城市向二、三线城市扩展；保障性住房建设规模将大幅度增加，等等。上述政策措施为 2011 年深圳房地产市场发展确定了基调，即房价过快上涨和房地产投机炒作将得到强有力的遏制，住房供应结构将进一步加快调整，保障性住房建设将进一步加快推进。

目前，在国家严厉的调控政策的作用下，深圳房价尽管仍然在高位运行，但总体来看，房价已经被有效地控制在每平方米 20000 元以内。深圳作为一线城市的代表和国家遏制房价过快上涨的重点城市，将会继续跟进中央楼市调控的步调，房地产调控不会出现松动，"限购"政策在执行上将更加严厉，房地产调控的手段将更加丰富和完善。调控的延续，将使深圳楼市进入持续调整阶段，不排除市场重现阶段性波动以及更为严厉调控政策的出台和执行。管理通胀预期依然是宏观经济调控的一大主题，中央政府可能将出台更多控制通胀政策。在 2010 年末加息的基础上，2011 年加息的通道已经开启，对房地产市场需求的抑制作用也将逐渐显现。

另一方面，由于 2011 年深圳将迎来"大运会"，城市及区域影响力的提升，区域配套及居住环境的优化，将有可能激发市场需求和购买信心，进而刺激住房需求的增长。而从历年来深圳房地产市场发展变化的趋势来看，供求矛盾仍将成为阻碍房价下行、助涨楼市的重要因素，2008 年、2009 年、2010 年，深圳商品住房新开工面积分别为 471.8 万平方米、328.04 万平方米、355.17 万平方米，相对于强劲的购买需求，新增供应依然不足。

综上所述，2011 年，在从严的政策环境和本地特定的市场发展背景相互作用下，深圳房地产市场的深入调整和房价趋于平稳将成为市场发展的主旋律；而随着保障性安居工程建设力度的加大，高房价对民生的影响将大大减弱；在国家和本市房地产调控政策的有效作用下，深圳房地产市场将呈现理性、平稳的发展趋势。

五、专项报告一：推进住房制度创新，完善住房发展政策

——关于深圳市未来住房政策的思考与建议

文章背景及摘要：本文是作者于 2010 年 3 月写作的一篇政策研究报告。报告通过对深圳住房发展的回顾和住房问题的分析，研究了未来深圳住房发展的目标和相关政策，以期对深圳今后中长期住房规划的制定给予中肯的建议。

当前，深圳的住房问题成为社会各界普遍关注的焦点，高房价不仅不利于住房这一基本民生问题的解决，还对深圳吸引人才、促进产业升级、提高城市竞争力等产生一定的负面作用。在建立经济特区 30 年之际，我们有必要从分析本市住房问题入手，从本市住房状况的实际出发，以稳定住房价格、解决不同收入居民家庭住房困难、提高对人才的吸引力为目标，完善未来住房政策，并建立适应新 30 年经济社会发展，适应未来产业化、现代化、国际化建设的新型住房制度。

（一）深圳住房政策与住房发展回顾

1. 本市住房制度改革与住房政策的发展历程

住房政策，是政府公共政策的重要组成部分，它与产业政策、人口政策等共同实现政府的社会公共服务职能。住房政策具有以下特征，一是政策不仅关注住房市场的效率，还着眼于住房资源的公平分配和住房困难家庭的住房保障；二是政策不仅立足于住房本身，还涵盖了土地、金融、财税等公共政策领域，通常以组合政策的形式实现对住房问题的干预和解决。

深圳建市以来，在国家改革开放政策的支持下，历届市委市政府"敢为天下先"，大胆创新、不断进取，积极推进住房制度改革和创新，制定了适应不同时期经济社会发展的住房政策：

20世纪80年代，住房政策的立足点是启动住房制度改革，培育房地产市场发展。建市之初，在计划经济的福利分房体制下，随着外来人口的急速增加，住房短缺及住房供应不足是当时住房发展的主要矛盾。为解决此矛盾，1985年深圳出台了《经济特区行政事业单位住宅商品化试行办法》，1987年进行了拍地"第一槌"，1989年颁布了《深圳经济特区居屋发展纲要》，启动了早期住房制度改革，培育和初步建立了房地产市场。

20世纪90年代，住房政策的着眼点是深化住房体制改革和促进房地产市场发展。20世纪90年代初，《深圳经济特区房地产转让条例》等房地产法规的出台，为深圳房地产市场在全国率先规范发展奠定了坚实的基础；2000年以来，《深圳市国家机关及事业单位住房制度改革若干规定》等文件的实施，促进了住房体制从福利分配向货币化、商品化供应的根本性转变。随着上述住房政策的实施，本市确立了以市场供应为基础，以居民住房消费为主体的住房新体制，有效地解决了计划经济时代遗留的住房短缺问题。

21世纪初以来，住房政策的着眼点一是按照国家政策，加强房地产宏观调控、稳定住房价格；二是完善住房保障机制，切实解决低收入居民住房困难。2006年，市政府先后发布深府75号文、98号文，确定了调整住房供应结构、稳定住房价格等房地产市场调控政策；2007年出台《关于进一步促进我市住房保障工作的若干意见》，明确规定了保障性住房的建设、分配及管理机制；2010年市四届人大常委会表决通过《深圳市保障性住房条例》，为本市今后开展住房保障工作提供了法律依据。随着以上政策的实施，本市初步形成了包含住房保障在内的住房与房地产市场综合调控政策体系，形成了包含商品房、保障房、各类市场出租房在内的多渠道住房供应体系，为平抑房价、防止房地产市场发展过热，解决不同收入居民家庭住房问题奠定了良好基础。

2. 本市住房发展的主要成就

建立特区以来，在本市经济社会持续发展的背景下，不同时期住房政策的实施和住房制度改革的深化，对拉动经济增长，改善居民居住条件，加快城市建设，都发挥着重大和积极的作用。根据本市建筑物普查和住房调查的数据，目前本市共有住房4.04亿平方米。其中，产权住房约1.12亿平方米，占总量的28%；城中村私房1.7亿平方米，占总量的42%；其他住房（含机关事业单位自有房、企业自有房等）1.22亿平方米，占总量的30%。

根据《2009年深圳市国民经济和社会发展统计公报》，2009年，本市人均住房建筑面积为26.62平方米。然而，按照本市891万常住人口、4.04亿平方米实际住房面积计算，人均住房建筑面积达到45.3平方米，按2008年全市1450万实际人口计算，人均住房建筑面积也达到28平方米。结合联合国高收入国家人均35平方米以上的住房标准，本市总体人均居住面积指标，接近甚至超过发达国家水平。

从以上住房政策的演变与住房发展的成就看，适应不同时期的经济社会发展背景，本市制定并实施了具有时代特色的住房政策，有力促进了住房制度改革，较好解决了全市居民的住房问题。总结这段历史，有利于我们在新的发展背景下，充分认识住房政策在经济社会发展中的重要作用，通过科学制定与时俱进的住房政策，有效地促进经济发展和民生问题的解决。

（二）当前本市住房发展存在的问题分析

住房政策是为了解决住房问题而产生的，而住房问题是世界各国城市发展中普遍遇到的问题，几乎没有哪个国家能不经历住房问题的痛苦折磨而完成现代化和城市化。随着城市化和工业化的发展，城市人口的快速增长，世界各国城市发展中不可避免地出现过：住房供应短缺、高房价与居民收入水平不成比例、住房资源在社会不同阶层之间分配不均等典型性住房问题。

住房问题的本质，是在住房数量和质量两方面反映着人类对居住这一基本需求的满足状况。从住房数量看，目前本市住房总量达到 4.04 亿平方米，无论按常住人口，还是实际人口，人均住房建筑面积都达到国际领先水平；但是，从住房质量看，本市存在不同社会阶层住房资源分配不均、高房价与居民收入差距较大等较为严重的住房问题，住房质量与发达国家还存在较大的差距。

1. 全市住房自有水平偏低，居民在住房领域存在严重的苦乐不均

首先，全市住房自有率远远低于国际国内平均水平。根据统计数据分析，目前本市拥有自有产权并居住在自有住房中的家庭仅占全市的 33.6%，全市多数居民家庭通过租赁方式解决住房问题。

2007~2008 年整体居民住房自有率

年份	2007~2008	年份	2007~2008
深圳	33.6%	新加坡	92%
纽约	33%	香港	53%
伦敦	57%	上海	77%
东京	45%	北京	71%

通过住房自有率的国际、国内比较，深圳的住房自有率属于各城市最低的。对于发展中的城市，住房自有率低说明城市人口流动性大，不利于留住人才并形成稳定的社会中坚力量；而在"购房安居"的传统理念影响下，住房自有率低还意味着居民购房难，以及生活幸福指数下降等问题。

其次，本市居民在住房领域存在严重的苦乐不均。目前，占全市常住人口 26% 的户籍人口住房条件很好，如原村民人均住宅建筑面积达到 388 平方米、住房自有率 99%，户籍移民人均住房建筑面积为 26 平方米、住房自有率 70%；但占全市常住人口 74% 的非户籍常住人口及未纳入统计的近 400 万非户籍流动人口居住水平很差，人均住房建筑面积仅为 10 平方米和 6 平方米。这类居住质量较差的社会群体，占全市实际总人口的 82%，数量相对巨大。

2. 人口低素质化不利于居民居住条件的改善

根据统计分析，目前本市 891 万常住人口中，大学本科以上学历的人口约 50 万人，仅占全市人口的 5.4%；大专以上约 120 万人，仅占全市人口的 13.4%；大专以上人员所占比例远低于北京（23.57%）和上海（17.49%），而初中以下低学历人员比例高达 60% 以上，又高于北京（45%）和上海（50%）。

据上述数据，全市近 900 万常住人口中，本科以上学历的人才仅有 50 万左右。这样的人口结构，很大程度上限制了本市居民住房消费能力，不利于居民通过自身努力改善居

住条件，并影响了住房市场化的发展。同时，人口的低素质化，也严重制约了本市产业结构升级和现代化城市发展，不利于本市实现"代表国家参与国际竞争"的发展定位，并削弱了本市在国家经济发展中的战略地位，不利于提高城市竞争力。

3. 商品住房供应紧张，导致房价持续快速上涨，造成普通居民购房支付能力不足，并致使房地产泡沫泛起

2003 年以来，由于本市土地资源的紧缺，新增建设用地几近枯竭，商品房用地供应持续紧张，导致商品房开发建设规模持续出现下降，全市商品住宅新开工面积、竣工面积、批准预售面积分别从 2004 年的 767 万平方米、772 万平方米、806 万平方米，持续回落到 2009 年的 328 万平方米、270 万平方米、472 万平方米，分别比 2004 年下降了 57％、65％、41％。与此同时，随着本市经济和居民收入的持续增长，住房消费不断升级，商品房需求持续旺盛，全市新建及二手商品住宅销售总量从 2004 年的 1277 万平方米增长到 2009 年的 1887 万平方米，增幅达到 54％。目前，在全市 4 亿平方米的住宅总量中，能够在市场上合法流转且符合居民消费结构升级的住房，主要是历年来建设的商品房和房改房，总量约 7800 万平方米，仅占全部住房总量的 19％，且多数为居民自住；其他 80％的住房一般不符合居民收入增长后住房消费升级的要求，加之多数未办理产权，实际上也不能在市场上流转或被购买。由此，导致了全市住房市场供应出现了结构性紧缺，新建商品房和质量功能良好的二手房因需求旺盛但供应总量有限，从而产生较为突出的结构性供求矛盾。

这种结构性供求关系的紧张，不可避免地产生了房价上涨快、市场波动大、投资投机增多等问题。据统计，2009 年本市商品住房价格从 2004 年的每平方米 5980 元，上涨到 2009 年的 14858 元，涨幅达到 144％，2009 年四季度深圳房价突破每平方米 20000 元，高居全国城市榜首。2004 年以来，尽管国家持续加强房地产市场调控、平抑房价，且在 2008 年国际、国内经济形势影响下，本市房价出现了短期调整和一定幅度回落，但在旺盛的市场需求和供求关系紧张作用下，本市房价再次出现过快上涨，并使得完善住房政策、稳定住房价格，成为本市当前各项工作的重要内容。

应当看到的是，房价的过快上涨和较大波动，不仅给普通居民家庭改善居住条件、提高住房质量带来较大困难，也对经济的稳定运行带来不利影响。目前，本市房价收入比达到了 15 倍（按 2009 年底房价达到 20 倍），租售价格比达到 1∶450；高房价不仅造成普通居民购房支付能力不足，将普通居民家庭挤出住房市场，并造成全市近 50％的"夹心层"住房困难群体，对改善民生、促进社会和谐不利，同时也加速了房地产投机，致使房地产泡沫泛起，给宏观经济的健康运行带来较为严重的隐患。

4. 住房功能和居住环境仍有待于提高

目前，在全市约 2 亿平方米的出租住房中，功能、质量、环境较差的城中村私房为 1.7 亿平方米占总量的 86％，而功能质量较好的商品性出租房则供应量较少仅占 14％；商品性出租房由于供应量少、租金高，实际上不能解决多数"夹心阶层"的住房问题。据估算，全市 300 多万常住人口和近 600 万的流动人口，主要通过租赁租金较低、安全性与环境较差的城中村私房或配套较差的集体宿舍解决居住问题；而由于城中村和企业配套宿舍在全部住房总量中占比较大（达到 58％），全市住房成套率仅 50％左右，远远低于周边发达国家和地区的水平（香港为 90％，新加坡为 95％）。

5. 公共住房政策的滞后，公共住房总量的不足，不利于促进经济发展和社会公平

据有关数据分析，目前本市已建成的房改房、保障性住房等公共住房总量占全市住房总量的 6.3%，不仅低于新加坡、香港的 87%、47%，也低于欧共体国家 18% 的平均水平。从欧共体国家住房供应结构看，私人自有住房、私人出租住房、公共住房的比例基本为 60%、20%、20% 的格局。本市在特殊的城市发展背景(经济特区和改革开放的窗口)和国家现有户籍制度下，客观上形成了特殊的人口结构(户籍和非户籍比例倒挂)，以及人口低素质化条件下的较大居民收入差距，同时也形成了目前自有住房、私人出租住房、公共住房 33.6%、60.1%、6.3% 的占比格局。

目前，由于本市房价水平较高、公共住房总量短缺，且住房保障的范围又仅限于户籍低收入家庭，对于占常住人口近 50% 的既无力购租商品房、也不能购租公共住房的"夹心层"居民家庭，尤其是对本市目前和今后经济社会发展作用巨大的各类人才，尚未有系统的公共住房政策和相应制度解决其长期性或阶段性住房困难。这种状况，既不利于促进社会公平，并发挥保障性住房分流住房市场需求、抑制房价过快上涨的作用，也不利于吸引人才到本市创业、发展，进而促进产业升级和提高城市竞争力。因此，本市公共住房制度的创新和公共住房的加快建设，已是未来经济社会进一步发展的迫切需要。

(三) 深圳未来住房发展目标和住房政策建议

1. 未来 30 年本市住房发展的目标

2010 年是深圳建立特区 30 年，在这个重要历史机遇，国家、省、市有关领导对本市未来 30 年的发展做出了重要指示。今后，深圳继续保持前 30 年改革开放精神之魂，先行先试、勇于创新，在产业化、国际化、现代化等方面先行一步，应该成为新 30 年对各行各业、各级政府的基本要求。

从前 30 年的发展看，本市住房政策的制订与实施，取得了巨大的成就，全市住房总量达到 4 亿平方米，对促进经济发展、解决民生问题起到了较好的保障作用；深圳住房制度的改革、房地产市场的发展，不仅对本市市场经济体制的建立和发展起到促进作用，同时也为全国住房制度改革和房地产市场的发展立下了功勋、作出了垂范。

在新的 30 年，深圳住房发展仍然要继续保持先行先试、勇于创新的精神，把"促发展、惠民生"作为住房发展的基本方向，科学制定未来住房发展政策，不断推进住房制度创新。首先，要落实好政府解决民生问题的基本职责，解决好本市低收入家庭的住房困难，实现"应保尽保"的住房保障目标。其次，要整合产业政策、人口政策和住房政策等公共政策，在本市资源、人口、环境约束条件下，以稳定住房价格、解决人才住房困难为当前住房政策的重点内容，以改善居住环境、消除住房差距、全面提高全市居民居住水平为今后住房政策的终极目标，充分发挥住房政策对经济社会发展的核心价值，积极促进本市产业升级、结构优化和社会的公平、公正发展。

2. "十二五"期间本市住房发展目标和政策

(1) 住房市场发展目标和政策

"十一五"期间，本市每年规划建设商品住房约 11 万套，但从实际供应情况看，每年开工、竣工及批准预售仅 5～6 万套。在本市土地资源紧缺的条件下，近 5 年住房市场的供应问题一直没有得到很好的解决，直接导致供求关系紧张、房价上涨较快。为抑制房价过快上涨，建议"十二五"期间，结合本市土地资源紧张的实际，以加快城市更新为主，

通过旧城旧村改造、适当新增土地供应、加大存量土地盘活的力度等组合方式，增加住房用地供应，加快普通商品住房建设，满足本市居民消费结构升级带来的新增住房需求。

经初步分析，"十二五"期间，通过组合方式可新增供应商品住房约60万套，比"十一五"规划建设目标增加10％。通过商品住房供应的增加，一方面从数量上满足本市居民对居住的需求，形成对高房价的市场压力，促使房价合理回调；另一方面大幅提高本市住房自有率，缩小社会各阶层住房差距，促进全社会住房整体质量的提高。此外，区别性的金融税收政策，房地产市场秩序的整顿，以及中低价位、中小户型住房结构调整政策的继续实施，将有助于抑制住房市场投资和投机行为，真正使首次购买住房的普通居民家庭，享有政府住房市场政策所给予的支持和优惠。

（2）公共住房发展目标和政策

一是面向户籍低收入家庭的住房保障目标和政策。据统计，目前全市户籍低收入住房困难家庭约6万户，"十一五"期间本市规划建设的16.7万套保障性住房，可以在建成后拿出6万套解决其住房困难，实现"应保尽保"；对于"十二五"期间的住房保障工作，建议通过逐年提高困难家庭保障线标准，适当扩大保障范围，并继续落实对户籍住房困难家庭"应保尽保"的保障目标。

二是面向"夹心层"中低学历和外来工群体的住房政策。这类人群数量庞大，占"夹心层"的80％以上。由于其学历较低、劳动技能较差，故收入较低，目前主要居住在企业配套宿舍和城中村中。随着产业结构的调整，市场对低端劳动力需求的降低，此类人口规模与居住需求将逐渐减少，其现时的住房问题主要是居住环境差的问题，建议通过加强城中村综合整治，完善企业配套宿舍的功能和相关设施，改善其居住条件和居住环境；此外，通过加强城中村社会治安综合管理，提高其居住安全，维护其生存尊严。

三是面向经济社会发展所需各类人才的住房发展目标和政策。这类群体应当是"十二五"期间本市住房政策支持的重点，应根据人才的收入水平、住房意愿，采取人才公寓、购房补贴等多种政策手段"全方位、全覆盖"地解决其住房问题。

首先是国内大学毕业生和获得学士学位的留学回国人员群体。据我们分析，全市目前尚无自有住房的户籍人才家庭约9.7万户，尚无自有住房的本科以上非户籍人才家庭约15.7万户；"十二五"期间，预计本市还将新增本科以上人才16万户。由此分析，从现在起到"十二五"期末，这类无自有住房存在一定住房困难的家庭，累计住房需求41.4万套。对此类群体住房问题的解决，一方面从企事业单位大产权证住房和机关事业单位未房改的存量住房中筹集25.4万套解决；其他16万套通过"十一五"和"十二五"期间新建"普通人才公寓"提供。此外，对具有购房能力的人才，由政府按照个人在深缴纳个人所得税的50％提供购房补贴。

其次是杰出人才、领军人才、高级人才及其他引进的国内外特殊或紧缺人才。此类人才范围虽广，但数量有限，"十二五"期间预计引进数量在5000人左右。结合本市已出台的高层次人才住房政策，以及未来发展的需要，可采用以下措施：对于世界一流水平杰出人才及国内院士，可按200平方米免租入住"高级人才公寓"，或按200万元发放购房补贴；对于各级按规定认定的领军人才，按90~120平方米免租入住"高级人才公寓"，或按80~150万元发放购房补贴；对于博士、正高职高级人才，按60~90平方米免租入住"高级人才公寓"，或优先购买经济适用房，或按照个人在深缴纳个人所得税的100％提供购房补贴；其他引进的国内外特殊或紧缺人才，根据其贡献参照上述三类方式，给予住房优惠政策。

3. 近期加强房地产市场宏观调控的政策建议

通过对近年来本市房地产市场宏观调控经验的分析，我们认为今后本市房地产市场调控，应当避免被动跟着房价走的局面，应在国家调控房地产市场相关政策的指导下，结合本市实际，立足于解决不同收入层次居民住房问题的根本目标，通过创新住房制度，完善住房公共政策，来解决房地产市场和住房发展存在的问题：

一是加快编制"十二五"住房建设规划，并制定未来30年住房发展纲要。结合前述"十二五"期间住房发展目标和政策，建议市政府加快制定全市"十二五"住房建设规划，并确定该时段商品住房和各类公共住房建设总量、结构、用地及相关实施措施；其中普通商品住房及公共住房供应量占新增住房供应总量的比例不低于70%；普通商品住房和保障性住房建设用地，应尽量布局在公共交通便捷地区和各级城市中心、产业园区。此外，要加快研究未来30年住房发展纲要，制定住房长期发展战略及策略。

二是加强商品住房建设管理，增加住房有效供应。建议市政府建立"住房建设项目手册"制度，实施从"宗地出让"到"竣工验收"的全过程监管，以避免囤积土地、哄抬价格；加快已批准的普通商品住房项目建设，对已批未建、已建未售的普通商品住房项目，应采取有效措施，督促开发企业加快开发建设和销售，以避免企业捂盘惜售；加大城市更新力度，建议"十二五"城市更新规模达到10平方千米以上，以充分挖掘土地供应潜力，解决未来住房供应短缺的问题。

三是完善区别性金融财税政策，促进住房合理消费，抑制住房投机需求。严格执行今年"国十一条"关于二套房贷的规定；专业技术人才购买首套普通商品住房，除享受国家有关优惠政策外，还可享受本市贷款贴息或按照个人在深缴纳个人所得税的一定比例提供购房补贴；严格控制境外机构和个人在本市的住房投资投机行为，境外个人限购一套商品住房(包括港澳台居民)。

四是加大低收入家庭住房保障的力度，严格住房保障制度。逐步扩大住房保障范围，"十二五"期间在全面解决本市户籍低收入家庭住房困难基础上，部分解决户籍中低收入家庭住房困难，并将各类专业技术人才全部纳入住房保障和公共住房政策的解决范围；大力推进住房保障制度建设，多渠道增加保障性住房供应，在旧改项目中配套建设一定比例的保障性住房或人才公寓，清理企事业单位存量住房纳入保障性住房体系；严格保障性住房管理，保障性住房户型面积应严格控制在60平方米以内(高层次人才公寓除外)，停止经济适用房"绿本"转"红本"，经济适用房只能按政府规定价格转让给其他住房保障对象，完善保障性住房和人才公寓的信息发布、听证、轮候、配租配售以及宣誓等制度，依法处置住房保障中的诈骗、弄虚作假、寻租等违法违规行为，促进住房保障工作的公正和公平。

五是建立住房与房地产信息共享机制，提高房地产调控效率。建议市发改、统计、规划国土、住房建设、工商、税务、金融等部门在继续完善各自数据信息管理的基础上，在市政府统一领导下，由专门部门牵头，各相关部门协助，尽快将房地产市场、住房保障、房屋租赁、房地产金融与税收以及其他与住房和房地产相关的统计数据信息进行整合，建立服务于全市房地产宏观调控的信息共享与业务平台，加强房地产市场信息监测，切实提高房地产宏观调控的工作效率与决策水平。

六、专项报告二：近期国内房地产市场形势和政策建议

文章背景及摘要： 本文是作者于 2010 年 7 月底参加国务院研究室、住房和城乡建设部有关负责同志召开的房地产调控政策专家研讨会的书面发言稿。本次研讨会上，来自国务院发展研究中心、清华大学、复旦大学以及本中心等研究机构的六位专家，共同研讨了如何从深层次解决住房市场问题，进一步加强房地产宏观调控、稳定房价的政策和措施。

（一）新一轮房地产市场调控以来市场运行情况分析

自 4 月中旬国务院 10 号文出台以来，国内房地产市场出现了较大的变化。根据我们对今年 5 月份全国 9 个重点城市住房市场销售情况的观察，除广州外，其他 8 个重点城市在新政出台一个月后均出现销售量的环比大幅下降；其中杭州销售量环比跌幅最大，达到 77.5%，南京、深圳、重庆次之，跌幅在 70%～50%之间，再次为北京、上海、天津，跌幅接近 45%。从成交价格看，除广州、杭州、南京外，其他 6 个重点城市在新政出台一个月后，均出现房价一定幅度的环比回落；其中北京回落幅度较大为 22%，重庆、天津、上海回落幅度次之在 18%～10%之间，深圳、武汉回落幅度较小为 6%左右。

从我所在的城市深圳看，至 6 月底，市场在新政出台后的变化是非常明显的，宏观调控的成效也是非常突出的：

一是新建商品住宅销售规模下降幅度较大。今年 1～6 月份，全市新建商品住宅销售面积达到 135.06 万平方米，同比下降 64.9%；5 月、6 月的成交量为近两年月成交最低点。

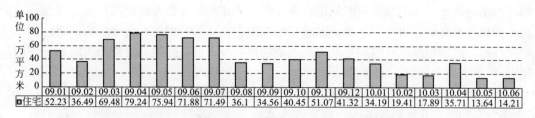

图 10-7　深圳市 2009 年以来各月商品住房销售面积

二是住房价格自年初以来持续下降。今年前 6 个月，全市新建商品住房均价分别为每平方米 23117.28 元、24165.62 元、20216.22 元、20381.25 元、18998.22 元和 17894.62 元。6 月份房价创今年新低，比年初下降 22.6%。

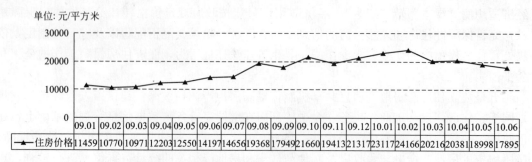

图 10-8　深圳市 2009 年以来各月商品住房销售均价

三是二手房成交近期出现大幅下降。上半年二手住房成交面积为461万平方米，同比减少5.7%，这是二手房成交今年以来的首次同比下降。6月份成交面积环比5月大幅下降了42%，成交规模连续两个月环比下降。

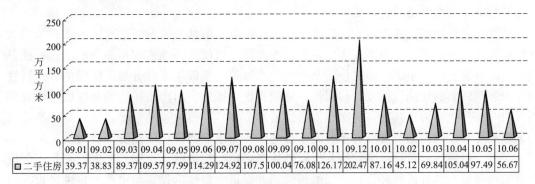

	09.01	09.02	09.03	09.04	09.05	09.06	09.07	09.08	09.09	09.10	09.11	09.12	10.01	10.02	10.03	10.04	10.05	10.06
二手住房	39.37	38.83	89.37	109.57	97.99	114.29	124.92	107.5	100.04	76.08	126.17	202.47	87.16	45.12	69.84	105.04	97.49	56.67

图10-9　深圳市2009年以来各月二手住房销售面积

（二）房地产宏观调控效果及今后市场走势

根据我们的分析，本轮房地产宏观调控的效果主要有以下两方面结论：

首先，自国务院10号文出台后，国内主要城市房地产市场的变化是非常明显的，房地产宏观调控取得了积极而显著的成效。一是各主要城市的市场销售规模明显下降，不合理的住房需求和住房市场的投机炒作得到明显的遏制；二是房价的过快上涨势头得到初步遏制，部分城市开始出现房价回调，这对于抑制本轮房地产市场过热，促进经济结构调整，保证宏观经济健康运行具有重要意义；三是房地产供应不断增加，尤其是保障性住房建设如火如荼，这对于调整住房供求关系，使住房结构适应居民收入和消费结构，促进不同收入家庭解决住房问题具有重要意义。总体来看，国务院10号文的及时出台，有效地避免了新一轮的房地产市场投机和经济过热，缓和了因房价过快上涨带来的日趋尖锐的社会矛盾，对于我国今明两年经济社会的稳定健康发展无疑具有重要的作用。

其次，从短期形势看房地产市场调控有可能对宏观经济运行带来不利影响，但从长远看，宏观调控必然对整体经济的健康运行、对今后的社会稳定会带来积极的作用。

从深圳情况看，上半年GDP同比增长11.6%，比一季度增加了0.5个百分点，主要原因是受出口回升带动，全市工业增长较快，通信、计算机等主要工业的快速增长有力地促进了深圳经济的发展。然而，房地产业则扯了宏观经济的后腿，上半年由于市场成交量的大幅度萎缩，房地产业增加值出现了大幅度下降；一季度，受宏观调控和市场淡季影响，房地产业增加值为77.3亿元，同比下降20%；二季度，在国家和本市进一步加强房地产调控的影响下，市场低迷进一步加剧，房地产业增加值也继续下挫，仅为70亿元，同比下降了35%。这种状况与2009年GDP10个增长点中2个是房地产直接贡献的局面大相径庭。

在财政收入方面，一直以来房地产业对深圳财政的支撑度较高，如去年，来源于房地产行业的税收占了整个财政收入的20%，对增长的贡献率也超过了40%。而今年上半年，由于房地产行业税收的下降，财政收入增长缓慢，对后半年的财政收入也会产生不利的影响。

房地产业的低迷同样影响了深圳第三产业的发展，并出现了第三产业增长幅度的"跳水"。由于上半年特别是二季度房地产业的急剧下挫，二季度深圳第三产业的同比增长率从一季度的10.5％下降到7.7％，此增幅也大大低于2009年同期的12.1％。4月份以来，严厉的房地产调控政策的措施，大大降低了深圳第三产业年度增长15％的预期，一定程度上会影响全年宏观经济目标的实现。

尽管房地产调控短期内对宏观经济带来不利影响，但从长远看，这次房地产政策的大调整却具有长远的意义。原因在于：首先，本次调控可能成功地实现房地产制度，特别是关系到亿万居民基本生活保障的住房制度的根本改革，将近年来过分强调住房的资产属性转变为强调住宅的使用价值及社会属性，从而真正地压制房地产市场特别是住房市场长期盛行的疯狂投机行为。其次，此次调控既是遏制泡沫、防范风险的需要，又是推动产业结构调整的需要，调控的着力点在于抑制不合理住房需求，而合理的住房消费与投资仍然会得到促进。目前各地普通商品住房和保障性住房投资与建设的力度空前加大，有利于促进产业结构调整，弥补或对冲住房市场的损失，并促进今后住房投资与消费的良性增长。为此，希望各地政府今年承诺动工的保障性住房必须尽快、无条件地彻底兑现，否则对保证住房供给和遏制房价上涨将起到不良影响，还会拖累经济复苏。调整住房供给结构、加大保障房供应以解决民生问题，将给我国经济发展注入一剂长效药。此外，房地产宏观调控在抑制住房投机方面的作用，将有利于避免在经济高速增长中，房地产行业持续产生过热和泡沫化趋势，从长远保持金融体系和整个宏观经济运行的稳定；而调控在解决困难家庭住房问题的绩效，对降低贫富差距，降低住房领域给政府带来的社会压力，缓和社会矛盾，促进社会稳定，意义更加重大。

从深圳房地产市场的未来走势看，由于本市房地产市场调整较早（始于去年8月），目前市场正处于全面调整阶段，房地产投资和炒作已经得到明显的抑制，住房市场成交量连续在低位徘徊，房价仍在继续下调，这对于短期内缓解高房价与居民可支付能力之间的矛盾，调整市场供求关系，满足普通居民住房需求是有积极意义的。今明两年，在国家继续加强房地产市场调控的预期下，深圳市政府将继续贯彻落实国家政策，并通过实施新一轮住房建设规划，全面调整住房结构和住房供应模式，加大包括保障性住房在内的各类公共住房的建设和分配力度，通过住房结构的较大幅度调整，改变目前住房问题过度依赖于市场解决的发展模式，使住房供应结构从根本上适应不同收入水平居民消费结构的要求，以促进我市住房问题的根本解决和住房市场的长期稳定。

（三）今后住房与房地产发展的建议

经过国内外的比较研究，我们发现：住房市场发展过热和高房价等问题，均与住房结构不合理和公共住房的短缺有着密切的联系；而解决这一问题的有效途径，是通过创新住房制度，调整住房政策，加大公共住房在城市住房总量中的比例，以满足占人口总量主体的中低收入家庭住房需求。

从我国香港地区和新加坡住房发展的经验看，科学的住房政策尤其是合理的住房结构是促进当地经济发展、社会稳定的重要因素。如香港结合本地资源土地紧张、人地矛盾突出，房价持续居高不下的特征，以能否支付市场房价的家庭收入线为界限（住房支出占家庭收入的25％），目前建成了占全港住房总量47％的公共住房，客观上将全港60％人口的住房问题纳入公共住房政策解决的范畴。这项公共政策不仅很好地保障了本港全体中低收入家庭的基本生存权利，也使得香港房地产市场能够不受政府的过多干预，依照市场规则进行自由运行。

从深圳的住房情况看，目前深圳已建成的房改房、保障房等公共住房占全市住房总量的 6.3％，不仅低于新加坡、香港 87％、47％的比例，也低于欧盟国家 18％的平均水平。由于目前深圳的住房结构不合理，适应低收入家庭的公共住房严重短缺，又加之土地资源的紧缺、人地矛盾突出（每平方千米人口密度达 7000 人，接近纽约、东京、香港的水平），直接引致市场房价水平较高、普通居民家庭住房较难等问题。此外，由于我国住房保障的对象长期限于户籍家庭，而深圳户籍家庭总量较少仅占常住人口 26％，对于占常住人口近50％的既无力购租商品房、也不能购租公共住房的"夹心层"居民家庭（基本是非户籍家庭），一直没有适当的住房政策和制度解决其长期性或阶段性住房困难。这种状况，既不利于促进社会公平，并发挥公共住房分流需求、抑制房价的作用，也不利于吸引各类人才到深圳创业、发展。因此，深圳市住房制度的创新与住房政策的调整，已是未来经济社会进一步发展的迫切需要。

从国内主要城市看，目前国内诸多作为区域性经济中心的大城市，由于快速的经济发展和城市化，吸引了众多的人口进入城市并产生了大量的住房需求。与深圳一样，由于住房结构的不合理、公共住房的短缺，目前也产生了市场房价较高、适应中低收入家庭的住房较少等住房问题，也迫切需要通过住房政策与制度的完善，解决这些问题。

综上分析，创新住房制度，调整住房政策，在未来 5～30 年的时间内，加快各类公共住房建设，从总量上改变当前公共住房较少的住房结构，是从根本上解决中国住房问题，促进房地产市场健康发展，解决高房价带来的日益尖锐的社会矛盾的基本途径。为此，结合我们对今后住房政策的研究，提出以下政策建议：

1. 创新住房制度，明确住房保障与住房市场两种制度体系的关系

我国住房制度改革以来，住房市场化得到了蓬勃的发展，房地产市场制度体系不断完善，目前已形成了以《城市房地产管理法》为龙头，包括房地产开发、经营、管理在内的一整套比较完整的制度体系。与此相比，在其他国家与住房市场制度并行的住房保障制度（或公共住房制度）则建设得比较滞后，至今未形成一整套系统、完善的法律、法规及与此相适应的制度体系。

近年来，随着国务院 2007 年 24 号文件的出台和《住房保障法》的起草，中央和各地都在积极地探索我国住房保障制度体系，住房保障工作取得了长足的进步。目前，由政府主导的针对中低收入人群的保障性住房和市场主导的针对其他人群的商品住房"二元住房制度体系"已初步形成。但是，两种制度体系之间的关系，尤其是保障性住房制度的目标、内涵、范围、手段等均有待通过法律法规的建立予以明确。针对这些问题，我们建议在制定《住房保障法》及相关的法律法规中，应对今后我国的住房制度的框架、内涵等主要问题予以明确。如：

（1）明确住房保障制度与住房市场制度的边界

住房保障制度立足于通过公共政策的扶持，解决住房困难家庭的住房问题，而住房市场制度则立足于规范房地产市场经济秩序，保障房地产市场各利益主体的权利。两种住房制度在解决居民住房问题的主要边界是居民住房支付能力。

目前，由于各地衡量居民住房支付能力的标准不明确，实践中就难以确定哪些范围的居民需要注入住房保障。在《住房保障法》立法研究中，我们一直认为应当借鉴国际通行

惯例，按家庭收入的一定比例作为住房支付能力的标准，但由于各界对此观点不一，此见解难以得到一致接受。此外，即使以收入作为标准，由于很多地方家庭实际收入水平难以查验清楚，一些不具备住房保障的人员通过转移资产、弄虚作假获得保障性住房，并利用制度的不完善投机炒作获取收益，钻了制度的空子并产生新的社会不公。

我们认为，当前有必要加快城市居民收入信用档案的建立，并加快住房等资产的普查，坚持以家庭收入的一定比例作为住房支付能力的标准确定住房保障对象，并以此有效地分割住房市场需求与住房保障需求，为住房保障制度的公平、公正实施，提供有效支持。

（2）明确住房保障制度的机制

解决中低收入人群住房问题，是一个国家或城市住房发展的最基本目标。目前，我国城市户籍低收入人群的住房保障制度已基本明确，但随着现代化、城市化的加快，国内诸多大城市均在不同程度上产生了棚户区家庭、非户籍家庭、新进人才、农民工、孤寡老人等多类群体的住房困难。同时，由于这些社会群体收入水平不同，住房困难程度不同，在进行住房保障时，其方式和机制等均难以按照已有的廉租房、经济适用房等制度运行，需要通过制定和完善公共租赁房、社会安居房等新的住房保障制度解决其住房困难。

针对以上问题，我们建议：中央和各地政府在有关的法律法规和政策制定中，应针对户籍中低收入人群、非户籍住房困难人群、各类人才、住房夹心阶层、外来务工人员、棚户区改造家庭，以及其他需要进行住房保障的住房困难群体，以收入作为基准，并按照分门别类、有先有后、租售结合，以及"广覆盖、低标准"等原则，制订解决不同类型、不同层次住房困难群体的公共住房制度，并建立区别于商品住房制度的全封闭的公共住房运行机制（包括准入、退出、建设、筹集等运行模式），逐步形成面向各类住房困难家庭的"普惠式"公共住房政策。

2. 完善住房政策，促进住房制度创新

住房制度创新是从调整住房供应政策、完善公共住房政策、稳定房地产调控政策等几个方面分别推进创新工作。

（1）调整住房供应政策是住房制度创新的龙头

建议各地结合本地实际，从"十二五"开始，立足于长远建立商品住房与公共住房合理的供应比例（如香港是53%：47%），在未来30年内形成商品住房和公共住房基本平衡的供应格局，使不同收入水平的家庭基本实现"住有所居"、"安居乐业"的局面。同时，为促进住房供应结构的调整，还应保持商品住房和公共住房各自合理的户型面积等建设标准，总体原则是：公共住房户型建筑面积不宜超过60平方米，且建设标准以满足基本居住需求为宜，不宜奢侈化。为实现住房供应政策的调整和创新，建议各地抓紧研究未来30年住房发展纲要，并在目前编制的"十二五"住房建设规划中体现住房供应政策调整的具体措施。

（2）完善公共住房政策是未来住房制度创新的重点

当前，完善公共住房政策的任务较为繁重，为此应抓住重点，首先是完善针对本地中低收入户籍家庭的住房保障政策，明确住房保障对象的准入标准，完善廉租房、经济适用房管理制度，提高供应效率；其次，加快推进棚户区改造、人才安居房、夹心层或外来工住房等保障性安居工程建设，促进公共租赁房为主体的其他安居型公共住房建设，扩大城市住房保障的范围；其三，建议各地借鉴香港等地经验尽快形成全封闭的公共住房管理体系，建议今后新建经济适用房、限价房及其他出售性的各类安居房，一律停止再度流入市场，公共住房只能在中低收入家庭或其他纳入住房保障的对象中流转，以避免利用公共住房投机并尽快聚集公共住房存量，形成对市场房价的抑制力量；此外，完善针对不同保障群体或政府扶持群体的租售轮候制度，这也是当前各地公共住房制度建设的重点工作，需要抓紧落实。

（3）稳定房地产调控政策是住房制度创新的重要补充

建议今后的房地产调控应主要立足于以下几方面：首先，在明确政府干预市场的边界、手段、工具的基础上，保持宏观调控政策的稳定性、连续性和协调性。如各地城市规划与土地供应政策，要在深入研究各类住房总需求的基础上，从稳定、连续地引导市场预期出发，合理确定住房供应总量和结构，保持市场长期供求关系的平衡；财政、税收、金融政策，要长期贯彻国家差别性金融、财税政策，抑制不合理住房需求，并鼓励首次置业及合理的改善型需求。其次，要立足于建立统一和完善的市场监管制度，规范市场准入和退出，规范行业经营行为。目前，各地在房地产市场监管方面的政策和制度仍有一定差异，如有的地区严格管理，不到封顶不得预售，有的地方开挖了基坑就可预售，这样分期销售、分期涨价的炒作现象就时有发生。因此，建议国家进一步完善房地产市场监管的法律和政策，进一步规范房地产行业开发和经营行为，规范市场秩序。其三，不断提高房地产调控和房地产管理制度的可执行性。如第二套房、改善型需求、捂盘惜售等基本概念的边界和内容要明确，以便于政策的执行和提高管理效率。

3. 加快公共住房建设，促进住房结构调整

住房制度创新与住房政策调整的主要目的，是改变当前公共住房较少的住房结构，从根本上解决解决高房价带来的社会矛盾；而加快各类公共住房建设，是促进住房结构调整的关键。为此，提出以下建议：

（1）加快编制"十二五"住房建设规划

在此规划中，各地要明确提出住房建设，尤其是保障性住房建设的目标（为刚性目标），并明确土地、资金等要素保障，确定各年度建设任务，分解各相关单位的实施责任，促进保障性住房建设目标的有效落实。

在我们开展的深圳市"十二五"住房建设规划编制中，首先从促进住房结构调整这个长远目标考虑，结合今后5年住房总体需求与需求群体的住房支付能力分析，提出了商品住房建设42万套、公共住房（含中低收入家庭保障性住房和人才安居住房）26.2万套的总量目标，两者结构比例接近60%：40%，与"十一五"期间的80%：20%相比，公共住房比例大幅度提高了100%。其次，为了确保公共住房建设目标的实现，在资源配置上加大保障力度，5年内容易落实的用地优先安排给公共住房建设，同时安排了高达860亿元的建设资金。其三，严格控制公共住房建筑标准，对经济适用房、廉租房、公共租赁房等中低收入家庭保障性住房，套型建筑面积一律不超过60平方米，人才安居住房可适度放宽，但平均建筑面积控制在60平方米以内。其四，明确规划实施主体的职责，为此制定了市政府住房与房地产发展领导小组统筹实施、各相关单位分别落实的分级责任制，明确了规划国土部门、住房建设部门、财政部门、各区政府的责任，并强调提高服务意识、开通绿色通道、优化审批程序、加强组织协调等相关要求。

（2）加快推进保障性住房建设的投融资机制改革

针对近期出台的《关于加快发展公共租赁住房的指导意见》（建保〔2010〕87号）的

有关规定，建议各地加强公共租赁住房等公共住房的房源筹集、资金支持、引入社会力量等相关政策研究，尤其是加快推进各类保障性住房建设的投融资机制改革。

目前，各地在开展保障性住房建设方面均具有一定的资金压力。以深圳为例，每年地方财政收入总额约 900 亿元，但是 5 年保障性住房建设资金预计达到 860 亿元，相当于 5 年财政收入的 20％。如此巨大的资金需求，仅靠政府投入确实难以为继，需要通过投融资机制改革，引入社会资金，促进保障性住房建设。目前，深圳市对于占"十二五"公共住房总量近六成的人才安居住房，拟采取限价房的方式吸引拟引入人才的企业或房地产开发企业投资建设；在规划中也考虑通过政府以作价入股，推动信托融资等多种投融资手段；探索政府产权物业的信托化和证券化来增加公共住房供应的规模和实现内循环；以住房公积金政策实施为契机，探索公积金增值收益投入保障性住房建设；此外，探讨保险资金和保险产品对公共住房投资和居民住房需求的支持。

综合前述分析，最后应当说明的是，目前我国房地产市场宏观调控已再次遏制了国内房价的过快上涨。然而，在我国经济仍持续快速增长、经济周期的拐点尚未明确显现的背景下，期望宏观调控政策长期抑制资产价格的上涨和市场投机，仍然面临较大困难，而因收入差距带来的社会矛盾仍有进一步激化的可能。鉴于以上原因，本人认为，目前从中央到地方都应当认识到创新住房制度、完善住房政策的重要性，尤其应当认识到加快公共住房建设、加快住房结构调整对今后经济社会稳定的重要性和迫切性；通过积极的制定和实施今后 5~30 年的公共住房建设目标，从根本上改变目前住房问题过度依赖于市场的局面，形成市场与保障双轨并行的住房供应体系。本人认为，创新住房制度，加快公共住房建设，将为百姓带来福音，将为政府赢得民心，并促进未来中国经济社会的长治久安。

七、专项报告三：关于深圳"十二五"住房建设规划的研究说明

文章背景及摘要：本文是 2010 年 9 月初作者在"深圳市'十二五'住房建设规划专家研讨会"上的一篇发言稿。文中认为，近年来深圳房价上涨过快、中低收入市民住房困难程度加大，一个重要因素是保障性住房的比重严重偏低；而深圳解决住房问题、房地产市场问题的根本之道——在于实现住房结构合理化（即保障性住房与商品房数量应均衡，长远实现 1：1 的比例）；关键举措是在坚持房地产市场调控政策的同时，积极完善公共住房政策，快建、多建保障性住房。文中提出了深圳"十二五"住房建设规划及"2040 年住房发展策略"的主要目标，即未来五年，深圳建设保障性住房 26.2 万套，与商品房的比例为 4：6；到 2040 年，深圳保障性住房在整个住宅总量中的比重，要从目前的 6.2％，上升到 50％。这一目标的实现，就是深圳通过住房结构的调整，解决中低收入居民住房问题，提高市民居住水平和居住质量，消除居住领域贫富差距的过程。

（一）当前深圳市住房状况与住房问题分析

1. 深圳市住房总量及构成

根据深圳市建筑物普查、房屋产权调查、住房抽样调查等数据，截至 2009 年底深圳全市共有住房 4.09 亿平方米。其中，商品住房约 1.02 亿平方米（110 万套），占总量的 25％；保障性住房 2553 万平方米（约 30 万套），占总量的 6.2％；单位和个人自建住房 4700 万平方米（约 55 万套），占总量的 11.5％；城中村村民自建房 1.7 亿平方米（约 450 万间套），占总量的 41.5％；工业区配套宿舍及其他住房 6446 万平方米，占总量的

15.8%（详见下表）。

全市住房总量		40900 万平方米	
商品住房		10200 万平方米（约 110 万套）	
保障性住房	2553（约 30 万套）		
	其中：已房改完全个人产权住房：	965 万平方米（11 万套）	
	其他保障性住房：	1588 万平方米（19 万套）	
单位及个人自建住房	4700（约 55 万套）		
	其中：单位自建住房（含政府、企事业单位、部队等自建已办或未办产权住房）：		3608 万平方米（42 万套）
	个人自建住房（已办产权）：		1092 万平方米（13 万套）
村民自建房	17000 万平方米（约 450 万套间）		
	其中：已办两规手续并办理产权：	2442 万平方米（64 万套间）	
	已办两规手续未办理产权：	5358 万平方米（142 万套间）	
	未办两规手续：	9200 万平方米（244 万套间）	
工业区配套宿舍及其他	6446 万平方米		
	其中：工业区配套宿舍：	2594 万平方米	
	其他非成套住宅：	3852 万平方米	

　　资料来源：《深圳市建筑物普查成果报告》，《深圳房地产年鉴 2010》，《深圳市 2010 年上半年房屋租赁市场分析报告》，《2009 年深圳市场房屋产权数据库分析》。

2. 深圳市人口状况

　　根据有关统计数据，截至 2009 年底，深圳全市实际总人口为 1450 万人，其中常住人口 891.23 万人，另有流动人口接近 600 万人；常住人口中，户籍人口（含原村民、户籍移民）241.45 万人，占 27%，非户籍人口 649.78 万人，占 73%。

　　从近年来深圳总人口的变化看，流动人口基本稳定在 500～600 万人之间，而常住人口增长迅速，5 年内增长了 76 万人。常住人口中，尽管户籍人口每年增长较快（约 15 万人），但户籍人口与非户籍人口比例倒挂现象仍比较严重；另外，20～39 岁的青壮年人口占常住人口总量 63.5%，与北京、上海相比，劳动适龄人口比例较高。

　　深圳市人口的另一个重要特征，是常住人口受教育程度总体偏低。从下表看（数据来源于《2005 年全国 1% 人口抽样调查》和市统计部门数据），深圳市大学本科以上学历的人口仅占全市人口的 5.4%，大专以上仅占 13.4%，大专以上人员所占比例远低于北京（23.57%）和上海（17.49%）；而初中以下低学历人员比例高达 60% 以上，又高于北京（45%）和上海（50%）。

受教育程度	深圳	北京	上海
研究生以上学历	0.6%	—	—
本科以上学历	5.4%	—	—
专科以上学历	13.4%	23.57%	17.49%
高中学历	24.5%	24.22%	24.02%
初中学历	48.8%	30.99%	34.59%
小学学历	12%	13.80%	15.30%
未上学	1.3%	—	—

3. 居民居住状况与住房问题分析

根据《2008年深圳市国民经济和社会发展统计公报》，2008年，我市人均住房建筑面积约为26平方米。然而，按照全市891万常住人口、4.09亿平方米实际住房面积计算，人均住房建筑面积达到46平方米；按2009年全市1450万实际人口计算，人均住房建筑面积达到28平方米。结合联合国中等以上收入国家人均30平方米以上的住房标准，我市总体人均居住面积指标，接近中等发达国家水平，按常住人口计算，则超过中等发达国家水平。

但是，通过居民住房结构的分析，深圳市不同阶层居民的实际居住状况还存在较多的问题，与发达国家还存在较大的差距：

一是居民住房自有率水平总体较低，住房领域贫富差距较大。根据深圳全市房屋产权状况、租赁状况及使用状况调查，全市1450万实际人口中，约100万户、300万人居住在自有住房中，居民住房自有率（居民拥有且居住于该住房）为20.7%；有850万人居住在出租屋中，居民租房率为58.6%；约300万人居住在企业配套宿舍中，居民住用宿舍的人口占总人口的20.7%。由此可见，深圳市没有自有产权住房而通过租赁或其他方式解决住房问题的居民占绝大多数比例，而居民住房自有率很低。

通过住房自有率的国际、国内比较（见下表），深圳的住房自有率属于上述城市中最低的。根据有关研究，住房自有率低、租房率高一方面说明城市人口流动性大，城市活力强；但并一方面也说明城市房价高，贫富差距明显，多数市民生活幸福指数低等问题。深圳经过30年的发展，到目前仍呈现人口倒挂的状况，尽管有利于人才的流动，适应城市经济发展模式的转型和提高，但深圳高达20：1的房价收入比、户籍与非户籍人口70%：21%的住房自有率差距等，说明全市不同收入、不同社会阶层居民在住房领域存在严重的苦乐不均与贫富差距。

2007~2009年居民住房自有率

年份	2007~2009	年份	2007~2009
深圳	20.7%	新加坡	92%
纽约	33%	香港	53%
伦敦	57%	上海	77%
东京	45%	北京	71%

二是商品住房供应紧张，房价持续快速上涨，造成普通居民购房支付能力不足，并对宏观经济运行带来不利影响。2003年以来，由于深圳土地资源的紧缺，新增建设用地几近枯竭，商品房用地供应持续紧张，导致商品房开发建设规模持续出现下降，全市商品住宅新开工面积、竣工面积、批准预售面积分别从2004年的767万平方米、772万平方米、806万平方米，持续回落到2009年的328万平方米、270万平方米、472万平方米。与此同时，随着经济的持续增长，住房消费不断升级，商品房需求持续旺盛，全市新建及二手商品住宅销售总量从2004年的1277万平方米增长到2009年的1887万平方米。目前，在全市4亿平方米的住宅总量中，能够在市场上合法流转且符合居民消费结构升级的住房，主要是历年来建设的商品房和房改房，总量约1.1亿平方米，仅占全部住房总量的27%，且多数为居民自住；其他70%多的住房一般不符合居民收入增长后住房消费升级的要求，

加之多数未办理产权，实际上也不能在市场上流转或被购买。由此，导致了全市住房市场出现供应紧张，新建商品房和质量功能良好的二手房因需求旺盛但供应总量有限，从而产生较为突出的结构性供求矛盾。

这种结构性供求关系的紧张，不可避免地产生了深圳房价的持续上涨快和投机需求旺盛。据统计，深圳商品住房价格从 2004 年的每平方米 6000 元，上涨到近期的 20000 元左右，涨幅达到 200％以上。2004 年以来，尽管国家和本市持续加强房地产市场调控，但在市场供求紧张、投机旺盛等因素作用下，深圳房价仍然保持持续过快地上涨，并使得广大普通居民家庭出现购房难甚至租房难等问题，对宏观经济的稳定运行也带来不利影响。

三是保障性住房供应不足，住房结构不尽合理，不利于促进经济和社会的协调发展。据有关研究，目前新加坡、香港公共住房总量分别占其住房总量的87％、50％，欧共体国家平均占到其住房总量的18％。深圳市由于特殊的发展背景和发展历史，30 年来政府建设的保障性住房约 2600 万平方米，仅占整个住房总量的 6.2％，对普通居民住房困难的解决是"杯水车薪"。那么中低收入居民的住房是怎么解决的？

最主要的解决方式是城中村。目前，深圳具有小产权性质的、多数带有违法违规占地或建设行为的城中村私房约 1.7 亿平方米、占全市住房总量 42％，容纳了 750 多万、约占全市实际人口 50％的中低收入居民（多数为新就业学生和农民工）。目前，尽管深圳保障性住房很少，但由于大量品质低、租金低的城中村私房存在，使许多买不起、租不起商品房的低收入居民可以选择租住城中村，从而解决了众多低收入居民的居住问题。然而，由于这 5 成居民收入较低，其居住水平较差，多数居民家庭人均居住面积在 10 平方米以内，与占全市人口约 2 成的户籍人口"70％拥有自有房、人均居住 30 平方米"的居住水平形成较大差距。此外，城中村治安差、环境差、配套差、品质低等特征，客观上也形成了户籍与非户籍、低收入与高收入居民在居住方面的"贫富差距"和社会不公。

其次的解决方式是集体宿舍，包括工业区配套宿舍及其他非成套住宅，约占全市住房总量的 15％，容纳了约 300 万、占全市实际人口 20％的中低收入居民。

由上述分析，在深圳房价高、公共住房短缺背景下，占全市实际人口 70％的居民家庭既无力购租商品房、也不能购租保障房，成为名副其实的"夹心层"；特别是对深圳今后经济社会发展作用巨大的各类人才，目前尚未有足够的公共住房解决其阶段性住房困难。这种状况，既不利于促进社会公平，并发挥保障性住房分流住房市场需求、抑制房价过快上涨的作用；也不利于吸引人才到本市创业、发展，促进产业升级和提高城市竞争力。因此，完善本市公共住房政策，加快全市保障性住房建设，结合本市不同收入水平的居民家庭，建立合理的、分层次的住房供应结构，已是未来深圳经济社会进一步协调发展的迫切需要。

（二）解决深圳住房问题的思路与手段

1. 调整住房结构是解决住房问题、促进房地产市场稳定健康发展的核心

根据我们的研究，在城市住房与房地产市场发展中，住房结构发挥着最根本的作用。仅靠单一的市场方式解决居民住房问题，不可避免地会产生房地产投机炒作、房价暴涨等问题，并使得广大普通居民家庭出现住房困难。鉴于当前深圳住房问题严重，住房结构严重不均衡的状况，只有调整住房结构，提高保障性住房的比例，使之与商品房均衡，才是解决深圳当下住房难题的核心所在。

提高保障性住房的比例有着显而易见的重要作用。首先，从住房的本质含义上看，保障性住房会发挥巨大的民生作用，促进社会和谐。对目前市场超高房价没有支付能力的居民而言，通过经济适用房、公共租赁房、人才安居房等政府保障性住房政策，可以实现居者有其屋的理想，为深圳的发展留住人才。

其次，保障性住房的大量存在可以实现住房需求的有效分流，打破目前过度依赖商品房市场来满足住房需求的局面。一些经济状况不好的深圳居民，无需再穷尽几代人积蓄到市场上购买房子。这种分流还能遏制流动性过剩的资金对房地产市场的过度投机，进而产生积极的连锁反应，保持房价、楼市、金融和整个宏观经济的稳定。

保持住房结构比例均衡的重要性在境外地区的发展中也得到了验证。美国地多人少，经济发达，绝大多数的住房需求通过市场来解决，保障性住房在住房总量中的比例较低（10%左右）。但2008年金融危机一爆发，美国房地产市场深受冲击，房子大幅贬值，洛杉矶一些原本售价30万美元的房子一度缩水至5万美元。日本20世纪80年代房地产泡沫破灭，也出现类似情况。相反，同样拥有高房价的香港、新加坡，在亚洲金融风暴和全球金融危机的冲击中，房价虽然也明显下跌，但整个房地产市场并未崩盘。本人认为，这些案例都和住房结构中保障性住房比例高低有关，美日两国保障性住房比例很低，而香港的保障性住房比例是50%左右，新加坡甚至高达87%。合理的住房结构可以解决居民的基本生存问题，有利于人心的稳定，社会的稳定，并降低经济危机的爆发对经济和社会的破坏，因此合理的住房结构具有经济社会发展"稳定器"的作用。

2. 加快保障性住房建设是促进住房结构调整的关键

客观来看，深圳现存的大量城中村住房对解决中低收入家庭住房问题起到一定作用，缓解了政府保障性住房比例过低及商品房房价过高产生的住房问题。但从长期看，城中村住房无法永远承担这个功能。首先，城中村住房的品质太差、居住环境也很差，特别是在深圳土地资源几近枯竭的条件下，本身存在着通过更新改造满足住房需求的要求，目前深圳已有众多开发企业进驻旧城旧村推进改造。其次，随着城市更新的加快推进，城中村存量的减少，一方面新建住房品质的提高使得房价、房租大幅提升，另一方面由于剩余城中村私房的稀缺，产生了推高租金水平的隐患。

怎么解决这个矛盾？必须加快保障性住房建设，形成替代效应。只有尽快推出大量保障性住房，才能保证城中村被改造成商品房后，低价格的住房不会出现真空。另一方面，尽管国家持续加强调控，短期内遏制了商品房价格过快上涨，但从经济社会长远发展看，随着城市化进程的继续加快、人口继续向大城市聚集、大城市土地资源的紧缺，今后国内主要城市的商品房价格仍将长期保持上涨趋势。我们不能依赖调控政策长期抑制房价的上升趋势，必须加快保障性住房建设，尽快形成合理住房结构，从根本上解决中低收入居民的住房问题。因此，保障性住房建设迫在眉睫。

（三）未来深圳住房发展的目标与策略建议

根据我们的测算，深圳前30年共建设住房4亿平方米，未来30年，主要通过旧城改造并适当增加少量新批土地，住房总量可再增加2亿平方米，达到6亿平方米。届时，在深圳人口控制在2000万人、人口密度控制在10000人/平方千米的极限值下，深圳人均居住面积将处于30~50平方米，达到西方发达国家住房水平。此外，未来30年的住房发展，还要实现：住房结构与居民收入相协调、提高居民居住质量、消除居住贫富悬殊等综合目标。具体策略是在坚持总量适度增加的前提下，通过增加新建保障性住房的比例、盘活存量住房资源，将保障性住房的比例从目前的 6.2% 提升到 50%，使保障性住房与商品房之比达到 1∶1，促进住房结构合理化。

在上述长远目标指导下，接下来"十二五"住房规划就非常重要，它是落实 30 年住房发展目标，促进本市住房结构合理化的"开年之作"，必须非常重视，认真研究。目前，我们已经初步完成"十二五"期间深圳市住房建设规划草案稿。在该稿中，结合深圳资源紧缺、房价过高、保障房较少等实际，5 年住房建设总量规模确定为 54 万套，但规划的重点工作则是对住房结构进行调整。具体而言，鉴于"十一五"期间我市房价过高，年住房实际销售情况与预期目标相差较大，基本打了个 6 折。因此，"十二五"期间，住房供应政策将向保障性住房倾斜，商品房和保障性住房的总量供应比例将从"十一五"期间的 8∶2 调整为 5.5∶4.5；"十二五"期间，每年商品房的供应量由"十一五"的 11 万套降为 6 万套，而保障性住房则从 2.8 万套增加至 4.8 万套。

人才安居房将成为"十二五"期间重点建设的保障性住房类型，其计划建设的目标是 16 万套，占保障性住房总量的 67%。在人才安居房的管理方式上，将借鉴香港模式或国内较为常见的限价房模式，政府在土地受让价格上会做出让步，保证开发商有一定利润空间和积极性，但房价一定要比市场价格低，最好控制在同期、同地段市场价格的六成左右。

参 考 文 献

［1］冯俊：《住房与住房政策》［M］. 北京：中国建筑工业出版社，2009

［2］谢家瑾：《房地产这十年：房地产风雨兼程起起伏伏之内幕》［M］. 北京：中国市场出版社，2009

［3］恩格斯：《论住房问题—马克思恩格斯选集(第 2 卷)》［M］. 北京：人民出版社，1997

［4］高晓慧：《中国住房价格机制研究》. 北京：中国物价出版社，2003

［5］叶剑平，谢经荣：《房地产业与社会经济协调发展研究》［M］. 北京：中国人民大学出版社，2005

［6］张泓铭、庞元：《中国城市房地产管理》［M］. 上海：上海社会科学院出版社，2006

［7］刘洪玉、张红：《房地产业与社会经济》［M］. 北京：清华大学出版社，2006

［8］郭建波：《世界住房干预理论与实践》［M］. 北京：中国电力出版社，2007

［9］刘洪玉、郑思齐：《城市与房地产经济学》. 北京：中国建筑工业出版社，2007

［10］《深圳房地产年鉴》编辑委员会：《深圳房地产年鉴》1997［M］. 北京：中国大地出版社

［11］《深圳房地产年鉴》编辑委员会：《深圳房地产年鉴》1998［M］. 北京：中国大地出版社

［12］《深圳房地产年鉴》编辑委员会：《深圳房地产年鉴》1999［M］. 深圳：海天出版社

［13］《深圳房地产年鉴》编辑委员会：《深圳房地产年鉴》2000［M］. 深圳：海天出版社

［14］《深圳房地产年鉴》编辑委员会：《深圳房地产年鉴》2001［M］. 深圳：海天出版社

［15］《深圳房地产年鉴》编辑委员会：《深圳房地产年鉴》2002［M］. 深圳：海天出版社

［16］《深圳房地产年鉴》编辑委员会：《深圳房地产年鉴》2003［M］. 深圳：海天出版社

［17］《深圳房地产年鉴》编辑委员会：《深圳房地产年鉴》2004［M］. 深圳：海天出版社

［18］《深圳房地产年鉴》编辑委员会：《深圳房地产年鉴》2005［M］. 深圳：海天出版社

［19］《深圳房地产年鉴》编辑委员会：《深圳房地产年鉴》2006［M］. 深圳：海天出版社

［20］《深圳房地产年鉴》编辑委员会：《深圳房地产年鉴》2007［M］. 深圳：海天出版社

［21］《深圳房地产年鉴》编辑委员会：《深圳房地产年鉴》2008［M］. 深圳：海天出版社

［22］《深圳房地产年鉴》编辑委员会：《深圳房地产年鉴》2009［M］. 深圳：海天出版社

［23］深圳市国土资源和房产管理局：《深圳房地产发展报告》2003～2004［M］. 北京：中国大地出版社，2004

［24］深圳市国土资源和房产管理局：《深圳房地产发展报告》2004～2005［M］. 北京：中国大地出版社，2004

［25］深圳市国土资源和房产管理局：《深圳房地产发展报告》2005～2006［M］. 北京：中国大地出版社，2004

［26］深圳市国土资源和房产管理局：《深圳房地产发展报告》2006～2007［M］. 北京：中国大地出版社，2004

［27］深圳市国土资源和房产管理局：《深圳房地产发展报告》2007～2008［M］. 北京：中国大地出版社，2004

［28］深圳市国土资源和房产管理局：《深圳房地产发展报告》2008～2009［M］. 北京：中国大地出版社，2004

［29］深圳市国土资源和房产管理局：《深圳房地产发展报告》2009～2010［M］. 北京：中国大地出

版社，2004

[30] 深圳市统计局：《深圳统计年鉴》2003 [M]．北京：中国统计出版社，2004

[31] 深圳市统计局：《深圳统计年鉴》2004 [M]．北京：中国统计出版社，2005

[32] 深圳市统计局：《深圳统计年鉴》2005 [M]．北京：中国统计出版社，2006

[33] 深圳市统计局：《深圳统计年鉴》2006 [M]．北京：中国统计出版社，2007

[34] 深圳市统计局：《深圳统计年鉴》2007 [M]．北京：中国统计出版社，2008

[35] 深圳市统计局：《深圳统计年鉴》2008 [M]．北京：中国统计出版社，2009

[36] 深圳市统计局：《深圳统计年鉴》2009 [M]．北京：中国统计出版社，2010

[37] 联合国人居中心：《城市化的世界—全球人类住区报告1996》[M]．北京：中国建筑工业出
版社

[38] 曹振良、高晓慧：《中国房地产业发展与管理研究》[M]．北京：北京大学出版社，2002

[39] 王旭：《美国城市发展模式》[M]．北京：清华大学出版社，2007

[40] 冯邦彦：《香港地产业百年》[M]．北京：东方出版社年版，2007

[41] 徐滇庆：《房价与泡沫经济》[M]．北京：机械工业出版社，2007

[42] 郭磊、王锋：《深圳市房地产预警体系研究》[J]．数量经济与技术经济研究，2003，7：22-26

[43] 汪涛、于银杰：《新加坡的产业发展特色》[J]．亚太经济，2004年第1期

[44] 陈杰，郝前进，郑麓漪：《动态房价收入比——判断中国居民住房可支配能力的新思路》[J]．
中国房地产，2008年第1期

[45] 吴晓灵：《对十年房地产调控政策的思考》[J]．中国金融，2008年第22期

[46] 钟京涛：《宏观调控中的土地政策分析》[J]．中国房地产，2004年第9期

[47] 李燃：《房地产市场调控政策的选择－基于中央政府与地方政府的动态博弈模型研究》[J]．经
济研究导刊，2009年第1期

[48] 曹星：《完善住房保障体系建立全新的经济适用住房制度》[J]．开放导报，2006年第12期

[49] 张国胜、王征：《农民工市民化的城市住房政策研究：基于国别经验的比较》[J]．中国软科学，
2007年第12期

[50] 张建荣：《从违法低效供应到合法高效供应：基于产权视角探讨深圳城市住房体系中的城中村》
[J]．城市规划，2007年第12期

[51] 李鸿翔：《从经济适用房政策的实施看我国的住房保障制度》[J]．中国行政管理，2007年第
5期

[52] 李嫣：《我国城镇居民住房制度：历史变迁及改进对策》[J]．中州学刊，2007年第5期

[53] 贾康：《深化住房改革需要重点关注的相关问题》[J]．中国住房．2010年第1期

[54] 张晓晶、孙涛．中国房地产周期与金融稳定 [J]．经济研究．2006年第1期

[55] 李宏瑾、徐爽,．供给刚性、市场结构与金融——关于房价的Carey（1990）模型扩展 [J]．财经
问题研究．2006年第8期

[56] 王诚庆．经济适用房的历史地位与改革方向 [J]．财贸经济．2003年第11期

[57] 中国银监会统计部专题分析．中国房地产资金来源状况分析报告 [J]．中国金融．2005年第
18期

[58] 王锋：《房地产预警理论与实践》[M]．北京：中国建筑工业出版社，2010

[59] 徐滇庆：《徐滇庆再论房价》[M]．北京：机械工业出版社，2008

[60] 徐滇庆、李昕：《中国不怕》[M]．北京：机械工业出版社，2010

[61] 钟伟．中国房地产土地囤积及资金沉淀评估报告 [R]．北京师范大学金融研究中心报告．2007-
11-20，www．doctor-cafe．com/detail1．asp? id＝4485－62k

[62] 曾康林．必须关注房地产经济的特殊性及其对金融的影响——对我国现阶段房地产经济的理论

分析 [J]. 金融研究. 2003 第 9 期

[63] 易宪容. 中国房地产过热与风险预警 [J]. 财贸经济. 2005 年第 5 期

[64] 汪利娜. 美国次级抵押贷款危机的警示 [J]. 财经科学. 2007 年第 10 期

[65] 冯现学：《快速城市化进程中的城市规划管理》[M]. 北京：中国建筑工业出版社，2006

[66] Arnott, R. , Rent control：the international experience, Journal of Real Estate Finance and Economics，1998(1：3)

[67] Anas, A. and R. J. Arnott, The Chicago prototype housing market model with tenure choice and its policy implication, Journal of Housing Research，1994(5)

[68] Apgar, W. C. , Which housing policy is best?. Housing Policy Debate，1990(1)

[69] Awan, K. , J. C. , Odling-Smee and C. M. E. Whitehead. "Housing attributes and the demand for private rented housing", Economics，1982(49)

[70] Holmes C. A New Vision for Housing. New York：Routledge，2005

[71] Jones C, MURIE A. The Right to Buy：Analysis and Evaluation of a Housing Policy. MA：Blackwell Press，2006

[72] Wong R Y-C. On Privatizing Public Housing. Hong Kong：City University of Hong Kong Press，1998

[73] Cho, Man. Housing Price Dynamics ：A Survey of Theoretical and Empirical Issues. Journal of Housing Research，1996

[74] Case, Karl E, and Robert J Shiller. Forecasting Prices and Excess Return in the Housing Market. National Burea of Economic Research Working Paper，1990

[75] P. H. Hendershott, Sheng Cheng Hu. Inflation and Extraordinary Returns on Owner— Occupied Housing：Some Implication for Capital Allocation and Productity Growth. Journal of Macroeconomics，1999，(2)

[76] Richard K. Green. Follow the Leader：How Changes in Residential and non— residential Investment Predict Changes in GDP. [J]. Real estate Economics 1997，25(2)

[77] Rondinelli, Dennis. Decentralization Public Services in Developing Countries：Issue and Opportunities. Journal of Social、Political and Economic Studies，1989

[78] Sock-Yong Phang. House prices and aggregate consumption：do they move together? Evidence from Singapore. Journal of Housing Economics，2004，(5)